Buch

Tibbie Buchanan ist eine faszinierende, bildschöne Frau, die schon so manche Höhen und Tiefen in ihrem Leben erlebt hat. Sie wohnt mit ihrer kleinen Tochter Beth bei ihren Eltern, die ihr Schutz geboten haben, nachdem Tibbie von ihrer großen Liebe Eric schmählich verlassen wurde. Ihr Vater ist Arzt, und in seiner Praxis arbeitet Tibbie als Arzthelferin, um für sich und ihre Tochter den Lebensunterhalt bestreiten zu können. Kranke und Arme gehen gern zu der schönen Arzthelferin, denn Tibbie entpuppt sich schon bald als ein Engel der Heilkunst. In der biederen Kleinstadt hat es eine junge, unverheiratete Mutter jedoch nicht leicht, weswegen Tibbie ein unauffälliges Leben zu führen versucht. Nicht noch einmal möchte sie bei den Leuten ins Gerede kommen. Diese guten Vorsätze schmeißt sie jedoch alle mutig über Bord, als sie den gutaussehenden Nick Mackinnon kennenlernt, der ihr Herz und ihr mühsam geordnetes Leben mächtig durcheinanderbringt. Als dann plötzlich auch noch reumütig Eric, Beth' Vater, auftaucht und um Tibbies Hand anhält, da steht die Welt für Tibbie kopf...

Autorin

Elaine Coffman konnte mit ihren bisher erschienenen historischen Liebesromanen unzählige Fans erobern. Als gebürtige Texanerin liegen ihr natürlich besonders ihr Heimatstaat und dessen liebenswert-rauhbeinigen Einwohner am Herzen. Ihr außergewöhnliches Talent liegt darin, ihre feurig-romantischen Bücher mit einer gehörigen Portion Humor zu würzen.

Bislang ist von Elaine Coffman im
Goldmann Verlag erschienen:
Geliebter Schuft. Roman (41073)
Wie Fieber im Blut. Roman (41074)
Zärtlicher Rebell. Roman (41115)

Im selben Programmzeitraum erscheint von Elaine Coffman:
Goldstaub auf zarter Haut. Roman (41367/August 1992)

Elaine
COFFMAN

Engel in Flammen

ROMAN

Aus dem Amerikanischen
von Uschi Gnade

GOLDMANN VERLAG

Deutsche Erstveröffentlichung

Die Originalausgabe erschien unter dem Titel
»Angle in Marble« bei Dell Publishing, New York

Für meine Tochter Ashley
und ihre Mitschüler,
die Abschlußklasse von Madeira.

Umwelthinweis:
Alle bedruckten Materialien dieses Taschenbuches
sind chlorfrei und umweltschonend.
Das Papier enthält Recycling-Anteile.

Der Goldmann Verlag
ist ein Unternehmen der Verlagsgruppe Bertelsmann

Made in Germany · 2. Auflage · 1/93

Umschlaggestaltung: Design Team München
Umschlagillustration: Norma/Longaron, Barcelona
Satz: IBV Satz- und Datentechnik GmbH, Berlin
Druck: Elsnerdruck, Berlin
Verlagsnummer: 41364
Redaktion: Ursula Walther/AK
Herstellung: Heidrun Nawrot/sc
ISBN 3-442-41364-8

Prolog

Immer wieder erzählte man uns, die Komantschen seien die wildesten Indianer im Südwesten.

Aber sie waren nur wie eine Sternschnuppe, die eine Zeitlang hell aufloderte und dann ganz erlosch. Mehr als ein Jahrhundert war der Name Komantschen ein Synonym für das Wort Indianer. Sie herrschten über die Prärien im Süden und waren im Stehlen und Plündern unübertroffen. Da sie vorzügliche Diebe und ausgezeichnete Reiter waren, ließ schon die Nennung ihrer Stammesbezeichnung Grauen in den Herzen der Spanier und Mexikaner aufkeimen, aber auch bei den anderen Indianern in den Prärien des Südens. Selbst ihr Symbol in der Zeichensprache rief Angst wach: Der Zeigefinger zuckte und zog sich zurück, das Zeichen für Schlange.

Doch mit der Besiedelung eines Landstrichs, der Texas hieß, sah sich diese siegreiche, kriegerische Horde mit einem neuen Feind konfrontiert, und zwar mit einem furchteinflößenden, der ernster zu nehmen war als alle bisherigen Gegner: einer Gruppe von kriegerischen Männern, die sich Texaner nannten.

Diese zielstrebigen, hartnäckigen, entschlossenen Männer waren den Komantschen ebenbürtig.

Etwa um diese Zeit, so wird berichtet, ging eine Horde von Komantschen mit Adlergesichtern, geflochtenem schwarzen Haar und kriegerischem Federschmuck in die Geschichte ein, als sie durch das Land ritten und ihre Kriegsrufe durchdringend hallten und seltsam prophetisch klangen.

Es war um die Jahreszeit, zu der das Getreide auf den Feldern zu grünen Sprößlingen herangewachsen war und neugeborene Frühlingskälber sich eng an die Muttertiere schmiegten; eine Zeit, in der die Pferdeäpfel grün und hart waren und die Sonne ihre volle Kraft noch nicht erlangt hatte.

An einem solchen Tag – einem sonnigen Mainachmittag im Jahr 1836 – zog eine Schar von Komantschen unter einer Parlamentärflagge in Fort Parker, Texas, ein. Nachdem sie festgestellt hatten, daß die kleine befestigte Anlage nur von fünf oder sechs Männern bewacht wurde, ritten sie friedlich wieder fort. Kurz darauf kehrten sie zurück; sie hatten sich die hohen Wangenknochen und die kupferfarbene Haut mit Farbe beschmiert und rote Bänder in die Schwänze ihrer Pferde geflochten. Mit Pfeil und Bogen und Speeren bewaffnet fielen sie über die befestigte Siedlung her und mordeten und plünderten.

Als alles vorbei war, ritten sie fort und nahmen fünf Gefangene mit: Mrs. Rachel Plummer, die neunjährige Cynthia Parker, die sechsjährige Margery Mackinnon und zwei weitere.

Gerade erst an jenem Morgen waren Margaret Mackinnon und ihre sechsjährige Tochter Margery nach Parker's Fort gekommen, um Freunde zu besuchen. Gewöhnlich machten die Komantschen so weit im Osten keine Überfälle, und anfangs fiel es John Mackinnon schwer zu glauben, daß seine einzige Tochter gefangengenommen worden war. Aber ein paar Tage nach dem Angriff sattelten John Mackinnon und fünf seiner sechs Söhne vor dem Morgengrauen ihre Pferde und machten sich auf die Suche nach der Komantschenbande, die Margery geraubt hatte.

Ehe sie aufbrachen, sagte John zu seinem Sohn Andrew: »Bleib hier, und paß auf deine Mutter auf.«

»Aber, Pa, so weit nach Osten kommen die Indianer nie, das hast du selbst gesagt.«

»Das dachte ich auch bisher. Ich lasse mich kein zweites Mal zum Narren halten. Du hast gehört, was ich gesagt habe. Du bist der Älteste. Es ist deine Aufgabe, auf deine Mutter aufzupassen. Beim letzten Mal ist sie dem Tod nur knapp entgangen. Ich gebe diesen roten Halunken keine zweite Chance.«

John Mackinnon und seine fünf übrigen Söhne wandten ihre Pferde nach Westen, um sich auf die Suche zu machen. Zwei Monate lang führten sie eine gründliche Suchaktion durch und stießen auf eine Spur nach der anderen, doch letztendlich erwiesen sich alle Hinweise als fruchtlos. Matt und entmutigt ritt John mit seinen Söhnen nach Hause zurück und fragte sich, was er seiner Frau erzählen sollte. Aber Margaret stand nicht auf der großen quadratischen Veranda vor dem Haus und trocknete sich die Hände an ihrer Schürze ab wie schon unzählige Male, wenn er nach Hause zurückgekehrt war. Statt dessen mußte er feststellen, daß sein Haus abgebrannt war – außer dem Schornstein stand nichts mehr, und Margaret und Andrew waren verschollen.

Das Haus der Mackinnons hatte in der hügeligen Landschaft des Limestone County am Tehuacana Creek gestanden, nicht weit von Groesbeck, dort, wo der baumlose, lehmige Steppenboden allmählich Pfahleichen weicht. An der hinteren Grenze ihres Landes zog sich die Straße nach Waco entlang, schlängelte sich so krumm wie das Hinterbein eines Hundes durch das endlose Meer aus Gras. Der Bach war von verkümmerten Zürgelbäumen gesäumt, deren rauhe, aufgeworfene Rinde von Mistelzweigen überwuchert war. Aber nicht weit vom Haus stand ein Hain von Pecanobäumen, wie man sie sich schöner gar nicht hätte wünschen können.

Als sie gerade an diesem Hain vorbeiritten, entdeckte einer der Mackinnons zwei frische Gräber. John ritt näher heran und las mit brüchiger Stimme die Namen auf den grobgezimmerten Kreuzen vor.

»Margaret Mackinnon, Johns Frau«, las er. Dann sah er sich den zweiten Grabstein an. »Andrew Mackinnon, Sohn von Margaret und John.«

»Ich dachte, du würdest sie sicher gern in diesem Hain beisetzen, wenn ich mir überlege, wie oft ihr darüber geredet habt, Margaret und du, eines Tages hier ein Haus zu bauen.«

John drehte sich matt im Sattel um und sah mit rotgeränderten Augen zu seinem Nachbarn auf, Jubal Sawyer, der auf ihn zugeritten kam und Andrews Rötlichgrauen an den Zügeln hielt. »Mein Junge, Jonas hat dich kommen sehen. Ich denke, daß du sicher gern Andrews Pferd haben würdest. Ein paar Tage nachdem ich Margaret und deinen Sohn begraben habe, ist das Pferd bei mir aufgetaucht. Die Mähne war geflochten, und Indianerfedern steckten drin. Ich vermute, daß sie vorhatten, das Pferd zu behalten.«

Jubal reichte John die Leine. »Ich kann dir gar nicht sagen, wie leid es mir tut, John. Das weißt du ja.« Jubal unterbrach sich einen Moment. »Kann ich irgend etwas für dich tun?«

John schüttelte den Kopf. »Nein... aber ich danke dir für das, was du für Margaret und Andrew getan hast.«

»Für mich und meine Leute hättest du dasselbe getan. Meine Mary hat gesagt, ihr könnt bei uns unterkommen, solange ihr wollt, du und die Jungen.«

Lange Zeit saß John auf seinem großen Grauen da und dachte an Margaret – daran, wie ihr Vater, ein gebürtiger Schotte und Presbyterianerprediger, sie miteinander getraut hatte. In mancherlei Hinsicht schien es gar nicht so lange her zu sein, aber als er den matten Blick über die Reihe von Pferden an seiner Seite gleiten ließ – fünf Braune, die nebeneinanderstanden – sah er, was noch von seiner Familie übrig war. Fünf kräftige Söhne.

Sein Blick glitt über diese fünf Jungen, die so besorgt und furchterfüllt wirkten – junge Vögel auf ihrem ersten Flug. Sein Blick blieb auf seinem Zweitältesten liegen, dem vierzehnjährigen Nicholas – groß wie ein Mann, aber zu jung, um sich als Mann zu beweisen. Wieder einmal schweiften Johns Gedanken in die Vergangenheit zurück, zu seinem fünfundzwanzigsten Lebensjahr, als er und Margaret nach Texas gezogen waren – Andrew hatte gerade erst das Laufen gelernt, und Nicholas war auf dem Weg geboren. Mit mörderischer Arbeit und schottischer Entschlossenheit hatten sie es zu Reichtum und Wohlstand gebracht. Und wozu?

Nach dem Tag, an dem er die Gräber von Margaret und Andrew gesehen hatte, ging mit John eine Verwandlung vor. Im Laufe der folgenden Monate unternahm er wiederholt den Versuch, Margery gegen ein Lösegeld freizukaufen und zu retten, und er folgte einer falschen Fährte nach der anderen. Ein Jahr nach Margerys Gefangennahme zog John noch einmal los, diesmal allein, und ehe er losritt, blieb er einen Moment im Sattel sitzen und sah sich seine Jungen an – seine ungebärdigen Füllen, die so ausgelassen und nervös waren und dringend gezähmt werden mußten. Aber es waren gute Jungen, und sie arbeiteten hart, und daran dachte er an jenem Tag, als er seine Söhne zurückließ, damit sie weitgehend wieder aufbauten, was von einem Traum geblieben war, der sich bereits zerschlagen hatte.

Er kehrte nie mehr zurück.

Es war ein bewölkter Novembermorgen, als der Sheriff zum Land der Mackinnons hinausritt und in seiner Eile die Hühner in alle Richtungen auseinandertrieb. Nicholas und der zwölfjährige Tavis hörten das Kreischen und Glucksen der Hühner und hielten beim Holzhacken inne. Die achtjährigen Zwillinge Adrian und Alexander waren derart damit beschäftigt, sich gegenseitig mit Kletten zu bewerfen, daß sie nicht viel mitkriegten. Vor dem Haus murrte der zehnjährige Ross vor sich hin, weil er mitarbeiten sollte, während er die Veranda des kleinen Hauses, das sein Vater über ihrer früheren Hütte errichtet hatte, mit Bartgras fegte.

»Guten Morgen, Sheriff.« Nicholas hieb die scharfe Schneide seiner Axt tief in einen Baumstumpf. »Was führt Sie in diese Gegend, wenn es nach Regen aussieht?« fragte er. Er fand, es sei jetzt seine Pflicht, sich nach bestem Können wie sein Vater zu geben, denn es sah nicht so aus, als würde sein Vater die Suche nach Margery jemals aufgeben.

»Ich fand, es sei das Beste, selbst rauszureiten, statt einen anderen mit der Nachricht zu euch zu schicken. Obwohl es mir weiß Gott teuflisch verhaßt ist, daß ich derjenige sein muß, der es euch sagt. Wir haben heute Nachrichten über euren Pa bekommen. Die Komantschen haben ihm vor ein paar Wochen den Skalp abgezogen.«

»Sind Sie ganz sicher, daß es mein Pa war?«

»Ja. Die Beschreibung, die ich bekommen habe, hat bis hin zu dem Grübchen im Kinn auf John gepaßt.«

»Vielleicht war es jemand anderes, der ihm sehr ähnlich gesehen hat«, sagte Nick.

»Nein, es war dieser sture Kerl. Ein Bursche in der Nähe der Mündung des San Saba hat euren Pa gekannt und ihn identifiziert. Ich habe John gesagt, er soll es bleibenlassen, und versucht, ihn zur Vernunft zu bringen. Ich hab' ihm immer wieder gesagt, er soll hierbleiben. Aber John Mackinnon hat sich ja nie etwas sagen lassen.«

Im Laufe der nächsten Jahre versuchten die jungen Mackinnons, die Farm der Familie erfolgreich zu führen. Das war natürlich nicht zu machen. Schon in jungen Jahren hatten sie gelernt, zuzupacken und wirklich hart zu arbeiten, aber an der Seite ihres Vaters. Sie arbeiteten immer noch hart, aber nachdem sie beide Elternteile verloren hatten, fehlte den Mackinnon-Jungen das, was manche Nachbarn die »Orientierung« nannten. Dieselben Nachbarn sagten aber auch, mit der Zeit würden sie selbst die Orientierung finden.

1845 war Nicholas, der inzwischen dreiundzwanzig war, der erste, der auszog, um herauszufinden, was er selbst vom Leben erwartete. Er ließ alles stehen und liegen und ergab sich der Faszination, die das Meer schon immer auf ihn ausgeübt hatte. Er hatte noch nie das Meer gesehen, aber das hatte ihn nicht daran gehindert, sich in Tagträumen über das Meer zu verlieren – und mehr als einmal hatte ihm das Backpfeifen eingetragen.

Er entschloß sich, nach Galveston zu gehen und lange genug zu arbeiten, bis er sich die Überfahrt nach Nantucket verdient hatte. Sowie er dort eintraf, hatte er vor, seinen Onkel Robert Graham aufzusuchen. Seine Mutter hatte ihm viele Geschichten über ihren Bruder Robert erzählt, den sie als »einen Schlingel, der zu unfolgsam ist, um auch nur einen Tag hart zu arbeiten« bezeichnet hatte. Nicholas war gespannt darauf, wie ein Mann ein reicher Reeder und Kaufmann werden konnte, wenn er zu faul zum Arbeiten war, und er war entschlossen, das herauszufinden. Als er fortging, ging Tavis mit ihm.

Am 19. Februar 1846 wurde Texas ein Staat. Am 24. April überquerte das mexikanische Heer unter Führung von General Mariano Arista den Rio Grande nach Texas und griff amerikanische Streitkräfte an. Die Mackinnon-Brüder, die zurückgeblieben waren und nicht einen einzigen Tropfen Seemannsblut in den Adern hatten – Ross, Adrian und Alexander – schlossen sich den Texas Rangers an und kämpften im Krieg gegen Mexiko. 1848 endete der Krieg mit der Unterzeichnung des Friedensvertrags von Guadelupe Hidalgo. Adrian und Alexander ließen sich von den Versprechungen auf Gold nach Westen locken. Ross Mackinnon kehrte zur Heimstätte der Mackinnons zurück und blieb dort, bis ein Brief von John Mackinnons Familie in Schottland eintraf. Da es ihm nicht möglich war, einen seiner Brüder zu verständigen, kam Ross Mackinnon der dringenden Aufforderung nach und kehrte zu den Ländereien der Mackinnons und dem Geburtsort seines Vaters auf der Isle of Skye zurück.

Als sie verwaisten, waren die jungen Mackinnons nichts weiter als Pollen, und jetzt wurden sie davongetragen und in alle Winde verstreut. Margaret und John Mackinnon waren zwar gestorben, aber ihr Vermächtnis lebte weiter.

Adrian und Alexander machten in den Goldfeldern von Kalifornien ihr Glück und benutzten ihr Geld dafür, in den nordwestlichen Pazifikstaaten ein gewaltiges Bauholzimperium zu begründen. Etwa um dieselbe Zeit tat Ross sein Bestes, um seine unbändige Art zu zügeln und sich an das Leben eines schottischen Adeligen zu gewöhnen. Nicholas und Tavis folgten ihrer angeborenen Berufung – der Liebe zum Meer, die sie von ihren Vorfahren mütterlicherseits geerbt hatten. Tavis, der geborene Kaufmann, übernahm die Verwaltung der Anteile seines Onkels an der Reederei und am Walfang, während Nicholas Schiffsbauer und Seefahrer wurde und kreuz und quer durch die Welt reiste.

Eine dieser Reisen führte in eine texanische Kleinstadt, die den Namen Indianola trug.

Ich sah den Engel in Marmor und meißelte,
bis ich ihn freigelegt hatte.

Michelangelo

1

Indianola, Texas, Februar 1849

Es war nicht die Bestimmung eines Mannes, Teegesellschaften zu besuchen.

Nicholas Mackinnon war einen Meter einundneunzig groß und wog nahezu neunzig Kilo. Eine von Miss Sukey Porter Merriweathers zierlichen Teetassen aus hauchdünnem Porzellan auf dem Knie zu balancieren, entsprach nicht gerade seiner Vorstellung davon, wie man gemütlich einen kalten Winternachmittag verbringt.

»Also, wenn das nicht alles schlägt«, sagte Miss Merriweather gerade. »Sie sagen, daß Sie den ganzen weiten Weg nach Texas gekommen sind, um ein Schiff zu bauen?«

Er nickte. Mehr traute er sich nicht zu. Er kam sich ungeschickt vor, nur aus Knien und Ellbogen bestehend, als er versuchte, aus einer Tasse zu trinken, in die gerade ein Mundvoll reinpaßte. Sein Finger paßte nicht einmal durch den Henkel, und doch erschien es ihm gewaltig riskant zu sein, etwas derart Zerbrechliches am Rand zu halten – und Miss Merriweather machte nicht den Eindruck, als würde sie es allzu freundlich aufnehmen, wenn er eine ihrer Teetassen in seinen kräftigen Händen zerdrückte.

»Also so was! Ich habe mich schon immer gefragt, wie es wohl sein würde, ein paar Wochen auf einem Segelschiff zu verbringen. Ich hätte jedoch nie geglaubt, daß es einmal dazu kommt. Bei einem Schiff kann viel passieren, meinen Sie nicht auch? Ich habe gehört, Schiffe seien dafür berüchtigt, ein Leck zu bekommen und dergleichen. Und was täte ich, wenn das Schiff sich entschlösse, ein Leck zu kriegen, solange ich gerade an Bord bin? So, wie ich das sehe, hat der Herr in seiner Güte seine Gründe gehabt, mich auf dem Trockenen auszusetzen. Wenn ich ins Wasser sollte, hätte er mich doch als Fisch erschaffen.«

Nick überlegte einen Moment und dachte an den Umfang der Wale, die er gesehen hatte, und an ihre anmutigen Bewegungen im Wasser. Vielleicht hätte Miss Merriweather ein Fisch sein sollen. Auf dem Trockenen, wie sie es formulierte, war sie so behäbig und massig wie ein Ochse. Aber Nicholas interessierte sich nicht die Bohne für Miss Merriweather oder ihren Umfang oder etwa für ihre kostbaren Teetassen, aber seine Mama hatte ihn ordentlich erzogen, und das hieß, ältere Menschen höflich zu behandeln. Hinzu kam noch sein Zweifel, daß sie ihm das Haus vermieten würde, wenn er etwas zerbrach. Es war eine schlechte Angewohnheit, aber wenn er sich erst einmal etwas in den Kopf gesetzt hatte, dann gab es für ihn keine Umkehr. »So stur wie Pa«, sagte Tavis immer wieder zu ihm.

Tavis hatte wahrscheinlich recht. Nicholas wollte das Haus mieten, das ihr gehörte, und er würde hier sitzen und Tee aus ihren albernen Tassen nippen, bis die Kühe nach Hause kamen, wenn es sein mußte. Sie erzählte ihm von einem »höchst anständigen jungen Mann«, der schon vorbeigeschaut hatte, um sich nach dem Haus zu erkundigen, und in Indianola seien Häuser, die vermietet wurden, »so rar wie vierblättriger Klee«. Auch wenn sie sich nicht immer wieder lang und breit darüber ausgelassen hätte, wäre Nick diese Tatsache nicht entgangen, und was den anständigen jungen Mann betraf, so konnte er ruhig warten, bis die Hölle zufror – Miss Merriweathers Haus würde er nicht bekommen.

Miss Merriweather schniefte, um ihren Unwillen über Nicks offensichtlichen Mangel an Aufmerksamkeit Ausdruck zu verleihen, ehe sie in einem übermäßig lauten Tonfall weitersprach: »*Falls* Sie nichts dagegen hätten, daß ich meine Nase in Ihre Angelegenheiten stecke, Mr. Mackinnon, aber warum brauchen Sie gerade für sechs bis zwölf Monate ein Haus in Indianola?«

Nick sah Miss Merriweather an, deren eingeschnürte Fülle auf einem zierlichen und leichten Stuhl aus Rosenholz aufragte – ähnlich dem, auf dem er so unbehaglich hockte. Mit gebieterischer Stimme und dem Selbstvertrauen eines Orkans hatte sie ihm eine Frage gestellt. Ihre vorquellenden Augen, die in einem flachen und absolut reizlosen Gesicht lagen, sagten ihm, daß sie eine sofortige Antwort verlangte.

»Man braucht viel Zeit, um ein Schiff zu bauen.«

Sie setzte sich etwas aufrechter hin und verzog ihren verbissenen Mund gewaltsam zu einer Form, die wahrscheinlich die größte Annäherung an ein Lächeln war, die sie erreichen konnte. »Ach... Sie segeln also nicht nur, sondern bauen auch Schiffe, wie reizend.«

»Ja, die Seefahrt verhilft mir dazu, bessere Schiffe entwerfen und bauen zu können. Ich nehme an, man könnte sagen, das sei meine Strategie; ich gebe ein Schiff, das ich gebaut habe, niemals her, solange ich nicht selbst darauf gesegelt bin – wenn ich auch nur selten das Kommando über ein Schiff übernehme.«

»Und wo bauen Sie gewöhnlich Ihre Schiffe? Ich frage, weil ich weiß, daß Indianola zwar hier in Texas der wichtigste Seehafen ist, aber nicht direkt ein Mekka für Schiffsbauer.«

»Nein, ganz bestimmt nicht. Ich besitze gemeinsam mit meinem Bruder und meinem Onkel Anteile an einer Reederei in Nantucket. Dort werden die meisten unserer Schiffe gebaut. Aber gelegentlich werden wir aufgefordert, andernorts zu bauen, wie es auch hier der Fall ist.« Nick hoffte, das würde ihr genügen, und sie könnten jetzt zur Sache kommen und endlich über die Vermietung des Hauses reden.

Aber Miss Merriweather – die inzwischen darauf bestanden hatte, Nick solle sie Miss Sukey nennen, wie sie von den meisten Leuten in Indianola genannt wurde – war hingerissen und entzückt und hatte gerade erst den Kampf aufgenommen, Neuigkeiten zu erfahren. Der Handarbeitskreis der Damen von Indianola, der derzeit Steppdecken anfertigte, traf sich morgen, und sie war wild entschlossen, genügend Informationen über diesen gutaussehenden Junggesellen einzuholen (sie erachtete den Familienstand eines Mannes als das Allerwichtigste), um die Aufmerksamkeit der Damen restlos für sich zu beanspruchen. »Es ist wirklich ein Jammer, daß Sie nur so lange in Indianola leben wollen, bis das Schiff gebaut ist... sechs Monate bis zu einem Jahr, das sagten Sie doch?«

»Ganz genau. Wie lange es genau dauern wird, läßt sich sehr schwer festlegen. Es hängt so viel von der Verfügbarkeit der Arbeiter, von dem pünktlichen Eintreffen der benötigten Materialien und natürlich vom Wetter ab.«

»Unsere Winter hier sind wesentlich milder als in Massachusetts, Mr. Mackinnon. Ich glaube, das Wetter wird ganz nach Ihrem Geschmack sein.«

»Ja, Ma'am. Das weiß ich. Ich stamme selbst aus Texas.«

»Ach was, wirklich?« Sie beugte sich eilig vor, und der kleine Stuhl quietschte. Nick betete, daß er nicht unter ihr zusammenbrechen möge. Er hatte keine Ahnung, wie man ans Werk ging, wenn man einer Frau von derart gewaltigen Maßen auf die Füße helfen wollte. Die Teetasse, die Nick auf dem Bein balancierte, klirrte. »Aus welchem Teil von Texas stammen Sie?«

»Aus Limestone County.«

»Und wo in Limestone County?«

»Ich komme aus einem kleinen Ort östlich von Waco, am Tehuacana Creek, der Council Springs heißt.«

»Wie um alles in der Welt sind Sie von Texas aus an einen Ort wie Nantucket gelangt?«

»Ich bin mit dem Schiff gefahren.«

Das war natürlich nicht das, was sie wissen wollte. Es interessierte sie nicht unbedingt, auf welche Art er reiste – vielmehr wollte sie wissen, was ihn dazu veranlaßt hatte. Nicks Gereiztheit über den Verlauf der Dinge war beim besten Willen nicht zu übersehen – all diese Fragen und das Drumherum –, doch die arme Miss Sukey, die nicht gerade mit übermäßig viel Einfühlungsvermögen gesegnet war, merkte ihm den Ärger nicht an. Sie nahm lediglich wahr, daß Nick ihre Frage mißverstanden hatte. Sie entschloß sich, ihn nicht in Verlegenheit zu bringen, indem sie ihn betont auf dieses Mißverständnis hinwies. Gewöhnlich wäre sie nicht so taktvoll gewesen, aber er war hier, um ihr Haus zu mieten, und das hatte wirklich lange genug leergestanden.

»Sie erwähnten, daß Sie einen Bruder in Nantucket haben. Ist er gleichzeitig mit Ihnen dort hingegangen?«

»Ja, Ma'am.«

»Ich bin sicher, wenn zwei Söhne gleichzeitig von zu Hause fortgehen, dann müssen Ihre Eltern äußerst...«

»Meine Eltern sind tot. Komantschen«, fügte er hinzu, da ihm die nächste Frage, die sie ihm zweifellos gestellt hätte, so klar war wie sein eigener Name.

Ihre Hand flog auf ihre Kehle. »Oh, wie furchtbar. Es gibt kaum eine Familie, die nicht auf die eine oder andere Art durch die Hände dieser roten Teufel Unheil erlitten hat.«

»Ich wäre geneigt, Ihnen in dem Punkt zuzustimmen.«

»Und jetzt sind Sie also wieder in Texas. Die Dinge nehmen doch immer wieder einen seltsamen Lauf. Man weiß nie, was sich als nächstes ergibt. Und es geschieht immer dann etwas, wenn man es am allerwenigsten erwartet.«

Miss Merriweather kam Nicholas vor wie ein alter, ausgefahrener Feldweg, der sich schlängelt und windet und doch nirgends hinführt. Zu jedem anderen Zeitpunkt hätte Nick Vorwände gefunden und wäre schleunigst verschwunden, aber ihr gehörte das einzige Haus in Indianola, das zu vermieten stand. Er mißgönnte ihr nicht etwa den Besitz dieses Hauses, aber er würde sich eine

Unterkunft in einer Pension besorgen müssen, wenn sie sich gegen ihn als Mieter entschied. Pensionen wurden fast immer von Witwen oder alten Jungfern geführt. Mit beiden wollte er nichts zu tun haben. Es gab schon genügend Witwen und alte Jungfern, die versucht hatten, ihn gewaltsam zu einer Heirat zu zwingen. Das war nichts für ihn.

Er mochte Frauen. Aber seine Freiheit war ihm noch lieber. Es war schwierig, Junggeselle zu bleiben, wenn es so viele heiratswütige Frauen gab. Aber in seinen siebenundzwanzig Jahren hatte es keine Frau gegeben, die sein Interesse länger als achtundvierzig Stunden wachhalten konnte. Er bezweifelte ernstlich, daß es eine Frau gab, der so etwas gelingen könnte.

Eine Stunde später und nach zwei weiteren Tassen Tee erklärte Miss Sukey Porter Merriweather Nick zum stolzen Mieter ihres Hauses.

»Ich bin Ihnen äußerst verbunden, Ma'am.«

Ehe sie Zeit fand, sich für die nächste Runde zu wappnen, schnappte sich Nick Hut und Mantel und schaffte es bis zur Haustür. Aber Miss Merriweather war schon früher Männern begegnet, die im Umgang mit Frauen schüchtern waren. Sie hatte ihn am Schlafittchen, ehe er die Tür öffnen konnte. »Noch eins vergaß ich zu erwähnen. Ich dulde keine wüsten Gelage, keine lauten Partys, keine...« Sie hatte gerade sagen wollen, daß sie keinen Damenbesuch duldete, aber ein Mann, der wie er aussah, hätte sich einem solchen Ansinnen nie gebeugt. Dennoch mußte sie schließlich an ihren Prinzipien festhalten, und daher sagte sie: »Ich bin sicher, daß ein anständiger, aufrechter Mann wie Sie nie auf den Gedanken käme, eine Frau zu sich einzuladen, die nicht in Gesellschaft einer Anstandsdame kommt.«

Das beantwortete er, indem er die Finger an die Hutkrempe legte, sie strahlend anlächelte und durch die Tür schlüpfte.

Die Gans folgte Tibbie Buchanan auf der Straße, als sie sich auf den Weg zur Stadt machte. Es war keinesfalls ein gutwilliges Folgen. Jedesmal, wenn Tibbie etwas schneller lief, lief auch die Gans schneller. Die Passanten, die ihnen auf der Straße begegneten, bedachten sie mit merkwürdigen Blicken, und warum auch nicht? Es kam nicht jeden Tag vor, daß man eine Frau sah, die von einer alten grauen Gans in die Stadt gejagt wurde. Eine Spur von Federn, die durch die Luft flatterten, markierten den Weg des seltsamen Paars.

Die Gans war immer noch wütend auf Tibbie, weil sie eins ihrer Jungen hochgehoben hatte. Tibbie hatte das flaumweiche kleine Wesen längst wieder seiner Mama übergeben, doch anscheinend hatte diese Geste die Mama nicht beschwichtigen können. Sie reckte ihren langen Hals und flatterte rekordverdächtig mit den Flügeln, als sie den Abstand zwischen sich und Tibbie verringerte. Für jemanden, der noch nie von einer Gans verfolgt worden ist, gibt es nichts Vergleichbares. Wenn eine Gans in Wut gerät, ist sie wahrhaft ein würdiger Gegner. Aus diesem Grund fing Tibbie an zu rennen, als sie sah, daß die Gans näher kam. Sie war froh, daß die verwitterten grauen Gebäude von Indianola nicht mehr allzu fern waren. Sie war sicher, daß sie diese lächerliche Gans abhängen konnte, wenn sie erst einmal in der Stadt war.

Aber eine zornige Gänsemutter läßt sich nicht leicht abschütteln, und die hier war zornig. Als sie das Zischen und Schnattern hinter sich hörte und den Luftzug spürte, den die erbost flatternden Flügel aufkommen ließen, bog Tibbie schnell in einen schmalen Gehweg zwischen zwei Gebäuden ein. Als sie am anderen Ende herauskam, trompetete die hartnäckige Gans ihre Wut heraus und spreizte drohend die zerzausten Flügel. Damit trieb sie Tibbie über den hölzernen Bürgersteig, und am Rand angelangt, sprang sie über die Deichsel, die zwischen zwei geparkten Wagen vorragte. Die Karren waren hoch mit Fässern und Lattenkisten beladen. Tibbie lief auf die Straße.

Nachdem er Miss Merriweather mit einem Lächeln im Gesicht verlassen hatte, drehte Nick ein paarmal den blinkenden Schlüssel in der Hand, ehe er ihn in seine Tasche gleiten ließ. Er schaute zur Sonne auf. Ihm blieben nur noch wenige Stunden Tageslicht. Er zog seine Taschenuhr heraus und ließ den Deckel aufschnappen. Als er sah, daß er die Zeit richtig geschätzt hatte, ließ er sie wieder zuschnappen und begab sich augenblicklich zum Mietstall, um sich ein Pferd zu kaufen.

Der langbeinige Braune mußte es ebenso eilig wie Nick gehabt haben, endlich ins Freie zu kommen, denn er lief auf der Straße so schnell los, daß Nick alle Hände voll zu tun hatte, ihn zu mäßigen, bis er nervös trabte. Der Braune tänzelte seitlich, warf den Kopf zurück und war drauf und dran loszurasen. Nick, dessen Muskeln nach Monaten auf See nicht mehr an das Leben zu Lande gewöhnt waren, plagte sich mit dem Tier ab.

Sowie er die Frau sah, die in dicke Schichten dunkelbraunen Stoff und einen grünen Umhang gehüllt war, zerrte er so fest an den Zügeln, daß der Hals des Braunen zurückgerissen wurde. Aber sie war bereits zwischen die beiden Karren direkt vor ihm getreten. Der Braune bäumte sich auf, und seine Vorderfüße sausten so dicht neben dem Kopf der Frau durch die Luft, daß ihr die Haare ums Gesicht flatterten.

Als die massige Schulter des Pferdes sie zum Ausweichen zwang, verschlug es ihr den Atem, und fast hätte Tibbie das Gleichgewicht verloren. Dann blickte sie auf, sah, wie groß das Pferd war, und erstarrte. Nick, der darum rang, das Tier unter Kontrolle zu bekommen, schrie: »Gehen Sie weg, verdammt noch mal!«

Sie machte in dem Moment einen Satz zurück, in dem der Braune sich wieder aufbäumte. Tibbie schlug sich die Hände vor den Mund und beobachtete mit einem Ausdruck des Entsetzens in den weit aufgerissenen Augen, wie der Braune sich wieder und wieder auf die Hinterbeine stellte und sich im Kreis drehte, bis das Bein des Mannes mit einem beängstigenden Geräusch gegen die Seitenwand eines der Karren krachte. So schnell es passiert war, war es auch schon vorüber. Als er sein Pferd gebändigt hatte, starrte Nicholas die Frau wutentbrannt an und rechnete damit, daß sie sich in dem Moment, in dem sie sich wieder gefaßt hatte, kreischend und plärrend auf ihn stürzen würde. Sie hatte ihren Korb fallen lassen, und die ordentlich eingewickelten Päckchen lagen im Schlamm verstreut. Er sah, wie ihre Blicke über ihn glitten und auf der goldenen Uhrkette und den blitzblanken neuen Stiefeln verweilten. So schlicht, wie sie gekleidet war, würde sie die Gelegenheit wahrscheinlich ergreifen und eine Wiedergutmachung verlangen – einen finanziellen Schadenersatz, versteht sich. Solche Dinge waren ihm schon passiert.

Nicholas sah die Entschlossenheit in ihren Augen und ihr Kinn, das stur in die Luft gereckt war, aber er sah auch den Ausdruck klarer Ablehnung, den die Armen immer für diejenigen übrig hatten, die gepflegt und glücklicher dran waren. Das blecherne Klirren eines billigen Klaviers drang in seine Ohren, und sein Blick fiel auf den Saloon hinter dem Mädchen. Kam sie von dort? War sie eine Haushälterin oder eine Frau, deren Beruf laut zu nennen ihm die Nächstenliebe verbat? Er neigte dazu, letzteres zu vermuten. Warum? Das konnte er sich nicht beantworten.

Seine Hände zitterten, und sein Herz schlug immer noch rasend bei dem Gedanken, daß eigentlich sie schlammbespritzt auf der Straße liegen sollte und nicht ihre Päckchen. Dieselbe Nächstenliebe, die es ihm untersagte, ihren möglichen Beruf zu erwähnen, verbat es ihm nicht, über die feindselige Art, auf die sie ihn musterte, in Wut zu geraten. »Sieh dich nur satt, verdammt noch mal, bis deine Neugier gestillt ist.«

Er sah, wie sie verstohlene Blicke auf die Menschenmenge warf, die sich um sie herum versammelte, und er sah auch den Anflug von Panik, die nicht etwa der Gefahr entsprang, der sie nur knapp entkommen war, sondern der Furcht vor Demütigungen. Er beobachtete, wie die Frau sich abwandte und den Korb aufhob, den sie fallen gelassen hatte, und dann kniete sie sich in den Schlamm, um ihre Päckchen wieder aufzusammeln. Ohne ihn noch einmal anzusehen, wandte sie sich ab.

Was soll denn das? dachte er. *Huren sind nicht bescheiden.* Offensichtlich hatte er sie falsch eingeschätzt. Als er ihr nachsah, spürte er, wie sich seine Brust zuschnürte. Normalerweise war er mit Worten schnell bei der Hand, doch diesmal war sein Redefluß versiegt. Er preßte die Knie in die Flanken des Braunen, um ihr zu folgen.

»Fast hätten Sie uns beide umgebracht. Haben Sie denn gar nichts dazu zu sagen?«

Sie drehte sich um und sah ihn einen Moment lang an. »Ich...«

Was sie auch sagen wollte, sie wurde unterbrochen, als plötzlich zwischen zwei Gebäuden eine schnatternde Gans herausschoß, die mit den Flügeln flatterte und direkt auf sie zulief.

Etwa zum selben Zeitpunkt näherte sich der alte Emery Enoch auf dem Bürgersteig und schwang sein einziges Bein zwischen zwei Krücken. Als die Gans an ihm vorbeisauste, hob Emery eine seiner Krücken. »Du *Mistvieh*«, murmelte er und versetzte der Gans einen Hieb auf den Hals, der sie ins Wanken brachte. »Jetzt rasseln dir wohl die Rippen«, kicherte er krächzend. Dann stützte er sich wieder auf beide Krücken und humpelte weiter.

Die Gans wankte im Kreis, als wüßte sie selbst nicht mehr, in welche Richtung sie laufen wollte, und so torkelte sie benommen weiter, bis Karl Heist, der Postamtsvorsteher, sie mit einem Besen verjagte.

Diese letzte Episode entging Nick, denn sein Blick war auf die Frau geheftet. Selbst wenn sie noch so sehr vermummt war, wußte er, daß sein erster Eindruck irrig gewesen war. Diese Frau war so edel wie ein Glas französischer Cognac. Der eisige Wind, der vom Wasser herüberwehte, hatte den dicken Wollschal zurückgeblasen, den sie sich über das Haar und die untere Gesichtshälfte geschlungen hatte. Der nächste kalte Windstoß wehte das Tuch so weit zurück, daß er einen schnellen Blick auf sie erhaschen konnte, ehe sie sich eilig wieder in den Schal hüllte. Irgendwie hatte er das Gefühl, ihre Hast sei eher dazu gedacht, sich vor ihm zu verbergen, als sich selbst gegen die Kälte zu schützen. Das machte jedoch nichts, denn trotz ihrer Sorgfalt hatte er genug gesehen, um sich für sie zu interessieren.

Ihr Haar war tabakfarben, hatte den Ton von alten spanischen Dublonen, ihre Haut dagegen sah aus, als sei sie in Honig getaucht worden, und er hätte jederzeit gewettet, daß sie auch so süß schmeckte. Als sie ihn ansah, fiel die Sonne auf Augen, die so klar und golden wie geschliffene Bernsteinkugeln waren. Er hatte nie eine blonde Frau mit dieser Augenfarbe gesehen.

»Sie sind in gefährlicher Begleitung unterwegs«, sagte er und wies auf die Gans, die sich jetzt zurückzog.

Sie sagte kein Wort. Vielleicht war sie schüchtern. Welche Gründe sie auch für ihr Schweigen haben mochte – er war entschlossen, mit ihr zu reden. Sie wirkte nicht, als sei sie für ein Lächeln zu haben, und daher behielt er seine Belustigung für sich. »Sollte es sich um eine Freundschaft handeln?«

Es gab den rechten Zeitpunkt für den Rückzug, den rechten Zeitpunkt für den Angriff, Momente, in denen man besser schwieg, und Momente, in denen man besser andere beschwichtigte. Den Rückzug und das Schweigen hatte sie bereits erfolglos ausprobiert. Angriff schied aus. Somit blieb ihr nur noch ein Beschwichtigungsversuch. Vielleicht gab sich der Rohling dann zufrieden und zog weiter. Sie sah sich um. Die Menschenmenge hatte das Interesse verloren und ging auseinander. »Ja... ich meine, Tante Rhody ist unsere Gans«, sagte sie, und ihre Stimme drang leise und gedämpft durch die Wollschichten. »Es war meine Schuld. Ich habe eins ihrer Gänschen angefaßt. Sie hat sich verhalten wie eine gute Mutter.«

»Dann sind Sie...«

Allzu gutgelaunt wirkt er noch nicht. Versuch es mal mit einer Entschuldigung. Versuch, was du willst, solange du ihn bloß los wirst. Und zwar schnell! »Ich hatte es eilig. Ich hätte mich besser vorsehen müssen. Es tut mir leid, wenn ich Ihnen Ungelegenheiten bereitet habe.« *So! Das sollte selbst ein zudringliches Scheusal wie ihn zufriedenstellen.*

Einen Moment musterte er sie nachdenklich aus tiefblauen Augen, und dann deutete er etwas an, was sie nur als eine spöttische Verbeugung auslegen konnte. »Ich bin sicher, daß es ganz allein meine Schuld war.«

Falls er sah, wie ihre Augen plötzlich vor Zorn funkelten, ließ er es sich nicht anmerken. Seine barschen, abgehackten Worte hatten eine knappe und bündige Höflichkeitsfloskel übermittelt, doch es bestand wenig Zweifel daran, daß er sie damit nachhaltig ausgescholten und mit den ganz Jungen, den ganz Senilen und den geistig Unzurechnungsfähigen über einen Kamm geschoren hatte, und gleichzeitig hatte er damit ihre eigene Entschuldigung aufgehoben. Wut brodelte in ihr. Vor fünf Jahren hätte sie ihm noch einen oder zwei Erdklumpen an den arroganten Kopf geworfen oder sein Pferd scheu gemacht, indem sie ihren Korb gegen seine Flanke geschlagen hätte. Aber diese Möglichkeiten waren ihr heute verschlossen. Die Dinge standen jetzt anders. Heute mußte sie sich vorsehen.

Sie bemerkte, daß Miss Merriweather durch die gepunkteten Schweizer Vorhänge von Millies mondänem Modewarengeschäft lugte und wie üblich alles scharf im Auge behielt, was vorging – von Hutkäufen zu Banküberfällen, und alles, was dazwischenlag, alles war ihr bekannt. Es gab wenige Menschen in Indianola, die sich mit einer solchen Verbissenheit in die Dinge einmischen konnten und doch noch die Zeit fanden, sich um ihre eigenen Angelegenheiten zu kümmern. Miss Sukey Porter Merriweather bewerkstelligte beides blendend. Man konnte behaupten, daß Miss Sukey über Indianola herrschte, und sie hielt nicht nur die Fäden in der Hand, sondern jagte auch häufig Leute aus der Stadt – bisher hatte sie dreizehn Menschen aus Indianola vertrieben.

Vor fünf Jahren hatte Tibbie erschreckend dicht davorgestanden, die Nummer neun zu werden. Sie hatte nicht die Absicht, jetzt Nummer vierzehn zu sein.

Als sie nicht reagierte, sagte Nicholas: »Stehen Sie nicht rum wie festgefroren, Mädel. Ich habe Ihnen einen riesigen Riß in der Hose zu verdanken, aber umgebracht haben Sie mich nicht.« Doch die Frau, die vor ihm stand, schien seine humorvolle Bemerkung weder zu erleichtern noch zu amüsieren. Das konnte ihn nicht beirren. »Sie sehen ja selbst, daß alles unter Kontrolle ist. Ich bin heil und ganz, und wenn ich davon ausgehe, daß Sie nicht den finsteren Wunsch gehegt haben, sich unter diese trommelnden Hufe zu werfen, ist nichts weiter schiefgegangen. Aber ich würde Ihnen raten, ein bißchen aufmerksamer durch die Welt zu laufen. Ein wenig Vorsicht kann die Mühe durchaus lohnen.«

Er fragte sich, ob er sie beschwichtigt hatte, nachdem er sie mit seinem aufbrausenden schottischen Temperament in Verlegenheit gebracht hatte. Aber die Frau gab ihm nicht den geringsten Hinweis auf ihre Gefühle. Sie drehte sich schlicht um und verschwand zwischen den beiden Wagen, zwischen denen sie aufgetaucht war. Aus irgendwelchen seltsamen Gründen nagte an Nicholas die Enttäuschung, weil er ihr Gesicht nicht ganz gesehen und ihre Stimme nicht ohne die dämpfenden Wollschichten gehört hatte.

Er ritt auf der Straße weiter und band den Braunen an einem stabilen Pfosten an. Im nächsten Moment betrat er Twitwilers Gemischtwarenhandlung, um ein paar Dinge zu erwerben, die er für das Haus brauchte, das er soeben angemietet hatte. Während er wartete, bis der Besitzer die Gegenstände auf seiner Einkaufsliste zusammengetragen hatte, wärmte sich Nick am Feuer.

Die Tür ging auf, ein eisiger Windstoß drang in den Laden, und die Glocke über der Tür schallte laut, als die Tür zugeschlagen wurde. Nick drehte sich um und erkannte die Frau augenblicklich. Einen Moment lang stand er da und beobachtete, wie sie die dicken grauen Fäustlinge auszog, und er fand, sie wirkte nicht freundlicher als vor ein paar Minuten, als er sie beinahe niedergeritten hätte. Er wollte sich gerade wieder zum Feuer umwenden, als sie den langen Wollschal von ihrem Gesicht und ihrem Kopf zog. Dabei verrutschte der enggeschlungene Knoten in ihrem Nacken, und langes, dichtes, honigfarbenes Haar fiel ihr über den Rücken. Sein Blick glitt wieder auf ihr Gesicht. Die Frau war zweifellos eine Schönheit. Tausend Wörter zu ihrer Beschreibung drängten sich ihm gleichzeitig auf: Unglaublich. Erlesen. Ungeheuerlich. Absolute Perfektion. Keins dieser Worte war angemessen und hätte adäquat schildern können, was er vor sich sah. Die Frau sah ihm für einen Sekundenbruchteil in die Augen, ehe sie den Blick hastig abwandte. Nick spürte, wie es ihm den Atem verschlug. Ehe er erneut Luft holen konnte, hatte die Frau ihr schimmerndes langes Haar zu einem festen Knoten geschlungen und bedankte sich bei zwei Jungen, die ihre Haarnadeln vom Boden aufhoben und sie ihr reichten. Schnell stach sie die Nadeln in den Knoten und wandte sich ab.

Er beobachtete, wie sie sich anmutig durch das Geschäft bewegte, wie ein Kolibri, und nie lange genug an einem Fleck stillhielt, als daß er sie in Ruhe hätte betrachten können. Es dauerte einen Moment, bis ihm aufging, daß diese Frau es gewohnt sein mußte, ständig angesehen zu werden, und doch schien sie immun dagegen zu sein.

Nur einmal kam sie in seine Nähe und blieb vor einem Eichenfaß stehen, dessen Deckel sie anhob. Als sie schon längst weitergegangen war, hing der Duft nach Vanille und Rosen noch in der Luft. Er beobachtete, wie sie drei Kellen Zucker abfüllte, ehe sie die Hand nach dem Deckel ausstreckte.

»Gestatten Sie, Ma'am.« Nick beugte sich vor, und als er den Deckel schloß, richteten sie sich beide gleichzeitig auf, und ihr Gesicht war dicht vor ihm.

Der Meßlöffel fiel ihr aus den Händen und prallte klappernd auf den Boden. Sie wich einen Schritt zurück, fand dann ihre Haltung wieder und bedachte ihn mit einem Blick, der um einige Grad kälter war als der Wind, der um den kleinen Laden heulte. »Leben Sie hier in der Gegend?« fragte er und sah, daß sie sich auf die Lippen biß, als hätte er ihr gerade eine extrem schwierige

Frage gestellt. Er lachte. »Ein schlichtes Ja oder Nein genügt mir schon.«

»Zwingen Sie mich bitte nicht, Sie in Verlegenheit zu bringen, indem ich Mr. Ridley rufe und ihn bitte, Sie rauszuwerfen«, sagte sie.

»Das wäre keineswegs mein erster Rausschmiß... ich bin schon oft aus übleren Kaschemmen rausgeworfen worden«, sagte er. »Schon so oft, daß ich fürchte, es wäre mir überhaupt nicht mehr peinlich. Aber Sie sollten daran denken, daß aller Wahrscheinlichkeit nach Sie diejenige wären, die damit in Verlegenheit geraten könnte.« Ein Lächeln spielte kurz um seine Mundwinkel, ehe Nick sich abwandte und den Deckel schloß. Als er sich wieder umdrehte, hatte sich die Frau lautlos davongeschlichen, ehe er auch nur ahnen konnte, daß sie sich von der Stelle gerührt hatte. Er sah zu, wie sie sich den Schal wieder ums Gesicht schlang. Aus den tiefen Taschen ihres dunkelgrünen Umhangs zog sie die grauen Fäustlinge und zog sie an, bevor sie das zugeschnürte Bündel nahm und es in ihren Korb fallen ließ.

»Danke, Mr. Ridley. Sie setzen es uns doch auf die Rechnung?«

»Schon geschehen. Sie brauchen gar nicht erst zu fragen. Ich vergesse doch nicht, wie krank meine kleine Priscilla war und wie oft Dr. Buchanan mitten in der Nacht zu uns rausgefahren ist und sich geweigert hat, mir zusätzlich etwas für seine Mühen zu berechnen. Und die Arzneimittel, die Sie für sie hergestellt haben...«

»Es freut mich, daß die Medizin geholfen hat«, sagte sie und wandte sich ab. »Richten Sie Priscilla von mir Grüße aus, ja?«

»Aber gewiß doch. Sie werden sich jetzt auf dem Heimweg vorsehen, haben Sie gehört? Der alte Ambrose war gerade vor einem Weilchen da... er hat gesagt, die Straße sei schon ziemlich vereist.«

Die Frau nickte. Als sie die Tür öffnete, klingelte das Glöckchen, und als sie sie hinter sich zuschlug, läutete es laut.

Nick spürte den kalten Luftzug und rieb sich die Hände über dem Ofen. »Wer ist das?«

Mr. Ridley sah erst Nick an, dann die Tür. »Wer? Die, die gerade gegangen ist, oder die, die sich über die Stoffballen beugt?«

»Die im grünen Wollcape.«

»Es wäre zwecklos, Ihnen zu sagen, wer das ist. Es würde Ihnen nicht das Geringste nutzen. Die reinste Zeitvergeudung wäre das, sonst gar nichts.«

»Das werde ich selbst beurteilen. Wer ist sie?«

»Ich sage es Ihnen doch, Mister. Es wird Ihnen nichts nutzen, wenn Sie wissen, wer sie ist. Das Mädchen ist nicht zu haben.«

»Sie ist verheiratet?«

»Nein, aber sie könnte es ebensogut sein.«

»Was soll das heißen?«

»Es heißt, daß Sie sich nur die Zähne an ihr ausbeißen würden. Sie könnten sie von der Hölle bis nach Jericho verfolgen und Jagd auf sie machen, und Sie hätten trotzdem nicht mehr Glück als eine schielende Eule, die auf einem geraden Strich zu laufen versucht. Sie sind nicht der erste junge Draufgänger, der sich nach ihr erkundigt, verstehen Sie?«

»Sagen Sie mir jetzt, wer sie ist, oder nicht?«

»Oder nicht«, entgegnete der Mann und wandte sich ab.

Nick spürte Gereiztheit in sich aufsteigen. Er sah zu, wie der bebrillte Verkäufer mit dem dürren Hals die Theke abwischte. Er schien ganz darin aufzugehen, die Süßigkeiten in einem Glas pedantisch zu sortieren. Nick hatte noch nie einem Mann mit Brille einen Kinnhaken verpaßt. Ein oder zwei Minuten spielte er mit dem Gedanken, aber dann entschied er, daß der Mann nicht wesentlich robuster als eine von Miss Merriweathers Teetassen wirkte.

Der Wind peitschte ihn zornig, als er das Geschäft verließ, aber Nick nahm es kaum wahr. Sein schottisches Temperament ließ ihn wieder in Wut geraten, und dabei wurde genug Hitze freigesetzt, um halb Indianola zu wärmen. Sogar der Braune schien seine miserable Laune zu wittern, denn er probierte sich an keiner seiner bisherigen Listen, als sie sich auf den Weg zu dem winzigen grauen Haus mit dem Ausblick auf den Hafen machten.

Sowie er das Haus betreten hatte, zündete Nick ein Feuer an und bereitete sich einen steifen Grog aus Rum und Gewürzen. Er stellte sich ans Fenster, das dem Feuer am nächsten war, und zog den Vorhang zurück, starrte hinaus und trank seinen Rum. Als er das Glas zur Hälfte geleert hatte, spürte Nick, wie sich sein Körper entspannte. Seine Augen glitten über die kalten grauen Tiefen des Meerwassers und beobachteten, wie der Wind jede Welle mit einer zarten weißen Schaumkrone bedeckte. Das Wasser wirkte etwa so freundlich und zugänglich wie diese Frau. Und doch konnte er den Blick nicht abschütteln, mit dem sie ihn angesehen hatte. Sie hatte die Augen einer Katze; reserviert und geheimnisvoll. Ob sie wohl auch schnurren konnte?

Die Frau hatte ganz offensichtlich kein Interesse an ihm, aber das hatte Nicholas Mackinnon bisher noch nie von etwas abgehalten. Wenn er sich die Wahrheit eingestand, war es sogar so, daß das nur dazu diente, ihn noch mehr zu reizen.

»Bei Gott«, sagte er und führte das Gefäß an seine Lippen, um einen kräftigen Schluck zu trinken, »ich bleibe lange genug hier, um fünfzig Schiffe zu bauen, wenn es nicht anders geht. Aber denk an meine Worte, Mädel, und merk sie dir gut: Deine Tage sind gezählt, meine blonde Schönheit. Und wenn ich mir etwas in den Kopf setze, bekomme ich immer, was ich will.« Er ließ den Vorhang wieder fallen und trank den letzten Schluck.

»Immer.«

2

»Ich muß dir unbedingt erzählen, was Großmama im Magen dieses Hähnchens gefunden hat, als sie ihn heute morgen aufgeschnitten hat.«

Effie Buchanan schnitt das Stück Apfeltorte ganz ab und sah ihren Mann in dem Moment an, in dem ihm das Hühnerbein aus den Fingern fiel und auf seinem Kartoffelpüree landete.

»Gütiger Himmel, Effie! Siehst du denn nicht, daß ich gerade beim Essen bin?« knurrte Dr. Coll Buchanan seine Frau verdrossen an. Mit einem ausdruckslosen Blick legte sie das Stück Kuchen auf einen Teller, brachte ihn zum Tisch und stellte ihn neben seinen Teller mit dem Huhn.

Unter dichten, buschigen Augenbrauen schaute er Effie an. »Warum stehst du hier rum und siehst aus wie ein Blatt Papier, auf dem nichts geschrieben steht?« fragte er.

Effie sah ihn mit einer gewissen Verwunderung an, denn in Wahrheit war sie perplex. »Ich glaube, du arbeitest zuviel«, sagte sie. »Du hast nicht genug Farbe.«

»Zum Teufel mit meiner Farbe!« sagte Coll. »Und wenn wir gerade dabei sind – wäre es zuviel verlangt, wenn ich dich bitte, die medizinischen Dinge mir zu überlassen?«

»Aber...«

»Mrs. Buchanan, hast du ein komplettes Medizinstudium absolviert?«

»Nein, das weißt du doch genau.«

»Gut! Ein Arzt in der Familie genügt.«

Zufrieden damit, daß er ein Thema gerade im Keim erstickt hatte, nahm Coll sein Hühnerbein wieder in die Hand und wollte gerade reinbeißen, als ihm einfiel, was all diesen Wirbel überhaupt erst ausgelöst hatte. »Was im Namen aller Heiligen hat deine Mutter im Magen dieses verdammten Huhns gefunden?« fragte er und wedelte mit seinem Hühnerbein durch die Luft, um seinen Worten Nachdruck zu verleihen. »Und warum hast du mich erst drei Stücke essen lassen, bevor du darauf zu sprechen kommst?«

»Eher hätte ich den Mississippi dazu bringen können, nicht weiterzufließen, als dich von diesem Huhn wegzuzerren, Coll Buchanan. Mit beiden Händen hast du es dir reingestopft, so ist es doch.«

»Und dir noch dazu die Finger abgeleckt«, sagte Großmama Grace, die auf ihrem Schaukelstuhl am Herd saß und Seide und Taft in kleine Stücke schnitt, um sie später als Bezug für eine Steppdecke mit dem Texas Star wieder zusammenzusetzen. Sie schnitt immer dann kleine Stücke für diese neue Decke aus, wenn sie nicht über den Rahmen gebeugt war, in den sie die Briefmarkensteppdecke im Gästezimmer gespannt hatte. Einen Haufen Wirrwarr, so nannte Coll ihre Patchworkdecken. Aber was verstand ein Mann schon von der Arbeit einer Frau?

Großmama Grace Stewart war Effie Buchanans achtzigjährige Mutter. Ihr Verstand war messerscharf, aber zeitweise war sie ein wenig geistesabwesend und vergeßlich.

»Großmama, was hast du in dem Huhn gefunden?« fragte Coll.

»Innereien«, sagte Großmama.

Die Hintertür ging auf, und Tibbie kam in die Küche, stellte den Korb auf dem Tisch ab und zog ihre Fäustlinge und ihren Schal aus, während sie zum Herd eilte. »Brrr. Draußen ist es eiskalt«, sagte sie und streckte die Hände aus, um sie zu wärmen. Sie lächelte Großmama an, die in der Ecke neben dem Herd auf ihrem Stuhl schaukelte, und sie erkannte den Stoff als ihr altes gelbes Taftkleid, der blaue Satin sah ganz nach dem Futter eines alten Capes aus, das ihrer Mutter gehört hatte. Als niemand ein Wort sagte, drehte sie sich um und sah erst ihren Vater an, der sein Hühnerbein merkwürdig anstarrte, und dann ihre Mutter. »Was ist passiert? Schmeckt ihm das Huhn nicht? Hat er etwas an der Zubereitung auszusetzen?«

Großmama hörte auf zu schaukeln. »Wer ist gestorben?«

»Niemand ist gestorben, Großmama«, sagte Tibbie.

»Ich wünschte, die Leute hier in der Gegend würden endlich begreifen, daß ich bloß, weil ich alt bin, noch lange nicht leiden kann, wenn mir niemand sagt, was vorgeht. Mir erzählt nie jemand etwas. Ich erfahre ja nur dann, was auf der Welt vorgeht, wenn ich andere belausche...«

»Und sie grundsätzlich falsch verstehst«, ergänzte Coll griesgrämig.

»Meine Güte«, sagte Tibbie. »Was ist denn mit Papa los? Er wirkt so freundlich wie eine Boa constrictor.«

»Hast du je eine Boa constrictor gesehen?« fragte Coll.

»Nein, aber ein Bild von einer.«

Coll schaute jetzt wieder freundlicher. Tibbie sah ihre Mutter an und zog fragend die Augenbrauen hoch.

»Dein Vater und ich hatten gerade eine kleine Auseinandersetzung über Belanglosigkeiten«, erklärte Effie.

»Das«, sagte Coll, »ist die Form von Logik, wegen der sich die Christen mit den Löwen rumschlagen mußten.«

»Ich hole jetzt lieber mein neues schwarzes Kleid«, sagte Großmama und mühte sich mit dem Aufstehen ab.

»Das, was du anhast, ist doch schön. Warum willst du denn dein neues schwarzes Kleid anziehen?« fragte Effie.

»Für die Beerdigung«, sagte Großmama, die jetzt stand. »Coll hat gesagt, die Christen hätten sich schon versammelt.«

»Setz dich, Großmama«, sagte Effie. »Es findet keine Beerdigung statt«, sagte sie laut, denn die Buchanans gingen ausnahmslos davon aus, daß Großmama Grace nicht nur zeitweilig geistesabwesend und vergeßlich war, sondern zudem noch schwerhörig.

Großmama seufzte und ließ sich wieder auf den Stuhl sinken. Dabei murmelte sie vor sich hin, sie käme immer erst als letzte.

Tibbie, die gewohnt war, daß es im Haushalt der Buchanans so zuging, schenkte ihr keine weitere Beachtung. »Hat Mama dir erzählt, was sie heute morgen im Magen dieses Huhns gefunden hat... oder genauer gesagt, was Großmama gefunden hat?«

Coll stöhnte und stützte die Stirn auf die Hand. Kaum etwas ging ihm so sehr auf die Nerven wie die lästige Angewohnheit seiner Frau und seiner Tochter, Fragen zu stellen, wo eine simple Bemerkung angebracht gewesen wäre. »Frauen«, sagte er. »Ich habe sie nie verstanden. Wahrscheinlich werde ich sie auch nie verstehen. Von der Physik verstehe ich etwas. Von der Medizin verstehe ich etwas. Die Naturgesetze, die verstehe ich auch. Ich habe sogar diverse Einsichten in die Politik und in die Religion. Aber meine Frau und meine Tochter sind wie Fremde.«

Als er ausgeredet hatte, sah Effie ihn an und sagte: »Coll...«

»Wer ist Coll?« fragte Großmama.

»Das ist der, der das Huhn ißt«, sagte Tibbie mit einem erstickten Lachen.

»Habt ihr ihm erzählt, daß ich einen Ring in dem Huhn gefunden habe?« fragte Großmama.

»Einen Ring?« wiederholte Coll.

»Nicht direkt«, sagte Effie. »Genaugenommen war es ein Rubin, aber ich habe ihn augenblicklich wiedererkannt. Erinnerst du dich noch an den Rubin, den Rosemairi vor einem Monat verloren hat?«

»Warum hast du mir das nicht gleich erzählt, statt mich das Schlimmste glauben zu lassen? Was wäre gewesen, wenn ich ein vergiftetes Huhn gegessen hätte? Hättest du dann auch so lange gewartet, ehe du es mir gesagt hättest?«

»Soviel Glück darf ich mir gar nicht erhoffen«, sagte Effie, und als sie Colls Gereiztheit bemerkte, fügte sie hinzu: »Ich bin ja nicht dazugekommen, auch nur ein Wort zu sagen. Du mußtest ja poltern und dich aufblasen.«

»Effie, dich plagt das chronische Verlangen, mich auf die Palme zu bringen. Ich wünschte, Gott hätte dir Spaß am Schweigen gegeben... oder dich stumm erschaffen.«

»Rede nur weiter so, Coll Buchanan, und ich werde dir Opium in den Kaffee mischen. Glaub bloß nicht, das täte ich nicht.«

»Wenn dieser Blödsinn nicht aufhört, könnte ich versucht sein, das Zeug zu trinken.«

»Es wäre ja schließlich nicht das erste Mal«, sagte Effie.

Es dauerte einen Moment, bis das bei ihm angekommen war. »Was soll das heißen, es wäre nicht das erste Mal? Willst du damit etwa sagen, du hättest mir schon öfter Opium ins Essen geschüttet?«

»Nicht in dein Essen... nur in deinen Kaffee.«

»So, in meinen Kaffee? Was ist? Hast du es getan?«

»Das sagte ich doch gerade. Aber nur gelegentlich, und immer nur in den Kaffee.«

»Darf ich fragen, warum du es für notwendig erachtest, deinen Mann unter Drogen zu setzen? Versuchst du, mich umzubringen?«

»Sei nicht albern.«

»Ist es etwa nicht albern, mir Opiumtropfen ins Essen zu schütten?«

»Natürlich nicht. Ich habe nie soviel reingetan, daß es dir hätte schaden können«, sagte sie.

»Das ist ja sehr tröstlich«, sagte er. »Was würdest du sagen, wie oft hast du das getan?«

»Nicht oft. Nur dann, wenn du dich wie ein alter Ziegenbock benimmst, der nur noch ein Horn hat.«

Während Coll darüber nachdachte, fragte Tibbie: »Mir kommt es hier so furchtbar still vor? Wo stecken denn all die anderen?«

Effie antwortete. »Beth ist oben. Mairi ist drüben bei den Mabrys und kocht für sie. Mrs. Mabry hat heute ihr Baby bekommen.«

»Ich wette, es ist wieder ein Mädchen«, sagte Tibbie.

»Damit wären es jetzt sechs«, sagte Effie. Sie schenkte eine Tasse Tee ein und hielt sie Tibbie hin. »Warum kommst du heute abend nicht mit mir zur Stadtversammlung? Anschließend findet noch ein geselliges Beisammensein statt.«

Tibbie nahm den Tee und nippte nachdenklich. »Du weißt doch, daß ich mir aus so was gar nichts mache. Warum fragst du nicht Mairi?«

»Weil ich dich frage, darum. Wenn ich deine Schwester mitnehmen wollte, hätte ich sie gefragt. Was hast du dagegen, ab und zu mal rauszukommen und unter Leute zu gehen? Du bist erst einundzwanzig, Tibbie. Warum mußt du unbedingt so leben wie eine alte Frau?«

»Mama, darüber reden wir doch nicht zum ersten Mal. Ich denke immer noch so darüber wie beim letzten Mal, als wir dasselbe Gespräch geführt haben. Seitdem hat sich nichts geändert. Ich gehe unter Menschen, wenn ich soweit bin, und keine Minute eher.« Tibbie schnitt sich eine dicke Scheibe Brot ab und schmierte Butter darauf.

»Ich finde einfach, daß es ein Jammer ist. Mrs. Tripplet hat gesagt, ihr Sohn George würde einen Monatslohn dafür geben, einen einzigen Tanz mit dir tanzen zu dürfen.«

»George Tripplet ist ein Dummkopf«, sagte Coll.

»Warum? Weil er sich etwas aus Tibbie macht?«

»Vorher war er auch schon ein Dummkopf. Das hat er von seiner Mutter.«

»Bloß weil du dich mit Maude nicht verstehst, ist das noch lange kein Grund, so über sie zu reden.«

»Ich verstehe mich so gut mit ihr wie jeder andere auch. Diese Frau hätte selbst an Gott etwas auszusetzen«, sagte Coll.

»Da wir gerade von Gott reden«, meinte Tibbie. »Ich habe Reverend Woolridge heute getroffen. Er hat gesagt, Mrs. Woolridge hätte wieder Schwierigkeiten mit dem Hals.«

»Ich denke, ich werde nach dem Essen lieber mal vorbeischauen und sie mir ansehen«, sagte Coll.

»Ich habe dem Reverend gesagt, er soll ihr Tee aus Engelwurz geben. Warum wartest du nicht bis morgen? Es kann sein, daß sie sich bis dahin schon wieder besser fühlt«, meinte Tibbie.

»Sie sollte auch ein bißchen Engelwurz essen«, sagte Coll. »Das würde die Halsschmerzen lindern.«

»Das habe ich ihm auch gesagt«, sagte Tibbie.

Coll stieß seinen Teller weg und stand auf. »Es ist ein Jammer, daß du kein Junge geworden bist. Du hättest einen ausgezeichneten Arzt abgegeben.«

»Ich bin auch so Arzt«, sagte Tibbie.

»Das stimmt. Du bist meine rechte Hand. Wenn ich dich nicht hätte, würde ich es nie schaffen, all meine Patienten zu versorgen.«

»Du würdest es schaffen.«

»Da bin ich mir nicht so sicher. Da sitze ich jetzt und esse etwas, eine Stunde nachdem alle anderen mit dem Abendessen fertig sind – und das mit deiner Hilfe. Wenn du nicht wärst, käme ich wahrscheinlich überhaupt nicht mehr zum Essen.«

»Und dann würden mir all diese interessanten Auseinandersetzungen entgehen, die wir miteinander führen«, sagte Effie.

»Frau, wenn du einen Hals hättest, würde ich ihn dir umdrehen.«

Das entlockte Tibbie ein Lachen. »Jetzt hast du es geschafft«, sagte sie.

»Du wünschst dir einen Hals zum Umdrehen? Hier!« Effie hob den rohen Hühnerhals auf und warf ihn Coll zu, der ihn auffing, ohne vorher nachzudenken.

Während Coll sich des Hühnerhalses entledigte und sich die Finger abwischte, sagte Tibbie: »Ich glaube, ich gehe rüber zu den Mabrys und sehe nach, wie es Mrs. Mabry geht.«

»Warum bringst du nicht erst Großmama nach oben?« fragte Effie. »Sie schläft tief und fest.«

Tibbie ging zu ihrer Großmutter und nahm ihr das Nähzeug vom Schoß. »Großmama?« Sie schüttelte sie sachte an den Schultern. »Großmama, laß dir von mir nach oben helfen.«

»Ist es schon Zeit, daß wir uns für die Beerdigung fertigmachen?« fragte Großmama und stand mit Tibbies Hilfe auf.

»Es dauert noch ein kleines Weilchen«, sagte Tibbie und führte Großmama Grace aus der Küche.

Sowie sie sie in ihr Zimmer gebracht hatte, ging Tibbie ins Sprechzimmer ihres Vaters, öffnete seine schwarze Tasche, holte ein paar Dinge raus, die sie eventuell brauchen würde, und packte sie in ihren Korb. An der Tür blieb sie stehen, um sich die Fäustlinge anzuziehen. In dem Moment hörte sie das Lachen ihrer Mutter und dann eine gedämpfte Stimme.

»Coll Buchanan! Was ist bloß in dich gefahren, du alter Esel?«

»Es muß wohl das Jagdfieber sein!«

»Dabei haben wir noch gar nicht Frühjahr. Und du bist ohnehin zu alt, um Jagdfieber zu kriegen.«

»Dazu ist man nie zu alt. Und jetzt sei still, und komm her.«

»Coll... aber doch nicht in der Küche.«

»Was hast du an der Küche auszusetzen? Hier ist es warm und behaglich. Wie geschaffen für...«

»Coll Buchanan! Hüte deine Zunge! Jemand könnte dich hören.«

»Effie, wirst du jetzt den Mund halten?«

»Aber eins der Mädchen könnte...«

»Es ist verflucht schwer, eine keifende Frau zu küssen.«

»Ich keife nicht, Coll.«

Tibbie schlug sich die Hände, die in den Fäustlingen steckten, vor den Mund, um nicht laut zu lachen. Dann eilte sie hinaus und schloß leise die Tür hinter sich.

Draußen war es immer noch windig, aber der Regen, mit dem Tibbie am früheren Nachmittag gerechnet hatte, schien doch nicht zu kommen. Es war fürchterlich kalt, und sie zog sich den Wollschal noch höher über die Nase, bis nur noch ihre Augen herausschauten, und dann machte sie sich auf den Weg. Sie brauchte nicht allzu weit zu laufen; das große, baufällige Haus, in dem die Buchanans lebten, lag ein paar Meilen außerhalb der Stadt gleich an der Straße. Sie drückte den Korb an sich und sagte sich, als sie über den Feldweg eilte, ihr würde gleich wärmer werden, wenn sie erst die Gebäude am Stadtrand erreicht hatte.

Der Weg in die Stadt war im Sommer ein schöner Spaziergang von gut sechs Kilometern. Dann rankten sich Geißblatt und Brombeersträucher an den Zäunen hoch, und gelegentlich boten vereinzelte Bäume, die ein rücksichtsvoller Mensch gepflanzt haben mußte, Schatten – wenn sie barfuß lief, war es von allergrößter Bedeutung, die genaue Lage dieser schattigen Flecken zu kennen.

Ja, im Sommer war hier alles schön, nicht nur am Wegesrand, sondern auch die Straße selbst; auf dem Streifen, der in der Mitte zwischen den Furchen verlief, blühten dann Unmengen von wildwachsenden Blumen. Im Sommer war die Luft warm, und da vom Golf her eine stetige Brise wehte, hing ein salziger Geruch in der Luft, und man konnte das tiefe Summen der Bienen in den Obstgärten hören, bis man so nah ans Meer kam, daß das Surren von den Wellen übertönt wurde. Aber heute war die Luft dünn und kalt, und der Wind, der vom Golf kam, peitschte ihr mit Wucht ins Gesicht. Bei einem solchen Wetter nahm Tibbie keine Notiz von ihrer Umgebung und fand, es sei eine gute Sache, daß die meisten Leute nicht vor die Tür gingen, denn das erlaubte ihr, sich einzumummen und mit gesenktem Kopf den Rinnen des Wegs zu folgen, ohne auch nur aufblicken zu müssen.

Im Sommer war das ganz anders. Im Sommer mußte man seine Umgebung im Auge behalten, man mußte darauf achten, wer kam und ging, und ganz besondere Aufmerksamkeit mußte man darauf verwenden, jedem zuzunicken und jeden anzulächeln, dem man begegnete – denn hier in Indianola war es gewissermaßen ein ungeschriebenes Gesetz, daß man Gott und die Welt anlächeln oder wenigstens jedem zunicken mußte, ob Freund oder nicht. Nicken und Lächeln. Tibbie tat vorsichtshalber immer beides. Im allgemeinen graute ihr davor, sie könnte unterwegs Menschen begegnen, denn im allgemeinen wollten sie stehenbleiben und plaudern, und dafür hatte Tibbie herzlich wenig Zeit.

Es gab Zeiten, in denen sie froh darüber war, daß ihr Vater das Haus außerhalb der Stadt gebaut hatte, aber es gab auch Momente, wie heute abend, in denen sie wünschte, das Haus läge näher an der Stadt. Sie zog den Korb dicht an ihren Körper und senkte den Kopf, in der Hoffnung, ihr Wollschal würde nicht verrutschen. Der Wind kam von hinten und wehte sie vor sich her, als wöge sie nicht mehr als ein verlorener Hut. Sie kämpfte darum, daß ihre Röcke nicht hochflogen und daß ihr der Korb nicht aus der Hand gerissen wurde, bis sie auf der Höhe des Mietstalls die hölzernen Planken des Gehsteigs erreichte. Dann eilte sie noch schneller voran. Nachdem sie an der Post und am Saloon vorbeigekommen war, trat sie vom Gehsteig, um die schmale Gasse zu überqueren, die zwischen dem Zeitungsgebäude und der Gemischtwarenhandlung verlief.

»Na, sieh mal einer an. Wenn das nicht unser kleines Rotkäppchen mit seinem Korb voller Köstlichkeiten ist.«

Tibbie drehte den Kopf so schnell um, daß ihr Hals schmerzte. Einen Moment sah sie gar nichts, als ihre Blicke durch die tiefen Schatten und den matten Lichtschein glitten, der aus schwacherleuchteten Fenstern fiel. Sie sah ein paar Fässer, die nah an der Hausmauer aufgetürmt waren, aber nichts, was wie ein Mann aussah.

Plötzlich trat ein dunkler Umriß aus dem Schatten und blieb vor ihr stehen. Sie konnte sich nicht von der Stelle rühren, und ihr Atem ging in kurzen furchtsamen Stößen.

»Es ist schon etwas zu spät, um zum Haus der Großmutter zu

gehen, meinen Sie nicht auch? Fürchten Sie sich denn nicht vor dem großen bösen Wolf?«

Die Stimme war so nah, daß sie die Wärme des Atems auf der Wange spüren konnte. Er war ein Riese von einem Mann, und sie mußte den Kopf zurücklegen, um ihn sehen zu können.

In dem Moment, in dem sie sein Gesicht sah, erkannte sie ihn auch schon: Es war der Mann, der ihr auf der Straße begegnet war. Derselbe Mann, der sie in der Gemischtwarenhandlung angesprochen hatte. Zwei Begegnungen an einem Tag waren schon zuviel. Drei ließen sich nicht mehr auf Zufall zurückführen.

Ohne ein Wort zu sagen, hob sie ihre Röcke und lief um ihn herum. »Einen Moment mal«, sagte er, und seine Hand schloß sich um ihren Oberarm.

»Lassen Sie mich los, oder ich schreie.«

Er lachte. »Von mir aus schreien Sie ruhig. Aber ich bezweifle, daß man Sie hört. Sie werden dieses verstimmte Klavier und den holprigen Gesang von Poker Alice bestimmt nicht übertönen.« Er drehte sie zum Licht, um ihr Gesicht besser sehen zu können, und er fragte sich, ob sie tatsächlich so hübsch war, wie er sie sich vorgestellt hatte.

Langsam hob er die Hand, um den Wollschal von ihrem Gesicht zu ziehen. Dann ließ er die Hände sinken und trat zurück.

Und als er das tat, schien die Luft aus seiner Lunge zu strömen. Das Mädchen war eine Schönheit. Noch schöner, als er geglaubt hatte. Sie hatte ein Gesicht von der Sorte, die Männer in die Knie zwang und Könige stürzte; ein solches Gesicht konnte kein Mann vergessen.

Ihre Schönheit und die heftige Anziehungskraft, die sie auf ihn ausübte, ließen ihn wieder daran denken, wie lange es schon her war, seit er das letzte Mal eine Frau gehabt hatte. Er legte einen Zeigefinger unter ihr Kinn und hob ihr Gesicht zu sich. Er konnte sich nicht erinnern, je mit einer Frau geschlafen zu haben, die eine derartige Schönheit gewesen wäre. Er hob die andere Hand und zog den Schal ganz von ihrem Kopf. Sie hatte einen

Teint von der Farbe einer Kamee und bernsteinfarbene Augen, in denen sich ein Mann verlieren konnte. Diese Augen beobachteten ihn jetzt, weit aufgerissen und unglaublich rein und dennoch unergründlich. Ihre Wangenknochen waren hoch, ihre Nase vollkommen und gerade, ihr Mund war nicht rot, sondern rosig wie die Morgenröte, ein Farbton, der ihn an Nacktheit erinnerte und die Frage aufwarf, ob er denselben Farbton auch auf den Spitzen ihrer Brüste vorfinden würde. Außerdem wurde er daran erinnert, daß es ihm an einer ganz bestimmten Stelle, mit der er sich im Moment nicht auseinandersetzen konnte, äußerst unbequem wurde.

In dem gefilterten Licht, das durch das tiefe Dunkel drang, hatte ihr Haar diesen kräftigen Honigton. Die Feuchtigkeit, die vom Golf kam, übte ihren Zauber auf den festgeschlungenen Knoten aus und hatte einige der kürzeren feineren Haare gelöst, die sich jetzt engelsgleich um ihr Gesicht lockten. Es juckte ihn in den Fingern, diesen Knoten zu lösen, weil er wissen wollte, wie sich ihr Haar in seinen Händen anfühlte. Aber das Mädchen sah so verängstigt aus, als könnte es jederzeit davonlaufen, und es war wichtiger, ihren Namen herauszufinden ... für den Moment jedenfalls.

»Ich weiß nicht, wer Sie sind, aber offensichtlich haben Sie mich mit jemandem verwechselt«, sagte sie. »Ich bin keine Frau von *der* Sorte.«

Seine Zähne schimmerten in dem matten Licht unglaublich weiß. Sein Lächeln war belustigt und spöttisch zugleich. »Und was für eine Sorte Frau sind Sie?«

»Ich habe weder die Zeit noch die Geduld, hier stehenzubleiben und zu erfrieren, während Sie Ihren Spaß mit mir haben. In Indianola wimmelt es von bereitwilligen Frauen. Ich schlage vor, Sie suchen sich eine von denen und lassen mich in Ruhe.«

»Ich habe kein Interesse an den bereitwilligen Frauen von Indianola. Mein Interesse gilt nur Ihnen, ob Sie zu haben sind oder nicht.«

»Ich bin nicht gewillt und schon gar nicht zu haben. Und jetzt lassen Sie meinen Arm los.«

»Allzu freundlich sind Sie nicht gerade.«

Sie riß ihren Arm zurück, doch er hielt ihn fest und packte nur noch fester zu, als sie ihn zurückziehen wollte.

»Nur nicht so eilig. Im Märchen darf man nichts überstürzen.«

»Wenn ich mich recht erinnere, hat der Wolf Rotkäppchen laufenlassen.«

»Aber erst, nachdem er wußte, wohin es geht.«

»Wohin ich gehe, geht Sie nichts an.«

»Dann sagen Sie mir, wer Sie sind.«

»Ich bin Rotkäppchen, haben Sie das schon vergessen?«

»Sagen Sie mir, wie Sie heißen.«

»Sagen Sie mir, wie Sie heißen.«

»Nicholas Mackinnon, stets zu Ihren Diensten, und ich hoffe, schon bald auch in Ihrer Schuld zu stehen.«

»Sie werden eher im Gefängnis landen, Mr. Mackinnon... nachdem ich dem Sheriff Ihren Namen genannt habe. Sie halten mich gegen meinen Willen auf, Sir. Ihre Aufmerksamkeiten kommen mir ungelegen und sind unerwünscht. Wenn Sie jetzt meinen Arm nicht loslassen, sehe ich mich gezwungen, Beschwerde gegen Sie zu erheben. Es gibt Gesetze, die Frauen vor Ihresgleichen schützen.«

Er warf den Kopf zurück und brach in schallendes Gelächter aus, und Tibbie hatte zum ersten Mal Gelegenheit, ihn genauer anzusehen. Zum ersten Mal schaute sie ihn wirklich an. Das war ein Mann, der es ganz entschieden nicht nötig hatte, Frauen in dunklen Gassen anzusprechen. Welche Mängel er auch haben mochte, an seinem Aussehen war bestimmt nichts auszusetzen. Nicht, wenn einer ein solches Gesicht hatte – diese üppigen, geschwungenen Lippen mit den spöttisch hochgezogenen Mundwinkeln, dieses arrogante männliche Kinn, die römische Nase, die bei jedem anderen Mann albern gewirkt hätte, aber zu seinem

Gesicht und seiner Statur perfekt paßte. Ebenso das Haar, dunkelbraun mit helleren Glanzlichtern. Sie wußte nicht, wie sie dazu kam, seine Augenfarbe erraten zu wollen – sie tippte auf Blau. Und das ärgerte sie. Ihr war vollkommen gleich, ob er überhaupt Augen hatte, und noch weniger interessierte sie sich für deren Farbe.

Trotz der Mutmaßung, die sie zu seiner Augenfarbe anstellte, war das Irritierendste an ihm das Grübchen in seinem Kinn. Grübchen kannte sie nur an Frauen, und bestimmt nicht am Kinn. So etwas hatte sie noch nie gesehen, und sie war sicher, daß sie es nur gern angefaßt hätte, weil es so seltsam war.

Aber Tibbie war nicht mehr so anfällig und so leicht zu beeindrucken, wie sie es mit sechzehn gewesen war. Sie war nicht mehr dasselbe naive kleine Mädchen, das sich von dem Charme und dem guten Aussehen eines Mannes einwickeln ließ. Männer von seiner Sorte hatte sie schon gesehen. Schon oft. Sie waren alle gleich, sie redeten dasselbe, und ob sie nun dieselben Worte aussprachen oder nicht, so waren sie doch alle auf dasselbe aus. Sie spürte, wie sich ihre Wut und Entrüstung steigerten. Es stimmte, dieser Mann war wie alle anderen und nur auf eins aus, aber dieser Mann löste eine Reihe von Reaktionen in ihr aus, die kein anderer Mann in ihr ausgelöst hatte – zumindest seit fünf Jahren nicht.

Warum ausgerechnet er?

Warum sollte dieser Mann sie durcheinanderbringen, wenn es so vielen anderen mißlungen war?

Ein paar Betrunkene wankten durch die Türen des Saloons, und mehr Ablenkung brauchte sie nicht. In dem Moment, in dem er einen Blick auf die Saloontür warf, riß Tibbie ihren Arm zurück und überrumpelte ihn. Sowie sie sich befreit hatte, lüpfte sie ihre Röcke und lief los. Erst als sie die Straße erreicht hatte, in der die Kirche und die Pfarrei standen, spürte sie den eiskalten Wind, der ihr ins Gesicht fegte.

Das erste, was Tibbie am nächsten Morgen auffiel, war, daß der Wind sich gelegt hatte. Ihr Schlafzimmer hatte die Temperatur eines Eisblocks, und daher zog sie sich schnell an und sprang in großen Sätzen die Hintertreppe runter. Sie schaute in die Küche und fand sie leer vor. Daher schenkte sie sich eine Tasse Tee ein und nahm sie mit ins Sprechzimmer ihres Vaters. Coll empfing bestimmt bereits Patienten, das stand für sie fest, obwohl der Rest der Familie noch schlief. Es war zwar eine große Versuchung, länger im Bett zu bleiben, aber sie wußte, daß ihr Vater sie brauchte. Um diese Jahreszeit waren Erkältungen und Grippe verbreitet, und erst gestern hatten sie gehört, daß in San Antonio ein Dutzend wenn nicht mehr Fälle von Diphtherie gemeldet worden waren.

Als sie eintrat, schaute ihr Vater gerade dem kleinen Herbie Gillingwater tief in den Rachen. Als sie den ernsten Ausdruck auf seinem Gesicht sah, beschloß Tibbie, nicht den üblichen Umgangston, ein fröhliches Geplänkel, mit ihrem Vater anzuschlagen. »Guten Morgen, Papa«, sagte sie und nickte der Frau zu, die neben ihm stand. »Mrs. Gillingwater.« Sie ging zum Schrank, holte eine saubere Schürze heraus und band sie sich um, als sie ihren Vater sagen hörte: »Diphtherie.«

Tibbie hatte bisher noch nie einen Fall von Diphtherie erlebt, aber am Nachmittag desselben Tages hatte sie die gelblichgrauen Stellen auf dem Kehlkopf oder den Mandeln von fünf Patienten gesehen, und es war erst vier Uhr. Das Entmutigendste an der Geschichte war, daß es sich bei allen Fällen um Kinder handelte; die Diphtherie, sagte ihr Vater, erwischte nämlich im allgemeinen keine Kinder, die älter als sechs Monate waren.

Tibbie wischte sich den Schweiß von der Stirn und wußte, daß sie nach pulverisiertem Schwefel roch, den sie in einer Kalklösung gekocht und den kranken Kindern mit einer Gänsefeder in die Nase getropft hatte. Als endlich der letzte Patient behandelt worden war, war sie zu müde, um etwas zu essen; sie wünschte sich nur noch ein Bad und ein Bett.

Während sie sich den Schwefel vom Körper und aus dem Haar schrubbte, saß Nick Mackinnon im Tarnished Angel Saloon verdrossen über einem Whisky. Was für ein Tag! Was für eine Stadt voller unfreundlicher, verschlossener Menschen. Er hatte ein Dutzend Einwohner des hübschen Städtchens nach der Frau mit dem honigfarbenen Haar gefragt – Leute, die halbwegs freundlich gewesen waren, bis er sie beschrieben hatte. Sowie er das getan hatte, stellten sie sich taub.

Thorn Newberry sagte ihm, er solle sich um seine eigenen Angelegenheiten kümmern. Mrs. Weatherby meinte, er »belle unter dem falschen Baum«. Miss Merrilee Jackson sagte: »Hauen Sie ab, und schnüffeln Sie woanders.« Und der gute Reverend hatte gesagt: »Satan, weiche!« Nick hatte sich tatsächlich umgedreht und hinter sich geschaut, weil er sehen wollte, mit wem der gute Reverend redete. Erst als er sah, daß niemand sonst in der Nähe war, wurde ihm klar, an wen diese Worte gerichtet waren. Der Barbier schnitt ihm mit der Schere ins Ohr, als er sich nach der Frau erkundigte. Der Schmied drohte ihm, das glühende Hufeisen, das er hielt, auf seine Rückseite zu pressen. Sogar die Hure im Tarnished Angel reagierte feindselig und schüttete das Glas Whisky, das er ihr gerade bestellt hatte, über seinem Schoß aus und riet ihm, sich zu verziehen und die anständigen Frauen von Indianola in Ruhe zu lassen.

Immer wieder passierte es, und er handelte sich jedesmal dieselbe Abfuhr ein, wenn er sich nach dem Engel mit dem Haar aus gesponnenem Honig erkundigte. Der Schuhputzer weigerte sich, seinen zweiten Stiefel zu säubern; die Frau im Restaurant riß ihm den Teller mit Eiern und Speck unter der Nase weg, während er noch beim Essen war; der Sheriff riet ihm, seine Gelüste in New Orleans auszuleben. Als er das Zeitungsgebäude erreichte, mußte der Besitzer bereits vernommen haben, daß er auf dem Weg zu ihm war, denn er beobachtete durch die Glasscheiben in der Tür sein Näherkommen. In dem Moment, in dem Nick die Hand auf die Tür legte, um sie aufzudrücken, schob der

Mann den Riegel vor, drehte das Schild mit der Aufschrift GESCHLOSSEN zu ihm um und zog die Jalousie runter.

Nick trank sein Glas aus und dachte immer noch an das Mädchen. Sie mochte sich zwar gestern abend von ihm losgerissen haben und ihm entkommen sein, aber es würde bessere Zeiten geben. Er würde herausfinden, wer dieses geheimnisvolle Mädchen war. Und dann würde er auch erfahren, wie es kam, daß alle Einwohner von Indianola den Mund hielten und sich als Beschützer aufspielten, wenn es um sie ging. Was mochte sie bloß gegen die ganze Stadt in der Hand haben, daß sie eine solche Macht über die Leute hatte? Die Antwort auf diese Frage beschäftigte ihn fast so sehr wie der Entschluß dahinterzukommen, wer sie war.

Am nächsten Morgen war Nick in der Werft, in der sie den Bau des Schiffs beginnen wollten, dessentwegen er nach Indianola gekommen war. Der Mann, der das Schiff bestellt hatte, war der größte Exzentriker, der ihm je über den Weg gelaufen war – Josiah P. Bitterworth, ein Mann, der sich persönlich auf den Feldzug begeben hatte, den Staat Texas nur mit in Texas gebauten Schiffen zu versorgen. Als Nick versucht hatte, ihm zu erklären, daß sie das Schiff in ihrer Werft in Nantucket wesentlich schneller würden bauen können, hatte der Mann schlicht und einfach erwidert: »*Dieses* Schiff muß in Texas gebaut werden.« Nick hatte schon vor langer Zeit gelernt, daß man besser dran war, wenn man wenig über einen anderen in Erfahrung brachte. Der Mann bezahlte gutes Geld. Er verlangte nichts, was ungesetzlich war, und das genügte ihm.

Seine Entwürfe für den Schiffsrumpf hatte er sich eng zusammengerollt unter den Arm geklemmt, als er die Straße überquerte. Als erstes schaute er in sein Büro, von dem aus er die Werft überblicken konnte. Sein langjähriger Freund Porter Masterton war über seinen Schreibtisch gebeugt. Er sah auf, als Nick eintrat.

»Nick, guten Morgen! Ich habe mir gerade die Instruktionen angeschaut, die du gestern dagelassen hast. Die Männer sind jetzt da und pausen die Konturen auf den Boden.«

»Sind die Schalstücke der Rahen fertig?«

»Seit vorgestern. Gestern sind sie auf den Boden genagelt worden. Wenn alles gutgeht, sollten wir nächste Woche die Mallbretter schneiden können.«

»Dann schauen wir uns doch mal an, wie die Dinge stehen.«

Nick war niedergeschlagen. Nicht etwa, daß mit den Kreidestrichen etwas nicht stimmte, die auf den Boden übertragen wurden. Er war aufgebracht, weil er sich nicht konzentrieren konnte. Mehr als einmal hatte Porter ihm eine Frage gestellt und gemerkt, daß Nick gar nicht zuhörte. Nick stellte fest, daß er in Gedanken überhaupt nicht beim Schiffsbau war, sondern bei einem Mädchen mit honigfarbenen Haaren, das er anscheinend nicht lange genug ins Abseits drängen konnte, um seine Arbeit verrichten zu können. Wenn das so weiterging, würde das Schiff niemals fertig werden.

Es war halb fünf, als sie gingen, und der Februartag ging zur Neige, als erwartete er schon freudig die Dunkelheit, die bald folgen würde. Nick blieb noch ein paar Minuten vor dem Büro stehen und unterhielt sich mit Porter. Dann schlug er den Kragen seines Mantels hoch und machte sich auf den Weg zur Stadt.

Er wollte einen Drink.

Er brauchte dringend einen Whisky.

Die Straße war schon stellenweise eisig, und die Gegend um ihn herum erschien ihm finster, karg und unfreundlich. Seine Gedanken kehrten, wie sie es schon die ganze Woche taten, wieder zu der Frau zurück.

Am anderen Ende der Stadt wandten sich Coll Buchanans Gedanken demselben Thema zu.

Tibbie saß auf seinem Bett und unterhielt sich mit ihrer Mutter, als Coll nach oben kam. Er blieb einen Moment in der Tür stehen und betrachtete die beiden. Im weichen Schein der Lampe boten sie einen überwältigenden Anblick, Effie mit dem dunklen Haar ihrer russischen Großmutter, das nur von wenigen Silberfäden durchsetzt war, und Tibbie so goldblond wie seine eigenen schottischen Eltern. Gelbe Lichter tanzten in ihren Augen, als sie mit lebhaften Gesten redete. Die Augen seiner Tochter hatten ihn schon immer fasziniert, insbesondere, da er niemals sonst eine solche Farbe gesehen hatte: ein helles Braun mit gelben Sprenkeln, von derselben Farbe wie ein Paar alte Bernsteinohrringe, die seine Mutter früher einmal besessen hatte. Als er sah, wie sie lachte, während ihre Mutter ihr das lange Haar bürstete, fühlte er sich auch tatsächlich an seine Mutter erinnert. Und er erinnerte sich auch daran, wie sein Vater seiner Mutter immer das Haar gebürstet hatte. Er schaute seine Tochter an. *Eine solche Vergeudung... eine so erbärmliche Vergeudung...* Sie hätte einen Liebsten haben sollen, der das für sie tat, dachte er.

3

»Ich weiß nicht, warum du immer querfeldein über die Weide laufen willst und nicht den Weg nehmen kannst wie normale Menschen. Du weißt doch, daß es den alten Mr. Harkington rasend macht, wenn wir über seine Felder gehen. Und außerdem wird Papa dir bei lebendigem Leib die Haut abziehen, wenn er dahinterkommt.«

Das schlanke Mädchen mit den ernsten braunen Augen blieb stehen und schaute auf den Weg, den seine Schwester gerade als »eintönig und doof« beschrieben hatte. Da sie nichts Eintöniges und nichts Doofes daran finden konnte, sagte Mairi lediglich: »Ich kann dich einfach nicht verstehen.«

Das verstand Tibbie nur zu gut. Sie verstand sich ja selbst nicht und schon gar nicht den Spuk, der sie die Hälfte der Zeit in einen hypnoseähnlichen Zustand versetzte. Und ganz gewiß verstand sie nicht, wie es kam, daß sie Melodien zu hören schien, die niemand außer ihr hörte, oder woran es nun wirklich lag, daß ihre Seele eine Zauberpforte hatte, die in einen sonnigen Garten voller Phantasien und Träume führte. Ihr Papa sagte, sie hätte einen verrückten Logiergast im Dachstübchen; ihre Mutter nannte es Einbildung; Großmama meinte, sie hätte die Fähigkeit, mit dem dritten Auge zu sehen. Mairi sagte, sie sei schlichtweg verrückt.

Und vielleicht war sie das auch.

Sie sah über den Zaun, schaute über die Weide. Ein goldener Schleier zog sich über die sanfte wellige Landschaft, und die trockenen Gräser flüsterten mit dem Wind, wenn er sie streifte.

Es verwunderte sie, daß sie in nicht mehr als einem kurzen Monat hier auf demselben Fleck stehen und überall die strahlende Farbenpracht blauester Kornblumen sehen würde, das grelle Orange der Fackellilien, den schockierenden Kontrast von Rot und Gelb bei den Weidenröschen und das tiefe Gold der Sonnenblumen.

Zugleich ließ diese Vorstellung Mr. Harkingtons massigen Umfang schrumpfen und seine aufgeblasene Art in ihren Hinterkopf zurückweichen.

Mr. Harkingtons Farm grenzte im Osten an das Land der Buchanans, und wenn sie auf dem Heimweg die Vorteile der Abkürzung voll nutzen wollten, mußten sie ein kleines Stück seines Anwesens überqueren. Mr. Harkington war schon fast so lange hier wie Indianola, und es wurde gemunkelt, sein Vater sei einer der Alligatoren gewesen, die die sumpfigen Buchten der Küstengegend bewohnten, und seine Mutter sei ein Taschenkrebs. Als Tibbie älter geworden war, hatte sie eine gewisse Rechtfertigung für diese Gerüchte gefunden, denn Mr. Harkington hatte tatsächlich einige der offensichtlichen Eigenschaften beider Wesen geerbt.

Großmama sagte, er sei ein alter Spinner und verrückter als ein Irrer. Tibbie war nicht ganz sicher, wie verrückt Irre eigentlich waren, aber was den Spinner anging... na ja, vielleicht war es das, was ihn dazu gebracht hatte, auf dem Weg, der zu seinem Haus führte, ein Schild aufzustellen, auf dem stand: KEIN ZUTRITT FÜR DEPPEN, WEIBER UND SCHNORRER.

»Wie kann ein Mann nur so aberwitzig sein, ein derart absurdes Schild aufzustellen?« fragte Effie, als sie eines Morgens auf dem Weg zur Kirche an dem Schild vorbeikamen. »Deppen, Weiber und Schnorrer, also ich muß schon sagen. Da besteht doch nicht der geringste Zusammenhang!«

Coll, der es schon vor langer Zeit gelernt hatte, einem schiefhängenden Haussegen entgegenzuarbeiten, zog lediglich fragend eine Augenbraue hoch und schnalzte mit den Lippen, damit die Stute schneller lief und Effie augenblicklich ihre gesamte Aufmerksamkeit darauf richten mußte, ihren Hut auf dem Kopf zu behalten.

Mr. Harkington war schon etwas merkwürdig, das mußte Tibbie zugeben. Niemand hatte sein Haus je von innen gesehen, was daran lag, daß er nie jemanden ins Haus bat. Tibbie hatte jedoch den Verdacht, der Hauptgrund läge in der alten Henry-Büchse, mit der er Besucher begrüßte. Und obwohl er selbst schon etwas merkwürdig war, hatte er auch noch die sonderbarsten Tiere im ganzen Staat Texas. Jeder, der seinen alten vierrädrigen Wagen in der Stadt sah, wußte, daß er sich besser fernhielt, denn sein Pferd, ein kreuzlahmer Rotschimmel, war bissig. Drat Wilson, dem Säufer der Stadt, hatte er das rechte Ohr glatt abgebissen, und einmal hatte er es auf die Zigarre des Sheriffs abgesehen und dabei ein gutes Stück von dessen Lippe rausgerissen. Daher nannten die Leute ihn Hasenscharten-Harry.

Mr. Harkington hatte außerdem einen schwarzbraungefleckten Jagdhund, der »den Hühnern die Beine abjagte«, wie Effie sagte; aber es war ein Glück für den Hund, daß er immer nur Jagd auf die Hühner machte, soweit bekannt war, aber noch nie einem Huhn etwas zuleide getan hatte – ihnen ging lediglich die Puste aus.

Aber was Tibbies Herz mit Gottesfurcht erfüllte, war der alte rote Stier, der Hammer hieß. Sie hatte den Verdacht, daß Mr. Harkington ihn Hammer nannte, weil er schon ein paar Leute in Grund und Boden gestampft hatte. Mehr als einmal hatte sie selbst kurz davorgestanden, von Hammer wie ein Nagel in den Boden getrieben zu werden, und sie hatte Hammers heißen Atem in ihrem Genick gespürt, wenn er aus dem Nichts auftauchte, um Jagd auf sie zu machen. Und als ob das noch nicht gereicht hätte, hatte sie immer noch eine Narbe auf der Schulter, denn er war ihr einmal nah genug gekommen, um sie mehr als nur seinen Atem spüren zu lassen, und aus dem Grund hatte ihr Coll verboten, je wieder diese Abkürzung zu nehmen.

Und sie hatte es auch nicht mehr getan.

Mindestens sechs Monate lang.

Aber es lag in Tibbies Art, den guten Seiten einer Sache mehr Gewicht beizumessen als den schlechten, und in dem Fall wog die Abkürzung über Mr. Harkingtons Weideland bei weitem mehr als die Monotonie einer Landstraße oder ein widerlicher alter Stier. Heute schien alles dafür zu sprechen. Mairi schüttelte den Kopf, als sie zusah, wie ihre Schwester sich durch die Zaunlatten zwängte, über die Weide lief und den Korb fröhlich schlenkerte.

Tibbie hatte eine Art zu laufen, die schnell und resolut war, ganz so, als wüßte sie immer genau, wohin sie ging und was sie vorhatte, wenn sie dort ankam. Und das konnte Mairi gar nicht einleuchten, die mit Vergnügen durch die Gegend schlenderte, von einer Straßenseite auf die andere spazierte und stehenblieb und ihre Zeit mit jedem vertrödelte, der ihr zufällig begegnete.

»Tibbie!« rief sie. »Tibbie Anne Buchanan, ich weiß, daß du mich hören kannst.«

Aber wenn Tibbie sie hörte, dann ließ sie es sich nicht anmerken.

»Na schön!« rief Mairi. »Tu doch, was du willst. Du wirst ja sehen, daß es mich nicht stört, wenn du hinterher Schlamm an den Schuhen und Kletten am Rock hast. Ich nehme jedenfalls den Weg.« Als sie sah, daß ihre Schwester nicht zur Vernunft kam, stampfte Mairi mit dem Fuß auf. »Diese Sturheit!« fluchte sie. »Ich wette, wenn diese Frau als Huhn geboren worden wäre, dann würde sie eckige Eier legen.« Trotz ihres Beharrens darauf, daß ihr Weg nicht nur der beste und der logischste war, sondern auch der einzige, den jeder normale Mensch gewählt hätte, sah sie sich schließlich nach allen Richtungen um, und als sie Hammer nirgends sah, kletterte sie durch den Zaun und rannte los, um ihre Schwester einzuholen.

Atemlos und mit rotem Kopf hatte sie Tibbie ein paar Minuten später erreicht. Sie murrte immer noch, hielt sich mit einer Hand den Hut auf dem Kopf fest und preßte sich die andere gegen das Seitenstechen in die Rippen, während sie Tibbie noch einmal vorwarf, was sie alles störte. »Sieh dir nur unsere Röcke an! Das nasse Gras schadet ihnen. Und sieh dir meine Schuhe an. Sie sind schlammverkrustet.«

»Du kannst sie putzen, wenn du zu Hause bist«, gab Tibbie zurück. »Nachdem du die Kletten von den Röcken geklaubt hast.«

»Ich habe nie verstanden, warum du dir all diese zusätzliche Arbeit machst und dich in Gefahr begibst – und all das nur für eine Abkürzung«, sagte Mairi, die immer noch hopste, um mit Tibbie Schritt zu halten.

»Es geht nicht um die Abkürzung. Ich laufe einfach gern querfeldein. Der Weg kann einem furchtbar langweilig werden.«

»Und das hier etwa nicht?« jammerte Mairi, die sich umsah und nichts Interessantes entdecken konnte. Als sie bemerkte, daß der Abstand zwischen Tibbie und ihr sich wieder zu sehr vergrößerte, raffte sie die Röcke und rannte hinter ihr her.

»Haben wir es etwa eilig, Tib? Hast du Hammer gesehen?«

»Nicht daß ich wüßte.«

»Warum mußt du dann so schnell laufen?«

»Wenn ich stehenbliebe, wäre ich dir noch zu schnell.«

Auf einen Vorübergehenden hätten die beiden Mädchen niemals wie Schwestern gewirkt. Tibbie, bei der die schottischen Vorfahren der Familie durchkamen, war blond und zierlich gebaut, wogegen Mairi die Größe und das dunkle Haar des mütterlichen Familienzweigs geerbt hatte. Die einzige Ähnlichkeit der beiden Schwestern lag in ihren braunen Augen, und selbst die unterschieden sich sehr voneinander, denn Mairis Augen waren von einem kräftigen und dunklen Braun, Tibbies dagegen wesentlich heller. Mairi zog Tibbie immer damit auf und sagte, ihre Augen hätten die Farbe von »Karamel, das Fäden zieht«.

Tibbie, die sich nie übertrumpfen ließ, konterte, indem sie Mairi sagte, ihre hätten »die Farbe von ungeschwefelter Melasse«.

Mairi war es noch nie gelungen, den Unterschied zwischen ungeschwefelter Melasse und Zuckersirup von der anderen Sorte zu erkennen, aber Tibbie versicherte ihr, den gäbe es, und sie brachte es so überzeugend vor, daß Mairi geneigt war, ihr zu glauben.

Vor ihnen lag die graugrüne Weide, auf der noch das trockene Gras des letzten Sommers stand, und nach dem Wolkenbruch waren die Gräser naß und abgeknickt. Tibbie atmete tief ein und rief aus: »Kannst du es denn nicht riechen, Mairi? Wie köstlich frisch alles erscheint? Ich liebe diesen Geruch nach dem Regen.«

Mairi sog schnuppernd die Luft ein. »Ich finde, es riecht nach nassem Gras und Kuhfladen.«

Tibbie wollte ihr gerade einen Vortrag darüber halten, was es hieß, alles braun in braun zu sehen, doch in genau diesem Moment nahm sie aus dem Augenwinkel eine Bewegung wahr. Und einen rötlichen Farbton.

»Hammer hat uns gesehen!« rief sie Mairi zu und gab ihr einen Schubs. »Lauf!«

Sie rannten los. Als sie den Zaun erreicht hatten, warf Tibbie ihren Korb darüber, und sie und Mairi zwängten sich im allerletzten Moment durch die Latten. Einen Augenblick glaubte Tibbie wirklich, Hammer würde durch den Zaun rasen und sich auf sie stürzen, aber er blieb abrupt stehen, schnaubte und warf den Kopf zurück. Sie waren atemlos und zu entsetzt, um sich von der Stelle zu rühren, und daher blieben sie stocksteif stehen und keuchten. »Oha«, stöhnte Mairi zwischen zwei Atemzügen. »Wir kriegen Ärger.«

Und sie bekamen Ärger, denn Mr. Harkington lief auf sie zu und wirkte wütender als eine gereizte Hornisse. Er rannte, als hätte jemand seine Unterhose in Terpentin getaucht und ein Streichholz angezündet. Als er die Mädchen erreicht hatte, war seine Glatze feuerrot und sein Gesicht vor Wut fleckig und gesprenkelt. »Ich habe euch schon mehr als einmal gesagt, daß ihr euch von meinem Anwesen fernhalten sollt. Und was finde ich hier? Euch!« sagte er und stach so nachdrücklich mit seinem knochigen Zeigefinger in die Luft, daß Tibbie einen Schritt zurückwich.

»Wir haben nichts angestellt.«

»Keine Widerworte, Fräuleinchen! Ihr habt Schlammspuren auf meinem Feld zurückgelassen und meinen Stier gereizt, und das reicht schon.«

»Ihr Stier ist immer gereizt, Mr. Harkington, das wissen Sie selbst. Und was die Fußstapfen auf Ihrem Feld angeht, da haben Sie und Ihr Bulle weit mehr Schaden angerichtet als meine Schwester und ich.«

»Ich habe dich schon oft genug gewarnt, du hochnäsige Göre. Ich werde es deinem Papa sagen... und dem Sheriff auch, wenn es sein muß.«

»Beim Sheriff können Sie ja keine freche *Lippe* riskieren, Sir«, sagte Tibbie, die zu wütend war, um die Warnung zu beachten, die Mairi ihr mit einem entsetzten Schnaufen gab. Mr. Harkingtons Gesicht war jetzt einheitlich purpurfarben.

»Du kannst es dir ja gerade leisten, in der Vergangenheit rumzustochern! Du hast ja doch nur Stroh im Kopf, du kleine Schlampe!«

»Lieber habe ich Stroh im Kopf als Ihren Dickschädel auf den Schultern... und ich brauche mir wenigstens nicht das Haar einen halben Meter lang wachsen zu lassen, damit man die kahle Stelle auf meinem Kopf nicht sieht. Und was das andere angeht...«

Mairi streckte schnell die Hand aus und packte Tibbies Arm. »Tibbie... bitte...«

Tibbie wußte, daß Mr. Harkington empfindlich auf seine Haarlosigkeit reagierte, und sie nutzte die Zeit, die er brauchte, um an seiner Wut zu würgen, um ihren eigenen rasenden Zorn zu bändigen und die Selbstbeherrschung wiederzufinden.

»Ich würde gern sagen, daß Sie mir leid tun, Mr. Harkington, weil Sie das elendiglichste Geschöpf sind, das mir je begegnet ist, aber ich muß feststellen, daß mir nur diejenigen leid tun, die ihre Feindseligkeit nicht beherrschen können, während es Ihnen Vergnügen bereitet, Ihren Groll zu nähren. Bleiben Sie ruhig weiter hier, und leben Sie mit Ihrer übellaunigen Art und Ihren bösartigen Tieren hier draußen, und Sie werden ja sehen, was aus Ihnen wird. Irgendwann werden Sie einen der Menschen brauchen, die Sie so schäbig behandelt haben, und was werden Sie dann tun? Was ist, wenn der nächste Orkan Ihr Haus wegweht, wie es den Ramsays letztes Mal passiert ist? Und Ihre Scheune und Ihre Ställe noch dazu? Glauben Sie etwa, Sie könnten all das mit Hilfe Ihres Hundes, Ihrer Hühner und Ihres bösartigen Ziegenbocks wiederaufbauen? Was werden Sie anfangen, wenn die nächste Gelbfieberepidemie oder die Pocken Sie erwischen? Ihr Pferd zu meinem Vater schicken? Und was passiert, wenn Sie sterben, Mr. Harkington? Dazu wird es zweifellos eines Tages kommen. Glauben Sie etwa, Ihr roter Bulle wird Sie aufbahren und sich um Ihr Begräbnis kümmern? Oder wird er nicht vielleicht weiterhin das Gras niederstampfen, während die Geier Ihre Knochen abnagen?«

»Wenn ihr noch einmal mein Grundstück betretet, dann werdet ihr meine Henry kennenlernen«, sagte er, und es klang seltsam gedämpft. Er wandte sich um und gab seinem Bullen einen Klaps seitlich auf den Kopf. »Haut ab... verschwindet von hier!« Mit wütenden Schritten stapfte er los und murmelte vor sich hin, er hätte sie schon vor langer Zeit mit seiner Henry erschießen sollen.

Tibbie und Mairi sahen sich erleichtert an. »Er wird es wirklich tun«, sagte Mairi. »Denk an meine Worte. Eines Tages wird er mit seiner alten Henry auf dich schießen.«

»Der Schlagbolzen ist so verrostet, daß man mit dem Ding keinen Kerzendocht mehr anzünden könnte.«

»Er kann sie immer noch als Knüppel benutzen.«

Die beiden Mädchen wandten sich ab und liefen über die eigene Weide.

»Das war das letzte Mal, daß ich das mitgemacht habe«, sagte Mairi.

»Das sagst du jedesmal.«

»Aber diesmal ist es mein Ernst. Ich weigere mich ganz entschieden, jemals wieder...« Sie sah zum Himmel auf. »Soll Gott mich mit Taubheit und Stummheit schlagen, wenn ich jemals wieder auch nur soviel wie meinen kleinen Finger durch Mr. Harkingtons Zaun stecke.«

»Komm schon.«

Mairi lief hinter ihrer Schwester her, und als sie nach ein oder zwei Minuten merkte, daß sie sich nicht direkt auf den Weg zum Haus machten, rief sie: »Hast du den Verstand oder die Orientierung verloren? Unser Haus liegt da drüben.« Zur Betonung wies sie mit dem Finger in die Richtung.

»Wir haben erst noch einen Botengang zu erledigen.«

Mairi lief schneller, bis sie an Tibbies Seite war. Als sie auf einen anderen Zaun zugingen, wurde Mairi aufmüpfig. »Bist du von Sinnen? Das ist *sein* Land«, protestierte sie.

»Das weiß ich selbst.«

»Ich setze keinen Fuß über diesen Zaun.«

»Fürchtest du dich vor ein paar Säuen?«

»Ich fürchte mich vor allem, was Mr. Harkington gehört.« Mairi beäugte die rund dreißig Schweine durch den Zaun. Dann drehte sie sich um und sah, daß ihre Schwester Stechapfel ausriß.

»Was hast du damit vor?«

Tibbie trug einen Armvoll zum Zaun und warf ihn drüber. Die Schweine drängten sich um das Futter und schnaubten und quiekten, während sie es verschlangen.

»Mein Gott! Stechapfel bringt die Säue um!«

»Soviel habe ich ihnen nicht gegeben. Sie werden nur Bauchweh kriegen.«

»O Gott, wir sollten jetzt lieber von hier verschwinden.«

Diesmal stimmte Tibbie ihr zu, und sie kehrten um und kamen bald wieder an der Stelle vorbei, an der sie Mr. Harkington getroffen hatten. Plötzlich sah Tibbie, daß ihre Kuh den Kopf durch die Zaunlatten gesteckt hatte und versuchte, das Gras auf der anderen Seite zu fressen.

»O nein, nicht schon wieder!« schimpfte Tibbie. »Dieses verflucht sture Tier!«

Mairi blieb stehen und sah ihre Schwester an. Ehe sie fragen konnte, was los war, wandte sich Tibbie zu ihr um. »Nimm diesen Korb mit zum Haus. Sag Mama, daß ich so bald wie möglich komme.« Tibbie reichte ihrer Schwester den Korb mit Trockenobst.

»Was ist da drin?«

»Sag Mama einfach, Mrs. Pinckney hätte ihr den Korb für all das geschickt, was Papa für Horace getan hat, als er sich das Bein gebrochen hatte. Den Korb und das Tuch soll sie auch behalten.«

Mairi sah ihre Schwester bestürzt an. »Aber wohin gehst du, Tib?«

Tibbie sah über das Feld. »Am Zaun entlang. Bertha steckt wieder einmal mit dem Kopf zwischen den Latten fest.«

Mairi sah in die Richtung, in die Tibbie geschaut hatte. »So eine dumme Kuh! Du solltest sie einfach dort steckenlassen. Vielleicht würde sie es sich dann genauer überlegen, ob sie ihren Kopf noch einmal durch den Zaun steckt.«

Tibbie nahm den langen Zopf, der ihr auf die Brust hing, und warf ihn sich über die Schulter. »Sie ist eine so gute Milchkuh, daß ich sie nicht dort steckenlassen kann. Wenn sie sich zu sehr aufregt, wird sie keine Milch mehr geben. Ich muß ihr helfen … es sei denn, du möchtest es lieber tun.«

Mairi umklammerte den Korb fester. »Im Umgang mit Tieren warst du schon immer besser als ich.«

Mairi zog sich das Tuch enger um die Schultern und wandte sich ab. »Aber trödel nicht rum, hast du gehört? Du weißt ja, wie wichtig es Mama ist, daß wir rechtzeitig kommen.«

»Sie ist es gewöhnt, daß Papa und ich zu spät kommen«, erwiderte Tibbie.

»Sie ist es nicht gewöhnt«, widersprach Mairi. »Sie duldet es lediglich.« Mairi setzte sich in Bewegung. »Eins weiß ich«, sagte sie über die Schulter. »Ich werde niemals einen Arzt heiraten.«

»Es gibt schlimmere Berufe, und wir können uns davon ernähren. Außerdem macht es Papa glücklich.«

»Es macht *dich* und Papa glücklich.«

Die kalte Jahreszeit war anscheinend vorüber, denn heute war es ungewöhnlich warm für einen Februartag gewesen. Tibbie fühlte sich so ausgelassen, wie Bertha sich gefühlt haben mußte, als sie den Kopf durch die Zaunlatten gesteckt hatte, und sie sah ihrer Schwester nach, die über eine niedrige Anhöhe verschwand. Dann zog sie sich das Fransentuch enger um die Schultern und drehte sich dreimal im Kreis. Die Begegnung mit Mr. Harkington war längst vergessen, und sie lachte über die wunderbaren Empfindungen, die sie durchströmten. Noch einen Monat, und überall würde sie die ersten Zeichen des Frühlings sehen.

Frühling!

Ihre liebste Jahreszeit, in der die ganze Erde zu pulsieren schien, weil die Energien der Natur überall zu spüren waren. Der Frühling. Die Zeit, ehe die Hitze und die Insekten sie ins Haus trieben. Sie wirbelte noch einmal im Kreis herum und drehte sich schneller und immer schneller, bis ihr so schwindlig war, daß sie in einer duftigen Wolke von Röcken und Unterröcken in den trockenen Küstengräsern zusammenbrach. Sie zupfte einen Grashalm aus dem Boden und wollte ihn sich gerade in den Mund stecken, als die Silhouette eines Reiters, der sich auf dem Weg näherte, in ihr Gesichtsfeld ritt. Wer es auch sein mochte, er hatte sein Pferd angehalten und beobachtete sie offensichtlich. Sie warf den Grashalm weg und hielt ihre Röcke fest, als sie aufsprang. Hatte ihm denn nie jemand beigebracht, daß es sich nicht gehörte, jemanden derart anzustarren?

Sie kehrte ihm den Rücken zu. Sie stand auf einem Hügel, der mit Bartgras bewachsen war. Die kleine Anhöhe war vor Jahren eine Sanddüne gewesen, als ein Orkan den Golf ins Inland getrieben hatte und das Land von Wasser überströmt gewesen war. Aber jetzt war es windstill, und die Bucht schimmerte im Sonnenlicht und funkelte wie Glasscherben. Hinter den grasbewachsenen Hängen und einem Brackwassertümpel lag die Matagorda Bay, und hinter der Bucht befand sich der Golf von Mexiko, während weiter im Inland die sumpfigen Ebenen, die Marschen und die Dickichte lagen, die von seichten Buchten und Wasserläufen unterteilt wurden.

Sie liebte diese Stelle und kam oft her. Häufig brachte sie eine Decke mit, legte sich ins Gras und schaute auf die Bucht hinaus, und dann fragte sie sich, wie die Welt wohl hinter diesen Inseln aussehen mochte, die vor dem Festland lagen. Ihr Papa hatte ihr von so vielen Orten erzählt, aber Tibbie konnte sich nur vorstellen, wie es dort wohl sein mochte, denn sie war nach Osten nie weiter als bis New Orleans gekommen, im Norden nach San Antonio und im Westen nach Corpus Christi.

Dann fiel ihr wieder Bertha ein, die mit dem Kopf im Zaun feststeckte, und sie machte sich auf den Weg, nicht ohne einen Blick über ihre Schulter zu werfen. Die Gestalt des Reiters war verschwunden.

Sie hatte jetzt andere Dinge im Kopf und lief auf ein Grüppchen von immergrünen Eichen zu, die vom Wind gebeugt und von der salzigen Meerluft verkümmert und verkrüppelt waren. Ihr Kommen schreckte einen winzigen Sumpfzaunkönig auf, der nicht weit von der Stelle, an der Bertha stand und geduldig wartete, in die verkrüppelten Bäume flog.

Die süße Bertha, dachte sie, *mit ihrer feuchten Nase und ihren zutraulichen braunen Augen, und immer wieder bringt sie sich in Schwierigkeiten.* Es war nicht das erste Mal, daß das passierte. Bertha war nie zufrieden mit dem, was sie hatte. Wenn sie auf der Weide war, wollte sie das Gras auf der anderen Seite des Zauns fressen. Wenn sie im Stall stand, wollte sie in den Pferch. Wenn sie im Pferch war, stand sie da und sah sehnsüchtig auf die saftigen Gräser, die gleich daneben auf der Weide wuchsen. Und mit dem Melken verhielt es sich auch nicht anders. Wenn Tibbie nicht pünktlich zum Melken erschien, veranstaltete Bertha ein höllisches Spektakel. Aber wenn sie gemolken wurde, mußte man sie genau im Auge behalten, weil sie sonst nach dem Milcheimer trat und ihn umstieß. Bertha schien einfach nie ganz und gar glücklich zu sein – genau wie manche Menschen, die Tibbie kannte.

Tibbie folgte dem Zaun, der parallel zur Straße verlief. Als sie an der Stelle angelangt war, an der der Zaun eine scharfe Biegung machte, schlug sie querfeldein eine Abkürzung ein, um einen stehenden Tümpel zu umgehen. Ein paar Meter weiter unterteilte ein weiterer Zaun das Weideland. Sie mußte drüberklettern, um zu Bertha zu gelangen.

Als sie ein lautes Geschrei hinter sich hörte, drehte Tibbie sich um und sah zwei Präriehühner, die das Balzritual vollzogen, wie jeden Februar. Sie schlich sich näher heran und schlug sich die Hände vor den Mund, um nicht laut loszulachen. Es war wirklich ein zu komischer Anblick.

Bertha wurde ungeduldig und schüttelte unwillig den Kopf. Als sie die Kuhglocke hörte, wandte sich Tibbie von den Präriehühnern ab und eilte zu der Kuh. Wenige Meter von Bertha entfernt, lüpfte sie ihre Röcke und kletterte durch den Zaun, um auf die Seite zu gelangen, auf der Berthas Kopf feststeckte.

»Mist«, sagte sie, als sie einen heftigen Schmerz in der Kopfhaut spürte. Sie zerrte an ihrem Haar, aber es hatte sich gründlich verfangen. »Verflucht und zugenäht.« Sie tastete den Zaun ab und stellte fest, daß ihr Haar von einem rostigen alten Nagel festgehalten wurde. Sie saß im Zaun fest, genau wie Bertha.

Tibbie brachte es fertig, durch den Zaun zu schlüpfen, damit sie beide Füße auf einer Seite hatte, aber um sich die Haare nicht auszureißen, mußte sie den Kopf nach unten halten, und das wäre gar nicht so schlimm gewesen, wäre nicht noch ein Aspekt hinzugekommen: Wenn man den Kopf nach unten hängen läßt, streckt man das Hinterteil in die Luft.

Und exakt das war ihre Haltung, als Nicholas Mackinnon von hinten auf sie zukam und sagte: »Ist das eine Aufforderung, meine Süße?«

Tibbie zuckte vor Schreck zusammen und schlug sich den Kopf an. Sie riß ihn zurück und konnte sich plötzlich eine genaue Vorstellung davon machen, was für ein Gefühl es sein mußte, skalpiert zu werden. Als sie den Kopf zurückbog, um ihrem Haar etwas mehr Spielraum zu geben, schlug sie sich mit einem lauten Krach den Hinterkopf am Zaun an.

»Ihr Leben besteht wohl nur aus aufregenden Abenteuern, was?«

Ganz unbekannt schien ihr diese Stimme nicht zu sein, und sie drehte den Kopf auf eine Seite, weil sie hoffte, einen Blick auf den ungehobelten Klotz erhaschen zu können, der so klug daherredete. Als er sah, in welche Klemme sie sich gebracht hatte, kam Nick näher und ging neben ihr in die Hocke. Sein Gesicht war nur Zentimeter von ihrem entfernt. Sie erkannte ihn augenblicklich. »Was wollen Sie?« fragte sie eisig.

Er sah sie unverwandt an – aus dieser Nähe waren seine ausgeprägten Züge verwirrend. Tibbie hatte sich nie für schüchtern oder gehemmt gehalten, aber genau so fühlte sie sich jetzt. Ihr Atem ging schneller. Ihre Kehle trocknete aus. Ihre Hände tasteten nach dem Nagel und zogen an ihrem Haar, bis sie vor Anstrengung atemlos war. Trotz all ihrer Mühen gelang es ihr lediglich, ihren Zopf zu lösen, und daraufhin fiel ihr unglaublich langes Haar nach unten, wurde vom Wind aufgegriffen und verhedderte sich noch schlimmer als vorher. Sein Blick fiel auf ihr wirres, zerzaustes Haar und wandte sich dann langsam wieder ihrem Gesicht zu, und auf seinen schöngeschnittenen Zügen breitete sich ein Grinsen aus.

»Sieht ganz so aus, als säßen Sie fest«, sagte er. *Endlich habe ich dich da, wo ich dich will. Jetzt hast du keine Wahl mehr, Süßes. Du wirst mit mir reden müssen.* Sein Blick fiel wieder auf ihr wohlgeformtes kleines Hinterteil, das in die Luft gereckt war –

und so nah, daß er ihr einen Klaps hätte geben können. Bei Gott, er hätte es zu gern getan. *Himmel! Was für eine einladende Haltung!*

»Warum verschwinden Sie nicht, statt mich zu belästigen? Sehen Sie denn nicht, daß ich beschäftigt bin?«

Darüber lachte er. »O ja, daß Sie beschäftigt sind, sehe ich natürlich. Und ich sehe auch, daß Sie für den Rest des Tages zu tun haben werden. Da kriegen Sie das Haar nicht mehr raus. Sie werden es abschneiden müssen.«

»Wenn ich Ihre Meinung hören will, Sir, dann frage ich schon von selbst danach.«

»Sie haben Glück, daß ich so geduldig bin... mich damit begnüge, hier hockenzubleiben und zu warten, bis Sie mich fragen.«

»Was Sie angeht, habe ich überhaupt kein Glück. Sie sind ein Quälgeist, Sir. Lästiger als eine Pferdebremse.« Sie versuchte, eine andere Kopfhaltung einzunehmen, damit sich der Krampf in ihrem Nacken löste. »Von mir aus können Sie warten, bis Sie schwarz werden. Ich will nichts mit Ihnen zu tun haben. Ich dachte, das hätte ich deutlich klargestellt.«

»Ja, allerdings. Zu klar. Ein bißchen zu dick aufgetragen, würde ich sogar behaupten. Und deshalb, meine Süße, frage ich mich, warum.« Er hob eine Hand und ließ die Finger über ihren geschwungenen Nacken gleiten. »So zart anzufassen, und so ein hartes Herz.«

Tibbie musterte ihn, und die Beklommenheit kochte auf kleiner Flamme in ihrem Hinterkopf, wie ein Topf, den man gut im Auge behalten muß. Eine prickelnde Erregung, die sie lange nicht mehr gefühlt hatte, raubte ihr fast den Atem. Wie er dastand, mit diesen kräftigen Schultern und den langen, muskulösen Beinen, die selbstsicher gespreizt waren – ihr ging die beunruhigende Vorstellung durch den Kopf, daß er wie ein großer Raubvogel mit scharfen Augen war, der sich auf seine Beute herabstürzte, während diese in der Falle saß und sich nicht rühren konnte. Ein Schauer, der nichts mit der kühlen Abendluft zu tun hatte, überlief sie, als seine Hand erst über ihre Wange und ihr Ohr glitt und dann tiefer sank, um eine honiggoldene Haarlocke zu verfolgen.

»So schönes Haar… ein Jammer, es abzuschneiden.«

Sie holte scharf Luft, als eine Fingerspitze träge unter die Locke glitt und ihr über ihre Brust folgte. Sein Finger streifte sie wie ein Hauch und neckte sie durch den dicken Wollstoff ihres Kleides. Sie wich zurück und zuckte zusammen, als ein glühender Schmerz durch ihre Kopfhaut schoß. Seine Hand setzte ihre Erkundung fort und folgte der Locke bis auf ihren Rücken und dann zu der Stelle, an der sie sich hoffnungslos im Zaun verfangen hatte. Sie versuchte, ihm auszuweichen, aber die Zaunlatten hinter ihr waren im Weg.

»Seien Sie so freundlich, mich jetzt allein zu lassen.«

»Warum? Störe ich Sie?«

»Sie sind hier unerwünscht, Sir. Und was Ihren Beistand angeht – ich habe Sie nicht darum gebeten, und ich habe Ihre Hilfe nicht nötig.«

»Meine Güte! Was muß ich doch für ein Quälgeist sein.« Er legte den Kopf auf eine Seite und betrachtete sie. »Ist das alles?«

»Nein. Ihr Betragen ist äußerst ungebührlich.«

»Ach? Inwiefern?«

»Sie nehmen sich Freiheiten heraus.«

Das schien ihn zu überraschen. »Ach, wirklich?« Dann grinste er von einem Ohr bis zum anderen. »Was für Freiheiten?«

»Ein Gentleman rührt eine Dame nicht an.«

»Ich verstehe. In dem Fall müssen Sie mir allerdings erklären, wie ich Sie hier rauskriege, *ohne* Sie zu berühren. Wenn Sie mir das sagen können, tue ich es gern.«

»*Sie* werden überhaupt nichts tun. Ich sagte Ihnen doch… Ich brauche Ihre Hilfe nicht.«

»Sie sind etwas zu selbstsicher, meinen Sie nicht auch? Mit dieser unerschrockenen Haltung handeln Sie sich bestenfalls eine

Nacht auf der Weide ein. Wenn ich an Ihrer Stelle wäre, würde ich es mit etwas mehr Bescheidenheit probieren.«

»Bescheidene Frauen widern mich an!«

Er warf den Kopf zurück und lachte. »Eine kleine graue Henne mit dem aufgeblasenen Selbstbewußtsein eines Pfauen. Ich will verflucht sein, wenn Ihnen das nicht steht. Sie sind ein Widerspruch in sich, Mädchen... optisch der vollkommene Inbegriff von Weiblichkeit, die Idealfrau, die sich ganz reizend und sittsam gibt, aber dabei von einer absolut unerschrockenen Natur.«

»Wollen Sie den ganzen Tag lang dastehen und mich mit Ihren trivialen Äußerungen langweilen?«

Sie fing jetzt an, ernstlich an ihrem Haar zu ziehen und zu zerren, und sie zuckte zusammen, als sie sich einen Splitter in den Knöchel bohrte, aber sie hörte trotzdem nicht auf – erst, als sich seine Hände auf ihre legten. »Sie machen alles nur noch schlimmer.« Er hob ihre Hand und zog den Splitter raus. »Es ist mir verhaßt, eine solche Schönheit verunstaltet zu sehen.«

Sie riß die Hand zurück. »Dann lassen Sie mich doch in Ruhe.«

»Ertragen Sie es nicht, ausnahmsweise einmal höflich zu sein? Wenn ich mich recht erinnere, habe ich nichts getan, womit ich mir diese Reaktionen verdient hätte. Jedesmal wenn unsere Wege sich gekreuzt haben, war mein Benehmen meiner Meinung nach halbwegs zuvorkommend. Ich habe es mit einem freundlichen Gespräch versucht und bin verschmäht worden; ich habe ein oder zwei Annäherungsversuche gemacht, die Sie zurückgewiesen haben; ich habe Sie im Vorbeigehen angesprochen, und Sie haben so getan, als hätten Sie mich nicht gehört. Ich habe den Hut vor Ihnen gezogen, und Sie haben diese Geste ignoriert. *Ich* habe mein Interesse an Ihnen wenigstens aufrichtig gezeigt.«

»Pah! Den Stich einer Wespe kann man aufrichtig nennen, aber er schmerzt deshalb nicht weniger.«

»Selbst jetzt noch«, fuhr er fort, »habe ich Ihnen meine Hilfe angeboten, die Sie sofort abgelehnt haben. Sagen Sie mir eins: Was muß ich tun, um Sie näher kennenzulernen?«

»Sind Sie je auf den Gedanken gekommen, daß ich Sie vielleicht gar nicht näher kennenlernen möchte? Daß ich es vorziehen könnte, wenn man mich in Ruhe läßt? Daß es nicht nach meinem Geschmack ist, wenn Sie oder irgendein anderer Mann mir nachlaufen?«

Sie versuchte, ihre Haltung zu ändern, weil ihr allmählich das Kreuz schmerzte, und prompt stieß sie sich wieder den Kopf an. Akute Gereiztheit löste ihre sonst ausgeglichene Art ab. Es war nicht in Ordnung, daß Frauen sich mit Kerlen wie dem abgeben mußten. »Wann begreifen Sie endlich? Ich wünsche nicht, mit Ihnen befreundet oder auch nur bekannt zu sein.«

»Was haben Sie gegen Männer?«

Sie fuhr ihn hitzig an. »Ich habe nicht gegen alle Männer etwas, nur gegen ganz bestimmte... in erster Linie gegen Lüstlinge mit unehrenwerten Absichten. Männer von Ihrer Sorte kenne ich. Glauben Sie im Ernst, daß Sie der erste Mann sind, der mich strahlend anlächelt oder mir mit Komplimenten schmeichelt? Ich bin aus härterem Holz geschnitzt. Bloß weil er von mir Notiz nimmt, wanke ich noch lange nicht in die Arme eines Mannes – oder in sein Bett. Sie mögen ja sehr beredt sein und so blaue Augen wie der Teufel haben, aber in sich tragen Sie das schwärzeste aller Herzen und die heimtückischsten Absichten.«

Nick lächelte und fühlte sich beschwingt vor Freude. Sie war temperamentvoller als ein Rennpferd und zäh genug, um Gestein zu zersetzen, ganz zu schweigen von ihrer Zunge, die Leder gerben konnte. Sie war unglaublich eigensinnig und zweifellos die überheblichste Frau, die ihm je über den Weg gelaufen war. Er wollte ihrem Wunsch gerade Folge leisten und gehen, als ihm plötzlich etwas einfiel, was sie gesagt hatte, etwas, was ihr mit Sicherheit gegen ihren Willen herausgerutscht war.

So blaue Augen wie der Teufel.

Mit diesen Worten hatte sie ihr Schicksal besiegelt. Sie war nicht so unanfällig gegen ihn, wie sie sich gab. Mehr Ansporn brauchte er nicht.

Diese Frau, erkannte er, war etwas ganz anderes. Sie hätte einem Mann nicht die Uhrzeit gesagt, wenn sie ihm nicht traute. »Wenn ich Ihnen mein Wort gebe, daß ich nur mit Ihnen reden will...«

»Ihr Wort bedeutet mir etwa soviel wie ein Sack Sand.«

»Vielleicht sollte ich Sie darauf aufmerksam machen, daß Sie es sich in Ihrer Lage nicht leisten können, so kratzbürstig zu sein. Ich habe Ihnen nicht das Geringste getan, obwohl ich es verdammt leicht hätte tun können, Schätzchen.«

Einen Moment lang musterten die beiden einander. Er hatte recht, und sie wußte es.

»Ich schlage Ihnen einen Handel vor«, sagte er.

»Keinen Handel«, gab sie barsch zurück.

»Sie haben gewonnen.« Er stand seufzend auf.

Sie reckte ihr Hinterteil in die andere Richtung, damit sie sehen konnte, was er tat. Dieser Mann sah wirklich zu gut aus, und in ihrer Vergangenheit hatte es Zeiten gegeben, in denen ein Rohling wie er ihre Aufmerksamkeit geweckt hätte. Aber jetzt war sie klüger.

Sie wußte, daß nicht nur klare himmelblaue Augen und ein Körper, der sich wie Wasser auf Felsen bewegte, einen Mann ausmachten. Er war ein gutaussehender Teufel, das stimmte. Nicht in der Art der griechischen Götter, nein, es war eine rauhere und grobknochigere Schönheit, auf die sie ansprach, und die ihr etwas allzu bewußtmachte – nicht etwa seinen Charme, denn sie wußte wirklich nicht, ob er auch nur den geringsten Charme besaß. Nein, seine Wirkung beruhte darauf, daß er entsetzlich männlich und gleichzeitig verlockend sanft erschien. Er hatte sie als einen Widerspruch bezeichnet, dasselbe konnte man auch von ihm behaupten. Männliche Kraft und ein sanftes Gemüt traten allzu selten gemeinsam auf. Aber ob er nun sanftmütig war oder nicht – dieser Rohling war durch und durch ein Mann.

Der Teufel soll ihn holen! Was tut er denn jetzt?

Er ging einfach weg! Sie spürte die Wut in sich aufsteigen wie Dampf aus einem Kessel. *Wie kann er es wagen, mich hier im Stich zu lassen? Es kann Stunden dauern, bis meine wirrköpfige Schwester sich daran erinnert, daß sie eine Schwester hat, und es kann noch länger dauern, bis sie auch nur auf den Gedanken kommt, sich auf die Suche nach mir zu machen. Und mir bricht das Kreuz... meine Beine kriegen Krämpfe... meine Kopfhaut platzt... ich habe Kopfschmerzen...*

Niedergeschlagen ergriff sie ihr Haar mit beiden Händen und zog, so fest sie konnte. Inzwischen flatterten die Strähnen, die nicht in dem zersplitterten Holz festhingen, wüst um sie herum. Da ihr Haar so unglaublich lang war und die Brise vom Golf wehte, hatte es sich an einem Dutzend Stellen verfangen. Wenn sie doch nur eine Schere gehabt hätte.

Sie warf noch einen Blick in die Richtung, die er eingeschlagen hatte. Er war jetzt ein Stück weit entfernt, hatte die Hände in die Taschen gesteckt und pfiff vor sich hin, während er auf sein Pferd zusteuerte. Dieser abscheuliche Sohn eines Salamanders ging einfach weg. *Soll er doch verschwinden. Ehe ich ihn um Hilfe bitte, bleibe ich hier, bis ich verrotte.*

Sie stand dicht vor den Tränen, als sie die Augen schloß und die Stirn auf ihre Arme stützte, die sie über dem Zaun verschränkt hatte. Sie fand ein wenig Selbstbeherrschung wieder und lugte noch einmal in seine Richtung. Ob er nun ein Rohling war oder nicht, dachte sie – er würde bestimmt nicht fortgehen und sie in ihrer Lage sich selbst überlassen. Jede Hoffnung, ihn wieder auf sich zukommen zu sehen, zerschlug sich, als er sich auf sein Pferd schwang.

Sie hätte es vorgezogen, in Öl gekocht zu werden, als ihm etwas nachzurufen. Es sah ihr gar nicht ähnlich, sich bei jemandem einschmeicheln zu wollen, und einzugestehen, daß sie im Unrecht war, ging ihr nicht so gut runter wie Rizinusöl. Aber ihr brach das Kreuz, und es konnte sein, daß ihr außer ihm niemand zu Hilfe kommen würde. Noch ein flüchtiger Blick, und sie sah, wie er sein Pferd wendete, um fortzureiten. Über die Schäden, die ihr verletzter Stolz davontrug, würde sie sich später Sorgen machen.

»Warten Sie!« rief sie ihm nach. Und als sei das noch nicht demütigend genug gewesen, mußte sie auch noch hinzufügen: »So können Sie mich doch nicht hier zurücklassen!« Er hielt an, drehte sich im Sattel um und sah sie an, als erwartete er, sie würde noch mehr sagen. Sie biß sich auf die Zunge. Sie hatte ohnehin schon viel zuviel gesagt.

Du Dummkopf! Sie konnte einfach nicht glauben, daß sie so schnell nachgegeben hatte. *Du feiger Jammerlappen! Du Heulsuse! Du Schwachsinnige! Einen Mann wie den um Hilfe zu bitten. Das geschieht dir ganz recht!* Wenn es möglich gewesen wäre, hätte sie sich selbst einen Tritt verpaßt. Aber dann sah sie, wie er mit den Achseln zuckte, sich abwandte und den Braunen antrieb. »Warten Sie!« schrie sie mit einer Stimme, die vor Panik schrill war. »Bitte!«

Fast konnte sie hören, daß er ermattet seufzte, als sie zusah, wie er wieder einmal kehrtmachte und auf sie zuritt. Aber seine Empfindungen waren im Moment ihre kleinste Sorge. Ihre eigenen widersprüchlichen Gefühle machten ihr viel zu sehr zu schaffen: überschwengliche Freude, weil sie bald nicht mehr in dieser Klemme stecken würde, und die Demütigung, die erste Runde an ihn verloren zu haben. Ihren einzigen Trost schöpfte sie aus dem Wissen, daß sie wahrscheinlich noch mehr Gelegenheiten bekommen würde, es ihm zu zeigen. Als sie ihn aus nächster Nähe musterte, entschied sie jedoch, er sähe nicht aus wie ein Mann, der oft den kürzeren zieht. Er wirkte auch nicht wie ein Drückeberger, der es bei einem Unentschieden belassen hätte. Sie hatte das Gefühl, nur eine Schaufel Erde mehr aus ihrem eigenen Grab gebuddelt zu haben, als sie ihn zurückgerufen hatte.

»Sie haben mich gerufen?«

Jetzt mußte er es ihr auch noch aufs Brot schmieren! Das trug nicht gerade dazu bei, ihre Laune zu verbessern. Sie verspürte den Drang, diesem blauäugigen Teufel, der grinsend über ihr stand, an den Kopf zu werfen, er solle sich mitsamt seinem belustigten Lächeln verdrücken.

Nicholas saß auf seinem Pferd und beobachtete sie; nur mühsam konnte er sein Lachen unterdrücken, als er die Schlacht mitansah, die der Stolz und die Verzweiflung auf ihrem hübschen Gesicht miteinander austrugen. Es lag ihm zwar gar nicht, so eklig zu sein, aber er hatte nicht vor, es ihr leichtzumachen. Wenn man es zuließ, daß eine Frau wie sie die Oberhand gewann, dann war der Teufel los. Als sie nicht antwortete, zuckte er mit den Achseln und wendete erneut sein Pferd.

Der hohe, steife Kragen ihres Kleides würgte sie, ihre Kopfhaut stach und brannte, ihre Hände waren voller Splitter, ihre Füße schliefen ein, und ihr Hals fühlte sich an, als sei er in dieser unbequemen Haltung versteinert, und jetzt wurde auch noch ihr Rücken taub. Es gibt gewisse Dinge, die den starrköpfigsten Stolz umstoßen, dachte sie sich. »Ja!« kreischte sie. »Ja, ich habe gerufen, und das wissen Sie verflucht genau!«

Er kämpfte gegen ein Lachen an, das sich einfach nicht länger unterdrücken lassen wollte. *Lieber Gott, laß mich jetzt bloß nicht lachen. Die ist ja noch stolzer als ein Pfau... wenn du jetzt lachst, Mackinnon, dann wirft dich das um Wochen zurück.*

Das Verlangen, laut loszulachen, legte sich ein wenig. Nach Rückschritten war ihm bei diesem Mädchen nicht zumute. Er ritt zu ihr und stieg ab. Durch das wirre Haar, das ihr ins Gesicht hing, sah sie von ihm nur ein Paar lange, muskulöse Beine – Beine, die zu lang und zu muskulös für eine Frau waren, die sich bemühte, die Männer zu vergessen.

Aber es war zwecklos. Die Gefühle, die sie unterdrückt zu haben glaubte, die Sehnsüchte und das Verlangen einer Frau nach einem Mann, lebten tief in ihrer Brust und regten sich genau so heftig und so stark und so beunruhigend, wie sie es vor fünf Jahren getan hatten, und das trotz der strikten Selbstdisziplin, die sie sich gewaltsam auferlegt hatte. In den letzten fünf Jahren hatte sie darum gekämpft, sich selbst zu beweisen, daß sie keinen Mann in ihrem Leben gebrauchen konnte – keinen nötig hatte und keinen wollte.

Aber sie hatte sich geirrt.

Weshalb hielt Gott es für notwendig, ihr eine weitere Versuchung wie einen Stolperstein in den Weg zu legen, wenn sie sich doch gerade erst von dem letzten Schlag erholt hatte? Und warum mußte die Versuchung auch noch in einer derart verführerischen Gestalt auftauchen? Sie wünschte ernstlich, sie hätte Bertha mit dem Kopf zwischen den Zaunlatten ersticken lassen. Aber schon während sie das dachte, wußte sie, daß sie der armen, süßen Bertha nicht die Schuld zuschieben konnte.

Das Problem lag nicht bei Bertha.

Es lag bei ihr selbst.

»Sie haben sich entschlossen, sich von mir helfen zu lassen, oder?«

Sie verrenkte sich, damit sie ihn besser ansehen konnte. Er war da und bereit, ihr zu helfen, aber in seinem Ausdruck schien ein gewisser Spott zu liegen, und auf Herausforderungen war sie schon immer eingegangen. Ihre Lage verbat es ihr jedoch, das Gesicht zu wahren. Sie konnte noch nicht einmal das Kinn in die Luft recken, und mit all dem Haar vor ihrem Gesicht wäre selbst ein hochmütiger, teilnahmsloser Blick unbemerkt geblieben. »Wenn ich mich recht erinnere, haben Sie mir Ihre Hilfe angeboten. Ich habe Ihr Angebot angenommen. Ich sehe keinen Grund, noch länger zu feilschen.«

»Ich stehe ganz zu Ihren Diensten«, sagte er, »nachdem wir zu einer Einigung gekommen sind.«

»Zu einer Einigung?« wiederholte sie und ärgerte sich über den krächzenden Klang ihrer Stimme. »Was für eine Einigung?«

»Da mein Wort Ihnen weniger als ein Sack Sand bedeutet, begnüge ich mich mit Ihrem Wort. Ich will, daß Sie mir Ihr Wort geben.«

»Worum geht es?«

»Darum, daß Sie jede Woche zwei Stunden Zeit für mich haben.«

»Zeit wofür?«

»Für alles, was ich will.« Als er ihr entrüstetes Keuchen hörte, lachte er. »Solange es sich im Rahmen dessen bewegt, was zwischen Mann und Frau als normales Verhalten angesehen werden kann.«

»Damit lassen Sie sich eine Bresche offen, durch die man mit einem Heuwagen fahren kann.«

»Mag sein, aber für Wortklaubereien ist Ihre Lage ungünstig. Sie können einwilligen oder die Nacht auf der Weide verbringen. Wofür entscheiden Sie sich?«

»Wie viele Wochen?«

»Solange ich es wünsche.«

Bis dahin konnte ihr ein langer grauer Bart gewachsen sein, es sei denn, sie gestaltete ihm die Zeit mit ihr so unerfreulich, daß er nach einer Woche freiwillig darauf verzichtete.

Einen Moment dachte sie angestrengt nach. Sie hatte nichts gegen ihn in der Hand. Sie nahm seinen Handel an, oder sie ließ es bleiben. Und das hieß, daß sie entweder auf die Füße kam, ehe ihr das Kreuz brach, oder nicht. Aber es fiel ihr so schwer, die Worte auch nur auszusprechen.

»Sind Sie mit meinen Bedingungen einverstanden?«

»Ich denke schon«, flüsterte sie.

»Sprechen Sie lauter, Mädchen. Ich kann Sie nicht hören.«

»Ich denke schon!«

»Das ist nicht gerade eine entschiedene Antwort.«

»Das ist die einzige Antwort, die Sie bekommen. Helfen Sie mir jetzt oder nicht?«

»Das könnte schon sein.«

»Das könnte schon sein? Was ist denn das für eine Antwort?«

»Eine ähnliche wie ›Ich denke schon‹, meine ich.«

»Also gut«, sagte sie matt.

»Was soll das heißen?«

»Das soll heißen, daß ich in Ihre Bedingungen einwillige!«

»Wöchentlich zwei Stunden Ihrer Zeit, solange ich möchte?«

Sie nickte schwach.

»Ich akzeptiere nur schriftliche oder verbale Abmachungen. Körpersprache und Gesten scheiden aus.«

»Ja«, murrte sie.

»Gut«, sagte er. »Ich glaube nicht, daß es Ihnen leid tun wird.«

»Pah! Es tut mir jetzt schon leid!«

Er lachte, trat hinter sie, und seine festen Schenkel preßten sich gegen ihr Hinterteil. »Müssen Sie unbedingt dort stehen?« fragte sie.

»Wo soll ich denn sonst stehen, wenn nicht mit beiden Füßen auf dem Boden?«

»Sie wissen schon, was ich meine.«

»Nein, ich muß nicht hier stehen... es sei denn, Sie wollen Ihren Kopf wieder bewegen.«

Sie schnitt eine Grimasse, als er sich noch fester an sie preßte, aber sie sagte kein Wort. Eine Zeitlang schien er hinter ihr beschäftigt zu sein, und sie fragte sich allmählich schon, ob er auch nur die geringsten Fortschritte machte, als er sagte: »Einen Teil des Haars werde ich abschneiden müssen.«

»Von mir aus können Sie mir den Kopf abrasieren. Mir ist das alles recht, solange ich nur von dem Zaun loskomme.«

»Das Haar ist der prachtvollste Schmuck einer Frau. Ein braves Mädchen wie Sie, das sonntags zur Kirche geht, sollte das eigentlich wissen.«

»Ich interessiere mich nicht für die Zierden einer Frau.«

»So, wie ich das sehe, interessiert Sie das meiste nicht. Sie haben kein Interesse an neuen Freundschaften. Sie haben kein Interesse an Männern. Sie haben noch nicht einmal Interesse an einer netten Unterhaltung. Sagen Sie mir eins, Mädchen, was interessiert Sie eigentlich?«

»Mich interessiert, wie ich von diesem verdammten Zaun loskomme und möglichst viel Abstand zwischen Sie und mich lege. Sind Sie denn immer noch nicht fertig? Mein Rücken kommt mir wie ein krummgeschlagener Nagel vor.«

»Fast fertig«, verkündete er und tastete in seiner Tasche herum, bis er sein Messer fand. Sie zuckte zusammen, als sie das sägende Geräusch hörte, mit dem er ihr das Haar absäbelte, während sie gleichzeitig ein verräterisches Ziepen spürte und sich vorstellen konnte, wie sie wohl aussah, wenn er mit ihr fertig war.

»So«, sagte er und zwinkerte ihr zu. »Stehen Sie auf, Sie sind frei.«

Tibbie preßte sich die Hand ins Kreuz und stand langsam auf. Als es ziepte, spürte sie, daß er sie immer noch am Haar festhielt. »Und was werden Sie jetzt tun?«

Er grinste auf eine Art, die sie an einen Fuchs vor einem Kaninchenbau erinnerte. »Was würden Sie sich denn wünschen?«

»Daß Sie verschwinden.«

»Seien Sie nett, oder wir bleiben die ganze Nacht hier.«

»Als allererstes könnten Sie schon mal mein Haar loslassen«, sagte sie und bewegte den Kopf mit einem heftigen Ruck, aber er hielt sie fest. Dann zog er sie, ohne ein Wort zu sagen, an ihrem Haar dichter zu sich und schlang sich die goldenen Locken um die Hand, bis sie nah genug war, um seinen glühenden Atem wie eine warme Handfläche auf ihrer Wange zu spüren. In dem Moment ging ihr auf, daß sie hätte protestieren sollen. Aus irgendwelchen Gründen war sie so entgeistert, daß sie nicht gemerkt hatte, was er plante, und als sie jetzt Einwände erheben wollte, blieben ihr die Worte in der Kehle stecken.

»Möchten Sie vielleicht, daß ich Ihnen helfe?«

»Wozu könnte ich jetzt noch Ihre Hilfe gebrauchen?«

»Ich stelle nur Vermutungen an, aber ich denke mir, der Grund, aus dem Sie hier sind, könnte etwas mit der Kuh zu tun haben, die da drüben mit dem Kopf im Zaun feststeckt.«

»Bertha!« rief sie und schaute die Kuh an, die geduldig dastand und den Schwanz hin und her bewegte. Tibbies Wangen glühten so heiß, daß sie sich denken konnte, wie flammendrot sie angelaufen war. Wie hatte sie die arme Bertha einfach so vergessen können? »Danke, das schaffe ich schon allein.«

»Dann fordere ich jetzt eine Stunde Ihrer Zeit für mich.« Sie bekam riesige Augen, als er ihr Haar an seine Lippen hob und es küßte. »Es ist ein Verbrechen, so schönes Haar abzuschneiden«, sagte er und ließ es auf ihre Schulter fallen. »Aber so bin ich wenigstens zu einer Haarlocke von Ihnen gekommen.« Als sie die lange Strähne in seiner Hand sah, hob sie automatisch die Hand zu ihrem Kopf.

»Machen Sie sich keine Sorgen«, sagte er, während er die Locke zusammenrollte und sie in seine Hemdtasche gleiten ließ. »Es ist noch genug übrig, mehr, als die meisten Frauen sich je erhoffen könnten.«

Er zog eine Taschenuhr aus seiner Hosentasche und ließ den goldenen Deckel aufschnappen. »Eine Stunde«, sagte er und ließ den Deckel wieder zuschnappen und die Uhr in die Tasche gleiten. Er nahm sie am Ellbogen und führte sie am Zaun entlang, bis sie Bertha erreicht hatten, die leise muhte und sie aus sanften braunen Augen ansah.

Als Tibbie die Hand nach ihr ausstreckte, griff er nach ihrem Arm, nicht grob, aber doch fest genug, um sie zurückzuhalten. »Lassen Sie mich das machen«, sagte er und nahm Bertha an den Hörnern. Er bog ihren Kopf zur Seite und drückte ein Horn durch den Zaun. Dann drehte er ihren Kopf wieder um und nahm sich das zweite Horn vor, und Bertha war frei. Bertha schüttelte kräftig den Kopf, wandte sich ab und trabte über die Weide zum Stall. Ihr Euter schwang beim Laufen hin und her, und ihre Glocke bimmelte.

Ein plötzlicher Windstoß wehte über das Feld, und Tibbie zog sich das Tuch enger um die Schultern. *Und was jetzt?*

»Frieren Sie?«

Sein Gesichtsausdruck war weder kokett noch spöttisch. Es war nichts weiter als eine direkte Frage, die eine direkte Antwort verdiente. »Nein«, sagte sie. »Nicht wirklich. Die Temperaturen scheinen zu sinken, und es wird windiger.«

»Es wird reichlich kalt und windig werden«, sagte er mit einem Blick zum Horizont. »Ich habe den Verdacht, es sieht auch nach Regen aus.« Er nahm wieder ihren Arm, und sie entschied sich, es geschehen zu lassen. Sie hatte ihm ihr Wort gegeben, und das war eine ausreichende Rechtfertigung. Aber wenn sie ganz ehrlich gewesen wäre, hätte sie sich eingestehen müssen, daß dieser Mann eine gewisse Art an sich hatte, die es ihr keineswegs schwermachte, in seiner Nähe zu sein.

Er war um etliche Jahre älter als sie, aber nicht zu alt. Und sie hatte jetzt schon entdeckt, daß er einen leichten Hang zu Neckereien hatte. Aber er war von einer Offenheit und Aufrichtigkeit, die sie bei Männern nur selten vorgefunden hatte. Sie hielt ihn nicht für einen Mann, der einer Frau süße Versprechungen ins Ohr geflüstert hätte, wenn er nicht die Absicht hatte, sie zu halten. Sie hatte das Gefühl, daß dieser Mann nie etwas versprach, und wenn er es je tat, dann würde er sein Versprechen auch halten. Aber was interessierte sie das schon? Sie wußte, welche Fallstricke eine Frau erwarteten, die dumm genug war, den betörenden Worten und dem charmanten Lächeln eines Mannes Glauben zu schenken.

Er lief mit ihr in die Richtung, die Bertha eingeschlagen hatte, und ab und zu äußerte er etwas. Immer wieder versuchte er sich an den verschiedensten Themen und hoffte, auf etwas zu stoßen, worauf sie gern einging. Er wollte schon aufgeben, als er sie fragte, ob sie Miss Sukey Porter Merriweather kannte.

»Natürlich kenne ich sie. Jeder in Indianola kennt sie. Woher kennen Sie sie?«

»Ich habe ein Haus gemietet, das ihr gehört.«

»Oh... doch nicht etwa das in der Grapevine Street?«

»Grapevine hundertneunundzwanzig, wenn Sie es genau wissen wollen. Warum sagen Sie das so, als sei mit dem Haus etwas nicht in Ordnung?«

»Das habe ich doch nicht gesagt, oder?«

»Doch. Erklären Sie mir, warum.«

»Es liegt nur daran, daß dort letztes Jahr ein Mann ermordet worden ist.«

»Miss Merriweather hatte doch nicht etwa was damit zu tun, oder?«

Darüber brach Tibbie in herzliches Gelächter aus. »Haben Sie Miss Merriweather persönlich gesehen?«

»Jedes ihrer üppigen Pfunde.«

»Genau. Können Sie sich vorstellen, daß Miss Merriweather eine Axt schwingt?«

Nick zuckte zusammen. »Ist der Kerl auf die Art umgekommen? Mit einer Axt zerhackt worden?«

»Papa hat gesagt, der erste Hieb hätte ihn getötet. Also haben die anderen dreißig Hiebe ihm nicht mehr viel antun können.«

»Dreißig Axthiebe? Heiliger Strohsack! Sind Sie ganz sicher, daß die dicke Kuh nicht doch etwas damit zu tun hatte?«

»Sie ist nie verdächtigt worden. Natürlich hat es nie einen Verdächtigen gegeben... man hat nie auch nur die leiseste Ahnung gehabt, wer es gewesen sein könnte oder warum. Ich persönlich glaube nicht, daß sie etwas damit zu tun gehabt hat. Miss Merriweather ist etwas merkwürdig, da will ich Ihnen nicht widersprechen, aber ihre kauzige Art hat sie sich ehrlich erworben. Die Merriweathers sind schon immer seltsam, aber harmlos gewesen. Sie ist noch die angenehmste von der ganzen Familie, das müssen Sie sich mal vorstellen.« Tibbie unterbrach sich einen Moment und dachte nach. »Sie ist eigentlich gar nicht so übel. Aber man muß sich schon an sie gewöhnen. Und man kann sich an alles gewöhnen, sogar daran, erhängt zu werden, wie der Ire sagt.«

»Welcher Ire hat das gesagt?«

»Das weiß ich nicht, aber meine Großmama sagt das immer.«

»Wenn Ihre Großmama auch nur die geringste Ähnlichkeit mit meiner hat, dann wette ich, daß sie einen Haufen solcher Dinge von sich gibt«, meinte er.

»O ja, das kann man wohl sagen.«

Nick beobachtete sie und stellte überrascht fest, daß sie sich still und leise amüsierte. Ihre Augen waren lebhaft, und hinter den Händen verbarg sich ein versonnenes Lächeln. Unwillkürlich lächelte er sie an. Und dann tat sie das, was er am allerwenigsten von ihr erwartet hätte. Sie brach in schallendes Gelächter aus, rannte vor ihm her und hüllte ihn mit der trällernden Fröhlichkeit in Wärme ein. Das war das allerletzte, womit er gerechnet hätte. Wenn er ihr durch die bloße Erwähnung ihrer Großmutter diese Reaktion entlocken konnte, dann konnte er es kaum erwarten, der Frau zu begegnen.

Er ging langsam und ließ ihr einen Vorsprung, damit er beobachten konnte, wie sie in ihrer tristen dunklen Kleidung über den Feldweg lief und es dabei fertigbrachte, so zu wirken, als sei sie in strahlenden Sonnenschein getaucht. Er hatte das Gefühl, daß sie sich nur selten so gehenließ – und was für einen Anblick sie bot, als ihr Haar hinter ihr herwogte und manchmal eine wohlgeformte Fessel und duftige weiße Spitzen aufblitzten. Auf einer kleinen Anhöhe blieb sie stehen und drehte sich zu ihm um. Ihr Gesicht war rosig vom Laufen, und das Lachen stand noch in ihren wunderhübschen Augen und auf ihren Lippen. Wie unglaublich sie war, und wie bezaubernd sie jetzt aussah, ganz atemlos und rosig, erschöpft und heiter. Er fand es merkwürdig, daß es ihm solche Freude bereitete, sie einfach nur anzuschauen. Das hatte er in der letzten Zeit häufig getan – teils, weil sie das hübscheste Ding war, das er je gesehen hatte, und teils, weil er nie einer Frau begegnet war, die es ihm so verflucht schwermachte, eine Unterhaltung zu beginnen. Ihm, Nicholas Mackinnon. Einem Mann, der bisher jede Frau bekommen hatte, die er wollte, und dazu noch einige, auf die er es gar nicht abgesehen hatte.

Aber jetzt. Hier hatte er es mit einer Frau zu tun, die nicht das geringste von ihm wissen wollte, und er wäre ein verdammter Dummkopf gewesen, wenn er nicht geglaubt hätte, daß es ihr Ernst war!

Als sie auf einer Höhe mit dem Obstgarten angelangt waren, schlug er eine andere Richtung ein. Sie blieb stehen und sah ihn an. »Dieser Pfad führt nur in den Obstgarten«, sagte sie.

»Und ich verzehre mich danach, einen Obstgarten zu sehen«, sagte er und nahm sie am Ellbogen, ehe er weiterlief.

»Um diese Jahreszeit gibt es da nichts zu sehen.«

»Das ist die Zeit, die mir gehört«, sagte er. »Sie sollten mich also lieber bei Laune halten.« Durch das quietschende alte Eisengatter, das auf einer Seite herunterhing, betraten sie den Obstgarten. Ohne ihren Ellbogen loszulassen, führte er sie durch die kahlen Bäume zu einem offenen Schuppen, an dessen einer Wand ein paar Lattenkisten gestapelt waren. In einer anderen Ecke lag ein Haufen Sägemehl, das zum Mulchen benutzt werden sollte.

Ihr Herz machte plötzlich einen Satz und flatterte dann panisch, als er seine Jacke auszog und sie auf den Sägespänen ausbreitete. Er nahm sie an den Schultern, drehte sie um und schubste sie sacht auf seine Jacke. Sie fragte sich, ob sie nah genug am Haus war, um gehört zu werden, falls sie es für nötig hielt zu schreien, aber ein weiterer Blick in sein Gesicht zeigte ihr einen Mann, der dasselbe wahrscheinlich schon tausendmal mit ebenso vielen Frauen getan hatte, aber auch einen Mann, der nur nahm, was ihm freiwillig angeboten wurde. Sie schätzte ihn so ein, daß er keine Gewalt anwenden würde – aber natürlich hatte er das vorher wohl auch noch nie nötig gehabt. In seinen Augen stand jedoch ein Glanz, der sagte, daß er nicht darüber erhaben war, mit Überzeugungskraft und Schmeicheleien nachzuhelfen. Mit seiner Sorte war sie schon öfter fertig geworden, das stimmte schon, aber bei diesem Mann war ein unbekanntes Element im Spiel.

Eine Zeitlang blieb er neben ihr stehen, und sie schaute auf ihre

Hände herunter, die gefaltet waren und still auf ihrem Schoß lagen. Ihre Sinne waren jetzt geschärft, und ihr Körper nahm jede Kleinigkeit wahr. Schließlich setzte er sich neben sie, und sein tiefer Atem schien sich harmonisch mit dem Rascheln des trokkenen Grases zu verbinden. Ein Windhauch flüsterte in den kahlen Obstbäumen, und irgendwo in der Ferne bellte ein Hund. Der schrille Schrei eines Regenpfeifers, der durch den Obstgarten sauste, ließ sie zusammenzucken. Sie band die Enden ihres Schultertuchs über der Brust zusammen.

Er hatte ihr dabei zugesehen und dann in die Ferne geschaut. »Fürchten Sie sich?« fragte er.

»Wovor?«

»Vor mir. Haben Sie Angst hier mit mir?«

Sie hätte gern nein gesagt, aber sie wollte ihm keinen Ansporn geben. Für einen wie ihn war kein Platz in ihrem Leben. Aber das sagte sie nicht. All das würde er schon früh genug bemerken. »Wirke ich so, als hätte ich Angst?«

»Sie sehen aus, als ob es Ihnen nicht wohl zumute wäre. Es könnte Furcht sein. Oder Schüchternheit. Oder sogar...«

»Oder sogar einfach der Umstand, daß ich hier bin, obwohl ich nicht hier sein will.«

»Sie haben von mir nichts zu befürchten. Wenn Sie sich vor Beulah nicht fürchten, sollten Sie sich vor mir auch nicht fürchten.«

Sie lachte, und er glaubte, nie etwas Melodischeres gehört zu haben. »Die Kuh heißt Bertha.«

Fasziniert beobachtete er, wie etwas so Schlichtes und Grundlegendes wie ein Lachen ihr gesamtes Gesicht verwandelte. Er hatte sie von Anfang an schön gefunden, aber jetzt war sie eine strahlende Schönheit, die von innen heraus leuchtete. Er verspürte einen brennenden Neid auf ihre Familie, ihre Freunde, jeden, der sie schon so gesehen hatte. Offen. Ungehemmt. Locker. »Sie sind hübsch, wenn Sie lachen.«

Sie wurde ernst.

»Das habe ich bestimmt nicht gesagt, damit Sie aufhören zu lachen.«

»Ich weiß nicht, warum Sie mir das überhaupt sagen mußten.«

»Warum denn nicht? Sind Sie es denn nicht gewöhnt, daß Männer Ihnen Komplimente machen?«

»Ich bin Männer überhaupt nicht gewöhnt, abgesehen von meinem Vater und meinen Brüdern.«

»Ach du meine Güte! Sie haben Brüder?«

Sie blickte auf und sah das gespielte Entsetzen, das wie eine Aufforderung auf sein Gesicht getreten war. »Mehrere Brüder«, sagte sie. »Furchteinflößend. Und bösartig. Und zäher als Alaunleder.«

Er lachte. »Und davon mindestens ein halbes Dutzend, stimmt's?«

»Nur halb soviel.«

»Ich vermute, sie sind älter als Sie... und größer.«

»Viel älter und viel, viel größer.«

»Wie groß?«

»Riesig«, sagte sie und breitete die Arme aus, um ihren Körperumfang zu beschreiben.

»Ich ängstige mich zu Tode«, sagte er.

Sie lachte. »Das ging ja einfach.«

Er grinste. »Sehen Sie? Von mir haben Sie nichts zu befürchten.«

Sie warf einen kleinen Erdklumpen nach ihm. »Wickeln Sie lieber jemand anderen ein... irgendein armes argloses kleines Mädchen. Ich bin immun gegen Schmeicheleien.«

Er grinste und sah sich um. »Sie mögen diese Obstbäume, stimmt's? Sie halten sich hier besonders gern auf.«

Der Klang seiner Stimme schreckte sie auf, und sie sah ihn an.

»Sie sind hier als Kind oft hergekommen, denke ich mir. Wahrscheinlich verbinden Sie viele frühe Erinnerungen mit diesem Ort.« Er lehnte sich mit dem Rücken an die Wand des Schuppens. »Ich hatte auch so einen Ort, als ich noch ein Junge war. Selbst jetzt noch sehe ich ihn genauso vor mir, wie er damals war, wenn ich die Augen schließe – den Pecanohain, die Geräusche, mit denen der Bach über die Felsen gesprudelt ist, die Rufe meiner Brüder beim Nachlaufspielen.« Er schlug die Augen auf und sah sie an. »Solche Gedanken gehen Ihnen auch durch den Kopf, wenn Sie hier herkommen, nicht wahr?«

Sie nickte, zog die Beine an und schlang die Arme um die Knie, ehe sie den Kopf aufstützte. Er hatte recht. Sie erinnerte sich daran, wie sie als Kind hergekommen war und zugesehen hatte, wie ihr Vater die Obstbäume pflanzte. Sie war auf dem gepflügten Boden herumgehüpft und hatte schwitzend und keuchend Würmer gefangen. Fast sah sie es vor sich, die Äste der älteren Bäume, die unter der Last der schweren Früchte heruntersackten, und sie konnte die umgegrabene Erde und das frischgeschnittene Gras riechen, das träge Summen der Bienen hören, ihr eigenes schrilles Lachen, das sich mit dem von Mairi und ihren drei Brüdern Barra, Calum und Robbie vermischte, während sie spielten.

Damals war alles so grün gewesen.

Aber jetzt gab es kein Grün hier. Jetzt wirkten die graubraunen Äste so dünn und abweisend wie die gelben Gräser, die flach dalagen und trockneten. Jetzt gab es keine Äste, die unter der Last der Früchte herunterhingen, und auch das schrille Gelächter der Kinder fehlte. Jetzt gab es hier nur die Rückstände und Überbleibsel vom letzten Sommer und die verwirrende Nähe dieses Mannes.

Als hätte er gespürt, daß der Zauber des Augenblicks verflogen war, sagte er: »Erzählen Sie mir etwas von sich.«

Sie zuckte mit den Achseln. »Da gibt es nichts zu erzählen.«

»Ihr Name wäre schon einmal ein Anfang.« *Aber viel lieber würde ich hören, warum du diese tristen Kleider trägst, warum du dich versteckst, warum eine Frau, die so gut aussieht wie du, keinen Ehemann und keinen Sackvoll Kinder hat, oder doch wenigstens einen festen Kavalier.*

»Sie haben mir Ihren Namen auch noch nicht gesagt.«

»Sie sind wirklich sehr flink«, sagte er.

»Das sind Sie doch selbst.«

Ah, Schätzchen, genau da irrst du dich. »Ich habe Ihnen letztes Mal schon gesagt, wie ich heiße.«

»Ach, wirklich? Ich erinnere mich nicht.«

»Autsch! Ich muß ja wirklich einen bleibenden Eindruck hinterlassen haben, oder?«

Nick sah auf sie herunter. Er hatte seinen Hut abgesetzt, und sein goldbraunes Haar war zerzaust. Er machte den Eindruck, als störte es ihn nicht im geringsten, daß sie seinen Namen vergessen hatte. »Nicholas Mackinnon.«

Einen Moment lang verlor sie den Faden ihrer Gedankengänge, weil sie in den Anblick seiner Hände vertieft war, die geschmeidig und doch kräftig seinen ausgestreckten Oberschenkel rieben und preßten, als wollte er irgendeinen Schmerz lindern. Dann nahm sie wahr, daß er sie ansah und bemerkte, wie sie ihn anstarrte, und daher sagte sie eilig: »Werden Sie immer mit einem so förmlichen Namen wie Nicholas angesprochen?«

»Ich habe schon viele lockere Spitznamen bekommen, das können Sie mir glauben.« Sie lächelte, obwohl sie sich bemühte, es nicht zu tun, aber das enttäuschte ihn. Er hatte gehofft, sie noch einmal lachen zu hören. »Meine Freunde nennen mich gewöhnlich Nick. Was meine Brüder zu mir sagen, kann ich beim besten Willen nicht wiederholen. Meine Schwester hat mich Nicky genannt. Meine Mutter hat Cole zu mir gesagt.«

»Gesagt? Soll das heißen, daß Sie als Kind Nicky genannt worden sind und jetzt zu alt dafür geworden sind?«

Ein Schatten glitt über sein Gesicht, nur einen flüchtigen Moment lang, aber Tibbie entgingen solche Dinge nicht. »Nein. Ich wollte damit sagen, daß sie mich früher so genannt haben, es aber nicht mehr tun. Sie sind beide tot.«

»Das tut mir furchtbar leid. Ich wollte keine schmerzlichen Erinnerungen wachrufen.«

»Es ist schon gut. Es ist schon sehr lange her. Ich war vierzehn.«

»Haben Sie beide zur selben Zeit verloren?«

»Fast. Ich bin sicher, daß Sie von dem Überfall der Komantschen auf Fort Parker gehört haben...«

»Jeder hat die Geschichte von Cynthia Ann Parker gehört. Sie ist gemeinsam mit ein paar anderen Leuten gefangengenommen worden.«

»Es waren fünf, um genau zu sein. Eine davon war meine sechsjährige Schwester Margery.«

»Sie haben sie nie gefunden?«

»Nein. Mein Vater, vier meiner Brüder und ich sind sofort aufgebrochen und haben uns auf die Suche nach ihr gemacht. Mein ältester Bruder Andrew ist mit unserer Mutter zurückgeblieben. Als wir ohne eine Spur von Margery nach Hause kamen, war unsere Farm in Brand gesteckt worden, und meine Mutter und mein Bruder waren tot. Mein Vater hat sich nie mehr davon erholt. Er hat gesagt, ohne Margaret sei das Leben nicht lebenswert.«

»So hieß Ihre Mutter?«

»Ja. Nach ihrem Tod war mein Vater von der Vorstellung besessen, Margery wiederzufinden, und er hat uns fünf zurückgelassen, damit wir alles wiederaufbauen, so gut es eben ging. Etwa ein Jahr nach dem Mord an meiner Mutter und meinem Bruder haben wir die Nachricht erhalten, daß John Mackinnon von Komantschen getötet und skalpiert worden war.«

Seine Worte schienen eine tiefere Bedeutung für sie zu haben, als zeigte er ihr, indem er von diesen Dingen sprach, daß es überall auf der Welt Schmerz und Leiden gab, daß es andere außer ihr gab, die gelitten hatten und gestärkt daraus hervorgegangen waren. Irgendwie fügte ihm das eine neue Dimension hinzu, eine, die sie bisher übersehen hatte. Menschlichkeit. Sie hatte ihn nicht als ein menschliches Wesen angesehen – ein Individuum mit einer Mutter, einem Vater oder einer Familie; jemanden, der Menschen liebte und sich etwas aus ihnen machte und der wußte, was es hieß, zu lachen und zu weinen – sich als der Größte zu empfinden, wenn alles so lief, wie er es sich wünschte, und die Kraft zu finden, die Fäden in die Hand zu nehmen und weiterzumachen, wenn nichts nach seinen Wünschen lief.

Er warf einen Kieselstein nach einer kleinen Maus, die auf einem Erdklumpen saß. Die Maus quiekte und lief davon. Tibbie wünschte, er hätte einen kleinen Kieselstein nach ihr geworfen und sie könnte jetzt dasselbe mit ihm tun. Aber er schien nicht dazu aufgelegt zu sein, ihr etwas anderes als Fragen an den Kopf zu werfen. Und es sah schon wieder nach der nächsten Frage aus.

»Jetzt habe ich Ihnen also meine Lebensgeschichte erzählt«, sagte er in einem unglaublich zarten Tonfall, »und dabei kenne ich noch nicht einmal Ihren Namen.«

Von seiner sanften Stimme und der versonnenen, nahezu melancholischen Stimmung des Augenblicks ging etwas aus, was sie zu ihm hinzog. Für einen flüchtigen Augenblick fielen die Narben der Vergangenheit von ihr ab, und er war nichts weiter als ein einsamer Mann, der ihr seine Freundschaft anbot.

»Tibbie... Tibbie Buchanan.«

4

»Wie haben Sie sich das Bein verletzt?«

»Ein Komantschenspeer.« Er sagte es, ohne erst nachzudenken. Im nächsten Moment drehte er den Kopf ruckartig zu ihr um und starrte sie an. »Woher wissen Sie, daß ich eine Verletzung am Bein habe?«

»Weil ich gesehen habe, wie Sie es gerieben haben.«

»Sie kennen sich anscheinend gut in diesen Dingen aus.«

»Mein Vater ist Arzt.«

»Mein Vater konnte Gälisch sprechen, aber das heißt noch lange nicht, daß ich es kann.«

»Man könnte mich sozusagen als die Assistentin meines Vaters bezeichnen. Er hat mir praktisch alles beigebracht, was er selbst weiß.«

Von sich aus sagte sie kein weiteres Wort mehr. Nicholas Mackinnon an ihrer Seite war gleichfalls verstummt und hatte die Augenbrauen gedankenverloren zusammengezogen. Worüber dachte er bloß so ernsthaft nach? War es irgend etwas, was mit ihr zu tun hatte? Sie dachte, das könnte durchaus der Fall sein, da sein Blick häufig über sie glitt. Er saß zwar still neben ihr, aber sie konnte seine innere Unruhe spüren, als griffe sie auch auf sie über, und gewissermaßen war es auch so, denn sie fühlte sich von seiner Ratlosigkeit angesteckt.

Jetzt begann sie sich zu fragen, warum er sich eigentlich diese Umstände machte, um in ihrer Nähe zu sein. Sie wünschte, sie hätte die Möglichkeit, zu erraten, worüber er nachdachte, aber es war ihr unmöglich, seine Gedanken zu lesen. Seine Augen wurden schmaler, und er neigte den Kopf auf eine Seite, als wolle er sie abschätzen. Ein Mann wie er konnte jede Frau haben, die er haben wollte. Warum also plagte er sich mit ihr ab? Sie wollte nicht das geringste mit diesem Mann zu tun haben. Sie hatte sich bemüht, das deutlich klarzustellen – bei zahlreichen Gelegenheiten. Hätten die Dinge doch nur anders gestanden, dann hätte sie vielleicht... Sie tat diesen Gedankengang sofort ab und ließ an seine Stelle eine Spekulation treten. Wieviel, fragte sie sich, wußte er über sie? Das brachte sie jedoch gleich auf den nächsten Gedanken. Wieviel wußte sie über ihn? Nicht viel.

Sie warf einen verstohlenen Blick auf ihn und musterte sein Gesicht von der Seite. Das wenige, was sie über ihn wußte, war eher allgemeiner Natur. Gesprächsfetzen, die sie in der Stadt mit angehört hatte, oder Unterhaltungen, die sie aufgeschnappt hatte, wenn sie ihrem Vater in der Klinik half. Aber selbst diese Dinge waren nicht allzu konkreter Natur, sondern eher Einbildungen weiblicher Gemüter wie Drucilla Fieldings überschwengliche Schilderung oder Tansy Peabodys enthusiastische Ergüsse darüber, wie galant er ihr die Tür aufgehalten hatte, als sie letzte Woche Appletons Apotheke betreten hatte.

Tansy hatte sie angestarrt, als sei sie völlig blöde, als Tibbie daraufhin gesagt hatte: »Aber was hättest du denn sonst von ihm erwartet, Tansy? Daß er dir die Tür ins Gesicht knallt?«

Sie war in Gedanken abgeschweift, und jetzt starrte er sie grinsend an. In dem Moment beschloß sie, daß sie diesen Mann nicht leiden konnte. Selbst wenn die Dinge anders gestanden hätten und es ihr freigestanden hätte, sich wie andere Mädchen ihres Alters umwerben zu lassen, dann hätte sie keinerlei Interesse an ihm gehabt. *Wahrscheinlich wird er im Alter fett. Fett und kahlköpfig.* Aber fett und kahlköpfig klang so harmlos, und dieser Mann hatte absolut nichts Harmloses an sich. Er war ein Mann, und er war auf Beute aus. Er war jemand, dem sie sich hätte fernhalten sollen. Jemand, den sie hätte fürchten sollen.

»Ich glaube, Ihre Stunde ist vorbei, und ich bin schon viel zu lange geblieben. Bertha hat wahrscheinlich schon einen Anfall, weil sie nicht gemolken worden ist, und Precious treibt meine Mutter sicher schon um den Verstand.«

»Precious? Wer ist denn das?«

Sie erstarrte, und der Ausdruck, der auf ihr Gesicht trat, grenzte an Panik. Sie wollte diesem Mann gegenüber nicht noch mehr über sich selbst offenbaren. Sie hatte ihm schon viel zuviel enthüllt. Sie atmete tief ein und senkte den Blick auf ihre staubigen Schuhspitzen, die unter ihrem tristen graubraunen Rock herausschauten. Trist und graubraun. Ein Spiegel ihres Lebens. Wie sehr sie sich nach etwas anderem sehnte, lieber Gott! Wie sehr sie sich nach einem Farbtupfer in ihrem Leben verzehrte, und sei es nur für einen Tag.

Ein Tag. Das war doch nur ein winziges, unbedeutendes Scheibchen von einem Jahr. Sie hätte noch nicht einmal Sonderwünsche gehabt, was für ein Tag es sein sollte, auch nicht, was für ein Monat. Nur ein Tag. Nichts weiter als einen ganzen Tag lang lachen und tanzen und vergessen. Sich einen Tag lang daran erinnern, wie das Leben vorher für sie gewesen war.

Aber jetzt war nicht mehr vorher. Jetzt war hinterher. Die Gegenwart. Es gab kein Zurück. Nicht für sie. Heute nicht und auch sonst nie. Für sie war es ausgeschlossen, in die Vergangenheit zurückzukehren, und für sie bestand auch keine Hoffnung auf die Zukunft, denn für sie gab es keine Zukunft oder zumindest nicht mehr als das, was sie heute hatte. Sie war wie dieser fade, braune Feldweg, der sich dahinzog, ohne jede Biegung oder Krümmung, die die Monotonie durchbrochen hätte.

»Warum belästigen Sie mich eigentlich?«

»Mir war nicht bewußt, daß ich das tue. Ich wollte lediglich mit Ihnen reden.«

»Es gibt zwei Themen, über die ich rede, Mr. Mackinnon: das Wetter und die Medizin. Sie haben die freie Auswahl.«

»Alles andere ist tabu?«

»Alles.«
»Sie trauen mir immer noch nicht, stimmt's?«
»Ich kenne Sie doch gar nicht. Wie können Sie von mir erwarten, daß ich Ihnen traue?«
»Sie brauchen mich nicht zu kennen, um mir zu vertrauen.«
»Ich traue niemandem außer meinen Familienangehörigen.«
»Und wie kommt das?«
»Meine Großmama hat immer gesagt: ›Alles, was einen abschlecken kann, kann einen auch beißen.‹«
Er lächelte. »Mein Opa hat immer gesagt: ›Eine Frau, die sich widersetzt, hat man schon für sich gewonnen, und ihre Leidenschaft läßt sich an der Heftigkeit ihres Widerstands messen.‹«
Die plötzliche Wendung des Gesprächs enttäuschte sie. Sie hätte es nicht zugegeben, aber für sie fiel es aus dem Rahmen des Üblichen, sich mit ihm zu unterhalten. Doch jetzt hatte er das Gespräch auf ein Thema gebracht, das tabu war. »Ihr Großvater hat mich nicht gekannt.«
»Wovor fürchten Sie sich?«
»Ich habe nicht gesagt, daß ich mich fürchte.«
»Aber Sie sind in meiner Gegenwart gehemmt.«
»Ich bin nicht gehemmt. Ich pflege nur einfach keinen Umgang außerhalb meiner Familie oder meines engsten Freundeskreises, und Sie gehören zu keinem von beiden.«
»Ich könnte ein Freund werden, wenn Sie es zuließen.«
»Eine Freundschaft kommt für uns nicht in Frage.«
»Und warum nicht?«
»Schon allein deshalb, weil wir nichts miteinander gemeinsam haben.«
Er grinste. »Ich wette, wir bräuchten nicht lange, um eine Gemeinsamkeit zu finden. Ich würde es nur zu gern probieren.«
»Das bezweifle ich nicht im geringsten, und ich bezweifle auch nicht, daß Sie in diesen Dingen Erfahrung haben.«
»Und Sie sind geübt darin, jeden Versuch abzuwehren. Ich würde sagen, damit stehen unsere Chancen etwa gleich.«

»Nein, keineswegs.«

Er betrachtete sie und war nach wie vor betört von ihrer frischen Schönheit und ihrer Art, die völlig frei von jeder Täuschung, Verstellung und Koketterie war, von ihrer Natürlichkeit und ihrem fast unglaublichen Desinteresse am anderen Geschlecht. Sie kam ihm vor wie eine schöne Frau, deren Spiegel zerbrochen war, ehe sie auch nur Gelegenheit gehabt hatte, hineinzuschauen. Sie roch nach Seife, Hefe und Vanille und war absolut schmucklos gekleidet, frei von jeder Zier, und doch war sie das elektrisierendste Geschöpf, das ihm je unter die Augen gekommen war. Er vermutete, daß es gerade an ihrer Natürlichkeit lag. Sie war natürlich auf die Art, auf die ein Berg natürlich ist. Oder ein Wasserfall. Oder eine taubesprenkelte Blume.

Sie wußte nicht, warum sie plötzlich wieder so gehemmt war. Vielleicht lag es an dem Unbehagen, das sie in seiner Nähe verspürte. Vielleicht war es aber auch die Angst vor dem, was passieren könnte, wenn sie blieb. Sie nahm mit einer Hand ihren Rocksaum, und da er glaubte, sie wolle aufstehen, griff er nach ihrer Hand. Daß sie zusammenzuckte und versuchte, die Hand zurückzuziehen, beachtete er nicht weiter. Als sei es für ihn das Naheliegendste auf Erden, ihre Hand zu halten, drehte er sich um und fuhr mit einem Finger über die Anzeichen harter Arbeit, die sich deutlich auf ihrer Handfläche zeigten. »Wie kann eine so winzige Hand nur so schwielig sein? Habt ihr denn keine Hilfe bei der Arbeit?«

Sie riß ihre Hand zurück und verbarg sie in den Falten ihres Rocks. »Natürlich haben wir Hilfe. Es gibt nur ein paar Dinge, die ich lieber selbst übernehme. Der Herr in seiner Güte hat mir zwei starke Arme und einen gesunden Rücken gegeben, Mr. Mackinnon. Ich sehe keinen Grund, sie nicht zu nutzen.«

»Ich könnte mir einen besseren Verwendungszweck vorstellen«, sagte er leise, und ihm fiel auf, daß sie häufig so tat, als sei er gar nicht da. Er wunderte sich über ihre ablehnende Haltung und fragte sich, welche Gründe wohl dahinterstecken mochten. Sie war teuflisch auf der Hut, ihm zu entkommen und nur ja nichts auszuplaudern. Er rätselte an ihren Geheimnissen herum. Sie wirkte ganz und gar nicht wie eine Frau mit Vergangenheit. »Es gibt eine ganze Menge von Dingen, die eine so schöne Frau wie Sie tun könnte. Ihre Schönheit könnte Ihnen viel nutzen.«

»Wenn ich Fleischwunden nähe oder die Schweine füttere, nutzt mir Schönheit nicht allzu viel. Mir wäre es lieber, Gott hätte es für angebracht gehalten, mir statt dessen ein paar Zentimeter mehr an Körpergröße und ein paar zusätzliche Pfunde zu geben.«

Er stand auf und zog sie auf die Füße. Als sie vor ihm stand und den Blick starr auf seinen vierten Hemdknopf richtete, nahm er ihr schweres Haar in seine Hand und schätzte sein Gewicht. »Ich halte Ihre Maße für perfekt, zumindest nach dem zu urteilen, was ich zu sehen bekommen habe.«

Sie war es nicht gewohnt, von einem Mann berührt zu werden. Wenn es auch noch ein Mann wie er war, dann war das äußerst beunruhigend. Sie sah auf die dunkle Hand, die ihr Haar hielt, und ihr fiel die makellose weiße Manschette seines edlen Baumwollhemds auf. Seine Kleidung war kostspielig und gepflegt. Sie schätzte, daß allein schon die Stiefel weit mehr als zwanzig Dollar gekostet hatten. Er war ein Mann mit Geld – sollte er doch etwas für eine andere Frau ausgeben und sie in Ruhe lassen. Sie fühlte sich niedergeschlagen und verwirrt. Ihr wurde klar, was er gesagt hatte... *nach dem zu urteilen, was ich zu sehen bekommen habe.*

Sie stemmte beide Hände auf seine Brust und stieß ihn von sich, ehe sie einen Schritt zurückwich. Sie sah ihm, ob aus Tapferkeit oder aus Dummheit, fest in die Augen, als sie sagte: »Mehr bekommen Sie auch nicht von mir zu sehen, Sir. Ich erachte meine Schuld als abgegolten. Es gibt vielleicht ein paar Frauen in der Stadt, die sich von Ihnen den Kopf verdrehen lassen, aber ich gehöre nicht dazu. Zum Glück erkenne ich einen Eimer Schweinefraß, wenn man ihn vor mich hinstellt.«

Er grinste sie an und versuchte dahinterzukommen, ob er gerade als ein Eimer Schweinefraß beschimpft worden war oder ob er es nur sinnbildlich auffassen sollte. Er hatte gesehen, wie sie mit ihrer Schwester in die Stadt gekommen war, und er hatte beobachtet, wie die beiden vor dem Gemischtwarenladen stehengeblieben waren, Tibbie wie eine unauffällige, farblose kleine Pfauhenne in ihrem braunen Rock und dem grauen Fransenschal neben ihrer Schwester, die ein grasgrünes Kleid trug. Dann waren sie getrennte Wege gegangen, und ihre Schwester war durch die Stadt gehuscht wie ein leuchtend bunter Schmetterling und hatte mit allen möglichen Leuten geplaudert und jedesmal gelacht und geflirtet, wenn ein junger Mann stehenblieb, um sich mit ihr zu unterhalten; Tibbie dagegen hatte ihre Besorgungen auf eine eher geschäftsmäßige Art erledigt. Nach etwa einer Stunde hatten sie sich wieder vor der Gemischtwarenhandlung getroffen und sich zu Fuß auf den Heimweg gemacht. Fasziniert war er den beiden gefolgt.

Er mußte zugeben, daß sie und ihr Anstand ihn belustigten. Sie gab sich weit älter, als sie aussah. Und so war sie auch gekleidet. Er hätte gewettet, daß sich unter all diesen losen, weiten, schmucklosen Kleidungsstücken Qualität erster Güte verbarg. Unwillkürlich bewunderte er sie für ihre Prinzipien und ihre Selbstsicherheit. Eine Frau, die sich so wenig um ihr Aussehen bemühte, mußte sich sehr stark fühlen. Sie war wie eine alte Frau, die im Körper einer jungen Frau gefangen war. Er wünschte weiß Gott, er hätte gewußt, wie er sie dazu bringen könnte, das Gehabe einer alten Dame abzulegen.

Er versuchte, sich vorzustellen, wie sie wohl ausgesehen hätte, wenn sie von Kopf bis Fuß herausgeputzt gewesen wäre. Er wollte sie in bernsteinfarbene Seide stecken und ihr Haar unter einem hochmodischen Hut aufstecken – oder, noch besser, es offen über ihren Rücken fallen lassen. Dazu noch Ohrringe mit kostbaren Steinen und ein Rubin um den Hals, und schon hätte sie selbst wie ein Edelstein gefunkelt. Fast hätte er gelacht…

Wenn sie wüßte, woran er gerade dachte! Dann fragte er sich, ob sie es nicht doch wußte, denn sie hob mit einer Hand ihre Röcke, lief an ihm vorbei und holte mit der Faust aus, als er sie zurückhalten wollte.

Mühelos packte er ihre Faust mit einer Hand. »Sie können es wirklich nicht ausstehen, angefaßt zu werden. Wie kommt das?«

Eine Weile starrte sie ihn einfach an und schwieg trotzig. Schließlich wurde ihr klar, daß er dort stehenbleiben und sie ansehen würde, solange sie stehenblieb und ihn ansah, und daher sagte sie: »Ich kann es eben nicht leiden. Genügt das nicht? Muß es denn für alles einen Grund geben?«

Nicholas hatte sie ähnlich angestarrt wie sie ihn. Aber da endete die Ähnlichkeit auch schon. Trotz seiner lässigen Haltung und seiner aufgesetzten Teilnahmslosigkeit hatte er sie genau beobachtet, und ihm war nicht entgangen, daß sie plötzlich bleich wurde und steif zusammenzuckte, Anzeichen, die ihm deutlich sagten, daß er einen gewaltig heiklen Punkt getroffen hatte. Einen Moment lang erwog er, daß sie vielleicht früher einmal schlecht von einem Mann behandelt worden war. Wenn ja, was war ihr dann zugestoßen? War es eine Vergewaltigung? Ein Vater, der sie geschlagen hatte? Ein Bruder, der ihr das Leben zur Hölle gemacht hatte? Sein Gefühl sagte ihm, daß es nichts von alledem war. Darauf hätte er sein wendigstes Schiff verwettet. Er vermutete, daß ihre scheinbare Abneigung gegen Männer nicht etwa der Angst entsprang, sondern einem groben Unwillen. Sie trug jemandem nach, daß er sie bis ins Mark getroffen hatte, sie in tiefster Seele verletzt hatte. Irgend jemand hatte ihr eine tiefe Wunde geschlagen, die ihr immer noch schwer zu schaffen machte.

Er musterte ihr vollkommenes Profil, als sie den Kopf umwandte und auf den Obstgarten hinaussah; dunkle Wimpern zeichneten sich klar gegen bleiche, durchscheinende Wangen ab. Himmel! Sie war so ein hübsches Ding! Welches Geheimnis lastete auf einer so jungen und reizvollen Frau? Und warum lockte es ihn so sehr, die Antwort auf diese Frage zu finden? Sie ging ihm so nah wie keine Frau seit seiner Mutter. In ihrer Gegenwart wurden die unbeschwerten Flirts, die er gewohnt war, von einem tieferen, reißenderen Strom aufgesogen, wie die schäumende Gischt, wenn sie ins Meer zurückrauscht.

»Alles hat seinen Grund, ob wir es eingestehen wollen oder nicht. Nehmen Sie sich zum Beispiel. Es gibt einen Grund dafür, daß Sie die Männer meiden; einen Grund, aus dem Sie bemüht sind, so unattraktiv wie möglich zu erscheinen; einen Grund, aus dem Sie Jahre älter wirken, als Sie es in Wirklichkeit sind.«

In ihrer Betroffenheit spürte sie Panik in sich aufkeimen; ihre Nerven spannten sich vor Sorge an. Wie der Strahl eines Leuchtturms sandte ihr Verstand eine Warnung aus. *Vorsicht... Vorsicht... Vorsicht.* Dieser Mann spielte ein gefährlicheres Spiel als die anderen. Sein Interesse an ihr und ihrer Vergangenheit ging tiefer. Er war klug und entschlossen. Und er setzte Sanftmut und Verständnis wie Waffen ein, mit denen er eine Schicht nach der anderen freilegte. Er bat sie, ihm zu vertrauen, aber damit hätte sie ihm nur noch eine weitere Waffe in die Hand gegeben. Hier hatte sie es nicht nur mit einem von vielen Männern zu tun, die sie meiden mußte. Dieser Mann war so gefährlich wie ein Korallenriff, das von anscheinend stillem Wasser umspült wird und doch drohend unter dem Wasserspiegel lauert.

»Ich kann jetzt nicht mehr länger bleiben«, sagte sie und kämpfte gegen die Panik an, die ihr die Kehle zuschnürte. »Ich bin ohnehin schon zu lange geblieben.«

»Es gibt einen Grund dafür, vor Dingen davonzulaufen, ebenso, wie es auch einen Grund für die Entscheidung gibt, zu bleiben und zu kämpfen. Wovor laufen Sie weg, Tibbie? Warum sind Sie so mißtrauisch?«

»Ich mißtraue Ihnen nicht. Ich werde zu Hause gebraucht«, brachte sie mit einem erstickten Flüstern vor.

»Ich habe von Ihnen gesprochen – von Ihrem Mißtrauen Ihnen selbst gegenüber.« Er hob die Hand und legte sie unter ihr

Kinn, bis ihr nichts anderes mehr übrigblieb, als ihn anzusehen. Da war sie wieder, diese überwältigende Sanftmut in seinen Augen, in dieser zarten Berührung. Fast wäre sie taumelnd an seine Brust gesunken, doch sie hielt sich zurück, als er sagte: »Werden Sie zu Hause wirklich gebraucht, oder ist das nur ein Vorwand, um fortzulaufen?«

»Ich...« Sie wollte gerade sagen, sie würde zu Hause wirklich gebraucht, doch in seinen tiefblauen Augen stand schon wieder dieser Blick, dieses erobernde Verständnis. Sie konnte ihn nicht belügen, und das entsetzte sie, weil sie nicht wußte, weshalb es nicht ging. Ihre Stimme war zittrig und unsicher. »Sie stellen eine Bedrohung für mich dar. In Ihrer Gegenwart bange ich um mein Leben. Nicht alle Raubtiere haben Fänge und scharfe Krallen. Sie...« Ihre Stimme brach ab, und sie zog den Kopf zurück und wandte sich ab. Sie konnte nicht so mit ihm weiterreden. Sie wollte nichts weiter, als so schnell wie möglich von hier zu verschwinden. Sie wollte haben, was sie gehabt hatte, ehe er auf seinem Braunen in ihr Leben geritten war: Ruhe, Frieden, ein geregeltes Leben und – wenn sie ehrlich war – ihre Einsamkeit.

»Außerdem verwirren Sie mich.« Sie schien so kurz vor den Tränen zu stehen, daß er die Hand ausstreckte und ihren Arm so sacht nahm, wie seine Worte geklungen hatten.

»Bitte«, flehte sie mit bebender Stimme. »Bitte, lassen Sie mich jetzt gehen. Ich will keine Berührungen.«

»Dafür ist es zu spät, fürchte ich. Sie sind mir bereits nähergekommen, als Sie wissen.« Er streichelte mit einem Daumen ihren zarten Arm. »Ist es denn so schlimm? Jede Berührung von mir?«

Als sie nichts darauf antwortete und den Blick beharrlich auf seine staubigen Stiefelspitzen richtete, sagte er: »Ich habe den ganzen Tag Zeit. Und ich bin sehr geduldig.«

Sie wußte, daß er die Wahrheit sagte. Ihr Verlangen, so schnell wie möglich Abstand zwischen sich und ihn zu legen, zwang sie, den Kopf zu heben und ihn anzusehen; dabei gelang es ihr nicht, die Tränen zu verbergen, die sich in ihren Augen sammelten.

Als er den Glanz sah, der verdächtig an einen Tränenschimmer gemahnte, war das sein Untergang. »Verdammt noch mal, Sie sind wirklich eine Schönheit. Ich gäbe ein Jahreseinkommen dafür, Ihren zitternden Mund jetzt in diesem Augenblick zu küssen. Aber ich habe das Gefühl, dann würden Sie losrennen wie ein verschrecktes Reh.«

Bei seinen Worten spürte sie ein seltsames Flattern in der Magengrube. Wie es wohl wäre, ihn zu küssen? Wäre sein Kuß so sanft und einschmeichelnd wie seine Worte? Plötzlich hatte sie ihre Gedanken wieder unter Kontrolle. Sie konnte sich nur zu gut vorstellen, was einem solchen Kuß folgen würde. Allein schon der Gedanke genügte, um sie zurückschrecken zu lassen. Sie riß ihren Arm los und wandte sich ab.

»Tibbie«, rief er, und sie blieb stehen. Sie drehte sich nicht um, sagte aber: »Was ist?«

»Wenn Sie fortlaufen, werden Sie sich trotzdem fragen, wie es wohl gewesen wäre. Die Neugier läßt sich noch schwerer erstikken als ein Steppenbrand.«

»Ich laufe nicht weg, und ich bin nicht neugierig.«

Er lachte. »O doch, das sind Sie. Ich wette, daß Sie die Neugier beschleicht, wenn Sie heute nacht im Bett liegen und daran denken.«

»Pah! Ich mache mir Gedanken um Wichtigeres als über Kerle wie Sie!«

»Und was könnte das sein? Woran denken Sie nachts, Tibbie? Welche Gedanken gehen Ihnen durch den Kopf, wenn es dunkel ist?«

»Ich denke in erster Linie darüber nach, was ich noch alles tun kann, um Ihresgleichen aus dem Weg zu gehen. Sie sind schlimmer als eine Warze auf der Sitzfläche.«

Er lachte wieder. »Solange es auf Ihrer Sitzfläche ist, hätte ich gar nichts dagegen einzuwenden.«

Sie schrie vor Entrüstung auf und stapfte davon. Damit machte sie sein Pferd scheu, das in der Nähe stand und graste und jetzt den Kopf zurückwarf. Nick schüttelte den Kopf. Sie war ein vorwitziges kleines Ding. Er hätte ihr zwar zu gern das wohlgeformte Hinterteil versohlt, bis es so rot wie eine Himbeere war, aber er konnte trotzdem sein Gelächter nicht unterdrücken, als sie mit den Händen durch die Luft fuchtelte und zu seinem Pferd sagte:

»Geh mir aus dem Weg, du schwerfälliger Lederklumpen.« Als das Pferd sich nicht rührte, trat sie gegen eine Erdscholle, lief um das Tier herum und sagte: »*Du* bist genauso abscheulich wie *er*.«

Er nahm die Zügel in die Hand und sah ihr nach, als sie sich auf dem Pfad entfernte. In all seinen siebenundzwanzig Jahren hatte er nicht ein einziges Mal gehört, daß jemand von einem Pferd als einem schwerfälligen Lederklumpen sprach.

»Wenn Sie nichts anderes von mir hören, treffen wir uns heute in einer Woche wieder hier«, rief er ihr nach. »Zur selben Zeit. Am selben Ort. Ich werde warten. Kommen Sie nicht zu spät.«

»Ich werde nicht zu spät kommen«, rief sie über die Schulter zurück, »weil ich nämlich nicht die geringste Absicht habe, zu erscheinen. Sie können warten, bis Sie versteinern und Gras zwischen Ihren Zehen wächst.«

Sie sagte noch einiges mehr, was Nick aber nicht verstehen konnte. Er drückte sich den Hut auf den Kopf und sah ihr nach, bis sie aus seiner Sichtweite verschwunden war. Er grinste, und sein Puls schlug schneller. Sie war etwas ganz Besonderes, diese aufbrausende kleine Schottin.

Als sie zu Hause ankam, schlug sie die Tür etwas fester als nötig zu. Ihre Mutter legte gerade gebratene Hühnerbeine auf eine Servierplatte und blickte nicht einmal auf.

Tibbie sah ihre Mutter an. Effie war eine ziemlich große und rundliche Frau, »mehr Kurven als Kanten«, wie Coll sagte. Effies Haar war noch so dunkel wie Mairis, hatte aber ein paar silberne Strähnen. Sie hatte es zu einem modischen Knoten aufgesteckt, der von zwei Elfenbeinkämmen gehalten wurde, aber um diese Tageszeit hingen immer viele Löckchen um ihr Gesicht, die sich aus dem Knoten gelöst hatten. Sie hatte braune Augen, eine freundliche Art und einen fast so trockenen Humor wie Großmama Grace – aber natürlich konnte niemand einen ganz so trockenen Humor wie sie haben. Und es war auch kein anderer so geistesabwesend und so schwerhörig wie sie. Während ihre Mutter das Huhn auf die Platte legte, fragte sie: »Hast du Bertha schon gemolken?«

»Noch nicht. Ich wollte gerade den Kübel holen.«

»Wem geht's übel?« fragte Großmama, die um diese Nachmittagszeit auf ihrem gewohnten Platz am Herd saß, auf dem Schaukelstuhl schaukelte, als hätte sie noch einiges nachzuholen, und einen Korb mit Stopfeiern und Nadeln auf dem Boden neben sich stehen hatte.

»Niemandem geht's übel, Großmama«, sagte Tibbie.

»Und warum nicht?« Großmama murrte vor sich hin, hob eine Essigflasche auf und zog einen Socken darüber, den sie kräftig auseinanderzog, um das Loch besser sehen zu können.

Effie schaute jetzt auf und warf Tibbie einen Blick zu. Tibbie sah ihre Mutter an und zuckte mit den Achseln. Effie sah Großmama sehr ähnlich, wenn man davon absah, daß Großmama Grace jetzt schneeweißes Haar hatte. Wie Effie trug auch sie es immer aufgesteckt, aber nicht etwa zu einem modischen Chignon, sondern zu einem harten, kleinen Knoten gerollt. Nach Colls Angaben konnte sie ein Nebelhorn nicht auf drei Meter Entfernung hören, aber sie sah auffallend gut. Was sie nicht hören konnte, konnte sie sehen, und ihre Phantasie war fast so ausgeprägt wie Tibbies. Aus dem Grund entging Großmama Grace kaum etwas, was sich tat. Sie war eine Frau mit enormen Erfahrungen und großzügigem Denken, und sie lehrte ihre Enkelinnen, das Leben voll auszuschöpfen, und damit bereitete sie Effie und Coll eine Menge Kopfschmerzen.

»Ist ein junger Kerl hinter dir her? Bist du deshalb zur Tür reingeplatzt, als regnete es Suppe?«

Tibbie vermutete, das sollte heißen, sie wirkte ein wenig außer sich, aber nach ihren Vorstellungen verdienten solche Fragen keine Antwort. Daran störte sich Großmama Grace überhaupt nicht. »Du mußt dir einen netten jungen Mann suchen und eine Familie gründen, ehe du zu alt bist.«

»Ich habe im Moment anderes im Kopf als noch mehr Widrigkeiten«, sagte Tibbie.

»Unzucht!« schrie Großmama. »Wenn es das ist, was du im Kopf hast, dann hat es dich noch übler erwischt, als ich dachte.«

Auch das war eine Äußerung, die keine Antwort verdiente. Und wie schon vorher störte sich Großmama Grace auch jetzt nicht die Bohne daran, daß sie keine Antwort bekam. Sie bedachte Tibbie mit einem vorwurfsvollen Blick. »Es ist wirklich gut, daß der allmächtige Herrgott nicht dich im Sinn hatte, als er sich eine Gehilfin für Adam ausgedacht hat, denn sonst hätte die Menschheit Startschwierigkeiten gehabt.«

»Du hast recht«, sagte Tibbie. »Es ist gut so, daß Gott sich nicht mich ausgesucht hat. Wenn ich Eva gewesen wäre, hätte ich gesagt: ›Such dir eine andere.‹«

Effie lachte. »Das wäre Adam ganz schön schwergefallen, denn schließlich gab es keine anderen Frauen außer Eva.«

Tibbie zuckte wieder mit den Achseln, nahm den Milcheimer und starrte ihre Großmutter an, deren Haarnadeln aus dem verrutschten Knoten ragten wie die Lichter eines fernen Sterns. Die kleine Nickelbrille war ihr auf die Nase gerutscht, und an ihren Ohren funkelten ein Paar Ohrringe mit Diamanten und Saphiren – Ohrringe, die Großmamas Großmutter geschenkt bekommen hatte, als sie den Bruder des russischen Zaren geheiratet hatte. Auf ihrem schwarzen Seidenkleid steckte eine prachtvolle Kamee.

Großmama Grace trug immer Schwarz.

Nicht etwa, weil sie noch um ihren Mann trauerte, der vor mehr als vierzig Jahren gestorben war, nein, keineswegs. Und auch nicht, weil sie sich mit fünfzig Jahren sechzig Ballen feinster chinesischer Seide gekauft hatte – alle schwarz. Nein, es lag schlicht und einfach daran, daß Großmama Schwarz liebte. Es war ihre Lieblingsfarbe. »Als ich jung war, durften Mädchen kein Schwarz tragen. Und als ich dann alt genug war, um Schwarz zu tragen, hat man mir gesagt, Schwarz schickte sich nur für Trauernde und alte Leute. Also, bei allem, was heilig ist, aber heute gehöre ich wirklich zu den alten Leuten und stehe in der Blüte der Senilität, und daher gibt es, verflixt noch mal, keinen Grund, aus dem ich nicht Schwarz tragen könnte... und ich werde nie mehr etwas anderes als Schwarz tragen. Und mich interessiert's keinen Pfifferling, ob es den Leuten gefällt oder nicht.«

Effie hatte inzwischen alle Hühnerteile auf der Platte gestapelt und drehte sich zu Tibbie um. »Du siehst aus, als seist du total erledigt. Laß dir die Stirn fühlen.«

Tibbie schien das zu widerstreben.

»Tibbie Anne, komm sofort her. Hoffentlich hast du nichts mit den Lungen!«

»Wer ist in den Brunnen gefallen? Wessen Brunnen war es? Sind alle ertrunken?«

»Großmama, sieh zu, daß du mit dem Stopfen fertig wirst«, sagte Effie. »Niemand ist in den Brunnen gefallen.«

»Wenn jemand reingefallen wäre, dann wäre ich ohnehin der letzte Mensch auf Erden, der es erfährt. Hier erzählt mir ja niemand etwas. Wie soll man denn wissen, was vorgeht, wenn einem keiner was erzählt?«

»Wenn man dir etwas erzählen würde, könntest du ja doch nur die Hälfte verstehen«, schrie Effie. »Und jetzt stopf die Socken – Coll braucht sie. Er fährt gleich rüber zu den Skinnermeyers und will diese Socken mitnehmen. Die arme alte Mrs. Skinnermeyer hat ein Haus voller Kinder, und Mr. Skinnermeyer liegt krank im Bett, und nirgends kommt Geld her. Sie brauchen diese Socken wirklich, und du trödelst rum.«

Großmama nahm das Stopfen wieder auf und murrte immer

noch vor sich hin. Effie ging auf Tibbie zu. »Ich finde wirklich, daß du fiebrig aussiehst.« Sie legte die Hand an vier oder fünf Stellen auf Tibbies Gesicht. »Allzu heiß fühlst du dich allerdings nicht an.«

»Mir fehlt nichts, Mama.«

»Was ist dann los mit dir?«

»Nichts.«

»Hier geht doch etwas vor, du kleine Heimlichtuerin, und ich werde herausfinden, was es ist. Ich bin seit einundzwanzig Jahren deine Mutter. Ich kenne dich wie meinen eigenen Handrükken. Und jetzt sag mir, warum dein Gesicht so gerötet ist.«

Tibbie wußte, daß sie Euphemia Stewart Buchanan nichts vormachen konnte, denn es gab keine Frau auf Erden, die mehr Einfühlungsvermögen oder in einem höheren Maß weibliche Intuition besaß als Effie. Daher stellte Tibbie den Eimer auf den Tisch und erzählte ihrer Mutter von Nicholas Mackinnon.

Und es traf genau das ein, was Tibbie erwartet hatte – Effie ermutigte sie, ihn öfter zu sehen. Das war ja gerade das Problem. Sie hatte ihn jetzt schon zu oft gesehen. Es war an der Zeit, aus der Küche zu verschwinden, damit sie in Ruhe nachdenken konnte. Sie nahm den Eimer.

»Merk dir bloß, was ich gesagt habe, Tibbie Buchanan.«

»Ja, Mama, ich werde es mir merken. Ich verspreche dir, daß ich es mir ernsthaft überlegen werde.«

»Aber nicht, ehe die Stiefel des Teufels zu quietschen beginnen!« ertönte eine Stimme von dem Schaukelstuhl am Feuer.

»Es gibt Momente«, sagte Tibbie, »in denen ich schwören könnte, daß Großmama noch besser hört, als sie sieht.«

»Das würde mich nicht wundern«, sagte Effie, die ihre Mutter nachdenklich betrachtete. Aber Großmama hatte sich wieder ganz ihrem Stopfen zugewandt. »Kinder sind in der Hinsicht ganz ähnlich wie alte Menschen. Sie hören nur, was sie hören wollen.« Effie zog Tibbie das Tuch um die Schultern und gab ihr einen Schubs. »Und jetzt lauf los. Es wird gleich dunkel.«

Als Tibbie mit dem Melken fertig war und gerade rechtzeitig zum Abendessen wieder ins Haus zurückkehrte, war es schon dunkel. Aber Tibbie kam an jenem Abend nicht dazu, etwas zu essen, denn etwa um die Zeit, um die Coll von den Skinnermeyers zurückkam und sich an den Tisch setzte, wurde an die Haustür geklopft.

»Es ist ein Wunder, daß ich noch nicht mager genug bin, um in einem Gewehrlauf zu baden«, sagte Coll, der seine Serviette auf den Tisch warf und aufstand.

»Vielleicht ist es diesmal nicht für dich«, sagte Effie.

»O doch, es ist bestimmt für mich. Ich habe mich in meinem ganzen Leben noch nicht vor einen Teller Brathähnchen gesetzt, ohne daß es zu dem einen oder anderen Notfall kommt und ich vom Essen weggerufen werde.« Coll hatte gerade die Tür erreicht, als Mairi zur Hintertür hereinkam und sagte, sie hätte gesehen, wie der junge Carpenter auf das Haus zugeritten war. »Es sieht ganz so aus, als würde Papa heute abend mal wieder nichts zu essen bekommen.«

Fünf Minuten später war Coll wieder in der Küche. »Tibbie, hol meinen Arztkoffer, während ich den Wagen vorfahre. Achte darauf, daß du alles ersetzt, was ich bei den Skinnermeyers benutzt habe.«

»Das ist schon erledigt, Papa.«

»Braves Mädchen«, lobte Coll und ging raus.

»Man sollte meinen, daß man sich mit der Zeit daran gewöhnt«, sagte Effie, als sie ein paar Stücke Huhn in eine Serviette legte und die Enden zuband. »Aber ich werde mich nie daran gewöhnen. Eins kann ich euch sagen: Wenn es so etwas wie eine Wiedergeburt gibt, werde ich in meinem nächsten Leben keinen Arzt heiraten.«

»Wo kriegt man um die Jahreszeit Blumen?« fragte Großmama Grace.

»Blumen?« sagte Effie. »Großmama, was murmelst du schon wieder vor dich hin?«

»Du hast doch gesagt, der Arzt hätte dir Flieder geschenkt. Ich will wissen, wo er ihn herhat. Es ist Februar. Wo hat er im Februar Flieder gefunden?«

Effie schüttelte den Kopf und sagte zu Tibbie: »Sorg dafür, daß dein Vater etwas ißt, ehe er dort ankommt. Ich habe Huhn und Brot und eine Flasche Milch eingepackt.«

»Wird gemacht.«

»Manchmal«, sagte Effie, als sie Tibbie die Serviette reichte, »frage ich mich, warum ich mir überhaupt die Mühe mache, morgens aus dem Bett aufzustehen.«

»Weil du der Versuchung nicht widerstehen kannst, dir anzusehen, was der Tag für dich bereithält«, sagte Tibbie lachend und drückte ihrer Mutter einen Kuß auf die Wange. Sie nahm die Tasche, die sie aus Colls Sprechzimmer geholt hatte.

»Mich erwarten ja doch nur Widrigkeiten und harte Prüfungen, soviel steht von vornherein fest.«

»Jetzt klag nicht über dein Los, Mama, denn das ändert nichts daran. Du weißt ja, was Papa sagt: ›Wer geboren ist, um gehängt zu werden, wird niemals ertrinken.‹«

»Sitzt jemand im Gefängnis? Wer wird aufgehängt? Seht nur, was ihr mir schon wieder vorenthalten habt.«

»Was haben wir dir denn vorenthalten, Großmama?« fragte Tibbie.

»Das Hängen. Sie haben den Mann schon aufgehängt, den sie ins Gefängnis gesteckt haben, und jetzt wird Coll ihn abschneiden.«

»Papa und ich fahren zu den Carpenters. Mrs. Carpenter bekommt ihr Baby, und Papa ist fast sicher, daß es Zwillinge werden. Wir müssen uns beeilen. Willie Carpenter hat gesagt, daß seine Mutter schon Wehen in kurzen Abständen hat.«

»Pah!« sagte Großmama. »Die braucht keinen Arzt. Gebt ihr eine Handvoll von Rush's Donnerschlägen. Damit kriegt ihr sie wieder hin.«

»Rush's Donnerschläge sind gegen Verstopfung.«

»Na und? Das hat Willie doch gesagt. Sie hat doch Verstopfung.«

Tibbie schüttelte den Kopf. »Willie hat gesagt, daß sie schon ständig Wehen hat, Großmama. Wehen.«

»Ich gehe ins Bett«, sagte Effie.

»Ich gehe zu den Carpenters«, sagte Tibbie.

Die Geburt der Carpenter-Zwillinge zog sich fast die ganze Nacht hin, und als Tibbie am nächsten Morgen um halb sechs aus dem Bett kroch, hatte sie gerade zwei Stunden geschlafen. Nach allem, was am Vortag passiert war, sah es nicht so aus, als könnte sie nach dieser kurzen Nacht mit einem guten Tag rechnen. Als sie sich eine Tasse Kaffee und eine Schale Haferflocken zurechtgemacht und den braunen Zucker in den Kaffee geschüttet hatte und nicht, wie beabsichtigt, in die Haferflocken, war sie nicht mehr so gutgelaunt wie sonst, sondern reichlich mürrisch.

In dieser Verfassung war sie, als Coll sie in die Stadt schickte, um nachzusehen, ob die Arzneien, die er aus New Orleans bestellt hatte, bei der Sendung waren, die am Vortag angekommen war.

»Du solltest dir von Hiram die Pferde anspannen lassen und den Wagen nehmen«, sagte Coll. »Es ist eine große Ladung. Und wenn du schon in der Stadt bist, dann schau auch gleich in der Schmiede vorbei, und sag Clovis Rafferty, er soll sich die Achse mal anschauen. Irgendwas klingt da nicht richtig.«

In einer Hinsicht hatte Coll recht, dachte Tibbie, als sie sich auf die harte Holzbank setzte und auf den breiten Rücken von Nip und Tuck schaute, die Wallache, die Hiram vor den Wagen gespannt hatte. Die Achse oder etwas, was ganz dicht an der Achse war, gab wirklich seltsame Geräusche von sich. Auf halbem Weg zur Stadt beschloß sie, erst zur Schmiede zu fahren, damit Clovis sich den Wagen ansah, ehe sie zur Frachtabfertigung weiterfuhr. Etwa eine Meile vor der Stadt fügte sie ihrem bisherigen Entschluß noch den Nachtrag hinzu: *Falls ich es je bis in die*

Stadt schaffe, denn die Achse ächzte gewaltig, und der Wagen brach mitten auf der Straße zusammen. Das war an sich schon schlimm genug, aber jetzt kamen auch noch Rafe Tucker und die jungen Buckners auf sie zu. Und im ganzen Staate Texas gab es keine nichtsnutzigere Bande als Rafe Tucker und die jungen Buckners.

»Also wenn das nicht das hochnäsige Fräulein persönlich ist, das da wie ein kleines gelbes Vögelchen auf dem Kutschbock thront und nur darauf wartet, daß ein blonder Ritter kommt und sie errettet«, sagte Clive Buckner.

Und darauf erwiderte Rafe: »Ihren blonden Ritter hat sie doch schon gehabt, meinst du nicht auch?«

»Laß mich in Ruhe, Rafe.«

»Warum behandelst du mich so hochnäsig, wenn doch die ganze Stadt weiß, was für eine Sorte Frau du bist?«

»Hau ab, und laß mich in Ruhe. Ich habe dringende Angelegenheiten in der Stadt zu erledigen.«

Rafe stieg ab und lief um den Wagen herum. »Sieht ganz nach einer gebrochenen Achse aus, Engelchen. Mit dem Wagen kommst du weder in die Stadt noch sonstwohin. Warum läßt du dich nicht von mir in die Stadt bringen?«

»Nein, danke. Ich komme schon allein zurecht.«

»Wie willst du das mit einer gebrochenen Achse schaffen?«

»Ich kann laufen, Rafe. Ich habe zwei kräftige, gesunde Beine.«

»Mit zwei kräftigen, gesunden Beinen kann man Sinnvolleres tun als laufen. Schling sie mir um die Taille, und ich bringe dich nach New Orleans.«

»Und wie willst du da hinfinden? Dein Verstand reicht doch nur aus, um Frösche in Essenpakete zu packen oder Schweineschwänze in Tintenfässer zu tauchen«, sagte Tibbie und griff zur Peitsche. »Mit Leuten wie dir würde ich nicht zum Schweineschlachten gehen. Und jetzt hau ab, oder du wirst jedesmal, wenn du in den Spiegel schaust, Striemen sehen.«

»Was soll das, Tib? Warum willst du laufen, wenn ich ein kräftiges, gesundes Pferd habe, das uns mühelos beide tragen kann?«

»Ich gehe eben lieber zu Fuß.«

»Du kannst es dir nicht leisten, so hochnäsig zu sein, Tibbie Buchanan. Jede Frau, die ein Mann haben kann, kann jeder haben.«

»Mit dir ginge ich nicht über die Straße, wenn du der letzte Mann auf Erden wärst, Rafe.«

Rafe hatte die Worte träge hervorgebracht, aber Tibbie ließ sich nicht ablenken oder in Sicherheit wiegen. Sie sah, wie er beim Reden ständig näher kam. Er heckte etwas aus. Sie wollte mit der Peitsche ausholen, doch Rafe machte einen Satz, riß ihr die Peitsche aus der Hand und zog dabei so fest, daß Tibbie in die Knie ging. Sie stieg vom Wagen und wollte schon fortlaufen und um Hilfe schreien, als Rafe und die Jungen ihr den Weg abschnitten. Sie drängten sie mit dem Rücken an den Wagen.

»Spann die Pferde aus«, sagte Rafe zu Wiley Buckner.

»Und jetzt laß sie laufen.«

»Warum?« schrie Tibbie. »Warum wollt ihr sie laufenlassen? Es wird uns eine Woche kosten, sie wiederzufinden.«

Rafe ignorierte sie und sah Wiley an. Im nächsten Moment liefen Nip und Tuck zur Stadt und schleiften die Zügel hinter sich her. Eine Staubwolke wirbelte hinter ihnen auf. »Ich habe dir noch nie gezeigt, wie gut ich mit der Peitsche umgehen kann, oder?« sagte Rafe zu Tibbie.

Tibbie schluckte schwer und preßte sich gegen den Wagen, ohne Rafe aus den Augen zu lassen, der immer noch redete. »Haltet sie an den Armen fest«, sagte er. Will und Wiley rangen mit ihr, und dann heulte Will auf und hielt sich die Weichteile, in die ihm Tibbie ein Knie gerammt hatte. Will ohrfeigte sie mit dem Handrücken und sah aus, als täte es ihm augenblicklich leid. Tibbie spürte, wie das Blut an ihrem Kinn herunterrann.

»Es tut mir leid, Tibbie. Es tut mir wirklich leid. Ich habe es nicht gewollt. Aber du hättest mir nicht derart weh tun dürfen.«

»Schafft den Dummkopf zur Seite«, sagte Rafe.

Dexter Buckner nahm jetzt Wills Platz ein. Bald hielten Wiley und Dexter sie an den Armen fest.

»Und jetzt werde ich euch zeigen, wie man eine Frau gegen ihren Willen auszieht.« Mit diesen Worten ließ er die Peitsche auf die Knöpfe ihres Mieders sausen, immer wieder, und einer nach dem anderen sprang ab. Dann wurde ihr der Hut vom Kopf gerissen, und ihr Haar löste sich aus dem enggeschlungenen Knoten. Rafe ließ die Peitsche gerade wieder durch die Luft sausen, als ein Schuß ertönte.

Die Peitsche flog ihm aus der Hand.

Sämtliche Blicke wandten sich hastig in die Richtung, aus der der Schuß gekommen war, und sie sahen Nicholas Mackinnon, der auf seinem tänzelnden Braunen saß und eine Pistole in der Hand hielt. »Wenn ihr nicht sofort abhaut, schieße ich, und ich werde nicht allzu sorgfältig zielen.«

»Wir haben nichts gegen Sie, Mister.«

»Aber ich habe etwas gegen euch. Los, haut ab!«

»Hören Sie...«

»Eins!«

»Das ist nicht Ihre Angelegenheit...«

»Zwei!«

»Sie werden noch bereuen, daß Sie sich eingemischt haben...«

»Drei!« Nick spannte den Hahn.

Rafe schluckte hörbar und sah sich nervös um. Die Buckners waren ausnahmslos auf ihre Pferde gestiegen.

Sie ritten Hals über Kopf los.

Nick zielte sorgsam.

Rafe Tucker sauste hinter den anderen her.

Nick wartete, bis sie aus seiner Sichtweite entschwunden waren, ehe er mit dem Wallach näher kam. »Hott, Pferd.«

»Warum geben Sie ihm keinen Namen, statt ihn Pferd zu nennen?« fragte Tibbie, die ihr Mieder eilig zuzog.

»Ich habe ihm einen Namen gegeben.«

»Und welchen?«

»Pferd.«

»Das paßt.«

»Komisch, dasselbe dachte ich gerade über Sie. Es scheint mir, Sie haben großes Talent, sich in eine Klemme nach der anderen zu bringen.«

»Ich löffele meine Suppe allein aus. Warum verziehen Sie sich nicht und gehen wieder dahin, wo Sie hergekommen sind, und lassen mich in Ruhe?«

»Passen Sie bloß auf, daß Sie sich nicht die eigene Nase abbeißen.«

Sie wirkte jetzt richtig übellaunig. »Ich wünschte bei Gott, jemand würde Ihnen die Nase abbeißen! Dann könnten Sie nicht rumlaufen und sie in anderer Leute Angelegenheiten stecken.«

Tibbie hatte die Finger in ihr Mieder gebohrt, um es zuzuhalten. Er wollte sich im ersten Moment über ihre Erscheinung äußern und sie noch mehr in Verlegenheit bringen, damit sie sich ärgerte. Doch in dem Moment, in dem er sie ansah, lenkte ihn etwas ab, und es war nicht ihr aufklaffendes Mieder. Was ihn verwirrte, war, wie sie in ihrem zerrissenen Kleid und mit wüst zerzaustem Haar dastand und ihre Augen Feuer sprühten, während jede andere Frau sich wegen dieses Vorfalls in Tränen aufgelöst hätte. Eine Frau putzte einen Mann nicht runter, ganz gleich, weshalb. Aber ihm war aufgefallen, daß das hier in Texas häufiger vorkam als woanders. In Nantucket wäre es unerhört gewesen.

»Falls ich so wirke, als wollte ich mich gewaltsam in Ihre Privatangelegenheiten einmischen, muß ich mich entschuldigen. Ich dachte nur, Sie bräuchten Hilfe. Darf ich Sie in die Stadt mitnehmen?«

»Nein, danke«, sagte sie barsch. »Ich schaffe das schon.«

»Und wie wollen Sie das anstellen?«

»Ich laufe in die Stadt, wie ich es vorhatte, und suche die Pferde. Dann gehe ich in der Schmiede vorbei und sage Rufus, er soll jemanden herschicken, der sich den Wagen ansieht. Ich werde mir bei ihm einen Wagen borgen können, um die Arzneimittel abzuholen.«

Sein Blick glitt langsam über sie. »Die Pferde sind schon in der Schmiede. Sie sind durch die Stadt gerast, als hätten sie glühende Kohlen unter den Schwänzen. Nachdem wir sie eingefangen und beruhigt hatten, hat Rufus mir gesagt, wem sie gehören. Ich dachte mir, ich reite am besten mal in diese Richtung und sehe nach, was los ist. Ich bin froh, daß ich das getan habe.«

»Ja... also, ich danke Ihnen nochmals.« Sie wischte sich das Blut vom Mund.

Er sah, wie sie sich in Bewegung setzte. »Das halte ich für keine gute Idee.«

»Was?«

»So, wie Sie aussehen, in die Stadt zu laufen. Wenn Sie ein Mann sieht, und selbst wenn sein Blut noch so stark verwässert ist, geraten Sie in heftige Auseinandersetzungen.«

Tibbie sah an sich herunter und stellte fest, daß er recht hatte.

»So können Sie nicht in die Stadt gehen.«

»Nein...«

»Und ich vermute, so können Sie auch nicht nach Hause gehen.«

Sie runzelte die Stirn. Er hatte auch in dem Punkt recht. Wenn sie so zu Hause erschien, käme ihr Vater dahinter, was passiert war, und dann würde er zu den Buckners und den Tuckers fahren, um die Dinge zu regeln. Der letzte Mann, der versucht hatte, etwas mit den Buckners zu regeln, lag jetzt unter der Erde. Das wünschte sie ihrem Papa nicht. Er hatte ihretwegen schon genug durchgemacht.

Nick versuchte, ihr ins Gesicht zu sehen, aber das war verflucht schwer, weil sein Blick immer wieder auf ihr Mieder glitt. Das Mädchen war eine Schönheit. Schon allein bei dem Gedanken an sie konnte ein Mann für eine volle Woche den Verstand verlieren. Das wußte er aus erster Hand, denn seit dem Tag, an dem er sie auf der Straße fast niedergeritten hatte, hatte er kaum noch etwas anderes getan, als an sie zu denken.

Nick schwang sich vom Sattel, öffnete seine Satteltaschen und zog ein kleines Lederetui heraus. Er schloß die Satteltaschen, wandte sich wieder zu ihr um und blieb dichter vor ihr stehen, als sie es für notwendig erachtete.

Tibbie starrte ihn erstaunt an. Sie sah den Ausdruck des Verlangens und der Resignation in seinen Augen. Sie machte die Augen zu und gestattete ihrer Phantasie einen Moment lang, das zu tun, was sie nicht tun durfte. Sie malte sich den Druck seines Mundes auf ihren Lippen aus, warm und fest, dann seine Zunge in ihrem Mund, die sie berührte, etwas suchte, flehte. Ihr Herz schlug rasend schnell, und sie war so benommen, daß ihr das Atmen schwerfiel. Keuchend blickte sie auf und sah in Nicks Augen, und dort spiegelte sich wider, daß er sie voll und ganz durchschaut hatte. Die Realität hüllte sie wie ein eisiger Regen ein. »Was, zum Teufel, haben Sie vor?«

Er antwortete nicht, sondern wandte sich ab, lief um sie herum und bückte sich ab und zu, um etwas aufzuheben.

»Was tun Sie da unten?«

»Ich suche Ihre Knöpfe.«

»Warum? Sammeln Sie Knöpfe?«

»Nur Ihre«, sagte er lachend. »Nein, ich suche sie nur, damit ich sie wieder annähen kann und niemand etwas von dem Vorfall erfährt.«

Sie sah genau vor sich, wo seine Hände liegen würden, wenn er ihr die Knöpfe annähte. »Nein, danke. Ich nähe sie lieber selbst an.«

»Um das selbst zu tun, müßten Sie das Kleid ausziehen.«

Er wußte eine ganze Menge über Weiberkram, doch als ihre Augen langsam über ihn glitten, konnte sie klar erkennen, woran das lag. Ihr war vollkommen gleichgültig, was er tat, wenn er nicht in ihrer Nähe war, und sie wollte ihn schleunigst loswerden. Aber in einem Punkt hatte er recht. Um die Knöpfe anzunähen, mußte sie das Kleid ausziehen. Sie war in einem Dilemma. Entweder er berührte sie, wenn er ihr die Knöpfe annähte, oder er konnte sich an ihr satt sehen, wenn sie es selbst tat.

»So, wie Sie aussehen, können Sie nicht in die Stadt gehen und nach Hause schon gar nicht. Ich habe Ihnen meine Hilfe angeboten, und wenn Ihnen nichts Besseres einfällt, nähe ich Ihnen die Knöpfe an.«

Natürlich fiel ihr nichts Besseres ein, und genau das wurmte sie. »Ich werde mir schon etwas einfallen lassen.«

»Stellen Sie sich nicht so dumm an«, sagte er, als er den letzten Knopf aufhob und auf sie zukam. »Sturheit dieser Größenordnung grenzt an Dummheit.« Sie wich zurück, bis sie an dem Wagen lehnte und nicht noch weiter zurückweichen konnte. Dann wandte sie verwirrt den Blick ab. Sie verstand nicht, was hier geschah, und eigentlich verstand sie ihr ganzes Leben nicht. Wie hätte sie sich den Drang erklären können, sein Gesicht zu berühren, weil sie sehen wollte, ob es sich so glatt anfaßte, wie es aussah, oder daß sie seine Hand gern genommen und ihn von hier fortgeführt und ihm alle Verstecke ihrer Kindheit gezeigt hätte? Sie mußte dämlich sein, wenn sie an solche Dinge dachte. Anders war das nicht zu erklären.

Er öffnete das kleine Etui und holte Nadel und Faden raus. Und er stellte sich geschickt an.

Die Neugier siegte über die Vorsicht. »Wo haben Sie nähen gelernt?«

»Ich besitze Segelschiffe. Und Segelschiffe bestehen aus viel Segeltuch.«

Sie hätte geglaubt, wenn jemand Schiffe besaß oder auch nur so gepflegt und betucht war wie er, dann sei er sich für handwerkliche Arbeiten zu schade, vom Nähen ganz zu schweigen. Sie griff nach der Nadel und dem Faden. »Lassen Sie mich das machen.«

Seufzend reichte er ihr die Nadel.

Sie hatte nicht erwartet, daß er so einfach nachgeben würde, und einen Moment starrte sie die Nadel in ihrer Hand an. Dann sah sie, wie merkwürdig er sie ansah, als glaubte er, es mit einem Dummkopf erster Güte zu tun zu haben. Sie rammte die Nadel in das Mieder und zog sie augenblicklich wieder auf der anderen Seite raus.

»Ich glaube, man muß vorher einen Knoten in den Faden machen.«

»Oh...« Sie lief rot an, machte einen Knoten und schwor sich, sich eher tausend Nadeln ins Auge zu stechen, als ihn anzuschauen.

Beim zweiten Versuch stach sie sich in den Daumen. Der dritte Versuch endete damit, daß sie den Knopf fallen ließ. Beim vierten Versuch verrenkte sie sich den Hals. Mit dem fünften Versuch kam sie nicht allzuweit, denn er fluchte leise und nahm ihr die Nadel aus der Hand.

Dann grinste er sie an. »Wenn wir so weitermachen, werden wir die ganze Nacht hier verbringen. Früher oder später müssen Sie der Wahrheit ins Gesicht sehen und sich von mir helfen lassen, wenn es Ihnen auch noch so sehr widerstrebt.«

Leute, die immer recht hatten, reizten Tibbie bis aufs Blut – sie widerten sie an.

»Also, was ist jetzt? Werden Sie sich ausziehen und nähen... oder gehen Sie nach Hause und beantworten eine Menge lästiger Fragen?«

Als sie nicht antwortete, sagte er: »Ich nehme an, als letzte Zuflucht können Sie – nur dieses eine Mal, versteht sich – Ihren Stolz schlucken und sich von mir helfen lassen.«

»Ihnen ist natürlich klar, daß ich diese kleine Geschmacklosigkeit *nur* zulasse, weil mir nichts anderes übrigbleibt?«

»Selbstverständlich«, sagte er und grinste.

»Ich muß Sie noch einmal ersuchen, Ihre ganze Aufmerksamkeit auf das zu richten, was Sie vorhaben.«

Konsterniert stellte sie fest, daß sich sein Gesicht zu einem noch breiteren Lächeln verzog. »Genau das habe ich vor«, sagte er. »Ich wäre ein unverzeihlich großer Dummkopf, wenn ich es nicht täte.«

Irgendwie hatte sie das Gefühl, daß das, was sie gesagt hatte, und das, was er verstanden hatte, zwei Paar Schuhe waren, aber ehe sie genauer dahinterkam, sagte er: »Und jetzt kommen Sie her, und lassen Sie sich von mir die Knöpfe annähen.«

Sie keuchte und wandte den Kopf ab.

»Ist es Ihnen peinlich?« fragte er freundlich.

»Nein«, platzte sie heraus. Sie war außer sich vor Entsetzen.

»Erzählen Sie mir mehr über diese Männer.« Er sah, wie sie die Augenbrauen hochzog, und spürte, daß ihr Körper sich verkrampfte. »Offensichtlich kennen sie Sie…«

»Sie kennen mich, und ich kenne sie… es sind nichtsnutzige Störenfriede mit mehr Geld als Verstand und zuviel freier Zeit.«

»Sie sahen nicht gerade so aus wie Leute, mit denen Sie… Umgang pflegen könnten.«

»Das tue ich auch nicht. Ich pflege mit niemandem Umgang, begreifen Sie das doch. Manchmal tun sich Dinge im Leben von Menschen, Dinge, die Taugenichtse wie Rafe und die Buckners glauben lassen, sie hätten ein Recht, sich einzumischen.«

»Und das ist Ihnen zugestoßen… etwas, was Leuten wie denen das Gefühl gibt, sie dürften Sie mißhandeln?« Er sah ihr in die Augen. Dann legte er den Daumen auf ihren Mundwinkel.

Sie zuckte zusammen.

»Sie können mich immer noch nicht leiden, stimmt's?«

»Es ist nichts Persönliches, verstehen Sie? Ich kenne ganz einfach Männer von Ihrer Sorte.«

»Man kennt einen Wein nicht, nachdem man das Faß betrachtet hat. Nur keine Panik, ich tue Ihnen nichts. Es ist nicht meine Art, Frauen zu mißhandeln und zu mißbrauchen. Ihr Mund blutet immer noch ein bißchen«, sagte er und legte noch einmal den Daumen auf ihren Mundwinkel.

»Das macht nichts. Ich werde ihn mit Kampfer auswaschen, wenn ich nach Hause komme.«

»Wenn Sie es so lassen, lenken Sie nur unnötige Aufmerksamkeit auf sich«, sagte er und wischte das Blut mit seinem Taschentuch weg.

Sie wandte den Kopf ab.

»Tragen Sie immer diesen Hut?«

»Wenn ich mich draußen aufhalte.«

»Weshalb halten Sie es für nötig, sich dahinter zu verstecken?«

»Ich hatte bisher nie das Gefühl, mich zu verstecken. Ein Hut ist zum Schutz da, Mr. Mackinnon. Gegen die Sonne.«

»Aus dem Grund versteckt man sich auch... um sich zu schützen.«

»Ich rede vom Schutz gegen die Elemente, Sir – Wind, Regen, Hagel und Sonne, um es genauer zu sagen.«

»Ich verstehe.«

»Nein, das glaube ich nicht, aber das macht auch nichts.«

»Und diese tristen Farben? Wollen Sie sich damit auch schützen? Gegen die *Elemente*, meine ich.«

Seine Nähe brachte sie schon wieder aus der Fassung, und sein warmer Atem ließ Erinnerungen aufleben, die sie lieber vergessen hätte. Sie wollte sich nicht daran erinnern, wie es war, in den Armen eines Mannes zu liegen und seine Lippen zu spüren. Sie sah ihm ins Gesicht, das viel zu schön war, während sie versuchte, zu entscheiden, ob er absichtlich anzüglich war oder nur versuchte, sich unschuldig mit ihr zu unterhalten. Ein Blick in sein Gesicht reichte jedoch aus, um ihr zu sagen, daß er alles andere als unschuldig war. Dieser Mann sah so gut aus, daß er viel über die Sünde wissen mußte. Die Neugier breitete sich in ihr aus wie ein Schwamm, der sich mit Wasser vollsaugt – etwas, was sie weder wollte noch willkommen hieß, aber es gelang ihr, die Neugier zu verdrängen. Sie fragte sich, ob er so offen und anzüglich mit ihr sprach, weil er Klatsch über sie gehört hatte. Vielleicht wußte er auch gar nichts davon. »Haben Sie etwas an meinen Kleidern auszusetzen?«

»Offen gesagt, ja. Sie sind etwas für ältere Matronen. Die Farben eignen sich für eine Beerdigung. Ich finde, daß diese Kleider überhaupt nicht zu Ihnen passen. Zwingt man Sie, sie zu tragen? Vielleicht Ihr Vater?«

»Meine Eltern zwingen mich zu nichts, Mr. Mackinnon. Ich ziehe mich so an, wie es mir angemessen erscheint.«

»Eine Geldfrage kann es nicht sein, weil ich weiß, daß Ihr Vater im Umkreis von Meilen der einzige Arzt ist. Und ich habe das Haus gesehen, in dem ihr lebt. Woran also liegt es? Wie kommt ein pfirsichfarbener Flamingo dazu, sich wie ein kleiner brauner Zaunkönig zu kleiden?«

»Vielleicht passen mir die Aufmerksamkeiten nicht, die ich als Flamingo auf mich lenke.«

»Und als kleiner brauner Zaunkönig fühlt man sich sicherer?«

»Genau.«

»Hm. Das verstehe ich. Das Problem ist nur, daß ich trotzdem den Flamingo unter dem Gefieder des armen kleinen Zaunkönigs sehe und daß es mich juckt, ihn freizulegen.«

»Sie meinen, sich mir aufzuzwingen und...«

»Nein. Nein. Nein.« Er fing an zu lachen und kämpfte gegen den Drang an, sie in seine Arme zu ziehen und ihren angespannten Körper an sich zu pressen und sie zu küssen, bis sie sich entkrampfte und zerfloß. Mein Gott, nach all den Hafennutten, mit denen er geschlafen hatte, eine Frau wie sie zu haben! Sein Verlangen nach ihr regte sich wieder, und er fragte sich, ob er die notwendige Zurückhaltung aufbringen konnte, ihr zu widerstehen, bis er ihr Vertrauen gewonnen hatte, denn nur das würde schließlich dazu führen, daß... wohin eigentlich? Was erhoffte er sich? Dieser Gedanke erschütterte ihn. Wann hatte er begonnen, sich ernster mit ihr auseinanderzusetzen, mehr als nur einen warmen Körper in einem kalten Bett in ihr zu sehen? Und seit wann waren seine Absichten so ehrenwert? Er war zu diesem Zeitpunkt nicht ganz sicher, welche Absichten er eigentlich hatte, aber er wußte ganz genau, daß ihm eine Nacht mit ihr nicht genügte.

Er sah sie an, und ihr Anblick verwirrte ihn vollends. Das Haar war unter ihrem Hut herausgerutscht. Sie stieß einen unwilligen Laut aus, riß sich den Hut vom Kopf und schüttelte ihr langes Haar, das ihr über den Rücken fiel, mit einer absolut unschuldigen Geste, die teuflisch verführerisch war. Mehrfach fuhr sie sich mit den Fingern durchs Haar und fing dann an, es zu einem langen honiggelben Zopf zu flechten. Dann blickte sie auf und sah, daß er vollkommen still dastand und jede ihrer Bewegungen beobachtete. Der Ausdruck seiner Augen bewirkte, daß sie den Zopf fallen ließ. Der Bann war gebrochen, aber er wirkte noch nach. Die Gedanken, die wachgerufen worden waren, streiften sie wie ein ganz intimer Blick. Plötzlich ging ihr auf, daß dieser Mann erschreckend lebendig war. Er ließ ihre Knie weich werden und das Herz schmerzhaft in ihrer Brust schlagen. Sein Blick und ihre Reaktion darauf schienen die Regeln öffentlichen Anstands zu durchbrechen. Sie machte den Mund auf, um etwas zu sagen. Verzweifelt suchte sie nach Worten, und ihr wäre alles recht gewesen, um ihn abzulenken. Aber kein Laut kam aus ihrer Kehle, nur der lange angehaltene Atem.

»Tibbie«, sagte er und spürte, wie sein Verlangen und seine Verzweiflung sich steigerten, »wenn Sie nicht auf der Stelle ohnmächtig geküßt werden wollen, schlage ich vor, daß Sie möglichst schnell von hier verschwinden.«

Betroffener hätte sie nicht reagieren können, wenn er sie geohrfeigt hätte, und deshalb blieb sie stehen. Sie war derart benommen, daß sie nur langsam wieder einen klaren Gedanken fassen konnte, aber eins erkannte sie deutlich: Er würde sie jeden Moment küssen, und er machte nicht den Eindruck, als ließe er es sich ausreden.

In dem Augenblick, in dem sie sich in Bewegung setzen wollte, packte er ihren Arm und hielt sie fest. Der entgeisterte Ausdruck auf ihrem Gesicht ernüchterte ihn. Er wußte, daß er sich ehrbar verhalten und sie ungeküßt davonkommen lassen würde, und das ließ ihn gereizt sagen: »Seien Sie nicht so töricht.

So können Sie nirgends hingehen. Aber ich brauche nicht mehr lang.« Er hob die Hände, und eine Hand glitt unter ihr Mieder. Seine Finger streiften ihre Brüste über ihrem Hemd.

Seine Berührung war schockierend, nicht etwa, weil sie ihr widerlich war, sondern weil ihr Erinnerungen kamen, die sie lieber vergessen wollte. Sie spürte, wie angesichts dieser beschämenden Gedanken die Röte in ihr Gesicht stieg. Würde es immer so bleiben? Würde sie niemals Frieden finden? Sie wandte das Gesicht ab und spürte, wie jeder Kampfgeist aus ihr wich. Manchmal war es schwer, eine Frau zu sein.

Nick nähte den letzten Knopf an, und als er aufblickte, sah er, daß sie jeden Widerstand aufgegeben hatte. Das überraschte ihn. *Du armer, kleiner Knirps, du brauchst einen aufmunternden Rippenstoß.* Er beugte sich vor und biß den Faden dicht am Knopf ab. Und dabei schmiegte sich sein Gesicht an den schönsten Busen, den er je gefühlt hatte. Es war reiner Instinkt und nicht unverhohlene, zügellose Lust, seine Lippen auf dieses Fleisch zu pressen.

Und als er es tat, strömte der Kampfgeist, der gerade erst aus Tibbie gewichen war, zurück.

Nicholas Mackinnon bekam seinen Kuß.

Aber dafür handelte er sich auch eine Backpfeife ein.

Und er fluchte, weil ihm sofort klar war, daß ihm die Ohren tagelang rauschen würden.

Man hätte behaupten können, daß Tibbie Buchanan manchmal klein beigeben mußte, aber es war eine allgemein bekannte Tatsache, daß sie nicht lange die Verliererin blieb. Während das Blut noch in seinen Ohren pochte, holte Tibbie schon zum nächsten Schlag aus. Jetzt rauschten seine Ohren ganz gewaltig, und Nick mußte unwillkürlich lachen, als Tibbie ihn von sich stieß und entschlossen zu seinem Braunen stolzierte und sich in den Sattel schwang. Sie ritt zur Stadt, ohne sich auch nur noch einmal nach ihm umzusehen. Er lachte immer noch, als ihm aufging, daß er zu Fuß gehen mußte.

»Verdammt noch mal!« sagte er und schaute finster ein Wildkaninchen an, das hinter einem Grasbüschel hervorspähte. »Was schaust du mich so an? Du bist doch selbst zu Fuß!«

Das Wildkaninchen hoppelte weiter.

Danach war ihm nicht mehr zum Lachen zumute. Auf dem ganzen Weg in die Stadt malte er sich nur noch aus, was er alles mit diesem kleinen Biest mit dem honigfarbenen Haar anstellen würde, wenn er ihr das nächste Mal begegnete.

Köstliche Dinge würde er mit ihr tun.

5

»Tibbie!« Es wurde heftig an ihre Tür geklopft. »Tibbie, bist du da drin?«

Tibbie schloß die Augen und wurde aus ihrem grüblerischen Schweigen aufgerüttelt. »Ja.«

Die Tür ging auf, und Mairi trat ein. Ihr dunkles Haar war geflochten, und der Zopf hing wie ein dickes Tau über ihre Schultern. »Mama hat gesagt, du seist nicht zum Essen gekommen.« Sie musterte Tibbie von Kopf bis Fuß. »Fühlst du dich nicht wohl? Soll ich Papa holen?«

»Nein. Mir geht es gut. Wirklich.« Tibbie wandte den Blick von ihrer Schwester ab und sah wieder aus dem Fenster.

»Du bist nicht krank. Du regst dich über irgend etwas auf. Was ist los?«

»Nichts. Ich bin nur müde. Papa und ich sind beide müde. Es sind viele Krankheiten im Umlauf. Wir sind oft lange aufgeblieben und...«

»So ein Blödsinn! Ich bin deine Schwester, oder hast du das vergessen? Älter als du, wenn nicht auch noch klüger. Ich kenne dich, Tib. Ich habe dir die Lätzchen gewechselt, als du ein Baby warst, und ich habe dir dein erstes Wort beigebracht. Ich habe die Busters in der dritten Klasse dazu gebracht, dich nicht mehr aufzuziehen, und in der achten Klasse habe ich mir Nasenbluten eingehandelt, weil ich mich in eine Rauferei zwischen dir und Audrey Schneider eingemischt habe.«

Tibbie wandte sich ihrer Schwester lächelnd zu. »Es war

Audreys Schuld, wenn ich mich recht erinnere. Sie hat dir die Nase blutig geschlagen.«

Trotz ihrer Bemühungen, sich leichtfertig zu geben, sah Mairi den Schmerz in den Augen ihrer Schwester, einen Schmerz, der dort schon viel zu lange stand und nie ganz aus ihren Augen verschwand. »Wann wirst du aufhören, Papas Medizin als etwas zu benutzen, wohinter du dich verstecken kannst?«

»Das tue ich nicht.«

»O doch, Tib. Du weißt genau, daß du es tust. Wovor fürchtest du dich? Siehst du denn nicht, daß deine Angst, du könntest etwas verlieren, dir ebenso schadet wie die Tatsache, daß du dich hinter deiner Hingabe an die Medizin versteckst? Du hast jede Richtung in deinem Leben verloren. Du ergreifst keine Initiative mehr. Du riskierst nicht, verletzt zu werden. Du siehst zu, wie die Welt sich weiterdreht, und *du* reagierst auf *sie*. So warst du doch früher nicht.«

»Ich kann deine Ansprachen nicht gebrauchen, Rosemairi Buchanan. Du hast mir schon genug Vorträge für den Rest meines Lebens gehalten. Laß mich doch einfach in Ruhe. Mir geht es gleich wieder gut.«

»Diesmal nicht. Diesmal wirst du mir zuhören.«

»Mach schon. Mir ist nicht nach einer deiner erbaulichen Predigten. Davon kriege ich in der Kirche schon mehr als genug.«

»Ich weiß, was du willst. Du willst in Ruhe gelassen werden, damit du dich in all die Dinge vergraben kannst, die du tust, um dich vor dem Leben zu schützen. Als du damals angefangen hast, Papa in der Klinik zu helfen, fand ich die Idee ganz großartig. Auf die Art hattest du etwas zu tun, eine Möglichkeit, etwas zu erreichen, was dir Anerkennung und Lob einbringt. Aber für dich ist die Leidenschaft zur Medizin zum Gefängnis geworden. Es ist an der Zeit, daß du aus der sicheren kleinen Welt herauskommst, die du dir gebaut hast. Es ist an der Zeit, daß du endlich wieder lebst.«

»Wozu denn? Damit mir wieder jemand weh tun kann? Damit

ich all dieses Leid noch einmal durchmachen muß? Die Menschen verzeihen nicht, Mairi. Sie wollen mich nicht vergessen lassen. Sie wollen, daß ich immer daran denke. Sie wollen, daß ich dafür büße.«

»Und das tust du, oder etwa nicht? Es vergeht kein Tag, an dem du nicht daran denkst. Du bist diejenige, die es dir nicht gestattet, zu vergessen, Tibbie. Und was noch trauriger ist, du bist diejenige, die nicht verzeihen kann.«

»Das ist nicht wahr.«

»O doch, es ist wahr. Du kannst dir nicht verzeihen, und daher glaubst du nach wie vor, du hättest Strafe verdient. Und danach handelst du auch. Du bestrafst dich selber. Immer wieder. Du lebst nicht. Du existierst. Und das ist traurig, viel trauriger als das, was dir zugestoßen ist.«

»Laß mich in Ruhe... bitte.«

»Warum? Damit du dich auf dein Bett werfen und weinen kannst? Damit du dir selbst leid tun kannst? Die arme Tibbie Buchanan mit all ihrem Elend und dieser Schreckschraube von einer Schwester! Denk doch mal nach, Tib. Es wäre doch das einfachste für mich, zu gehen und dich allein zu lassen. Mir macht es doch schließlich keinen Spaß, dich zum Weinen zu bringen, aber irgend jemand muß dich ein wenig aufrütteln.«

»Mama und Papa lassen mich doch auch...«

»Mama und Papa sind persönlich betroffen. Sie können vor lauter Bäumen den Wald nicht sehen. Mama will, daß du ihr kleines Mädchen bleibst, daß alles so ist, wie es vorher war. Und Papa ist von deinem Interesse an der Medizin begeistert – er hat sich schon immer gewünscht, einer der Jungen würde in seine Fußstapfen treten. Du weißt, wie tief es ihn getroffen hat, als Barra und Calum zur See gefahren sind und Robbie Jura studiert hat. Du opferst dein Leben, Tibbie. Für ein Ziel, das noch nicht einmal dein eigenes ist.«

»Das stimmt nicht. Ich liebe es, andere zu heilen. Ich bin ein Naturtalent. Das hast du selbst gesagt.«

»Ja, das habe ich gesagt. Und das bist du auch. Aber du kannst das nicht zu deinem ganzen Lebensinhalt machen. Papa liebt die Medizin, aber er hat sich trotzdem die Zeit für eine Frau und eine Familie genommen.« Mairi seufzte. »Ich will dir nicht weh tun, Tibbie. Du hast schon genug gelitten, das weiß ich selbst.« Sie drehte Tibbie zum Spiegel um, legte die Hände auf ihre Oberarme und schüttelte sie. »Sieh doch nur in den Spiegel, Tib. Was siehst du da?«

Tibbie schaute sich an. »Was für eine alberne Frage. Natürlich sehe ich mich.«

Mairi schüttelte sie wieder. »Nein, eben nicht. Du siehst dort nicht Tibbie. Tibbie hast du nicht mehr gesehen, seit Eric dich sitzengelassen hat. Was du siehst, ist eine Frau, die vorzeitig altert, eine unreife Frucht, die am Baum verschrumpelt. Tu dir das nicht an. Was ist aus deiner Abenteuerlust geworden?«

Tibbie zuckte mit den Achseln und schaute aus dem Fenster. Die Sonne ging unter wie ein großer roter Ball, der in den Staub sinkt. Mairi redete immer noch weiter, obwohl sie den Verdacht hatte, daß ihre Schwester kein Wort von dem hörte, was sie zu ihr sagte. Für sie war es schon immer ein Quell des Ärgers gewesen, wie ihre Schwester sich innerlich entziehen konnte, wenn sie es wollte. Und plötzlich überkam sie ein gewaltiger Zorn. Ihre Wut entsprang der Gewohnheit, die Tibbie angenommen hatte, sich immer zu verweigern, wenn ihr etwas nicht behagte. Ihr Gesicht war vor Wut gerötet, als Mairi mit der Hand auf die Tischplatte schlug. »Wenn du so weitermachst, machst du dich krank. Krank vor Einsamkeit und Erbitterung und Reue.«

Tibbie zuckte zusammen und erschrak. Diesmal entschwebte sie nicht in eine andere Welt, aber als Mairi sagte: »Du solltest wenigstens versuchen, dich anzustrengen und über das nachzudenken, was ich sage, statt es rundheraus abzulehnen«, stieß Tibbie einen gequälten Schrei aus und schlug sich die Hände auf die Ohren. »Ich will kein Wort mehr hören.«

Mairi zog ihr die Hände von den Ohren. »O doch, du wirst

mir zuhören, denn du weißt, daß ich recht habe, Tibbie. Tief in deinem Herzen weißt du es. Du bist nicht glücklich, stimmt's? Du bist nicht mehr glücklich gewesen, seit er dich verlassen hat.«

»Und was ist, wenn ich nicht mehr glücklich gewesen bin? Ich habe ihn geliebt, verdammt noch mal!«

»Das weiß ich, aber er war nie der Richtige für dich. Ich bete, daß du es eines Tages selbst begreifen wirst. Aber deshalb bist du nicht unglücklich. Du bist unglücklich, weil du innerlich abgestorben bist. Ich kenne meine Schwester, meine wahre Schwester. Sie ist voller Leben, voller Energie, und sie lacht gern. Sie hat sich vorher nie vor etwas gefürchtet.«

»Ich fürchte mich auch heute vor nichts.«

»Ach?« Mairi packte Tibbies Arm fester und stieß sie fast mit der Nase gegen den Spiegel. »Dann schau noch mal hin, Tib. Schau dich lange und gründlich an. Siehst du eine sorglose, heitere junge Frau, die gern ihren Spaß hat? Ja oder nein?«

Zwei Tränen rollten über Tibbies Wangen.

»Was ist?« Mairi schüttelte sie wieder. »Sei einmal dir selbst gegenüber ehrlich. Was siehst du?«

Tibbie weinte jetzt immer mehr.

»Du bist einundzwanzig Jahre alt, um Himmels willen! Und sieh dich nur an! Du kannst nicht ewig vor deinen Ängsten davonlaufen. Und du kannst dich auch nicht ewig davor verstekken. Deine Angst wird immer dasein und dir überall auflauern.« Sie schüttelte den Kopf. »Ich weiß nicht, warum du dich derart strafst. Du siehst aus und benimmst dich und kleidest dich, als seist du fünfzig. Und wessen Schuld ist das? Ist es die Schuld von Mama oder Papa?«

»Nein.«

»Ist es meine Schuld?«

»Nein.«

»Wessen Schuld ist es dann? Sag es mir? Wessen Schuld? Wer hat über dich verhängt, daß du so leben mußt? Wer ist es, der dich am unbarmherzigsten straft?«

»Ich«, schrie Tibbie und grub sich einen anklagenden Finger in die Brust. »Ich! Ich! Ich!«

Und sie hatte recht.

Als sie jetzt auf ihrem Bett saß, begrub Tibbie das Gesicht in den Händen und weinte. Mairi, die Tibbie in ihre Arme gezogen hatte, weinte auch. »Ich lasse nicht länger zu, daß du dir das antust. Ich will meine Schwester wiederhaben. Meine wahre Schwester. Ich habe diesen fremden Eindringling satt, der sich aufopfert.«

Tibbie hatte diesen unerwünschten Eindringling auch satt, aber sie bezweifelte, daß sie ihn je loswerden konnte. Daß Mairi in so vieler Hinsicht recht hatte, bekümmerte sie ebenso wie das Wissen, daß sie sich nicht ändern konnte. Sie wußte nicht, wie. Ihr Leben war so, wie es war, zu bequem geworden. Sie hätte es nie einem anderen gegenüber zugegeben, aber tief in ihrem Innern fürchtete sich Tibbie davor, in ihrer Wachsamkeit nachzulassen. Sie hatte Angst, Menschen zu vertrauen und sich etwas aus anderen zu machen oder einen Menschen zu lieben. Weil sie all das schon einmal getan hatte. All das hatte sie getan und war tief verletzt worden. Vorbeugen war besser als bereuen.

Mairi seufzte. »Ach, Tibbie! Ich versuche wirklich nicht, dir das Leben schwerzumachen.«

»Ich weiß.«

»Ich will dir auch nicht den Tag verderben.«

»Das weiß ich auch«, sagte Tibbie.

Mairi seufzte und stand auf. »Ich werde Mama sagen, du seist schon eingeschlafen.«

»Danke, Mairi.«

Mairi gab ihrer Schwester einen Kuß und verließ leise das Zimmer.

Von jenem Tag an bemühte sich Tibbie, Nick ganz aus dem Weg zu gehen. Aber das ließ sich nicht immer machen.

Jedesmal wenn ihre Wege sich zufällig kreuzten, legte er höflich die Hand an den Hut und sagte: »Guten Morgen, Miss Buchanan« oder »Guten Tag, Miss Buchanan«, und sie erwiderte seinen Gruß kühl, ohne ihn auch nur anzusehen. Dafür dachte sie um so mehr an ihn. Und das ärgerte sie. Sie wollte nicht an ihn denken, und es paßte ihr nicht, daß ihr Herz jedesmal wie das eines albernen Schulmädchens flatterte, wenn sie ihn sah. Welches Recht hatte er, in ihrer Nähe aufzutauchen und so unverschämt gut auszusehen, daß es verboten gehört hätte, und sich noch dazu in ihr Leben und in ihre Gedanken einzuschleichen? Und welches Recht hatte er, sie dazu zu bringen, daß sie wieder an hübsche Kleider dachte, an Haarschleifen und an Rosenwasser? Warum summte sie albern vor sich hin, wenn sie abends den Tisch deckte, und wurde deshalb von der ganzen Familie mit seltsamen Blicken bedacht?

Sie war ihm von dem Moment an aufgefallen, in dem er nach Indianola gekommen war, und er war ihr nachgelaufen, bis sie ebenfalls begonnen hatte, ihn zu bemerken, und sich sogar schon darauf gefreut hatte, ihn wiederzusehen. *Das* wurmte sie mehr, als sie sagen konnte. Er hätte sich unbedingt von ihr fernhalten müssen, denn so wahr ihr Gott beistand, aber wenn es um ihn ging, fühlte sie sich unsäglich schwach. Das bedrückte sie so sehr, daß sie sich selbst fremd wurde und die seltsamsten Dinge dachte. Gerade erst letzten Sonntag war sie so wütend gewesen, daß sie ihm am liebsten ein Gesangbuch über den Dickschädel geschlagen hätte, und das nur, weil er die Dreistigkeit besessen hatte, in *ihre* Kirche zu kommen und sie abzulenken. Sie hatte nicht einmal mehr beten können, denn selbst dabei hatten sich Gedanken an ihn in ihren Kopf geschlichen.

Das einzige, was sie tun konnte, um sich vor dem Ruin zu bewahren, war, ihm bei jeder sich bietenden Gelegenheit auszuweichen. Mit größter Sorgfalt mied sie jeden Ort, an dem er sich herumtrieb, selbst dann, wenn sie wußte, daß eine Menschenmenge anwesend sein würde und sich somit die Chance erheblich vergrößerte, daß sie ihm gar nicht begegnen würde. Ab und zu sah sie ihn mit seinem Freund Porter über die Straße laufen oder in der Stadt aus einem Geschäft kommen, und dann wünschte sie, dieses verdammte Schiff, das er baute, würde abbrennen, damit er fortging und sie wieder ihren Seelenfrieden finden könnte.

Und manchmal ertappte sie sich dabei, daß sie sich fragte, was für ein Gefühl es wohl wäre, wenn er wie ein echter Freier um sie geworben hätte. Oh, sich wieder jung und sorglos zu geben, zu tanzen, zu... *Verschwinde aus meinen Gedanken, Nicholas Mackinnon. Hau ab, und komm nicht wieder. Und verschwinde auch gleich aus meinem Leben. Ich will dich nie wieder zu sehen kriegen.*

Und fast zwei volle Wochen lang bekam sie ihn auch wirklich nicht zu sehen. All das frustrierte Nick natürlich bis ins Mark. Er war den Umgang mit Frauen gewohnt, aber wenn es um Tibbie ging, kam er sich wie ein blutiger Anfänger vor. Welch eine Ironie des Schicksals. Er wußte, daß er sich unter den jungen Frauen in der Stadt aussuchen konnte, wen er wollte, aber keine von ihnen interessierte ihn. Er kannte nur ein Mädchen hier, das ihn interessierte, und die wollte nichts mit ihm zu tun haben.

Er lehnte sich auf seinem Stuhl zurück, schlug die Beine übereinander und legte sie auf den Tisch, und dabei achtete er sorgsam darauf, sie nicht auf die Schiffspläne zu legen, die er dort ausgebreitet hatte. Er zündete sich eine Zigarre an, steckte sie sich zwischen die Zähne und faltete die Hände hinter dem Kopf. In seinem ganzen Leben war ihm noch keine Frau begegnet, die es ihm so schwergemacht hatte, sie kennenzulernen. Er überlegte sich noch einmal genau, was gewesen war, als sie gemeinsam im Obstgarten gewesen waren. Hatte er sich getäuscht, als er glaubte, das Gespräch, das sie miteinander geführt hatten – der fast freundschaftliche Ton, in dem sie mit ihm redete –, sei ein Zeichen dafür gewesen, daß sie ihm gegenüber auftaute?

Anscheinend ja.

Nach seinem letzten Treffen mit Tibbie waren die Dinge gar nicht gut gelaufen. Immer wieder gelang es ihr, ihn zu meiden.

Das Mädchen ließ sich schwerer festnageln als ein Politiker. Das ärgerte ihn so sehr, daß er sie hätte erdrosseln können.

Seine Wut entsprang vor allem dem Umstand, daß sie ihr Wort nicht gehalten hatte. Zweimal hatte sie ihn jetzt versetzt, obwohl sie ihm damals auf der Weide einen kleinen Teil ihrer Zeit versprochen hatte. Es gab wenige Dinge, die Nicholas Mackinnon noch mehr als Lüge oder Täuschung haßte, denn er konnte keine Form von Unaufrichtigkeit ertragen.

Nachdem er sie zwei Wochen lang nicht gesehen hatte, hatte er plötzlich Glück und lief ihr über den Weg, als sie allein war. Er konnte sein Glück kaum fassen, als er sich ihr näherte und sie ihn nur wie ein lästiges Insekt abtat. Er vermutete, seine Enttäuschung entsprang der Tatsache, daß sie offensichtlich seinen Wunsch nicht teilte, sie öfter zu sehen. Es hatte ihn verletzt, daß sie ihm so barsch einen Korb gegeben hatte, und er hatte es sich anmerken lassen. Jetzt verfluchte er sich dafür, daß er sein Mißvergnügen nicht für sich behalten hatte.

Sie war beständig, das mußte er ihr lassen, denn jedesmal, wenn er sie gesehen hatte, hatte er sich etwa so willkommen gefühlt wie ein unehelicher Sohn auf einer Familienfeier. Sie hatte schlichtweg kein Interesse an ihm, und das hatte sie deutlich genug gezeigt. Bei seinem letzten Versuch, sich mit ihr zu unterhalten, hatte sie doch tatsächlich gesagt: »Was ist nötig, Mr. Makkinnon, damit Sie es in Ihren Dickschädel kriegen? Ihre Komplimente, Ihre Aufmerksamkeiten und Ihre Gemütsruhe können mich weder bezaubern noch faszinieren. Sie und Ihre Beharrlichkeit gehen mir auf die Nerven. Ich habe nicht das geringste Interesse an Ihnen, Sir. Es wäre klug von Ihnen, wenn Sie das endlich einsähen und sich an jemanden wenden würden, der Sie mit offeneren Armen empfängt.«

Aber Nick dachte gar nicht daran, sich von Belanglosigkeiten wie ihrer abweisenden Art abschrecken zu lassen – nicht, solange es ihrem Tonfall an Überzeugungskraft mangelte, nicht, solange sie ihn mit Blicken ansah, die sich nicht mit ihren barschen Worten vereinbaren ließen. Aus irgendwelchen Gründen hatte er das Gefühl, sie wollte ihm deutlich machen, daß sie allein zurechtkam und auch ohne seine Aufmerksamkeiten recht zufrieden war, aber er konnte auch den Eindruck nicht abschütteln, daß sie verletzbar war und daß er eine Traurigkeit an ihr wahrnahm, die ihn gewaltig anrührte.

Sie war das hübscheste Geschöpf, das er je gesehen hatte, und die Erkenntnis, daß sie ihr eigenes Leben führte, in dem er nicht vorkam, und daß sie Geheimnisse hatte, von denen er nichts ahnte, faszinierte ihn. Irgend etwas gab ihm das Gefühl, eine gewisse Macht zu besitzen, und diese Macht wollte er nutzen, um ihre Schutzwälle niederzureißen und in ihre unnahbare Traurigkeit vorzudringen.

Er wußte nicht genau, warum sie sich so benahm, seine geheimnisvolle Angebetete in ihren dunklen Farben. Aber er würde es in Erfahrung bringen. Ob sie ihm dabei half oder nicht.

Er hatte schon höhere Hürden übersprungen – schon oft. Er dachte gar nicht daran, nun aufzugeben. Er war von Natur aus beharrlich, und er besaß die Entschlossenheit seines Vaters und seiner Brüder. Sie lag ihm im Blut. Wenn die Mackinnons für etwas bekannt waren, dann für ihre Zähigkeit, und Nick Mackinnon hatte nicht vor, sich von einem winzig kleinen Mädchen übertrumpfen zu lassen – selbst dann nicht, wenn sie schottisches Temperament hatte.

Eines Nachmittags saß Nick auf einem umgedrehten Faß vor der Gemischtwarenhandlung. Es war Samstag, und in Indianola ging es zu wie in einem Bienenstock im Frühling. *Jeder Farmer und Geschäftsmann im Umkreis von fünfzig Meilen muß heute in der Stadt sein*, dachte er. *Seit ich hier sitze, habe ich schon die Hälfte aller Einwohner gesehen.* Aber von der einen Einwohnerin, die er suchte, war nichts zu sehen.

Rube Weatherspoon, der für das Lagerhaus zuständig war, saß neben ihm und schälte einen Apfel. Nick hatte gerade bei Rube den Stoff bestellt, den er für die Segel brauchte. Rube spießte ein Stück von dem Apfel auf sein Messer und reichte es Nick.

»Nein, danke.«

»Sind Sie ganz sicher?« fragte Rube. »Die sind heute morgen frisch von Strikers Schiff gekommen. Um die Jahreszeit kriegt man hier keine Äpfel, verstehen Sie?«

»Ich weiß«, sagte Nick. »Vielleicht ein anderes Mal.«

Rube stand auf. »Warten Sie nicht zu lange. Die halten nicht. Gehen schneller weg als frische Brötchen, diese Äpfel.« Rube blieb stehen und schaute Nick an. »Viel haben Sie ja nicht getan, seit ich mich hergesetzt habe. Scheint langsam voranzugehen, der Schiffsbau.«

Nick sah Rube nach. Er hatte recht. Viel hatte er nicht getan. Er versuchte, sich wieder auf die Skizze der Deckbalken zu konzentrieren, die auf seinem Schoß lag. Es war zwecklos. Er konnte an nichts anderes denken als an ein Mädchen mit honigfarbenen Haaren und Augen, die so warm und braun wie Plätzchen mit einem Sirupüberzug waren. Er hätte nie für möglich gehalten, daß eine Frau ihn derart aus der Fassung bringen könnte.

Er wußte, daß es allgemein üblich war, beim Werben um eine Frau ab und zu auf Schwierigkeiten zu stoßen, wie sich in jedem großen Strom Sandbänke bilden, die seinen Fluß verlangsamen, aber bisher hatte er noch keine vernünftige Erklärung dafür gefunden, warum die Frauen sich eigentlich so teilnahmslos stellten, wenn die Männer ihr Bestes taten, um bemerkt zu werden. Er hatte sogar schon beschlossen, daß es dabei um mehr als nur eine Gewohnheit ging. Desinteresse zu heucheln, war eine grundlegende Komponente weiblichen Verhaltens, etwas, was tief in dem Instinkt verwurzelt war, Männer anzulocken und zu betören. Und das bereitete ihm alle möglichen Schwierigkeiten. Aber manchmal heuchelte Tibbie kein Desinteresse. Nein, sie schlug es ihm um die Ohren.

Ihm war aufgegangen, daß es die wirkungsvollste und schnellste Lösung sein könnte, sein Interesse einer anderen Frau zuzuwenden. Aber davon wollte diese göttliche Macht, die für solche Dinge zuständig war, nichts hören. Das Mädchen hatte es ihm angetan, und zwar gewaltig. Es hätte nicht schlimmer sein können, wenn sie die einzige Frau auf Erden gewesen wäre.

Er empfand es als traurig und zugleich als eine Ironie des Schicksals, daß sich der berüchtigte Schuft, der Liebe und Ehe gemieden hatte und sich bisher noch nie länger zu einer Frau hingezogen gefühlt hatte, jetzt derart in eine verliebt war, die ihn nicht angespuckt hätte, wenn er in Flammen gestanden wäre.

In den letzten zwei Wochen hatte sie ihm eine Stalltür vor der Nase zugeschlagen und ihm dabei beinahe die Nase gebrochen. Sie hatte ihn mit solcher Wucht von sich gestoßen, daß er das Gleichgewicht verloren hatte und rückwärts getaumelt war, und dabei hatte er die stämmige Mrs. Weatherspoon umgerannt und auf die schlammige Straße geworfen. Ein anderes Mal hatte sie einen Wassereimer über seinem Kopf ausgeleert (»um Ihre Glut zu kühlen«, wie sie gesagt hatte). Ganz zu schweigen davon, daß sie bei drei verschiedenen Gelegenheiten versprochen hatte, sich mit ihm zu treffen – und einmal hatte sie als Ersatz ein Wesen geschickt, bei dem es sich um die häßlichste Frau im ganzen Staat Texas handeln mußte.

Das zweite Mal hatte sie ihm eine Nachricht zukommen lassen, in der sie sich entschuldigte, und dazu hatte sie ihm Plätzchen überbringen lassen, die so gepfeffert waren, daß sein Mund und seine Kehle brannten. Beim dritten Mal war sie von einer Schar von Frauen aus der Stadt umringt gewesen und hatte ihn mit einem Blick bedacht, der ihm das Gefühl gegeben hatte, nicht willkommener als der Tod zu sein, und sie hatte ihn gefragt: »Wollten Sie etwas von mir, Mr. Mackinnon?«

Ja, zum Teufel, er wollte etwas von ihr! Er wollte ein Unterpfand ihres Interesses. Er wollte, daß sie ihn nicht gelangweilt oder angewidert ansah. Er wollte sie über etwas, was er sagte, lachen sehen. Er wollte sehen, wie sie strahlte, wenn er einen Raum betrat. Er wollte, daß sie mit ihm flirtete, wenigstens ab und zu.

Er wollte sie wie andere Frauen gekleidet sehen, und er wollte sie ohne Kleidung sehen.

Er wollte sie. Punkt.

Aber es sah nicht so aus, als bekäme er, was er wollte. Oder auch nur einen Teil davon. Er saß schon so lange auf diesem Faß, daß er schon fast Blasen auf dem Hintern hatte, und wozu? Keinen einzigen Blick hatte er auf sie erhascht. Er schaute auf die Zeichnung auf seinem Schoß und schüttelte den Kopf. »Du armer, dummer Tropf«, verfluchte er sich.

Er war mit seiner Arbeit in Verzug.

So konnte es nicht weitergehen. Etwas mußte geschehen.

Er fürchtete um seinen Verstand.

»Also gut«, sagte er und kehrte den Blick zum Himmel. »Wenn du irgendwas im Ärmel hast, dann ist es jetzt an der Zeit, jeden Trumpf auszuspielen, weil mir nämlich die Geduld ausgeht – und die Ideen gehen mir auch aus.«

Da er irgendwo mit einer Antwort rechnete, war Nick erbost, als er lediglich einen Windstoß sah, der Abfälle und Papiere über die Straße wirbelte und sie dann wieder fallen ließ. »Also gut!« sagte er. »Ich bin am Ende, ausgelaugt, habe es satt, gebe auf.« Er stand auf. »Such dir doch ein anderes Spielzeug. Keine Frau ist soviel Kummer wert. Ich muß jedenfalls ein Schiff bauen.« Er rollte seine Skizzen zusammen und klemmte sie sich unter den Arm, als er Rube bemerkte, der in der Tür der Gemischtwarenhandlung stand und vielsagend grinste.

»Ein kleines Zwiegespräch mit dem Allmächtigen?«

»Ja, so was Ähnliches.«

»Ich wette, Ihnen spukt eine Frau durch den Kopf.«

»Ja, und das ist nicht der beste Platz für eine Frau.«

Nick wollte gerade vom Gehsteig auf die Straße treten, als er *sie* kommen sah. Sie saß neben ihrem Vater im Wagen. Sie fuhren am Gemischtwarenladen vorbei, und obwohl Tibbie sich in keiner Form anmerken ließ, daß sie ihn gesehen hatte, riß Nick seinen Blick nicht von ihr los.

»Da komme ich nicht mehr mit«, sagte Rube. »Warum stehen Sie eigentlich rum und werden älter? Gott hat Ihnen die Milch gereicht. Was wollen Sie denn jetzt noch? Einen Eimer?«

Dr. Buchanan fuhr vor der Schmiede vor. Nick vermutete, daß Tibbie und ihr Vater gekommen waren, um den Wagen mit der gebrochenen Achse abzuholen. Als Nick sah, wie ihr Vater ihr beim Absteigen behilflich war, setzte er sich den Hut auf.

Er ging auf Tibbie zu.

Rube kratzte sich das Kinn. »Manche Leute warten wirklich drauf, daß man ihnen Butter aufs Glück schmiert«, sagte er, ehe er den Laden betrat.

Inzwischen war Nick fast vor der Schmiede angelangt. »Was halten Sie davon, am nächsten Samstag mit mir den Ball zum Unabhängigkeitstag zu besuchen?« fragte er.

Tibbies Herz machte einen Satz. Wie gut sie diese Stimme kannte, und doch weigerte sie sich, sich umzudrehen. Sie war weiß Gott in genug seiner gutgestellten Fallen gegangen, und daher hielt sie es für gerechtfertigt, ihn jetzt um jeden Preis zu meiden. Der Mann mußte einen Zwillingsbruder haben. An so vielen Stellen wie er konnte kein einziger Mensch gleichzeitig auftauchen.

»Ich glaube, sie hat Sie nicht gehört«, sagte Fisher Huffington, der Gehilfe des Schmiedes.

Nick sah den jungen Mann an, der am Blasebalg arbeitete. »Meinen Sie wirklich?« fragte er.

»Scheint so«, erwiderte Fisher.

»Also, das läßt sich auf der Stelle ändern.«

Als sie keinen Laut hörte, überwältigte Tibbie die Neugier, und sie drehte sich um. Nicholas Mackinnon war vor ihr hingekniet und hielt den Hut an die Brust gepreßt. »Holde Maid, würden Sie mir die Ehre geben, mit mir den Ball am Unabhängigkeitstag zu besuchen?«

»Stehen Sie auf«, flüsterte sie und sah sich schnell um. Dann, lauter: »Stehen Sie endlich auf. Sind Sie wahnsinnig?«

Er grinste. »Wahrscheinlich.«

Sie schaute sich wieder um, und ihr Unbehagen war ihr deutlich anzusehen. Sie wußte nicht, ob sie ihn ignorieren oder möglichst schnell verschwinden sollte. »Würden Sie jetzt endlich aufstehen?« flüsterte sie ihm etwas lauter zu. »Haben Sie gehört?« Dann machte sie sich nicht mehr die Mühe, zu flüstern, sondern schrie: »Stehen Sie auf, Sie Schwachkopf! Die Leute gaffen schon! Haben Sie denn gar kein Schamgefühl?«

»Nein... keinen Funken. Wie steht's mit Ihnen?«

»Ohhh!« sagte sie und stampfte mit dem Fuß auf. »Würden Sie jetzt aufstehen? Sie machen sich lächerlich.«

»Antworten Sie mir, und ich stehe auf.«

»Nein«, flüsterte sie und sah sich nach allen Richtungen um. »Manches verdient keine Antwort.« Sie wandte sich ab.

Nick bekam Zweifel und fragte sich, ob Humor der richtige Ansatz war. Statt sie lachen zu sehen (er hätte sich schon mit einem matten Lächeln begnügt), starrte er jetzt die Rückseite einer jungen Frau an, die auf seinen Scherz mit einem eiskalten, harten Blick reagiert und ihm den Rücken zugewandt hatte. Er kam sich vor wie der Dorftrottel. Er blickte auf und sah, daß Fisher ihn beobachtete. »Sieht nicht so aus, als hätte ich große Fortschritte gemacht.«

»Scheint so«, sagte Fisher. »Ich würde behaupten, Sie haben nicht die geringsten Fortschritte gemacht.«

Nick schaute finster. Er sah jetzt ein, warum Fisher der Gehilfe des Schmieds und nicht der Schmied war. »Tja, ich schätze, ich sollte es mit mehr Überschwang versuchen«, sagte Nick.

»Oder mit mehr Verstand«, sagte Fisher.

Er sah Tibbie wieder an. Sie hatte sich inzwischen erneut zu ihm umgedreht und sah ihn jetzt sauer an. Falls es ihre Absicht war, so abstrakt wie möglich auszudrücken, daß sie das hilflose Opfer seiner aufdringlichen Aufmerksamkeiten war und daß ihr seine Aufmerksamkeiten nicht nur nicht willkommen, sondern sogar lästig waren, dann machte sie ihre Sache verdammt gut.

Alle, Tibbie, der Schmied und sein Gehilfe, schauten ihn an, als sei er geschickt zurechtgewiesen worden. Zu jedem anderen Zeitpunkt und bei jeder anderen Frau hätte er aufgegeben. Aber sein schottisches Blut ließ den Schlachtruf der Mackinnons durch seine Adern rauschen, und irgendwo in seinem Hinterkopf ging ihm auf, daß es mehr als eine Art gab, ein Maultier zu häuten. Er sah sie wieder an. Der saure Gesichtsausdruck, der feindselige Blick, die verlegene Röte – all das bewies ihm, daß das Mädchen nicht genug lachte.

Also gut, Mackinnon. Du hast dich bereits lächerlich gemacht. Wie kannst du das noch überbieten?

Und er entschloß sich, es herauszufinden.

Falls Tibbie Buchanan fand, er wirkte jetzt wie der Dorftrottel, dann hatte sie keine Ahnung, was ihr noch bevorstand. »Kommen Sie mit mir zu dem Ball«, sagte Nick. Er setzte seinen Hut auf und stand auf. Dann sagte er es noch einmal, diesmal lauter. »Kommen Sie mit mir auf den Ball.«

Inzwischen bildete sich eine Menschenmenge um sie herum, und Tibbie konnte sehen, daß immer mehr Leute auf die Schmiede zuliefen. »Mein kleines Schottenherz hat sich darauf versteift, mit Ihnen zum Ball zu gehen.« Inzwischen schrie er buchstäblich.

»Geh mit ihm hin, Tibbie«, schrie Laura Shrewbush. »Sonst brichst du ihm das Schottenherz!«

Vereinzelt war Gelächter zu hören, ein oder zwei Leute lachten hämisch, und eine Horde Schuljungen grölte vor Heiterkeit.

»Mr. Mackinnon, Sie wissen nicht, was Sie tun. Lassen Sie mich in Ruhe. Bitte!«

»Wollen Sie der einzige Mensch in ganz Indianola sein, der am nächsten Samstag zu Hause sitzt?« schrie er. Er ging jetzt auf die Pferdetränke zu, und als er sie erreicht hatte, sprang er darauf, stellte sich mit gespreizten Beinen auf den Rand und breitete die Arme aus. »Ich will, daß Sie mit mir den Ball besuchen. Wenn Sie nicht mit mir kommen, gehe ich nicht hin. Ich werde zum Friseur gehen. Ich werde mir einen neuen Anzug kaufen. Ich bringe Ihnen eine Schachtel Pralinen mit. Ich werde Tanzstunden nehmen und Ihnen mein Wort darauf geben, Ihnen nicht auf die Füße zu treten.«

Immer mehr Gelächter brach aus. Sie hatten eine größere Menschenmenge angelockt als ein Henker oder eine Parade.

Wahrscheinlich handele ich mir damit eine Ohrfeige ein, aber das ist die Sache wert, dachte er. Dann fuhr er fort: »Sie haben nur eine Möglichkeit, mich loszuwerden, nur eine Möglichkeit, mich dazu zu bringen, daß ich den Mund halte und Ihnen keine weiteren Peinlichkeiten bereite, nur eine Möglichkeit, mich davon zu überzeugen, daß ich Sie in Ruhe lasse, nur eine Möglichkeit, zu erreichen, daß ich mich nicht mehr lächerlich mache, nämlich, wenn Sie einwilligen, mit mir zum Ball zu gehen.«

Von den Zuschauern kam tosende Zustimmung, und große Heiterkeit brach aus. Nur wenige Buhrufe und ein paar vereinzelte Pfiffe waren zu vernehmen. »Haben Sie das gehört?« fragte er. »Die braven Bürger von Indianola sind der Meinung, Sie sollten mit mir den Ball besuchen. Ich bin derselben Meinung. Sie sind hier die einzige, Tibbie, die eine gegenteilige Ansicht vertritt.« Flehentlich warf er beide Hände in die Luft. »Sagen Sie mir, daß Sie mich begleiten, und Sie haben Ihre Ruhe vor mir. Sagen Sie ja, und ich bringe Sie nicht länger in Verlegenheit. Geben Sie mir Ihr Wort, und ich höre auf, mich auf dieser Pferdetränke lächerlich zu machen.« Er unterbrach sich und sah ihr direkt ins Gesicht. »Sagen Sie ja, oder wir stehen beide den ganzen Tag hier.«

»Ja!« schrie sie, so laut sie konnte.

Nick stieß einen Schlachtruf aus und warf seinen Hut in die Luft. Und dann tat er etwas, was sie noch bei niemandem gesehen hatte und schon gar nicht bei einem piekfein gekleideten Mann wie Nicholas Mackinnon. Mit ausgebreiteten Armen und einem verzückten Lächeln im Gesicht beugte er sich immer weiter zurück, bis er in die Tränke fiel.

Es spritzte gewaltig, und die Pferde scheuten und wieherten entsetzt, bäumten sich auf und schnaubten. Das brachte ein Gespann, das vor der Gemischtwarenhandlung wartete, derart aus der Fassung, daß die Pferde durchgingen, und die Hühnerkisten, die auf der Ladefläche des Wagens gestapelt waren, flogen klappernd durch die Gegend. Überall wimmelte es nur noch von Hühnern und Kindern und Federn und ausschlagenden Pferden.

»Es wird Ihnen nicht leid tun«, überbrüllte Nick das Getöse. Dann stand er auf, schlug sich die Arme vor die Brust und sagte: »Brrrr!«

»Geschieht Ihnen ganz recht, wenn Sie sich die Kehlkopfdiphtherie holen«, sagte sie und überlegte sich, daß sie noch nie in ihrem ganzen Leben erlebt hatte, daß ein erwachsener Mann so etwas tat.

Wenn sie es sich recht überlegte, hatte sie so etwas auch bei einem Kind noch nie erlebt.

Selbst der Schwachsinnige, der in der Wellblechhütte mit dem Dach aus Teerpappe am Stadtrand lebte, täte so was nicht. Ehe sie noch länger darüber nachdenken konnte, wurde Nick von Hasenscharten-Harry verhaftet, und der Sheriff buchtete ihn wegen Ruhestörung und Erregung öffentlichen Ärgernisses ein.

Später erfuhr sie, daß Hasenscharten-Harry auch noch »mutwillige Zerstörung fremden Eigentums« und »Sachbeschädigung« auf die immer länger werdende Liste gesetzt hatte, denn Heck Tuckers altes Maultier hatte sich derart aufgeregt, daß es durch die Tür von Fletchers Barbierladen gerast war. Das war schon schlimm genug. Aber um das Ganze noch schlimmer zu machen, hatte Mr. Fletcher einen Spazierstock gepackt und auf Mr. Tuckers Maultier eingedroschen. Als sich das Maultier entschloß zu gehen, hatte es den Laden durch Mr. Fletchers brandneue Schaufensterscheibe verlassen, die gerade erst aus Chicago gekommen war. Das war wirklich übel.

Nach diesem Vorfall machte sich Tibbie sofort auf den Heimweg und verließ das Haus nicht vor dem nächsten Morgen, als

Dr. Buchanan seine Familie in die Kutsche packte und zur Kirche fuhr.

Nordwind war in der Nacht aufgezogen, und es war so kalt wie seit ewigen Zeiten nicht mehr, und daher waren Tibbie und ihre Familie in größter Eile, als Dr. Buchanan den Wagen vor der Kirche anhielt.

Trotz der Wetterverschlechterung waren die braven Bürger von Indianola in Rekordzahlen erschienen. Reverend Timothy Woolridge hielt von der Kanzel seine Predigt, während seine Frau, die fast so massig war wie das Klavier, an dem sie saß, mühsam gegen ihre Schläfrigkeit ankämpfte. Die Buchanans gebärdeten sich lauter, als es sich im Gotteshaus geziemte, als sie durch den Gang zu ihren Plätzen gingen und stehenblieben.

Hier stimmte etwas nicht.

Die Witwe Hevers saß mit ihren neun Kindern in der Reihe, die die Buchanans mit Beschlag belegt hatten, seit sie vor fünfundzwanzig Jahren nach Indianola gekommen waren. Als sie sich in der Reihe direkt davor umschauten, in der die Witwe Hevers immer saß, erkannten sie das Problem. Der alte Mr. Dimmesdale saß mit seiner Tochter und deren Familie auf Mrs. Hevers Plätzen. Und vor ihnen saß die Familie Gutcher in der Reihe der Dimmesdales. Und vor den Gutchers saß in deren Reihe der Bankdirektor von Indianola, Hector Peabody, mit Mrs. Peabody und all den kleinen Peabodys. Und vor den Peabodys saß kein anderer als der Störenfried, der die gesamte Sitzordnung durcheinanderbrachte – Nicholas Mackinnon. Und da Mr. und Mrs. Peabody so viele Kinder hatten, daß sie eine ganze Reihe für sich allein brauchten, hatte Nicholas die Reihe der Peabodys ganz für sich.

Inzwischen war Reverend Woolridge aufgegangen, daß er die Predigt ebensogut unterbrechen konnte. Es hörte ihm ohnehin niemand zu. Alle beobachteten, wie Dr. Buchanan die Witwe Hevers und ihre neun Kinder zum Aufstehen aufforderte. Und die Witwe Hevers ihrerseits klatschte dem alten Mr. Dimmesdale ihre Bibel auf die Schulter und vertrieb ihn und seine Tochter mitsamt ihrer Familie aus ihrer Reihe, und daher scheuchte der alte Mr. Dimmesdale natürlich die Gutchers auf, die ihrerseits dem Bankier Mr. Peabody samt Frau und Kindern Druck machten. Dieser allgemeine Platztausch sorgte natürlich für eine gewaltige Unruhe, und da sich die zahlreichen Beteiligten über den hölzernen Boden der Kirche bewegten, klang es, als sei eine Büffelherde durchgegangen und hätte eine Abkürzung durch die Kirche gewählt.

»Doktor Buchanan!« erklang Reverend Woolridges Stimme. »Wären Sie wohl so gütig, mir zu gestatten, Sie um Milde zu bitten und Sie um die Gunst zu ersuchen, Ihre Familie auf ihren Plätzen untergebracht sehen zu dürfen?«

»Tut mir leid, Reverend, aber das war mir zu hoch. Würde es Ihnen etwas ausmachen, das noch einmal zu wiederholen?«

»Glauben Sie, Sie könnten Ihre Brut zur Ruhe bringen, damit wir das Werk des Herrn fortsetzen können?« brüllte der Reverend.

»Genau das tue ich gerade, Reverend. Ich bemühe mich wirklich.«

Reverend Woolridge trommelte mit den Fingern auf die Kanzel, während er wartete, und als er sah, daß Coll und seine Familie schließlich wirklich Platz genommen hatten, sagte er: »Dr. Buchanan, Sie und den Herrn zusammenzubringen, ist, als wollte man eine Eule zwingen, bei Tag zu fliegen.«

Nicholas Mackinnon, der den ganzen Trubel herbeigeführt hatte, schlich leise nach hinten und setzte sich neben Marvalene Bruce, die so laut seufzte, daß der Witwe Dudley drei Federn von ihrem schwarzen Hut flogen.

Nach dem Gottesdienst warteten Tibbie und Beth neben dem Wagen auf den Rest der Familie. Beth schnitt Timmy Satterly durch die großen Speichen der Wagenräder Grimassen, und Tibbie wünschte nur, alle würden sich beeilen, als Nick auf sie zukam. Als er sah, wie Beth vor dem Wagenrad kauerte und eine gräßliche Fratze zog, lachte er und ging um den Wagen herum. Er kauerte sich vor das Rad, das Beth gegenüberstand und schnitt die schlimmste Grimasse, die man sich nur denken kann. Beth quietschte vor Begeisterung, stand auf und klatschte in die Hände. »Tu das noch mal! Tu das noch mal!«

Tibbie schaute sich um, weil sie sehen wollte, worum sich der Wirbel drehte, und sie sah gerade noch, wie Nicholas Mackinnon sein Gesicht verzerrte, bis es wie eine Dörrpflaume aussah.

»Macht Ihnen das Spaß?« fragte sie.

Nick grinste und stellte sich neben sie. »Früher war ich darin mal richtig gut«, sagte er und klopfte sich den Staub aus der Hose.

»Das sind Sie heute auch noch«, sagte sie lachend und konnte immer noch nicht glauben, daß sie ihn mit eigenen Augen solche Grimassen hatte schneiden sehen.

Beth rannte auf Nick zu und nahm ihn an der Hand. »Komm mit, und zeig es Timmy. Zeig ihm, wie man so eine Grimasse schneidet.«

»Nicht jetzt«, sagte Tibbie. »Beth, du darfst Mr. Mackinnon nicht zur Last fallen.«

Nick lächelte Beth an und zog an ihrem Pferdeschwanz. »Du fällst mir doch nicht zur Last, oder, Beth?«

»Nee«, sagte Beth und zog wieder an Nicks Hand. Nick ging mit ihr, und Tibbie folgte den beiden mit ihren Blicken. In ihrem ganzen Leben hatte sie noch keinen Mann gesehen, den es so wenig beirrte, was andere dachten. Jetzt stand er unter der dicken Eiche und machte sich absolut lächerlich; er zeigte fünf oder sechs Kindern, wie man schreckliche Fratzen schneidet, und er schien gar nicht zu bemerken, daß halb Indianola ihn merkwürdig ansah.

Wenige Minuten später kamen Nick und Beth zum Wagen zurück. In dem Moment fingen die Kirchenglocken an zu läuten, und Beth sagte: »Hör mal!«

Nick sah auf Beth herunter. »Als ich ein kleiner Junge war, hat meine Mutter mir immer erzählt, jedesmal, wenn die Kirchenglocken läuten, bekommt ein Engel seine Flügel.«

»Meine Güte!« sagte Beth. »Dann muß es ja eine Menge Engel geben.«

»Allerdings«, sagte Nick, »und viele von ihnen haben noch keine Flügel.« Bei diesen Worten sah er Tibbie an. Sie reckte die Nase in die Luft, und Nick lachte.

»Das werde ich Timmy erzählen«, sagte Beth und lief wieder um den Wagen herum.

Nachdem sie fort war, sagte Nick: »Tja, dann werde ich mich wohl mal auf den Weg machen. Einen schönen Tag noch, Miss Buchanan.«

Tibbie nickte und sagte: »Einen schönen Tag noch«, als Nick sich von dem Wagen abstieß, an dem er gelehnt hatte.

Im Vorbeigehen legte er die Finger an die Hutkrempe und beugte sich vor, ehe er Tibbie zuflüsterte: »Es ist ein Jammer, daß Sie nicht so sorglos und unbeschwert wie Ihre kleine Schwester sind. Wenn Sie hart daran arbeiten, könnten Ihnen eines Tages Flügel wachsen.«

Tibbie starrte ihn belämmert an, als Nick sich auf seinen Braunen schwang und losritt. *Ihre kleine Schwester?* Hielt er Beth etwa für ihre kleine Schwester? *Pah! Soll er doch denken, was er will.* Tibbie stieg in den Wagen und spannte ihren Sonnenschirm auf.

Zwei Tage später schlenderten Nick und Porter Masterton um halb fünf nachmittags über den Bürgersteig. Sie hatten gerade beschlossen, den Arbeitstag in der Werft zu beenden, und jetzt waren sie auf dem Weg zum Wooden Nickel Saloon, um dort bei einem oder zwei Drinks geschäftliche Dinge zu besprechen. Es war ein schöner Märztag, und es war nicht besonders kalt. Da keine Wolke in Sicht war, waren viele Leute in der Stadt.

Als Porter und Nick die Kreuzung erreichten, bogen sie in die Pecan Street ein. Der Saloon war nur noch wenige Häuser weit entfernt. Dasselbe traf auch auf Tibbie Buchanan zu.

Nick sah sie entgegenkommen und hörte Porter nicht mehr zu. Er konnte nur noch an dieses wunderschöne Geschöpf denken und daran, wie gern er eine Weile mit dieser Frau allein gewesen wäre. Es waren nur noch wenige Tage bis zum Samstag. Ob sie sich wohl noch an ihr Versprechen erinnerte, mit ihm den Ball zur texanischen Unabhängigkeitsfeier zu besuchen, oder hielt sie wieder mal eine Überraschung für ihn bereit?

Nicks Gedanken drehten sich so sehr um Tibbie, daß er nicht gleich das kleine Mädchen bemerkte, das neben ihr herlief. Sowie er sie sah, erkannte er sie aber auch schon: Beth, Tibbies kleine Schwester. Und sowie er sie bemerkt hatte, konnte er den Blick nicht mehr von Beth lösen. Er verglich sie mit ihrer Schwester, zu der sie eine besonders starke Zuneigung gefaßt zu haben schien. Beide waren blond, aber Beth hatte flachsblondes Haar, das sich neben Tibbies Honiggelb fast weiß ausnahm. Als die beiden näher kamen, sah er, daß sich auch ihre Augen voneinander unterschieden. Beth hatte leuchtend grüne Augen, und sie trug einen schicken roten Samtmantel mit weißen Fellbesätzen und einer passenden weißen Pelzmütze und einem Muff. Tibbie trug wie üblich triste Farben – einen dunklen burgunderfarbenen Rock, der unschlüssig zu sein schien, ob er rot oder braun sein wollte, unter einem schwarzen Umhang. Ein passender burgunderfarbener Hut trug lediglich dazu bei, ihr schönes Haar zu verbergen und Schatten auf ihr Gesicht zu werfen. Am liebsten hätte ihr Nick diesen Hut vom Kopf gerissen und sie in das nächstbeste Modegeschäft gezerrt, um ihr das farblich und vom Schnitt her gewagteste Kleid zu kaufen, das er fand.

Porter und Nick kamen gerade an der Gemischtwarenhandlung vorbei, als zwei Frauen herauskamen, die etwa in Tibbies Alter waren. Einen Moment lang glaubte Nick, einen gequälten Ausdruck auf Tibbies Gesicht zu sehen. Er trat zur Seite, um die Frauen vorbeigehen zu lassen, und er beobachtete, wie Tibbie und Beth so anmutig zwischen den beiden hindurchglitten wie ein Klipper zwischen zwei Eisbergen.

Die beiden Eisberge blieben stehen, drehten sich um und sahen Tibbie und dem Kind nach, die das Geschäft betraten. Die Glocke über der Tür bimmelte und verstummte dann.

Nick sah Porter an, und Porter sah Nick an, und dann gingen die beiden Männer weiter. Als sie an den zwei Eisbergen vorbeikamen, sagte einer von ihnen zum anderen: »Für wen hält sich diese Schlampe eigentlich? Ihren Bastard zwischen anständigen Leuten zur Schau zu stellen, als sollten wir ihr noch dazu gratulieren.«

»Wenn du mich fragst, ist das eine Unverschämtheit. Mama hat gesagt...«

Aber Nick verstand kein Wort mehr. Alles, was er noch hörte, war das ohrenbetäubende Echo des Wortes: *Bastard... Bastard... Bastard...*

Kein Wunder, daß Beth sie besonders gern mochte.

In der Gemischtwarenhandlung hielt Tibbie Beth so fest an der Hand, daß sie aufschrie: »Du zerquetschst mir die Finger!«

»Tut mir leid, Mäuschen.« Tibbie steckte die Hand tief in die Tasche ihres Umhangs, zog eine Münze heraus und gab sie Bethany. »Da. Kauf dir Pfefferminzbonbons, wie Opa es gesagt hat. Aber beeil dich, wir müssen gehen.«

Beth lief schnell zum Tresen und umklammerte die Münze fest mit den Fingern, aber Tibbie sah ihr nicht nach. Durch die Schaufensterscheibe beobachtete sie, wie die Carter-Schwestern ins Gespräch vertieft stehenblieben, und dann sah sie den schokkierten Ausdruck auf Nicholas Mackinnons Gesicht.

Jetzt weiß er es also... Gut so, sagte sie sich. *So ist es besser. Früher oder später hätte er es ja doch erfahren. Es ist nur gut, daß ich ihm keine falschen Hoffnungen gemacht habe. Jetzt bin ich froh, daß ich festgeblieben bin. Er ist ein Charmeur, das stimmt. Aber solche Dinge stehen mir nicht frei. Das ist für immer aus und vorbei. Kein Mann will... eine Frau wie mich.*

Tibbie erledigte ihre Einkäufe so schnell, daß Beth sich bitterlich beklagte. »Mama, warum haben wir's so eilig? Warum können wir nicht zu Mrs. Hibbets gehen und das Buch holen, das wir uns von ihr ausleihen dürfen?« Schließlich gab sie sich einen Ruck und fragte: »Mama, bist du böse auf mich?«

Tibbie blieb abrupt stehen. Sie wandte sich zu Beth um und legte ihre Hände auf Beths rosige Wangen. »Nein, mein Engel. Ich bin nicht böse auf dich. Ich bin böse auf mich.«

»Ach so«, sagte Beth und nahm ihre Mutter wieder an der Hand. »Warum denn?«

»Das würdest du heute noch nicht verstehen. Ich erkläre es dir, wenn du älter bist.«

»Wenn ich fünfzig bin wie du?«

»So alt bin ich noch nicht«, sagte Tibbie mürrisch. *Aber, mein Gott, wie alt ich mich fühle! Fünfzig, wenn nicht noch älter!*

Den restlichen Heimweg legten sie schweigend zurück. Beth lutschte Pfefferminzbonbons, und Tibbie war tief in Gedanken versunken.

Damals, als sich das erste Gerede gelegt hatte, schien das Leben so weiterzugehen, als sei nie etwas geschehen. Tibbie hätte ihr Unglück fast vergessen können.

Aber nur fast.

Es war immer da, ein dunkler Fleck auf ihrem Bewußtsein, eine graue Wolke, die sich erbarmungslos vor die Sonne schob, eine bittere Kälte, die keine Wärme je durchdringen konnte.

Am Abend saß sie wie so oft im Bett und schrieb in ihr Tagebuch. Sie schrieb, das Leben sei eine lange Kette, deren Glieder ineinandergriffen, und man könne sich immer nur mit einem dieser Glieder abgeben und nicht vorausschauen, und sie könne nicht über ihr Los bestimmen. Doch schon während sie das dachte, wußte sie, daß es ihre eigene Entscheidung war, die Dinge so zu handhaben, wie sie es tat.

»Bitte«, betete sie und ließ den Kopf auf die Brust sinken. »Ich weiß nicht, was ich tun soll. Hilf mir. Hilf mir, wieder zu leben. Zeig mir, was ich tun soll und wem ich trauen kann. Gib mir irgendein Zeichen, an dem ich erkennen kann, was ich tun soll.«

6

War es Reverend Woolridge oder Cervantes gewesen, der gesagt hatte: »Der Mensch täuscht sich, und Gott enttäuscht ihn«?

Als sie darüber nachdachte, entschied Tibbie, daß diese Worte mehr nach Cervantes klangen als nach den Dingen, die man dem braven Reverend in den Mund legen könnte.

»Ich bitte um ein Zeichen, und was bekomme ich? Mir wird offenbart, daß Gott Sinn für Humor hat.«

Am nächsten Morgen erinnerte sich Tibbie als erstes an ihr ernstes Gebet vom Vorabend. Im nächsten Moment sprang sie aus dem Bett und eilte an ihr Schlafzimmerfenster. Sie sah hinaus. Sie sah die Sonne.

Sonnenschein! Das konnte ein gutes Zeichen sein.

Aber dann verschwand die Sonne hinter einer Wolke.

Sie sah, daß Beth mit Precious, ihrem Schwein, spielte.

Gelächter! Das ist ein gutes Zeichen.

Aber dann stolperte Beth, fiel hin und lief weinend zum Haus.

Tibbie öffnete das Fenster. Es war ein unbeschreiblich lauer Frühlingstag – viel zu schön für Anfang März.

Der Tag wirkte vielversprechend. Und das konnte ein gutes Zeichen sein.

Dann sah sie Nicholas Mackinnon, der auf der Straße auf das Haus zukam. Das war kein gutes Zeichen.

Fragend wandte sie den Blick zum Himmel. *Das tätest du doch nicht... Oder etwa doch?* Die Sonne kam hinter der Wolke hervor.

Tibbie begrub ihr Gesicht in den Händen. »Nicht dieses Zeichen«, flüsterte sie. »Alles andere, aber nicht das.«

Doch als sie wieder aus dem Fenster sah, war Nicholas Makkinnon immer noch da und kam auf das Haus zu. Er grinste dämlich und hatte die Sonne im Rücken.

Es fiel schwer, Gott zu ignorieren, wenn er einem einen so gezielten Hieb verpaßte.

Mit einem niedergeschlagenen Seufzer wich Tibbie eilig vom Fenster zurück, zog sich das Nachthemd über den Kopf und warf es auf ihr ungemachtes Bett. Wenn sie sich sputete, konnte sie fort sein, ehe er ankam. Sie zog sich ein Kleid über, fuhr sich mit dem Kamm durchs Haar und flocht es zu einem Zopf, während sie das Zimmer verließ und die Treppe hinuntersprang.

Sie hätte es besser wissen müssen.

Wie hatte sie versuchen können, sich unbemerkt aus dem Haus zu schleichen? Sie. Tibbie Buchanan. Dieselbe Tibbie Buchanan, die nie ungestraft davonkam.

Und wer war schuld daran, daß sie ertappt wurde? Diesmal gebührte die Ehre Precious. Wer hatte bloß die brillante Idee gehabt, Beths verfluchtes Schwein Precious zu nennen? Precious verriet sie, und das auf eine ganz und gar unsubtile Art.

Das Quieken eines Schweins hat etwas Nervenaufreibendes an sich; und es ist nicht nur nervenaufreibend, sondern zudem nicht zu überhören. Für diejenigen, die nie das Vergnügen hatten: Ein quiekendes Schwein kann man beim besten Willen nicht ignorieren. Es schreit geradezu nach Aufmerksamkeit. Eine Todesfee hätte dieser schrille Laut beschämt, der den ansonsten stillen, friedlichen Morgen zerriß.

»Was, um Himmels willen, hat dieses Schwein im Haus zu suchen?« brüllte Coll, als er so finster wie eine Gewitterwolke aus der Küche stürzte.

»Es kommt doch ständig ins Haus«, sagte Effie ruhig und folgte Coll aus der Küche. Dabei trocknete sie sich die Hände an ihrer Schürze ab.

»Aber nicht, wenn ich da bin!«

»O doch, aber du bemerkst es immer nur dann, wenn es diesen Höllenlärm veranstaltet«, sagte Effie.

»Ich sollte dieses Schwein übersehen? Wie könnte es jemandem entgehen, daß sich ein zwei Zentner schweres Schwein in diesem Haus aufhält?«

»Das werde ich auch nie verstehen«, sagte Effie. »Ich glaube, heute morgen hast du es nur bemerkt, weil es Tibbie quiekend nachgelaufen ist.«

Coll sah Tibbie an. »Wie hast du das Schwein dazu gebracht, einen solchen Höllenlärm zu veranstalten?«

»Ich weiß es nicht«, sagte Tibbie.

»Ich aber«, sagte Beth. »Mama ist die Hintertreppe runtergeschlichen, und Precious hat sie bemerkt, als sie gerade durch die Tür schlüpfen wollte. Das Schwein kann es nicht leiden, wenn es allein gelassen wird.«

»Woher weißt du, daß sie aus dem Haus wollte?« fragte Effie.

»Weil sie ganz schnell auf Zehenspitzen die Treppe runtergekommen ist... und die Schuhe in der Hand gehalten hat.«

Coll schaute Tibbie immer noch an. »Was bedeutet das?«

»Ich kann mir vorstellen, daß ich etwas damit zu tun habe«, ertönte hinter ihnen eine tiefe Stimme.

Alle drehten sich gleichzeitig zur Tür um und sahen Großmama Grace, die Nicholas Mackinnon in die Eingangshalle führte. »Sehen Sie«, sagte sie und deutete auf Tibbie, »ich habe Ihnen doch gesagt, daß sie da ist.«

Die Buchanans sahen Nicholas Mackinnon an, der eine braune Lederhose – nach Tibbies Meinung viel zu enganliegend – und eine dunkelblaue Jacke trug. Seinen Hut hielt er lässig in einer Hand. Er bildete einen krassen Gegensatz zu Großmama Grace, die links neben ihm stand und die Hand auf dem Türgriff liegen hatte. Großmama war heute morgen anscheinend spät dran, denn sie trug noch ihr Nachthemd und hatte eine Schlafmütze auf dem krausen weißen Haar sitzen wie ein I-Tüpfelchen.

Was hat er hier zu suchen? Nachdem er sie mit Beth gesehen und das Gerede in der Stadt gehört hatte, konnte er doch nicht herkommen. Tibbie musterte ihre Großmutter. Der weiße Knoten, der gestern oben auf ihrem Kopf gesessen hatte, baumelte jetzt über einem Ohr. Tibbie lehnte sich an die Wand und verschränkte die Arme. »Großmama«, sagte sie mit gereizter Stimme, »warum machst du einfach so die Tür auf, ohne einem von uns vorher Bescheid zu sagen?«

Großmama redete nicht um den heißen Brei herum, sondern antwortete schlicht: »Weil er angeklopft hat.«

Tibbie biß die Zähne zusammen, und Nick erstickte fast. Es fiel ihm furchtbar schwer, nicht laut zu lachen. Er schaute Großmama an, die dastand und nicht viel größer als sein Daumen war und dabei doch so fit und derart klar bei Verstand. Plötzlich dachte er, wie gern er sie als junge Frau kennengelernt hätte. Er sah die alte Frau an, die ihrer Familie kämpferisch gegenüberstand. Und er glaubte tatsächlich, daß sie als Siegerin hervorgehen würde.

»Herr im Himmel, du solltest doch wissen, wie zwecklos es ist, Großmama eine vernünftige Frage zu stellen«, sagte Coll.

»Coll, sag so etwas nicht vor Besuchern. Damit bringst du Großmama in Verlegenheit«, protestierte Effie.

Falls Coll betroffen war, dann ließ er es sich nicht anmerken. »Sie in Verlegenheit bringen? Und wie soll das gehen? Wie kann man jemanden in Verlegenheit bringen, der zum heiligen Abendmahl geht, den Meßbecher leert – wohlbemerkt vor der ganzen Gemeinde –, ihn dann zurückgibt und sagt: ›Das war so lecker, daß ich glaube, ich nehme noch einen‹?«

»Sie hat doch nur vergessen, wo sie war, Coll. Warte es nur ab. Du wirst auch noch dahin kommen.«

»Wenn ja, dann tu mir bitte einen Gefallen«, sagte er. »Sperr mich ein! Erschieß mich! Aber laß mich nicht auf anständige Bürger los, wenn mein Verstand verschrumpelt ist.«

Nicholas sah sich um. Eine solche Familie war ihm in seinem

ganzen Leben noch nicht begegnet. Er schaute Dr. Coll Buchanan an, einen großen, kräftigen Mann mit einer Glatze und einem silbernen Haarkranz und einem äußerst gereizten Ausdruck im Gesicht, der sich nicht mit dem warmen Blick in seinen Augen vertrug. Von ihm aus glitt Nicks Blick auf Effie Buchanan, die zu jugendlich wirkte, um eine Tochter in Tibbies Alter zu haben – sie hatte noch heute die schlanke Figur eines jungen Mädchens, und das dunkle Haar wies nur vereinzelte silberne Strähnen auf. Tibbie wirkte natürlich in ihren tristen, altjüngferlichen Kleidern finster und ernst.

Aber an Großmama hatte er sein Herz verloren. Als er sie ansah, sah er keine alternde Frau vor sich, die ihre nützlichen Zeiten überlebt hatte. In endlose Meter schwarzer Seide gehüllt und mit der Schlafmütze, die schief auf ihrem Kopf saß und unter der das graue Haar nach allen Richtungen abstand, sah er in ihr den ewig weisen Merlin, der seinen Zauber vollführte.

Großmama, die sah, daß vier Augenpaare auf sie gerichtet waren, sagte: »Was schaut ihr mich denn alle so an? Habe ich etwas falsch gemacht?«

Ein hallendes »Ja!« durchbrach die Stille.

»In der Aufmachung solltest du nicht an die Tür gehen«, sagte Coll.

»Du solltest mich fragen, ehe du jemandem sagst, daß ich da bin«, sagte Tibbie.

»Es wäre besser, wenn du es der Haushälterin überläßt, die Tür zu öffnen«, sagte Effie. »Das gehört zu ihren Aufgaben.«

»Wer ist denn die Haushälterin?«

»Mein Gott!« stöhnte Coll. »Das ist die Frau, die dir seit drei Jahren das Frühstück in dein Zimmer bringt.«

»Also, ich wußte gar nicht, daß Gladys die Haushälterin ist. Mir erzählt ja nie jemand, was los ist«, jammerte Großmama. »Ich bekomme doch immer nur Klagen zu hören.«

»Du bekommst überhaupt nichts zu hören«, sagte Coll. »Du bist stocktaub.«

»Pah!« machte Großmama und sah sich seltsam im Raum um. »Ich gehe wieder ins Bett«, verkündete sie und ging auf die Treppe zu. Auf der ersten Stufe blieb sie stehen, drehte sich um und sah Nick aus zusammengekniffenen Augen an. »Wenn ich Sie wäre, würde ich woanders meine Aufwartung machen. Dieser ganze Haufen hier sieht doch aus, als wollte man sie alle zur Schlachtbank führen.« Sie wandte sich wieder der Treppe zu und murmelte vor sich hin: »Mir erzählt ja keiner etwas. Ich begreife nicht, wie sie erwarten können, daß ich irgendwas weiß, wenn mir keiner was sagt. Die erzählen mir doch alle nur, was ich tun soll, was ich nicht tun soll und was ich schon wieder falsch gemacht habe.« Sie tat das Ganze mit einer abfälligen Handbewegung ab. »Kinder«, sagte sie, als wollte sie sie damit alle verfluchen. »Pah!« Ihre Stimme wurde schriller. »›Mit einer Kinderschar gesegnet‹, so heißt es doch«, zitierte sie und schüttelte dann den Kopf. »Grace«, sagte sie und nickte, »du hättest Jungfrau bleiben sollen.«

Nicks Gelächter hallte durch das Haus.

»Ich habe zu arbeiten«, sagte Coll. »Wenn ich mir schon Klagen anhören muß, dann kann ich mich ebensogut dafür bezahlen lassen. In meinem Sprechzimmer bekomme ich genug Klagen zu hören. Und zwar solche, gegen die ich etwas tun kann.«

»Ach du meine Güte«, sagte Effie und hob die Hand auf ihren Spitzenkragen, »ich glaube, ich rieche verbrannte Plätzchen...« Sie drehte sich auf dem Absatz um und verschwand durch die Küchentür. Somit blieben nur Tibbie und Nick übrig. Tibbie schien sich äußerst unbehaglich zu fühlen, und sie suchte panisch nach den richtigen Worten, um schnell zu verschwinden, scheiterte aber kläglich.

»Es sieht ganz so aus, als seien Sie mit mir übriggeblieben«, sagte Nick.

Tibbie holte tief Atem und ballte die Hände zu Fäusten. »Warum auch nicht? Großmama kriegt ihr Schläfchen. Papa kriegt seine Patienten. Mama kriegt ihre verbrannten Plätzchen.

Aber ich bin die Glückliche, die *Sie* abkriegt!« Sie bedachte ihn mit einem eisigen Blick und sagte tonlos: »Verbrannte Plätzchen wären mir lieber.«

Es war ein widerlich warmer Tag, ihr Vater war reizbar, ihrer Mutter waren die Plätzchen angebrannt, Großmama war heute mal wieder geistesabwesend, und jetzt tauchte auch noch dieser Teufel auf der Türschwelle auf. »Können wir irgendwo miteinander reden?« fragte er.

Sie wandte sich schnell und ungeduldig ab und führte ihn ins Wohnzimmer. »Hier können wir uns unterhalten«, sagte sie kühl, während sie an die großen Fenster trat und die Gardinen zurückzog, »wobei ich Ihnen allerdings nichts zu sagen habe.«

Ohne erst lange nachzudenken, sagte Nicholas mit einer Stimme, die äußerst beherrscht und sehr klar war: »Aber ich habe Ihnen etwas zu sagen, *kleine Mutter.*«

Dann weiß er es also. Natürlich wußte sie, daß er es erfahren hatte, schon seit sie ihn in der Stadt gesehen hatte, aber es hatte etwas Endgültiges und Erschreckendes an sich, jetzt allein mit ihm hier zu stehen und mit Sicherheit zu wissen, daß er über sie informiert war.

Seine Worte durchbohrten ihre Haut wie spitze Dolche. *Kleine Mutter... kleine Mutter... kleine Mutter...* Immer wieder hallte der Klang seiner Stimme durch ihren Verstand und erstickte sie mit glühendem, übelriechendem Rauch. Tibbie packte die Gardinen, um sich festzuklammern, als ein heftiger Schauer sie überlief. Augenblicklich wurde ihr ganzer Körper starr und kalt. Sie stand vollkommen still. Sie schloß die Augen und konzentrierte sich ganz auf ihre Gedanken.

Die große Standuhr im Flur tickte, als sei nichts Ungewöhnliches geschehen. Aus der Küche hörte sie die Stimme ihrer Mutter, die sich wegen der verbrannten Plätzchen ausschalt, während von oben der Rhythmus drang, mit dem Großmamas Schaukelstuhl ein loses Bodenbrett quietschen ließ. Von draußen hörte sie den Schmiedehammer, der ihr sagte, daß ein Pferd mit Hufeisen beschlagen wurde, und Precious, Beths Schwein, quiekte schrill. Um sie herum blieben die vertrauten häuslichen Geräusche unverändert, und das rief ihr ins Bewußtsein, daß alles die Qual der gerade ausgesprochenen Worte überlebt hatte. Nur sie allein spürte die zerstörerische Wirkung. Die Gardinen schienen sie in einen ekelerregenden Geruch nach Staub und Alter zu hüllen.

Sie hörte das matte Echo einer Stimme aus ihrer Vergangenheit, die wieder erklang. Es waren die Worte ihrer Mutter in jener entsetzlichen Nacht, in der sie ihren Eltern gestanden hatte, daß Eric sie verlassen hatte und daß sie schwanger war. »Es wäre vielleicht das Beste, wenn du bei Verwandten unterkommen und dich als Witwe ausgeben könntest. Es ist mir weiß Gott eine furchtbare Vorstellung, du könntest von hier fortgehen, aber die Menschen können so grausam sein. Ich könnte es nicht ertragen, mit anzusehen, wie du verhöhnt und ausgestoßen wirst, Tibbie. Solange du in Indianola bleibst, kann es für dich kein anderes Leben geben. Die Leute vergessen nichts. Die Vergangenheit wird dich immer wieder einholen, dich wie ein Spuk verfolgen. Du mußt etwas unternehmen – zu euer beider Schutz, zu deinem und dem des Kindes.«

Aber sie war geblieben. Sie hatte sich ihren Anklägern gegenübergestellt, ihren Hohn in sich aufgesogen, mit ihrer Ablehnung gelebt. Großmama war diejenige gewesen, die sie ermutigt hatte, in der Klinik ihres Vaters zu arbeiten, und Großmama war es auch gewesen, die sie gelehrt hatte, daß ein unseliges Los einen zerstören oder kräftigen kann und daß die Entscheidung ganz allein bei ihr lag. »Wenn wir das Leid und den Schmerz anderer sehen, hilft uns das dabei, das eigene Leid und den eigenen Schmerz zu vergessen«, hatte Großmama zu ihr gesagt. »Die Menschen werden nicht vergessen, aber sie werden verzeihen.« Und sie hatte recht gehabt.

Von jenem Tag an hatte Tibbie sich etwas gelobt, sich ein glühendes Gelübde abgelegt, an dem sie festgehalten hatte, ohne auch nur einmal ins Wanken zu geraten. *Das wird mir kein Mann je wieder antun.* Nie mehr würde sie es sich gestatten, sich in einen Mann zu verlieben. Nie mehr würde sie auf beredte Versprechen reinfallen oder Vertrauen in ein paar geraubte Küsse setzen. Nie mehr würde sie einen Mann nahe genug an sich herankommen lassen, um sie von ihren Zielen abzubringen, ihre Entschlossenheit zu schwächen, sie vergessen zu lassen. Bei jedem ihrer Atemzüge würde sie sich daran erinnern. Sie würde es ihnen zeigen, es ihnen allen zeigen – denen, die sie kritisierten und ihr Vorwürfe machten, denen, die sie mit Beschimpfungen bedachten und ihre Röcke enger an sich zogen, wenn sie vorbeiging, als würde ihr Schandmal bei der kleinsten Berührung auf sie abfärben. Sie hatte nicht lange gebraucht, um zu lernen, daß sie jeder Anklage am einfachsten auswich, indem sie so unauffällig wie möglich blieb, sich still und zurückhaltend verhielt, ein Leben führte, an dem niemand etwas aussetzen konnte. Sie zog sich zurück, mied jegliche Männer, blieb selbst dann höflich, wenn sie unfreundlich angefahren wurde, und wenn sie sich unbedingt in die Stadt begeben mußte, dann brachte sie ihre Erledigungen mit wohlerzogener Würde hinter sich.

Selbst jetzt konnte sich Tibbie noch in aller Deutlichkeit daran erinnern, wie es damals gewesen war; der Verrat an ihr, die Vorwürfe, die Ablehnung, das Leiden und nach einer Weile der lange, mühsame Aufstieg zu neuerlicher Respektabilität. Sie hatte all das einmal durchgemacht und es überlebt. Sie hob den Kopf und zog die Schultern zurück. Sie hatte all das schon einmal überstanden, es bewältigt und Kraft daraus geschöpft.

Die Anspannung strömte aus ihrem Körper, als sie die Augen aufschlug und sich zu Nicholas Mackinnon umdrehte und ihn mit einem wildentschlossenen Blick anstarrte.

Nicks Augen glitten über Tibbie. Sie war so schön, so kühn, so selbstsicher. Wenn ihr Kleid auch noch so farblos und häßlich sein mochte, dann konnte es doch ihre gertenschlanke Figur nicht verbergen, ihre ungezierte Schönheit, ihre anmutigen Bewegungen. Sie war von einem Hintergrund aus Sonnenschein eingerahmt, und ihr goldglänzendes Haar, das zu einem Knoten hochgesteckt war, entblößte einen schmalen weißen Hals. Sie war der Inbegriff von Anmut, Haltung und Selbstvertrauen. Doch in ihren Augen, in ihren wunderbaren goldenen Augen, sah er die Sorge. Was ihn jedoch fast in die Knie zwang, war der Schmerz, den er dort sah, die Reste alten Leids.

Mit nachdenklichem Gesicht starrte Nick sie an. Schnell merkte er, daß sie denken mußte, ihre Vergangenheit hätte ihn schockiert und höchstwahrscheinlich angewidert. In weniger als einem Sekundenbruchteil hätte er sie in dem Punkt beruhigen können, aber es gab noch etwas anderes, was ihm zusetzte. Nicht das geringste Unbehagen stand auf ihrem Gesicht. Ihr Ausdruck war beherrscht, reserviert und herablassend. Aber Leid konnte so tief sitzen, daß es sich in einem Gesichtsausdruck verbergen ließ. Er dachte daran, daß seine Mutter einmal zu ihm gesagt hatte: »Die Lippen sind das Instrument der Täuschung, aber Augen können niemals lügen.«

Er sah ihr fest in die Augen und verfluchte sich für seine Wortwahl.

Die Entdeckung, daß sie ein Kind hatte, hatte ihr eine völlig neue Dimension verliehen, wie eine Bleistiftzeichnung durch ein paar Farbtupfer lebendig wird. Seine Einsicht war so tief und so plötzlich, daß sie ihn fast überwältigte. Das erklärte so vieles, brachte so viel ans Licht. Sie war Mutter und nicht nur das, sondern noch dazu die Mutter eines unehelichen Kindes. Was sie durchgemacht hatte – Erfahrungen, von denen er nichts ahnte –, mußte sie zwangsläufig verändert haben. Plötzlich erklärten sich ihre Herablassung, ihre Feindseligkeit, ihre Verweigerung, ihr Wunsch, nichts mit ihm zu tun haben zu wollen. *Gebranntes Kind scheut Feuer.*

Die Erkenntnis traf ihn mit einer solchen Wucht, daß es ihm den Atem verschlug. Tibbie war von einem lachenden, liebenden jungen Mädchen in eine vorsichtige Frau verwandelt worden, die sich selbst schützen mußte. Mein Gott! Wie sehr er wünschte, er hätte sie vorher gekannt. Er ballte die Fäuste vor Wut. Den Halunken, der ihr das angetan hatte, hätte er mit seinen bloßen Händen umbringen können.

Nick seufzte und spürte, wie sich in ihm selbst plötzlich Dinge wandelten. Am Anfang, als er dahintergekommen war, daß sie ein Kind hatte, war sein Verlangen nach ihr dem bloßen Zorn gewichen. Jetzt wurde diese Wut von Einfühlungsvermögen und Behutsamkeit abgelöst. Die Antworten auf einige Fragen würden ihm ermöglichen, was er am meisten anstrebte: Verständnis. »Würden Sie mir mehr darüber erzählen?«

»Nein«, sagte sie glühend. »Ganz bestimmt nicht.«

Vor einer Weile hatte sie bemerkt, wie seine Züge sanfter wurden, aber sie konnte ihm trotzdem noch lange nicht vertrauen. Und selbst sein sanfter Tonfall konnte sie nicht beruhigen. Sie war schon einmal auf zarte Blicke und freundliche Worte reingefallen. Als sie ihn jetzt ansah, hatte Tibbie das Gefühl, daß er wild entschlossen war, mit ihr zu reden – und sie wußte nur zu gut, daß er kein Schamgefühl hatte. Sie brauchte nur daran zu denken, wie er in die Pferdetränke gefallen war, alle erdenkliche Aufmerksamkeit auf sie gelenkt hatte und sie für Tage in ganz Indianola zum Gesprächsthema Nummer eins hatte werden lassen – gerade um das zu vermeiden, hatte sie in den letzten fünf Jahren ein stilles, zurückgezogenes Leben geführt.

Ein paar Minuten vergingen, und Nick sagte kein Wort. »Ich habe nicht viel Zeit, Mr. Mackinnon. Wir haben viele Fälle von Kehlkopfdiphtherie. Ich werde in der Klinik gebraucht. Wenn Sie mir etwas zu sagen haben, dann sagen Sie es, aber ich warne Sie gleich – ich habe all das schon einmal gehört.«

»Ja, ganz bestimmt, aber ich noch nicht.«

»Es gibt jede Menge Menschen in Indianola, die Sie mit Sicherheit liebend gern mit sämtlichen Einzelheiten versorgen, die Sie bisher noch nicht kennen.«

»Ich habe keinerlei Interesse daran, es von irgend jemand anderem zu hören, nur von Ihnen.«

Sie war ihm jetzt noch rätselhafter denn je. Aber in dem Moment entschied er, daß er ihre Geschichte hören wollte, und zwar jetzt, koste es, was es wolle – und wenn er die Tür verriegeln und ihre ganze Familie aussperren und ihr mit dem Hungertod drohen mußte.

Sie seufzte und verließ ihren Platz am Fenster; ihre Röcke raschelten, als sie an ihm vorbeikam. Sie ging bis zum Roßhaarsofa, und dort wandte sie sich um und rang die Hände. »Ich verstehe Sie einfach nicht. Sie haben gesagt, Sie seien hergekommen, um ein Schiff zu bauen. Warum bauen Sie es nicht und lassen mich in Ruhe? Ich glaube, ich habe wirklich deutlich genug klargestellt, daß ich nichts mit Ihnen zu tun haben will. Mir liegt nichts an Ihrer Gesellschaft oder Ihren Aufmerksamkeiten und Ihrer Freundschaft. Warum sind Sie bloß so beharrlich?«

»Weil ich etwas von Ihnen will. Weil ich nicht glaube, daß Sie so immun gegen mich sind, wie Sie es mir gern einreden möchten. Weil ich hergekommen bin, um ein paar Antworten zu suchen, und ich gehe nicht, solange ich sie nicht bekommen habe.« Er trat zur Tür und schloß sie ab. »Und *Sie*, meine süße Tibbie, werden auch nicht gehen, ehe Sie sie mir gegeben haben.«

Sie beobachtete, wie er sich zuversichtlich an die Tür lehnte und die Arme vor der Brust verschränkte, und sie spürte, wie die Gereiztheit ihre Wangen glutrot lodern ließ. »Wie können Sie es wagen, mich hier mit Ihnen einzuschließen?«

»Ich wage es«, sagte er, und sein Lächeln war so selbstbewußt wie seine Haltung.

Tibbie Anne, hier ist einiges nötig. Diesen Mann wird man schwerer los als eine Klette. Warum ist er bloß so beharrlich? Wie lange halte ich es noch durch, mich gegen diese Übermacht durchzusetzen? Ihr Blick glitt über sein Gesicht und seinen langen, schmalen Körper. *Lieber Gott, und wie schlecht meine Chancen stehen!* Das Zimmer wurde minütlich kleiner. Sie war sich seiner Nähe so empfindlich bewußt, nahm überdeutlich den Umstand wahr, daß sie beide in diesem Zimmer eingeschlossen waren. Und da stand er jetzt, ihr Peiniger, und triefte vor Charme und vor gutem Aussehen und vor Männlichkeit. Er sah besser aus und war größer und kräftiger und entschlossener als all die anderen, die sich an ihr probiert hatten und gescheitert waren. Er strahlte eine verhaltene Stärke aus, eine natürliche männliche Dominanz und eine fühlbare Sinnlichkeit, vor der sie sich zu Tode fürchtete. Sie mochte zwar ein Kind geboren haben, aber im Umgang mit einem Mann, der solche Geschütze auffahren konnte, war sie hoffnungslos unerfahren. Ihr Mund wurde trocken. Ihr Herz schlug schneller, als wollte es sie daran erinnern, daß es auch noch da war. Sie fühlte sich umzingelt, in die Enge getrieben, schutzlos, ihrer Abwehr beraubt. Ein seltsamer prickelnder Schauer überlief sie und drang bis in ihr Innerstes vor. Panik bemächtigte sich ihrer.

Vielleicht griff sie deshalb nach dem besten Zinnkerzenständer ihrer Mutter und hielt ihn wie eine Keule hoch. »Ich warne Sie, geben Sie diese Tür frei, und zwar sofort.«

»Und was ist, wenn ich es nicht tue?«

Sie schwenkte den Kerzenständer. »Dann werfe ich.«

»Das«, sagte er mit einem Lächeln, bei dem ihr die Knie weich wurden, »ist genau das, worauf ich gewartet habe.«

Ihr Puls raste. Ihre Gereiztheit steigerte sich. »Sie glauben also nicht, daß ich damit werfe, oder?«

»Daran habe ich nicht den geringsten Zweifel. Ich hatte schon immer den Verdacht, daß Ihr Haar einen leichten Rotstich hat. Die Sache ist die, daß es Ihnen nichts nutzen wird, damit zu werfen. Sie werden mich verfehlen und Schrammen auf der hübschen Tapete Ihrer Mutter hinterlassen, und höchstwahrscheinlich zerbricht der Kerzenleuchter, an dem Ihre Mutter sicher hängt. Und dann, wenn alles zu spät ist, wenn der Schaden angerichtet ist, werden Sie sich klarmachen, daß Sie nicht etwa mir etwas angetan haben, sondern Ihrer Mutter.« Er stieß sich von der Tür ab. »Warum stellen Sie den Kerzenhalter also nicht ab, ehe Sie etwas tun, was Sie doch nur bereuen?«

Er ging einen Schritt auf sie zu, und sie riß den Arm wurfbereit zurück. Doch der Ausdruck der Unentschlossenheit stand immer noch auf ihrem hübschen Gesicht. Seufzend schüttelte er den Kopf. »Sie sind ein stures Mädchen, soviel steht fest.« Dann grinste er. »Natürlich wäre es mir eigentlich lieber, wenn Sie den Kerzenhalter nach mir werfen. Wenn Sie nämlich erst sehen, welchen Schaden Sie angerichtet haben, wird Sie die Reue überkommen. Die Chancen stehen gut, daß Sie anfangen zu weinen, und ich, als der weichherzige Kerl, der ich bin – tja, ich war noch nie ein Mann, der ein Mädchen weinen sehen konnte. Mir bliebe gar nichts anderes übrig, als Sie in meine Arme zu schließen und zu trösten.« Er senkte seine Stimme, und sein Tonfall war heiser, als er sagte: »Auf die einzige Art, die ich gelernt habe.«

Sie konnte sich ein recht genaues Bild davon machen, wie das ausgesehen hätte. Ihre Augen weiteten sich vor Schreck. Ihre Zuversicht sank. Ihr Arm auch. Und der Kerzenständer ihrer Mutter, den sie auf dem Tisch abstellte. So ziemlich das einzige, was nicht absackte, war Tibbies Gefühl der Ausweglosigkeit. Das steigerte sich sogar eher noch.

Eins mußte er ihr lassen. Sie war ein echter Gegner. Am liebsten hätte er laut herausgeschrien, welche Freude sie ihm bereitete. Er wußte nicht, woher sie diesen Mumm hatte, aber er war grenzenlos, und ihre Widerstandsfähigkeit war uneingeschränkt. Sie war lebhaft und temperamentvoll, und er hätte ein Festessen verwettet, daß sie im Bett unbändig war. Er erkannte, daß das, was er für eine farblose kleine Pfauhenne gehalten hatte, eine zähe Kämpfernatur war. Nicht viele Frauen hätten durchmachen können, was sie durchgemacht hatte, und als Sieger daraus hervorgehen können. Er bewunderte sie teuflisch, denn er wußte, welche Mühe und welches Durchhaltevermögen ihr abverlangt worden sein mußten, einem so jungen Mädchen, wenn es ihr gelungen war, sich gegen alle Widerstände einen Platz in der Gemeinde zu sichern und geachtet zu werden. Sein Verlangen nach dieser Frau war so übermächtig, daß es ihm den Schlaf raubte, und doch hatte er Angst, sich ihr zu erklären, denn er fürchtete, seine Chancen bei ihr zu verspielen, die ohnehin schon gering genug waren. Sein Dilemma war, daß er nicht wußte, wie er vorgehen sollte. *Du Dummkopf*, dachte er, als ihm klarwurde, daß er sich noch nicht einmal zwischen Angriff und Rückzug entscheiden konnte.

Sie wollte ihm gerade die nächste kühle Bemerkung an den Kopf werfen, als sie die Veränderung an ihm wahrnahm. Vor ihr stand jetzt ein anderer Mann. Er trug immer noch dieselbe viel zu enge Hose und die blaue Jacke, und er hatte immer noch dieses schöngeschnittene Gesicht und die blauen Augen, aber in seine Haltung hatte sich etwas anderes eingeschlichen, in sein Auftreten, in seinen Tonfall und gar in diese Augen!

Sie wußte nur zu gut, daß sie Beleidigungen, Anschuldigungen und sogar wütenden Bemerkungen gewachsen war, aber sie fürchtete zartere Seiten – seine Geduld, sein Verständnis, seine erobernde Sanftmut, denn das hätte ihr Untergang sein können. Er war ein Mann, der die Zärtlichkeit wie ein zweischneidiges Schwert schwang. Selbst im Moment spürte sie, wie er auf ihre Entschlossenheit einhackte, obwohl er vollkommen still dastand.

Sie hatten eine unsichtbare Grenze überschritten und befanden sich jetzt auf einem Territorium, das ihr fremd war. Keinem Mann war es bisher gelungen, sie so weit zu treiben. Bei dieser Erkenntnis erstarrte sie und blieb wie angewurzelt stehen, als er auf sie zukam. Sie kannte diesen zuversichtlichen Ausdruck, und sie wußte, daß er schon bald von einem Ausdruck des Besitzerstolzes abgelöst werden würde, denn das hatte sie oft genug in Erics Augen gesehen.

Und sie wußte auch, was das bedeutete. Eine seltsame Wärme breitete sich in ihr aus. Ein Schauer überlief sie. Als spürte er, was in ihr vorging, hob er langsam die Hand und ließ seine Finger über ihren Arm gleiten, von der Schulter bis zu ihren Fingerspitzen, und dann nahm er ihre Hand, hob sie an seine Lippen und küßte sie. Seine Lippen lösten sich schnell von ihrer Hand, doch die Hand ließ er nicht los.

Tibbie schluckte und wartete ab, was er als nächstes tun würde.

»Von jetzt an spielen wir ein anderes Spiel. Das wissen Sie doch, oder nicht?«

Sie nickte und zog ihre Hand zurück, und wieder überlief sie ein Schauer, als er seine warme Handfläche unter ihr Kinn legte und ihren Kopf zurückbog, bis sie ihm ins Gesicht sah. »Diesmal spielen wir um alles.«

Wenn ihr Leben davon abgehangen hätte, wäre Tibbie kein Wort eingefallen, was sie darauf sagen konnte, doch sie sträubte sich dagegen, sich geschlagen zu geben, nachdem sie so viel erreicht hatte.

Er lächelte selbstbewußt bei dem Gedanken, sie endlich doch noch in seinen Armen zu halten.

Sie zuckte zusammen und bot den letzten Rest an Entschiedenheit auf, der ihr noch geblieben war. Sie durfte nicht ein zweites Mal so leicht nachgeben. Hatte sie denn gar nichts dazugelernt?

Und so begann es – Tibbie war hartnäckig entschlossen, Nicholas Mackinnon zu widerstehen, und Nick war so erbarmungslos wie noch nie, um diese Frau für sich zu gewinnen. Das Fundament war gelegt, und obwohl kein Wort zwischen ihnen fiel, wußten beide, daß nur einer von ihnen gewinnen konnte.

Zum Glück durchbrachen das sprudelnde Gelächter eines Kindes und das schrille, durchdringende Quieken eines Schweins die Stille. Tibbie schaute zum Fenster und sah Beths roten Mantel aufblitzen, als sie vorbeirannte und Precious sie quiekend verfolgte.

»Ihre Tochter«, sagte er.

»Ja.«

»Und Ihr... Mann?«

Sie sprang ihm ins Gesicht wie eine fauchende Katze, und

Nick bereute augenblicklich, daß er nach ihrem »Mann« und nicht nach dem Vater des Kindes gefragt hatte.

»Ich habe, wie Sie selbst wissen, keinen Mann. Beth ist ein Bastard, ein uneheliches Kind. Glauben Sie bitte nicht, Ihre Bemühungen, sich abfällig und beleidigend zu äußern, könnten bei mir wirken. Ich habe all das schon oft über mich ergehen lassen. Nach einer Weile kriegt man eine Hornhaut und stumpft ab. Es gibt eine Schmerzgrenze. Wenn die überschritten ist, spürt man nichts mehr.«

»Ich wollte nicht...«

»Ich weiß, was Sie wollten«, sagte sie und bemühte sich sehr, das Beben in ihrer Stimme zu beherrschen. »Ihr seid alle gleich. Heuchler, alle miteinander.«

»Ich glaube, Sie haben mich mißverstanden...«

»O nein! Das ganz bestimmt nicht. Nicht in dem Punkt. Es ist jetzt fünf Jahre her – fast sechs. Wenn ich etwas weiß, dann weiß ich, wie diese Dinge ablaufen. Glauben Sie bloß nicht, Sie seien der erste, der es geschickt probiert. Und was üble Beschimpfungen angeht – schon tausendmal sind sie auf diese tauben Ohren getroffen.« Sie holte tief Atem und faßte sich wieder. »Sie können mir heute nichts mehr sagen, was ich nicht schon einmal gehört habe, und es gibt kein Schimpfwort, das mir nicht schon eine Million Mal ins Gesicht geworfen worden ist.«

Ihr langjähriges Leiden ergriff ihn. *Mein Gott, was muß sie alles durchgemacht haben.* »Ich bin nicht hergekommen, um Ihnen etwas zu sagen«, sagte er. »Ganz im Gegenteil. Ich bin gekommen, weil ich ein paar Dinge von Ihnen wissen wollte.«

»Was zum Beispiel, Sir?« fauchte sie. »Was möchten Sie denn gern hören? Die Einzelheiten, Mr. Mackinnon? All die ekelhaften, schmutzigen Kleinigkeiten, wie alle anderen auch?«

»Vielleicht Einzelheiten, aber keinen Schmutz...«

»Bitte lassen Sie das Lügen sein! Ich bin nicht ganz so dumm. Ich weiß, warum Sie hier sind. Es liegt auf der Hand. Sie wollen zufriedengestellt werden, stimmt's? Sie sehen mich an, und Sie hegen immer noch gewisse Zweifel. Ich sehe nicht direkt wie eine Schlampe aus, oder? Und ich kleide mich nicht wie eine *Hure*. Ich arbeite nicht im Glass Slipper, und man hat mich noch nie mit Schminke im Gesicht gesehen. Das verwundert Sie, nicht wahr? Ich lebe hier, im Kreis einer liebenden Familie. Ich gehe zur Kirche. Ich bekomme von den Bürgern dieser Stadt eine gewisse Form von Achtung entgegengebracht. Nichts scheint zusammenzupassen. Das ist es doch, was Sie sich sagen, oder nicht?« Sie unterbrach sich, um Luft zu holen. Sein Ausdruck schien ihre Unterstellung abzuwehren. »Bitte machen Sie sich nicht die Mühe, es abzustreiten. Ich weiß, was Sie gedacht haben. ›Da muß doch sicher ein Irrtum vorliegen. Vielleicht war sie verheiratet oder verlobt, und der junge Mann ist unter tragischen Umständen gestorben. Oder vielleicht war sie das Opfer grausamer, verständnisloser Eltern, die ihr verboten haben, den Mann zu heiraten, den sie geliebt hat.‹ Ich kann Ihnen sagen, daß nichts von dem zutrifft. Passiert ist nur eins – ich habe mich verliebt. *Das* war mein Verbrechen. Ich habe mich in einen Mann verliebt, und ich habe ihm seine Lügen geglaubt. Und als alles vorbei war, als er bekommen hatte, was er wollte, ist er fortgegangen. Darin liegt nichts Tragisches oder Rühmliches. Ich habe einen Fehler gemacht. Ich habe in den Augen Gottes und der Kirche gesündigt. Ich bin von der Gemeinde verurteilt worden. Ich habe ein uneheliches Kind geboren. Und wie sehr mußte ich dafür leiden.« Sie unterbrach sich und wappnete sich für das, was als nächstes folgen würde. »Und jetzt fragen Sie mich endlich nach den Einzelheiten, derentwegen Sie hergekommen sind.«

»Lieben Sie ihn immer noch?«

Diese Frage hatte sie nicht erwartet, und das war ihr anzusehen. Sie wandte sich mit einem Seufzer ab und kehrte ihm das Profil zu. Einen Moment lang spielte sie mit dem Gedanken, ihm nicht noch mehr zu erzählen, aber er würde sie nicht in Ruhe lassen. Wenn sie ihm die Antworten gab, die er haben wollte, würde er vielleicht fortgehen und sie in Frieden lassen.

Sie faltete die Hände wie zum Gebet, legte sie vor ihren Mund hakte die Daumen unter das Kinn, ehe sie aufrichtig sagte: »Ich weiß es nicht. Manchmal hasse ich ihn so sehr, daß ich glaube, ich könnte eine Pistole laden und ihm das Gehirn rauspusten, wenn ich ihn je wieder zu sehen bekäme. Es gibt aber auch Zeiten, in denen ich mich frage, wie es gewesen wäre, wenn die Dinge anders gestanden hätten, wenn er meine Liebe erwidert hätte. Und es gibt auch Zeiten, in denen ich mich frage, was ich täte, wenn er zurückkäme.«

Die Vorstellung traf ihn tief, und er wartete einen Moment, bis sich seine Stimme wieder gefestigt hatte. »Und wenn er es täte? Was täten Sie dann?«

Sie ließ die Hände sinken und hob sie dann zu einer vagen Geste. »Ich weiß es nicht.« Sie wandte ihm das Gesicht zu. »Ich weiß es wirklich nicht. Darauf habe ich keine Antwort parat, obwohl ich mir, weiß Gott, oft genug Gedanken darüber gemacht habe. Damals habe ich ihn geliebt. Als er fortging, hat es mich fast umgebracht. Ich habe sein Kind geboren. Das hat eine unverbrüchliche Verbindung zwischen uns geknüpft, die sich nicht leugnen läßt. Ich habe sein Kind ausgetragen. Ich habe viel dafür erlitten. Löscht das eine das andere aus? Ich weiß es nicht.«

Er sah sie an, als sei er in Trance. Und in gewisser Weise fühlte er sich auch so. Sie liebte diesen Mann immer noch, soviel stand fest, und wenn er daran dachte, hätte Nick gern seine Hände beidseits auf ihr Gesicht gelegt und zugedrückt, bis er die Erinnerung an ihn aus ihrem Kopf gepreßt hatte. Daß sie ihn früher einmal geliebt hatte, das konnte er verstehen. Daß sie ein Kind von einem anderen Mann geboren hatte, damit konnte er leben. Aber der Gedanke, daß sie heute einen anderen Mann liebte, war ihm unerträglich.

Er hatte plötzlich ein flaues Gefühl in der Magengrube. Ihm war gerade ein Hieb versetzt worden, auf den er nicht vorbereitet gewesen war. Aber er hatte sie endlich zum Reden gebracht, und wenn seine eigenen Gefühle auch mit Füßen getreten wurden, dann mußte er jetzt doch darauf achten, daß sie ihm nicht in die Quere kamen. Er mußte das Thema von diesem Mistkerl abbringen, der dafür sorgte, daß sie ihm ihr Herz verschloß.

Er holte mühsam Luft und sagte: »Erzählen Sie mir, wie es für Sie war.«

»Warum?«

»Weil es mir nahegeht. Weil ich es wissen will. Weil ich mit Neugier gestraft bin. Weil ich weiß, was Sie durchgemacht haben, aber ich will es auch fühlen, und das kann ich nur, wenn ich es mit Ihren Augen sehe. Verdammt noch mal! Aus welchen Gründen auch immer, Tibbie – tun Sie mir den Gefallen.«

Aus seiner Stimme war eine solche Verzweiflung herauszuhören, daß sie keinen Moment auf den Gedanken kam, ihm nicht zu sagen, was er wissen wollte. »Wie es war? Sie meinen, als er fortgegangen ist? Oder als ich festgestellt habe, daß ich ein Kind von ihm bekomme? Oder nachdem Beth geboren wurde?«

»Wußten Sie, daß Sie schwanger waren, als er ging?«

»Ja.«

»Hat er es gewußt?«

Sie lachte bitter. »Natürlich. Das hat ihm wahrscheinlich den Entschluß erleichtert, zu gehen. Würden Sie das nicht auch so sehen?«

»Nein, aber das ist im Moment nicht unser Thema. Sie haben hinterher nie mehr versucht, Kontakt mit ihm aufzunehmen und ihm von der Geburt seines Kindes zu berichten?«

»Nein. Warum hätte ich das tun sollen? Er wollte nichts mit mir zu tun haben. Sein einziges Interesse an seinem Kind bestand darin, möglichst lange vor seiner Geburt zu verschwinden. Warum hätte er hinterher den Wunsch haben sollen, mehr über uns zu erfahren?«

»Und jetzt? Wo stehen Sie jetzt?«

»Wie meinen Sie das?«

»Inwieweit haben Sie sich für sich selbst und für Beth ein Leben gestaltet?«

»Das sehen Sie doch.«

»Ich meine, abgesehen von Ihrer eigenen Familie.«

»Sie meinen, ein Leben für Beth und mich allein?«

»Entweder das oder eine Eheschließung«, sagte er leise.

Sie sah ihn entgeistert an. »Eine Ehe? Ich?« Ihre Stimme wurde brüchig, und sie lachte, um es zu vertuschen. »O nein, daraus wird wohl nichts. Wissen Sie denn nicht, was die Männer in der Stadt denken? Sie sagen es mir vielleicht nicht ins Gesicht, weil sie wissen, daß mein Vater hier der einzige Arzt ist. Und viele von ihnen sind mir zu Dank verpflichtet, weil ich geholfen habe, Leben zu retten. Aber der Gedanke ist trotzdem da. Es wird immer Männer geben, die denken: Einmal Hure, immer Hure.«

Bei dem Wort zuckte er zusammen. »Ich finde nicht...«

»Das sollten Sie aber. Ich bin sicher, wenn Sie es erst auch so sehen, werden Sie zur Vernunft kommen und endlich von hier verschwinden. Das tun doch alle, wenn sie die Wahrheit herausgefunden haben, und die finden sie immer heraus.«

»Ich bin sicher, daß es eine Menge Männer gibt, die bereit wären, über die Tatsache hinwegzusehen, daß Sie ein Kind haben. Sie sind eine schöne Frau, eine außergewöhnlich schöne Frau. Allein schon deshalb wird man Ihnen vieles nachsehen. Ich stelle mir vor, daß Sie inzwischen zahllose Einladungen hatten.«

»O ja, allerdings. Und man braucht nicht lange, um hinter die Gründe zu kommen.«

»Ich glaube, Sie urteilen vorschnell. Ich glaube nicht, daß die Leute hier in der Gegend so wenig Achtung vor Ihnen haben. Sie stellen sich geradezu schützend vor Sie. Ich habe wirklich verdammt lange gebraucht, um irgend etwas über Sie herauszufinden. Soweit ich mir ein Bild davon machen konnte, haben die Leute hier großen Respekt vor Ihnen und Ihrem Interesse für die Medizin.«

»Ja, aber unseligerweise sind *das* nicht die Menschen, die meine Gesellschaft suchen. Meine medizinischen Kenntnisse werden respektiert, weil ich, wie mein Vater, Geschick darin habe und gebraucht werde. Darauf begründet sich mein ›guter‹ Ruf, aber das gibt mir noch lange keine Sicherheit.«

Da sie dieses Gespräch unbedingt beenden wollte und es kaum erwarten konnte, den neugierigen Schotten loszuwerden, sagte sie: »Ist Ihre Neugier jetzt gestillt, oder was sonst hat Sie heute hergeführt?«

»Ich hatte ein paar Fragen, auf die ich Antworten haben wollte, aber deshalb bin ich nicht gekommen.«

»Weshalb sonst?«

»Ihretwegen.«

»Meinetwegen?«

»Jetzt erzählen Sie mir nur nicht, daß Sie das überrascht. Eine so schöne Frau wie Sie?«

Sie wollte keine Komplimente von ihm hören, denn sie wußte wirklich nicht, wie sie damit umgehen sollte.

Er sah ihr Unbehagen und fügte hinzu: »Aber um ganz aufrichtig zu sein: Ich bin gekommen, um noch einmal dieses hübsche Kleid sehen zu dürfen, das Sie tragen.«

»Vielen Dank.«

»Ich vermute, in gewisser Weise paßt es gut zu Ihnen.«

Sie zog fragend die Augenbrauen hoch.

»Ein tristes, farbloses Kleid für ein tristes, farbloses Leben.«

Ihre Wangen röteten sich, und er sah Entrüstung in ihren Augen funkeln. »Ich verstehe.«

»Nein«, sagte er, »das glaube ich kaum.«

Nick betrachtete ihr zartes Gesicht, ihre reinen Züge. Makellos, etwas Besseres fiel ihm nicht zu ihrer Beschreibung ein. Und natürlich wunderschön. Ihr Gesicht war perfekt geschnitten, ein Gesicht von der Sorte, wie es ein meisterlicher Künstler aus edelstem, seltenem Marmor gemeißelt hätte. Ein Engel aus Marmor; kalt, hart, in Stein gehauen. War es denn ausgeschlossen, sie zu befreien?

War es das, was Michelangelo gemeint hatte, als er sagte: »Ich sah den Engel im Marmor, und ich meißelte, bis ich ihn freigelegt hatte«? War das auch hier der richtige Ansatzpunkt... auf ihre Abwehr einzuhacken, auf diese Mauer aus Eis, in der sie sich verschlossen hatte, bis er sie freigelegt hatte? Er rief sich wieder ins Gedächtnis, daß er für einen exzentrischen Mann, der mehr Geld als Geduld hatte, ein Schiff bauen mußte. Und es gab einen Zeitplan, den er einhalten mußte. Die Zeit, die man für eine Frau verwandte, war dagegen nicht von vornherein festgelegt. Doch als er sie jetzt betrachtete, wußte er, daß sein ganzer Auftrag zur Hölle fahren konnte, wenn er nicht einen Weg fand, sie ein wenig aufzutauen. Sie wirkte enigmatisch auf ihn, und er wußte nicht, warum. Er wußte nur, daß er sie wollte. Darüber dachte er einen Moment lang nach. Wollen, ein Wort, das für ihn so viele verschiedene Bedeutungen hatte. Er hatte sie von Anfang an gewollt, aber im Laufe der Zeit hatten sich so viele verschiedene Definitionen für dieses Wollen herausgebildet. Am Anfang hatte sich dieses Wollen rein auf ihre körperliche Anziehungskraft begründet. Sie war eine wunderschöne Frau, die er begehrte. Er war ein Mann, der es auskostete, die Frauen zu lieben. Aber später, nachdem er sie länger beobachtet hatte, hatte sie ihn immer mehr fasziniert, bis zu dem Punkt, daß er mehr als nur eine Nacht im Bett mit ihr wollte. Er hatte feststellen müssen, daß er wirklich mehr über sie wissen wollte, über seine geheimnisvolle Angebetete. Und dann, nachdem er sie auf der Weide getroffen und eine Weile mit ihr im Obstgarten gesessen hatte, hatte er entdeckt, daß er ihre Gesellschaft wirklich genoß und sie öfter sehen wollte. Und was jetzt?

Er grübelte einen Moment. Sein sexuelles Verlangen nach ihr war noch da und stand im Vordergrund, aber inzwischen hatte es andere Dimensionen gewonnen. Sie hatte so viele Eigenschaften, die ihn begeisterten. Er empfand eine Zärtlichkeit für sie wie noch für keine Frau bisher. Ihm ging auf, daß er sie nicht nur begehrte, sondern eine liebevolle Zuneigung zu ihr gefaßt hatte. Er mochte sie, bewunderte sie, kostete ihre Nähe aus und hatte immense Freude daran, sie zu beobachten, sie besser kennenzulernen. Trotz ihrer ablehnenden Haltung fühlte er sich in ihrer Gegenwart wie eine Rose im Sonnenschein. War das Liebe? Dann ging es ihm auf. Es war gar nicht so sehr das, was er wollte oder empfand, wenn er mit ihr zusammen war, sondern viel krasser war das, was er empfand, wenn sie nicht bei ihm war. Und er vermutete, daß das Liebe sein mußte.

Er bemerkte, daß seine Gedanken abgeschweift waren, und als er sie ansah, bemerkte er den Ausdruck des Unbehagens, der ihn glauben ließ, sie hätte ein klein wenig von dem wahrgenommen, was in seinem Kopf vorging. *Mein Liebling, wenn du nur wüßtest...*

Das Problem war, daß Tibbie sich eine recht genaue Vorstellung davon machte. Aber was ihr wirklich Angst einjagte, war, daß sie tief in ihrem Innern wußte, wie sehr sie dasselbe wollte. Worte, die sie zu gern ausgesprochen hätte, blieben ihr in der Kehle stecken. Sie konnte nicht reden. Sie konnte nicht denken. Das Atmen fiel ihr schwer. Eine warme Woge des Verlangens durchströmte sie. Sie fühlte sich schwindlig und trat einen Schritt zurück, um sich unter der Reproduktion eines Gemäldes von Gainsborough an die Wand zu lehnen. Als sie den Kopf an die Wand legte, verrutschte das Bild, aber sie merkte es nicht.

Sie registrierte auch nicht, daß Nick sie seltsam anstarrte oder daß er auf sie zugekommen war und dicht vor ihr stand, bis er sagte: »Warum lassen wir all diesen Unsinn, diese Heuchelei und diesen Widerstand nicht bleiben? Dann könnte ich ernstlich anfangen, um Sie zu werben.«

Werben. Nicht Lust. Nicht sexuelles Verlangen. Nichts, was vulgär oder erniedrigend war. Lieber Gott im Himmel, wie lange war es her, seit jemand vorgeschlagen hatte, um sie zu werben, seit jemand sie so angesehen hatte wie dieser Mann? Wohliges Behagen lief wie ein Schauer über sie. Werben. Sie kostete das Wort genüßlich aus. War das seine Absicht? Als er den Kopf vorbeugte und senkte, schoß ihr so viel Blut in den Kopf, daß ihr erneut schwindlig wurde, und sie streckte die Hände aus und legte sie auf seine Arme, um sich zu stützen. Sie schloß die Augen und hoffte, das Schwindelgefühl würde vorübergehen. Als seine Lippen sich zart und warm und kurz auf ihre legten, empfand sie es nicht als Beleidigung, nicht als Aufforderung, nicht als beschämend, nur als genüßlich.

Die Standuhr im Flur läutete und riß sie aus ihrem Traum. Aus kugelrunden Augen sah sie ihn an und bemühte sich, das Gleichgewicht zu finden und eine gewisse Fassung zu bewahren. »Das hätten Sie nicht tun sollen«, brachte sie schließlich heraus, aber sie hatte nicht das Gefühl, ihr Erstaunen und den Schock völlig überwunden zu haben.

»Ich hätte es nicht tun sollen«, gab er zu, »aber ich bin froh, daß ich es getan habe.«

»Die Uhr…«

Er legte den Kopf zurück, und ein angedeutetes Lächeln spielte um seine Mundwinkel.

»Die Uhr«, wiederholte er. »Ist das das nächste Thema, über das wir reden werden?«

Jetzt verzog ein Lächeln ihre Lippen. »Nein, ich wollte nur sagen, daß die Uhr gerade die Stunde geschlagen hat.«

Er lächelte. »Ich habe es gehört – Uhren tun das angeblich regelmäßig.«

Feste Entschlossenheit löste ihr Lächeln ab. »Ich muß jetzt wirklich gehen. Es gibt so viele Kranke, die Behandlung brauchen. Wir haben gestern abend bis acht Uhr gearbeitet und mußten trotzdem noch Leute fortschicken.«

Er nickte und folgte ihr zur Tür. Als sie die Hand ausstreckte, um die Tür zu öffnen, legte sich die seine darauf. Sie sah ihn anklagend an. Er bemerkte ihren Blick und spürte, wie sie zitterte, aber er ließ sie nicht los. *Du hast Glück, mein Engel… Wenn ich täte, was ich eigentlich tun möchte, würde ich dich in meine Arme reißen und dich küssen, bis dein süßer kleiner Mund so entgeistert ist wie deine Augen.*

»Der Ball am Unabhängigkeitstag«, sagte er und zögerte, um zu sehen, ob sie ihm ins Wort fallen würde.

»Ich kann nicht mit Ihnen hingehen.«

»Sie haben vor der halben Stadt meine Einladung angenommen. Wenn Sie sich jetzt drücken, stehen Sie ziemlich schlecht da.«

»Ich stehe lieber schlecht da, als mich schlecht zu fühlen. Ich dachte, Sie hätten es sich anders überlegt, nachdem...«

Er wirkte wütend genug, um sie zu ohrfeigen. »Wir beide wollen hier mal etwas klarstellen. Mir ist egal, ob Sie mit der Hälfte aller Männer in ganz Texas geschlafen haben und ob Sie genug Kinder haben, um ein Haus mit zwanzig Zimmern mit ihnen zu füllen. Ich habe Sie zu dem Ball eingeladen, und Sie haben meine Einladung angenommen. Ich habe nicht vor, Sie dieses Versprechen brechen zu lassen.« Er sah, daß sie etwas dazu sagen wollte, doch er schnitt ihr schon vorher das Wort ab. »Sie müssen sich eine entscheidende Tatsache klarmachen. Ich habe Sie eingeladen, weil ich eine schöne Frau gesehen habe, zu der ich mich hingezogen fühle, eine Frau, die ich gern etwas besser kennenlernen wollte. Das, worüber wir heute hier geredet haben, ändert daran gar nichts, es macht die Dinge nur etwas komplizierter, das ist alles.«

»Komplizierter?«

»Für Sie«, sagte er. »Nicht für mich.« Er sah, daß sie verwirrt war. »Ich bin kein hartherziger, gefühlloser Rohling, Tibbie, wenn Sie das auch noch so oft denken mögen. Ich weiß, was Sie durchgemacht haben, welche grausamen Bemerkungen und Anzüglichkeiten Sie über sich ergehen lassen mußten, und ich weiß auch, daß es nicht leicht für Sie sein wird, sich mit einem Mann in der Öffentlichkeit zu zeigen, falls es das erste Mal ist, seit...«

»Es ist das erste Mal.«

»Dann verstehe ich Ihre Sorge. Ich möchte dem, was Sie ohnehin schon erlitten haben, nicht noch mehr hinzufügen. Ich möchte lediglich die schönste Frau im weiten Umkreis zu einem

Ball begleiten und ein paar Stunden lang einen Teil meiner eigenen quälenden Vergangenheit vergessen. Ich möchte tanzen, bis wir beide erschöpft sind und Sie ein paar Löcher in den Ballschuhen haben. Ich möchte Sie durch den Saal wirbeln, bis all diese gaffenden Zuschauer in Ihrer Erinnerung verschwimmen. Und ich werde tun, was ich kann, um Sie lachen zu sehen. Wenn alles vorbei ist, werde ich Sie zu meinem Wagen führen und Sie im Mondschein nach Hause fahren, und bis dahin werde ich beten, daß es kalt genug sein wird, damit Sie ein wenig dichter zu mir rücken, als Sie es sonst täten.«

»Wenn ich überhaupt mit Ihnen tanzen gehe, dann muß Ihnen eins klar sein. Es gibt kein... also, ich meine folgendes, ich habe nicht die Absicht, Sie... ich habe kein Verlangen nach...«

Seine Arme schlangen sich so schnell um sie, daß sie nicht die Zeit fand, zu begreifen, was geschah. Er wirbelte sie ein- oder zweimal durch den Raum, ehe er sie wieder auf die Füße stellte. »Vielleicht wollen Sie es im Moment nicht, Tibbie, Mädchen, aber ich werde alles tun, was in meiner Macht steht, damit Sie es dann wollen, wenn ich Sie nach Hause bringe.«

»Es wird zu keinen Zärtlichkeiten kommen«, sagte sie barsch.

»Öffentlich oder auch sonst?«

»So oder so«, sagte sie ohne das kleinste Lächeln.

»Dann wird es ganz an Ihnen liegen, dem einen Riegel vorzuschieben.«

»Dazu sehe ich mich durchaus in der Lage. O ja, gewiß.«

»Wirklich, Mädchen?« Er hob eine Hand und strich mit den Fingerspitzen über ihre Wange. »Wir werden es ja sehen.«

»Fassen Sie das nicht als eine Herausforderung auf«, sagte sie. »Sie würden nur Ihre Zeit vergeuden.«

»Vielleicht. Aber Sie haben mich noch nicht erlebt, wenn ich mir den unwiderstehlichen alten Mackinnon-Charme zunutze mache«, sagte er und gab ihr einen Kuß auf die Stirn, der kaum mehr als eine flüchtige Berührung war. Dann hob er seinen Hut von dem Stuhl auf und im nächsten Moment war er gegangen.

Tibbie machte die Tür hinter ihm zu, lehnte sich dagegen und schloß die Augen. Sie fühlte sich seltsam beunruhigt. *Der unwiderstehliche alte Mackinnon-Charme…*

Das Echo dieser Worte brach ihr das Herz. Er schien so anders als die anderen zu sein. Hätte sie ihm doch nur glauben können, daß er sich zu ihr hingezogen fühlte und den Wunsch hatte, Zeit mit ihr zu verbringen, zu tanzen, zu lachen, sie kennen- und verstehen zu lernen.

Hätte sie doch nur…

Hätte! Davon gab es heute zuviel in ihrem Leben. Hätte sie es doch nur fertiggebracht, Erics einnehmenden Worten und seinem nordischen Äußeren nicht zu erliegen. Hätte sie doch nur nicht geglaubt, daß er sie liebte, daß er sie heiraten wollte. Wäre sie bloß nicht schwanger geworden. Hätte sie sich doch bloß entschlossen, aus Indianola fortzugehen und sich andernorts als trauernde Witwe auszugeben. Hätte doch bloß dieser charmante Schotte mit den blauen Augen sie an jenem Tag nicht beinahe über den Haufen geritten. Hätte er sie doch nur in Ruhe gelassen. Wäre er bloß nicht so verflucht attraktiv gewesen. Hätte er ihr doch bloß nicht ins Gedächtnis zurückgerufen, wieviel sie sich selbst versagte. Hätte er doch bloß nicht diese Gefühle in ihr wachgerufen. *Dieser unwiderstehliche alte Mackinnon-Charme…*

Sie fand ihn jetzt schon so unglaublich charmant. Ja, er war unwiderstehlich, das stimmte, und er wußte es, dieser blauäugige Rohling. Und wie, um Himmels willen, stellte man es an, jemandem zu widerstehen, der unwiderstehlich war, konnte ihr das jemand sagen? *Tibbie Anne, du steckst in einem Haufen Schwierigkeiten*, sagte sie sich. *Du bist in eine beträchtliche Patsche geraten.*

Die Uhr im Gang schlug die Viertelstunde. Ihr Vater würde inzwischen alle Hände voll mit den Patienten zu tun haben und sich fragen, weshalb, in Himmels Namen, sie sich verspätete. Aber Nicholas Mackinnon hatte so viele Erinnerungen in ihr wachgerufen, daß sie sich nicht herausreißen konnte. Ein gespenstisches Gefühl befiel sie, einem Schauer nicht unähnlich, und sie spürte, wie sie in der Zeit zurückgeworfen wurde – um sechs Jahre. Sie konnte sich jetzt selbst sehen, wie sie über die hölzernen Gehsteige der Stadt zum Hafen ging und den Ärztekoffer ihres Vaters trug, und ihr neuer fliederfarbener Petticoat raschelte bei jedem ihrer Schritte.

Sie erreichten das Schiff, zu dem ihr Vater bestellt worden war, ein norwegisches Schiff, die *Nordic Star*. Ihr Vater blieb stehen, um sich noch einmal zu vergewissern, daß er war, wo er erwartet wurde, und er nahm ihr seine Tasche ab und wies Tibbie an, an Ort und Stelle auf ihn zu warten, da er keine Ahnung hatte, was er an Bord vorfinden würde. Vorgefunden hatte Coll achtzig Matrosen, die an einem Fieber erkrankt waren, und einen reichen jungen Passagier, der zufällig der Enkel des Besitzers der *Nordic Star* war.

Der junge Mann war todkrank, und nachdem ihn der Kapitän des Schiffs mühsam überredet hatte, willigte Coll ein, ihn vom Schiff in seine Klinik bringen zu lassen. Damals sah Tibbie Eric Neilson zum ersten Mal. In den darauffolgenden Wochen hatte Tibbie Eric gepflegt, ihn in Apfelweinessig gebadet und ihm in fünfzehnminütigen Abständen eine Mischung aus Saft und Honig mit dem Löffel eingeflößt. Und als dieser gutaussehende junge Riese seine Kraft zurückgewann, hatte er seine Aufmerksamkeit immer mehr der sechzehnjährigen Tibbie zugewandt.

Im Rückblick konnte Tibbie jetzt erkennen, daß Eric mit seinen siebenundzwanzig Jahren jede Menge Zeit gehabt hatte, die Frauen gut kennenzulernen. Jetzt wußte sie die Dinge, die ihr damals so unwesentlich erschienen waren, Dinge, vor denen sich eine ältere und klügere Tibbie Buchanan gehütet hätte. Aber mit sechzehn hatte sie nicht gewußt, wie man einen gutaussehenden Lümmel in Schach hielt, der der verwöhnte Sohn liebevoller Eltern war, einen Mann, der mit einem silbernen *und* einem goldenen Löffel im Mund geboren war, einen Mann, der so gut aussah, daß man sich vorkam, als hätte man in die Sonne gestarrt, wenn man ihn zu lange angesehen hatte. Alles, was Eric je gewollt hatte, hatte er bekommen. Sämtliche Schwierigkeiten, in die er sich je gebracht hatte, hatte sein Vater mit Geld ausgebügelt. Da ihm alles so mühelos zufiel, hatte Eric kein Gefühl für den Wert von Dingen. Von Dingen oder Menschen. Alles war nur zu einem einzigen Zweck da. Um benutzt zu werden. Und nachdem etwas seinen Zweck erfüllt hatte, konnte man sehen, wie man sich der Sache oder der Person entledigte. Tibbie hatte auf schmerzhafte Art lernen müssen, daß sie keine Ausnahme bildete.

Aber es war eine Zeitlang sehr schön gewesen. Schon als sie ihn zum ersten Mal gesehen hatte, hatte sie seinen mächtigen Reiz gespürt. Er war blond und schön und lebenslustig, aufgeschlossen, liebevoll und fröhlich; wenn er sie angesehen hatte, hatte sie sich überlebensgroß gefühlt, und wenn sich seine Lippen auf ihren Mund gelegt hatten, war sie sich wie eine Prinzessin vorgekommen. Er war der erste Mann gewesen, der sie geküßt hatte, der erste, der sie an einer Stelle berührt hatte, die zu kennen einem Mann nicht zustand. Aber damals hatte sie ihn geliebt. Und sie erstarrte vor Angst bei der Vorstellung, nach all der Zeit könnte sie ihn immer noch lieben.

Es war so schwer, ihn zu vergessen. Selbst jetzt konnte sie sich noch an die Nacht erinnern, als er das erste Mal in ihr Zimmer gekommen war und ihren schlafenden Körper erregt hatte; an das erste Mal, als er sie geliebt hatte.

In jener Nacht träumte sie von Eric, wie sie es immer tat, aber es war anders als sonst. Sie spürte, daß ihr Körper sich wie ein Blütenkelch öffnete, als strömte die Flut ins Meer hinaus – eine gleitende Trägheit der Bewegung, die sich dann staute und so intensiv anschwoll, daß ihr Körper in Krämpfen zuckte, die so real waren, daß sie aus ihrem Traum erwachte. Einen Moment trieb sie leicht wie ein Blatt auf einem Strom dahin. Ihre Glieder waren schwer, ihre Atemzüge tief, und ihr Verstand war hellwach und kam ihr doch so vor, als sei er es nicht.

Und dann setzte sie wieder ein, die Schwere in ihren Beinen. »So ist es richtig, meine kleine Passionsblume, spreiz die Beine für mich.«

Sie riß die Augen auf. Es war kein Traum. Sie schlief nicht mehr, und doch war es noch dunkel im Zimmer. Augenblicklich sagte ihr etwas, daß sie noch in ihrem Bett lag und nicht allein war.

»Eric!« keuchte sie und preßte die Beine zusammen.

Aber Eric hielt sie fest, ehe sie es schaffte, legte sich auf sie, zwischen ihre Beine. Panik überkam sie. »Nein, Eric! Bitte nicht!«

»Gerade hat es dir noch sehr gut gefallen.«

»Was tust du da?«

»Warte«, sagte er leise und hob die Hand, um die korallroten Spitzen ihrer jungen Brüste zu necken, und sie zuckte zusammen. »So fest und doch so weich«, sagte er. »Du bist noch nie von einem Mann berührt worden, oder, Tibbie, mein Liebling?«

»So nicht«, sagte sie mit bebender Stimme.

»Aber es gefällt dir.«

»Nein, es gefällt mir nicht, Eric. Ich fürchte mich.«

»Psst, mein Liebling. Du fürchtest dich nur vor dem Unbekannten. Sowie es dir vertraut ist, wirst du dich fragen, warum du es dir so lange versagt hast... du wirst es ja sehen.« Seine Hand glitt zwischen sie, und er berührte sie an der Stelle, die im Traum so gepocht hatte.

»Eric, nein!«

»Ich dachte, du hättest gesagt, du liebst mich.«

»Das stimmt auch.«

»Dann laß mich das tun.«

»Das kann ich nicht. Das geht doch nicht.«

»Ich liebe dich, Tibbie. Und wenn ein Mann eine Frau liebt, will er mit ihr schlafen und sie so berühren. Daran ist nichts Seltsames. Und auch nichts Böses. Es ist ganz natürlich, daß diese Dinge zwischen einem Mann und einer Frau geschehen.«

»Wenn die beiden verheiratet sind.«

»Ist es das, was du willst, Tib? Eine Heirat?«

»Das gehört doch zusammen, oder nicht? Liebe und Ehe – miteinander schlafen und miteinander verheiratet sein.«

»Ist das dein Problem? Du willst es, aber nur, wenn es zu einer Heirat kommt?«

»So habe ich es gelernt, Eric.«

»Wenn eine Ehe das ist, was du willst, Tibbie, mein Liebling, dann sollst du eine Ehe haben. Und jetzt sag mir, daß du mich liebst.«

»Ich liebe d...«

Ehe sie das Wort beendet hatte, drang Eric schnell in sie ein.

Aber schließlich war eine Ehe nicht das, was sie bekam. Was sie bekam, war, daß sie im Laufe des nächsten Monats mehrfach wöchentlich nachts geweckt wurde. Aber zwei Wochen, nachdem Coll Eric für gesund erklärt hatte, ging er fort und ließ nichts anderes zurück als einen kurzen Brief, in dem er sich entschuldigte, und eine winzige Rose, die aus einem kleinen Stück Koralle geschnitzt war und an einer goldenen Kette hing.

Nein, die Ehe war nicht das, was sie bekam.

Was sie sich einhandelte, war eine Schwangerschaft.

Als sie es ihrem Vater gesagt hatte, hatte sie ihn zum ersten Mal in ihrem Leben weinen sehen. Nein, sie hatte keine Ehe bekommen. Sie bekam auch keinen Mann. Aber ein Kind bekam sie. Und noch etwas blieb ihr: Sie war klüger geworden.

Dieser unwiderstehliche alte Mackinnon-Charme. Was Charme anging, so mußte sie sagen, daß Nicholas Mackinnon ihn allerdings besaß, aber auf eine viel subtilere Art als Eric. Nicholas war ein Mann von der Sorte, die die Abwehr einer Frau abtrug, Korn für Korn, wie ein Wassertropfen einen Stein aushöhlt. Aber Eric war wie eine Flutwelle hereingebrochen und hatte überall Verheerungen angerichtet. Nick sah gewiß gut aus und sprach eine Frau optisch an, aber er knallte einem sein Aussehen nicht vor den Bug, wie es Eric getan hatte. Eric war ein

Diamant – hart, funkelnd und schillernd –, der wahrhaft Aufmerksamkeit auf sich lenkte, aber wenig andere Verwendung hatte, als sich damit zu schmücken. Nick war wie Gold – weich und schimmernd, ohne zu blenden, geschmeidig und vielfältig verwendbar.

Dem Vergleich zwischen Eric und Nicholas galt nicht ihre eigentliche Sorge, denn Eric war fort, nur noch ein Bestandteil ihrer Vergangenheit. Was ihr Sorgen bereitete, war Nicholas Makkinnon. Sie heftete den Blick auf einen fixen Punkt im Raum und sah nichts weiter als das Durcheinander, das sich in ihrem Innern abspielte. Vielleicht war es das Beste, wenn sie eine Zeitlang fortging. Sie könnte Bethany mitnehmen und Verwandte im Osten besuchen. Aber sie wußte, daß sich das niemals machen ließ. Hier war sie zu Hause. Sie hatte hier zuviel investiert, um jetzt fortzugehen. Und dann waren da noch ihre Arbeit und ihre Liebe zu ihrer Arbeit, die ebenso groß war wie ihr Verlangen, Nicholas Mackinnons Annäherungsversuche zu vereiteln.

Sie sagte sich noch einmal, daß sie vorsichtig sein mußte. Immer wieder daran denken mußte, was sie schon einmal durchgemacht hatte: die Demütigung, den Schmerz, das Gefühl, das Leben sei nicht lebenswert. Und jetzt... selbst jetzt mußte sie unbedingt daran denken, wie sehr sie sich noch nach Eric verzehrte, wenn sie ihn auch noch so sehr haßte.

O Eric. Warum? Warum hast du das getan? Warum hast du mich so getäuscht? Warum hast du gelogen? Du warst so überzeugend in dem, was du gesagt hast, so gut in dem, was du getan hast. Ich war so sicher, so sicher, daß du mich liebst, daß du meinst, was du sagst. Aber du hast nichts davon ernst gemeint. Ist es das, was einen Mann ausmacht?

7

»Kriege und Eroberungen« – das wäre die Überschrift des Monats gewesen, wenn Tibbie den Hang gehabt hätte, Monaten Überschriften zu geben, wie Großmama Grace es tat.

Laut Großmama war der März nach Mars benannt, dem Kriegsgott. Und ehe der Monat vorüber war, erkannte Tibbie, wieviel Weisheit dahintersteckte. Sie vermutete, es sei nur naheliegend, daß man dem Kriegsgott einen ganzen Monat gewidmet hatte, denn Kriege und Eroberungen hatten ja im Leben der alten Römer eine so große Rolle gespielt. Heute verhielt es sich auch nicht anders, soweit sie das beurteilen konnte.

Kriege und Eroberungen. Eroberungen und Kriege.

Würde dieser Monat denn nie enden?

Wie immer kam der März lauthals und aufgeplustert einher, und doch ließ er Hoffnungen auf das aufkeimen, was bevorstand: der Frühling.

An einem ungewöhnlich stillen sonnigen Nachmittag packte Tibbie Apfelwein und Plätzchen, ein Buch und eine Decke in einen Korb. Sie nahm den Korb in eine Hand und Beth an die andere und machte sich auf den Weg zum Wasser. Precious folgte ihnen auf den Fersen. Beth, die im Alter von fünf Jahren in einem Zustand chronischer Aufregung zu sein schien und mehr Fragen hatte, als sie stellen konnte, hielt sich nicht lang an der Hand ihrer Mutter fest. Bald schon rannte sie voraus, pflückte ein oder zwei Blumen und kam zurückgelaufen, um zu fragen, wie die Blumen hießen.

»Das ist eine Engelsposaune«, sagte Tibbie, als Beth ihr eine weiße Blume unter die Nase hielt. Beth drehte die Blume in der Hand und betrachtete sie. »Was ist eine Posaune?«

»Das ist ein funkelndes Horn, in das man bläst, und dann macht es Musik.«

»Wie Opas Geige?«

»Musik machen beide, aber Opa benutzt einen Bogen, um Geige zu spielen. Hast du je gesehen, daß er reinbläst?«

Beth kicherte. »Vielleicht tut er es, wenn ich ihn darum bitte.«

Tibbie zerzauste Beths Locken. »Mein Engelchen, wenn *irgend jemand* Opa dazu bringen könnte, in seine Geige zu blasen, dann bist du es.«

Beth sah die Blume wieder an. »Und Engel blasen da wirklich rein?« Sie hielt sich die Blume vor den Mund und blies hinein. Die Blume flatterte ihr aus der Hand, und Beth sah fragend zu ihrer Mutter auf. »Sie hat gar kein Geräusch von sich gegeben.«

»Die Engel blasen nicht wirklich in diese Blumen. Die Menschen haben sie nur so genannt, weil die Form sie an eine Posaune erinnert hat.«

»Warum haben sie die Blume dann nicht einfach Trompetenblume genannt?«

»Ich bin nicht sicher, aber ich würde wetten, es kommt daher, daß die Blume so schön und zart und weiß ist wie die langen Gewänder der Engel.«

Beth nahm die Blume und betrachtete sie mit neuer Achtung. »Ich werde sie Oma geben, damit sie sie mir preßt.«

Im nächsten Moment rannten die beiden über eine Sanddüne und saßen kurz darauf auf einer Decke am Meer.

Während Tibbie Beth vorlas, stand Beth auf, stellte sich auf einen Zipfel der Decke und knickte sich in der Mitte ein. Dann schaute sie ihre Mutter durch ihre gespreizten Beine an. »Du siehst komisch aus, Mama! Du stehst auf dem Kopf!«

Tibbie lachte und sprang auf. Sie hob ihre Röcke und schaute zwischen ihren Beinen durch. »Du ebenfalls!«

Beth wälzte sich kichernd auf dem Boden, und Tibbie ließ sich neben sie fallen und kitzelte sie. Beth gab ihrer Mutter einen nassen Kuß und sagte: »So gefällst du mir. Ich finde es schön, wenn du auf dem Kopf stehst.«

»Warum auch nicht?« sagte Tibbie und kitzelte Beth ein letztes Mal, während sie wieder nach ihrem Buch griff. »Schließlich entspricht das ja meinem Leben«, sagte sie dann so leise, daß Beth es nicht hören konnte.

»Was hast du gesagt, Mama?«

»Nichts.«

»Warum sagst du ›nichts‹, wenn du in Wirklichkeit doch etwas gesagt hast? Ich habe gesehen, wie sich deine Lippen bewegt haben, Mama. Ganz bestimmt. Hörst du mir zu?«

Darüber mußte Tibbie laut lachen. Sie konnte Beth unbegrenzt zuhören. Jetzt zog sie ihre Tochter an sich, hörte auf zu lachen und sah plötzlich aus, als seien ihr die Tränen in die Augen getreten. Sie küßte Beth auf den Scheitel, richtete den Blick zum Himmel und flüsterte leise: »Danke.«

Tibbie las weiter, bis Beth sagte: »Mama, ich habe meine Blume verloren. Wohin kommen die Sachen, die verlorengehen?«

»Wie meinst du das?«

»Du weißt schon, Sachen, die wir hatten und nicht mehr haben, wie Opas Messer und Omas Pillendose und das Siegelwachs, das Tante Mairi so lange gesucht hat. Ich habe meine schönste blaue Haarschleife verloren, und du findest deinen silbernen Fingerhut nicht mehr. Wenn so viele Sachen verlorengehen, dann brauchen sie doch viel Platz, und ich verstehe nicht, warum wir sie nicht finden können? Wohin kommen diese Sachen?«

»Sie sind an den verschiedensten Orten, aber meistens sind sie nur verschwunden... verlegt.«

»Oh«, sagte Beth. »Als unser Hund gestorben ist, ist er da auch verlegt worden?«

»Nein, er ist begraben worden, erinnerst du dich nicht mehr? Wir haben ihn in eine Kiste getan und die Kiste im Boden vergraben. Wir wissen, wo er ist, also ist er nicht verlorengegangen.«

»Aber meine Blume ist verlorengegangen, weil ich nämlich nicht weiß, wo sie ist. Und wo ist sie jetzt hingekommen, Mama? Irgendwo muß sie doch sein.«

Tibbie dachte eine Zeitlang darüber nach. Sie wünschte, Großmama wäre da gewesen. Großmama hatte immer für alles eine ganz wunderbare Erklärung. Ob Großmama wohl genauso große Schwierigkeiten gehabt hatte, ihre Fragen zu beantworten, als sie in dem Alter war, in dem Beth heute war?

»Mama, hörst du mir zu?«

»Ja, Süßes, ich denke nach. Weshalb fragst du eigentlich?«

»Wegen Opa. Er hat gesagt, brave Menschen kommen in den Himmel, wenn sie sterben, und verlorene Seelen kommen... da unten hin!« Ihre Augen wurden kugelrund, als sie in die entsprechende Richtung wies. »Er hat gesagt, Mr. Pomfreets Sohn sei auf dem Meer verlorengegangen, und die arme alte Mrs. Adderley hätte die Hoffnung verloren...«

»Jede Hoffnung verloren.«

»Jede Hoffnung verloren«, wiederholte Beth. »Liegt ihre verlorene Hoffnung jetzt noch da, wo sie sie verloren hat?«

»Nein. Gegenstände, wie deine Blume oder mein Fingerhut, bleiben genau da liegen, wo wir sie fallen gelassen haben, aber die Hoffnung verliert man nicht wie eine Blume. Die Hoffnung verlieren heißt aufgeben. Mrs. Adderley hat nicht wirklich etwas verloren, sie war nur sehr, sehr müde.«

»Dann hätte sie einen Mittagsschlaf halten sollen.«

Darüber mußte Tibbie lachen. »Das tut sie in der Kirche.«

Tibbies Blick fiel auf die Abdrücke der Schweinspfoten im Sand. »Wo ist Precious?« fragte sie. »Ich kann ihn nirgends sehen.«

»Ach du meine Güte«, sagte Beth. »Ich hoffe nur, er ist nicht verlorengegangen.«

»Soviel Glück wage ich nicht zu erhoffen«, sagte Tibbie.

»Ach, da ist er ja, unter der Decke. Ich hatte ganz vergessen, daß ich ihn zugedeckt habe.«

»Warum denn? Es ist nicht kalt.«

»Er könnte sich einen Sonnenbrand holen.« Beth musterte das Schwein. »Aber ich glaube nicht, daß es ihm unter der Decke gefällt.«

Beth schien recht zu haben, denn schon im nächsten Moment hatte sich Precious unter der Decke rausgewälzt und lief grunzend durch den Sand. Dann warf er den Picknickkorb um.

Als sie alles wieder eingepackt hatten, schlug Tibbie einen Spaziergang vor. Beth und das Schwein liefen voraus. Als Tibbie die beiden eingeholt hatte, sah Beth sie an und sagte: »Können wir jetzt wieder umkehren? Ich kriege Hunger. Hast du denn keinen Hunger, Mama?«

»Ich bin am Verhungern.«

»Wer als erster da ist!« rief Beth und rannte los.

Tibbie lief ihr nach. »Warte nur, bis ich dich habe!« rief sie. Sie hob ihre Röcke hoch und lachte überschwenglich, als sie durch einen Priel sprang und das warme Wasser ihr bis ins Gesicht sprühte. Beth drehte sich um und sah ihre Mutter, die naß bis auf die Haut war und wie ein unbeschwerter Welpe in der Brandung plätscherte. Sie machte kehrt und stürmte zu ihr zurück.

»Du kannst mich nicht fangen! Du kannst mich nicht fangen!« schrie sie, als Tibbie sie packen wollte und statt dessen eine Handvoll häßlichen braunen Seetang erwischte.

»Jetzt geht es dir an den Kragen«, quietschte Tibbie und spuckte lachend einen Mundvoll Salzwasser aus. Beth quiekte schriller als Precious und rannte weiter, fiel aber direkt am Wasserrand über ihren nassen Rock. In dem Moment holte Tibbie sie ein, und sie wälzten sich beide im Sand. Die beiden lachten so laut, und Precious quiekte zur Begleitung, daß sie das tiefe männliche Gelächter nicht hören konnten, das aus den Dünen kam.

Nick wollte sein Versteck nicht verraten, aber so etwas hatte er überhaupt noch nicht gesehen. Das waren die Dinge, die Künstler zu Meisterwerken inspirierten, und er bedauerte zutiefst, so untalentiert zu sein.

Er trug schneller Informationen über Tibbie Buchanan zusammen, als er sie einordnen konnte. Er hatte sich danach verzehrt, sie lächeln zu sehen, und er hatte sich nicht ausmalen können, was es bei ihm anrichten würde, sie zu erleben, wie sie fröhlich lachte und sich im Sand wälzte und mit Beinen strampelte, die einfach göttlich waren. Der Rock rutschte ihr bis zu den Hüften, und als sie sich schließlich hinkniete, sah er, daß ihre durchnäßten Kleider sich eng an ihren Körper schmiegten. Verdammt noch mal, seine Bauchlage wurde ihm tierisch unbequem!

Eine Weile später hatten Tibbie und Beth ihr Picknick verzehrt, und Precious, der die Reste weggeputzt hatte, lag schnarchend auf seinem Zipfel der Decke. Nick war sich noch unschlüssig, ob er sie begrüßen sollte, als Tibbies Schwester am Strand auftauchte und auf die beiden zulief.

»Tibbie!« schrie sie. »Tibbie!«

»Mairi!« rief Tibbie und winkte. »Komm zu uns!«

Mairi blieb neben der Decke stehen. »Das geht nicht. Mama hat mich geschickt, damit ich euch hole. Mrs. Rafferty kommt gleich, um Beth Klavierunterricht zu geben. Hast du das denn vergessen?«

Tibbie schlug sich die Hände vor den Mund. »Bei allen Heiligen! Ich habe es vergessen. Wie spät ist es?« fragte sie und suchte in dem Korb nach ihrer Uhr. »Halb fünf! Meine Güte! Wir sind schon seit eins hier!«

»Ich weiß. Mama hatte Angst, ihr beide wärt ertrunken. Großmama hat natürlich gesagt, das sei unwahrscheinlich, weil ihr versprochen hättet, am Strand zu bleiben und nicht ins Wasser zu gehen.« Mairi sah Tibbies nasses Kleid und ihr zerzaustes Haar an. »Es sieht ganz so aus, als hätte sich Großmama geirrt.« Sie lachte. »Ich nehme Beth am besten schon mal mit, aber du solltest dich noch ein bißchen herrichten. Du siehst aus, als hättest du Dornensträucher sortiert.«

»Was soll denn das schon wieder heißen?«

»Das soll heißen, daß du unmöglich aussiehst, und du weißt ja, was Mama dazu sagen wird.«

Tibbie konnte es sich recht genau vorstellen, und daher stimmte sie Mairi zu. »Gut. Geh du mit Beth schon zum Haus. Ich komme gleich nach.«

»Laß dir ruhig Zeit«, sagte Mairi mit einem spöttischen Grinsen. »Du wirst sie brauchen.« Mit diesen Worten packte sie Beth am Arm und ging. Sie wich dem Sand geschickt aus, den Tibbie nach ihr warf. »Du würdest die Breitseite eines Stalles nicht treffen, Tib«, sagte sie lachend.

»Du mußt es ja wissen – schließlich bist du so breit wie ein Scheunentor«, rief Tibbie ihr nach.

Eine Zeitlang blieb Tibbie sitzen und grub die Zehen in den warmen Sand, während sie aufs Wasser schaute. Dann streckte sie sich mit einem schläfrigen Seufzer auf der Decke aus. »Ich mache nur fünf Minuten lang die Augen zu«, sagte sie zu sich selbst. Ihr war warm und wohlig, und sie fühlte sich entsetzlich schläfrig.

Eine halbe Stunde später stand Nick neben ihr und kämpfte gegen seinen Impuls an, der fast stärker war als er; den Impuls, sie in seine Arme zu ziehen und sie an sich zu pressen, sie zu küssen, bis jeder Protest auf ihren Lippen starb. Er betrachtete ihr entspanntes Gesicht. Lieber Gott! So schlafen zu können, wieder einmal so friedlich schlafen zu können! Nicholas hatte sie endlos lange beobachtet, und ihre unbeschwerte Heiterkeit hatte seine Leidenschaft für sie aufflackern lassen, und jetzt würde es ihm um so schwerer fallen, sich abzuwenden, wenn es an der Zeit war. *Verschwinde von hier, Alter. Jetzt sofort! Und zwar schnell! Ehe du etwas tust, was ihr beide bereuen werdet.*

Aber Nicholas Mackinnon war schon immer ein sturer Kerl gewesen. Seine Blicke glitten über sie. Er hatte schon oft genug schlafende Frauen gesehen. Schon sehr oft. Und meistens ohne einen Faden auf dem Leib. Aber nie hatte er eine Frau so schlafen gesehen. So süß. So friedlich. So genüßlich. Und so schön, daß es fast quälend war.

Er schloß die Augen und hoffte, das schmerzliche Schwellen seiner Lenden würde zurückgehen, aber es war zwecklos. Ihr Anblick war bis in alle Einzelheiten in seine Lider geritzt, jede ihrer köstlichen weiblichen Rundungen, jedes kleinste Muttermal, jede der ungehörig langen Wimpern, die ihre bernsteinfarbenen Augen umrahmten. Im Laufe der letzten Wochen hatte Nick bei seinen Beobachtungen immer wieder festgestellt, daß dieses Mädchen alles, was sie tat, hingebungsvoll tat. Sie schien sogar mit leidenschaftlicher Hingabe zu schlafen.

Ob sich das wohl auch auf die Liebe erstrecken würde?

Er lauschte dem leisen Klatschen, mit dem die Wellen über den warmen Sand spülten. In der Ferne schrie eine Möwe. Die Sonne schien warm in sein Gesicht, und der Wind wehte sachte über seinen Rücken. Hier war es still. Friedlich. Wie auf einer unbewohnten Insel. Er ließ seine Gedanken Amok laufen und malte sich aus, mit Tibbie auf einer Insel gestrandet zu sein und sie Monate über Monate ganz für sich allein zu haben, statt sich jede ihrer Minuten rauben zu müssen oder Stunden damit zuzubringen, darauf zu hoffen, daß er sie flüchtig zu sehen bekam. Seufzend schlug er die Augen auf.

Sie sah ihn an, als fiele es ihr schwer, den Blick auf sein Gesicht zu konzentrieren.

»Nun«, sagte er, »was haben wir denn da? Ein Stück Treibholz? Eine gestrandete Seejungfrau? Sagen Sie mir, wie ist es Ihnen gelungen, Poseidon zu entkommen, meine kleine Schönheit?«

»Mit etwas Glück«, sagte sie leise und schloß wieder die Augen. Dann öffnete sie sie so schnell, als hätte sie erst jetzt wahrgenommen, daß er dastand und daß sie mit ihm geredet hatte.

»Was wollen Sie?«

Was er wollte? Er ließ sich neben ihr auf die Knie sinken, und daraufhin setzte sie sich eilig auf und verwandte ihre gesamte Aufmerksamkeit darauf, den Picknickkorb zu packen. Was wollte er? Verlangen durchzuckte ihn. Als sie in der Brandung herumgetollt war, hatte sie mehr Hemmungen abgelegt und war natürlicher gewesen als jede Frau, die er kannte, es je im Bett gewesen wäre.

»Was tun Sie hier?« fragte sie. Jetzt redete sie lauter und zeigte ihre Gereiztheit schon wieder deutlicher.

»Man könnte sagen, ich sei gekommen, um meine Stunde von Ihrer Zeit zu fordern. Sie waren sehr knausrig, als es darum ging, Ihr Wort zu halten.«

»Mein Gefühl sagt mir, daß Sie sich längst geholt haben, was Ihnen zusteht, und noch mehr. Wie lange beobachten Sie mich schon?«

Er grinste. »Lange genug, um zu wissen, daß Sie eine halbe Wassernymphe sind.«

Er sah, wie der entspannte, friedliche Ausdruck von ihrem Gesicht schwand und von einem anderen abgelöst wurde, der ihm schon so vertraut war: hart, mißtrauisch, beherrscht.

Ohne es zu merken, streckte er die Hand aus, legte sie auf ihren Nacken und fädelte die Finger durch ihr Haar. Sein Daumen glitt über ihre Kehle, als könnte er mit dieser einen belanglosen Geste die Angst beschwichtigen, die er so stark wahrnahm, daß er fast glaubte, sie riechen zu können. »Von mir haben Sie nichts zu befürchten«, sagte er, als er sich zu ihr vorbeugte.

Sie hatte einen ganz bezaubernden Mund – üppige, warme, weiche Lippen – so süß wie Früchte, die am Baum gereift waren. Er kostete ihr Gesicht sachte mit seiner Nase und machte sich mit ihrem Geruch vertraut – nach Frau, Sonne und salziger Luft. Er spürte, wie ihm die Knie weich wurden und ihm eine Gänsehaut über den Arm lief. Wie lange war es her, seit er sich das letzte Mal so unbeholfen wie ein Schuljunge vorgekommen war? War es das, was ihre Unschuld bei ihm auslöste?

Und unschuldig war sie, trotz ihrer unehelichen Tochter.

Erst schien sie überhaupt nicht auf ihn zu reagieren, und sie küßte ihn wie das Stück Treibholz, als das er sie anklagend bezeichnet hatte. Dann streifte ganz schwach ihr warmer Atem seine Wange, und er drehte den Kopf um, weil er ihren Atem in sich einsaugen wollte, ihn mit seinem eigenen Atem vermengen wollte. Sie hatte eine Frische an sich, die ihm unter die Haut ging, ihn keinen Moment lang vergessen ließ, wer sie war und was er vorhatte, wie ein Paar neue Schuhe, die an den Zehen kneifen. Er schob die Hände unter ihre Arme und zog sie an sich.

Von dem Moment an, indem sie die Augen aufgeschlagen und erkannt hatte, daß er kein Traum war, kein Gespinst ihrer blühenden Phantasie, fühlte sich Tibbie von sich selbst losgelöst. In den letzten Minuten hatte sie sich verzweifelt bemüht, ihre andere Hälfte zu finden, diese neugierige, überschwengliche Seite ihres Wesens, die zu aufgeschlossen war, um vorschnelle Urteile zu fällen. Es hatte sie überrascht, ihn hier vorzufinden. Und ebensosehr hatte sie sein Kuß überrascht. Und wie verblüffend er sie geküßt hatte! Die Gefühle, die dieser Kuß bei ihr auslöste, waren beängstigend. Sie konnte sich nur immer wieder sagen: *Tibbie, hast du denn wirklich gar nichts dazugelernt? Beschreitest du immer noch den Weg zum Untergang, den du mit Eric schon beschritten hast? Ahnst du nicht, was dieser Mann vorhat, was er will?*

Nicholas spürte ihren Widerstand, und er grub seine Hände in ihr Haar, bis sie vor Schmerz fast aufschrie. »Hör auf! Du tust mir weh!« Aber er küßte sie nur um so heftiger, und ein gequältes Stöhnen drang tief aus seiner Kehle. »Bitte«, sagte sie, und es war nicht mehr als ein atemloses Flüstern. »Was willst du von mir?«

»Ich will dich«, sagte er. »Ich will, daß du mich so küßt, wie du es gern tätest.«

Sie holte mit der Faust aus, und er lachte. »Ich habe dich aufgefordert, mich zu küssen, mein kleiner Hitzkopf. Für den Fall, daß du es nicht weißt – das ist keine Beleidigung!«

»In meinen Augen schon!«

»Gütiger Himmel! Wie würdest du reagieren, wenn ich sagen würde, daß ich mit dir schlafen möchte?«

Auf diese Antwort brauchte er nicht lange zu warten, denn diesmal gab sie ihm zwei energische Ohrfeigen. »Du bist pervers! Du... du... du bist wie eine Eidechse, mit einer gespaltenen Zunge!«

Seine Ohren hallten immer noch, sowohl von den Ohrfeigen als auch von ihren Beschimpfungen, aber das feuerte seinen wildgewordenen männlichen Trieb nur noch mehr an. Die Wut, die kurz in ihm aufgeflackert war, weil sie ihn geohrfeigt hatte, legte sich schnell wieder, und er beschloß, sie zur Strafe nur noch fester in seine Arme zu ziehen und ihr die Vorsicht und die Zurückhaltung zu rauben. Er küßte sie roh, schmeichelte ihren Lippen nicht, damit sie sich öffneten, sondern stieß seine Zunge fordernd in ihren Mund.

Tibbie war unruhig und fühlte sich unbehaglich. Sie hatte sich selbst als erfahren bezeichnet – hatte sie denn nicht ein Kind bekommen? Aber jetzt war ihre Zuversicht beträchtlich unterminiert worden. Als Nick sie küßte und mit wachsender Leidenschaft die Selbstbeherrschung verlor, wurde Tibbie deutlich bewußt, wie jämmerlich gering ihr Wissen über das andere Geschlecht war.

Sie wußte, daß ihr Verstand rational und funktionstüchtig war, aber wenn er sie küßte, drehte sich alles im Kreis, und sie fühlte sich, als flößte ihr jemand gewaltsam Schnaps ein. Sie wußte, was er vorhatte. Sie wußte, was sie dagegen hätte tun sollen. Aber irgendwo auf halber Strecke zwischen dem Wissen und dem Handeln ging ihr die Antriebskraft verloren. Nahezu begierig schmiegte sie sich an ihn und fand, daß es ein schönes Gefühl war, so festgehalten zu werden, und wenn es auch nur für einen Moment war, aber sie war sich nicht über die verheerenden Wirkungen im klaren, die ihr junger Körper auf einen Mann wie Nick ausübte. Er stöhnte gequält, preßte sie noch fester an sich, forderte ihren Mund und gab ihr Gedanken ein, die nichts in ihrem Kopf zu suchen hatten.

Aber es war so lange her, seit sie die Nähe eines Mannes gespürt hatte, den sanften Druck eines entschlossenen Mundes auf ihren Lippen. Ihre vernünftige Hälfte ließ sie an Schuld- und Schamgefühle denken.

An Taten und deren Folgen. An Kummer und Schmerz. An Strafe und Leid. Sie konnte all das nicht noch einmal durchmachen.

Er küßte sie wieder, und sie riß sich von ihm los. »Falls du eine Reaktion erwartest, vergeudest du nur deine Zeit. Deine Küsse sind mir so angenehm, als müßte ich rohe Leber essen.«

»Erzähl mir bloß nicht, daß du keine rohe Leber magst. Und jetzt benimm dich, und küß mich. Genau das willst du doch, und du weißt es selbst.«

Sie stieß ihn von sich und schlug ihm auf die Hände. »Behalte deine Hände bei dir. Ich kann es nicht leiden, so angefaßt zu werden.«

Seine Züge versteinerten sich vor Wut. »Du kannst nichts leiden, was mit Gefühlen zu tun hat«, sagte er.

»Ich habe meine Gründe.«

Seine Gesichtszüge tauten aus ihrer Erstarrung auf. »Ja«, sagte er und streichelte ihr zart die Wange, »die hast du wirklich.« Er lächelte verlegen, und ihr Herz, dieser Verräter, schwoll bei diesem Anblick an. Er drang zu ihr vor, durchbrach die dünne Eisschicht, riß ihre starre Abwehr ein. Sie spürte, wie sie schwächer wurde und für einen Moment die Gründe vergaß, aus denen sie bitter und zurückgezogen reagierte. Aber nur, bis er sagte:

»Aber deine Gründe reichen nicht aus, um dir alles zu versagen, um den Rest deiner Tage auf Erden als eine ewige Strafe zu verbringen. Du hast dich zum Richter und gleichzeitig zu den Geschworenen ernannt. Es ist nicht dein Recht, die braven Bürger von Indianola für ihre Einstellung zu verurteilen, für ihr mangelndes Verständnis, ihre Bereitschaft, Steine zu werfen. Du selbst bist dein schlimmster Feind, Tibbie. Du strafst dich weit mehr als all diese anderen Dinge zusammengenommen. Es ist an der Zeit, damit aufzuhören.«

»Warum? Damit ich dir zum Opfer falle?«

»Mir zum Opfer? Eine reichlich morbide Sicht der Dinge, meinst du nicht auch?«

»Nicht, wenn man weiß, was ich weiß.«

Er lachte. »Tibbie, Kleines, ich habe das Gefühl, du weißt kaum mehr als die grundlegendsten Dinge.«

»Ich weiß genug«, erwiderte sie verdrossen.

Auch darüber lachte er. »Mag sein, aber seit wann reicht das Allernotwendigste? Du wirkst auf mich nicht wie eine Frau, die sich lange mit dem Mittelmäßigen oder dem Durchschnittlichen zufriedengibt. Du gehörst zu der Sorte, die aufs Ganze geht, die auf alles oder nichts setzt.«

»Das klingt völlig unsinnig«, sagte sie immer noch verdrossen.

»Meine süße, süße kleine Unschuld«, sagte er leise und legte die Finger auf ihre Lippen.

»Ich bin nicht unschuldig«, sagte sie. »Alles andere als das. Das weißt du ebenso gut wie ich.«

»Ach, wirklich?«

»Du hast den Beweis für meine Dummheit gesehen.«

»Das war es also? Eine Dummheit?«

»Ich kann es nicht anders nennen... die reinste Blödheit.«

Er nahm ihr Kinn in seine langen, schmalen Finger, und seine Augen gruben sich wie Flammen in ihre Haut. Er beugte sich ein klein wenig zu ihr vor, und seine Worte waren präzise und so gut gezielt wie ein Messer. »Warum willst du es benennen? Nenn es deine Vergangenheit, denn genau das ist es. Deine Vergangenheit. Etwas, was vorbei ist, aus und vorbei. Etwas, was dich nicht mehr treffen und verletzen kann, solange du es nicht zuläßt.«

»Halt den Mund!« schrie sie und hielt sich die Hände auf die Ohren. »Das brauche ich mir nicht anzuhören!«

»Dann bist du ein Dummkopf.«

Sie sah ihn finster an, eindringlich und erbittert zugleich. »Das mag sein, du Besserwisser, aber auch das ist schließlich meine Angelegenheit, oder etwa nicht?«

»Und das Kind? Beth? Was ist mit ihr?«

»Laß sie aus dem Spiel!«

»Warum? Ihr ist schon genug genommen worden.«

»Inwiefern?«

»Wenn du dir ständig alles versagst, dann versagst du es auch deinem Kind.«

»Ich habe Beth nichts versagt. Ich kümmere mich, so gut ich kann, um sie.«

»Ja, das tust du. Aber es gibt Dinge, die du ihr beim besten Willen nicht geben kannst.«

»Dann braucht sie sie eben nicht.«

»Jedes Kind hat Anspruch auf einen Vater, und jedes Kind braucht einen Vater.«

»Sie hat einen Vater!«

»Keinen, den sie kennt. Keinen, der ihr die Liebe und die Sicherheit gibt, die sich von der Liebe und Geborgenheit unterscheiden, die eine Mutter ihr gibt. Eine Liebe und eine Geborgenheit, die nur ein Vater einem Kind geben kann.«

»Sie hat meinen Vater.«

»Und er ist zu alt und zu müde und zu überarbeitet, um ihr die Zuwendung und die Gesellschaft zu geben, die sie braucht. Es wird noch damit enden, daß du deinen Abscheu gegen Männer an deine Tochter weitergibst. Wenn sie erwachsen ist, wird sie Männer fürchten und ablehnen. Ist es das, was du willst? Im Alter beobachten, daß sie sich alles versagt, was du dir versagt hast, sie beobachten, wie sie am Ast verschrumpelt? Vielleicht wird deine Tochter nicht so glücklich wie du dran sein, und vielleicht wird sie nie erfahren, was es heißt, Mutter zu sein, und dafür kann sie sich dann bei dir bedanken. Wenn sie eine erwachsene Frau ist, die verhärtet und mißmutig durchs Leben geht, glaubst du, daß sie dann gern zurückdenken und dir dankbar sein wird?«

»Sie ist nicht dumm. Beth ist ein kluges Kind. Sie wird es verstehen, wenn sie erst alt genug ist.«

»Wenn du das glaubst, dann bist du wirklich unschuldig.«

»Ich habe dich schon einmal gebeten, das nicht zu sagen. Deine Beharrlichkeit ist der reinste Hohn! Ich bin nicht unschuldig! Alles andere, nur das nicht!«

Sein abruptes Gelächter bestürzte sie. »Du hast einen Mann gekannt, der deine Leidenschaft geweckt hat, meine süße Tibbie, aber sonst gar nichts. Kein Mann hat je dein Herz berührt.«

»Und das wird auch keinem gelingen!«

Er sah ihr fest in die Augen. »Bist du dir da ganz sicher?«

»Vollkommen sicher.«

»Das glaube ich dir nicht. Und ich glaube, gerade deshalb fürchtest du dich vor mir.«

»Ich fürchte mich nicht vor dir.«

»Dann komm her«, sagte er.

»Nein«, sagte sie und wich zurück.

Er zog eine Augenbraue hoch. »Dann fürchtest du dich also doch vor mir. Das dachte ich mir ja gleich.«

»Ich fürchte mich nicht. Ich kann dich nicht leiden, aber ich fürchte mich nicht vor dir.«

»Dann komm her.«

Sie sah sich um, als hoffte sie auf Hilfe. In dem Moment tat sie ihm fast leid, aber er wußte, daß ihr mit Mitleid nicht geholfen war. Davon hatte sie längst genug bekommen, und sie brauchte etwas Stärkeres. Etwas viel Stärkeres. Nicholas wußte, was sie brauchte. Er war lediglich nicht ganz sicher, wie er es ihr geben konnte.

»Eines Morgens wirst du wach werden und deine Gefühle nicht mehr leugnen können.«

»Das bezweifle ich. Ich habe keine Gefühle... zumindest nicht, wenn es um dich geht.«

Er besaß die Dreistigkeit, zu lachen. »Du wirst es dir schon noch früh genug anders überlegen. Ich bin geduldig...«

Ich würde mein Einkommen von fünf Jahren dafür geben, mit dir auf dieser Insel zu sein, die ich mir erträumt habe. Er musterte sie gründlich. *Machen wir ruhig zehn daraus...*

»Da kannst du warten, bis du Blasen auf dem...« Ihre Wangen röteten sich. »Von mir aus kannst du bis zum Jüngsten Tag warten. Ich werde nie vor dir kapitulieren. Du wirst dich nie in mein Herz einschleichen können, weil ich es nicht zulasse. Niemals!«

Sein Lächeln legte sich wie eine warme Hand auf sie. »Zwischen dem Becher und den Lippen wird gar mancher Tropfen verschüttet, mein Süßes. Du tätest wohl daran, dir das für das nächste Mal zu merken.«

»Es wird kein nächstes Mal geben«, fauchte sie, aber Nicholas Mackinnon stand lächelnd auf. Er legte die Hand unter ihr Kinn und sah in ihr Gesicht, das ihm zugewandt war. »Sehr viele Tropfen«, sagte er und tippte ihr mit einem Finger auf die Nase, ehe er sich abwandte.

Sie sah ihm nach, als er über den Strand ging und dann über den welligen Dünen verschwand. Schnell spülten die Wellen seine Fußabdrücke fort, als sei er nie da gewesen. Aber die Fußabdrücke, die er auf ihrem Herzen hinterlassen hatte... was war mit denen?

8

Neben Nicholas Mackinnon war die Kirche der zweitgrößte Unruhequell in Tibbie Buchanans Leben.

»Lüsterne Gedanken zu hegen, ist eine Sünde, sage ich euch.«

Reverend Woolridge bereitete Tibbie immer ein gewisses Unbehagen, wenn er sich entschloß, Moral zu predigen. Auch der heutige Tag stellte keine Ausnahme dar. In Wahrheit hatte sie durchaus lüsterne Gedanken gehegt. Sie hatte an Nicholas Makkinnon gedacht. Kaum ein anderer war lüsterner als er. Natürlich war es eigentlich nicht Nicks Schuld, wenn sie jetzt ein schlechtes Gewissen hatte, und ebensowenig war der Reverend schuld daran, daß sie lüsterne Gedanken hegte.

Diese Gefühle hätten ihr heute erspart bleiben können, wenn Großmama ihre Aufmerksamkeit nicht auf das gelenkt hätte, was der Reverend sagte. Denn erst, als Großmama Grace die Hand über ihren üppigen Busen legte und sagte: »In meinem Alter sind lüsterne Gedanken das einzige, was mir noch geblieben ist«, hatte Tibbie gemerkt, daß sie der Predigt nicht zugehört hatte und ganz in Gedanken versunken war.

Sie sah sich um und stellte fest, daß alle stocksteif dasaßen und Reverend Woolridge zuhörten, und das gab ihr das Gefühl, sie sei der einzige Mensch in der ganzen Gemeinde, der lüsterne Gedanken hegte – und höchstwahrscheinlich auch das einzige Gemeindemitglied, das es nötig hatte, dieser Predigt zu lauschen.

»Herr, gib mir Keuschheit! Laß mich enthaltsam und beherrscht sein...«, stimmte der Reverend an.

»Bete bloß nicht darum!« flüsterte Großmama Grace und drückte Tibbies Hand. »Dazu hast du später noch jede Menge Zeit, wenn du erst mal in meinem Alter bist.«

Tibbie öffnete ein Auge und sah die hochgeschätzte und geliebte Frau an, die rechts neben ihr saß, eine Frau, die die gespenstische Fähigkeit besaß, jeden ihrer Gedanken zu lesen. Als sie Großmama einmal gefragt hatte, wie das kam, hatte diese ganz schlicht geantwortet: »Wieso? Weil du so bist wie ich. Deshalb!«

Links neben Tibbie ruckelte Beth herum, und Tibbie sah sie streng an, aber das führte nur dazu, daß Beth in eine andere Richtung schaute. Beth hatte einen dieser Tage, vor denen Müttern graut. Ein paar Sekunden später mußte Tibbie sie ermahnen: »Raschle nicht ständig mit deinem Petticoat.«

»Warum nicht? Weil Jesus es nicht leiden kann?«

»Nein, weil Reverend Woolridge es nicht leiden kann.«

Ein paar Minuten später flüsterte Tibbie ihr zu: »Mach die Augen zu, wenn wir beten.«

»Warum? Weil Reverend Woolridge es so haben will?«

»Nein, weil ich will, daß du dich ehrfürchtig benimmst.«

Wenige Minuten später folgte: »Du kannst dich nicht umdrehen und die Leute hinter uns anstarren.«

»Warum? Weil du das nicht leiden kannst?«

»Nein. Weil die Leute es nicht leiden können.«

Kurz darauf wollte Tibbie Beth gerade sagen, sie sollte die Füße nicht auf den Stuhl stellen, als Coll sich über Beth beugte und zu Tibbie sagte: »Gleich kommt das heilige Abendmahl. Sag deiner Großmutter, sie soll den Kelch nicht leeren.«

Tibbie gab diese Gedächtnisstütze an Großmama weiter, die daraufhin nur schnaubte und tonlos etwas vor sich hin murmelte. Dann wandte Tibbie ihre Aufmerksamkeit wieder der Predigt zu, bis Beth anfing, an ihrem Ärmel zu zerren. Tibbie bedachte Beth mit einem vorwurfsvollen Blick und versuchte, wieder der Predigt zu lauschen, aber Beth zog nur noch fester an ihrem Ärmel. »Was ist denn?« flüsterte Tibbie.

»Was ist ewiges Leben?«

»Wenn man immer und ewig lebt.«

»Wie Katzen?«

»Katzen leben nicht ewig.«

»Großmama hat gesagt, daß Katzen neun Leben haben.«

»Ja, und nach dem neunten sterben sie.«

»Oh«, sagte Beth stirnrunzelnd. »Werde ich ein ewiges Leben haben?«

Tibbie tätschelte Beth die Hand. »Ich bin ganz sicher, daß du ewig lebst. Und jetzt sei still.«

Beth schwieg etwa eine Minute lang, ehe sie wieder an Tibbies Ärmel zog und fragte: »Und wann bekomme ich es?«

»Was?«

»Das ewige Leben.«

»Wenn du stirbst.«

»Wie kann ich ewig leben, wenn ich tot bin?«

Tibbie Buchanan faltete die Hände auf dem Schoß und dachte darüber nach. Nach einer Weile beugte sie sich zu Beth vor und flüsterte: »Frag deinen Opa.«

Als Tibbie gerade aufstand und die Kirche verlassen wollte, sah sie Nicholas Mackinnon, der in der Reihe hinter ihr gesessen hatte und gleichzeitig mit ihr in den Mittelgang trat. Er sah sie mit diesen verwirrenden Augen an. »Wenn Ihr Vater es nicht weiß, können Sie Beth sagen, daß ich ihr mit Vergnügen das ewige Leben erkläre«, sagte er und musterte sie dreist von Kopf bis Fuß.

Sie ärgerte sich, beherrschte sich aber. Manche Bemerkungen hatten keine Antwort verdient. Sie lächelte nicht mehr und hielt den Kopf hochmütig in die Luft gereckt. Tibbie sah sich um und stellte fest, daß Beth schon mit ihrem Opa vorausgelaufen war. Ohne Nick noch einmal anzusehen, ging sie an ihm vorbei. *Wie kann er es wagen, mich derart in Verlegenheit zu bringen, und noch dazu in der Kirche?*

Nick blickte der Verführerin mit dem goldenen Haar und der

erlesenen Figur nach, die auch ihr unkleidsames graues Kleid nicht verbergen konnte, wenn Tibbie es sich auch noch so sehr wünschte. Nicks Geduld erreichte allmählich ihre Grenzen.

»Das war eine ganz beachtliche Predigt, Reverend«, sagte Großmama Grace.

Reverend Woolridge nahm Großmama Graces Hand und sagte: »Danke, Großmutter Stewart. Es freut mich, daß sie Ihnen gefallen hat.«

»Ich habe nicht gesagt, daß sie mir gefallen hat«, sagte Großmama.

Reverend Woolridge ließ ihre Hand fallen und sagte: »So... ja... nun, ich finde, das Thema war angemessen... wenn der Frühling doch so kurz bevorsteht.« Er gab Coll die Hand und ignorierte Großmama.

Tibbie sah ihren Vater an, als Coll sagte: »Es scheint, als hätten Sie heute mit dieser Predigt die Aufmerksamkeit aller gefesselt, Reverend.«

»Ja, das glaube ich auch«, erwiderte der Reverend und schüttelte Colls Hand kräftig. »Sie haben richtig auf den Sitzen geklebt.«

Tibbie wartete neben dem Wagen und beobachtete Beth, die die kleinen Kätzchen von Dorothea Winterbury nicht aus den Augen ließ. Sie fand es sehr klug von Dorotheas Mutter, die Kätzchen in die Kirche mitzubringen, um sie dort zu verschenken. Welche Mutter hätte da schon widerstehen können?

Beth kniete lange über der Kiste, und dann streckte sie lächelnd die Arme aus und holte eine kleine Fellkugel raus, die sie prompt hochhob, um ihre Mutter zu fragen: »Darf ich?«

»Nein!« sagte Tibbie. »Niemals.«

»Ich will aber ein Kätzchen haben.«

»Schön«, sagte Tibbie. »Wenn du dich von Precious trennst, kannst du ein Kätzchen haben.«

Anscheinend wußte Beth, wann sie sich geschlagen geben mußte, oder das war zumindest Nicks Eindruck, als er näher kam, denn Beth legte das Kätzchen wieder in die Kiste. Dann lief sie zu Mairi, die sie ihren Sonnenschirm halten ließ. Nick sah Tibbie an, die neben dem Wagen stand und ganz mit einem Paar Handschuhe beschäftigt war, die sie sich anzog. Er verspürte den dringenden Wunsch, ihr diese Handschuhe auszuziehen und jeden einzelnen ihrer zarten Finger zu küssen – aber erst, nachdem er ihr seine Meinung gesagt hatte, denn sie hatte ihm eine Nachricht zukommen lassen und sich vor ihrem Versprechen gedrückt, am Unabhängigkeitstag mit ihm tanzen zu gehen. Keine Minute glaubte er, daß sie plötzlich krank geworden war. Sie verkörperte in seinen Augen strahlende Gesundheit.

»Tibbie«, ertönte Nicks Stimme leise hinter ihr. Sie blickte auf und sah die Sonne in diesen gebieterischen blauen Augen. Einen Moment lang war sie entgeistert, und es blieb ihr nichts anderes übrig, als starr stehenzubleiben und ihm zuzuhören, soweit er das Trommeln ihres Herzschlags und das Schwirren in ihrem Kopf übertönen konnte.

»Ich muß zugeben«, erwiderte sie und wunderte sich selbst darüber, wie fest ihre Stimme klang, »daß die Kirche der letzte Ort ist, an dem ich Sie je anzutreffen erwartet hätte.«

»Selbst wir Heiden brauchen ab und zu eine Atempause. Empfinden Sie die Kirche als einen lindernden Balsam für Ihr Gewissen, Miss Tibbie?«

»Einen äußerst wirkungsvollen«, stimmte sie ihm zu.

»So läßt sich das Leben etwas leichter ertragen«, sagte er, und aus seinem Mund klang es anzüglich.

»Fast könnte es einen mit Hoffnung erfüllen«, antwortete sie.

»Und die sündige Vergangenheit gerät in Vergessenheit.«

»Davon weiß ich nichts«, sagte sie bedächtig. »Vielleicht könnten Sie mir das näher erklären.«

Er lachte. »Ah, immer zeigt die Wespe ihren Stachel. Ich hatte gehofft, die Predigt des braven Pfarrers hätte Sie erweicht...«

»Damit ich die Sünden meiner Vergangenheit jetzt wiederholen kann? Falls Sie deshalb hier sind...«

»Nein«, sagte er leise. »Das wollte ich damit bestimmt nicht andeuten. Verzeihen Sie mir, wenn Sie es so verstanden haben. Das entspricht nicht meiner Art.«

Sie wußte, was seiner Art entsprach: mit Milde morden. Sie wandte sich von ihm ab. »Ich spüre erste Ansätze zu gräßlichen Kopfschmerzen, Mr. Mackinnon, wenn Sie entschuldigen würden...«

»Ich will mit Ihnen reden.«

»Ich kann mir nicht vorstellen, warum. Sie wissen mehr über mich als ich selbst. Zwischen uns gibt es nichts mehr zu bereden. Und für mich steht fest, daß wir selbst die Themen, die Sie an den Haaren herbeigezogen haben, längst erschöpft haben. Gehen Sie jetzt, bitte.«

»Ich glaube, Sie sind mir eine Erklärung schuldig.«

»Weshalb?«

»Wegen des Balls am Unabhängigkeitstag.«

»Ich habe Ihnen eine Nachricht geschickt. Haben Sie sie nicht bekommen?«

»O doch, diese Lügen sind mir überbracht worden. Sie waren ebenso wenig krank wie ich, stimmt's?«

Sie sah ihn einen Moment lang an, und er glaubte schon, sie würde ihn wieder belügen. »Nein«, sagte sie dann ruhig. »Ich war nicht krank.«

»Warum haben Sie mich dann belogen?«

»Ich wollte Ihre Gefühle schonen.«

»Die hätten Sie weit mehr geschont, wenn Sie mit mir tanzen gegangen wären. Warum haben Sie es nicht getan?«

»In erster Linie, weil ich mich all den bösen Zungen noch nicht gewachsen fühle, die laut geworden wären, wenn ich mit Ihnen oder irgendeinem anderen Mann tanzen gegangen wäre. Das können Sie doch sicher verstehen.«

»Ja«, sagte er. »Aber Sie hätten es mir sagen können.«

»Ich sage es Ihnen jetzt.« Sie wandte sich ab und ging eilig weg. Er folgte ihr, schlenderte unauffällig hinter ihr her. Als er an der

Stelle vorbeikam, an der sie mit ihrem Vater stand, hörte er sie sagen: »Ich brauche ein Weilchen Zeit für mich, Papa. Ich gehe zu Fuß nach Hause.«

»Zu Fuß? Bist du ganz sicher? Es ist...«

»Ich bin sicher. Sag Mama, daß ich rechtzeitig zum Essen da bin.«

»Und Beth?«

»Sie ist bei Mairi. Ich habe schon mit ihr gesprochen.«

»Dann wünsche ich dir einen angenehmen Spaziergang«, sagte er, und sie wandte sich ab.

Nick band seinen Braunen los und ließ sich Zeit dabei, ihn über den Weg zu führen, der den Friedhof durchquerte. Als er am anderen Ende rauskam, sah er Tibbie, deren goldenes Haar in der Ferne wie ein Leuchtfeuer in der Sonne blinkte. Sie war ein gutes Stück vor ihm, und es sah aus, als liefe sie zum Strand. Er stieg auf und ritt langsam in dieselbe Richtung.

Als er sie eingeholt hatte, stieg er ab und sagte mit belegter Stimme: »Wie lange müssen wir dieses Katz-und-Maus-Spiel noch fortsetzen, ehe Sie anfangen, sich selbst gegenüber ehrlich zu sein?«

Er bemerkte, wie ihre Schultern steif wurden, und als sie sich zu ihm umdrehte, sah er, wie ihre Augen vor Erstaunen größer wurden. Jeder Sonnenstrahl wurde von ihren bernsteinfarbenen Augen aufgesogen und widergespiegelt. Und ihr Mund war zum Küssen geschaffen.

»Bitte, es wäre wirklich das Beste, wenn man uns nicht zusammen sieht. Mir kann es nur Probleme machen. Und für Sie wäre es das Beste...« Sie war abgelenkt, und ihre goldenen Augen sahen ihn mit der Panik eines Tiers an, das in die Falle gegangen ist. Er verstand, wie ihr zumute war, denn er wußte, daß es das einzig Anständige gewesen wäre, sie in Ruhe zu lassen.

Die Sonne blendete ihn und schloß ihn in einen geschmolzenen weißen Ball ein. Das Meer rauschte derart in seinen Ohren, daß er sich fragte, ob ein Sturm unangekündigt und urplötzlich aufgekommen war. Er sah sie immer noch an, stellte aber fest, daß seine Gedanken wirr waren, seine Worte ungeordnet. Das Rauschen begann nachzulassen. Seine Augen konnten sie wieder erkennen. Die Sonne verlor an Bedeutung.

»Dafür ist es zu spät, und das weißt du«, flüsterte er. Sie musterte ihn ruhig, aber er wußte, daß sie etwas gespürt hatte, daß sie ahnte, was auf sie zukam. Sie wich einen Schritt zurück. Er trat einen Schritt vor. Die Sonne blendete jetzt wieder und wurde wärmer. Sie wich noch weiter zurück und sah ihn besorgt an. Er ging immer noch auf sie zu. Sie wandte sich eilig ab und rannte, bis sie nicht weiter kam, weil ein kleiner Bach, der von den Regenfällen der letzten Tage geblieben war, ihr den Weg abschnitt. Sie blieb abrupt stehen und sah panisch erst in die eine Richtung, dann in die andere, und sie mußte feststellen, daß ihr jeder Fluchtweg abgeschnitten war. Sie wirbelte zu ihm herum – sie war eine prachtvolle Erscheinung, als sie ihm kämpferisch gegenüberstand. Er war ihr nah genug, um ihren Atem zu hören, der schnell und ungleichmäßig ging. Fast konnte er ihre Angst riechen.

Jede Farbe war aus ihren Wangen gewichen. Ihr wurde flau im Magen. Wie lange würde er noch Jagd auf sie machen? Solange er brauchte. Er war kein Mann, der aufgab. Nicholas Mackinnon wurde zu einem Teil ihres Lebens. Und tief in ihrem Innern wußte sie, daß sie es so haben wollte.

»Nein«, sagte sie mit zitternder Stimme. »Lieber Gott, nein! Warum kannst du mich nicht in Ruhe lassen?«

»Du weißt, warum, Tibbie. Und du willst auch nicht, daß ich dich in Ruhe lasse.«

Sie hob den Arm vor sich wie ein Ritter einen Schild. Sie sah erst nach links, dann nach rechts. Jetzt zitterte sie, und er bemerkte das nervöse Beben ihrer Lippen. Wenn er die Hände nach ihr ausstreckte, dann eher, um ihrem Zittern ein Ende zu setzen, und weniger, um sein unbändiges Verlangen zu stillen, sie an sich zu ziehen. Aber sowie er sie erst einmal berührt hatte, sowie sie erst einmal in seinen Armen lag, verlor er jegliche Entschlossenheit und zugleich alles, was er an Selbstbeherrschung aufbieten konnte. Jetzt sah er nicht nur, daß sie bebte, sondern er konnte sie unter seiner Hand erschauern spüren.

Die Sonne verschwand, verlor hinter einer dicken grauen Wolke jegliche Bedeutung. Das Wasser nahm einen stumpfen braunen Schimmer an, und der Wind schien kühler zu werden. Ein leichter Sprühregen nieselte auf die Erde um sie herum, doch keiner von beiden rührte sich.

Diesmal schreckte sie nicht vor ihm zurück und versuchte auch nicht, sich loszureißen. Er zog sie dichter an seinen Körper. Sie wandte den Kopf zur Seite, und diese kleine Anstrengung schien sie unglaublich viel zu kosten. Er nahm ihr Kinn und zog ihr Gesicht wieder zu sich, und er sah die feinen Tropfen, die sich auf ihren Wimpern gesammelt hatten.

Jetzt nahm er sie bewußt wahr, ihr Herz, das an seiner Brust schlug, das Rauschen ihres Bluts unter seinen Händen, ihr flatternder Atem, der sein Gesicht streifte. Das, was er für Samt gehalten hatte, war nichts weiter als billiger, rauher Baumwollstoff, der an den abgewetzten Stellen samtig schimmerte. Er wußte, daß sie sich etwas Besseres hätte leisten können. Es erboste ihn, sie so zu sehen und zu wissen, warum sie sich das antat. Seine Finger gruben sich tief in ihre Arme. »Warum tust du mir das an?« flüsterte sie.

»Ich wünschte bei Gott, ich wüßte es«, sagte er leise und berührte ihr Ohr mit seiner Nase. Er hörte, wie sie nach Luft schnappte, zurückwich und ihn aus Augen ansah, in denen Verwirrung und glühende Leidenschaft standen. Er spürte ein Ziehen in seiner Brust, ein zärtliches Gefühl, das ihn drängte, sie gehenzulassen. Und das wollte er auch, aber sein Verlangen, mit ihr zusammenzusein, war stärker und mächtiger als alles, was er bislang erlebt hatte. Es war ganz seltsam, aber er spürte, daß es ihr genauso erging, denn er sah mit seinen eigenen Augen, wie der Widerstand in ihr aufflackerte und dann erlosch. Im selben Moment stieß sie einen ersticken kleinen Schrei aus und schlug sich die Hände vors Gesicht, und er wußte, daß sie wie ein kleines Boot war, das draußen auf dem Meer vom Wind gepeitscht und im Kreis getrieben wurde, und als er das begriff, keimte ein neues, noch heftigeres Gefühl in ihm auf. Er zog sie noch näher an sich. Sie war sich voll und ganz darüber im klaren, daß er vorhatte, sie zu küssen. Er kam näher und überraschte sie, als er mit einer heftigen Stimme, aus der großer Schmerz herausklang, sagte: »Meide mich, Tibbie. Geh! Jetzt gleich!«

Allein schon die Wildheit, die sie hörte, hätte sie rennen lassen. Auch schon der gequälte Tonfall allein hätte ausgereicht. Aber der zärtliche Ausdruck in seinen Augen lastete so schwer auf ihr, daß sie sich nicht von der Stelle rühren konnte. »Ich kann nicht«, flüsterte sie.

Schnell schlangen sich seine Arme um sie, und er begrub sein Gesicht in ihrem Nacken und zog sie an die sengende Glut seines Körpers. Zarte Küsse regneten auf ihren Hals, von der Schulter bis zum Ohr, und seine Hände kneteten sanft die Steifheit aus ihrem Körper, ehe sie sich in den dicken wilden Honig ihres Haars gruben und es aus dem Knoten lösten. Als seine Finger noch fester zupackten, hörte er sie stöhnen. Ein Ächzen zerriß ihn von innen heraus, und er zog ihr Gesicht zu sich, bedeckte ihre Lippen mit seinem Mund.

»Tibbie«, flüsterte er und spürte ihre zarten Brüste, die sich an ihn preßten, und er wußte, daß ihr Herz so rasend wie seines schlagen mußte. »Wenn du in meinen Armen liegst, komme ich mir vor wie ein Wilder.«

Sie wich zurück und wandte den Blick in die Ferne ab. »Als ich klein war, hatte ich ein Ruderboot. Ich bin in einen Sturm geraten, und das Boot ist in dem Moment gekentert, in dem mein Vater mich mit seinem Boot erreicht hat. Das Wasser hat sich über meinem Kopf geschlossen, und ich konnte nichts mehr sehen. Ich wußte, daß ich sterben werde. In dem Moment bin ich mir vorgekommen wie an einem fremden, neuen Ort, und ich hatte das Gefühl zu schweben, irgendwo zwischen Leben und Tod zu treiben, und doch hatte ich seltsamerweise keine Angst. In dem Moment hat mein Vater mich gefunden, und ich habe gespürt, wie sich seine Arme um mich schlangen, als er mich an die Wasseroberfläche gezogen hat. Genauso fühle ich mich, wenn ich in deiner Nähe bin, als müßte ich sterben, aber ich fürchte mich nicht.« Sie wandte sich wieder zu ihm um und sah ihn an. »Und ich weiß nicht, wie ich damit umgehen soll«, flüsterte sie. Dann sah sie ihn an, als erwachte sie gerade aus einem Traum. Sie wandte sich ab und rannte und fiel, durchquerte den seichten Bach, fiel hin, stand auf und fiel wieder hin.

Als er sie fallen sah, lief er auf sie zu, aber sie war schon wieder aufgestanden, und das Gewicht ihrer vollgesogenen Röcke zog sie wieder zu Boden. Ihr Gesicht war naß, aber sie wußte nicht, ob es Tränen waren oder ob es der Regen war. Es war ihr gleich. Wie Eva fühlte sie sich plötzlich nackt, denn Nick war es mit diesen Küssen gelungen, ihr die Augen für viele Dinge zu öffnen, die sie keinesfalls sehen wollte. Mühsam hatte sie darum gerungen, die Augen vor eben diesen Dingen zu verschließen. Nach so langer Zeit die Arme eines Mannes um sich zu spüren, den weichen Mund eines Mannes auf ihren Lippen zu fühlen. Was sie auch damals für Eric empfunden hatte – diesmal war es viel stärker.

Sie entschloß sich, darin ein Verlangen zu sehen, das sie sich zu lange versagt hatte, und sie redete sich ein, dieser Mann hätte nichts Besonderes an sich. Absolut nichts Besonderes. Aber schon während sie diese Dinge dachte, wußte sie, daß sie vor ihm davonlaufen mußte. Und zwar schnell. Flucht war das einzige, worauf sie noch zurückgreifen konnte.

Er erreichte sie und zog sie auf die Füße, preßte ihren klatschnassen Körper an sich. Er hätte sie wieder geküßt, denn er wollte es wirklich, aber irgend etwas in ihren Augen hielt ihn zurück. »Du verfluchter Kerl«, sagte sie. »Der Teufel soll dich holen für das, was du getan hast!«

»Gib nach«, sagte er. »Laß dich von mir auf die Art lieben, für die du bestimmt bist.«

»Ich kann nicht«, sagte sie und verspürte jetzt den Drang, viel heftiger zu weinen, aber sie wußte, daß es noch viel dringlicher war, von hier zu verschwinden.

»Ich werde dich niemals in Ruhe lassen«, sagte er, und seine Stimme brach. »Ich folge dir ins Grab, wenn es sein muß. Das weißt du. Was ich empfinde… du kannst es nicht leugnen… du empfindest es auch.«

»Ich weiß nicht, was ich empfinde! Ich sollte dich hassen… und das täte ich auch nur zu gern.«

»Aber du kannst es nicht, Tib. Die Liebe ist eine stärkere Empfindung als der Haß.«

»Ich liebe dich nicht«, sagte sie.

»O doch, das tust du«, sagte er zuversichtlich. »Du weißt es nur noch nicht.«

Er zog sie an sich und spürte ihren Körper durch die nassen Kleider jetzt noch deutlicher. Er senkte den Kopf, legte die Hand auf ihr Genick und zog sie an sich.

»Nein!« keuchte sie. Dann stieß sie ihn mit einem kleinen Aufschrei von sich, wandte sich gleichzeitig von ihm ab und rannte über den Strand.

Er sah ihr nach und fühlte sich plötzlich einsam. Er fror. Der Regen fiel jetzt heftiger, strömte fast undurchdringlich, und es war kühler geworden.

Er saß mitten im Bach, da, wo er gelandet war, als sie ihn von sich gestoßen hatte, und seine Stiefel füllten sich mit Sand und Wasser, während sein bester Hut umgedreht neben ihm lag und sich mit Wasser vollsog… und sein Pferd? Er schaute sich um, sah aber nichts auf dem flachen graubraunen Sand. Der Braune konnte inzwischen über alle Berge sein.

Plötzlich spürte er einen Krampf in den Fingern und hob die Hand, die er stumpf anstarrte, als Sand und Wasser fortgespült wurden. Mit ausdruckslosem Gesicht öffnete er die Faust, und er begriff erst einmal gar nichts. Auf seiner Handfläche lag ein grauer Knopf, um den sich ein paar von Tibbies langen Haaren wanden. Er saß da im Regen und starrte lange Zeit den Knopf in seiner Hand an – bis es aufhörte zu regnen und die Sonne im Westen versank.

9

Der erste April ist ein guter Tag für schlechte Scherze, und das weiß jeder Witzbold – aber auch jeder, dem ein böser Streich gespielt wird.

An jenem schönen Apriltag stand Nick in der Werft auf dem Gerüst und stellte fest, daß seine Gedanken immer wieder von dem, was Porter sagte, zu Tibbie abschweiften. Das ließ seine Konzentration sinken, aber das war nicht das einzige, was an jenem Tag nach unten sank. Wie auf dem Schild über der Tür stand: ES IST DAS LOS DER KOKOSNUSS ZU SCHWIMMEN UND DAS DES STEINS ZU SINKEN.

Leider hatte Nick in diesem speziellen Fall mehr mit dem Stein als mit der Nußschale gemeinsam. Er ging zwar nicht direkt unter, aber er stürzte, als das Gerüst unter ihm nachgab, rund sechs Meter in die Tiefe. Als er auf dem Boden lag und das Eintreffen von Dr. Buchanan erwartete, fiel ihm plötzlich trotz seiner beträchtlichen Schmerzen wieder ein, was Porter wenige Sekunden vor seinem Sturz zu ihm gesagt hatte. *Tritt nicht auf die äußersten Balken, sie sind noch nicht festgenagelt.*

Um sich von seinen Schmerzen abzulenken, dachte Nick wieder an Tibbie. Doch es dauerte nicht lange, bis er beschloß, daß ein Mann still und leise den Verstand verlieren kann, wenn er sich ausmalt, mit einer schönen Frau allein auf einer unbewohnten Insel gestrandet zu sein. Außerdem machte es ihn höllisch nervös, so griesgrämig wie einen alten, verwundeten Bären und sogar für sich selbst unausstehlich. Als er den Schmerz in seinen

Lenden spürte, sagte er sich: *Es ist keine gute Idee, Alter, von Sahne zu träumen, wenn man von Magermilch lebt.*

In den letzten zwei Wochen hatte Nick seine Bemühungen verdoppelt, Tibbie allein zu erwischen, und doch wußte er, während er erbarmungslos Jagd auf sie machte, daß er viel von der Zeit auf seine Suche verwendete, die er für den Schiffsbau dringend gebraucht hätte. Er hatte bereits einen Brief von dem Auftraggeber erhalten, in dem angefragt wurde, wann mit einer Fertigstellung zu rechnen sei. Und was hatte er getan? Er hatte versucht, die Dinge zu beschleunigen, und dabei war er achtlos vorgegangen. Dafür hätte er jeden anderen Mann gefeuert.

Jetzt gewann der Schmerz die Oberhand und schob sich vor Nicks Überlegungen. Er schien eine Ewigkeit dazuliegen und Qualen zu erleiden, ehe er zum Glück das Bewußtsein verlor. Als er das nächste Mal die Augen aufschlug, lag er in Dr. Buchanans Klinik. Er hatte teuflische Schmerzen und konnte nur vermuten, daß er ohnmächtig geworden war. Er beobachtete Coll Buchanan. Man konnte ihm die Verwandtschaft mit Tibbie leicht ansehen.

Coll griff nach einer Flasche und sagte: »Ich gebe Ihnen jetzt etwas davon, und Sie werden schlafen wie ein satter Säugling.«

Nick gefiel es gar nicht, wie Dr. Buchanan sein rechtes Bein betastete, und er fürchtete schon das Schlimmste. »Ich will nicht eingeschläfert werden. Ich will hellwach und ganz dasein, wenn Sie auf den Gedanken kommen, mir irgendwas abzuschneiden.«

»Ich praktiziere keine irreführende Medizin. Dazu habe ich gar keine Zeit. Ich habe viel zuviel damit zu tun, Babys von Babys zu entbinden, für die mich bis heute noch niemand bezahlt hat, und zwischendurch schleppe ich säckeweise Holz, Hühner, Schweine, Kohlköpfe, Kartoffeln und Ziegen zur Bank und deponiere sie dort, da das die übliche Zahlungsweise ist.«

»Ich zahle Sie in harter Münze, falls ich hier mit allem wieder rauskomme, womit ich reingekommen bin. Aber ich will nicht ausgeschaltet werden.«

»Sie werden fürchterliche Schmerzen haben. Außerdem sind Sie mehr tot als lebendig.«

»Warum decken Sie mich dann nicht mit Lilien zu und bringen es hinter sich?«

Coll sah ihn über die Brille an, die ihm auf die Nase gerutscht war, und zog an seinem Bein. »So macht es mehr Spaß.«

»Sie Mistkerl!« schrie Nick. »Das tut verflucht weh! Was haben Sie vor? Wollen Sie mir die Beine abschrauben?«

»So schlecht, wie er aussieht, kann es ihm gar nicht gehen«, sagte Coll, der sich an Porter wandte. »Schlechte Laune ist ein gutes Zeichen.«

»Der ist immer schlechtgelaunt«, sagte Porter. »Was für einen Reim machen Sie sich darauf?«

»Ich werde nicht ewig flach auf dem Rücken liegen«, sagte Nick, und seine Worte klangen wie ein leises Knurren. »Du solltest daher deine Zunge hüten, Porter.« Er schnitt eine schmerzliche Grimasse.

»Wird gemacht«, sagte Porter. Er wandte sich an Coll. »Glauben Sie, er wird wieder?«

Coll sah sich den übel zugerichteten Körper an, der vor ihm lag, und sein Blick blieb auf dem Knochensplitter haften, der aus dem Bein ragte. »Der Kerl verliert Blut wie ein leckes Sieb, und er hat sich das Handgelenk und beide Beine gebrochen. Er hat mehr offene Wunden, als ich zählen kann, und morgen wird sein halber Körper schwarz wie die Sünde sein, aber er kommt durch.« Coll sah Nick an und schüttelte den Kopf.

»Ich habe gehört, daß Sie vom Gerüst gefallen sind. Wenn Sie mich fragen, ist das nicht gerade der beste Abstieg.«

»Ich habe Sie nicht gefragt«, sagte Nick.

»Ja«, sagte Coll. »Der ist wirklich übellaunig. Wir werden ihn wieder hinkriegen.« Nick schnitt eine Grimasse und schloß die Augen.

Ein oder zwei Minuten, nachdem Porter gegangen war, betrat Tibbie das Zimmer. »Großmama hat gesagt, daß du mich suchst.

Ich war im...« Sie erstarrte, als ihr Blick auf Nick fiel. »Ach du meine Güte! Was ist passiert?« Sie sah Mairi an und hoffte, in ihrem Gesicht eine Antwort zu finden, doch Mairis weißes Gesicht drückte keinerlei Gefühl aus. Als sie sah, wie ihr Vater den Kopf schüttelte, flüsterte Tibbie Mairi zu: »Ist er tot?«

»Nein, aber das ist ein Wunder«, antwortete Coll.

»Auf mich wirkt er tot«, sagte Mairi.

»Wahrscheinlich wünschte er, er wäre es«, sagte Coll.

»Was ist passiert?« fragte Tibbie.

»Er hat einen ziemlich üblen Sturz hinter sich«, erklärte Coll.

Tibbie trat an Nicks Bett und nahm nur noch ihn wahr. Sie wußte, daß sie sich bewegte und daß ein Schritt auf den anderen folgte, und sie wußte auch, daß das, was sie so warm auf ihren Wangen spürte, Tränen waren. Vor dem Bett blieb sie stehen und starrte in sein schweißnasses Gesicht. Sein Mund war einen Spalt weit geöffnet, und er schien um jeden Atemzug zu ringen. Plötzlich fiel ihr alles gleichzeitig ein, was sie mit diesem Mann erlebt hatte, und sie hatte gräßliche Angst davor, was ihm zustoßen würde. Mairi sah, daß Tibbie bleicher wurde und sich am Bettgestell festhielt. Sie kam näher und stellte sich zwischen Tibbie und Coll, und als sie den Schaden begutachtete, wurde sie ebenso blaß wie Tibbie.

Tibbie zuckte zusammen, als Mairi sagte: »Er hat sich ganz schön übel zugerichtet, stimmt's? Du sagst, er ist gestürzt?« Sie sah Nick wieder an.

Mit einer Stimme, die nicht wie ihre eigene klang, flüsterte Tibbie: »Er muß entsetzlich tief gestürzt sein.«

»Tief genug. Er sieht verdammt schlecht aus.«

Panik befiel Tibbie, doch sie fragte leise und zaghaft: »Wird er...« Sie unterbrach sich, als sie plötzlich merkte, daß Nick die Augen aufgeschlagen hatte. Sie nahm wahr, wie genau er sie musterte und welche Wirkung das auf die Farbe ihrer Wangen hatte. Ihre Blicke trafen sich, und sie verspürte ein so heftiges Verlangen, daß sie fürchtete, sie würde stöhnen.

Nick fuhr sich mit der Zunge über die trockenen Lippen. Die bezaubernde, teilnahmslose Tibbie wirkte so besorgt und so bestürzt. *Zeit*, dachte er. *Ich brauche mehr Zeit mit ihr.* Diese Verstümmelung konnte er nicht gebrauchen, weil sie seinen Fortschritten bei ihr weiteren Einhalt gebot. Er konnte keinen einzigen Muskel rühren. Wie konnte er jetzt um sie werben, um sie freien? Wie konnte er sie in seine Arme ziehen und ihr seine Leidenschaft zeigen? Wie konnte er ihr verständlich machen, was er empfand?

»Ihm stehen schwierige Zeiten bevor«, sagte Coll, »aber er wird durchkommen.«

Nick sah, daß Tibbie dicht vor den Tränen stand. »Die Dummen haben oft mehr Glück«, flüsterte er, und seine Stimme war heiser und brüchig.

Wenn er nicht versucht hätte, zu einem solchen Zeitpunkt komisch zu sein, hätte sie im Zimmer bleiben können, aber Nicks Versuch, den Humor zu bewahren, wenn sie wußte, welche Schmerzen er haben mußte – das war zuviel für sie. Sie konnte nicht länger gegen die Tränen ankämpfen. Daher schlug sie sich die Hände vor den Mund und eilte aus dem Zimmer.

»Da soll mich doch der Teufel holen! Was ist bloß in sie gefahren?« fragte Coll und wandte sich an Mairi. »Sieh mal nach, was mit deiner Schwester los ist.«

»Wer? Ich?«

Coll verlor die Geduld und fauchte: »Ja, es sei denn, du siehst noch jemanden in diesem Zimmer.«

»Pah!« schnaubte Mairi, und es klang ganz nach Großmama Grace. »Warum immer ich? Sie wird mir den Kopf abreißen.«

»Wo steckt bloß meine verdammte Tochter?« fragte Coll und sah zur Tür. »Ständig ist sie mir im Weg, und wenn ich sie einmal brauche, macht sie sich so rar wie Orangen im Dezember.«

Ein paar Minuten später kam Mairi zurück. »Tibbie kann dir heute nicht in der Klinik helfen. Oder jedenfalls nicht bei diesem Patienten«, sagte sie und deutete auf Nick.

Coll sah Nick an. »Und warum nicht? Was hat sie gegen diesen Mann?«

»Also wirklich, Papa! Mußt du mich das erst fragen?«

»Vermutlich schon, wenn ich dahinterkommen will, was hier vorgeht. So hat sich Tibbie noch nie benommen.«

»Papa, sie hat Angst reinzukommen. Sie hat Angst, sich lächerlich zu machen.«

»Für die Sorge ist es längst zu spät. Und jetzt habe ich es satt, um den heißen Brei zu schleichen. Ich brauche Hilfe, und sie ist die einzige, die mir helfen kann. Wie eine Frau kann sie sich hinterher benehmen. Sag Tibbie, daß ich sie brauche. Und zwar SOFORT!«

Mairi schoß blitzschnell aus dem Zimmer und rannte beinahe Großmama Grace um, die in der Tür stand. Großmama sah Mairi an und beschloß, sie zu ignorieren. Mairi stürzte die Treppe hinauf zu Tibbies Zimmer. »Papa ist außer sich vor Wut und will dich sofort in der Klinik sehen.«

In der Zwischenzeit steckte Großmama Grace ihren Kopf zur Tür herein. Als sie sah, daß dort etwas Interessantes vorzugehen schien, humpelte sie zu dem Tisch, auf dem Coll sich an Nick zu schaffen machte. »Was ist denn dem passiert?« fragte sie.

»Er ist gestürzt.«

»Gestürzt?« wiederholte sie. »Wovon?«

»Vom Pferd«, log Coll, der sich denken konnte, wie viele Erklärungen er ihr sonst hätte abgeben müssen.

»Er ist mächtig blaß«, sagte Großmama. »So bleich wie ein ausgenommener Fisch.«

»Großmama, was, in Teufels Namen, hast du hier zu suchen?« fragte Coll.

Großmama antwortete nicht, sondern sah Nick an. »Der sieht aus, als sei er schon seit einer ganzen Weile tot.« Sie sog die Luft ein, um sich eine Bestätigung für ihre Worte zu holen. »Du solltest Leichen nicht so lange rumliegen lassen. Nicht bei diesem warmen Wetter. Was meinst du, wie der morgen riecht!«

Nick ächzte wieder.

»Warum hast du ihn noch nicht begraben?« fragte Großmama. »Findest du nirgends seine nächsten Angehörigen?«

»Der Mann ist nicht tot, Großmama. Wahrscheinlich wird er so alt wie du, wenn du mich jetzt nicht länger bei der Arbeit störst und mich ihn zusammenflicken läßt. Und jetzt verschwinde, hast du gehört?«

Falls Großmama ihn gehört hatte, ließ sie es sich nicht anmerken. Sie sah sich Nick noch einmal gründlich an. »Hm. Wenn er nicht tot ist, dann darf er so schnell nicht in die Sonne. Er ist zu blaß. Ich wette, er ist Leichengräber.«

Sie sah Nick noch ein letztes Mal an. Dann sah sie Coll an, und als sie feststellte, daß er beschäftigt war, gab sie Nick einen Schubs. Nick rührte sich nicht. »Du solltest ihn noch mal untersuchen. Ich glaube wirklich, diesmal hast du einen Toten erwischt«, sagte sie.

Nick schlug ein Auge auf. »Dann würde ich gern den Mann erdrosseln, der behauptet hat, die Toten hätten keine Schmerzen, denn mir tut alles teuflisch weh.«

»Es sollte Sie trösten, daß Sie noch am Leben sind«, sagte Coll. »Schätzen Sie sich glücklich.«

Großmama schubste ihn wieder. »Wie heißt der Mann?«

»Nicholas Mackinnon«, sagte Coll.

»Mac Nichelson?« Sie sah Coll an. »Wer ist denn das?«

Coll zuckte mit den Achseln und antwortete nicht.

Daran störte sich Großmama nicht weiter. Sie war es gewohnt, ignoriert zu werden, und daher empfand sie es als ganz normal. »Also, wenn der Mann mit Mac Nichelson verwandt ist, kann er nicht aus dieser Gegend sein, weil wir keinen Mac Nichelson kennen. Er muß auf der Durchreise sein.«

»Mackinnon... ich heiße Mackinnon«, flüsterte Nick mit einer rauhen, schmerzerfüllten Stimme. »Nicholas Mackinnon.«

Großmama tätschelte seine Hand. »Machen Sie sich bloß keine Sorgen, Mr. Nichelson. Coll wird Sie schon wieder ordentlich zusammenflicken, und dann suchen wir Ihre Angehörigen.« Sie kniff ihre dunklen Augen zusammen, bis sie ganz klein waren. »Allzugut sehen Sie allerdings nicht aus«, fügte sie hinzu.

Die Tür ging auf, und Tibbie trat ein. »Komm rein, komm rein!« rief Großmama. Sie sah, daß Tibbie stehenblieb und Colls Patienten skeptisch ansah.

»Er sieht nur so aus, als wäre er tot«, sagte Großmama mit ihrer dröhnenden Stimme, »aber er ist es nicht. Er ist mit Mac Nichelson verwandt, und er ist Leichenbestatter. Er war gerade auf der Durchreise.«

»Gütiger Himmel!« stöhnte Coll. Er wischte sich die Hände ab und wandte sich zu Tibbie um.

Großmama beachtete ihn nicht weiter, senkte aber ihre Stimme um vielleicht ein oder zwei Dezibel, um in einem lauten Flüsterton zu sagen: »Er hat gerade einen Jüngstverstorbenen ins Grab gebracht, als er vom Leichenwagen gefallen ist.« Ihre Stimme dröhnte jetzt wieder. »Deshalb fühlt er sich nicht besonders gut.«

Einen Moment lang starrte Tibbie ihre Großmutter einfach nur an. Dann glitt ihr Blick auf ihren Vater, der, wäre er eine Gewitterwolke gewesen, finster genug aussah, um Hagel anzudrohen. Sie wandte sich an Nick, der, wie Großmama schon gesagt hatte, nicht so aussah, als fühlte er sich »besonders gut«.

Nick stöhnte und flüsterte heiser: »Das ist ja das reinste Irrenhaus. Können Sie mir nicht etwas Starkes einflößen?«

»Ich dachte, Sie hätten gesagt, Sie wollten nicht ausgeschaltet werden«, sagte Coll.

»Ich habe es mir anders überlegt. Als ich das gesagt habe, wußte ich noch nicht, wie die Alternative aussieht«, ächzte Nick.

Coll nickte und blickte dann auf. »Tibbie, bring mir die Opiumtinktur, und *entferne Großmama von hier*!«

Tibbie trat an den Medizinschrank und öffnete die Tür. Nachdem Coll Nick die Tropfen gegeben hatte, paßte er ihm eine Schiene an.

Als Tibbie beobachtete, wie ihre Großmutter die Tür zum Medizinschrank öffnete, sagte sie: »Das ist der Medizinschrank, Großmama. Die Tür ist da drüben.«

»Ich weiß auch nicht, wie jemand erwarten kann, daß ich mich hier noch zurechtfinde, wenn ihr ständig die Türen woanders hinbaut und keiner mir etwas sagt. Mir sagt sowieso niemand etwas. Ich weiß auch nicht, wie man von mir erwarten kann, daß ich Bescheid weiß, was los ist...«

Sie murmelte immer noch vor sich hin, als Tibbie sie zur Tür führte. Dann eilte sie an die Seite ihres Vaters, und bald ging sie ganz in ihrer Arbeit auf und vergaß, wem der geschundene Körper gehörte, den sie gemeinsam verarzteten.

Sie arbeiteten mehr als drei Stunden an Nick, der die meiste Zeit über bei Bewußtsein war und gelegentlich kleine Mengen Opium gegen die Schmerzen bekam. Tibbie tat ihr Bestes, um ein ausdrucksloses Gesicht und eine professionelle Haltung zu bewahren, aber sie konnte es nicht lassen, Nick ermutigend zuzulächeln, wenn er die blauen Augen aufschlug. Zwischendurch preßte sie ihm einen weichen Lappen, der in kühles Wasser getaucht worden war, auf die ausgedörrten Lippen.

»So«, sagte Coll, als er die letzte Schiene befestigt hatte. »Das muß genügen, bis wir aus diesen zahllosen offenen Wunden die Fäden ziehen. Dann kann ich eine kräftigere Schiene anbringen. Bis dahin sollte auch die Schwellung zurückgegangen sein, und dann wissen wir, ob es zu einer Entzündung kommt.«

»Glaubst du, es wird zu Entzündungen kommen?«

»In dem Fall allerdings. Er ist ja regelrecht im Müll gelandet. Für offene Verletzungen hätte er sich kaum etwas Besseres aussuchen können.» Coll setzte die Brille ab und reinigte sie mit seinem Taschentuch. »Wasch ihn, so gut es geht. Bei ihm ist es von größter Bedeutung, daß kein weiterer Schmutz in die Wunden kommt. Achte besonders auf die vielen kleinen Verletzungen, die wir nicht genäht haben. Wenn du fertig bist, holst du Mairi, damit sie dir hilft, sein Bettzeug zu beziehen.«

»Aber...«

Coll sah auf seine Armbanduhr. »Mein Gott, wo ist die Zeit bloß hingekommen? Es sieht so aus, als bekäme ich heute wieder nichts zum Abendessen.« Er packte ein paar Dinge in seinen Koffer. »Ich fahre gleich los und mache die Hausbesuche.«

Tibbie war nicht sicher, wie lange sie es ertragen würde, Nick so zu sehen. Sie mußte aus diesem Zimmer verschwinden, so schnell wie möglich. Sie wollte heute keine Kranken mehr sehen, keine Verletzten mehr. Bei dem Geruch von Schweiß und Blut wurde ihr übel. Nicks Körper, der aus zahllosen Wunden blutete, stand noch wie ein Alptraum vor ihren Augen. »Meinst du nicht, daß wir hier genug getan haben und uns jetzt um die anderen Patienten kümmern sollten? Willst du nicht doch, daß ich mit dir komme?«

Coll sah sie einen Moment an, als versuchte er, zu dechiffrieren, was sie gerade von sich gegeben hatte. »Wir machen nie halbe Arbeit, Tib. Das solltest du doch besser als jeder andere wissen. Und jetzt kümmere dich um diesen Mann, und dann kannst du mir helfen.«

Tibbie stellte sich an Nicks Bett und betrachtete ihn. Zum ersten Mal nahm sie wahr, daß er fast nackt war. Sie hatten ihm so gut wie jeden Faden vom Leib geschnitten. »Ich soll ihn waschen?«

Coll ließ seine Tasche zuschnappen. »Tun wir das sonst etwa nicht?«

»Aber er ist so gut wie nackt, Papa.«

»Aha!« Coll sah erst Nick und dann Tibbie an und begann zu begreifen. »So! So steht es also, was?« Er trat an Nicks Bettkante, blieb stehen und schaute auf ihn herunter. »So, so. Ich habe mich schon lange gefragt, wann es soweit sein wird, wann endlich ein Mann...« Er unterbrach sich und wandte sich ab. »Die Hand werde ich ihm später drücken.«

Tibbie starrte die Tür an, durch die ihr Vater verschwunden war, und sie fand, daß Coll noch größeren Unsinn redete als sie selbst. Seufzend wandte sie ihre Aufmerksamkeit Nick wieder zu. Ihre einzige Rettung bestand darin, daß er genug Opium bekommen hatte, um eine ganze Weile zu schlafen. Es war schon schlimm genug, daß sie gezwungen war, seinen halbnackten Körper zu waschen, wenn er nicht bei Bewußtsein war.

Da sie keine Minute verlieren wollte, holte sie gleich eine Schale warmes Essigwasser und fing an, ihn zu waschen. Als sie sein Gesicht, seine Arme, seine Brust und seine Unterschenkel gereinigt hatte, sah sie auf das Stück Tuch, das ihn bedeckte.

Sie musterte sein Gesicht.

Sie konnte es nicht tun! Sie konnte es beim besten Willen nicht tun.

Doch dann dachte sie wieder daran, wie ihr Vater sie ausgescholten hatte. Tibbie war keine Frau, die halbe Sachen machte. Bei ihr gab es nur alles oder gar nichts, in fast jeder Hinsicht. Als sie jedoch diesen gutentwickelten Mann nackt daliegen sah, wünschte Tibbie glühend, sie hätte sich in diesem speziellen Fall für nichts entschieden.

Sie sah ihm wieder ins Gesicht und hielt den Atem an, als sie das Tuch mit zwei Fingern anhob, als könnte sie damit ihr vollkommenes Desinteresse ausdrücken. Einen Moment lang starrte sie nur ausdruckslos das größte aller Geheimnisse an.

Natürlich hatte es einen Mann in ihrem Leben gegeben, aber Eric war immer nachts in ihr Zimmer gekommen und hatte sie im Dunkeln geliebt. Und natürlich hatte sie schon nackte Männer gesehen, aber es waren immer die Körper von *anderen* Männern gewesen, von *alten* Männern oder kleinen Jungen. Tibbie konnte das Tuch einfach nicht fallen lassen, und sie konnte den Blick auch nicht abwenden. Sie starrte und starrte, und bei seinem Anblick zuckte Feuer durch ihren Körper. Es mochte ja sein, daß er schlief. Daß er nicht bei Bewußtsein war. Daß er verletzt war. Aber an dem, was sie betrachtete, schlief überhaupt nichts. Je länger sie hinsah, desto länger wurde *es* sogar. Und dann dämmerte es ihr allmählich.

Sie sah ihm ins Gesicht und stellte zu ihrem abgrundtiefen Entsetzen fest, daß Nicholas Mackinnon ebenso wie gewisse Teile seiner Anatomie keineswegs schlief oder bewußtlos war. Sie funkelte ihn an. »Du hättest wenigstens so tun können, als ob du schlafen würdest, du... du...«

»Vollkommen normaler Mann«, warf er ein. »Es tut mir leid, daß es dir peinlich ist, aber das Päckchen mußt du selbst tragen.«

»Dir macht das auch noch Spaß, stimmt's?«

»Was?«

»Diese Gelegenheit zu derart vulgärem Benehmen.«

Nick spürte unwillkürlich Zärtlichkeit in sich aufkommen. Das arme Mädchen hatte ein knallrotes Gesicht, Tränen der Demütigung standen in ihren Augen, und sie drückte größte Verlegenheit aus und schien vor Schreck von Kopf bis Fuß erstarrt zu sein. Und weshalb? Weil sie einer ganz normalen Neugier nachgegeben hatte? Einer rein rationalen Faszination? Dem Verlangen, das nie Gesehene zu sehen, das Unerforschte zu erkunden? Ihm fiel wieder ein, daß dieses Mädchen keine zimperliche unerfahrene Jungfrau war. Dieses Mädchen hatte ein Kind ausgetragen. Dieses Mädchen müßte wissen, wie der Körper eines Mannes aussah, und nicht nur das – sie müßte sich über die Vorgänge im klaren sein. Aber sie wußte es nicht. Und das weckte Nicks Neugier.

»Ich schlage vor, mein Engel, wenn du dich halbwegs erholt hast, läßt du lieber bleiben, was du gerade tust.« Als das nicht zu ihr durchzusickern schien, versuchte er es noch einmal. »Sieh mich weiterhin so an, und ich werde dir noch mehr vulgäres Benehmen bieten.« Als sie immer noch nichts kapierte, sagte er rundheraus: »Liebling, zu jedem anderen Zeitpunkt und an jedem anderen Ort hättest du dich von mir aus an mir satt sehen können, aber ich fühle mich beschissen, und es ist teuflisch kalt hier, wenn man unbekleidet daliegt. Wenn ich dir verspreche, daß du es dir noch einmal ansehen darfst, wenn ich wieder fit bin, glaubst du, dann könntest du mich jetzt wieder zudecken?«

Mit einem entsetzten Keuchen ließ Tibbie das Laken fallen, als wöge es plötzlich eine Tonne. Sie wäre aus dem Raum geflohen, aber Nick, der das vorausgesehen hatte, hielt ihr Handgelenk umklammert. Tibbie brach auf dem Stuhl neben ihm zusammen, und ihr Gesicht fiel auf das Bett. Einen Moment beobachtete er, wie sie um Atem rang.

»Sieh mich an, Tibbie.«

Sie schüttelte den Kopf.

»Jetzt mach schon«, forderte er und zog an ihrem Handgelenk. »Sieh mich an.«

»Das kann ich nicht.«

»Doch, du kannst es.«

»Nein! Ich kann es nicht. Glaub mir! Ich kann dir nie mehr ins Gesicht sehen.«

Er lachte.

»Willst du mich in noch größere Verlegenheit bringen?«

»Ich will dich überhaupt nicht in Verlegenheit bringen. Warum sollte der Anblick von etwas so Normalem, Zweckdienlichem und Weitverbreitetem dich in Verlegenheit bringen?«

»Wenn du das noch fragen mußt, bist du noch wahnsinniger, als ich dachte«, sagte sie gedämpft in die Matratze hinein.

»Glaubst du, mich würde der Anblick deiner Nacktheit peinlich berühren?«

Sie riß den Kopf hoch. »Nein! Und wir wissen beide, warum!«

Er unterdrückte ein Lächeln. »Ich fürchte, damit hast du es mir gegeben«, sagte er. »Ich habe keine Ahnung, woran das liegt. Kannst du es mir sagen?«

»Weil du ein Lüstling und ein Perverser bist, darum!«

»Weil ich ein Mann bin?«

»Weil du keine Kontrolle über dieses... dieses... dieses *Ding* hast!«

Er lachte, und wie er gefürchtet hatte, tat es entsetzlich weh. Außerdem knallte Tibbie wieder mit dem Kopf auf sein Bett. »Ich wußte, daß du mich auslachst. Ich habe es genau gewußt.«

»Ich verstehe«, sagte er schließlich. »Sag mir eins, Tibbie. Du sagst, daß es dir peinlich ist. Warum?«

»Gütiger Himmel«, stöhnte sie, und es klang ganz nach Coll. »Gütiger Himmel!«

»Wenn ich geschlafen hätte, wäre es dir dann auch peinlich gewesen?«

Sie antwortete nicht, und daher stachelte er sie an. Er sagte ihr, sie würde noch dort sitzen, bis Coll Buchanan zurückkäme und sich nach ihrer ungewöhnlichen Haltung erkundigte, und dann sähe er sich gezwungen, Coll alles zu erzählen, was passiert war, Wort für Wort.

»Das würdest du nicht wagen!« sagte sie und riß wieder den Kopf hoch.

»Du kannst es ja ausprobieren.«

Sie wollte ihre Hand zurückziehen, und als ihr das nicht gelang, wandte sie den Kopf ab.

»Tibbie, antworte mir, oder wir sitzen die ganze Nacht hier. Wäre es dir peinlich gewesen, wenn ich geschlafen hätte?«

Sie seufzte. »Vermutlich nicht.«

»Warum nicht?«

Jetzt wirkte sie gereizt. »Weil du mich nicht gesehen hättest, wenn du geschlafen hättest, du Einfaltspinsel, und wenn du mich nicht gesehen hättest, wäre ich nicht in Verlegenheit geraten. Man ist nur verlegen, wenn jemand einen ertappt.«

Er hörte schon lange nicht mehr zu. Es war ein Genuß, sie anzuschauen. Er musterte sie nachdenklich und lächelte. »Bist du ganz sicher, daß du Beths Mutter bist?«

»Was soll denn das schon wieder heißen?«

»Als Mutter scheinst du nicht besonders erfahren zu sein.«

»Ich habe ein Kind, Mackinnon, aber das heißt noch nicht, daß ich gründliche Erkundungen angestellt habe.«

Er fand sie derart charmant, daß es ihm schwerfiel, sie zu beschwichtigen, wenn er sie doch viel lieber necken wollte, bis ihr Blut leidenschaftlich wallte.

»Du setzt vieles als selbstverständlich voraus, genau wie die braven Bürger von Indianola es getan haben. Bring die Tatsachen nicht durcheinander. Ich habe einen Fehler begangen. Ich habe mich verliebt. Zur Strafe bin ich geächtet und verfemt worden, mußte böse Zungen, lüsterne Blicke und anzügliche Bemerkungen über mich ergehen lassen, und ich war in der peinlichen Lage, ein Kind auszutragen und zu wissen, daß die ganze Stadt weiß, daß ich keinen Mann habe. Das war die Strafe, Beth ist die Vergebung.«

Nick nahm nur am Rande wahr, was sie sagte, aber eine ihrer Bemerkungen hallte noch laut in seinen Ohren nach. *Ich habe mich verliebt... ich habe mich verliebt... ich habe mich verliebt.* Er wußte nicht, warum ihm diese Worte aus ihrem Mund so zusetzten. Wenn eine Frau wie Tibbie sich einem Mann hingab, war das der einzige Grund, mit dem zu rechnen war. Trotzdem schmerzten ihn ihre Worte wie ein Splitter im Daumen. Sein einziger Trost bestand darin, daß sie außerdem auch gesagt hatte: *Ich habe einen Fehler begangen.*

Er schaute sie an und sah ihre Schönheit, ihre Jugend, ihre Aufrichtigkeit, und er dachte wieder an den Tag im Wohnzimmer, als sie ihm enthüllt hatte, wie es für sie gewesen war. Es war kaum ein Wunder, daß sie ihn mied und vor seinen Berührungen zurückschreckte. Sie hatte sich übel verbrannt. Und das hatte sie gelehrt, das Feuer zu scheuen.

»Nur Menschen, die nichts zu geben haben, sparen sich auf, Tibbie. Dir war es nie bestimmt, so zu leben. Du hast zuviel zu geben. Am besten befreist du dich, indem du darüber redest.«

»Und was ist mit dir? Du behältst auch einiges für dich.«

Er schien überrascht zu sein. »Ich? Inwiefern?«

»Du setzt mir immer wieder zu, daß ich dir mehr über mich erzähle, über meine Vergangenheit, und du gehst sogar so weit, mich im Wohnzimmer einzuschließen, bis ich dir meine Lebensgeschichte erzählt habe. Aber was ist mit dir? *Du* redest nie über deine Vergangenheit.«

Ihre Worte ließen eine Saite erklingen, die einen Mißton von sich gab. Er runzelte die Stirn. »Ich habe dir doch erzählt, was meiner Familie zugestoßen ist.«

»Nicht wirklich. Du hast mir gesagt, daß deine Eltern tot sind und daß deine kleine Schwester von Indianern entführt worden ist.«

»Das ist alles wahr.«

»Hast du je wieder etwas von deiner Schwester gehört?«

»Nichts.«

»Und was ist mit deinen Brüdern? Wie viele Brüder hast du? Wo sind sie heute?«

Er sah sie versonnen an. »Andrew, der älteste, ist gemeinsam mit meiner Mutter umgebracht worden. Ich bin der zweitälteste. Nach mir kommt Tavis – er ist mit mir nach Nantucket gegangen. Und nach Tavis kommt Ross, und dann…«

»Wo ist Ross heute? Hast du noch Kontakt zu ihm?«

Nick grinste. »Soweit es geht, wenn man die Entfernung bedenkt, die zwischen uns liegt. Ross ist in Schottland, auf der Isle of Skye. Meine Eltern waren beide Schotten. Letztes Jahr haben wir die Nachricht bekommen, daß einer unserer Verwandten gestorben ist, und ich hätte als nächster einen Adelstitel bekommen. Ich brauchte nicht lange, um ihnen zu schreiben, sie sollten sich einen anderen suchen. Das haben sie dann auch getan. Sie haben Ross dasselbe Angebot gemacht. Mich soll der Teufel holen, wenn er sie nicht beim Wort genommen hat. Ein geschickter Schachzug von deren Seite, würde ich sagen.« Er schüttelte den Kopf. »Seine Briefe sind unglaublich. Ich kann mir nicht vorstellen, wie mein wüster Bruder Ross die Rolle eines ehrwürdigen Adeligen spielt, aber er scheint sich recht gut eingefügt zu haben. Es *gefällt* ihm sogar wirklich.«

Tibbie lachte, als sie das Erstaunen auf Nicks Gesicht sah. »Und wer kommt nach Ross?«

»Zwillinge. Adrian und Alexander, und alle beide sind heimtückischer und verschlagener als Schlangen.«

»Wo stecken sie jetzt?«

»In Kalifornien. Sie haben sich eine Zeitlang den Texas Rangern angeschlossen. Als der Krieg zu Ende war, hat jemand ›Gold‹ geschrien, und das war es dann auch schon. Sie sind schnurstracks nach Kalifornien gezogen. Falls man glauben darf, was sie schreiben, werden sie jede Minute reicher. Aber die beiden waren natürlich nie aufzuhalten, wenn sie erst mal die Köpfe zusammengesteckt haben.«

»Vermißt du deine Familie denn nicht?«

»Mein Gott, ja, aber ich habe meinen Bruder Tavis und meinen Onkel Robbie, und ich bin nicht allein.«

»Ich glaube, mir wäre es verhaßt, fern von meiner Familie zu sein.«

»Das empfindest du jetzt so, weil du deine Familie brauchst. Deine Angehörigen geben dir Geborgenheit und in gewisser Weise Schutz. Eines Tages wirst du es nicht mehr nötig finden, sich an sie zu heften.« Er sah, wie sie die Stirn runzelte. »Laß den Kopf nicht hängen, Mädchen. Ich habe dir doch schon gesagt, daß dir noch Flügel wachsen werden.«

Auf diesen letzten Satz ging sie nicht ein, weil sie sich immer noch über das erboste, was er vorher gesagt hatte. »Ich *hefte* mich nicht an meine Familie. Zufällig liebe ich diese Menschen sehr.«

Sein Blick, der immer noch glasig vom Opium und den Schmerzen war, glitt langsam über sie, und seine Hand ließ ihre los und hob sich, um sanft ihre Wange zu streicheln. »Mein armer kleiner Engel. Ein Engel in Marmor. Ein verletztes, mißtrauisches Mädchen, das sich mit seinem Los abgefunden hat, dem Unglück ins Gesicht zu sehen und sich selbst edelmütig etwas zu beweisen, niemandem zu trauen und sich mit niemandem zusammenzutun.« Er fuhr mit dem Daumen über ihre volle Unterlippe. »Ich stelle fest, daß ich dieses Mädchen lieber mag als die hartherzige Schönheit... und seltsamerweise begehre ich sie auch mehr.«

10

Tibbie betrat das kleine Zimmer ganz hinten in der Klinik ihres Vaters, in das Nicholas Mackinnon verlegt worden war, nachdem Coll ihn so gut wie möglich wieder zusammengeflickt hatte. Sie setzte ihren finstersten Blick auf, doch schon ehe der Morgen vorüber war, kam sie sich eher vor wie der Frosch, der so groß wie ein Elefant wirken wollte und platzte.

Manche Dinge sollten eben einfach nicht sein.

Sie wartete vor seiner Zimmertür und lauschte. Es fiel ihr zunehmend schwerer, Mackinnon zu sehen und sich teilnahmslos zu geben. Als sie keinen Laut durch die Tür dringen hörte, murmelte sie für alle Fälle ein kleines Gebet vor sich hin: »Lieber Gott, laß ihn bitte schlafen.« Nach längerem Nachdenken fügte sie noch hinzu: »Und wenn du ihn nicht schlafen läßt, könntest du mir dann wenigstens helfen, wütender, stärker, entschlossener und teilnahmsloser zu wirken?«

Sie holte tief Atem und öffnete die Tür.

Den größten Teil der Nacht hatte sie damit zugebracht, im Bett zu liegen und über die Dinge nachzudenken, die Nick zu ihr gesagt hatte. Sie war eine organisierte, methodische Frau, die gern Ordnung in ihrem Leben hatte. Sie gehörte zu der Sorte von Menschen, die das Leben zu einem Blumengarten machten und ihre Zeit damit verbrachten, über die gesäumten Pfade zu schlendern, gelegentlich Unkraut zu jäten oder einen Stein fortzuwerfen, der dort nichts zu suchen hatte, wo er lag, die taten, was eben notwendig war, um die Ordnung zu erhalten. Manche Dinge eigneten sich zur Ordnung. Andere nicht. Nicholas Mackinnon gehörte entschieden zur letzteren Sorte. Seit er in ihrem Leben aufgetaucht war, hatte es nur noch Unordnung gegeben. Er war ein Stein, den sie aufheben und über die Gartenmauer werfen mußte.

Als sie den Raum betrat, betete sie immer noch, Nick möge schlafen. Dann konnte sie das Frühstückstablett auf dem Tisch neben seinem Bett abstellen und still und leise wieder verschwinden. Doch in dem Moment, in dem sie die Tür öffnete, fiel sein Blick auch schon auf sie. Als sie sah, wie er sie anschaute, fühlte sie sich weder stark noch entschlossen, noch teilnahmslos. Lautlos murrte sie über den Allmächtigen und dachte: *Was hast du eigentlich gegen mich?*

»Wie geht es dir?« fragte sie, aber nur, weil ihr nichts Besseres einfiel, denn sie wußte, daß er sich fühlen mußte, als sei eine Brücke über ihm zusammengebrochen.

Er sah sie verwirrt an und versuchte, sich zu erinnern, fast so, als kämpfe er darum, seine Vorstellungen zu sortieren, Tatsachen und Halluzinationen voneinander zu trennen. Einen Moment musterte er sie, und dann sagte er: »Was?«

»Ich habe dich gefragt, wie du dich fühlst.«

»Miserabel.«

Sie stellte das Tablett neben ihm ab und sah den Schmerz und die Nachwirkung des Opiums in seinem benommenen Ausdruck und an den dunklen Ringen unter seinen Augen. Von seiner sonst so gesunden Gesichtsfarbe war nichts zu sehen, und seine Züge wirkten angespannt und erschöpft.

Er sah das Tablett an. »Nimm es wieder mit. Ich habe keinen Hunger.«

»Du hast seit gestern morgen nichts mehr gegessen. Papa will, daß du etwas in den Magen kriegst.«

»Ich habe gesagt, du sollst das Essen wieder mitnehmen.«

»Du mußt etwas essen, ob dir danach zumute ist oder nicht. Dieses ganze Opium auf leeren Magen ist nicht gut für dich.«

»Der Sturz vom Gerüst war auch nicht direkt gut für mich.«

»Das war ein Unfall...«

»Es war die reine Dummheit!«

»Wie dem auch sei«, sagte sie ein wenig verdrossen, »aber du mußt wirklich etwas essen.«

Er zeigte ihr beide Arme, die mit dicken Verbänden umwikkelt waren. »Und wie soll ich das anstellen? Was schlägst du vor? Soll ich wie ein Schwein aus dem Napf fressen? Halb hineinkriechen?«

Sie wollte wirklich nicht lachen, aber als er jetzt davon sprach, wie ein Schwein in den Freßnapf zu kriechen, sah sie plötzlich Precious vor sich, wie er heute morgen bis zu den Ohren im Futter gesteckt und wie verrückt mit dem rosa Korkenzieherschwanz gewedelt hatte.

Sie hörte auf zu lachen, als sie den finsteren Ausdruck auf seinem Gesicht sah. Ihr Blick glitt langsam über seine hohen Wangenknochen und zu den weißen Verbänden, mit denen seine Brust eingeschnürt war. Er ist viel zu sehr Mann, dachte sie; er hätte einer Frau soviel abverlangt, daß es nichts mehr gab, was sie zurückhalten konnte.

Mit einer Hand hob sie seinen Kopf an und schüttelte sein Kissen auf, ehe sie sein Bettzeug geradezog. »Möchtest du vielleicht, daß ich das Fenster aufmache? Und wie wäre es mit einem Buch?« Sie dachte wieder an seine Hände und fragte: »Möchtest du, daß ich dir etwas vorlese?«

»Mir wäre es lieb, wenn du aufhören könntest, diesen ganzen Wirbel zu machen und mir all diese dummen Fragen zu stellen. Mir warst du lieber, als du nicht mit mir reden wolltest.«

»Wenn du weiterhin jeden, der zu dir reinkommt, anfauchst wie ein halbverhungerter Wolf, dann wirst du kaum jemanden finden, der zu dir kommt, wenn du Hilfe brauchst.« Sie nahm die Serviette, faltete sie unwirsch auseinander und steckte sie ihm unter das Kinn.

Nicholas knurrte leise und fummelte mit seinen verbundenen

Händen herum, bis es ihm endlich gelang, die Serviette zu entfernen und sie auf das Tablett zu werfen. »Als nächstes wirst du mich dann wickeln. Ich kann es nicht ausstehen, verhätschelt zu werden.«

Es überraschte sie, wie leicht es ihr fiel, ruhig zu bleiben. Vielleicht lag es daran, daß er so übellaunig war, und das fand sie wirklich komisch. »Irgendeine Frau hat dich fürchterlich verzogen. Und du bist es gewohnt, deinen Kopf durchzusetzen.«

»Dazu bin ich reichlich selten gekommen, seit ich dich kenne.«

Sie nahm den Deckel von der Schale mit der Hafergrütze und nahm aus dem Augenwinkel seinen mürrischen Ausdruck wahr. »Wenn du dich benimmst, helfe ich dir beim Essen.«

»Wenn du schon so entgegenkommend bist, warum ißt du dann nicht gleich an meiner Stelle diesen Fraß?«

»Oh, ich brächte keinen einzigen Bissen mehr runter. Wir haben heute ausgiebig gefrühstückt: Eier, Schinken, Maismehlkuchen, frische Brötchen mit viel süßer Butter...«

»Verschwinde mit diesem Schweinefraß«, fauchte er sie an.

Aber Tibbie hatte schon öfter bärbeißige Menschen gepflegt – vorwiegend Männer. Sie wußte, daß noch viele Tage wie heute folgen würden, ehe Nicholas Mackinnon wieder auf den Beinen war. *Männer sind die übelsten Patienten.* Vielleicht würde er morgen besser gelaunt sein.

Doch am folgenden Morgen hatte sich Nicks Laune, wenn möglich, noch mehr verschlechtert. Tibbie balancierte sein Frühstückstablett auf einer Hand, als sie die Zimmertür aufstieß und eintrat. Nick saß aufgerichtet im Bett und schaute so mürrisch und sauer wie ein Waschbär, der auf einem Baum festsitzt. Er starrte die Tür an, und das hieß, daß er sie anstarrte, als sie eintrat. »Hast du eine angenehme Nacht verbracht?« fragte sie ihn heiter.

»Nicht direkt«, erwiderte er und gab sich gar nicht erst die Mühe, freundlich, nett oder auch nur umgänglich zu erscheinen.

»Hattest du Probleme?«

»Ja, allerdings. Ich war nicht müde. Weißt du, wie es ist, wenn man stundenlang im Bett liegt und beobachtet, wie sich die Schatten über die Decke bewegen, und wenn man sich dabei wünscht, man könnte einschlafen?«

»Du hättest etwas von dem Schlaftrunk trinken sollen, den mein Vater für dich zusammengemischt hat«, sagte sie, als sie durch das Zimmer lief und das Tablett auf dem Tisch neben ihm abstellte.

»Mir hängt jede Medizin zum Hals raus. Ich bin's leid, daß ich mich nicht bewegen kann und im Bett liegen muß. Und überhaupt gefällt mir hier alles nicht. Schlicht gesagt, ich langweile mich rasend.«

»Du langweilst dich?«

»O ja, ich langweile mich«, sagte er mit gepreßter Stimme. »Ich darf nicht aufstehen, und solange ich hier festsitze, habe ich nichts zu tun. Das Aufregendste, was mir zugestoßen ist, seit ich hier bin, war, daß du mich vorgestern zwischen den Zehen gewaschen hast.«

Sie senkte den Blick und spürte, wie ihr Gesicht glühte. Sie hatte geglaubt, daß er schlief. »Daran erinnerst du dich?«

»O ja, aber nicht allzugern. Da war das Rasieren schon aufregender.«

»Ich bin ganz sicher, daß es nicht ganz so schlimm ist«, sagte sie und lachte. »Du hattest doch sicher noch mehr zu tun.«

»O ja, ein paar Kleinigkeiten habe ich ganz vergessen. Gestern morgen habe ich zugesehen, wie eine Spinne ihr Netz um eine Fliege gewebt hat. Und kurz vor dem Mittagessen habe ich die Astlöcher in der Tür gezählt – es sind siebenundfünfzig, falls es dich interessiert. Alles in allem kann ich dir genau sagen, wie viele Bodendielen es hier gibt, wie viele Sprünge in der Decke sind, wie oft dein Vater ›Gütiger Himmel!‹ gesagt hat, während er gestern seine Patienten untersucht hat. Aber der wahre Höhepunkt war der Besuch deiner Großmutter.«

Das überraschte sie. »Großmama? Großmama Grace ist hier gewesen?«

»Allerdings. Leibhaftig.«

»Was wollte sie?«

»Sie hat gesagt: ›Wußten Sie schon, daß Napoleon und Richard III. beide mit einem Zahn zur Welt gekommen sind?‹«

Jetzt lachte Tibbie.

»Ich kann mich nicht erinnern, etwas Komisches gesagt zu haben.«

»Und?« gelang es ihr herauszubringen, während sie nach Luft schnappte.

»Und was?«

»Wußtest du über Napoleon und Richard III. Bescheid?«

»Nein«, sagte er und bemühte sich, nicht zu lachen, »aber ich werde es ganz bestimmt nicht vergessen. Gott weiß, wie oft es mir noch von größtem Nutzen sein wird, das zu wissen.«

Sie sah auf seine Hände herunter, weil ihr wieder einfiel, daß Coll gestern die dicken, unförmigen Verbände abgenommen hatte. Die dünneren Verbände, mit denen seine Hände jetzt umwickelt waren, erleichterten es ihm, die Hände zu benutzen. »Soll ich dir beim Essen helfen?«

»Nein, das schaffe ich schon.«

»Tja, also, wenn sonst nichts mehr ist... ich habe noch eine Menge zu tun.« Sie wandte sich ab.

»Tibbie...«

Sie blieb auf dem Weg zur Tür stehen. Dann drehte sie sich zu ihm um. »Ja?«

»Es ist noch etwas...«

Sie betete, daß sich die Panik, die sie befiel, nicht in ihrem Gesicht zeigte.

»Noch etwas? Du meinst, ich kann noch etwas für dich tun?«

»Ja.«

»Was?«

»Setz dich ein Weilchen zu mir und sprich mit mir.«

»Ich habe wirklich keine Zeit...«

»Dann beschaff dir Zeit. Ich brauche ein bißchen Ansprache und menschliche Gesellschaft. Ich liege jetzt seit fast zwei Tagen in diesem verfluchten Bett, und in all der Zeit habe ich nicht ein einziges anständiges Gespräch geführt.«

»Ein anständiges Gespräch? Das ist alles, was du willst?«

Er nickte.

»Worüber willst du reden?« fragte sie und ging langsam wieder auf sein Bett zu. Sie setzte sich auf den Stuhl, der daneben stand.

»Über irgend etwas. Erzähl mir, was du gestern getan hast.«

Sie lachte. »Beth und ich haben Precious gebadet.«

Er lächelte. »Das hätte ich mir gern angesehen. Ich habe gehört, ein nasses Schwein kann man schlecht festhalten.«

»Da hast du richtig gehört. Ich bin froh, daß wir warmes Wetter hatten. Ehe alles vorbei war, haben Beth und ich mit Precious in der Wanne gesessen. Er hat uns gründlich durchnäßt.« Sie unterbrach sich einen Moment. »Er haßt es, wenn wir ihn baden. Dann schmollt er hinterher tagelang.«

»Ich habe noch nie von einem launischen Schwein gehört.«

»Aber es ist wahr. Schweine schmollen, und sie sind auch beleidigt und nachtragend. So schnell wird uns Precious das Bad nicht vergessen. Seine Gefühle sind verletzt, und sein Ringelschwanz zeigt heute nach unten. Mama hat gesagt, er hätte sich auf sein Strohlager auf der Veranda hinter dem Haus zurückgezogen.« Sie strahlte, und Nick beobachtete skeptisch den Schalk in ihren Augen.

»Ich habe eine wunderbare Idee! Wir könnten ihn zu dir bringen«, sagte sie. »Dann könntet ihr beide gemeinsam schmollen.«

»Mir war noch gar nicht klar, daß ich schmolle.«

»O doch! Das kannst du mir glauben!«

»Ich glaube, lieber zähle ich Astlöcher«, sagte er mürrisch.

Sie sprang auf, und ein spöttisches Lächeln trat auf ihr Gesicht. »Mackinnon, du bist verzogen! Fürchterlich verzogen!« Sie ging zur Tür und blieb dann stehen. »Verzogen«, sagte sie noch einmal. »Verdorben und verzogen!« Sie schloß die Tür hinter sich.

In der kommenden Nacht schlief Nick durch, ohne auch nur einmal wach zu werden. Er spürte den warmen Sonnenschein auf seinem Gesicht, als er darum rang, wieder zu sich zu kommen. *Was ist das bloß für ein Lärm?* Er schlug erst ein Auge auf, dann das andere. Er sah nichts. Er schloß die Augen. *Da ist es wieder*, dachte er. Dann schlug er die Augen wieder auf und sah sich im Raum um. Immer noch nichts. Er schloß wieder die Augen. Wie vorhin schon, hörte er auch jetzt wieder das Geräusch. Es klang, als schnarchte jemand. Wieder öffnete er die Augen und lauschte. Jemand schnarchte. Er rutschte an die Bettkante, und als er nach unten sah, fand er das, was ihn geweckt hatte.

Unter seinem Bett lag Precious ausgestreckt im Tiefschlaf da und schnarchte. Ehe Nick sich einen Reim auf diesen Anblick machen konnte, hörte er ein ersticktes Lachen. Als er aufblickte, sah er Tibbie und Beth, die durch die Tür lugten. Als sie merkten, daß er sie ansah, brachen sie beide in hysterisches Gelächter aus. Er mußte einfach mit in dieses Lachen einfallen.

Im nächsten Moment traten die beiden ein und schlossen die Tür hinter sich. »Wir sollten lieber schnell mit Precious verschwinden«, sagte Tibbie. »Wenn Großvater herausfindet, daß wir ihn in seine Klinik gelassen haben, wird es uns schlecht ergehen.«

»Wird Großvater dann wütend?« fragte Beth.

»Er wird toben«, prophezeite Tibbie. »Und jetzt stell dich auf die andere Seite des Bettes, und ich versuche, ihn festzuhalten, ehe er aufwacht. Andernfalls ist der Teufel los. Du weißt ja, wie gern Precious Nachlaufen spielt. Dann könnten wir den ganzen Nachmittag hier verbringen. Und jetzt beeil dich.«

Tibbie kniete sich neben das Bett, und als sie sah, daß Beth auf der anderen Seite bereit war, streckte sie die Hand nach Precious aus und wollte ihn am Halsband erwischen. Aber in dem Moment, in dem sie ihn berührte, wachte Precious grunzend auf und quiekte wahnsinnig, als Tibbie sein Halsband verfehlte und ihn am Ohr packte. Es dauerte nur einen Sekundenbruchteil, bis das Schwein unter dem Bett herausschoß, als wollte jemand es zu Speck verarbeiten. »Ach, du meine Güte!« stöhnte Tibbie.

»Jetzt wird uns Großvater erwischen!« kreischte Beth.

Als nächstes kam es zu einem gewaltigen Tumult, als Beth und Tibbie versuchten, Precious den Weg abzuschneiden. Das Schwein lief in alle Richtungen und rutschte auf dem gebohnerten Holzfußboden aus. Dabei quiekte es, als ginge es ihm an den Kragen.

»Was im Namen aller Heiligen geht hier vor?« fragte Coll Buchanan, als er die Tür öffnete und sich im Zimmer umsah. »Gütiger Himmel!« brüllte er, und dann noch einmal: »Gütiger Himmel!« Als er seine Tochter und seine Enkelin sah, sagte er: »Was hat dieser Blödsinn zu bedeuten?« Als keine von beiden etwas sagte, fragte er: »Tibbie Anne, was hat dieses *Schwein* hier zu suchen?«

Tibbie tat ihr Bestes, um zerknirscht zu wirken, aber es fiel ihr schwer. Ihr war so fröhlich zumute wie einem pfeifenden Teekessel. Sie brauchte Nick und Coll nur ins Gesicht zu sehen und hätte sich am liebsten vor Lachen gebogen. Nie hatten zwei Männer bestürzter gewirkt und ganz den Eindruck gemacht, als verstünden sie gar nichts mehr.

»Opa sieht aus, als sei er ziemlich wütend«, flüsterte Beth.

»Und ich kann dir versichern, daß er von Sekunde zu Sekunde wütender wird«, sagte Coll. »Und jetzt antwortet mir! Was geht hier vor?«

»Ach, das verstehst du ja doch nicht«, sagte Tibbie.

»Laß mich das entscheiden«, sagte Coll.

Tibbie seufzte. »Also, verstehst du...«

»Nein, keineswegs«, sagte Coll. »Und dazu kommt noch, daß ich glaube, du verstehst selbst nicht, was du tust. Welcher Teufel hat dich geritten? Wie kommst du dazu, dieses Schwein hierherzubringen?«

»Wir dachten, es könnte Mr. Mackinnon aufheitern.«

»Ihn aufheitern? Ihr dachtet, mit dieser sabbernden Sau könntet ihr das bewerkstelligen?«

»Precious sabbert nicht!« protestierte Beth. »Oma hat gesagt, er sei sauberer als viele Menschen, die sie kennt.«

Coll sah Beth an. »Darüber werde ich noch mit deiner Großmutter reden.« Dann sah er Tibbie an. »Ist alles in Ordnung?«

»Ja, natürlich.«

Coll sah Tibbie immer noch an, bevor er sich dem Schwein und anschließend Nicholas zuwandte, der genauso bestürzt dreinblickte wie er selbst. Mit einem ermatteten Seufzen sagte er: »Schafft dieses Schwein von hier weg, und sorgt dafür, daß es nicht noch einmal herkommt, oder es gibt am nächsten Sonntag Schinken!« Daraufhin sah er Beth an und bereute augenblicklich seine herben Worte, denn er rechnete damit, daß sie in Tränen ausbrechen würde. Aber Beth wußte, daß Coll schneller mit Drohungen als mit Taten bei der Hand war, und daher bekam er anstelle von Tränen nur die Antwort: »Ich werde Precious von hier wegschaffen, Opa. Wie du gesagt hast.«

Precious war jedoch anderer Meinung, denn er hatte gerade ein hübsches, sonniges Plätzchen auf dem Fußboden gefunden und sich hinplumpsen lassen. Jetzt lag er auf dem Bauch und hatte die Füße vor sich hingestreckt und den Kopf so plaziert, daß ihm die Sonne voll ins Gesicht schien; seine Augen waren seelig geschlossen. Als Beth ihn schubste, grunzte er nur und öffnete seine winzigen Schweinsäuglein für einen Sekundenbruchteil, ehe er sie wieder schloß. Sie gab ihm wieder einen Schubs, und er fing ernstlich an zu grunzen. Als sie ihn an den Ohren zog, sprang er auf und quiekte laut, und seine kleinen Füße trommelten extrem gereizt auf den Boden, ehe er neben Nicks Bett stehenblieb. Er stieß den Kopf unter das Bett und wand sich und grunzte, bis er sich unter das Bett gezwängt hatte. Beth ließ sich auf alle Viere fallen und fing an, zu flehen und ihm zuzureden, aber Precious rührte sich nicht von der Stelle.

Coll beobachtete stumm die Szene. Beth wurde ihrer Mutter täglich ähnlicher. Er hätte gewünscht, es wäre nicht so, aber es gab nichts, was er daran ändern konnte. Ohne ein weiteres Wort schüttelte Coll den Kopf und wandte sich ab. Im nächsten Moment hatte er die Tür hinter sich geschlossen.

Coll machte zwei Schritte, blieb stehen und kratzte sich versonnen das Kinn. Dann drehte er sich um und sah die Tür an, die er gerade hinter sich geschlossen hatte, ehe er den Kopf schüttelte. »Nee«, sagte er leise und ging dann weiter. Nach den beiden nächsten Schritten blieb er wieder stehen und hob die Hand, um sich das Kinn zu reiben. Noch einmal sah er die Tür an, und ein rätselnder Ausdruck trat auf sein Gesicht. Er öffnete die Tür.

Beth kauerte noch auf allen vieren auf dem Boden und versuchte, dieses dickköpfige Schwein zu beschwatzen. Coll dachte: *Wenn jemand einem Kind erlaubt, ein Yorkshire-Schwein als Haustier zu halten, dann sollte der sich mal den Kopf untersuchen lassen.* Coll hatte eine Zeitlang mitgespielt und geglaubt, wenn er keinen allzu großen Wirbel veranstaltete, dann würde Beth das Interesse an dem Schwein schnell genug verlieren und ihre Zuneigung einem würdigeren Objekt zuwenden. Aber diese Strategie hatte sich nicht bewährt, denn wenn Beth etwas ins Herz geschlossen hatte, waren ihre Gefühle nicht ins Wanken zu bringen.

Aber eigentlich machte sich Coll keine Sorgen um Beth oder ihr Hausschwein, sondern um Tibbie. Sie benahm sich seltsamer als das Wetter. Und er war nicht sicher, wie er damit umgehen sollte. Er ging in die Küche und erwähnte es Effie gegenüber, aber sie war ebenso verwirrt wie er. »Ich weiß es auch nicht, Coll. Wie wäre es mit einem der Heilmittel aus Großmamas Almanach?«

»Himmel, Frau! Ich will meine Tochter nicht umbringen! Ich will sie verstehen! Dieses verfluchte Buch sollte verbrannt werden. Hast du es gelesen?«

»Nein. Was ist daran auszusetzen?«

»Es besteht nur aus albernem Aberglauben, das ist alles. Wie würde es dir gefallen, wenn man dir den Saft von gebratenen Zwiebeln ins Ohr gießt, um Ohrenschmerzen zu heilen?«

»Das ist ja gräßlich!«

»Es geht noch weiter. Eine dreckige Socke um den Hals wird als Allheilmittel gegen Halsentzündungen empfohlen, und ein Gerstenkorn geht weg, wenn man es mit dem Schwanz einer schwarzen Katze reibt, und Windpocken kann man heilen, indem man dafür sorgt, daß einem ein Gockel über den Kopf fliegt.«

»Sei froh, daß Großmama noch keins dieser Mittel ausprobiert hat.«

»Eine reine Zeitfrage«, murrte Coll, während er die Küche verließ. »Eine reine Zeitfrage.«

Er kehrte wieder in Nicks Zimmer zurück, blieb in der Tür stehen und betrachtete seine Tochter. Er fand sie und Nick unverändert vor, aber jetzt hing eine Elektrizität im Raum, die vor wenigen Minuten noch nicht spürbar gewesen war. Selbst auf diese Entfernung konnte er erkennen, daß sie sich aus irgendwelchen Gründen in den Haaren lagen, denn Tibbie stand an Nicks Bett und hatte die Arme in die Hüften gestemmt. Das hatte Coll oft genug an ihr gesehen, um zu wissen, daß sie als nächstes mit dem Fuß auf den Boden trommeln würde – so, wie es aussah, war damit jeden Moment zu rechnen. Er hatte diesen Gedanken kaum zu Ende gedacht, als sie auch schon mit dem Fuß auf den Boden stampfte. Falls ihr Gesichtsausdruck irgendwelche Schlüsse zuließ, dann den, daß Tibbie wütend war. Coll sah Nick an, der all das nicht gerade gelassen hinzunehmen schien. Er wurde offenbar von Moment zu Moment zorniger. Colls erster Gedanke war, die ganze Geschichte als nichtig abzutun, denn er wußte schließlich, daß jemand mit den Verletzungen, die Nicholas Mackinnon davongetragen hatte, gewöhnlich mürrisch war, und das zu Recht. Und Frauen liebten weiß Gott nichts so sehr wie einen Streit. Er fragte sich tatsächlich, ob er Nick warnen sollte. Nach allem, was Coll wußte, ließ sich eine Frau in einer Diskussion nie vom Gegenteil dessen überzeugen, was sie zu glauben geneigt war.

Die beiden waren derart in ihre Uneinigkeiten vertieft, daß sie weder Beth noch Coll zur Kenntnis nahmen, und das gab ihm Gelegenheit, unbeobachtet herauszufinden, was los war. Ihn störte nicht weiter, daß sie sich wie zwei Katzen gegenüberstanden, die aus demselben Napf fressen wollten. Er setzte genug Vertrauen in Tibbie, um zu wissen, daß sie sich durchsetzen konnte. Schließlich war sie Effies Tochter, oder etwa nicht? Als er sich endlich abwandte, empfand er tatsächlich ein wenig Mitgefühl mit Nick. Wenn Tibbie ihm nicht den Rest gab, dann würden es Beth und ihr komisches Schwein bestimmt schaffen. Coll schloß leise die Tür und wandte seine Aufmerksamkeit der Tagesordnung zu. Dabei pfiff er ab und zu ein Lied vor sich hin und äußerte sich zu dem wunderbaren Wetter.

»Ich glaube, es wird regnen, Papa«, sagte Mairi und sah ihn seltsam an.

»Wer sagt denn, daß Regen nicht auch wunderbar sein kann?« meinte Coll und pfiff sofort weiter.

Mairi hatte ihren Vater schon sonderbarer erlebt, und daher zuckte sie nur mit den Achseln, sprang durch den Flur und öffnete die Tür, die ihr Vater gerade erst geschlossen hatte.

Mairi sah erst ihre Schwester an und dann das Schwein unter Nicholas Mackinnons Bett. Sie konnte sich ein Bild von der Lage machen, als sie sah, wie rebellisch sich Precious unter dem Bett gebärdete, wie flehentlich Beth ihm zuredete und daß Tibbie die Geduld verlor, um das Bett herumlief, Precious am Schwanz packte und ihn auf der anderen Seite herauszerrte, während er laut quiekte und grunzte. Aber nichts von alledem konnte sie überraschen. Was soll einen noch wundern, wenn man mit eigenen Augen gesehen hat, wie die Schwester dem schlimmsten Raufbold der Stadt einen Krug Kürbisbier über dem Kopf ausleert? Sie verstand zwar nichts von dem, was sie sah, aber es überraschte sie nicht. Dennoch lag das Schwein unter dem Bett des Mannes, und dafür mußte es irgendeinen Grund geben. Sie sah Tibbie an. »Du hast doch nicht etwa...«

»Doch«, brummte Tibbie, die sich beim besten Willen nicht mehr an die unzähligen Gründe erinnern konnte, die sie veranlaßt hatten, dieses verfluchte Schwein in Nicks Zimmer zu bringen. Sie erinnerte sich lediglich daran, daß sie es irgendwann für eine gute Idee gehalten hatte. Sie schaute belämmert drein und fragte sich, warum sie immer wieder einer zu großen Entschlossenheit und einer zu geringen Voraussicht zum Opfer fiel, und sie wünschte, sie wäre Mairi ähnlicher gewesen – hinter einem Dunstschleier verborgen, der sich nie wirklich hob.

Tibbie sah sich im Zimmer um. Alle starrten sie an, alle außer Precious, um es genau zu sagen. *O weh*, dachte Tibbie. Als sie sah, wie entrüstet Precious grübelte, wußte sie, daß er Rache plante. Ein Schwein, falls jemand das nicht wissen sollte, denkt sich ständig Missetaten und Vergeltungsmaßnahmen für jedes Unrecht aus, das ihm zugefügt worden ist, denn es ist allseits bekannt, daß Schweine nachtragend sind. Es gibt einfach nichts Schlimmeres als ein Schwein, das einen Groll hegt.

»Steh nicht rum, als hättest du nichts Besseres zu tun«, sagte Tibbie zu Mairi. »Hilf uns lieber, dieses Vieh einzufangen.«

Mairi schloß sich der Verfolgungsjagd an, und Nick mußte zugeben, daß seine Laune entschieden besser war, als die drei das Schwein endlich in die Enge getrieben hatten. Er konnte sich nicht erinnern, je so viel gelacht zu haben. Das einzige Problem bestand darin, daß ihm vom Lachen alles weh tat. Aber das vergaß er schnell genug wieder, als Beth auf ihn zukam und Precious hinter sich herzerrte. »Ist er nicht das *entzückendste* Schwein, das du je gesehen hast?«

Nick stimmte ihr zu, Precious sei wirklich absolut entzükkend. Mairi zog Precious hinter sich her und sagte: »Komm, Beth. Mr. Mackinnon braucht seine Ruhe.«

Beth stieg auf den Stuhl neben Nicks Bett, beugte sich vor und preßte einen nassen Kuß auf seine Wange. »So!« sagte sie zufrieden. »Davon geht es dir bestimmt gleich viel besser.«

Im nächsten Moment war sie mit Mairi durch die Tür verschwunden. Tibbie hatte nie erlebt, daß Beth jemanden so schnell wie Nick ins Herz geschlossen hatte, und es sah ihrer Tochter gar nicht ähnlich, durch die Gegend zu laufen und Küsse auszuteilen – in der Hinsicht war sie ihrer Mutter sehr ähnlich. Das Erstaunen drückte sich immer noch auf ihrem Gesicht aus, als sie sich Nick wieder zuwandte. Ihre Blicke trafen sich. Einen Moment lang starrten die beiden sich an, und keiner konnte den Blick abwenden. Tibbie spürte, wie sie zitterte und zu schmelzen schien – und das passierte ihr reichlich oft, wenn Nick sie so ansah. Farbe stieg in ihr Gesicht auf, und ihr Herz hämmerte heftig. Sie konnte dieses Gesicht nicht aus den Augen lassen, den Blick nicht von diesen kobaltblauen Augen abwenden, in denen soviel Sehnsucht stand – und sie wollte es eigentlich auch gar nicht.

Es war zwecklos, es abzustreiten. Sie fühlte sich zu diesem Mann hingezogen, und er lauerte ihren Gefühlen auf wie ein Wegelagerer, bis ihr die Knie weich wurden und ihr Blut rauschte. Ihre allzu lang ruhenden Gefühle, die im Alter von sechzehn gerade nur geweckt und dann wie eine Kerze ausgepustet worden waren, keimten wie winzige grüne Knospen auf und wuchsen schneller als Unkraut in einem regnerischen Sommer.

»Fürchte dich nicht vor mir, Tibbie. Ich werde dir nicht weh tun. Nie.«

Tibbie zuckte bei diesen Worten zusammen, denn sie trafen sie wie ein Echo aus der Vergangenheit. Aber dann betrachtete sie den Mann genauer, der sie diesmal ausgesprochen hatte, und sie sah den liebevollen Ausdruck seiner Augen und sein aufrichtiges Gesicht.

Sie seufzte. »Ich fürchte mich nicht vor dir, Nick«, sagte sie leise. »Ich fürchte mich vor Tibbie Buchanan. Ich fürchte mich davor, wer ich bin und was ich will, wenn ich mit dir zusammen bin. Ich will nicht wieder verletzt werden.«

»Ich weiß, aber so muß es nicht kommen.«

»Das ist mir klar«, sagte sie mit erstickter Stimme, »und gerade darin liegt das Problem.«

Ehe er etwas darauf erwidern konnte, drehte sie sich um und lief schnell aus dem Zimmer. Was blieb, war nur ihr Duft und das Geräusch ihrer hastig davoneilenden Schritte, die durch den Gang hallten.

Drei Tage lang bekam Nick sie nicht zu sehen. Es ging nicht. Sie fühlte sich zu sehr zu ihm hingezogen, zu verletzbar, und daher mußte sie diese Distanz zwischen sich und ihn legen, damit sie Zeit fand, sich alles genauer zu überlegen. Aber es war nicht einfach, sich einem Mann wie Nick fernzuhalten. *Aus den Augen, aus dem Sinn, so was Blödes!* Ständig kreisten ihre Gedanken um ihn.

Nick mußte wohl auch durch Beths Gedanken spuken, denn sie fing an, ihn regelmäßig zu besuchen und ihm Bilder zu bringen, die sie gemalt hatte, oder ein oder zwei verwelkte Blumen, und eines Nachmittags brachte sie ihm einen Lebkuchenmann, den sie und Tibbie gebacken hatten.

»Ist deine Mutter eine gute Köchin?«

»Ja, aber sie läßt oft Sachen anbrennen. Großmama Grace hat gesagt, das liegt daran, daß sie immer zuviel anderes im Kopf hat, aber Mama sagt mir nicht, was das für Sachen sind.«

Nick lächelte sie an und wollte in den Lebkuchen beißen.

»Iß die Knöpfe zuerst«, sagte Beth. »Das sind Rosinen.«

Während Nick die Knöpfe aß, sagte sie: »Die Augen esse ich nie, weil die aus Lakritze sind, und ich *hasse* Lakritze.«

»Wirklich? Also, ich werde die Augen essen. Ich mag Lakritze.«

»Davon kriegt man eine schwarze Zunge.«

Nick aß die Augen. »Hier«, sagte Beth. »Meine Augen kannst du auch haben.« Sie zog die Augen aus ihrem Lebkuchenmann und gab sie Nick, der sie sich prompt in den Mund steckte. »Zeig mir deine Zunge«, befahl sie. Sie stellte sich auf den Stuhl und beugte sich über ihn, damit sie seine ausgestreckte Zunge genau betrachten konnte.

»Ja!« sagte sie. »Die ist wirklich ganz schwarz. Aber mach dir keine Sorgen. Mama sagt, das geht wieder weg.«

»Und du gehst jetzt auch, du kleine Zimperliese«, sagte Mairi, die ins Zimmer kam. »Für dich ist es Zeit zum Baden, und deine Mutter sucht dich.«

Am selben Abend nahm Tibbie, nachdem sie Beth gebadet und ins Bett gesteckt hatte, ein langes Bad und dachte über Nicholas nach. Der Mann war in ihr Leben getreten, und es sah ganz so aus, als hätte er die Absicht, sich nicht mehr vertreiben zu lassen. Und wie empfand sie das? Sie war verwirrt. Fürchtete sich panisch davor, ihm einen Platz in ihrem Leben einzuräumen. Als das Wasser schon kalt wurde, wußte sie nur eins mit Sicherheit, nämlich, daß ihre Haut noch nie so aufgeweicht gewesen war. Sie verließ die Wanne.

Sowie sie sich abgetrocknet und ihr schlichtes Baumwollnachthemd angezogen hatte, kroch sie ins Bett, blieb einen Moment lang dort liegen und stand dann wieder auf. Sie probierte den Stuhl aus, und als der auch nicht das Richtige war, trat sie ans Fenster. Aber auch dort hielt es sie nicht lange. In der nächsten Stunde lief sie unablässig in ihrem Zimmer auf und ab, vom Stuhl zum Fenster, zum Bett und dann dasselbe wieder von vorn. Warum war sie bloß so unruhig? *Wenn du darauf keine Antwort weißt, dann bist du noch blöder, als ich dachte.* Sie wollte bei Nick sein. *Ob ich wohl hingehen und mit ihm reden sollte?* Würde sie es denn auch tun? *Würde ich was tun?* Reden. Vielleicht war Mairi doch nicht die einzige in der Familie, die sich hinter einem Dunstschleier verbarg, der sich wohl nie heben würde, nicht die einzige, die wirr im Kopf war.

Ihre Schlafzimmertür öffnete sich, und Effie trat ein. »Bei allen Heiligen! Du streichst herum wie eine Katze. So viele quietschende Bodendielen habe ich noch nie gehört.«

Tibbie hatte ganz vergessen, daß das Zimmer ihrer Eltern direkt unter ihrem lag und daß sie natürlich hören würden, wie unruhig sie umherlief. »Was plagt dich, Tibbie? In der letzten Zeit bist du so nervös und angespannt.« Effie ging auf Tibbie zu und ließ sich nicht im geringsten von ihrer finsteren Miene abschrekken. »Du siehst ein wenig blaß aus. Bist du ganz auf der Höhe?«

»Mir fehlt nichts.«

»Ich weiß nicht so recht«, sagte Effie. »Sogar deinem Vater ist es aufgefallen, und dieser junge Mann, dieser Mackinnon...«

Tibbie riß den Kopf hoch. »Mackinnon?«

»Jedesmal, wenn ich ihm sein Tablett bringe, fragt er nach dir.« Effie sah aus, als würde sie ernsthaft nachdenken. »Er hat dir doch nichts getan, oder?«

»Mir etwas getan?« Sie lief rot an. »Nein, natürlich nicht.«

»Warum besuchst du ihn dann nicht einmal?«

»Warum sollte ich das tun?«

»Und warum nicht?«

Tibbie zuckte mit den Achseln. »Papa hat gesagt, er sei über das Schlimmste hinweg. In ein paar Tagen wird er aufstehen können.«

»Aber bis dahin ist er ans Bett gefesselt, Tag und Nacht. Er hat nach dir gefragt.«

Tibbie erinnerte sich plötzlich wieder an ihre letzte Begegnung. Mein Gott, wie er sie angesehen hatte! Sie konnte an nichts anderes mehr denken, nur daran, in sein Zimmer zu laufen und ihren Kopf an seine Schulter zu legen, damit er sie festhalten konnte. Sie seufzte. *Das* war Grund genug, sich ihm fernzuhalten.

Drei Tage später sagte Coll beim Frühstück zu Tibbie: »Mir ist aufgefallen, daß du Mackinnon die Mahlzeiten von Mairi oder deiner Mutter bringen läßt. Gibt es irgendwelche Probleme mit ihm?«

»Nein. Ich hatte nur eine Menge anderes zu tun.«

»Deine Mutter hat mir gesagt, daß Mairi ein paar Tage zu tun haben wird. Ich vermute, daß jetzt du dran bist und ihm die Mahlzeiten bringen mußt.«

Tibbie zögerte. »Kann das nicht jemand anderes tun?«

»An wen dachtest du denn?«

Tibbie dachte an Gladys, bis ihr wieder einfiel, daß sie zu ihrer Schwester gefahren war, und dann schlug sie Mairi vor, aber Effie erinnerte sie noch einmal daran, daß Mairi bei den neun Dexter-Kindern einsprang, da Coll Mrs. Dexter gerade von Nummer zehn entbunden hatte. Tibbie schied Großmama selbst aus, da ihr nur noch zu gut im Gedächtnis haftengeblieben war, was Großmama getan hatte, als sie ihr das letztemal Arbeit aufgehalst hatte. Sie hatte ihr vorgeschlagen, Mr. Mackinnon ein Paar Socken zu stricken, und dann hatte sie sie vorgefunden, wie sie an Nicks Bett saß und sein Bein über die Bettkante gezogen hatte, während sie versuchte, ihm ein Paar Socken um den Fuß zu strikken.

Sie durchforstete ihren Verstand immer noch nach jemandem, den sie vorschlagen konnte, als Coll sagte: »Ich bin nach Port Lavaca gerufen worden. Es sieht so aus, als zöge das Gelbfieber, das in Galveston gemeldet ist, in diese Richtung weiter. Ich weiß nicht, wie lange ich fort sein werde. Du wirst in meiner Abwesenheit die Klinik übernehmen müssen. Und dazu gehört auch Mackinnon.«

Tibbie sprang auf und wirkte so überrascht wie der alte Harm Brewster, als er in Mrs. Prices Bett aufgewacht war und Mr. Price gesehen hatte, der mit einer Flinte am Bett stand. »Gelbfieber?«

»Ja. Ich weiß nicht, wie lange ich fort sein werde. Fürs erste könntest du gleich mal Mackinnon das Frühstück bringen und dafür sorgen, daß er es auch ißt«, sagte Coll.

Als sie langsam zu Nicks Zimmer ging, war Tibbie um ihren Vater besorgt. Gelbfieber war eine gefährliche Krankheit, und Coll war überarbeitet und mitgenommen. Allein schon die Reise würde ihm schwerfallen. Als sie Nicks Tür am anderen Ende des

Ganges sah, wünschte sie plötzlich, sie hielte kein Tablett in den Händen und könnte sie jetzt ringen. Sie war mehr als nur nervös. Nichts wünschte sie sich mehr, als den Nachmittag mit ihm zu verbringen, aber sie fühlte sich so unbeholfen wie ein Schulmädchen. Selbstgespräche waren ihres Erachtens nur ein armseliger Ersatz für das Händeringen.

Nachdem sie vor der Tür kurz stehengeblieben war, zog Tibbie die Schultern zurück und holte tief Atem, ehe sie das Tablett auf ihrer Hüfte balancierte und die Tür öffnete.

Nick hörte das Quietschen der Tür, und als er langsam ein Auge öffnete, sah er einen Engel näher treten. Aber auf diesen speziellen Engel war er wütend, weil er ihm in den allerletzten Tagen allzu grausam ausgewichen war. Er wagte es nicht, jetzt gleich mit ihr zu reden, denn er fürchtete, er könnte mehr sagen, als er hätte sagen sollen. Er schloß die Augen bis auf einen schmalen Spalt und erkannte sie nur noch verschwommen.

Tibbie stellte das Tablett auf den Tisch neben seinem Bett und sah ihn an. Seine schöne Brust war entblößt, und die Quetschungen waren abgeheilt, und was blieb, war glatte gebräunte Haut. Seine Decke war bedrohlich weit heruntergerutscht, und sie griff danach, um sie hochzuziehen und ertappte sich gerade noch rechtzeitig dabei. Sie setzte sich auf den Stuhl neben ihm, ohne den Blick von seinem Gesicht abzuwenden. Himmel, was für ein gutaussehender Teufel er doch war! Sie hätte ihn gern geweckt, wollte aber nicht zu deutlich werden. Sie ließ die Stuhlbeine über den Boden scharren. Er zuckte mit keiner Wimper. Sie räusperte sich, aber er schlug kein Auge auf. Sie hustete, und Nick schlief weiter. Sie wandte den Blick gedankenverloren ab, und er unterdrückte mühsam ein Lächeln. Er wollte herausfinden, was sie als nächstes tun würde.

Sie sah ihn wieder an und seufzte noch einmal. »Also gut, von mir aus, es ist ja auch schon egal«, flüsterte sie. »So, wie ich mich im Moment fühle, glaube ich ohnehin nicht, daß ich dir auch nur einen Moment lang gewachsen wäre.«

Nick schlief weiter, und ein warmes, erhebendes Gefühl breitete sich in seinem Körper aus.

»Warum hast du mir das bloß angetan? Alles ist so gutgegangen, bis du hergekommen bist.« Sie schüttelte den Kopf. »Ich kann es nicht«, sagte sie und stand auf. »Ich will es, aber ich kann es einfach nicht.« Sie sprang auf und verließ eilig das Zimmer.

Nick schlug ein Auge auf und lächelte strahlend. »Doch, du kannst es«, flüsterte er.

11

Am folgenden Morgen sagte Tibbie, sie fühlte sich nicht wohl, und Effie bestand darauf, daß sie im Bett blieb. Nachdem sie zwei Tage lang im Bett gelegen hatte, kam Mairi in ihr Zimmer und sagte: »So! Jetzt genügt es aber.«

Tibbie sah ihre Schwester an. »Wovon redest du?«

»Tibbie Anne, du bist nicht kränker als ich, und mir geht es gut. Ich will jetzt wissen, was los ist, und wenn ich es nicht auf der Stelle erfahre, rufe ich Papa.«

Etwa zu dem Zeitpunkt erschütterte ein tiefes lautes Gebrüll, das entschieden männlicher Herkunft war, das Haus bis in die Grundfesten. »Was ist das für ein gräßliches Geräusch?« fragte Tibbie, die sich im Bett aufsetzte.

»Willst du damit sagen, daß du es jetzt erst hörst?«

»Zum ersten Mal«, sagte Tibbie. »Was ist das?«

»Mackinnon.«

»Mackinnon? Was fehlt ihm denn?«

»Er will dich sehen, und er veranstaltet einen gewaltigen Zirkus. Das«, sagte sie, als Nick wieder lauthals brüllte, »geht jetzt schon seit acht Uhr heute morgen so.«

»Sag ihm, er soll aufhören, sich derart dämlich zu benehmen.«

»Sag du es ihm. Ich bin gescheitert.«

Tibbie zog sich an und machte sich auf den Weg zu dem Zimmer im Erdgeschoß, in dem Nick untergebracht war. Behutsam öffnete sie die Tür und trat in dem Moment ein, in dem Nick wieder sein Gebrüll anstimmte.

»Um Gottes willen!« zischte sie. »Wirst du jetzt ruhig sein?«

»Komm rein und setz dich. Ich will Gesellschaft.«

»Nein!«

»Entweder du kommst her und setzt dich hin, oder ich singe die Nationalhymne – jede einzelne Strophe.«

»Das würdest du nicht wagen. Außerdem bezweifle ich, daß du den Text über die ersten fünf Worte hinaus kennst.«

Er fing wieder an zu brüllen. Nach zwei Strophen preßte sie die Hände auf die Ohren, knallte die Tür zu und trat an sein Bett. »Was ißt du am wenigsten gern, Mackinnon?«

»Leber«, sagte er.

»Wenn ich auch nur noch eine Note von dir höre, das kleinste Zwitschern aus deiner Kehle, werde ich persönlich dafür sorgen, daß du für den Rest deines Aufenthalts hier nichts anderes als Leber vorgesetzt bekommst.«

Als er beobachtete, wie sie sich abwandte und das Zimmer verließ, hatte er das Gefühl, genau zu wissen, *wessen* Leber sie ihm servieren würde.

Zwei Tage später kehrte Coll zurück. Effie warf nur einen Blick auf ihren erschöpften Mann und setzte ihm kräftige Hühnerbrühe vor, ehe sie ihn ins Bett packte. Am nächsten Morgen machte er bei ein paar Patienten in der Klinik Visite und schaute dann nach Nick. Genau drei Minuten später floh er aus Nicks Zimmer und begegnete Mairi auf dem Weg zum Sprechzimmer.

»Such deine Schwester und sag ihr, daß ich sie augenblicklich sehen will. Leber!« sagte er. »Bei allem, was heilig ist!«

Zwei Minuten später betrat Tibbie das Sprechzimmer ihres Vaters. »Mach die Tür zu«, sagte er, und sie tat es.

Fünfzehn Minuten später verließ Tibbie das Sprechzimmer ihres Vaters. Als sie aus der Tür kam, war sie so bleich wie ein Bettlaken, aber als sie in die Küche stolzierte, war ihr Gesicht schon rosenrot. Sowie sie die Küche erreicht hatte, ging sie auf eine Schüssel zu, die auf dem Küchenschrank stand, und holte ein schwabbeliges Stück rötlichbraune Leber raus. Damit begab sie sich zu Nicks Zimmer. Ohne auch nur für einen Sekundenbruchteil zu zögern, riß sie die Tür auf und wedelte beim Eintreten mit dem Stück Leber in ihrer Hand.

»Wenn das nicht der Gipfel ist! Diese abscheulichen, hinterhältigen, miesen, verschlagenen, skrupellosen, gemeinen Tricks!« sagte sie und knallte die Tür hinter sich zu.

Wenn das nicht genügt hätte, um Nick aus seinem Dämmerzustand zu reißen, dann hätte der kalte, nasse, abscheulich riechende Gegenstand ausgereicht, der ihm ins Gesicht klatschte.

Sogar mit geschlossenen Augen erkannte er diesen Geruch. Er spürte, wie sein Magen revoltierte. Der Magen drehte sich ihm wieder um, als die glitschige, stinkende Masse von seiner Wange glitt und dicht neben seinem Ohr hängenblieb.

Ehe er etwas unternehmen konnte, schnappte Tibbie die Leber wieder und klatschte sie ihm noch einmal ins Gesicht.

»Was, zum Teufel, ist in dich gefahren?« rief er, während er ihr die Leber aus der Hand riß und sie quer durch das Zimmer schleuderte.

»Versuch bloß nicht, den Unschuldigen zu spielen. Daraus wird nichts. *Du*«, sagte sie und bohrte ihm einen Finger in die Brust, »bist das Allerletzte! Wie kannst du es wagen!«

»Was wage ich denn?«

Sie sah sich nach etwas um, was sie ihm um die Ohren hauen konnte. »Du hast es meinem Vater erzählt, du Schwein! Ich hätte nie geglaubt, daß sich ein erwachsener Mann so weit herabläßt. Weißt du, was du bist, Mackinnon?«

Nick ging die Möglichkeiten durch und fragte sich, auf welches Schimpfwort sie wohl zurückgreifen würde.

»*Du*«, sagte sie und bohrte ihm wieder einen Finger in die Brust, »bist eine Plappertasche.«

Er lachte so laut, daß er fürchtete, seine frisch zusammengeflickten Rippen könnten wieder Risse kriegen.

Plappertasche? Er musterte das wütende, aber immer noch so schöne Gesicht und die Augen, die ihn erdolchten, und er konnte einfach nicht glauben, daß er so passiv dalag, wenn er einer Frau so nah war, die so umwerfend aussah wie sie.

Gütiger Himmel! Wie lange ist es her, seit mich jemand Plappertasche genannt hat? Damals hatte er noch kurze Hosen angehabt.

Der Mann im Bett zog seine Augenbrauen hoch und lächelte sie freundlich an. Wäre sie nicht derart wütend gewesen, dann hätte es sie umgeworfen, wie sich die Sonne in den warmen Brauntönen seines Haars brach – Haar, für das jede zweite Frau in Indianola ihren Augapfel gegeben hätte. Seine vollkommen geschnittenen Züge drückten fröhliche Belustigung aus, und das tiefe Blau seiner Augen hätte mit seiner Leuchtkraft eine Schneefrau entflammen lassen. Aber Tibbie bemerkte nichts von alledem.

»Du hast mich verpetzt!« fauchte sie. »Du hast meinem Vater erzählt, daß ich mich geweigert hätte, dich zu pflegen, und dir gedroht hätte, dir nichts anderes als Leber vorzusetzen.«

Er war so dreist, sie erstaunt anzuschauen. »Tja«, sagte er schließlich, »das ist doch wahr, oder nicht?«

»Ich habe dich gemieden. Ich habe mich nicht geweigert, dich zu pflegen.«

»Wie du es auch formulieren willst – es ist eine Tatsache, daß du mich nicht gepflegt hast, und Leber hast du mir auch angedroht.« Er wischte sich das Gesicht ab und sagte: »Mein Gott, dieses Zeug riecht einfach gräßlich!« Dann sah er ihr ins Gesicht und sagte: »Ich könnte dem noch hinzufügen, daß diese Drohung jetzt in die Tat umgesetzt worden ist.«

»Darum geht es nicht!«

»Worum denn sonst?«

»Es geht darum, daß du petzt wie ein alberner Schuljunge. Was wirst du als nächstes versuchen? Meine Zöpfe in dein Tintenfaß tauchen? Frösche in mein Eßgeschirr setzen? Du hast mir einen Haufen Ärger gemacht. Laß dir eins sagen, ein für allemal.

Wage es nicht, meinem Vater gegenüber je auch nur meinen Namen zu erwähnen!«

»Ich verstehe. Dann muß ich mich wohl entschuldigen.«

»Mir ist es gleich, ob du dich entschuldigst oder nicht. Es ändert nicht das geringste«, fauchte sie.

»Es tut mir schrecklich leid, wenn ich dir Unannehmlichkeiten bereitet habe.«

»Du lügst mir ins Gesicht, du prinzipienloser Informant. Es bereitet dir doch Vergnügen, wenn du dir vorstellst, du könntest mir Probleme gemacht haben. Weshalb sonst solltest du mich bei meinem Vater verpetzt haben? Ahnst du überhaupt«, brachte sie schrill heraus, »wie lange es her ist, seit mein Vater mir das letzte Mal angedroht hat, mir den Hintern zu versohlen?«

»Das hat er doch nicht im Ernst getan!«

Sie öffnete den Mund, doch plötzlich konnte sie keinen klaren Gedanken mehr fassen. Da lag er jetzt und war so ruhig wie ein totes Maultier, aber sie war so überdreht wie eine Uhr, die noch eine Woche laufen konnte. Wie kam es, daß sie nach jeder Auseinandersetzung mit ihm das Gefühl hatte, ihre Mühe sei vergebens gewesen? Wenn man einen Mann wie ihn in den Fluß geworfen hätte, wäre er stromaufwärts getrieben. Dennoch beschloß sie, es noch einmal zu probieren.

»Glaub bloß nicht, du seist der Klügere. Du bist nicht so toll, wie du glaubst, du heimtückischer Störenfried! Was du getan hast, war billig und kindisch.«

»Das ist nicht meine Schuld. Wenn ich mich in deiner Nähe immer wie ein Schuljunge benehme, dann bist du dafür verantwortlich. Du hast dich mit einer Mauer umgeben, die eine Bergziege nicht erklimmen könnte. Ich wette, du hast es mit Absicht getan. Du wartest gar nicht erst ab, ob ein Mann einen Fehler macht oder dich enttäuscht, stimmt's? Die Chance gibst du ihm gar nicht erst. Du ziehst es vor, ihn ohne Verhandlung zu verurteilen.«

»Das ist nicht wahr!«

»O doch, es ist wahr. Wenn ich mich nicht restlos irre, richtest du jeden Mann, der dir begegnet, innerhalb von Minuten in Gedanken hin. Warum baust du die Sägemühle nicht im Wald, Tib? Du bist nicht wütend auf mich, weil dein Vater dir auf die Schliche gekommen ist, sondern dich ärgern nur die Folgen. Jetzt bist du gezwungen, eine gewisse Zeit mit mir zu verbringen, und das macht dich teuflisch nervös.«

»Ha! Du gehst mir kein bißchen nah. Ich kann dich schlicht und einfach nicht leiden.«

»Aber du begehrst mich.« Er erkannte deutlich, daß er den Nagel diesmal auf den Kopf getroffen hatte, und daher schlug er weiter in dieselbe Kerbe. »Ich stelle eine Bedrohung für dich und für diese perfekte kleine Welt dar, die du dir selbst erschaffen hast.«

»Versuch bloß nicht, mich abzulenken. Wir reden hier über *deine* Fehler und Untaten, nicht über meine.«

Dieses Lächeln, das ihr jegliche Fassung raubte, breitete sich langsam auf seinem Gesicht aus. »Wieso denn das? Hast du etwa Fehler, Tibbie? Und sollten dir Untaten vorzuwerfen sein? Doch gewiß nicht!«

Sie hob herablassend den Kopf und sah ihn beim Reden nicht an. »Verspotte mich, soviel du willst. Das macht es mir um so leichter, dich noch mehr zu verabscheuen.«

Für einen Mann, dessen Knochen mehr Sprünge hatten als eine Tasse, die runtergefallen war, bewegte er sich erstaunlich schnell. Gerade hatte er noch mit einem spöttischen Lächeln im Gesicht dagelegen, und im nächsten Moment hatte er sie an sich gezogen, und ihre Füße waren mindestens zwanzig Zentimeter über dem Fußboden. Von den Knien aufwärts war Tibbies Körper an Nick gepreßt, so eng, daß sie seine Nacktheit durch den dünnen Stoff spüren konnte. Als sie sich losreißen wollte, hielt Nick sie nur noch fester.

Nick wußte, daß ihr unbehaglich zumute war. Er konnte die rosige Tönung ihrer Haut sehen, und er spürte die Spannung in dem wohlgeformten Körper, der steif auf ihm lag. »Die Frau, die du der Welt zeigst, ist so stark. Ich hätte nie den Verdacht geschöpft, daß sie einen so fragilen Kern haben könnte.«

»Bloß weil ich dir keine Ohrfeige gegeben habe, bin ich noch lange nicht fragil. Und wenn ich dich nicht geohrfeigt habe, dann heißt das noch lange nicht, daß ich es nicht noch tun werde. Ich habe nicht vergessen, wie hinterhältig und verschlagen du bist. Ich hatte recht, als ich dich als jemanden abgestempelt habe, dem man nicht trauen kann.«

»Werde jetzt nicht zynisch.«

»Mir ist klargeworden, wie weit du dich erniedrigst, um zu bekommen, was du willst, und wenn das zynisch sein soll, na bitte. Ich habe dir von Anfang an mißtraut, aber jetzt bin ich noch mehr auf der Hut vor dir. Du bist so lästig wie eine Schmeißfliege. Und jetzt laß mich aufstehen, ehe jemand reinkommt und uns sieht.«

»Warum machst du soviel Aufhebens darum, daß dein Vater dir auf die Schliche gekommen ist?«

»Darum geht es mir gar nicht. Ich rede davon, *wie* er es herausgefunden hat. *Du hast es ihm erzählt!* Du wolltest mir eins auswischen, und das hast du getan.«

Er zog sie enger an sich, und sie spürte seinen warmen Atem auf ihrem Nacken. »Ich habe es deinem Vater erzählt, das ist wahr. Aber du täuschst dich in meinen Gründen. Ich habe es nicht getan, um dir eins auszuwischen, Tib. Ich habe es nur getan, damit du wieder zu mir kommst.«

Sie hob den Kopf und sah ihn an. »Was soll dir das nutzen?«

Er begann, mit seinen Lippen ihren Hals zu kosen. »Ich habe dich seit Tagen nicht gesehen, und die Vermutung lag nahe, daß du mich vorsätzlich meidest. Mir war klar, daß du mich wahrscheinlich weiterhin ignorierst, wenn ich nichts unternehme. Ich werde von Verbänden zusammengehalten. Ich kann nicht aufstehen. Was blieb mir denn anderes übrig? Von einem Verliebten darf man doch erwarten, daß er sich merkwürdig benimmt. Vielleicht war es keine weise Entscheidung, Tib, aber zu dem Zeitpunkt schien mir nichts anderes übrigzubleiben.«

Tibbie hörte ihm nicht mehr zu. *Ein Verliebter… ein Verliebter… ein Verliebter…* Die Vorstellung paßte ihr nicht. Bestimmt meinte er es nicht so, wie sie es auffaßte. Wie hätte er in sie verliebt sein können? Er kannte sie doch kaum. Auf ihrem Gesicht stand immer noch ein verwirrter Ausdruck, als seine Hand sich auf ihre Wange legte.

»Ich liebe dich, Tibbie. Den Verdacht hast du doch sicher schon lange.«

Sie hob die Hand und legte sie auf seine Stirn. »Hast du Fieber?«

»Nur wenn ich an dich denke.« Sein Atem war warm, und als sie ihn auf ihrer Haut spürte, regten sich tiefe Gefühle in ihr. Er hob die Hand und streichelte hypnotisch langsam ihr Haar. Dann drehte er sich mit ihr um, bis sie beide auf der Seite lagen und einander ansahen. Seine Hand legte sich auf ihren Hinterkopf und zog sie vorsichtig näher. Sie war überwältigt und betäubt von seinen Liebeserklärungen und sah schläfrig und benommen zu, wie sein Mund sich ihrem näherte.

»Ach, Tibbie… Tibbie… Tibbie… schon bei dem Gedanken an dich siedet mein Blut.«

Diese Worte konnte sie wahrhaft verstehen, denn ihrem Blut erging es nicht anders. Die Glut breitete sich in ihrem ganzen Körper aus und fand ihr Gegenstück in dem langen, straffen Körper, der so dicht an ihrem lag. Er flüsterte jetzt mit ihr, flüsterte ihr zärtliche, verliebte Worte zu, Worte, die sein Verlangen ausdrückten. Ohne es selbst zu merken, reagierte sie auf seinen Kuß, und ihr Körper war begierig darauf, ihm noch näher zu kommen, während sie um Atem rang. Sie keuchte und merkte nicht, daß er das Oberteil ihres Kleides geöffnet hatte, bis er das zarte, weiche Fleisch ihrer bloßen Brüste küßte. Wo er sie auch berührte, hinterließen seine Lippen eine Glutspur, die nicht zu erlöschen schien.

Sie hätte nicht so mit ihm hier liegen dürfen – das wußte sie, aber es war so lange her, seit sie in den warmen, starken Armen eines Mannes gelegen hatte, der ihr Schutz und Trost bot. Ihr stockte der Atem, denn sie war unvorbereitet auf das tiefe Verlangen nach ihm, das in ihr anschwoll, und daher konnte sie sich nicht widersetzen. *Nein!* schrie ihr Unterbewußtsein auf. *Nein, nicht noch einmal. Denk doch nach, Tibbie. Das hast du doch schon früher erlebt. Erinnere dich. Du hast ebenso weiche und warme Lippen auf deinen gespürt, dieselben Liebeserklärungen schon einmal gehört. Und nachdem er fort war, hast du sein Kind ausgetragen.*

»Wehr dich nicht gegen mich, Tibbie. Bitte.«

Sie riß die Augen auf und sah Nick. Nicht Eric. Nick. Ihr Gesicht glühte vor Verwirrung, denn die Erinnerung war noch zu frisch. Sie schaute an sich herunter und sah jetzt ihre nackten Brüste, die noch feucht und rosig von seinen Bartstoppeln und der Glut seiner Zunge waren. Sie zog eilig ihr Mieder zusammen. »Ich habe dir zu Recht nicht getraut«, sagte sie mit bebender Stimme.

Er seufzte und ließ die Hände neben sich sinken. »Vielleicht hast du der falschen Person mißtraut. Es schien nicht, als seist du beherrschter gewesen als ich.«

»Nein, das glaube ich auch nicht. Jetzt weißt du, warum ich mich von dir ferngehalten habe.« Tränen traten in ihre Augen. »Ich weiß, was passieren wird, wenn ich wieder mit dir zusammenkomme. Ich werde es kein zweites Mal zulassen. Sei beruhigt, ich kann es dir versichern.«

»Du kannst es ja versuchen«, entgegnete er sanft. »Aber ich glaube nicht, daß es dir besser als heute gelingen wird.« Er ließ einen Finger über ihren Arm gleiten. Sie zitterte und wich zurück. Sie war immer noch damit beschäftigt, ihr Mieder zuzuschnüren. »Warum bist du so fest entschlossen, einen Keil zwischen uns zu treiben? Ich habe dir gesagt, was ich empfinde. Beruhigt dich das denn gar nicht?«

»Seit dem Tag, an dem ich dich kennengelernt habe, habe ich keine ruhige Minute mehr gehabt.«

»Warum läßt du dich dann nicht gehen, Tib? Laß deinen Gefühlen freien Lauf. Das ist alles, worum ich dich bitte. Du brauchst meine Liebe nicht sofort zu erwidern.«

»Ich bin kein Mensch von der Sorte, die nimmt, ohne etwas dafür zu geben.«

»Ich weiß«, sagte er leise und nahm ihre kleine, hilflose Hand, um sie an seine Lippen zu führen. »Ach, Tibbie, Tibbie. Was soll ich bloß tun? Es hat keinen einzigen Augenblick mehr gegeben, in dem ich nicht an dich gedacht hätte. So viele Nächte habe ich hier in diesem Bett gelegen und wußte, daß du im selben Haus, irgendwo in deinem Bett allein bist. Manchmal wollte ich unbedingt zu dir kommen, und es war mir so wichtig, daß ich hingekrochen wäre.« Er sah sie an, weil er fürchtete, seine Worte könnten sie erschrecken, doch ihr Ausdruck war schwer zu entziffern. »Ich will nicht nur deinen Körper, Tib, falls du das glaubst. Ich will *dich*, und ich will dich ganz, deine Gesellschaft, dein Lachen, deine entschlossene Halsstarrigkeit.« Er sah, daß sie kurz vor den Tränen stand. »Tibbie, ich bin nicht Eric.«

Sie versuchte aufzustehen, aber Nick hielt sie fest. Er ließ seinen Kopf auf ihre Schulter sinken und seufzte, ehe er trocken lachte. »Vielleicht ist es gerade das. Ich bin nicht Eric, und darin liegt das Problem.«

»Nein«, sagte sie. »Bestimmt nicht. Ich habe dir doch gesagt, daß das Problem bei mir liegt. Das versuche ich dir doch schon die ganze Zeit klarzumachen, weil ich wollte, daß du es verstehst. Du hast dir die falsche Frau ausgesucht.«

»Du meinst, ich sollte mir jemand anderen suchen?«

Die Vorstellung war so schmerzhaft, daß sie sich in ihrer Qual fast krümmte. Er lachte – ein trauriger, hohler Klang, der sie erschauern ließ. »Ich fürchte, dafür ist es zu spät, mein Kleines. Du hast einen Fisch am Angelhaken zappeln, den du nicht wieder ins Wasser werfen kannst.«

»Bitte, Nick. Ich bin so verwirrt. Ich will, und ich will nicht. Ich empfinde etwas, aber ich will nichts empfinden. Ich möchte, daß du fortgehst, und ich habe Angst, du könntest fortgehen.« Sie weinte jetzt. »Ich möchte so gern wieder einen Menschen liebhaben, aber ich habe solche Angst, daß es mir tatsächlich passieren könnte.«

Er küßte sie auf die Wange. »Ich glaube«, sagte er langsam, »du bist in eine Erinnerung verliebt.«

»Es ist mehr als nur das.«

»Das frage ich mich.« Er unterbrach sich und sah ihr lange ins Gesicht. »Ich würde wetten, du würdest es ganz anders empfinden, wenn dieser Mann... wenn dieser Mann zurückkäme. Es mag sein, daß ich verrückt bin, aber ich wünschte fast, er käme wieder.«

Tibbie sah ihn verblüfft an und schaute in seine grübelnden blauen Augen. Sie schienen sich durch ihren Schädel zu brennen, ihre innere Abwehr zu durchdringen, und sie blieb geschwächt zurück und hatte keinen Schutzschild mehr für ihre Gefühle. Doch trotz der glühenden Intensität seines Blicks stand in seinen Augen eine Trostlosigkeit, die sie nur als immensen Schmerz auslegen konnte. Die Sonne drang mit voller Kraft durch die Gardinen vor dem Fenster und betonte seine Gesichtszüge. Eine seltsame neue Spannung kam zwischen ihnen auf, und plötzlich verspürte sie den starken Drang, aufzuspringen und fortzulaufen.

Ein kalter Schauer überlief sie, und als sie zitterte, senkte sie die Lider und wandte den Blick ab. Was hätte sie empfunden, wenn Eric zurückgekommen wäre? Er würde natürlich nicht zurückkommen, aber wenn er es doch getan hätte, was hätte sie dann empfunden? Lange Zeit war sie überzeugt davon gewesen, daß sie Eric immer noch liebte. Aber war sie sich dessen jetzt so sicher?

Ihr Blick glitt zu Nick. *Dieser Mann*, dachte sie. *Dieser lächelnde, zärtliche Mann läßt so viele Gefühle aufleben, von de-*

nen ich glaubte, sie seien für ewig begraben. Wie ungerecht war es doch, daß ihr weiblicher Körper zum Verräter wurde und sich an so vieles erinnerte, was sie zu gern vergessen wollte. War es dieser Mann, den sie wollte, oder war es die Erinnerung an einen anderen? War er nur ein Funke, der die teilweise verkohlten Scheite ihrer Vergangenheit wieder entfachte, die eine Zeitlang so gelodert hatten, ehe sie heruntergebrannt und erkaltet waren?

Nach welchem Mann sehnte sie sich eigentlich wirklich in diesen endlosen schlaflosen Nächten, die sie in ihrem mondhellen Zimmer durchwachte? Verlangte sie nach Nick oder nach Eric, wenn sie ihr Kissen an sich drückte und ihr Leid herausschluchzte? Welcher der beiden Männer konnte den Schmerz zwischen ihren Beinen lindern, der sie manchmal in geheimnisvollen Nächten weckte? Es *war* Eric. Oder doch nicht? Aber wenn das wahr wäre, warum war es ihr dann unmöglich, dem dunkleren Gesicht, das sie in ihrer Vorstellung vor sich sah, Erics helle Züge aufzuprägen? Denn was sie nachts vor sich sah, das war das scharfgeschnittene Gesicht von Nicholas Mackinnon. Tränen stiegen gegen ihren Willen in ihre Augen, und sie schloß die Lider, um sich gegen ihre eigenen Empfindungen zu verschließen. Dabei hörte sie sein leises Fluchen.

»Mein armer kleiner Engel«, sagte er zart. »Mein armer kleiner Engel in Marmor. So eingesperrt. Und so kalt. Und so schön.« Er hob ihre kalten Finger an seine Lippen. »Ich frage mich, was nötig wäre. Was ist erforderlich, um ihn aus dem Marmor zu befreien?«

»Bitte«, sagte sie, und ihre Stimme war seltsam belegt. »Es wäre mir lieber, wenn du nicht so mit mir reden würdest.«

»Wirklich? Dann tut es mir leid, wenn ich mich in dem Punkt gegen dich stelle, denn es ist mein größter Wunsch, dir alles zu geben, was dein Herz begehrt. Aber es gibt zu viele Dinge, die ich dir schon lange sagen wollte, zu viele Dinge, die ich mit dir teilen möchte.« Er unterbrach sich, als wollte er seine Entscheidung treffen, und dann fuhr er seufzend fort: »Ich träume schon so lange davon, und einer dieser Träume ist heute wahr geworden.« Sie hob den Kopf und fragte sich, worauf er hinauswollte. Sie bemühte sich, sich vorzustellen, was er sich erträumt haben könnte. Die Antwort schockierte sie.

»Du hast einen wunderschönen Körper, Tibbie… und deine Brüste…« Er umklammerte mit seinen verbundenen Händen ihr Handgelenk. »Wende dich jetzt nicht ab. Wenn du die Augen schließt und dir die Ohren zuhältst, änderst du nichts an dem, was ich dir zu sagen habe. Ich habe davon geträumt, dich so zu berühren, wie ich dich heute berührt habe, nur noch mehr davon… dich öfter zu berühren… dich länger zu berühren… dich intimer zu berühren. Ich habe mich gefragt, wie es wohl wäre, dich zu sehen, wenn du in mein Zimmer kommst, und zu sehen, wie deine Augen strahlen, wenn sie in meine sehen. Nacht für Nacht habe ich mir überlegt, wie es wäre, wenn du mich liebtest, wenn du aus freiem Willen zu mir kämst. Ich malte mir aus, wie ich dir zusehen würde, wenn du dich ausziehst und dein Haar löst, wie es wäre, dich nackt neben mir liegen zu sehen, offen für mich und ohne Scham, obwohl die Lampe noch auf dem Nachttisch brennt, und wenn du nichts anderes mehr wahrnimmst als meine Hände auf deinem Körper, während ich in dich dringe.«

Die ganze Welt schien in Schweigen zu versinken, und die normalen Alltagsgespräche lösten sich in Luft auf. Die Augen, die auf sie gerichtet waren, waren so offen und ehrlich, daß sie den Blick nicht abwenden konnte. Das Schweigen, das zwischen ihnen herrschte, zog sich in die Länge.

»Ich weiß, was du durchgemacht hast, wieviel du über dich ergehen lassen mußtest. Es gibt Momente, in denen ich den Mistkerl gern umbrächte, der dir das angetan hat, aber es gibt auch Momente, in denen mich eine gewaltige, drückende Traurigkeit befällt, weil ich dazu verurteilt bin, für das Verbrechen eines anderen zu büßen. An dem, was dir zugestoßen ist, kann ich nichts ändern, Tib. Ich kann nicht dazu beitragen, daß die Erinnerung erlischt. Ich kann dir nur versprechen, daß ich es versuche.«

12

Nick betrachtete ihre Augen, diese großen, leuchtenden goldenen Scheiben, die so viel über sie aussagten, Dinge, die selbst sie nicht wußte. War es das, was ihn zuerst zu ihr hingezogen hatte, diese riesigen bernsteinfarbenen Augen, die zu ihm aufblickten, als er darum rang, sein Pferd zu zügeln – Augen, die ihm regelrecht die Seele aus dem Leib gesogen hatten? Ein Hauch von Traurigkeit war immer dagewesen, aber heute, in diesem Augenblick, sah er eine neue Traurigkeit, die er nicht Eric zuschreiben konnte. Es war komisch, aber ihr Gesicht wirkte nicht traurig – nur ihre Augen, als wüßten sie etwas, was sie selbst nicht wußte.

Er verspürte einen starken Drang, sie wieder in seine Arme zu ziehen. Er wollte ihr Gesicht mit Küssen bedecken, als könnte er damit die Traurigkeit aus ihren Augen verscheuchen. Aber irgend etwas hielt ihn zurück. Heute hatte er ihr genügend zu denken gegeben. Morgen war es noch früh genug. Er seufzte und rieb sich die tiefe Falte zwischen den Augenbrauen. Dieses ungestüme Werben ging nicht spurlos an ihm vorüber. Es war wie ein Eiertanz, bei dem man behutsam auftreten mußte, weil es sonst Strafpunkte gab.

»Manchmal wundere ich mich über dich«, sagte sie und sah ihn fest an. »Dein Gesichtsausdruck verträgt sich nicht mit den Worten, die über deine Lippen kommen.«

»Und was für ein Gesichtsausdruck ist das?«

»Finster und grüblerisch wie Luzifer.«

»Aber Luzifer war der Engel des Lichts.«

»Pah! Licht läßt sich an- und abschalten. Er war nichts weiter als ein stolzer Betrüger, der ein gewaltiges Durcheinander angerichtet hat.« Sie hätte weitergeredet, aber ein lärmender Blauhäher ließ sich auf dem Fensterbrett nieder und nahm ihre Aufmerksamkeit gefangen.

»Tibbie...« Er vergaß, was er sagen wollte, denn als sie sich ihm wieder zuwandte, wurde sie plötzlich totenbleich und streckte die Hand aus, um sie auf das Bettlaken über seinem Oberschenkel zu legen.

»Blut«, sagte sie, als hätte sie noch nie Blut gesehen. Dann folgte, als sei ihr jetzt erst aufgegangen, was hier los war: »Du blutest.« Schnell entfernte sich ihre Hand von dem leuchtendroten Fleck, der sich wie rote Tinte auf dem gestärkten weißen Bettuch ausbreitete.

Er sah erst an sich herunter und dann wieder sie an. »Das ist nichts weiter«, sagte er. »Ich fühle gar nichts.« Dann fügte er mit einem bittersüßen Lächeln hinzu: »Wenn man sich so viele Knochen gebrochen hat, was heißt dann so eine Kleinigkeit wie ein blutendes Herz?«

Sie zog eine Augenbraue hoch, und ein Lächeln breitete sich auf ihrem Gesicht aus. »Ist das nicht ein wenig zu tief dafür?«

»Alles Blut führt zum Herzen.«

»Wie alle Wege nach Rom führen?«

»Genau.«

Sie stand auf, und dieser professionelle Blick, den er schon so oft gesehen hatte, trat auf ihr hübsches Gesicht. Jetzt war Schluß mit dem Werben. Er fühlte sich matt und ausgelaugt. Er schloß die Augen. Jetzt würde sie sich um ihn kümmern, seine Kleine.

Was blutete, war nicht Nicks Herz, und dafür war Tibbie mehr als dankbar, denn Coll war am selben Vormittag wieder weggefahren, diesmal nach Victoria, denn dort war der einzige Arzt der Stadt von seinem Pferd gegen den Kopf getreten worden. Somit mußte Tibbie die Patienten versorgen, so gut es eben ging. Und dazu gehörte auch Nicholas Mackinnon.

Tibbie fürchtete das Schlimmste, als sie den Verband von seinem Oberschenkel schnitt. Sie konnte sich nur zu gut an den Tag erinnern, an dem Nick vom Gerüst gestürzt war, und nie würde sie den Anblick des kleinen weißen Knochensplitters vergessen, der aus seinem Bein geragt hatte.

Sie hatte nicht gemerkt, daß sie den Atem angehalten hatte, bis sie hörte, wie sie erleichtert ausatmete, nachdem sie sich die Wunde angesehen hatte. »Das ganze Zappeln und deine Art, Frauen auf deinen Schoß zu zerren, als seist du der letzte Dummkopf …« Als sie aufblickte, sah sie die Belustigung in Nicks Augen und schaute eilig wieder weg. »Der Knochen ist nicht verschoben«, sagte sie. »Du hast die Wunde aufgerissen, aber es ist nur eine oberflächliche Verletzung.« Sie untersuchte die Wunde noch einmal. »Ich werde sie wieder nähen müssen, aber nur, wenn du versprichst, daß du dich benimmst.«

»Keine Engel mehr in meinem Bett?«

Sie ignorierte seine Worte und schalt ihn wieder für seine morgendlichen Aktivitäten aus, doch schon während sie ihn schimpfte, nahm sie einen Teil der Schuld auf sich. Obwohl er kein Wort sagte, wußte sie, daß sich die Wunde wahrscheinlich durch ihre Reaktion und nicht durch seine eigenen Bewegungen wieder geöffnet hatte. Trotzdem ging es nicht an, daß er sie einfach so grapschte, wie er es getan hatte, und sie gegen ihren Willen festhielt. Aber als sie alles vorbereitete, um die Wunde zu nähen, sagte ein leises Stimmchen in ihrem Hinterkopf: *Ja, aber war es nicht wunderbar in seinen Armen, und wenn es auch nur für einen Moment war?*

Sie griff nach Nadel und Faden, aber ihre Hände zitterten – sie hatte Angst, sie könnte ihm mehr Schmerzen als nötig bereiten. Eilig warf sie einen Blick auf sein Gesicht, doch sein Ausdruck verriet nichts. Sie atmete tief ein und sagte: »Es wird weh tun.«

»Das ist nicht weiter ungewöhnlich, wenn ich in deiner Nähe bin«, sagte er und lächelte sie spöttisch an. Damit erreichte er, was er offensichtlich bezweckt hatte. Sie entspannte sich.

Im Handumdrehen hatte sie die Wunde geschlossen und einen frischen Verband um seinen Oberschenkel gewickelt. Die Opiumtinktur, die sie ihm gegeben hatte, wirkte jetzt, wenn man danach urteilte, daß ihm langsam die Augen zufielen. Ein paarmal öffneten sich die Lider zum Protest, und dann trug das Opium den Sieg davon. Nick schloß die Augen. Kurz darauf ging sein Atem tief und gleichmäßig. Einen Moment lang blieb sie neben ihm stehen und schaute auf sein friedliches Gesicht herunter. Luzifer hatte sie ihn genannt, und selbst das hatte er spielend hingenommen. Sie lächelte und zog die dünne Decke über ihn.

Er liebte sie. Oder zumindest hatte er das behauptet. Aber Eric hatte ihr dieselben Worte gesagt. Sie wußte nur zu gut, daß es Männer gab, die ebenso schnell Liebeserklärungen abgaben, wie sie das Bett mit einer Frau teilten. Sie hob die schmutzigen Verbände auf und trug sie zum Abfall, ehe sie an den Nachttisch zurückkehrte, um das Opium, das Garn und die Schere zu entfernen. Sie blieb neben seinem Bett stehen. Die Sonne schien voll in sein Gesicht, und sie trat ans Fenster, um die Vorhänge über die durchsichtigen Gardinen zu ziehen, damit es nicht ganz so hell war. Doch selbst in dem gedämpften Licht konnte sie seine Züge noch genau erkennen.

Sie streckte die Hand aus, um ihm das widerborstige Haar aus der Stirn zu streichen, wie sie es bei Beth schon zahllose Male getan hatte. *Er war das heißgeliebte Kind irgendeiner Frau*, dachte sie, und augenblicklich stellte sie sich ihn in dieser Rolle vor. Irgendeine Frau hatte die gräßlichen Schmerzen der Geburt durchgemacht, um ein wunderschönes Kind zu gebären, so wie sie für Beth Qualen ausgestanden hatte. Und dieses Kind war herangewachsen, war verzogen und verhätschelt und geliebt worden – ein wunderhübscher kleiner Junge, der ungezogen und ganz reizend zugleich war, der Augapfel seiner Mutter. Diese Frau war jetzt tot, das hatte er ihr erzählt. Sie strich ihm noch einmal mit der Hand über die Stirn. Hatte seine Mutter das auch mit ihm getan?

Mit einem verzweifelten Stöhnen verließ sie schnell den Raum und begab sich direkt in ihr Zimmer. Lange stellte sie sich vor den Frisierspiegel und schaute sich ihr Spiegelbild an, und sie schalt sich für ihre aufwühlenden Gedanken und sagte sich, sie müßte es doch besser wissen. Aber noch so viele Vorwürfe konnten die Überlegungen des heutigen Morgens nicht auswischen. Wie hatte sie bloß zulassen können, daß es wieder dazu gekommen war? Nach allem, was sie durchgemacht hatte, wie konnte sie da noch jemanden liebhaben?

Aber es war so. Mehr, als sie sich eingestehen wollte, aber tief in ihrem Innern meldeten sich Gefühle, nicht etwa ein leises Stimmchen, sondern die heftige Empfindung, daß ein Wendepunkt erreicht war. Sie stand da, starrte sich an und dachte über ihre Tochter und ihr Leben und den Mann nach, der plötzlich in ihr Leben getreten war.

Sie sah an sich herunter und entdeckte nichts Ungewöhnliches – Schuhe, die unter ihrem Kleid herausschauten, die vollen Röcke, die zierliche Taille. Sie schaute erneut ihr Spiegelbild an. Diesmal sah sie sich, wie sie damals gewesen war, jünger, dicker und müde. Ihr Haar war ordentlich geflochten gewesen, und die zarten Löckchen in ihrem Nacken waren feucht vor Schweiß gewesen, denn es war Hochsommer. Ihre Augen glitten von ihrem Gesicht auf den dicken Bauch, in dem Bethany sich zusammenrollte. Das Bild fing an zu verblassen, und jetzt schob sich eine andere Erinnerung darüber, und sie sah sich selbst, wie sie in den Wehen gelegen hatte, in einem Bett, das von Schweiß und Blut triefte, das besorgte Gesicht ihres Vaters, die Schmerzen und die segensreiche Bewußtlosigkeit. Wie ein scharfer Stich ins Herz drängte sich die Erinnerung in den Vordergrund – wie es hinterher gewesen war, die Schmähungen ihrer Freundinnen, der Hohn der Nachbarn, das Getuschel, wenn sie mit ihrer Familie in der Kirche durch den Gang zu ihren Plätzen ging, und anschließend dann die lange Phase der Isolation und der Abgeschiedenheit.

Panik durchzuckte sie, und sie starrte ihr Spiegelbild an, bis es verblaßte und jede Farbe aus ihrem Gesicht wich. Sie blinzelte und sah sich, wie sie jetzt war, schlank, älter, gefaßter. Aber im Hintergrund kam Nicholas Mackinnon aus der Dunkelheit auf sie zu und trug ein Licht in der Hand.

»Nein«, flüsterte sie und schlug sich den Handrücken auf den Mund. »Nicht noch einmal«, sagte sie mit zitternden Lippen. »Lieber Gott... bitte... nicht noch einmal.« Nicholas' Erscheinung im Spiegel ragte zunehmend größer hinter ihr auf, als er näher kam, und je näher er kam und je heller das Licht schien, das er in Händen hielt, desto rundlicher wurde ihr Körper. Und er kam immer noch näher, bis er direkt hinter ihr stand und das Licht sie blendete. Sie beobachtete mit aschfahlem Gesicht, wie seine Hand sich auf ihre Schulter legte. Ihr Blick glitt tiefer, auf ihren vorstehenden Bauch. Sie hob die Haarbürste vom Frisiertisch und schmiß sie gegen den Spiegel.

Das Glas zersplitterte, und dieses Geräusch ließ sie aus ihrer Benommenheit erwachen. Die Tür hinter ihr wurde laut aufgerissen, und als sie sich umdrehte, sah sie Mairi und ihre Mutter in ihr Zimmer stürzen. Sie machte den Mund auf, um etwas zu sagen, aber das Zimmer fing an, sich im Kreis zu drehen. Sie wurde ohnmächtig und fiel auf den Fußboden, und dort blieb sie wie eine zerbrochene Puppe in einem Beet aus Spiegelscherben liegen, in denen sich die grelle Sonne brach.

Sie wachte in ihrem Bett auf, und die Vorhänge waren zugezogen. In der Nähe hörte sie die gedämpften Stimmen ihrer Mutter und ihrer Schwester. Lange Zeit lag sie dort, hellwach und bei vollem Bewußtsein. Ihr Kopf tat weh. Ihr Körper kam ihr eiskalt vor. Aber diese Dinge waren unwesentlich. Ihre Gedanken waren jetzt erstmals klar, seit Nicholas Mackinnon aufgetaucht war und die Ruhe und die Ordnung in ihrem Leben auf den Kopf gestellt hatte.

Eine der Gestalten, die im Schatten kauerten, bewegte sich und kam auf sie zu. »Sie ist wach«, sagte Mairi, die an ihre Seite trat und ihre kalte Hand nahm. »Wie fühlst du dich?« fragte sie. »Du hast uns einen gewaltigen Schrecken eingejagt! Was ist passiert?«

»Nicht jetzt, Mairi«, unterbrach sie Effie, die neben Mairi trat und Tibbies Hand nahm. »Lauf los, und hilf Großmama beim Flicken. Ich kümmere mich schon um Tibbie.«

Tibbie hörte das Scharren der Stuhlbeine, als Effie sich den Stuhl ans Bett zog und sich setzte. Lange Zeit saß sie dort und hielt ihre Hand, während Tibbie die Decke anstarrte. Diese Hand besaß Kräfte, die Kraft zu trösten und zu ermutigen, aber auch Verständnis drückten sie aus. Tibbie konnte es so deutlich spüren wie die Wärme dieser Hand, die die Kälte ihrer eigenen Hand durchdrang. »O Mama«, sagte sie und drehte sich auf die Seite. Jetzt ließ sie ihren Tränen freien Lauf, die sie so lange zurückgehalten hatte und die jetzt anscheinend nicht enden wollten.

Effie streichelte mit der freien Hand Tibbies Kopf. »Mein armes kleines Lämmchen«, sagte sie. »Ich würde dir diese Last abnehmen, wenn ich könnte. Du bist noch zu jung für alles, was du erlitten hast.«

»Ich weiß nicht, was ich tun soll...«

»Manche von uns finden so leicht keine Antwort, nicht ohne große Schwierigkeiten, Drangsal und Gewissensprüfungen. Du warst schon immer ein guter Mensch, Tibbie. Du hast ein gutes Herz. Ich glaube keinen Moment lang, daß es Gottes Wille ist, dich derart leiden zu lassen.«

»Ich glaube, Gott hat mich ganz vergessen.«

»Nein«, sagte Effie, »obwohl ich manchmal glaube, alles wäre viel leichter für dich, wenn er dich vergessen hätte.« Effie tätschelte ihre Hand und stand auf, um die Decke über Tibbie zu ziehen. »Warum schläfst du nicht noch ein Weilchen? In der letzten Zeit hast du dir zuviel gleichzeitig aufgehalst. Ich werde dafür sorgen, daß Beth zum Klavierunterricht kommt.«

»Aber die Klinik...«

»Da ist nur der alte Thaddeus Carlisle, und der will nichts weiter als ein wenig Zuwendung und einen Schluck Kentucky Bourbon. Das kann Mairi erledigen. Und du wirst dich jetzt ein Weilchen ausruhen.«

Sie nickte und schloß die Augen. Aber Nicholas Mackinnon war dort, sogar in ihrem Schlaf, und seine blauen Augen starrten sie unverhohlen und gierig an, ohne jede Zurückhaltung oder Scheu.

Sie hatte keine Ahnung, wie lange sie geschlafen hatte, aber als sie aufwachte, war das Licht nur noch schwach, und jemand hatte neben ihrem Bett eine Lampe angezündet, deren matter Schein Schatten in den Raum warf. Irgendwo im Haus ging eine Tür auf und schloß sich wieder, Stimmen redeten, und dann hörte sie den Klang von Beths Gelächter. Beth würde sich fragen, was mit ihr los war. Sie stand auf und ging zu ihrer Frisierkommode, brachte ihr Haar in Ordnung und kniff sich in die Wangen, damit sie ein wenig Farbe bekamen.

»Du siehst schon wesentlich besser aus«, sagte ihre Mutter, als Tibbie eine Weile später in die Küche kam.

»Ich finde, sie sieht unverändert aus«, sagte Großmama, die sie von Kopf bis Fuß musterte.

Großmama aß eine Schale Brotbrocken aus Maismehl, die in Milch eingeweicht waren. Sie hörte auf zu essen. »Ich habe gehört, wie Coll gesagt hat, daß Slap Johnson nicht bei guter Gesundheit ist und daß seine Schwester Ruby sich auch nicht ganz auf der Höhe fühlt. Da hängt was in der Luft. Fühlst du dich krank?«

»Nein«, sagte Tibbie, »nur ein wenig müde.«

»Beth ist mit Mairi in den Stall gegangen, um Precious zu baden«, sagte Effie.

Tibbie seufzte und griff nach dem Kupferkessel. »Sie wird furchtbar aussehen, wenn sie zurückkommt. Ich stelle schon mal Wasser für sie auf. Sie wird ein Bad gebrauchen können.«

»Das mache ich schon«, widersprach Effie und nahm ihr den

Kessel aus der Hand. »Warum holst du dir nicht etwas zu essen?«

»Ich habe keinen Hunger«, sagte Tibbie und wandte sich ab. »Falls mich jemand braucht, ich bin im Wohnzimmer.«

Ein paar Minuten später saß Tibbie vor dem Rosenholzklavier und hatte die Augen geschlossen, während sich ihre Hände anmutig über die Tasten bewegten. Alles, was sie heute spielen konnte, schien traurig und melancholisch zu sein. Ein- oder zweimal versuchte sie, etwas Leichtes und Heiteres zu spielen, aber sowie sie aufhörte, sich zu etwas zu zwingen, stellte sie fest, daß sie wieder in die melancholischen Weisen zurückgefallen war.

Es war halb neun, als sie aufstand, den Deckel über den Tasten schloß und die Lampe nahm. Beth war in der warmen, gemütlichen Küche und zog ihre Kleider aus, als Tibbie eintrat. »Ich hoffe, Precious sieht jetzt sauberer aus als du«, sagte sie.

»O Mama, du solltest ihn sehen. Er ist ja so niedlich, und er riecht ganz prima. Wir haben ihm sogar eine Schleife um den Hals gebunden. Er ist das bezauberndste Schwein, das ich je gesehen habe.«

»Wenn es doch nur dabei bliebe.« Tibbie nahm ein Stück Maismehlbrot, ging zum Tisch und setzte sich. Sie biß in das Brot, während Beth in die Wanne stieg.

»Es ist an der Zeit, ihr auch wieder mal das Haar zu waschen, meinst du nicht auch?« fragte Effie eifrig.

»Neeeee!« sagte Beth.

»O doch«, rief Tibbie und sah Beth vorwurfsvoll an. Beth tat so, als wüsche sie sich. Sie seifte den Schwamm ein und schrubbte sich mindestens achtmal die Arme. Einmal seifte sie sich sogar bis zu den Schultern ein. Aber sie achtete sorgsam darauf, ihrem Gesicht und ihren Ohren nicht zu nahe zu kommen. Als sie sah, daß ihre Mutter sie beobachtete, lächelte sie Tibbie an. In solchen Momenten fühlte sich Tibbie sehr an Eric erinnert. Und damit war zu rechnen, vermutete sie, denn Beth hatte wirklich mehr von ihrem Vater.

In der letzten Zeit hatte sie häufig an Eric gedacht, mehr denn je, seit er fortgegangen war. Einen Moment wunderte sie sich darüber, und dann entschied sie, daß das an Nicholas lag, an dem Mann, der Gedanken und Gelüste in ihr wachrief, die sie nicht mehr erlebt hatte, seit Eric gegangen war. Sie bemühte sich, Erics Gesicht vor sich zu sehen, aber sie sah nur immer wieder Nick, wie er sie an jenem Vormittag angesehen hatte. Sie konnte beim besten Willen nicht verstehen, wie sie hatte zulassen können, daß er sie nahezu verführt hatte. Aber was hätte sie tun können? Sie war kein unschuldiges Mädchen, und schon deshalb hätte sie auf der Hut sein sollen. Aber es gab Momente, in denen sich alles gegen sie zu richten schien. Zum einen war da Nick, der alles dafür tat, das sie in seine Hände spielte, und zum anderen war da ihr Vater, der ständig darauf beharrte, sie solle dies oder jenes für Nick tun, und sogar so weit ging, ihr vorzuschreiben, daß sie für ihn zu sorgen hatte, solange er fort war.

Wie sehr sie doch wünschte, Nick würde schnell gesund, damit er aufstehen und weiterziehen konnte. Alles war so glattgelaufen, bis er in ihr Leben gestürmt war. Seit er jetzt auch noch in der Klinik lag, ihrem letzten Zufluchtsort, fiel es ihr immer schwerer, ihm die Schuld an all dem Aufruhr zu geben, der über sie hereingebrochen war. Vielleicht weil sie wußte, daß es wirklich nicht nur sein Werk war. Anfangs war es das gewesen, ja, schon, aber inzwischen hatte sie sich gestattet, sich etwas aus ihm zu machen, und somit war auch sie verantwortlich. Was war passiert? Wann hatte sie begonnen, ihn zu mögen?

Es war kein Zeitpunkt, der sich genau festlegen ließ. Es war ganz allmählich dazu gekommen, und das Gefühl hatte sich so lautlos wie eine Katze von hinten an sie herangeschlichen. Nick konnte man so leicht eine Freude bereiten, und er war so umgänglich und angenehm und ohne jegliche Verstellung, wie man es sich nur wünschen konnte. In vieler Hinsicht war er ihr sehr ähnlich. Es war leicht zu verstehen, warum sie ihn mochte, und sie hatte ihn von Anfang an gemocht, aber jetzt gingen ihre Gefühle tiefer. Sie machte sich etwas aus ihm. Viel sogar. Aber war das dasselbe wie Liebe? Sie liebte Eric, und doch hatte sie sich schon vor einer ganzen Weile gewissermaßen in Nick verliebt.

Es dauerte noch eine Stunde, bis Tibbie Beth ins Bett gebracht und ihr eine Gutenachtgeschichte vorgelesen hatte. Da sie jetzt nichts mehr zu tun hatte, beschloß sie, das Unvermeidliche, das sie schon lange genug vor sich hergeschoben hatte, anzugehen. Es ließ sich beim besten Willen nicht umgehen. Sie würde jetzt zu Nicholas gehen müssen. Warum hatte dieser verfluchte Kerl auch vom Gerüst fallen müssen? Warum hatte ihr verflixter Vater bloß abreisen und ihn ihrer Obhut unterstellen müssen? Und warum, zum Teufel, mußte sie sich etwas aus ihm machen? Dieses neuentdeckte Gefühl flößte ihr Grauen ein. Sie konnte es Nick nicht sagen, nicht jetzt, denn sie hatte keine Ahnung, welche Absichten er hatte. Er hatte gesagt, daß er sie liebte, aber das konnte alles mögliche heißen. Der nächste Schritt lag jetzt bei ihm.

Ihr graute davor, ihm zu begegnen, denn sie fürchtete, er könnte ihr augenblicklich ansehen, was in ihr vorging. Da sie entschlossen war, sich nichts anmerken zu lassen, entschied sie, um so mehr auf der Hut zu sein.

Wenn Nick fand, Tibbie sei bisher schwer für seine Absichten zu bekehren gewesen, dann konnte ihr Verhalten im Laufe der beiden nächsten Wochen nur als unmöglich bezeichnet werden. Täglich kam sie in sein Zimmer, und sie schien täglich hübscher zu werden und vor Gesundheit zu strahlen. Und jedesmal, wenn sie sein Zimmer betrat, spürte Nick, wie sein Körper lebhaft auf sie reagierte. Mit finsterem Gesicht und so mieser Laune, daß er sich selbst nicht mehr ausstehen konnte, beobachtete er, wie sie sich durch den Raum bewegte, darüber plauderte, was sich in der Klinik abgespielt hatte, ihm über die letzten Streiche dieses verdammten Schweins berichtete oder ihm etwas Komisches erzählte, was Großmama Grace gesagt hatte: Sie war unbeirrt freundlich, unbeirrt herzlich und unbeirrt teilnahmslos ihm gegenüber. Diese Teilnahmslosigkeit war es, die ihn langsam, aber sicher um den Verstand brachte.

»Guten Morgen, Mr. Mackinnon«, sagte sie strahlend, und wenn sie ihn so anredete, hätte er sich am liebsten selbst schon in den Hintern gebissen. Sie konnte ihn nicht zum Narren halten. Sie provozierte ihn vorsätzlich. Wahrscheinlich glaubte sie, wenn sie ihn nur genügend ärgerte, würde sie ihn von seinen amourösen Phantasien abhalten. Und in einem gewissen Maß stimmte das sogar. Nacht für Nacht lag er da und dachte an sie und daran, was er gern mit ihr getan hätte, doch wenn sie am nächsten Morgen in sein Zimmer schlüpfte und dieses Lächeln auf dem Gesicht trug, das deutlich besagte: Ich weiß etwas, was du nicht weißt, dann war sie so selbstgefällig und so verdammt begehrenswert, daß er sie lieben und sie gleichzeitig erwürgen wollte.

Er hatte sie für so reizend und gütig gehalten, doch jetzt dachte er, er sei in seinem ganzen Leben noch keiner Frau begegnet, die so verschlagen, gemein und gehässig war. Hätte er doch nur aufstehen können!

Er verfluchte seine Dummheit, die ihm beide Beine gebrochen hatte, und er sehnte den Tag herbei, an dem er laufen konnte. Er war verstörter denn je und fauchte sie fast an, wenn sich die Tür öffnete und sie ins Zimmer getänzelt kam wie der Sonnenschein – mit geröteten Wangen und funkelnden Augen, die gegen das strahlende Lächeln auf ihrem Gesicht anleuchteten und sie mit ihm sprach, als sei er ein Haustier oder ein Vollidiot.

»Heute ist es einfach wunderschön draußen, und wenn wir diese Fenster nicht öffnen, wirst du diesen traumhaften Tag verpassen.« Mit diesen Worten zog sie die Gardinen auf, und Sonne durchflutete das Zimmer. »Aber, aber, Mr. Mackinnon, ich kann nur sagen, daß ich denselben unzufriedenen Ausdruck gestern abend schon auf deinem Gesicht gesehen habe. Hast du diese verdrossene Miene denn nicht selbst schon satt?«

»Nein, mir gefällt sie gut«, fauchte er. Er hatte wahrhaft genug satt, aber nicht unbedingt seine Miene.

»Möchtest du vielleicht, daß ich dich heute morgen rasiere?«

»Nein.«

»Wie wäre es dann damit, daß ich dich hübsch mit dem Schwamm einseife?«

»Nein.«

»Soll ich dein Bett vielleicht näher ans Fenster rücken, damit du hinausschauen kannst?«

»Nicht unbedingt.«

Sie trat ans Bett und riß das Kissen unter seinem Kopf heraus, ohne sich dafür zu entschuldigen, daß er mit dem Kopf an das harte Kopfteil knallte. Dann fing sie an, die Kissen aufzuschütteln. »Ich könnte dir heute das Bett frisch beziehen, wenn du möchtest.«

»Spar dir die Mühe.«

Sie warf einen Blick auf seinen Nachttisch. »Hast du die Bücher schon ausgelesen, die ich dir gebracht habe?«

»Ich habe sie noch nicht angeschaut.«

»Das ist ja ausgezeichnet«, sagte sie, während sie das Laken glattstrich und die Decke hochzog.

Knurrend packte Nick ihren Arm und zerrte sie näher. Mit einem verblüfften Aufschrei fiel sie auf ihn. Tibbie hielt den Atem an. Sie schnappte nach Luft, als sie sah, wie er sie anschaute, so gierig, so gebannt, daß man eine Ziegenherde ins Zimmer hätte treiben können, und er hätte es nicht bemerkt. Seine Hände gruben sich in ihre Arme, als er sagte: »Wenn ich auch nur ein gesundes Bein hätte, würdest du wünschen, du hättest dich in den letzten Tagen etwas anders benommen. Ich habe mir noch nie so sehr gewünscht, einer Frau den Hintern zu versohlen.«

Sie kämpfte gegen ein Lächeln an. »Das würdest du nicht wagen.«

»Nur weil ich nicht die Kraft habe, dich in die richtige Lage zu zerren. Aber ich werde nicht ewig behindert sein. Ich bin dir etwas schuldig, Mädchen, und du kannst dich darauf verlassen, daß ich meine Schulden zahle.«

»Du bist ein Rohling!«

»Wahrscheinlich.«

»Und noch dazu ungehobelt.«

»Das auch.«

»Laß mich jetzt aufstehen, oder ich...«

»Halt den Mund, Tibbie.«

»Glaub bloß nicht, du könntest...«

Nick ließ sie nicht ausreden. »Laß dich auf eins hinweisen, Liebling. *Du* liegst auf mir in *meinem* Bett. Jetzt geht es nach meinem Kopf, und deine Diskussionsbasis ist schlecht.«

»Was hast du vor?«

»Etwas, was ich schon vor langer Zeit hätte tun sollen. Ich werde dich küssen, und jedesmal, wenn du deinen hübschen kleinen Mund öffnest, werde ich dich wieder küssen.«

»Du scheinst zu vergessen, daß du hier in meinem Haus zu Gast bist und...«

»Und du scheinst zu vergessen, was ich gerade gesagt habe.« Sie war derart verblüfft, daß sie nur quietschen konnte, als er sie näher zog. Sie sagte sich, es sei an der Zeit, ein wenig Widerstand zu leisten, aber sie hätte selbst dann nicht den mattesten, kläglichsten Protest herausgebracht, wenn sie damit ihre Seele hätte retten können. Seine Hand legte sich auf ihren Rücken und glitt zu ihrem Nacken, sein Daumen preßte sich auf ihren Hinterkopf, und einen flüchtigen Moment lang trafen sich ihre Blicke, ehe sie seine Lippen fest und glühend auf ihrem Mund spürte. Nicholas war zu diesem Zeitpunkt gleichgültig, ob er sie mit seiner Leidenschaft erschreckte oder nicht. Sie hatte ihn wochenlang in Versuchung geführt und verhöhnt, und endlich hatte er sie beim Wort genommen und sie herausgefordert.

Aber eins war schwerer, als er es sich vorgestellt hatte. Die Zurückhaltung war das Härteste, was er sich je auferlegt hatte. Er hatte so lange an sie gedacht und von ihr geträumt, daß sein Körper, sowie er ihr Gewicht auf sich spürte, aufschrie, er solle sie nehmen – hier und jetzt.

Er konzentrierte sich so stark auf seine Zurückhaltung, daß er nicht bewußt wahrnahm, was er eigentlich tat. Er merkte nicht, daß seine Hände sich in ihre seidigen Haare gegraben hatten und Haarnadeln auf dem Bett und dem Fußboden verteilten, und ihm war auch nicht klar, daß er sich bewegt hatte, bis ihr Gewicht ganz auf ihm lag und sein Knie zwischen ihren Beinen steckte. Jetzt hatte sie genau die richtige Position, und er wußte es nicht.

Aber Tibbie war sich darüber im klaren, und der Druck, den sie an ihren Lenden spürte, ließ sie alles vergessen. Und um alles noch schlimmer zu machen, küßte er sie nahezu ohnmächtig und setzte alles ein, um sie zu schwächen und sie hilflos seinem Willen auszusetzen: seine Hände, seinen Mund, seine Zunge, zarte, geflüsterte Worte und geschickt eingesetzten Druck. Oh, er war ein Teufelskerl, und er stellte wirklich eine ungeheure Versuchung dar.

Nie hatte sie gewußt, daß ein einziger Mensch eine derart ausgeprägte sexuelle Anziehungskraft besitzen konnte, so stark, daß selbst sie machtlos war. Sie hätte ihm Einhalt gebieten sollen.

War das seine Hand, die in ihrem Schlüpfer steckte? O Gott!

»Nicholas...«

Sie spürte seinen Atem heiß und heftig an ihrem Ohr, als sie ihn sagen hörte: »Ich habe mir so lange gewünscht, dich so bei mir zu haben, und jetzt bist du da, und ich habe kein gesundes Bein, auf dem ich stehen kann.« Niedergeschlagen fügte er dann noch hinzu: »Mein Gott, was für eine miserable Zeitplanung!«

Sie spürte dieselbe Enttäuschung, und ihr unruhiger Körper zeigte es deutlich.

»Ganz ruhig«, sagte er, und sein Atem blies warm und heftig in ihr Ohr.

»Was tust du da?«

»Laß dich einfach von mir anfassen. Du wirst es schon sehen«, sagte er.

In dem Punkt hatte er recht. Sie hielt den Atem an, und ihr Kopf fiel zurück, als sie leise stöhnte. Er mochte ernstliche Knochenbrüche davongetragen haben, und es konnte auch gut sein, daß seine Beine nicht benutzbar waren, aber seinen Händen fehlte absolut nichts, und er zeigte ihr, wie wahr das war.

Sie waren beide derart vertieft und atmeten schwer, daß keiner von ihnen hörte, wie die Tür sich öffnete. Doch beide hörten Mairis verblüfftes Luftschnappen. Gleichzeitig blickten Nick und Tibbie auf und starrten die Tür an, und sie sahen, daß Mairi den Kopf zur Tür hereingestreckt hatte. »Mama hat mich gebeten, dich zu fragen, ob du mit uns im Obstgarten spazierengehen möchtest. Es ist schönes Wetter, und sie dachte, Bewegung täte dir gut.« Mairi unterbrach sich, und ein breites Grinsen trat auf ihr Gesicht. »Aber es sieht ja ganz so aus, als bekämst du genug Bewegung.«

Ehe Tibbie etwas darauf sagen konnte, war Mairi wieder verschwunden, und die Tür schloß sich leise hinter ihr.

»Ohhhh!« stöhnte sie. »Ich bin ruiniert!«

»Ich glaube, ganz so schlimm ist es nicht.«

»Du kennst meine Schwester nicht«, sagte sie und entfernte sich von ihm. Im nächsten Moment schlüpfte sie zur Tür hinaus.

Mairi erwartete sie am Ende des Gangs. Ehe Tibbie ein Wort herausbrachte, nahm Mairi sie an der Hand und zog sie hinter sich her. »Wir müssen miteinander reden«, sagte Mairi.

»Wohin gehen wir?«

»Wir machen einen Spaziergang.«

Sowie sie im Freien waren, sagte Mairi: »Also gut. Fang an.«

Sie hatten den halben Weg zur Stadt zurückgelegt, ehe Tibbie ihre lange Geschichte erzählt hatte, bei der sie nichts ausließ. »Glaubst du, ich bin verrückt geworden?« fragte sie.

Mairi lachte. »Wenn ja, dann würde ich es dir gern nachmachen. Du bist verliebt, Tib. Genieße es.«

»Wie?«

Mairi bedachte sie mit einem ungläubigen Blick. »Wenn ein

Mann, der so aussieht wie Nicholas Mackinnon, dir sagt, daß er dich liebt, dann weißt du nicht, wie du es genießen kannst? Vielleicht bist du wirklich übergeschnappt.«

Sie stiegen durch den Zaun, und Mairi murrte etwas über Mr. Harkingtons bösen Stier, aber Tibbie lief einfach weiter. »Tibbie«, sagte sie, als sie sie eingeholt hatte, »ich hoffe nur, du wirst keine Dummheit begehen, wie zum Beispiel diesem Eric blödsinnigerweise die Treue zu halten. Denk an die Zeit zurück, Tib. Schau dir an, was du durchgemacht hast. Enttäuschungen, Zurückweisung, Leiden – mehr, als die meisten Leute ihr Leben lang davon abkriegen. Und du hast es durchgestanden, es überlebt. Es war keineswegs leicht, aber du hast es geschafft. Und wozu? Um zu verwelken und am Ast zu verblühen? Du hast Chancen, glücklich zu werden. Pack sie mit beiden Händen, und halte sie gut fest.«

Ein erschöpfter, dürrer Coll Buchanan kehrte am nächsten Morgen zurück, und nachdem er Nick gründlich untersucht hatte, entfernte er die Schiene von seinem rechten Bein und erklärte ihn für gesund genug, um mit Hilfe einer Krücke kurze Strecken zurückzulegen. »Es wird Sie wundern, wie schwach Sie sind und wie schnell Sie ermüden. Wenn Sie lediglich zur Toilette laufen, werden Sie anschließend atemlos sein und nach Luft schnappen. Aber es wird jedesmal, wenn Sie aufstehen, besser.«

Nachdem er mit Nick fertig war, erledigte er in seinem Büro Papierkram. Als er nicht zum Abendessen erschien, machte sich Tibbie auf die Suche nach ihm und fand ihn schlafend an seinem Schreibtisch vor. Als sie seinen Namen rief, rührte er sich nicht, und als sie die Hand auf sein Gesicht legte, stellte sie fest, daß er vor Fieber glühte. Tibbie fürchtete das Schlimmste und glaubte schon, Coll hätte sich an dem gefürchteten Gelbfieber angesteckt, da er mit dem Erreger in Berührung gekommen war.

Es war kein Gelbfieber. Als Tibbie ihn mit Hilfe von Mairi und Effie ins Bett packte, war Coll wieder wach geworden und hatte ihnen diese Befürchtungen genommen. Dennoch war er ein Kranker, der zwei Tage lang hohes Fieber hatte, ehe die Windpocken ausbrachen.

»Windpocken!« rief Effie. »Nach all den Jahren, in denen er Kinder mit Windpocken behandelt und sich nie angesteckt hat?«

»Aber jetzt hat er sie eben«, sagte Tibbie, »und bei ihm sind sie schlimmer als alles, was ich bis jetzt erlebt habe. Und dazu kommt noch, daß Papa mit Abstand der schlimmste Patient ist, der mir je unter die Finger gekommen ist.«

Aufgrund der Krankheit ihres Vaters hatte Tibbie doppelt soviel Arbeit, denn sie mußte sich um Coll kümmern und die Klinik leiten. Es war keine Absicht, daß sie Nick nicht sah – ihre Zeit und ihr Können wurden wirklich andernorts gebraucht. Mairi hielt sie auf dem laufenden über die Fortschritte, die er machte, und das war gut so. Was litt, war seine Laune. Am vierten Tag, nachdem Coll erkrankt war, warf Mairi das Handtuch.

»Was soll das heißen, du wirfst das Handtuch?«

»Das soll heißen, daß dieser Mann derart gereizt ist, daß er sich selbst nicht mehr ausstehen kann! Er brüllt nur noch und wirft mit Gegenständen. Gestern war es ein Stück Seife, heute sein Wasserglas. Er fragt immer wieder nach dir, und jedesmal, wenn ich die Tür aufmache und er sieht, wer ich bin, schaut er mich so wütend an, als könnte er mich umbringen. Ich sage dir die Wahrheit, Tibbie. Ich glaube, er wäre in der Lage, mich zu erdrosseln, wenn ich auch nur noch ein einziges Mal sein Zimmer betrete.«

»Schon gut«, sagte Tibbie. »Ich sehe mal, was sich da machen läßt.«

»Aber noch vor dem Abendessen«, bat Mairi, »denn ich bringe ihm dieses Tablett nicht in sein Zimmer. Von mir aus kann er verhungern.«

Tibbie seufzte. Es hatte den ganzen Tag über geregnet, und daher war die Anzahl der Patienten, die gekommen waren, um sich behandeln zu lassen, zum Glück geringer als sonst gewesen, und sie war früh mit der Arbeit fertig. Sie hatte gehofft, sie könnte die

Zeit für ein Bad nutzen, und sie wollte sich dringend das Haar waschen. Als sie auf die Uhr schaute, stöhnte sie laut. Sie wußte, was sie erwartete, wenn sie die Tür zu Nicks Zimmer öffnete.

Es wäre eine Lüge, zu behaupten, Tibbie hätte sich darüber nicht die geringsten Sorgen gemacht. Sie wußte, was für eine Sorte Mann Nicholas Mackinnon war: stolz, stark, selbstsicher und inzwischen auch noch sehr, sehr wütend.

Sie schob den Besuch so lange wie möglich hinaus, bis sie sich immer deutlicher ausmalte, wie Nicholas einen Anfall bekam, um ihre Aufmerksamkeit auf sich zu lenken, wie er seine Krücke quer durch den Raum schleuderte und seine Tasse auf den Nachttisch knallte. Der Regen hatte den Himmel so stark verfinstert, daß sie gezwungen war, eine Kerze mitzunehmen, als sie ihr Zimmer verließ. Der Gang war lang und dunkel, aber der Weg war viel zu kurz. Eine Zeitlang blieb sie vor seiner Tür stehen und versuchte, mit sich ins reine zu kommen, wie sie den Fall anging. Sie konnte es auf die kokette, leichtherzige Art probieren und mit rauschenden Röcken und einem schrillen Zwitschern eintreten.

Aber Nick war ein kluger Mann. Er würde sich von dieser Form von Koketterie keinen Moment lang zum Narren halten lassen – ob sie echt war oder nicht. Außerdem war sie keine kokette Frau, und das fröhliche Zwitschern war nicht gerade eine ihrer Stärken. Vielleicht sollte sie es auf die reumütige Tour probieren, sich leise in sein Zimmer schleichen und sich so scheu wie eine Feldmaus geben, an sein Mitgefühl appellieren und sich seiner Gnade ausliefern. Aber Nick war ein Richter von der Sorte, die sie ohne jede Verhandlung verurteilt hätte – ob das nun gerecht war oder nicht. Natürlich blieb ihr immer noch die Möglichkeit, aufgeplustert und fuchsteufelswild in sein Zimmer zu stapfen und es ihm ordentlich zu geben, ehe er eine Chance hatte, es ihr zu geben.

Aber Nick würde ohnehin schon wütend genug sein. Sollten alle Heiligen ihr beistehen, wenn sie sein schottisches Temperament auch nur noch um ein Grad mehr anheizte. Schließlich entschied sie sich, ganz einfach aufrichtig zu sein. Wenn er sie fragte, wo sie die letzten Tage verbracht hatte, würde sie ihm wahrheitsgemäß antworten: »Ich habe sehr viel zu tun gehabt.« Das war es dann auch schon.

Sein Zimmer sah prima aus, als sie die Tür aufmachte und eintrat, er aber nicht.

Sie blieb mit der Kerze in der Hand dicht neben der Tür stehen, hielt den Atem an und fragte sich, ob er erst etwas sagen oder gleich mit Gegenständen werfen würde. Als nichts passierte, holte sie tief Luft, um sich zu wappnen, ehe sie sich durch das Zimmer schlich. Er lag abgewandt von ihr auf der Seite, mit dem Gesicht zur Wand. Sein Atem ging gleichmäßig, und sein Körper lag still, und daher atmete sie erleichtert auf. Er schlief.

Plötzlich drehte er sich abrupt um und wirkte mordlustig vor Wut, als er fragte: »Wo bist du gewesen?«

Sie erschrak und schrie auf. Dabei ließ sie die Kerze fallen, die augenblicklich erlosch. Sie hörte, wie er fluchte und mit irgend etwas herumfummelte. Ein Streichholz wurde angezündet, und als die Flamme aufloderte, wirkten seine Züge noch bedrohlicher als zuvor. Er beugte sich ihr entgegen und zündete die Lampe neben seinem Bett an. Als er damit fertig war, lehnte er sich zurück, verschränkte die Arme vor der Brust, sah sie fest an und sagte: »Also, was ist?«

13

»Möchtest du lieber die unerfreuliche Wahrheit hören oder eine milde Lüge?«

»Ich ziehe immer das Unerfreuliche vor«, sagte er, und sein finsterer Blick ließ sie erbleichen. »Bitte. Sei so gut, und kläre mich auf die übelste Art auf.«

»Und das Thema wäre?«

»Das weißt du ebenso gut wie ich.«

»Sei nett zu mir«, sagte sie. Sie fühlte sich fast berauscht von der umwerfenden Wendung der Ereignisse. Die Gefahr bringt eine gewisse Faszination mit sich, dachte sie und erinnerte sich wieder daran, daß Großmama Grace einmal gesagt hatte, die Gefahr und der Genuß wüchsen am selben Strauch.

»Ich frage mich, wie es kommt«, sagte er bedächtig, »daß Dreistigkeit bei Frauen immer als Mut angesehen wird, selbst wenn sie noch so dumm sein mag.«

»Dumm?«

»Tollkühnheit sollte immer einen Funken Diplomatie enthalten, sonst...« Er zog eine Augenbraue hoch. »Wenn eine Maus die Katze auslacht, sollte ein Mauseloch in der Nähe sein.«

»Wer sagt denn, daß ich lache?«

»Du bist zu frech, Mädchen. Eines Tages wird ein Mann dir diese Frechheit nehmen.«

»Ach, wirklich?« Wie ruhig ihre Stimme doch klang. Und wie laut ihre Knie gegeneinanderschlugen. »Auf den Versuch freue ich mich schon.«

Er lehnte sich an das Kopfteil des Bettes, faltete die Hände und stützte das Kinn darauf. Er musterte ihr Gesicht, nahm die Energie in ihren leuchtenden Augen wahr und erinnerte sich daran, wie leise ihre Stimme geklungen hatte. »Sollte ich das als eine Herausforderung ansehen?«

»Ich dachte, ich hätte nur auf deine Herausforderung reagiert.«

Sein blendendes Lächeln stellte die seltsamsten Dinge mit Tibbies Herzschlag an. »Es wundert mich, daß ich dachte, ich könnte dich dazu bringen, wie Espenlaub zu zittern.« Dann überraschte er sie, als er hinzufügte: »Ich hätte daran denken müssen, daß ich es gegen jemand Unversehrten aufnehme.«

Tibbie war so verblüfft über diese plötzliche Wendung der Ereignisse, daß sie unwillkürlich lächelte. »Vielleicht wäre es hilfreich, wenn du dir merken würdest, daß man damit rechnen muß, gekratzt zu werden, wenn man mit Katzen spielt.«

»Das werde ich mir merken«, sagte er. »Für das nächste Mal.« Er sah sie an, und die Andeutung eines Lächelns spielte um seinen Mund. »Vielleicht wäre es hilfreich, wenn du dir merken würdest, daß Jupiter sich Zeit läßt, ehe er in sein Notizbuch schaut, aber er schaut immer hinein.«

Bei dem Gedanken stöhnte sie.

»Und jetzt hätte ich gerne ein Bad und anschließend frisches Bettzeug.«

So sah es also aus. Jupiter mochte langsam sein, aber Nick war es anscheinend nicht. »Natürlich. Ich hole Wasser.«

Als sie mit geballten Fäusten das Zimmer verließ, rief er ihr nach. »Ich möchte innerhalb der nächsten Stunde baden und nicht erst nächste Woche.«

»Dann beschaff dir doch selbst das Wasser.«

»Wie geht es deinem Vater?« erkundigte er sich, und Tibbie blieb erstarrt stehen.

Wie konnte er es wagen, sie an ihren Vater zu erinnern und folglich auch an die Tatsache, daß er sich nicht zu schade war, den Verräter zu spielen? *Soll er Papa doch erzählen, was er will...* Doch schon während sie das dachte, erinnerte sie sich wieder an die müden Augen ihres Vaters und an die kleinen Pusteln, mit denen er von Kopf bis Fuß bedeckt war. Die zusätzliche Last, die ihm aufgebürdet worden war, aber auch seine Sorge wegen der Gelbfieberepidemie hatten ihn arg mitgenommen. Wie konnte sie auch nur in Erwägung ziehen, ihm noch mehr aufzubürden? Ihr Vater war jetzt auf sie angewiesen. Sie seufzte. Nick würde sein Bad bekommen, aber es gab mehr als eine Möglichkeit, jemandem eins auszuwischen.

Als sie sich auf den Weg zur Küche machte, fragte sie sich, wie heiß sie das Wasser wohl machen konnte, ohne dauerhafte Schäden anzurichten – jedenfalls keine, die ihr Vater sehen konnte.

Das Wasser war kochend heiß, oder zumindest empfand Nick es so, und wenn das ihm noch nicht die Haut abzog, dann genügte Tibbies heftiges Schrubben bestimmt. Eine geschlagene Stunde nach dem Bad brannte seine Haut noch wie Feuer, und er fühlte sich so unbehaglich, daß er die Stirn in finstere Falten zog. Aber dann fing er an, darüber nachzudenken, und bei der Erinnerung an das Bad mußte er unwillkürlich lächeln.

Mit zwei großen Eimern dampfenden Wassers hatte sie das Zimmer betreten, und Mairi, die ihr auf dem Fuß gefolgt war, hatte wie üblich darüber geklagt, daß sie den großen Zuber tragen mußte, während Beth, die immer gern bei allem mitmachte, mit einem Packen Handtücher und einem Stück Seife die Nachhut bildete. Einen Moment lang war Mairi neben dem Bett stehengeblieben und hatte zugesehen, wie ihre Schwester das Wasser in den Zuber schüttete und die Seife und die Handtücher zurechtlegte. Aber als Tibbie anfing, die Verbände abzuwickeln, von denen die Schiene festgehalten wurde, mußte ihr klargeworden sein, daß sie bald einen halbnackten Mann vor Augen haben würde. Mairi war aus dem Zimmer geflohen und hatte Beth hinter sich hergezerrt. Falls Tibbie bemerkt hatte, wie eilig die beiden verschwunden waren, dann ließ sie es sich nicht anmerken.

Tibbie entfernte die Schiene und legte sie zur Seite. »Du darfst dich nicht rühren, verstehst du. Die Schiene muß wieder angelegt werden, sobald ich dich... du... äh... gewaschen bist.«

Als die Verbände und die Schiene abgenommen waren, fühlte sich Nick so gut wie seit dem Sturz nicht mehr, und da er sich körperlich so wohl fühlte, besserte sich auch seine Laune beträchtlich. Man hätte sogar tatsächlich behaupten können, daß er sich regelrecht ausgelassen fühlte. Als er sah, wie ernsthaft sich Tibbie auf ihre Beschäftigung konzentrierte, dachte er, daß es wirklich geradezu eine Schande war, andere nicht an seiner prächtigen Stimmung teilhaben zu lassen. Aus christlicher Nächstenliebe mußte er sie natürlich mit jemandem teilen.

»Raucht dein Vater?«

»Um Gottes willen, nein«, sagte sie, als sie einen weiteren Verband aufschnitt.

»Aber er bekommt doch bestimmt von Zeit zu Zeit zum Dank für seine Dienste ein oder zwei Zigarren zugesteckt?«

»Natürlich. Er hat eine ganze Kiste voll Zigarren. Die bietet er Gästen an, da er sie selbst nicht raucht.«

»Ich vermute, er hätte nichts dagegen, wenn ich eine von seinen Zigarren rauche.«

Sie unterbrach sich und stemmte die Arme in die Hüften. »Ist das etwa eine Aufforderung, daß ich dir eine Zigarre von ihm holen soll?«

»Indirekt ja.«

Sie ging auf die Tür zu und rief über die Schulter: »Vergiß nicht, daß du dich nicht bewegen darfst. Wenn du es trotzdem tust, wird es dir leid tun.«

»Ich denke im Traum nicht daran«, sagte er. *Ich habe nämlich noch einiges für dich auf Lager, Schätzchen, und ich möchte auf keine einzige Minute verzichten.*

Wenige Minuten später kam sie zurück und legte drei Zigarren auf den Tisch neben ihm. Sie hob das Verbandsmaterial auf, maß die Länge ab und griff zur Schere.

»Hast du Streichhölzer?«

»Liegen nicht welche neben deiner Lampe?«

»Das letzte habe ich heute morgen benutzt.«

»Warum hast du mir das nicht gleich gesagt, als ich die Zigarren geholt habe?«

»Weil ich nicht daran gedacht habe.« Er lächelte strahlend. »Würde es dir etwas ausmachen, mal nachzusehen, ob du welche bei dir hast?«

Sie bedachte ihn mit einem gereizten Blick, legte das Verbandsmaterial und die Schere hin und steckte die Hände in die Taschen. »Ich habe keine Streichhölzer«, sagte sie ausdruckslos und hoffte, ihm damit das Maul gestopft zu haben.

Sie nahm den Verband wieder in die Hand und griff gerade nach der Schere, als er sagte: »Würde es dir etwas ausmachen, mal nachzusehen, ob du Streichhölzer für mich finden kannst?«

Ja, du arrogantes Mistvieh, es würde mir etwas ausmachen! Sie funkelte ihn wütend an. »Nein, selbstverständlich nicht.«

Sie hob die Schere auf und wollte gerade das nächste Stück von dem Verband abschneiden, aber ehe sie dazu kam, sagte er: »Und zwar *jetzt*, wenn du nichts dagegen hast.«

Sie knallte die Schere hin und verließ wortlos das Zimmer. Fünf Minuten später kam sie zurück und warf ihm eine Streichholzschachtel zu. Die Streichhölzer landeten auf dem Bettuch, gerade dort, wo es einen sehr entscheidenden Körperteil verbarg.

»Wenn es vielleicht auch so aussieht«, sagte er trocken, »dann ist das doch noch lange keine Zündschnur.«

Sie lief knallrot an. »Du solltest nicht derart vulgär sein.«

»Du solltest nicht derart gut zielen.«

»Ich habe nicht gezielt...« Sie unterbrach sich gerade noch rechtzeitig. Ohne ein weiteres Wort schnitt sie die letzten Verbände zurecht, ehe sie an sein Bett trat und sie auf den Tisch neben ihm legte. »Brauchst du sonst noch etwas?«

»Nein.«

Als sie das Zimmer verlassen wollte, rief er ihr nach: »Ich bin sicher, du hast vergessen, daß du mir die Ehre erweisen mußt. So gern ich auch allein baden würde, darf ich mich doch nicht bewegen, oder hast du das ganz vergessen?«

»Du hast jetzt einen gesunden Arm, und ich glaube, der andere ist so weit geheilt, daß du allein baden kannst.«

»Das mag deiner Meinung entsprechen, aber dein Vater hat mir davon abgeraten.«

Laß meinen Vater aus dem Spiel!

Selbst auf die Entfernung konnte er ihr ansehen, daß sie ihn zähnefletschend betrachtete, aber sie blieb stumm. Er bedachte sie mit seinem unschuldigsten Blick, als sie an sein Bett zurückkehrte und nach dem Stück Seife griff. Sie tauchte die Seife und den Schwamm ins Wasser und wusch ihm einen Arm. Während sie das tat, zündete er sich die Zigarre an. Als sie mit seinem Arm fertig war, beugte sie sich vor, um ihm den anderen Arm zu waschen. Er atmete eine gewaltige Rauchwolke aus.

Als der Rauch sich auflöste und ihr Husten sich legte, sagte sie: »Glaubst du, du könntest es unterlassen, mir Rauch ins Gesicht zu pusten?«

»Stört es dich, wenn ich rauche?«

»Alles an dir stört mich, Mackinnon. Einfach alles.«

Das begeisterte ihn natürlich, und er grinste.

Wenn ich überhaupt irgend etwas will, meine Süße, dann dir zur Last fallen.

Er paffte wieder an der Zigarre und stieß den Rauch aus. Dabei bemühte er sich, nicht zu lächeln, als sie mit den Armen wedelte und sich Luft zufächelte. Der Schotte in ihm hatte sie in Wut versetzt. Er fragte sich, wieviel von der Sorte sie noch hinnehmen würde. Er war ein Mistkerl, das wußte er, aber er mußte dahinterkommen. Daher lächelte er und deutete auf sein Bein. Ihre Nasenflügel blähten sich vor Abwehr, aber sie sagte kein Wort. Als sie mit dem einen Bein fertig war, nahm sie sich das andere vor, und als das erledigt war, warf sie den Schwamm wieder ins Wasser.

Es erforderte fast eine Stunde, die Schiene und die Verbände wieder anzubringen, aber als sie es geschafft hatte, seufzte sie erleichtert und glaubte, gleich möglichst viel Abstand zwischen sich und ihn legen zu können. Dieser dicke Zigarrenrauch hatte sie fast grün werden lassen. Wie ertrug er es nur, dieses abscheuliche Zeug zu rauchen? Sie griff nach dem frischen Bettzeug, um sein Bett neu zu beziehen, als er sagte: »Ich bekäme gern auch das Gesicht gewaschen, wenn du nichts dagegen hättest.«

»Um Himmels willen...«, sagte sie etwas zu laut. Der Lauf, den die Dinge nahmen, ermattete sie übermäßig, aber sie griff nach dem Schwamm und wischte ihm ein paarmal unwirsch über das Gesicht. Dann warf sie den Schwamm wieder ins Wasser und wunderte sich, warum er nicht darüber klagte, daß sie ihn naßspritzte. Er vergalt es ihr mit einer weiteren Rauchwolke, die er ihr ins Gesicht blies.

Am liebsten würde ich ihm diese gräßliche Zigarre in seine widerliche Kehle stopfen und Papa erzählen, er sei im Schlaf erstickt.

»Es obliegt mir leider, es dir zu sagen, aber das war noch nicht alles«, sagte Nick autoritär.

Es obliegt mir? Darauf möchte ich wetten! Es obliegt mir leider... Es war so grotesk, daß sie fast in schallendes Gelächter ausgebrochen wäre.

»Da fehlt noch eine Stelle...«, fuhr er fort.

Tibbie konnte sich eine reichlich klare Vorstellung davon machen, um welche Stelle es sich handelte. »*Die* Stelle kannst du dir selbst waschen. Ich würde sie nicht anrühren, wenn ich den Schwamm an einer drei Meter langen Stange hängen hätte.«

»Das ist ja ermutigend«, sagte er lachend, »denn ich ziehe es vor, wenn du deine Hand benutzt.«

»Und ich ziehe es vor...«

Nicholas sollte bis ins Grab noch nicht wissen, was Tibbie eigentlich vorzog, denn in dem Moment packte er sie am Arm, und wie vorher schon zweimal, fand sich Tibbie in Nicks Bett wieder. »Halt den Mund, Tibbie«, sagte er. »Du weißt selbst nicht, was du vorziehst. Du weißt noch nicht einmal, was du willst. Aber ich weiß es.«

»Du weißt gar nichts. Du provozierst mich nur gern.« Als er nichts darauf sagte, sagte sie: »Nicholas Mackinnon, warum benimmst du dich bloß so?«

»Ich mag, wie du meinen Namen sagst. Doch, ich mag es wirklich.«

»Wirst du wohl aufhören, dich wie ein übergeschnappter Dummkopf zu benehmen, ehe jemand reinkommt?«

»Es wird niemand reinkommen. Alle anderen machen sich nämlich eine recht klare Vorstellung von uns.«

Sie machte ihm nur etwas vor, als sie den Mund aufmachte, um zu schreien, und sagte: »Ich bringe es fertig, daß jemand reinkommt.« Das sagte sie nur, weil sie sehen wollte, was er tun würde. Das sollte sie allzuschnell herausfinden.

Nick stürzte sich schneller auf sie als eine Henne auf einen Junikäfer. Sein Mund legte sich mit der Absicht auf ihre Lippen, sie zum Schweigen zu bringen, aber als ihre Arme sich um seinen Hals schlangen und ihre Brüste sich an seinen Brustkorb preßten, vergaß er alles. Er küßte sie, als gäbe es kein Morgen mehr, und Tibbie ging auf seinen Kuß ein, als sei für sie auch heute schon alles verloren. Er zog sie enger an sich, hob sie hoch und schmiegte sich noch zielstrebiger an ihren Körper. Er spürte, wie sie reagierte und ihre Arme noch fester um seinen Hals schlang. Er genoß es so sehr, sie zu küssen und zu spüren, wie sie darauf reagierte, daß er sich lange Zeit damit zufriedengab, sie nur zu küssen. Das war ein süßes langerwartetes Wunder, das er auskosten wollte.

Schließlich löste er sich von ihr und sah sie mit blauen Augen an, in denen sie schwimmen konnte. Während Tibbie sprachlos über diesen Vorfall war, legte sich Nicks Mund wieder auf ihren, und er küßte sie endlos und derart fordernd, daß es ihr den Atem verschlug und sie in sich zusammensackte. Sie konnte nicht mehr denken. Wieder und immer wieder glitt sein Mund mit einer Gier über ihre Lippen, die sie nie zuvor erlebt hatte, und doch war er gleichzeitig so zärtlich und sanft, daß sie am liebsten geweint hätte. Irgendwo tief in ihrem Innern ahnte sie, daß er ein einsamer Mann war, der die Verzweiflung, von der er sprach, wahrhaft empfand. Es stand nicht in ihrer Macht, sich dem zu widersetzen, und auf diese Seite von ihm reagierte sie stärker als auf jede andere. Mit einem erstickten Stöhnen verschmolzen ihre Lippen mit seinen, und sie schmiegte sich an ihn. Ihre Reaktion entflammte ihn, und auch er stöhnte, ehe sein Kuß noch fordernder wurde. Wieder und immer wieder küßte er sie so. Er ließ jede Faser seines Wesens in seine Küsse einfließen und offenbarte sich ihr wortlos.

Sie war schon vorher geküßt worden, aber niemals so. Und trotz all ihrer Proteste wollte sie wirklich nicht, daß er aufhörte. So, wie Nick sie küßte, wollte auch er kein Ende.

Als er den Kuß dennoch abreißen ließ, schaute sie auf und sah, daß Nick sie betrachtete, und ohne wirklich darüber nachzudenken, hob sie den Kopf und küßte ihn mitten auf den Mund. Augenblicklich schwand der besorgte Ausdruck von Nicks Gesicht, und er lachte, ein tiefes polterndes Lachen. »Du übermütiger kleiner Kobold«, sagte er und zog sie mit seinem gesunden Arm enger an sich. »Weißt du, daß ich viele Nächte damit zugebracht habe, davon zu träumen, du könntest mich eines Tages so küssen, wie du es eben gerade getan hast... freiwillig und aus eigenem Antrieb?«

»Ach, wirklich?« sagte sie, und ein spöttisches Lächeln blitzte in ihren Augen. »Wenn ich das gewußt hätte, hätte ich es mir vielleicht anders überlegt.«

»Aber dazu ist es jetzt zu spät«, sagte er, »denn der Augenblick ist vorüber, aber mir bleibt die Erinnerung daran.«

O Nicholas... du sagst so schöne Dinge.

»Ich wünschte«, sagte er und zog sie näher, »ich könnte ewig so mit dir daliegen.«

»Vielleicht bekämen wir Hunger«, sagte sie, »oder du könntest beschließen, daß du wieder einmal baden willst.«

»Ich glaube nicht, daß ich das noch einmal ertragen könnte«, sagte er. Dann zog er sich auf einen Ellbogen und schaute in ihr Gesicht. »Machst du dir überhaupt eine Vorstellung davon, was du mit mir gemacht hast? Glaubst du, du könntest deine Hände einfach von Kopf bis Fuß über mich gleiten lassen?«

»Ich weiß, was es mit mir gemacht hat. Ist es bei dir dasselbe?«

»Wenn nicht, dann sollte es dasselbe sein«, sagte er mürrisch und küßte sie.

Atemlos hauchte sie: »Ich muß jetzt gehen.«

»Du«, murmelte er und biß sie zart in die Nase, »mußt alles mögliche tun, aber Gehen gehört nicht dazu.«

»Was sollte ich denn tun, Nick?«

»Komm näher, und ich zeige es dir.«

»Warum?« fragte sie mit bebender Stimme.

»Weil es zwischen uns beiden noch eine Menge unerledigter Angelegenheiten gibt.«

Tibbie wich zurück und starrte ihn mißtrauisch an, aber gleichzeitig schossen ihr die Möglichkeiten durch den Kopf. Als sie zögerte, fuhr er fort: »Ich werde dich zu nichts zwingen. Das solltest du doch inzwischen wissen.«

Sie beugte sich ihm entgegen, doch er hob die Hand und legte sie auf ihre Schulter, um sie zurückzuhalten. »Erwäge sorgsam, was ich gerade gesagt habe, Tib«, warnte er sie, »denn wenn du dich entscheidest, wissen zu wollen, wovon ich rede, dann wirst du mir nicht die Schuld an dem geben können, was dabei herauskommt.«

Es war schwierig für sie, urplötzlich eine andere Richtung einzuschlagen. Seit sie ihn kannte, hatte er ständig das eine oder andere unternommen, um mit ihr allein zu sein, um sie in seinen Armen zu halten und ihre Abwehr zu schwächen. Und all das hatte er endlich erreicht. Jetzt war sie hier, bei ihm, allein, in seinen Armen, und ihre Abwehr war so geschwächt wie eine naßgeregnete Biene. Und was fing er damit an? Nichts! Nein, noch schlimmer als das – er erteilte ihr eine faire Warnung. Und was sollte sie jetzt anfangen?

Ich weiß, was ich gern täte.

Dann tu es!

Ich weiß nicht, ob ich das kann.

Warum solltest du es denn nicht können?

Weil er von mir verlangt, daß alles von mir ausgeht.

Glaube mir, er wird dir viel geben, wenn du dich nur darauf einläßt.

Warum können wir uns nicht auf halbem Wege treffen?

Ich weiß es nicht. Warum fragst du ihn nicht?

»Kannst du mir nicht auf halbem Weg entgegenkommen?«

Nicks Herz machte einen Satz und sprang ihm fast aus der Brust, als es vor Freude explodierte. Hatte er richtig gehört? Er hatte nicht erwartet, daß sie auch nur in Erwägung ziehen würde, was er ihr vorgeschlagen hatte, von dieser Aufforderung, ihr auf halbem Weg entgegenzukommen, ganz zu schweigen. *Ihr auf halbem Weg entgegenkommen?* Zum Teufel! Er lechzte danach, ihr den ganzen Weg abzunehmen. Aber das war nicht seine Art, nicht bei diesem Mädchen. Diese allerersten Versuche, flügge zu werden, mußten allein unternommen werden. Er hatte diese Liebe, von der er wußte, daß sie sie beide empfanden, lange genug gehegt. Jetzt war es an der Zeit, sie aus dem Nest zu stoßen.

Er sah das kleine, ängstliche Gesicht, das ihn so ernst betrachtete, und sein Herz verkrampfte sich vor Furcht, daß er sie mit seinen nächsten Worten verscheuchen könnte. »Nein, Tibbie. Diesmal nicht. Diesmal, Mädchen, wirst du zu mir kommen müssen.«

»Aber für mich ist das so ein großer Schritt.«

»Ich weiß. Du hast so viel, was dich zurückhält: Eric, die Vergangenheit, Gefühle, deren du dir noch nicht sicher bist. Es gibt nicht viel, was dich vorantreibt, nur eine ehrliche Aufforderung und mein Wunsch, dafür zu sorgen, daß du es nie bereuen wirst, wenn du diese Aufforderung annimmst. Zu lange hat dein Leben unter dem Vorzeichen des Entsagens gestanden. Wenn du willst, daß sich daran etwas ändert, wenn du in den Sonnenschein hinaustreten willst, dann wirst du diejenige sein müssen, die das alles ändert. Bleib, wo du bist, und versage dir wieder alles, oder komm her und nimm an, was ich dir biete. Noch einfacher kann ich es dir nicht machen.«

Die Worte waren kaum aus seinem Mund herausgekommen, als Tibbie an ihn sank. Er preßte sie eine Weile an sich und strich ihr mit der Hand über das Haar, und sein Herz lauschte den Lauten ihres Weinens. »Weine ruhig, Süßes. Nur auf die Art kannst du den Engel freilegen.«

Tibbie weinte noch heftiger.

Nicholas hätte sich gern in seiner Leidenschaft für sie verloren, aber er wußte, daß das ganz falsch gewesen wäre. Er hatte bei seinem widerspenstigen Mädchen viel Boden gewonnen. Jetzt wollte er keine Rückschläge erleiden. Sie sollte sich morgen daran erinnern, daß sie ihm vertraut hatte – und er wollte dieses Vertrauen nicht mißbrauchen. Das war ein kleiner Stein, um ein Fundament zu mauern. Er konnte nur zu Gott beten, daß er die Geduld und die Ausdauer aufbrachte, sein stürmisches Begehren zu ertragen, ohne zu bekommen, was er wollte, bis der letzte Stein gemauert war.

Als jemand an die Tür klopfte, zuckte Tibbie zusammen und riß sich von Nick los. Sie wischte sich über die Augen und empfand dieselbe Enttäuschung, die sie aus seinem leisen Fluch heraushörte. In dieser Familie konnte man niemals ungestört sein, aber vielleicht war das auch gut so. Sie konnte nicht für den Rest ihres Lebens in Nicks Armen liegen und weinen, wenn es auch noch so ein wunderbares Gefühl war.

Sie strich sich das Haar glatt und eilte zur Tür, und dabei fragte sie sich, wer auf der anderen Seite stehen mochte. Als sie die Tür öffnete, sah sie Mairi, die mit weit aufgerissenen Augen auf der anderen Seite stand. Tibbie lächelte ihre Schwester an und war dankbar dafür, daß Mairi diesmal den gesunden Menschenverstand besessen hatte, anzuklopfen. »Es ist in Ordnung«, sagte sie leise. »Du kannst reinkommen. Ich bin gerade fertig.«

Aber Mr. Mackinnon ist noch nicht fertig mit dir, meine Süße.

»Mama wollte wissen, ob du Hilfe brauchst, um Mr. Mackinnon aus dem Bett zu heben, damit du es frisch beziehen kannst.«

Dreh das Ganze um, und dann hast du es richtig verstanden. Mr. Mackinnon braucht Hilfe dabei, Miss Buchanan in sein Bett zu kriegen.

»Ja, ich glaube, ich brauche Hilfe. Er ist noch etwas unsicher auf den Füßen... mit seinen Krücken.«

Es war eine gewaltige Mühe, aber zu zweit schafften sie es, Nick auf die Füße zu helfen. Er blieb einen Moment lang stehen, um das Gleichgewicht zu finden, ehe er sich auf seine Krücken stützte und zu dem Stuhl humpelte. Tibbie warf einen hastigen Blick auf Nicholas, weil sie sehen wollte, ob sie sich von dem Anblick eines solchen Prachtexemplars von Mann wie Nicholas ebensosehr aus der Fassung bringen ließ, wenn dieser noch dazu nur in einen kleinen Lendenschurz gehüllt war. Aber falls sich Mairi davon auch nur im entferntesten aus der Fassung bringen ließ, war sie gut darin, es nicht zu zeigen, und daher fragte sich Tibbie, ob sie die einzige war, der solche Gedanken überhaupt durch den Kopf gingen.

Sowie das Bett bezogen war und Nick wieder drinlag, hob Mairi das schmutzige Bettzeug auf und ließ Tibbie allein zurück. Nachdem sie die dünne Decke wieder auf das Bettuch gelegt hatte, stopfte Tibbie die Ränder der Decke unter die Matratze, und als Nick wieder anfing, sie zu necken, nach ihr zu grapschen und ihr zu sagen, was er mit ihr tun würde, wenn er sie erwischte, lachte Tibbie über seine Worte. Dann kam Mairi wieder.

»Cora Belle Hamilton und ihre Cousine Ruthie sind hier«, verkündete sie und trat ein.

Tibbie drehte sich zu Mairi um und sah sie an. »Cora Belle und Ruthie? Ist eine von ihnen krank?«

»Nein«, sagte Mairi. »Sie sehen für meine Begriffe munter aus und sind rausgeputzt wie für den vierten Juli. Sie haben Mama gesagt, sie seien gekommen, um Mr. Mackinnon zu besuchen und ihm eine Kleinigkeit zu bringen, die sie für ihn gebacken haben.«

Beide Frauen drehten sich zu Nick um, der reichlich dämlich grinste und mit den Achseln zuckte. »Das ist ein reiner Anstandsbesuch«, erklärte er beiläufig.

»Ja, ganz bestimmt«, sagte Tibbie. Dann wandte sie sich an Mairi. »Steh doch nicht rum wie eine Fliege, die ins Netz gegangen ist. Führ sie rein.«

Mairi verschwand blitzschnell aus dem Zimmer, und Tibbie trat an Nicks Bett, zog fest an der Decke und spannte sie straff über ihm. »Autsch!« sagte er. »Du brauchst es nicht an mir auszulassen«, fügte er grinsend hinzu. »Ich habe die beiden nicht eingeladen.«

»Ich lasse überhaupt nichts an dir aus. Es geht mich nichts an, wer dich besuchen kommt.«

»Auf mich wirkst du ein wenig verstimmt«, sagte er. »Wenn ich gewußt hätte, daß mit einem Besuch der beiden zu rechnen ist, dann hätte ich es dir gesagt.«

»Mir ist egal, ob hier Wagenladungen von Frauen eintreffen oder ob sie sich in Koffern zu dir reinschmuggeln lassen.« Sie zog noch ein letztes Mal energisch an der Decke.

»Du hast diese verdammte Decke so straff gespannt, daß ich nicht mal mehr mit den Zehen wackeln kann.«

Was mir Sorgen macht, sind nicht deine Zehen. »Dann verrutscht die Decke wenigstens nicht.«

Er grinste sie an. »Wieso? Bist du besorgt, diese liebenswürdigen Damen könnten vorwitzig unter meine Decke spähen?«

»Nein, aber du hast bestimmt Lust, ihnen etwas zu zeigen.« Sie hob das Tablett mit dem Verbandszeug auf. »Ich gehe jetzt. Mairi wird deine... Besucher zu dir führen.«

»Tib«, rief er ihr nach.

Auf halbem Weg zur Tür blieb sie stehen und drehte sich um. Er sagte zu ihr: »Du hast nicht den geringsten Grund zur Eifersucht.«

»Wer ist denn eifersüchtig?« gab sie zurück und trat einen Stuhl aus dem Weg.

In der Tür wurde sie fast umgerannt, als die Damen wie eine wildgewordene Büffelherde ins Zimmer drängten, und das Tablett und das Verbandsmaterial wurden ihr entrissen und fielen zu Boden. »Da sind Sie ja, Mr. Mackinnon«, rief Cora Belle Hamilton in einem Ton, auf den ein Papagei neidisch gewesen wäre. »Sie erinnern sich doch noch an mich, oder nicht? Reverend Woolridge hat uns eines Sonntags in der Kirche miteinander bekannt gemacht. Und das hier ist meine Cousine Ruthie Faye Brester.«

Als Tibbie sich umdrehte, sah sie die beiden wie einen Schneesturm ins Zimmer treiben.

»Ich bin entzückt, meine Damen. Ich bin außerordentlich entzückt, daß Sie sich noch an mich erinnern und daß Sie sich gar diese Mühe machen, mir einen Besuch abzustatten.« Er sah Tibbie an, die ihre Sachen inzwischen aufgehoben hatte und auf die Tür zuging. *Daraus wird nichts.* Grinsend sagte er: »Sie kennen doch Miss Buchanan, nicht wahr?«

Beide Frauen drehten sich zu Tibbie um und sahen sie an. »Ja, sicher, natürlich. Du siehst gut aus, Tibbie...«, sagte Cora Belle hämisch, ehe sie erst ihrer Cousine und dann Nick einen Blick zuwarf. »Und wie geht es deiner reizenden Tochter?«

»Sie sprechen gewiß von Bethany«, warf Nick ein, der den Schmerz in diesen goldenen Augen sah. Er wünschte, diese beiden plumpen Kühe wären schon wieder fort, damit er Tibbie in seine Arme nehmen und ihr sagen konnte, daß er sie für zwanzig Wagenladungen von Frauen wie die beiden nicht eingetauscht hätte. »Ich bin sicher, daß Sie sie genauso entzückend finden wie ich«, sagte er.

»O ja... entzückend. Außerordentlich entzückend«, sagte

Cora Belle mit einer Glut in der Stimme, die Tibbie nie an ihr gehört hatte.

»Also, wie ich gerade sagte, Reverend Woolridge, der uns miteinander bekannt gemacht hat, wie Sie sich gewiß erinnern, hat mir erst letzten Sonntag alles über Ihren unseligen Unfall berichtet.« Ihre Blicke glitten begierig über Nick. »Sie armer Kerl. Tut es nicht furchtbar weh?«

»Nur wenn ich atme, aber Miss Buchanan hat, während ihr Vater krank war, blendend für mich gesorgt.«

Zwei Augenpaare richteten sich auf Tibbie. »Ja... nun, Tibbie ist wirklich gut darin, sich der Männer anzunehmen... wenn sie krank sind, natürlich.«

»Natürlich«, stimmte Nick zu. »Darin ist sie ganz außerordentlich gut. Sogar so gut, daß ich sicher bin, die Hälfte aller Frauen in Indianola beneiden sie um ihre Fertigkeiten.«

»Allerdings!« bekräftigte Cora Belle niedergeschlagen. »Das stimmt doch, nicht wahr, Ruthie Faye?«

»Ja, sicher. Ich bin entsetzlich neidisch auf sie«, sagte sie, »einfach gräßlich neidisch.«

In dem Moment bemerkte Großmama Grace, die durch den Flur kam, Tibbies blasses Gesicht. Sie blieb in der Tür stehen, und ihr Blick glitt von Tibbie über Nick auf die beiden Frauen, die wilder herausgeputzt waren als Ponys im Zirkus. Schnaubend kam sie ins Zimmer gehumpelt, und ihr schwarzes Seidenkleid raschelte, als liefe sie auf trockenem Laub. Alle wandten sich zu ihr um und sahen sie an. »Ha! Dachte ich mir doch gleich, daß du das sein mußt, Cora Belle. Was führt dich in diesen abgelegenen Winkel? Hast du eine Fährte aufgenommen?«

»Wir machen einen Anstandsbesuch, Mrs. Stewart. Nachdem uns Reverend Woolridge von Mr. Mackinnons unglücklicher Lage erzählt hat, bin ich auf den glänzenden Gedanken gekommen, ihm einen Zitronenkuchen zu backen, damit es ihm schnell wieder bessergeht.«

»Ein glänzender Gedanke? Cora Belle Hamilton, ich kenne

dich, seit du ein Dreikäsehoch warst, und deine glänzendste Idee war immer noch matt.«

»He!« Cora Belle bemühte sich zu lachen, doch es fiel reichlich hohl aus.

Großmama sah Ruthie an. »Wie ich sehe, hast du Verstärkung mitgebracht.«

»Ruthie Faye hat eine kleine Kopfgrippe. Ich dachte, Dr. Buchanan könnte sie sich vielleicht ansehen, aber soweit ich gehört habe, geht es ihm nicht gut.«

»Ja, das stimmt«, sagte Großmama, »aber Ruthie möchte die Grippe ja unbedingt behalten. Ich bin sicher, daß es ein angenehmes Gefühl sein muß, endlich einmal etwas im Kopf zu haben.«

»Also, da soll mich doch gleich!« brummte Cora Belle grimmig, und die Schnürbänder ihres Mieders zitterten unberechenbar. »Wir machen uns wohl besser wieder auf den Weg.«

»Vielen Dank für Ihr Kommen, meine Damen«, rief Nick.

»Ich bringe euch zur Tür«, sagte Tibbie.

»Die Mühe kannst du dir sparen«, sagte Cora Belle. »Wir kennen den Weg.«

Tibbie sah den beiden Frauen nach und wandte sich dann an ihre Großmutter. »Du solltest nicht so grob zu ihnen sein, Großmama. Sie dachten, sie könnten zu etwas nütze sein.«

»Die beiden sind zu so viel nütze wie ein Glasauge an einem Schlüsselloch.«

Nick brach in schallendes Gelächter aus. »Sie sind doch nicht verheiratet, oder, Großmama?«

»Nee, und ich glaube auch nicht, daß es einen Mann auf dieser Welt gibt, der mit mir fertig würde.«

»Ich würde Sie auf der Stelle heiraten.«

»Allmächtiger! Allmächtiger! Ich bin zu alt für Sie«, sagte sie, und ihr Kleid raschelte, als sie sich zur Tür umwandte.

Nick rief ihr nach: »Wenn Sie ein Beispiel dafür sind, was es heißt, alt zu sein, dann freue ich mich jetzt schon aufs Alter.«

»O nein, das tun Sie nicht«, widersprach Großmama. »Wissen

Sie, wie es ist, wenn man sich jeden Morgen im Spiegel anschaut und sich fragt, wo man dieses Gesicht schon mal gesehen hat?« Mit diesen Worten ging sie.

Tibbie folgte ihr gleich auf den Fersen und ignorierte, daß Nick nach ihr rief.

Jetzt schrie er. »Du würdest die Geduld eines Hiob auf eine harte Probe stellen, Frau! Kannst du nicht wenigstens noch eine Minute bleiben? Ich muß dir noch etwas sagen.«

Sie blieb stehen, wandte ihm aber immer noch den Rücken zu. »Was ist denn jetzt schon wieder?«

»Komm her!«

»Ich habe noch zu arbeiten.«

»Ich habe auch noch etwas zu erledigen, und es ist sehr dringend, glaube mir.«

»Dann tu es doch. Ich halte dich nicht davon ab.«

»Es ist eine Privatangelegenheit.«

»Ausgezeichnet. Ich lasse dir so viel Zeit für deine Privatangelegenheiten, wie du brauchst.«

»Ich brauche deine Hilfe. Kommst du jetzt her?«

Sie rührte sich nicht vom Fleck.

»Tibbie, was schadet es, wenn du herkommst?«

»Das habe ich schon einmal getan, oder hast du das vergessen?«

»Nein, und wenn du dich erinnerst, dir ist nicht das geringste passiert, als du es getan hast.«

»Nur deshalb nicht, weil wir gestört worden sind.« Sie wollte wieder zur Tür hinausgehen.

»Tibbie!«

Seufzend blieb sie stehen. »Was du auch zu sagen hast, du kannst es mir auch sagen, wenn ich hier stehe.«

»Ich würde es vorziehen, nicht so zu schreien, daß das ganze Haus mich hört.«

»Alles, was du mir zu sagen hast, kannst du auch vor meiner Familie sagen.«

»Also gut«, sagte er. »Also gut. Ich muß mich erleichtern, und wenn du mir nicht aus diesem verdammten Bett hilfst, tue ich es hier!«

»Wie du willst«, sagte sie und verließ das Zimmer.

»Tibbie!... Tibbie Buchanan, ich warne dich...«

Sie knallte die Tür hinter sich zu.

»Miststück!« schrie er und warf seinen Blechbecher nach der geschlossenen Tür.

Tibbie lächelte und lief durch den Flur. Sie ignorierte den seltsamen Blick, den sie sich von Mairi einhandelte. »Wirst du ihm denn nicht helfen?«

»Nein.«

»Aber, Tibbie... was ist, wenn er Schmerzen hat?«

»Dem tut nichts weh. Der ist verrückt.«

»Was ist, wenn er sich etwas tut?«

»Dann werde ich nach ihm sehen.«

Tibbie hatte sich so weit beruhigt, daß sie wieder klarer denken konnte. Sie wußte, daß Nick Hilfe brauchte, um aus dem Bett aufzustehen und sich auf seinen Krücken vorwärts zu bewegen. Was war, wenn er sich wirklich erleichtern mußte? Wenn es so war, dann kam er allein nicht zurecht. Er würde sich auf sie stützen müssen. Sie erinnerte sich an den Anblick seines Bluts auf dem Bettuch, als seine Wunde aufgebrochen war. Seufzend dachte sie wieder daran, wie komisch Nick ausgesehen hatte, als er aufrecht auf seinem Bett gesessen und ihr Rauch ins Gesicht geblasen hatte, während sie ihn wusch.

Als sie sich genügend abgeregt hatte, ging sie auf Nicks Zimmer zu. Sie öffnete die Tür und blieb stehen, um ihn zu beobachten. Es war ihm gelungen, sich unter der straffgezogenen Decke herauszuwinden, und jetzt beugte er sich weit über die Bettkante und versuchte, an seine Krücken zu kommen.

Sie hatte durchaus die Absicht, ihm zu helfen, aber sie kostete es aus, ihn so zu sehen. Sein kräftiger, geschmeidiger Körper – die gutentwickelten Muskeln, die breiten, muskulösen Schultern, die schlanke Taille und die schmalen Hüften und der stramme, runde Hintern. Wie anders er doch war als sie, und wie schön er war.

Sie beobachtete, wie er die Hand nach seinen Krücken ausstreckte, und ihr Herz zog sich vor Reue schmerzhaft zusammen. Er war ein starker, stolzer Mann – und dann diese Hilflosigkeit seiner Lage. Wie demütigend und erniedrigend es für ihn sein mußte, jedesmal wenn er sein Bett verließ, auf die Hilfe einer Frau angewiesen zu sein. In der Hoffnung, einen Teil seines verletzten Stolzes retten zu können, zog sie die Tür leise zu und ging in dem Moment auf ihn zu, in dem er sich ein wenig zu weit aus dem Bett beugte und auf den Boden fiel.

Sein Gesicht war schmerzverzerrt, als sie neben ihm auf den Boden sank. »Nick…«

»Hau ab, verdammt noch mal! Jetzt brauche ich dich nicht mehr«, sagte er und biß die Zähne zusammen, um vor Schmerz nicht laut aufzuschreien.

Tibbie sprang auf, eilte ins Sprechzimmer ihres Vaters und kehrte gleich darauf mit der Opiumtinktur zurück. Sie hockte sich zu ihm auf den Boden. »Hier«, sagte sie und goß ein wenig von der Lösung in ein Wasserglas, »trink das. Dann läßt der Schmerz nach. Hinterher sehe ich mir dann dein Bein an.«

»Danke, du hast schon genug gesehen. Und jetzt verschwinde von hier, und laß mich allein.«

»Nick…«

»Wenn du etwas für mich tun willst, dann schick jemanden zu Porter Masterton, und laß ihm ausrichten, er soll so schnell wie möglich herkommen und einen Wagen mitbringen.«

»Warum soll er einen Wagen mitbringen?«

»Um mich reinzulegen und mich nach Hause zu bringen.«

»Du kannst noch nicht nach Hause gehen. Du brauchst jemanden, der dich pflegt…«

»Dann werde ich eben Cora Belle Hamilton darum bitten.«

»Es ist dein volles Recht, wütend auf mich zu sein, Nicholas.

Dein volles Recht. Es ist alles meine Schuld. Aber du kannst nicht fortgehen...«

»Ach, kann ich das nicht? Warte nur ab, du wirst es ja sehen.«

Sie legte eine Hand auf seinen Arm. »Ich will nicht, daß du fortgehst.«

»Und warum nicht? Weil du es genießt, daß dir ein Mann nachläuft, damit du ihn ständig abweisen kannst? Oder weil du Angst hast, was dein Vater sagt, wenn er dahinterkommt? Zerbrich dir darüber nicht dein hübsches, kleines Köpfchen. Ich werde es ihm nicht sagen.« Er warf den Kopf zurück und schnitt eine Grimasse.

»Wir werden all das in Ruhe besprechen, nachdem du das hier getrunken hast«, sagte sie und führte das Glas an seine Lippen. Er trank es leer und lehnte dann mit geschlossenen Augen den Kopf ans Bett. Tibbie nahm ihren Rocksaum und tupfte ihm den Schweiß vom Gesicht, aber schon ehe sie damit fertig war, packte Nick ihr Handgelenk und drückte schmerzhaft fest zu. »Du mußt furchtbar begriffsstutzig sein, meine Süße. Ich habe gesagt, ich will nicht, daß du etwas für mich tust. Deutlich gesagt heißt das: Laß die Finger von mir. Ist das klar?«

»Durchaus, du brüllender Rohling, aber du weißt selbst nicht, was du willst. Außerdem wäre ich dir dankbar, wenn du dich daran erinnerst, daß mein Vater krank ist und daß somit ich hier bestimme und nicht du. Solange er nicht wieder auf den Beinen ist, sage *ich*, wer hier was braucht. Und jetzt leg deinen Arm um meine Schultern, damit ich dir auf die Füße helfen kann. Aber du darfst kein Gewicht auf dieses Bein verlagern.«

»Soll das ein Witz sein?«

»Nein«, sagte sie und lächelte sanft. »O Nicholas, es tut mir so leid. Es tut mir wirklich leid. Ich weiß selbst nicht, warum ich mich so benommen habe. Ich war einfach so wütend und verletzt über die Form, in der Coral Belle hier reinstolziert ist und dich umgurrt hat. Wenn du willst, sage ich ihr, daß sie hier täglich gern gesehen ist, aber sei nur nicht böse auf mich.«

Mit jedem Wort, das sie sagte, legte sich sein Zorn. »Tibbie«, seufzte er schließlich matt, »das allerletzte auf Erden, was ich im Moment sehen will, ist eine Frau.«

Tibbie fiel nicht das geringste ein, was sie darauf hätte sagen können, denn tief in ihrem Herzen wußte sie, daß er die Wahrheit sagte. Sie beschloß, ihm ins Bett zu helfen, nach seinem Bein zu sehen und anschließend dafür zu sorgen, daß sie einen männlichen Pfleger für ihn fand.

Und genau das tat Tibbie.

14

»So beruhigen Sie sich doch, Nick, sonst zerreißt noch etwas«, sagte Coll.

»Bei mir ist schon etwas gerissen! Und zwar mein Geduldsfaden!« Er sah sich im Zimmer um. »Wo, zum Teufel, steckt sie?«

»Hast du mich rufen lassen?« fragte Tibbie, die die Tür zu Nicks Zimmer öffnete.

»Ja«, sagte er ruhig, »allerdings.« Er deutete auf den Jungen, der direkt hinter ihr stand, und sagte: »Wer, zum Teufel, ist das?«

»Jeremy Pipkin«, erklärte sie und beobachtete aus dem Augenwinkel, wie ihr Vater durch die Tür schlüpfte.

»Wie nett«, sagte er. »Ich bin Nicholas Mackinnon.« Dann sah er Tibbie wieder an und fügte hinzu: »Und wer, verdammt noch mal, ist Jeremy Pipkin, wenn ich fragen darf? Und was noch wichtiger ist – was hat er hier zu suchen?«

»Ich habe ihn eingestellt.«

»Als was?«

»Als deinen Helfer.«

»Meinen Helfer. Ich verstehe. Und wobei, um Gottes willen, soll er mir helfen, wenn meine derzeitigen Aktivitäten doch gewissermaßen recht eingeschränkt sind – essen, schlafen, mekkern, irgendwie ins Bett rein- und aus dem Bett rauskommen?«

»Genau dabei«, erwiderte sie schlicht.

»Tibbie, du redest unverständliches Zeug.« Er unterbrach sich. »Ich weiß selbst nicht, warum mich das eigentlich wundert.«

»Ich hatte mir gedacht...« Tibbie beendete jedoch den Satz nicht.

Er warf die Arme in die Luft. »Gott steh uns bei!«

Sie stellte fest, daß es ihr mit der Zeit immer leichter fiel, die sarkastischen Sticheleien zu ignorieren, mit denen er ihr in regelmäßigen Abständen zusetzte. »Nachdem du kürzlich aus dem Bett gefallen bist, habe ich über die Dinge nachgedacht, die du gesagt hast.«

»Ich war verletzt. Wenn man verletzt ist, sagt man manchmal Dinge, die man nicht so meint.«

»Ja, das ist mir schon klar, aber die Dinge, die du gesagt hast waren... wenigstens teilweise gar nicht so unsinnig.«

»Was zum Beispiel?«

»Ich glaube, du hast gesagt: ›Das letzte auf Erden, was mir im Moment noch fehlt, ist eine Frau.‹ Und das kam so natürlich heraus, daß ich dachte, es könnte eine gute Idee sein, wenn ich einen Mann finde, der für dich tut, was ich bisher für dich getan habe.« Ihr fiel auf, wie sein Blick über Jeremy glitt und seine Augenbrauen sich hochzogen, als wollte er ihre Worte in Frage stellen, als sie ihn als *Mann* bezeichnete. »Jeremy ist noch jung«, sagte sie, »aber er ist kräftig und erfahren.«

»Kräftig und erfahren.«

»Ja. Sein Vater hat letztes Jahr bei einem Unfall mit dem Wagen ein Bein verloren, und Jeremy war ihm eine enorme Hilfe.«

»Ich bin sicher, daß er ihm eine enorme Hilfe war, und ich bin auch sicher, daß Jeremy ein prächtiger, kräftiger junger Mann ist, aber ich brauche ihn nicht.«

»Aber du hast doch gesagt...«

»Tibbie, du treibst mich in den Wahnsinn, und wenn man mich in den Wahnsinn treibt, kann ich nicht mehr denken, und daher ist nicht alles, was ich sage, nicht richtig durchdacht.

Als ich gesagt habe, das allerletzte, was ich noch gebrauchen könnte, sei eine Frau in meiner Nähe, habe ich von einem sehr kurzen Zeitraum geredet. Eine Stunde, nachdem ich sie ausgesprochen hatte, waren diese Worte vergessen.« Er verschränkte die Arme vor der Brust. »Und jetzt kannst du Jeremy sagen...«

Sie hob die Hand, um ihn zu unterbrechen, ehe sie sich an Jeremy wandte, der sich gar nicht wohl in seiner Haut fühlte. »Lauf in die Küche, und sag Großmama, sie soll dir ein Stück von Mairis Apfelkuchen geben. Ich komme gleich nach.«

»Wie ich schon sagte«, fuhr Nick fort, »kannst du Jeremy sagen, daß seine Dienste nicht gebraucht werden. Ich komme sehr gut damit zurecht, daß *du* die Pflegerin spielst.«

»Aber ich nicht!« entgegnete sie schriller als sonst. »Eine Stunde in deiner Gegenwart, und ich bin mit den Nerven am Ende. Es kostet mich den Rest des Tages, mich wieder zu beruhigen.«

»Ich glaube, ganz so schlimm ist es nicht«, gab er mit einem gutgelaunten Lächeln zurück.

Sie war gereizt und ärgerte sich über sich selbst, und daher dachte sie gar nicht daran, ihm zuzustimmen. »O doch!« jammerte sie. »Seit du zur Rekonvaleszenz hier bist, kann ich nicht mehr schlafen, ich habe abgenommen, ich bin mürrisch und übellaunig, ich fauche alle an, und ich weine ständig.«

Sein Ausdruck wurde sanfter. »Tibbie, hast du je Geschichten darüber gehört, daß ein Mann seine Sexualität ausleben muß, daß er das in irgendeiner Form braucht und daß dieses Verlangen um so heftiger ist, wenn er eine Frau begehrt?«

Sie verbarg ihre Verlegenheit gut, doch ihm entging nicht, daß sie vor Nervosität die Hände rang. »Selbstverständlich habe ich davon gehört. Schließlich bin ich die Assistentin meines Vaters. Ich bin mir über die natürlichen Funktionen des männlichen Körpers durchaus im klaren.«

»Gut. Es freut mich, daß du sie als natürlich bezeichnest. Du ahnst nicht, wie glücklich mich das macht, denn viele Frauen finden das abstoßend und sehen darin etwas, worüber man sich hämisch äußert. Aber darum geht es hier nicht. Was ich zu sagen versuche, ist, daß ein Mann an Appetitlosigkeit und Gereiztheit leidet und eine unausstehliche Phase durchmacht, wenn diese Gelüste nicht gestillt werden. Dasselbe Verlangen ist bei einer Frau ganz genauso natürlich wie bei einem Mann, und wenn diese Bedürfnisse ungestillt bleiben, sind die Verhaltensweisen bei Männern und Frauen im Grunde genommen dieselben. Du verstehst doch, was ich sagen will?«

»Ja«, sagte sie und verlor die Beherrschung. »Und ich finde es nicht besonders nett von dir, mich auf diese Dinge hinzuweisen. Ich kann mit vielen Dingen umgehen – Babys zur Welt bringen, Verletzungen, entzündete Fußballen und Brandblasen behandeln, aber du bist ein lästiges Ärgernis, und ich weiß nicht, was ich damit anfangen soll. Ich komme genauso wenig wie du gegen das an, was ich empfinde, und du kannst mir glauben, wenn ich sage, daß ich dich liebend gern ablehnen und unausstehlich finden würde, wenn ich dabei auch noch ein Wort mitzureden hätte!«

Tränen standen in ihren Augen, und sie war derart außer sich, daß der schockierte Ausdruck auf Nicks Gesicht ihr entging. »Und ich kann dir noch etwas sagen! Ich *hasse* es, mich so zu fühlen, wie ich mich in deiner Nähe fühle, und ich kann kaum erwarten, daß du verschwindest!«

»Tibbie«, sagte er, als täte ihm das Reden weh. »Schätzchen, komm her.«

»Du mußt den Verstand verloren haben!« schrie sie. »Mach schon, stürz mich in noch tiefere Verwirrung. Ich weiß nie, was ich von dir zu erwarten habe. Im einen Moment tust du dein Bestes, um mich zu verführen oder mich in dein Bett zu zerren, und im nächsten Moment wirst du wütend und erzählst mir, du willst nie mehr eine Frau sehen.«

»Tibbie, Liebling, würdest du bitte herkommen... nur eine Minute?«

»Kann ich nur auf die Art dahinterkommen, in welcher Stimmung du bist? Also, ich kann es dir gleich sagen, falls du vorhast, mich in dein Bett zu locken – vergiß es! Und wenn du vorhast, verrückt zu spielen und zu schreien, dann kannst du es ebensogut auf diese Entfernung tun. Kein Wunder, daß ich so verwirrt bin. Ich weiß nicht, ob ich auf dich zugehen oder vor dir weglaufen soll! Ich weiß selbst nicht mehr, was ich will.«

»Aber ich weiß es«, sagte er leise. »Wenn du herkämst, könnte ich es dir vielleicht geben.«

»Wenn du meinst…«

»Du brauchst jemanden, der dich versteht, jemanden, der so empfindet wie du, jemanden, der dich mag und bereit ist, dir zuzuhören, jemanden, der dich in seine Arme nimmt und dir sagt, daß alles gut wird.«

Er hatte absolut recht. Es überraschte sie, ihn diese Worte sagen zu hören. Noch mehr überraschte es sie, daß er den Nagel auf den Kopf getroffen hatte. Einen Moment lang dachte sie darüber nach, wie peinlich es war, auf ihn zuzugehen. Aber andererseits würde sie sich gräßlich fühlen, wenn sie hier stehenblieb und es nicht tat. Da sie die Verlegenheit dem Elend vorzog, legte Tibbie den kurzen Weg zurück, der sie von ihm trennte, und sofort wurde sie in Nicks starke, tröstliche Arme gezogen. Wieviel schöner die Welt doch gleich aussah, wenn man sich in diese wohltuende Wärme einhüllen ließ! Und wieviel heller die Sonne gleich zu scheinen schien. Ihre Vergangenheit verblaßte, bis nichts mehr davon übrig war, und die Zukunft eröffnete plötzlich Perspektiven.

Dann fand sein Mund ihre Lippen, und sie vergaß alles außer dem süßen Wahn, der sie ergriff, das frische Gefühl eines Neubeginns, hier und jetzt mit diesem wunderbaren, verständnisvollen Mann. Es fielen keine Worte, und durch geschlossene Augen war nichts zu sehen, doch ihr Herz empfand so viel – bis sie glaubte, es könnte ganz stehenbleiben, oder ihr Gehirn könnte vor Anstrengung platzen, weil sie versuchte, etwas zu analysieren, was unmöglich zu verstehen war.

Aber plötzlich zog Erics Gesicht vor ihr auf, als versuchte er, dem Augenblick die Schönheit zu rauben. *Tu mir das nicht an!*

flehte sie. *Du willst mich doch gar nicht! Stiehl mir nicht jegliches Glück! Ich liebe dich nicht, Eric. Nein, ich liebe dich nicht, ich liebe dich wirklich nicht!*

Doch die Angst war da, und die Erinnerung kehrte mit aller Macht zurück. Er war ihre erste Liebe gewesen – eine bittersüße Liebe, die schließlich in Verzweiflung umkippte. Aber er war ihre erste Liebe gewesen und würde für sie immer etwas Besonderes sein. Noch wichtiger war, daß er der Vater ihres Kindes war.

Bitte, dachte sie. *Bitte, hilf mir ... Hilf mir, ihn aus meinen Gedanken zu verdrängen. Du bist aus meinem Leben verschwunden, Eric. Ich will, daß du auch aus meinen Gedanken verschwindest.*

Als sie sich Nicks berauschendem Kuß hingab, stellte sie sich vor, Eric sei nicht der einzige Stern in ihrem Universum, sondern einer unter vielen, ein mattschimmernder Gegenstand, der Millionen von Meilen entfernt war. Doch in ihrem Hinterkopf lauerte immer noch der Gedanke, daß Sterne dem bloßen Auge oft nicht so fern erschienen, wie sie es in Wirklichkeit waren.

15

An einem Sommersonntag in Indianola tut niemand allzuviel.

Die Bauern pflügen die Felder nicht. Die Gemischtwarenhandlung ist nicht geöffnet. Der Sheriff gibt seinen Deputys frei. Der Glass Slipper öffnet überhaupt erst am späten Nachmittag. Und die alte Mrs. Whitely führt am Sonntag noch nicht einmal ihren Hund aus.

Der letzte Monat war vergangen wie die Ferienzeit – zu schnell vorbei und vollgepackt mit Freuden. Es war jetzt Sommer, und der windige März und der regnerische April waren vorübergegangen. Die Welt war frisch und neu, der Himmel war strahlendblau, und wenn man auf die Bucht hinaussah, funkelte das Wasser wie Tautropfen auf einem saftig grünen Blatt.

Die Gelbfieberepidemie war zurückgegangen, aber Coll waren die Nachwirkungen der Anstrengung noch anzusehen. Er hatte abgenommen, und die Falten in seinem Gesicht waren tiefer geworden. Aber er war froh, die schlimmste Epidemie, an die er sich erinnern konnte, hinter sich gebracht zu haben.

»Ich bin so glücklich wie ein totes Schwein, wenn die Sonne scheint«, sagte er.

Nick lief jetzt schon seit einer Weile mit Krücken herum und konnte sich frei im Haus bewegen. Er machte ganz den Eindruck eines streunenden Welpen, der von einer Familie aufgenommen und von allen verhätschelt wird. Tibbies Familie war wahrhaft in ihn vernarrt. Sogar Großmama – die sich normalerweise nicht allzu schnell mit Fremden einließ – war des Lobes voll.

»Es sieht so aus, als würde er gesund«, sagte Großmama eines Nachmittags. »Der hat Hummeln im Hintern. Schaut euch nur an, wie zappelig er ist. Als sei er scharf drauf, endlich richtig loszurasen.«

Tibbie, die neben Großmama auf der Veranda auf dem Schaukelstuhl saß, beobachtete Nick, der vor dem Haus stand und auf die Straße starrte. »Er hat gestern ein Päckchen mit letzten Änderungswünschen für das Schiff bekommen, das er baut. Heute morgen hat er mir erzählt, daß der Mann, für den er das Schiff baut, ihn in San Antonio treffen wollte. Und letzte Woche hat er gesagt, er hätte schon vor Wochen nach New Orleans fahren müssen. Er hat zu lange festgesessen, er kommt mit seinen Terminen nicht nach, er wird andernorts gebraucht. Das reicht, um kribbelig zu sein.«

Beth, die zu Nick stürmte, um ihm etwas zu zeigen, lenkte Tibbie ab. Beth hatte jetzt keinen Klavierunterricht mehr bis zum Herbst, und darüber war sie froh. Jetzt schien es ihr vollauf zu genügen, hinter Nick herzulaufen, und die beiden waren ein bemerkenswerter Anblick, wenn Nick auf seinen Krücken durch die Gegend humpelte und Beth und Precious ihm folgten. Und Precious erst! Er wuchs wie Unkraut.

Drüben an der Scheune schimmerte das neugesponnene Netz einer Spinne in der Sonne, und im Schweinestall lag eine Sau im kühlen, wohltuenden Schlamm auf der Seite und säugte elf winzige Ferkel. Eine Familie von Wildenten, »Schnatterenten«, wie Tibbie Nick erklärt hatte, hatte sich in einem schlammigen Tümpel eingenistet, und der winzige rötliche Wolf, der im Stechpalmendickicht lebte, hatte sich vorgestern im Obstgarten blicken lassen.

Und jetzt sah es ganz so aus, als würde der Juni ein guter Monat, was die Klinik anging, denn die meisten Behandlungen, die verordnet wurden, waren gewöhnlicher Natur, vorwiegend Mittel gegen Verstopfung und Durchfall. Ab und zu mußte ein kaputter Finger verarztet werden, oder ein Mittel gegen Schlangenbisse wurde gebraucht, und gelegentlich teilte Tibbie Salben gegen Brandblasen aus. Aber alles in allem erwies sich der Juni als ein ruhiger Monat.

In der zweiten Juniwoche erklärte Coll Nick für so heil und gesund, daß er nach Hause zurückkehren konnte. Heute morgen erst hatte Tibbie ihm geholfen, seine Habe einzupacken, damit er mit Coll im Wagen in die Stadt fahren konnte. Sowie sie fertig waren, nahm Tibbie den kleinen Koffer und ging auf die Tür zu, doch Nick hob eine seiner Krücken und versperrte ihr den Weg.

Sie drehte sich zu ihm um und sah ihn an, und einen Moment lang sagte keiner von beiden etwas, sondern es genügte ihnen, sich nur einfach anzusehen. Es gab so viel, was Nick Tibbie gern gesagt hätte, doch nichts von alledem schien jetzt von Bedeutung zu sein. Er beobachtete, wie sie den Kopf senkte. Er war körperlich und gefühlsmäßig geschwächt und wußte nicht, was er sagen sollte. Der Zauber des Augenblicks schien an ihnen vorübergegangen zu sein. Ihr Vater erwartete ihn draußen im Wagen.

»Es kann gut sein, daß ich dich wochenlang nicht sehen kann.«

»Du bist mir keine Erklärungen schuldig«, sagte sie.

»Ich sage dir das nicht, weil ich dir etwas *schuldig* bin. Ich sage es dir, weil ich mir viel aus dir mache. Ich möchte, daß du verstehst, warum ich vielleicht eine Zeitlang nicht herkommen kann. Ich kenne dich. Ich weiß, daß du dir gleich das Schlimmste ausmalen wirst. In dem Moment, in dem ich durch diese Tür gehe, wirst du anfangen, an mir und an meinen Gefühlen für dich zu zweifeln. Ich muß so bald wie möglich nach Galveston fahren. Danach muß ich für ein oder zwei Wochen nach New Orleans fahren. Durch meinen Unfall sind wir mit unseren Terminen weit ins Hintertreffen geraten, weil niemand meine Arbeit übernehmen konnte.«

»Ich dachte, Porter…«

»Porter ist großartig bei der Durchführung meiner Entscheidungen, aber er kann sie nicht selbst treffen.«

»Ich verstehe. Paß bloß auf. Spiel auf deinen frischgeflickten

Beinen nicht gleich den jungen Hund, oder du landest wieder hier.«

Er sah die Tränen in ihren Augen funkeln, und er fühlte sich elend. Er wußte, daß sie kein Wort von dem verstanden hatte, was er gerade gesagt hatte. Für sie war er genau wie dieser andere Mistkerl, der sie sitzengelassen hatte, und daher fühlte er sich wie ein Verräter. Er beugte sich vor und drückte ihr einen zarten Kuß aufs Haar. »Ich möchte dich keine fünf Minuten allein lassen, Tibbie, von ein paar Wochen ganz zu schweigen. Aber ich habe mein Wort gegeben. Andere Menschen sind abhängig von mir. Ich wäre kein Mann, wenn ich mein Wort nicht hielte oder diese Menschen im Stich ließe. Ich möchte, daß du das verstehst. Es ist mir so wichtig wie das Atmen.«

»Ich verstehe es. Wirklich.«

Er schüttelte den Kopf. »Nein, mein Engel. Ich glaube, du verstehst es wirklich nicht.«

Er ging zur Tür.

»Nick…«

Er drehte sich um, und Tibbie rannte auf ihn zu, schlang ihm die Arme um den Hals und umklammerte ihn, als wollte sie ihn nie mehr loslassen. Er legte sein Kinn auf ihren Scheitel. »Ich weiß«, sagte er zärtlich. »Mir geht es genauso.«

Er küßte sie zart auf den Mund, ehe er in seine Tasche griff und ein kleines Päckchen herauszog, das in braunes Papier eingewikkelt und mit einer Schnur zugebunden war. »Eine Kleinigkeit, die dir helfen soll, dich an mich zu erinnern.«

Sie drehte das Päckchen in der Hand um. »Woher hast du das?«

»Es war bei den anderen Dingen, die mit dem Paket gekommen sind.« Sein Gesicht wurde ernst. »Mach es erst auf, wenn ich fort bin.«

Sie preßte das winzige Päckchen an ihre Brust und folgte ihm zur Haustür. Dort blieb sie stehen, bis der Wagen ihres Vaters aus ihrer Sicht gerollt war. Sowie er fort war, ging sie aus dem

Haus. Sie öffnete das Päckchen erst, als sie den Obstgarten erreicht hatte und sich unter den Baum gesetzt hatte, unter dem sie mit Nick gesessen hatte. Es war dreifach eingewickelt, und die innerste Schicht war dünnes lavendelfarbenes Seidenpapier. Als sie es auseinanderrollte, fiel ein kleiner Engel, der in Marmor gemeißelt war, heraus. Tibbies Finger schlossen sich um den Engel, und sie weinte lange und gründlich.

Drei Tage später hatte Tibbie Beth gerade das Haar geflochten und stand in der Hintertür. Beth rannte davon, und Precious quiekte aus voller Kehle, während er die Verfolgung aufnahm. Effie bereitete einen Auflauf aus Maismehl zu, und Großmama saß auf ihrem Schaukelstuhl und bestickte zwei Kopfkissenbezüge.

»Heute wird es glühend heiß«, sagte Großmama. »Hier drinnen herrscht jetzt schon eine Affenhitze.«

»Heute regt sich kein Lüftchen. Deshalb kommt es einem so heiß vor«, sagte Tibbie.

Großmama stand auf und griff nach ihrer Stickerei. »Ich glaube, ich gehe auf die Veranda und fächele mir Luft zu.«

»Das tut im Moment halb Indianola, möchte ich wetten«, meinte Effie.

Und das stimmte auch, denn in Indianola verbringt man die Sommertage träge, und das Leben scheint in eine Art Winterschlaf zu versinken. Man tut nur noch das Notwendigste, um die Dinge am Laufen zu halten, aber doch nicht genug, damit irgend etwas wirklich weitergeht. An diesem Sonntag war es auch nicht anders. Die Sonne schien so hell, daß einem die Augen weh taten, wenn man nur hinsah, und an dem blaßblauen Himmel hing kaum eine Wolke. Die meisten Einwohner saßen vor dem Haus und hielten still oder fächelten sich Luft zu. Die Frauen redeten darüber, wie schamlos Ruby Jewel Singer sich das Haar »hurenrot« gefärbt hatte, und die Männer drückten die Befürchtung aus, der ganze Sommer könnte vorübergehen, ehe sie einen Tropfen Regen sahen.

Ähnlich ging es auch bei den Buchanans zu. Alle hatten sich in der Küche versammelt und aßen zu Abend.

»Mir ist heißer als einer Henne, die Eier in einen Wollkorb legt«, stöhnte Großmama Grace, als sie sich auf die Suche nach ihrem größten Fächer machte.

»Ach, ich weiß nicht«, sagte Coll, der sich vom Tisch abstieß und zur Hintertür schlenderte. Dort blieb er ein paar Minuten stehen und hakte die Daumen in seine Hosenträger. Schließlich sagte er: »Ich dachte gerade, was für ein schöner Tag doch heute war. Wenn mir noch wohler zumute wäre, würde ich das Ganze schon für ein abgekartetes Spiel halten.«

»Es freut mich, das zu hören, Dr. Buchanan«, sagte Effie und kniff in die Blätter einer Geranie. »Es ist nämlich Zeit, über ernste Angelegenheiten zu reden.«

»Wie das?« fragte Coll, der schnurstracks aufs Wohnzimmer zuging.

Effie folgte ihm auf den Fersen. »Weil ich eine ganze Liste von Dingen habe, die du tun mußt. Das Brunnenseil ist ausgefranst, das Schloß an der Haustür ist kaputt, der Milcheimer leckt, und durch dieses windschiefe Tor sind letzte Woche dreimal die Ziegen in meinen Garten gekommen!«

»Mein Gott, Frau! Heute ist Sonntag!« klagte Coll, der sich langsam auf seinen Lieblingssessel sinken ließ.

»Und morgen ist Montag, und du mußt dich um Unmengen von zermatschten Fingern und laufenden Nasen kümmern.«

»Mach mir eine Liste, Effie.« Coll legte die Füße auf den Schemel und lehnte sich zurück.

»Eine Liste, also so was? Du hast die Dinge noch nicht erledigt, die auf der letzten Liste standen, die ich dir geschrieben habe.«

»Ich schätze, daß ich in den nächsten Tagen dazu kommen werde.«

»Ich schätze, du wirst auf der Stelle dazu kommen«, widersprach Effie, die Colls Füße von dem Schemel hob.

In Tibbies Ohren klang das, als gäbe es gleich Streit oder einen Haufen Arbeit, und daher gab sie Beth stumm ein Zeichen, und die beiden schlichen sich aus dem Haus und in den Obstgarten.

Beth rannte den Pfad hinunter und durch das Tor. Dort drehte sie sich um und wartete auf ihre Mutter. Das Hüpfseil baumelte an ihrem Arm. »Wie gut es riecht«, sagte Beth, die tief Atem holte. »Es riecht nach Sommer, stimmt's, Mama?«

»Das ist das Geißblatt, das am Zaun wächst«, erwiderte Tibbie, als sie durch das Tor trat. »Deshalb riecht es so gut nach Sommer.«

Sie fanden ein hübsches, kühles Plätzchen unter einem knorrigen alten Pflaumenbaum und setzten sich. »Hier gefällt es mir. Hier ist es schön und kühl«, sagte Beth, die ihre Schuhe auszog und ihre Strümpfe runterrollte. Im nächsten Moment grub sie ihre Zehen in die weiche Erde. »Jetzt verstehe ich, warum Precious sich so gern im Schlamm wälzt«, sagte sie. »Glaubst du, es fühlt sich für ihn so gut an der Nase an wie für mich an den Füßen?«

»Ganz bestimmt.«

Beth bewegte noch ein paarmal die Zehen in der Erde, und dann sprang sie auf und kündigte an: »Ich werde jetzt seilhüpfen. Du siehst mir zu, Mama. Sag mir, wie oft ich gehüpft bin, bevor ich danebentrete.«

Tibbie zählte, aber Beth hüpfte so oft hinter den Bäumen umher, daß sie sie unmöglich jedesmal sehen konnte. Dann verschwand sie ganz und gar. Fünfzehn Minuten später kam sie atemlos und mit roten Wangen zurück, und ihre blaue Schärpe schleifte hinter ihr im Schmutz.

»Wo warst du?«

»Ich habe Precious geholt.«

Tibbie sah hinter Beth. Precious grunzte, ließ sich neben sie fallen und legte mit einem zufriedenen Seufzen den Kopf auf Beths Schoß.

Es gab Momente, in denen Tibbie hätte schwören können, daß

dieses Schwein fast menschlich war. *Man schaue sich doch nur den ekstatischen Ausdruck auf seinem Gesicht an!* Tibbie lehnte sich wieder an den Baumstamm, während Beth mit angezogenen Beinen dasaß und an ihrer Mutter lehnte und mit ihren dicken kleinen Fingern Precious zwischen den Ohren kraulte.

»Mama?«

»Hm?«

»Kommen Schweine in den Himmel, wenn sie sterben?«

Diese Frage überraschte Tibbie nicht im geringsten, denn genau die Sorte von Fragen war es, die Beth ihr ständig stellte. Als sie anfing zu erklären, dachte sie, daß Beth bald mehr und mehr Fragen stellen würde, und manche davon würden sich nicht so leicht beantworten lassen. Eine Frage, von der sie wußte, daß Beth sie eines Tages stellen würde, war die nach ihrer Herkunft. Beth würde bald in die Schule kommen, und dann war das nur noch eine Zeitfrage.

Tibbie hatte Beth nie wirklich auf diesen Moment vorbereitet. Sie fand, daß es das Beste war, einfach zu warten, bis Beth fragte, und dann zu antworten, so gut sie es eben konnte. Tibbie hatte Beth nie angelogen, was ihren Vater betraf, aber sie hatte ihr auch nie viel über ihn erzählt. Beth wußte, daß sie einen Vater hatte, denn von Zeit zu Zeit hörte sie eins der Familienmitglieder sagen, sie hätte das Lächeln ihres Vaters oder seine Augen oder, wie Großmama sagte: »Sie sieht ihrem Papa von Tag zu Tag ähnlicher«.

Und ein- oder zweimal war Beth neugierig geworden und hatte Fragen gestellt wie: »Wo ist mein Papa, Mama?«

Darauf hatte Tibbie dann gesagt: »Er ist auf See.«

»Wird er bald zu Besuch kommen?«

»Das glaube ich nicht. Er lebt zu weit weg. Es würde ihn viele Monate kosten, wenn er herkäme, und er ist ein vielbeschäftigter Mann.«

Da Beth erst fünf war, gab sie sich mit solchen Antworten zufrieden und wechselte dann schnell das Thema. Gewöhnlich kam sie auf etwas zu sprechen, wovon sie mehr verstand. Zum Beispiel auf Precious.

An jenem speziellen Sonntag war Beth jedoch darauf aus, alles über die Schule rauszukriegen, denn sie wurde bald sechs, und das hieß, daß sie alt genug war, um zur Schule zu gehen.

»Wie groß werde ich an meinem Geburtstag sein?«

»Etwa so groß wie jetzt, Beth. Bis dahin ist es nur noch einen Monat.«

»Aber Großvater hat gesagt, an meinem Geburtstag bin ich groß genug, um zur Schule zu gehen!« jammerte sie. »Ich will noch wachsen! Ich will zur Schule gehen!«

»Das wirst du auch, Lämmchen. Ganz bestimmt. Großvater hat gemeint, dann bist du alt genug, weil man nämlich erst zur Schule gehen kann, wenn man sechs wird.«

Beths Augen wurden immer größer. »*Sechs*? O Mann«, sagte sie und schlug die Hände zusammen. »Dann kann Little Pressy ja gar nicht zur Schule gehen, stimmt's, Mama?«

»Natürlich nicht. Er ist doch erst zwei.«

Beth lachte und klatschte wieder in die Hände. Dann drehte sie sich um und gab ihrer Mutter einen Kuß. Tibbie strich ihr über das lange blonde Haar und lächelte, als Beth sie küßte, aber sie sah nicht auf. Beth wandte sich wieder ab, weil sie wissen wollte, wohin Precious gelaufen war.

»Mama«, flüsterte sie leise und rätselnd, »wer ist denn das?«

Tibbie blickte auf und sah einen einsamen Reiter auf der Straße näher kommen. »Ich weiß es nicht. Wahrscheinlich jemand, der einen Sonntagsbesuch macht.«

»Kommt er zu uns?«

»Ich weiß es nicht. Wir müssen warten, bis er näher gekommen ist. Wenn er durch unser Tor kommt, dann will er uns besuchen. Aber wenn er weiterreitet...«

»Dann besucht er bestimmt die Dinwiddies.«

Beth sah die Gestalt auf dem Pferd wieder an. »Ich hoffe, er kommt hierher«, sagte sie. »Ich mag gern Besucher.«

»Du und dein Großvater«, sagte Tibbie. Sie blickte auf und sah, daß der Reiter auf den Weg abgebogen war, der zu den Buchanans führte. »Sieht so aus, als ob... O mein Gott!«

»Beth, lauf schnell los, und hol Großvater! Renn, so schnell du kannst!« Beth raste los wie der Blitz, und im nächsten Moment war das Quieken von Precious zu hören.

Tibbie stand auf. »Eric«, sagte sie, als der Mann wenige Meter vor ihr anhielt und auf sie heruntersah.

Eric... Jede Farbe wich aus ihrem Gesicht. *Eric... O Gott! Eric... Nein*, dachte sie. *Nein!* Aber es war zwecklos. Ihre Handflächen waren feucht, ihr Herz schlug dreimal so schnell wie sonst, und die Worte blieben ihr in der Kehle stecken.

Sie blickte in ein Gesicht, das wie ein geliebtes Gemälde in ihr Gedächtnis gemeißelt war; diese grünen Augen mit den dichten Wimpern, die aristokratische Nase, der geschwungene Mund. Aber das war kein Gemälde, denn diese Augen, die sie mit kühnem, unwiderlegbarem Verlangen anschauten, waren echt.

Sie wußte, daß er ihr die Unsicherheit ansah, aber sie konnte den Blick einfach nicht abwenden. Das war das Gesicht, das so lange durch ihre Träume gespukt war, und das Verlangen, ihm entgegenzueilen und in seine Arme zu fliehen, war nahezu unwiderstehlich. Sie schloß die Augen, um gegen das Schwindelgefühl anzukämpfen, das sie aus dem Gleichgewicht zu bringen drohte. Sie spürte, daß sie am Rand eines finsteren Abgrunds wankte, eines bodenlosen Erdspalts, der sie magnetisch anzog und an seinen Rand lockte, sie eindringlich aufforderte, noch einen weiteren Schritt zu machen und für alle Zeiten in die Gruft ewigen Dunkels zu stürzen.

Sie öffnete die Augen und stellte ihren Geisteszustand in Frage, doch die Gestalt war real vorhanden, und vor ihren fragenden Augen sah sie verschwommen Eric. »Falls du zufällig in der Gegend warst und dich entschlossen hast, uns einen Besuch abzustatten, dann spar dir die Mühe«, sagte sie. »Du bist hier nicht erwünscht.«

Sie hörte das vertraute Lachen und sah die Freude, die in seinen Augen funkelte. War das der Mann, den sie so lange Zeit geliebt hatte? War das der kräftige, schlanke Körper, der sich an ihren geschmiegt und sie geliebt hatte, bis der süße, glühende Schmerz in ihrem Bauch dem Freudentaumel gewichen war? Sie sah ein Bild vor sich: Finger, die sich schnell über die Knöpfe eines Hemds bewegten, braune Schultern, die bei Kerzenlicht schimmerten, das Bett, das unter seiner Last ächzte, als er sich setzte.

Eric.

Energisch und lebhaft und mit einem so strahlenden Lächeln, daß einem die Augen schmerzten. Er sah mit eben diesem anbetungswürdigen Lächeln auf sie herunter, und er war auch wieder so gekleidet, wie sie es von ihm kannte, trug Dinge, die seine Körpergröße und seine schlanke Gestalt betonten. Eric, so golden und blendend wie ein Sonnenstrahl. Eric, so kraftvoll wie der Nordwind.

Eric.

Der verlorene Geliebte war zurückgekehrt.

»Hallo, Tibbie. Es scheint dich noch mehr zu überraschen, mich zu sehen, als ich geglaubt hätte.«

»Nach mehr als sechs Jahren kann ich mir nicht vorstellen, warum ich nicht überrascht sein sollte. Kannst du mir das sagen?«

Er lächelte sie an. »Vielleicht hätte ich dir schreiben und es dir erklären sollen.«

»Mir was erklären, Eric? Was könntest du mir denn erklären?«

»Stört es dich, wenn ich absteige und mich zu dir setze? Ich möchte nicht hier auf dem Pferd sitzen und mit dir reden, während du mich anstarrst, als würdest du einen Geist sehen.«

»Warum nicht? Genau das bist du doch. Ein Geist. Eine Erinnerung. Du bist nicht mehr real, Eric. Das macht dich zwangsläufig zu einem Geist.«

»Ich bin kein Geist, und das kann ich dir ganz schnell beweisen.« Er stieg ab und blieb mit den Zügeln in der Hand neben seinem Pferd stehen.

»Ich will nichts von dir bewiesen haben. Ich will, daß du gehst.«

Eric schaute zum Haus. »War das das Kind?« fragte er. »Das Kind, das du damals erwartet hast?«

»Als du auf und davon bist?« Ehe er etwas darauf erwidern konnte, fügte sie hinzu: »Sie heißt Bethany. Wir sprechen hier von ihr nicht als *dem Kind*.«

Bei ihren groben Worten zuckte er zusammen, und Tibbie redete weiter. Aber Eric hörte ihr nicht mehr zu. Sein Blick glitt ganz an ihr hinunter und dann wieder hinauf. Er hatte diese Frau seit sechs Jahren nicht mehr gesehen, aber wenn er sie jetzt anschaute, hätte es gestern gewesen sein können, als sie in seinen Armen gelegen hatte. Er wollte zu ihr gehen, seinen Kopf an ihre Brüste pressen und sein ganzes Elend herausschluchzen, sie um Verzeihung bitten und sie anflehen, ihn wieder aufzunehmen. Er wollte sie in seine Arme ziehen und von ihr hören, daß alles wieder so würde, wie es gewesen war, aber er wagte nicht, auch nur ein Wort davon zu erwähnen. Wenigstens jetzt nicht. Er rang um Selbstbeherrschung und merkte plötzlich, daß sie aufgehört hatte zu reden und ihn unverblümt anstarrte.

»Es ist unmöglich«, sagte er, »aber du bist noch schöner als früher.« Und das stimmte. Sie war noch schöner, denn jetzt war sie nicht nur schön anzusehen. Ihm war augenblicklich aufgefallen, daß diese Frau stark und selbstsicher war und Haltung hatte. Sie war immer noch schön. Sie war immer noch jung. Der Unterschied war der, daß sie jetzt eine Frau in ihrer vollen Blüte war. »Die Jahre haben dir gutgetan, Tibbie.« Als er das sagte, nahm sie einen Hauch echter Verwunderung in seiner Stimme wahr, der sie aufwühlte. Eric war nie der Typ gewesen, der zu offener, freimütiger Aufrichtigkeit neigte und sich alles von der Seele redete, und er war schon gar nicht ein Mensch, der seine wahren Gefühle verraten hätte.

Sein Blick ruhte auf ihrem Gesicht, als er sagte: »In so vieler Hinsicht bist du noch genauso, wie ich dich in Erinnerung hatte, und doch besteht ein unübersehbarer Unterschied. Du warst immer eine Frau von der Sorte, die in einer Menschenmenge aufgefallen wäre, aber jetzt zeigt es sich noch deutlicher. Du scheinst einen gewissen Glanz angenommen zu haben, der dich immer von anderen Frauen unterscheiden wird. Das ist offensichtlich und ziemlich mysteriös, fast provozierend – nicht direkt ein Charakterzug, sondern eine vage Andeutung davon, daß unter dem zarten und anschmiegsamen Äußeren der Dame ein wilder und ungezähmter Geist lauert. Ich habe das seltsame Gefühl, daß sich das furchtsame junge Mädchen, das ich früher einmal gekannt habe, zu einer Frau entwickelt hat, die zu Gewalttätigkeit imstande ist.«

»Vielleicht hast du recht. Ich könnte dir ein Messer in dein trügerisches Herz stoßen, wenn ich das Gefühl hätte, keine andere Wahl zu haben.«

Er neigte spöttisch den Kopf und kam dann näher auf sie zu. »Ich sehe schon, daß meine Rückkehr nicht so glatt verläuft, wie ich es mir erhofft habe.«

»Ich habe noch nie dazu geneigt, den Säuen Perlen vorzuwerfen.«

»Autsch!« Er lächelte und streckte die Hand aus, um ihre Wange zu streicheln. Augenblicklich wich sie zurück. »Und wie machen wir jetzt weiter? Was fangen wir mit unserer Vergangenheit an?«

»Wir haben keine Vergangenheit.«

»Hast du diese wenigen herrlichen Monate vergessen, die wir gemeinsam verbracht haben, die Zeiten, als du mich nur zu gern in dein…«

»Du brauchst es mir nicht näher auszumalen.«

»Gut, wie also machen wir jetzt weiter?«

»Gar nicht. Es besteht kein Anlaß für uns, es zu versuchen.«

»Wir haben eine Tochter. Ist das nicht Grund genug?«

Sie lachte zynisch. »Vor sechs Jahren war es nicht Grund genug. Warum sollte es das heute sein?«

»Ich war damals ein junger Narr.«

»Der bist du immer noch, wenn du glaubst, zwischen uns sei heute noch etwas.«

»Tibbie, bitte. Kannst du es nicht vergessen oder mir wenigstens verzeihen?«

»Vergessen? Was soll ich vergessen? Etwa, wie dein Gesicht zu einer Maske erstarrt ist, als ich dir gesagt habe, daß ich schwanger war? Oder soll ich vergessen, daß du wie ein Mann gehandelt und mich sitzengelassen hast? Du mußt verrückt sein!«

»Verdammt noch mal! Ich habe dich nicht einfach sitzenlassen. Mein Vater…«

»Ja«, sagte sie leise, »ich erinnere mich, daß du sagtest, dein Vater hätte andere Pläne mit dir. Die Tochter eines reichen Nachbarn, so war es doch?«

Er wandte den Blick ab. »Ja.«

»Und du hast sie geheiratet – natürlich nur, um deinem Vater eine Freude zu machen.«

»Ja, ich habe sie geheiratet, aber so war es nicht. Ich habe sie nie geliebt! Ich habe sie nur geheiratet, weil mein Vater mir gedroht hat.«

»Und jetzt kommst du nach all der Zeit hierher und suchst mich auf, obwohl du verheiratet bist? Bist du wahnsinnig?«

»Sie ist vor zwei Jahren gestorben.«

»Hattet ihr Kinder?«

»Nein.« Unwillkürlich fiel ihm wieder ein, wie oft er über die Ironie des Schicksals nachgedacht hatte, daß die Frau, die er liebte und nicht geheiratet hatte, ihm ein Kind geboren hatte, die Frau dagegen, die er geheiratet hatte und nicht liebte, ihm keine Kinder gebären konnte.

»Eine betrübliche Art, eine Ehe zu beenden, aber ich habe unwillkürlich das Gefühl, sie ist jetzt besser dran.«

»Tibbie, bitte, hör mir zu.«

»Wozu denn?«

»Ich möchte gern meine Tochter sehen, eine Zeitlang mit ihr zusammensein, sie kennenlernen. Ich würde gern helfen...«

»Bisher wolltest du auch nicht helfen. Du hast mir die gesamte Verantwortung aufgebürdet.«

Er sah sie überrascht an.

»Erzähl mir bloß nicht, daß du dich nicht erinnerst! Ich erinnere mich nämlich sehr gut. ›Mein Gott! Was wirst du jetzt tun?‹ hast du gesagt. Klingt das nicht vertraut?«

Mein Gott! Was wirst du jetzt tun?

Ich habe mich schon gefragt, was wir jetzt tun werden, Eric.

Dein Vater ist doch Arzt, kann er nichts unternehmen? Du bist zu jung, um Mutter zu werden. Du kannst im Moment kein Kind gebrauchen. Schau mich nicht so an. Du könntest immer noch Kinder bekommen, wenn du älter bist.

Tibbie schaute ihn genauso an, wie sie ihn an jenem Tag angesehen hatte: wütend, überrascht, schockiert. »Ich will dich für all das entschädigen. Deshalb bin ich zurückgekommen.«

»Ganz gleich, weshalb du zurückgekommen bist, Eric, der Grund spielt jetzt keine Rolle mehr.«

»O doch!«

»Ach ja? Du hast dich noch nicht einmal von mir verabschiedet. Du hast mir keinen Brief dagelassen, keine Nachricht. Du hast dir nicht die Mühe gemacht, mir zu schreiben, nicht ein einziges Mal in sechs Jahren. Du hast mich verlassen. Ich dachte, du hättest das getan, weil du dir nichts aus mir gemacht hast, wie auch ich mir heute nichts mehr aus dir mache.«

Er riß den Kopf herum, und einen Moment lang traute sie ihm zu, daß er sie schlagen würde. Aber er rang mit sich, fand seine Selbstbeherrschung wieder und gab ihr damit das Gefühl, er ärgerte sich über sich selbst, weil er sich von ihr auf die Palme hatte bringen lassen. Sie erinnerte sich noch gut daran, daß Eric es nicht ausstehen konnte, übertrumpft zu werden.

Sie wußte, daß er sich ihr momentanes Verstummen zunutze machen und das Thema wechseln würde, daß er das Gespräch in das Fahrwasser leiten würde, in dem er sich sicher fühlte. Sie fragte sich, wie viele Frauen er mit seiner gewandten Zunge bezaubert hatte, seit er sie verlassen hatte. »Du hast mir schon immer den Atem verschlagen. Das tust du auch heute noch.«

»Warum suchst du nicht deinen Atem und schließt dich ihm an? Du bist hier nicht willkommen, Eric. Nicht mehr. Es gibt hier nichts, was dir gehört, und du hast keinen Grund zurückzukommen.«

»Ich habe eine Tochter.«

Sie fühlte, daß sie am Rand eines klaffenden Abgrunds stand und die Erde unter ihren Füßen wegbröselte. *Nein!* schrie ihr Verstand. *Nein! Such deinen Grips zusammen. Laß dich von ihm nicht unterkriegen.* »Du hattest ein paar Momente dein Vergnügen, Eric. *Ich* habe eine Tochter.«

»Sie ist auch meine Tochter.«

»Ich weiß nicht, wie du darauf kommst. *Ich* habe sie geboren. *Ich* habe sie gestillt. *Ich* habe für sie gesorgt, wenn sie krank war. Du hast dich nicht dafür interessiert, als ich dir gesagt habe, daß ich ein Kind von dir bekomme. Weshalb interessierst du dich jetzt dafür? Du hast nie auch nur geschrieben, um herauszufinden, ob du einen Sohn oder eine Tochter hast. *So* groß war dein Interesse.«

»Tibbie, bitte… ich bin nicht zurückgekommen, um mit dir zu streiten.«

»Warum bist du zurückgekommen?«

»Weil ich dich immer noch liebe.«

Sie fühlte sich benommen. Zu viele Empfindungen, die sie sechs Jahre lang hartnäckig zurückgedrängt hatte, lösten sich aus ihren Fesseln und brachen aus, und sie fühlte sich schwindlig und atemlos. Allein schon die Tatsache, ihn wiederzusehen, war verheerend. Sie erinnerte sich nur zu genau an diesen Mann und die Nächte, die sie gemeinsam verbracht hatten. Aber dann fiel ihr wieder ein, wie sie sich gefühlt hatte, nachdem er fortgegangen war, wie sehr sie ihn gebraucht und sich bis zum Wahnsinn nach ihm gesehnt hatte. Sie konnte die Wut nicht beherrschen, die in ihr aufstieg. Wie konnte er es wagen, jetzt zurückzukommen? In ihrem Hinterkopf blitzte kurz Nicks Gesicht auf, und Tibbie rang um die Oberhand über ihre widerstreitenden Gefühle der Begeisterung und der Panik. Eric. Hier. Eric, der in Fleisch und Blut in makellos geschneiderten Hosen, blitzblanken kniehohen Stiefeln und einem blütenweißen Hemd mit hochgekrempelten Ärmeln vor ihr stand, und sie sah seine schlanken, sehnigen Arme und die braungebrannte unbehaarte Brust. Wie gut sie sich doch daran erinnerte, wie sich diese glatte braune Haut anfühlte.

Sie sah in der Erinnerung wieder vor sich, wie er damals ausgesehen hatte, als er in der Dunkelheit am Strand gestanden hatte und der Mond auf einen Körper schien, der nackt und schlank war, während hinter ihm das Wasser wie Tautropfen funkelte und der Wind vom Golf seine heiße Haut abkühlte. Sie erinnerte sich daran, wie er zu ihr zurückgekommen war und ihre Hand genommen hatte, sie auf die Füße gezogen hatte, um sie zum Wasser zu führen. Dort hatten sie beide nackt gestanden und sich vom Meer umspülen lassen. Sie konnte nicht vergessen, wie er sie in seine Arme gezogen hatte. *Ich liebe dich, Tibbie.* Und dann hatte er sie wieder zu der Decke getragen und noch einmal mit ihr geschlafen. *Ich liebe dich, Tibbie…*

Kurze Zeit später war er fortgegangen.

»Tibbie, ich liebe dich.«

»Du Lügner!«

»Ich bin zurückgekommen, weil ich dich bitten möchte, mich zu heiraten.«

Tibbie fiel ihn Ohnmacht.

Eric trug sie zum Haus, als ihm Coll begegnete, der auf ihn zugerannt kam und seinen Arztkoffer in der Hand hielt. Er warf einen Blick auf Eric, und sein Gesicht verfinsterte sich. Dann sah er Tibbie an. »Was ist passiert?«

»Sie ist in Ohnmacht gefallen.«

»Das ist verständlich«, murrte Coll. »Geben Sie sie her.«

»Ich möchte sie lieber selbst tragen.«

»Warum? Damit Sie sie noch einmal fallen lassen können?« brummte Coll erbost und nahm ihm Tibbie ab.

Eine Weile später erwachte Tibbie in ihrem eigenen Zimmer. Effie stand am Bett. Tibbie fragte nach Beth.

»Sie malt Bilder für Großmama. Was ist passiert, Tib? Warum ist Eric hier?«

»O Gott!« stöhnte Tibbie und schlug sich eine Faust vor den Mund. »Ich dachte, er sei zurückgekommen, um sich Beth zu holen.« Sie fing an zu weinen. »Ich dachte, er sei zurückgekommen, um sie mir wegzunehmen.«

»Woher weißt du, daß es nicht so ist?«

»Weil er es mir gesagt hat.«

»Warum ist er dann hier?«

»Er... er hat mich gebeten, ihn zu heiraten.«

»Blödsinn! Der hat noch ein As im Ärmel, so sicher, wie auf den Tag die Nacht folgt.« Effie schaute Tibbie besorgt an, nahm ihre Hand und tätschelte sie. »Fang bloß nicht an, ein Wort zu glauben, das dieser Mann sagt. Der ist so tief gesunken, daß man keinen Teppich mehr drunterlegen könnte.«

»O Mama! ...Ich weiß nicht, was ich tun soll!«

»Ich verstehe nicht, warum du das sagst. Verpaß ihm einen Tritt. Jag ihn weg!«

»Aber er hat anders ausgesehen, nicht nur älter, auch traurig. Ich hatte das Gefühl, daß er wirklich bereut, was damals passiert ist, daß er mich immer noch liebt...«

»Wenn du das glaubst, dann ist dein Gedächtnis kürzer als ein Froschschwanz.«

»Was ist, wenn er die Wahrheit gesagt hat? Was ist, wenn er mich wirklich heiraten will?«

»Bei einem solchen Mann ist Wahrheit so dürftig gesät wie Jungfrauen, vergiß das bloß nicht.«

»Was wäre, wenn ich behauptete, daß ich ihn immer noch liebe?«

»Da würde ja ein ausgestopfter Vogel lachen!« versetzte Effie. »Du bist genauso wenig in ihn verliebt wie ich. Du bist in eine Erinnerung verliebt, und zwar in eine, aus der du alles Schlechte gewaltsam ausgesperrt hast. Du mußt dringend deine rosa Brille absetzen, Mädchen. Du mußt diesen Mann so sehen, wie er ist – als Taugenichts.«

»Wo ist Papa?«

»Er ist in seinem Büro und redet mit Eric.«

»Hier bin ich«, rief Coll, der das Zimmer betrat und die Tür hinter sich schloß. Er stellte sich neben Effie und sah Tibbie an. »Was hat er dir gesagt?«

»Daß er zurückgekommen ist, um mich zu bitten, ihn zu heiraten.«

Effie sah Coll an. »Hat er dir das auch gesagt?«

»Ja.«

»Du hast ihm doch nicht etwa geglaubt, oder?«

»O doch, geglaubt habe ich ihm schon. Ich glaube, daß er Tibbie wirklich heiraten will. Ich bin mir nur noch nicht ganz über seine Gründe im klaren.«

»Tibbie glaubt, daß er sich verändert hat«, meinte Effie.

»Das steht zu bezweifeln«, sagte Coll. »Laß dich nicht von leeren Hoffnungen leiten, Liebling.«

Aber Tibbie fürchtete, daß ihr genau das bereits passiert war.

Sie ließen sie allein, damit sie sich fassen und in Ruhe nachdenken konnte, doch vorher gab ihr Vater ihr noch eine letzte Warnung. »Gib dich bloß nicht diesem Zauber hin, der zweifellos kommen wird. Wenn man glaubt, etwas würde anders, ändert sich davon noch gar nichts. Merk dir das gut.«

»Ja, Papa, ich werde es mir merken. Das verspreche ich dir.«

Aber es fiel schwer. Eric stand als Symbol für die Essenz ihrer Jugend. Seine Rückkehr war wie ein Erwachen, und er hatte sie mit Zauberstaub besprenkelt.

Am nächsten Morgen kam Eric zu Besuch.

»Ich will ihn nicht sehen«, sagte sie zu Effie.

»Das kann ich dir wahrhaftig nicht vorwerfen, aber ich finde, du mußt ihn sehen.«

Tibbie riß die Augen weit auf. »Warum?«

»Weil du immer noch nicht restlos über ihn weggekommen bist, und das wirst du auch nie schaffen, wenn du ihn fortschickst, solange du diese Gefühle noch hast. Es gibt Dinge, die er dir sagen will. Du mußt sie dir unbedingt anhören und dann eine Entscheidung treffen. Falls du dann beschließt, ihn wegzuschicken, wird die Erinnerung an ihn dich nicht mehr wie ein Spuk verfolgen.«

Eric wartete im Wohnzimmer. Er saß auf einem Sessel am Fenster. In dem Moment, in dem sie eintrat, sprang er auf. »Setz dich, bitte, Eric. Soweit ich gehört habe, hast du mir etwas zu sagen, etwas, worüber du gestern noch nicht mit mir gesprochen hast.«

»Ja.«

»Wir müssen heute viele Patienten behandeln. Ich hoffe, es dauert nicht allzu lange.«

»Es wird nicht lange dauern.«

Sie setzte sich hin und achtete sorgsam darauf, das Sofa zu wählen, das ihm gegenüberstand, und sich nicht etwa auf den Sessel neben ihm zu setzen. »Ich höre.«

»Ich habe so oft darüber nachgedacht, so oft geprobt, die ganze Szene durchgespielt. Ich hätte nie geglaubt, daß es so schwierig wird. Ich weiß nicht genau, wo ich anfangen soll.«

»Es wäre naheliegend, vorn anzufangen.«

»Ich... ich war damals nicht ganz aufrichtig zu dir, als du mir von deiner Schwangerschaft erzählt hast. Ich habe dir gesagt, mein Vater hätte Vorkehrungen getroffen, um mich zu verheiraten, und so war es auch. Mein Vater ist ein entschlossener und durchsetzungsfähiger Mann, aber ich wollte zurückfahren und die Verlobung lösen.«

»Warum konntest du mir das nicht damals sagen?«

»Ich hatte Angst, du würdest mit mir kommen wollen oder mich auf der Stelle heiraten, Tibbie. Ich kenne meinen Vater besser als jeder andere. Wenn ich dich geheiratet und dich mit zu ihm genommen hätte, hätte er uns beiden das Leben zur Hölle gemacht. Ich wußte, daß er mich enterben würde, wenn ich dich geheiratet hätte, ohne meine Verlobung vorher zu lösen.« Er schüttelte den Kopf. »Es ist schwer, das zuzugeben, aber ich war ein Feigling. Ich konnte dir die Wahrheit nicht sagen.«

Jede Farbe wich aus ihrem Gesicht, und sie flüsterte: »Du warst kein Feigling, Eric. Du warst ein Mistkerl!«

Er sah sie flehentlich an. »Tibbie, ich habe dich wirklich geliebt. Ich hatte Angst, es dir zu sagen, Angst, ich könnte dich verlieren. Ich hatte voll und ganz die Absicht, zurückzukommen und dich zu holen.«

»Mich verlieren oder mich sitzenlassen, was ändert das schon?«

»Ich konnte zu der Zeit an nichts anderes denken als daran, mit dir zusammen zu sein, dich zu haben. Ich habe mir immer wieder eingeredet, ich könnte es hinkriegen. Selbst, als ich fortgegangen bin, hatte ich die Absicht, nach Hause zu fahren und alles klarzustellen, die Verlobung zu lösen und mich gegen meinen Vater durchzusetzen und dann zurückzukommen, um dich zu holen.«

»Und deshalb hast du dich wie ein Dieb bei Nacht davongeschlichen?«

»Ich hatte Angst, du würdest mich hassen, wenn du dahinterkommst. Ich wußte, daß du mich liebst, und ich habe darauf gesetzt, daß deine Liebe groß genug ist, um zu überdauern, bis ich zurückkomme.«

»Und?«

»Ich habe meinem Vater von dir erzählt. Er hat gesagt, die Verlobung könnte nicht gelöst werden. Verträge waren unterzeichnet worden. Meine... die Familie meiner Frau gehörte zu den reichsten Familien auf Hawaii. Mein Vater ist sehr wohlhabend, aber im Vergleich zu ihrer Familie ist das gar nichts. Große Geldbeträge hatten bereits den Besitzer gewechselt. Mein Vater sagte nicht nur, er würde mich enterben, sondern er hat damit gedroht, mich wegen Vertragsbruch in Ketten legen zu lassen. Ich konnte absolut nichts tun. Eine Heirat mit dir kam nicht in Frage.«

»Ich verstehe.« Sie wandte den Kopf ab und dachte nach. Als sie ihn wieder ansah, konnte er ihren frischentflammten Zorn sehen, die Glut in ihren Bernsteinaugen. »Du hast auf alles eine Antwort, nur auf eins nicht. Du hast mit keinem Wort erwähnt, warum du wolltest, daß ich meinen Vater frage, ob er etwas gegen Beth unternehmen kann.«

»Diese Worte habe ich millionenfach bereut. Ich war schokkiert und außerstande, klar zu denken. Es war so dumm von mir und wirklich ganz untypisch für mich. Ich kann nur zu meiner Verteidigung sagen, daß ich meine Liebe zu dir noch höher als das Kind bewertet habe.« Seine Stimme zitterte, als er ihren ungläubigen Gesichtsausdruck sah und sich einen Moment lang unterbrach, um die Fassung wieder zu erringen. »Mein erster Gedanke war der, daß ich nicht nach Hawaii segeln und wieder zurückkommen konnte, ehe du das Kind bekommst. Ich hatte Angst, wenn ich dich erst einmal verlasse, könntest du einen anderen heiraten – irgend jemanden –, damit er dem Kind seinen Namen gibt. Wie hätte ich mit dem Gedanken fertig werden sollen, daß ich zurückkomme, um dich zu holen, und dann feststellen muß, daß du einen anderen geheiratet hast?«

»Was du vorgeschlagen hast, war Mord. Dein *eigenes* Kind. Wie konntest du das bloß tun?«

»Eine Frage, die ich mir täglich gestellt habe. Eine Frage, auf die es keine Antwort gibt.«

»Dann bist du also nach Hawaii gesegelt und dort geblieben, und du hast dir noch nicht einmal die Mühe gemacht, mir zu schreiben.«

»Ich habe dir geschrieben. Oft sogar.«

»Und du erwartest, daß ich glaube, all deine Briefe wären auf See verlorengegangen?«

»Nein, so weit sind sie nie gelangt. Erst nach dem Tod meiner Frau sind mir die Briefe, die ich so sorgsam geschrieben hatte, von dem Mann zurückgegeben worden, dem ich sie anvertraut hatte, damit er sie aufgibt. Er war ein treuer Freund, aber es gab einen dunklen Punkt in seiner Vergangenheit, etwas, was der Vater meiner Frau gegen ihn in der Hand hatte. Ihm ist nichts anderes übriggeblieben, als zu tun, was von ihm verlangt wurde. Aber er war nicht bereit, die Briefe zu vernichten, obwohl er dazu beauftragt worden war.« Eric streckte die Hand nach dem Tisch neben sich aus, und erstmals bemerkte sie ein Bündel, das in Wachstuch eingewickelt und mit einer Schnur zugebunden war. Er reichte es ihr. »Das sind sie alle, noch ungeöffnet, so, wie sie waren, als ich sie Elias gegeben habe.«

Mit zitternden Händen nahm sie die Briefe entgegen. »Du hast gesagt, deine Frau sei vor zwei Jahren gestorben? Warum hast du mir damals nicht geschrieben?«

»Ich wollte dir selbst erzählen, was passiert ist, mit dir reden, dich persönlich sehen. Nach allem, was ich wußte, hättest du verheiratet sein können. Ich habe mir gesagt, wenn es so ist, würde ich abreisen, ohne dich auch nur zu sehen.«

»Und dazu hast du zwei Jahre gebraucht?«

»Ich hatte kaum die Zeit, meine geschäftlichen Angelegenheiten nach dem Tod meiner Frau zu regeln, als meine Mutter krank geworden ist. Ich konnte nicht fortgehen. Sie ist vor sechs Monaten gestorben.«

»Und jetzt bist du hier.«

»Ja, ich bin hier, um zu sehen, was sich zwischen uns machen läßt.« Er sah, wie sich ihre Gesichtszüge verhärteten. »Bitte, sag jetzt noch nichts. Ich verlange keine Entscheidung von dir. Ich bitte dich lediglich darum, diese Briefe zu lesen, ein wenig Zeit mit mir zu verbringen und mir zu erlauben, daß ich meine Tochter kennenlerne. Laß mir etwas Zeit, um dir meine Gefühle zu beweisen, Zeit, in der sich dein Zorn auf mich legen kann.«

Sie stand auf und stellte sich mit dem Rücken zu ihm vor den Kamin. »Ich weiß es nicht. Es ist so lange her. Ich habe einen anderen kennengelernt.«

»Bist du in ihn verliebt?«

»Wenn nicht, dann stehe ich kurz davor.«

Als sie hörte, daß er aufstand, drehte sie sich zu ihm um. Er stand da wie ein schüchterner Schuljunge, der nicht weiß, was er als nächstes tun soll. »Ich käme gern wieder, und ich würde mich gern mit Bethany treffen, wenn dir das recht ist.«

Sie nickte.

»Sag mir, was du denkst und was du fühlst. Bist du immer noch furchtbar wütend auf mich?«

Sie seufzte. »Nein, ich bin nicht wütend. Am Anfang war ich es, aber das ist jetzt vorbei. Ich war derart verletzt, und mein Herz war gebrochen. Ich konnte einfach nicht glauben, daß du mir das angetan hast.«

»Ich habe dir schon gesagt, daß ich mir eine Chance wünsche, all das wiedergutzumachen.«

»Ich bin nicht sicher, ob du das kannst, Eric.« Sie ging zur Tür. »Ich begleite dich hinaus.«

Er folgte ihr zur Haustür. »Wenn ich wiederkomme, wirst du mich dann empfangen?«

»Ich brauche Zeit, um darüber nachzudenken, aber du kannst Beth sehen.«

Er nickte.

Sie sah ihm nach, als er ging, und sie fragte sich, in was sie eingewilligt hatte. Aus irgendwelchen Gründen konnte sie die Sorge nicht abschütteln, daß sie Federn in den Wind gestreut hatte.

16

Am selben Nachmittag kam Eric wieder vorbei. Als Tibbie ihn nach draußen führte, spielte Beth mit Precious neben dem Stall. Eric war entgeistert, als er sie mit einem Schwein spielen sah. »Aber das sind doch die widerlichsten Geschöpfe auf Erden«, sagte er.

»Nein, ganz bestimmt nicht. Wenn es auch noch so unglaublich erscheint, sind Schweine doch in Wirklichkeit reinliche Tiere.«

»Beth, hast du denn außer diesem Schwein niemand anderen zum Spielen?«

»Doch, klar«, sagte Beth. »In der Kirche spiele ich mit Little Pressy. Und ich treffe mich mit Melissa Abernathy beim Klavierunterricht. Aber ich spiele gern mit Nick. Den mag ich am liebsten.« Beth wandte sich an Tibbie und sagte: »Kommt Nick wieder zu uns raus?«

»In der nächsten Zeit nicht«, erwiderte Tibbie.

»Er hat mir versprochen, mir eine Überraschung mitzubringen«, sagte Beth.

»Dann tut er es bestimmt auch.« Tibbie wandte sich zum Haus um. »Es ist bald Essenszeit. Du kommst rechtzeitig, damit wir dich noch waschen können, hast du gehört?«

Beth nickte, stieß einen Schrei aus und rannte hinter Precious her. Auf dem Rückweg zum Haus liefen sie Großmama über den Weg, die gerade die Hintertreppe herunterkam. »Du erinnerst dich doch noch an Eric, Großmama?«

»Leider«, sagte sie und musterte ihn gründlich. Dann wandte sie sich an Tibbie und sagte: »Wo ist Nick?«

»Wer ist dieser Nick, über den ständig alle reden?« fragte Eric.

Sie gingen durch das Haus auf die vordere Veranda. Tibbie setzte sich auf die Stufen, und Eric nahm auf der Schaukel Platz. Dann erzählte sie ihm von Nick. Sie hatte es satt, mit unausgesprochenen Dingen und Geheimnissen zu leben. Sie hatte keine Ahnung, wie es mit Eric weitergehen sollte, aber eins wußte sie – von jetzt an mußten sie beide uneingeschränkt aufrichtig sein, ganz gleich, was dabei herauskam.

Eric hörte ihr zu, und als sie ausgeredet hatte, sagte er: »Ich wünschte, du hättest mir schon früher von ihm erzählt.«

»Ich habe dich nicht oft gesehen. Wieviel früher hätte ich es dir denn sagen können?«

»Ich meine, du hättest von dir aus darüber reden können, statt abzuwarten, bis ich frage.«

»Was ändert das schon?«

»Ich weiß es nicht. Vielleicht hättest du es mir gar nicht erzählt, wenn ich nicht von selbst dahintergekommen wäre.«

»Versuch nicht, mich in die Enge zu treiben, Eric.«

»Das tue ich doch gar nicht! Ich wünschte nur, du hättest es mir eher gesagt, das ist alles. Ich kann es nicht leiden, wenn du mir etwas vorenthältst, etwas vor mir verbirgst.«

Tibbie schüttelte den Kopf und stützte ihn in die Hände. Als Eric die Wirkung seiner Worte sah, seufzte er und setzte sich neben sie auf die Stufen.

Sie reagierte nicht, als er die Hand ausstreckte, um ihren steifen Nacken zu massieren. Er streichelte sie mit seinen kräftigen Fingern und knetete mit geschmeidigen, festen Bewegungen die Spannung aus ihren Muskeln.

»Es tut mir leid. Mir kommt es nur so vor, als seien mir alle Wege verstellt. Manchmal fühle ich mich wie Jakob, der auf Rahel wartet.«

Sie hob den Kopf und sah ihn an. »Wieso? Jakob hat Lea nur

wegen einer Arglist geheiratet, mit der man ihn betrogen hat. Du hast deine Frau aus freiem Willen geheiratet.«

»Ich bin gezwungen worden.«

»Du hattest die Wahl.«

»Wird das denn ewig zwischen uns stehen?« Er wandte den Blick in die Ferne. »Manchmal glaube ich nicht, daß ich dich je haben werde.« Er lachte. »Wahrscheinlich jage ich noch hinter dir her, wenn ich so alt wie die Berge bin und einen grauen Bart habe, der so lang wie der Colorado River ist.«

»Bis dahin bin ich so alt, daß du nicht mehr Jagd auf mich machen wirst.«

Sein Ausdruck wurde ernst. »Ich werde es immer wollen«, sagte er mit zarter Stimme.

»Eric... ich weiß nicht, was ich darauf sagen soll.«

»Sag gar nichts. Wenn ich auch nur die geringste Chance habe, diesen Nick aus dem Rennen zu schlagen, dann warte ich gern. Falls du allerdings Heiratspläne haben solltest, dann sag es mir bitte.«

Seine behutsamen Fragen rührten sie. »Ich... er hat mir keinen Antrag gemacht.«

»Gott sei Dank!« sagte Eric. Dann sprang er auf und packte Großmama, die gerade zur Tür herauskam, und wirbelte sie im Kreis herum. Er drückte ihr einen lauten Schmatz auf die Backe, und dann schwang er sich auf einem Arm über das Geländer der Veranda. Er raste quer über den Platz vor dem Haus, setzte über den Lattenzaun und schwang sich auf den Rücken seines Pferdes. Während er seinem Pferd die Sporen gab, schwenkte er seinen Hut durch die Luft und stieß ein lautes Geheul aus, das Effie an die Tür lockte.

»Was geht hier draußen eigentlich vor? Es klingt, als würden wir von Indianern überfallen.«

»Ich wünschte, so einfach wäre es«, seufzte Tibbie.

Nachdem er gegangen war, blieb Tibbie auf der Veranda vor dem Haus sitzen und beobachtete die Kühe, die in Gruppen neben dem Weg grasten. Erics hastiger Rückzug hatte sie ein wenig verletzt.

In jener Nacht lag sie lange Zeit wach im Bett und dachte über Eric nach. Nie hätte sie geglaubt, daß sie ihn wiedersehen würde. War das Leben nicht eine Kette von Überraschungen? Sie dachte über das nach, was er ihr erzählt hatte, und ihr fielen die Briefe wieder ein, die er ihr gegeben hatte. Über jeden einzelnen dieser Briefe hatte sie Tränen vergossen, bis sie glaubte, ihr bräche das Herz. Nach der Lektüre dieser Briefe bestand für sie kein Zweifel mehr daran, daß Eric sie liebte. Selbst Effie, die vorher skeptisch gewesen war, hatte geweint, als sie sie gelesen hatte.

»Tja«, hatte Effie gesagt, als sie sich die Augen mit einem Zipfel ihrer Schürze trocknete, »ich vermute, es war nicht seine Schuld, daß alles so gekommen ist, wie es kam. Damit will ich nicht sagen, er hätte richtig gehandelt oder ich sei mit seinem Vorgehen einverstanden. Er hat sich gedrückt wie ein Feigling, aber wer kann behaupten, daß nicht jeder einzelne von uns genauso gehandelt hätte, wenn wir in seiner Haut gesteckt hätten? Man steht nicht gut da, wenn man unversöhnlich ist.«

»Willst du damit sagen, ich sei unversöhnlich?«

»Leg mir keine Worte in den Mund. Ich salbadere nur vor mich hin, das ist alles.«

Als Tibbie im Bett lag und darüber nachdachte, fragte sie sich, wie es gewesen wäre, wenn alles anders gelaufen wäre. Was wäre gewesen, wenn Eric seinen Vater überzeugt und sie geheiratet hätte? Was wäre gewesen, wenn sein Freund die Briefe abgeschickt hätte, die Eric ihm anvertraut hatte? Was wäre gewesen, wenn Eric sich noch ein paar Monate Zeit gelassen hätte, ehe er kam, um sie zu holen? *So oder so*, sagte sie sich, *das ist alles Zeitvergeudung. Was geschehen ist, ist geschehen und läßt sich nicht mehr rückgängig machen. Eric hat seine Zukunft zu gestalten und ich meine.* Nur eine Frage blieb in ihren Gedanken unbeantwortet, als sie schließlich einschlief. War ihr Los in Zukunft mit dem von Eric verknüpft oder mit dem von Nicholas?

Am nächsten Morgen stattete Porter Masterton Tibbie einen Besuch ab.

»Für mich?« fragte Tibbie, als Porter ihr ein langes weißes Päckchen reichte, das mit einer rosafarbenen Schleife zugebunden war.

»Nick brächte mich um, wenn ich es einer anderen gäbe«, sagte Porter lachend. »Er hat es mit dem Paket heute morgen aus Galveston geschickt.«

Tibbie lief eilig in ihr Zimmer, nachdem Porter gegangen war. Als sie die Tür erreicht hatte, hatte sie die Schleife schon gelöst. Bevor sie die Tür schloß, war der Deckel geöffnet, und als sie ihr Bett erreichte, hatte sie bereits einen wunderschönen Sonnenschirm aus weißer Spitze aufgespannt und las die Nachricht, die lautete:

Als ich Dich das letzte Mal gesehen habe, habe ich neun Sommersprossen auf Deiner Nase gezählt. Das hier wird dafür sorgen, daß es keine zehn sind, wenn ich zurückkomme.

Dein Nicholas

In jener Nacht drehten sich all ihre Gedanken um Nicholas. Wo war er jetzt? Dachte er oft an sie? Sie stieg aus dem Bett und setzte sich auf den Stuhl am Fenster. Sie lehnte den Kopf an die kühle Glasscheibe, und ihre Traurigkeit verstärkte sich, als sie sah, wie still und stumm die Welt war. Der Mond stand hoch am Himmel, riesig, rund und weiß, und tauchte die Erde in bleiches Licht, das selbst die schärfsten Umrisse weich und einladend verschwimmen ließ. *Derselbe Mond*, dachte sie, *scheint auch auf Nicholas Mackinnon, wo er auch sein mag.*

Die Tage vergingen wie im Flug, und sie dachte oft an Nicholas, obwohl sie ihn nie sah, und ironischerweise begegnete sie Eric täglich, dachte aber nur selten an ihn. Vielleicht wäre es umgekehrt gewesen, wenn ihre Plätze vertauscht gewesen wären. Es erschien ihr jetzt eine seltsame Vorstellung zu sein, wie schnell und mühelos sie Nicholas liebengelernt hatte und wie lange sie gebraucht hatte, bis es ihr klargeworden war.

Am folgenden Dienstag fuhr Eric mit ihr in einem Boot auf die Bucht hinaus. Er redete ausgiebig über Hawaii, die Insel Maui, die Legenden, die sich darum rankten, die Ortschaften, die Leute. Er erzählte ihr von seiner Familie, dem Tod seiner Mutter und von seinem willensstarken Vater.

»Ich habe ihn immer von ganzem Herzen geliebt, aber ich hatte immer das Gefühl, daß er mir meine Brüder vorgezogen hat. Vielleicht habe ich mich deshalb so sehr bemüht, ihm Freude zu machen, alles zu tun, was er von mir verlangt hat – in der Hoffnung, die Liebe eines Mannes für mich zu gewinnen, der außerstande war, mir Liebe zu geben.«

»O Eric«, sagte sie und beugte sich vor, um seine Hand zu berühren, die das Ruder hielt.

»Es ist schon in Ordnung«, sagte er. »Allmählich gewöhne ich mich daran, Menschen zu lieben, die meine Liebe nicht erwidern. Das einzige, was mich wundert, ist, warum ich es immer noch probiere.«

»Aufgeben ist niemals eine Lösung.«

»Ständig Niederlagen einzustecken auch nicht.« Er grinste verschmitzt und schlug so fest mit dem Ruder auf das Wasser, daß sie aufsprang und dann laut schrie, als ein Sprühregen von Tropfen über sie hereinbrach. Sie lachte und zog ihren Handschuh gar nicht erst aus, ehe sie die Hand ins Wasser tauchte und ihn beträchtlich stärker anspritzte als er sie.

»He!« sagte er lachend, und sein blonder Schopf schimmerte. »Dafür wirst du mir büßen.«

Sie lachte und lehnte sich wieder an den Bug des Boots, und dabei dachte sie, Eric und der Sonnenschein müßten eng miteinander verwandt sein, denn die Sonne schien ihn geradezu anzubeten. Seufzend hängte sie die Hand aus dem Boot und fuhr mit den Fingern durchs Wasser. Die Sonne schien warm, über dem Wasser wehte eine kühle Brise, und jetzt fielen sie ihr wieder ein, die Gründe, aus denen sie diesen Mann geliebt hatte. Sie schloß die Augen und dachte daran, was für ein Gefühl es gewesen war, ihre Arme um ihn zu schlingen, während er zwischen ihre Beine glitt, und dabei hatten sie darüber gelacht, was für einen Ort sie sich ausgesucht hatten, um einander zu lieben, auf grobem Sand, der alle Härchen von seinen Knien scheuerte. Und dann hatte er aufgehört zu reden und zu lachen, und er hatte durch seinen Körper mit ihr gesprochen. Hinterher hatte sie dann in seinen Armen gelegen und ihm zugehört, wie er redete, ganz ähnlich wie heute.

»Du siehst so schön aus, Tibbie, mein Liebling.« Und ehe sie die Augen aufschlagen konnte, lag Erics Mund auf ihren Lippen, und es war ein prächtiger Augenblick, der so hell leuchtete wie die Sonne auf seinem welligen blonden Haar.

Doch in jener Nacht, als sie im Bett lag, waren ihre Gedanken ganz von Nicholas in Anspruch genommen.

Am Mittwoch führte Eric sie aus, um in den waldigen Gegenden am Fluß Brombeeren zu pflücken. Als ihr Eimer gefüllt war, breiteten sie unter einer alten Eiche eine Decke aus, und er fütterte sie mit Beeren. Der Saft rann ihr am Kinn herunter und drohte, auf ihr Kleid zu tropfen, bis er ihren Kopf zurückbog und die süße feuchte Spur mit einem sorgsamen Geflecht von Küssen überzog.

Doch in jener Nacht, als sie in ihrem Bett lag, waren ihre Gedanken ganz von Nicholas in Anspruch genommen.

Am Donnerstag kam Eric mit einem Sack voll Lebensmitteln, die er in der Stadt gekauft hatte, in ihre Küche. »Heute abend koche ich für dich und deine Familie das Essen«, verkündete er und vertrieb alle aus dem Raum. Als das Essen fertig war, versammelten sie sich um den Tisch herum und setzten sich, um die ungenießbarste Mahlzeit zu sich zu nehmen, an die sie sich erinnern konnten, und die nächsten eineinhalb Stunden brachten sie damit zu, über Kartoffelpüree aus halbgaren Kartoffeln zu lachen, das wie Leim an den Löffeln klebte. Als Coll versuchte, es zu servieren und feststellte, daß es am Löffel festklebte, schüttelte er den Schöpflöffel heftiger. Beim dritten Schütteln lösten sich die Püreeklumpen, flogen über den Tisch und landeten in Effies Suppe. Die Bluse ihrer Mutter war mit Suppe bekleckert, und Tibbie schnappte ihre Serviette, um ihr zu helfen, und dabei stieß sie ein Glas Rotwein um.

Bis dahin hatten sie sich alle recht gut zusammengerissen, aber als Großmama auf das blutige Hühnerbein auf ihrem Teller herunterschaute und sagte: »Soll ich es jetzt töten oder es begraben?«, war alles zu spät. Inzwischen lachten alle so schallend, daß es keine Rolle spielte, ob das Essen gräßlich schmeckte oder ob Effies Bluse schmutzig und ihr bestes weißes Tischtuch verdorben war. Wenn sie den Tisch schon nicht gesättigt verließen, dann doch zufrieden.

Doch in jener Nacht, als sie in ihrem Bett lag, waren ihre Gedanken ganz von Nicholas in Anspruch genommen.

Am Freitag fuhr Eric Tibbie in die Stadt, um Medikamente für Coll abzuholen. Sie saß im Wagen neben ihm, lauschte, wie er lachte, und beobachtete, wie sich die Haut um seine Augen herum vor Vergnügen in kleine Fältchen verzog. Er flüsterte ihr etwas ins Ohr, und sie lachte laut heraus, und Eric nahm ihre kleine Hand und küßte die Fingerspitzen.

Nicks Rückkehr nach Indianola kam nicht unerwartet. Es rechnete nur einfach niemand damit, daß er gerade an jenem Tag zurückkommen und sich diesen speziellen Moment aussuchen würde, um aus der Gemischtwarenhandlung zu treten.

Er war mit Porter in ein Gespräch vertieft und schaute nur gewohnheitsmäßig auf die Straße. Erst dann fiel sein Blick auf Tibbie. Sie sah weder ihn noch Porter, und im nächsten Moment fuhr der Wagen klappernd auf der Straße weiter. Nick spürte, wie etwas in seinem Innern zersprang. Er konnte fast alles hinnehmen, was Tibbie austeilte, aber daß sie ihn zum Narren hielt, das ging entschieden zu weit. Ohne jede weitere Erklärung entschuldigte sich Nick und begab sich zum Mietstall.

Aber als Tibbie und Eric an der Werft vorbeikamen, waren ihre Gedanken ganz von Nicholas in Anspruch genommen.

Es dauerte nicht lange, bis er vor Tibbies Tür stand. Eine Stunde, nachdem Eric gegangen war, kam Effie in die Klinik, um Tibbie mitzuteilen, daß Nick sie sehen wollte.

Nick? Hier? Jetzt? Ihr Magen stülpte sich heftig um, und dann entfaltete sich wie eine Blüte in ihr der Gedanke, ihn wiederzusehen. Ihre Lippen verzogen sich zu einem zarten Lächeln. *Ich werde Nick sehen. Ich werde Nick sehen.* Aber als sie den Mund aufmachte, fiel ihr nichts Besseres ein, als zu sagen: »Jetzt?«

Effie sah sie merkwürdig an. »Ich vermute, jetzt. Er steht vor der Haustür. Im allgemeinen tauchen Leute nicht auf und stehen vor der Tür, weil sie jemanden später sehen wollen.«

Als sie das Zimmer verließ, überlegte sie sich, daß sie ihn mehr vermißt hatte, als sie für möglich gehalten hätte. Sie hatte sich selbst bewiesen, daß sie ihn liebte, daß sie ihn vermißte, seine stille Kraft, sein tiefes Verständnis, seine Freundlichkeit, sein träges Lächeln, ja, sogar seinen Zorn.

Tibbie traf Nick im Wohnzimmer, doch dort blieben sie nicht lange. Er packte sie an der Hand und führte sie aus dem Haus.

»Was tust du?« fragte sie.

»Ich will mit dir reden«, knurrte er. Sein Gesicht war hart, eine ausdruckslose Maske. Inzwischen fragte sich Tibbie, die kaum mit ihm Schritt halten konnte, wie sie sich je hatte einbilden können, sie hätte diesen Mann vermißt oder gar seinen Zorn.

Als er sie hinter sich herzerrte, spürte Nicholas eine Regung in seinen Lenden, als ihm wieder einfiel, wie sie auf ihn zugelaufen war und ihm die Arme um den Hals geschlungen hatte, als er sie das letztemal gesehen hatte. Und dann dachte er daran, wie sie heute ausgesehen hatte, als sie neben ihrer so lange vermißten Liebe in dem Wagen gesessen und gelacht hatte, während dieser Kerl ihr die Fingerspitzen küßte. Er konnte sich allzugut vorstellen, daß das nicht alles war, was dieser Bastard geküßt hatte.

Während Nicholas in seine eigenen Gedanken vertieft war,

überlegte sich Tibbie, daß das ein Nicholas Mackinnon war, den sie noch nie gesehen hatte. Er sah immer noch verteufelt gut aus, aber jetzt hatte er die Zähne gnadenlos aufeinandergebissen, und in seinen tiefblauen Augen stand eine Spur von Zynismus. Dieser Mann wirkte wütend genug für einen Mord. »Können wir denn nicht im Haus miteinander reden?« fragte sie.

»Nein.«

»Und warum nicht?«

»Weil ich mich vergessen und etwas tun könnte. Ich denke schon lange daran, es zu tun.«

»Und das wäre?«

»Dir den Hintern zu versohlen oder dich zu schütteln, bis dir die Zähne rausfallen.«

Tibbie war verblüfft. »Weshalb denn das?«

»Das sage ich dir gleich«, brachte er durch zusammengebissene Zähne heraus.

Als sie den Obstgarten erreicht hatten, hatte sich Nick wieder ein wenig beruhigt, aber seine Entschlossenheit, hier und jetzt alles mit ihr klarzustellen, hatte sich nicht gelegt. Als sein Zorn allmählich nachließ, wußte er, daß er keinen Grund hatte, Tibbie etwas vorzuwerfen. Aber sie hielt so verflucht viel von seinem Herzen in ihren Händen. Das war eine Investition, die seinen Einsatz lohnte.

Als sie das quietschende Eisentor passierten, ließ Nick ihren Arm los und sagte: »Es tut mir leid, daß ich so aufbrausend war.«

»Danke«, sagte sie und rieb den roten Fleck auf ihrem Handgelenk, das er so fest umklammert hatte. »Es sollte dir allerdings leid tun.« Sie sah, wie er schluckte und tief Atem holte. »Du hast von Eric gehört?«

»Ja, ich habe von ihm gehört. Aber *gesehen* habe ich ihn auch.«

»Was hast du gesehen?«

»Euch beide in der Stadt.«

»Und du bist wütend auf mich, weil ich in die Stadt gefahren bin?« Jetzt geriet sie selbst in Wut. »Soll das etwa heißen, daß du in mein Haus geschossen kommst, mich zu Tode erschreckst und mich wie eine Höhlenbewohnerin zum Obstgarten zerrst, *weil ich in die Stadt gefahren bin*?«

»Weil du mit ihm in die Stadt gefahren bist und ihr beide wie Turteltauben dagesessen habt.«

»Haben wir überhaupt nicht! Und wo hätte ich denn sonst sitzen sollen? Auf der Ladefläche mit einem Sack Hafer?« Immer noch ungläubig sagte sie: »Du bist wütend auf mich?« und warf die Hände in die Luft.

»Nein«, sagte er und streckte die Hand nach ihr aus. Er zog sie herunter und rieb sanft die zarten Handgelenke. »Ich bin nur wütend darüber, daß er wieder an deinem Leben teilhat.«

»Hat er nicht.«

»Es sieht aber teuflisch danach aus. Seit dem Tag seiner Ankunft habt ihr doch wie siamesische Zwillinge aneinandergeklebt.«

»Du mußt ganz schön rumgeschnüffelt haben.«

»Du mußt ganz schön viel damit zu tun gehabt haben, mir soviel Grund zum Schnüffeln zu geben.«

Sie stemmte die Arme in die Hüften. »Was soll denn das schon wieder heißen?«

»Du bist ständig mit ihm zusammengewesen. Du hast ihn nicht weggeschickt. Die ganze Stadt redet darüber. Fünfzig Leute haben mich gefragt, ob ich wüßte, welchen Termin ihr für die Hochzeit festgesetzt habt. Welche Absichten hast du in bezug auf ihn?«

Tibbie versuchte, Nicks Wut zu verstehen, aber seine Haltung ihr gegenüber brachte sie trotzdem ein wenig in Rage. Er hatte kein Recht, herzukommen und ihr solche Vorwürfe zu machen.

Ehe sie weiterdenken konnte, sagte er: »Warum ist er zurückgekommen?«

»Er hat mich gebeten, ihn zu heiraten.«

»Mist!«

Sie spürte die Tränen in ihren Augen brennen. So hatte sie

Nick noch nie gesehen. Nick, der immer so freundlich und rücksichtsvoll war. Nick, der alles verstand. »Nick, bitte...«

»Bitte was? Versteh mich bitte? Sei bitte nett? Laß mich bitte dein Herz mit Füßen treten? Geh bitte weg? Was, zum Teufel, willst du von mir?« Er packte sie an den Armen und schüttelte sie. »Was willst du eigentlich? Daß ich gebannt an jedem deiner Worte hänge, bis du entschieden hast, welchen von uns du willst?«

»Das ist ungerecht!«

»Ungerecht? Ich werde dir sagen, was hier ungerecht ist! Daß er zurückkommt! Das ist unfair!«

»Versuch doch, es zu verstehen.«

»Was zu verstehen? Daß du verwirrt bist? Daß es dir schwerfällt, diesen Mistkerl wegzujagen? Junge, er muß dich richtig rumgekriegt haben, und lange hat er nicht dafür gebraucht.«

Sie ohrfeigte ihn so fest, daß sein Kopf zurückfiel. »Danke, daß du mir gesagt hast, was du von mir hältst. *Damit* hast du mir, mehr als mit allem anderen, geholfen, eine Entscheidung zu treffen.«

»Tibbie...«

»Rühr mich bloß nicht an. Komm mir nie mehr unter die Augen.« Sie wirbelte herum und rannte weg. Er holte sie ein, ehe sie das Tor erreicht hatte. »Welche Reaktion hast du eigentlich von mir erwartet, wenn ich rauskriege, daß du eingewilligt hast, ihn wiederzusehen?«

»Laß mich in Ruhe!«

Er ließ sie nicht ausreden, sondern zog sie mit einem Ruck an sich und sagte sarkastisch: »Arme kleine Tibbie. Es fällt ihr ja so schwer, eine Entscheidung zu treffen. Wenn er dich küßt, vergleichst du seine Küsse dann mit meinen? Oder hast du meine bereits vergessen?«

»Ich habe eure Küsse nie miteinander verglichen, und sonst auch nichts.«

»Das glaube ich dir nicht.«

Sie warf die Hände in die Luft. »Wenn du so bist, kann ich nicht mit dir reden. Wenn du so bist, will ich auch gar nicht mit dir reden. Du wirfst mir Dinge vor, die gar nicht wahr sind. Ich brauche dein Verständnis, Nick, deinen Trost, nicht deine Anschuldigungen.«

»Was willst du von mir? Hast du etwa geglaubt, ich käme angerannt, um dich zu trösten, wenn du einen anderen Mann im Kopf hast? Soll ich die Unentschlossenheit aus deinen Gedanken küssen?«

Ehe sie etwas darauf antworten konnte, riß er sie grob an sich und schlang einen Arm um ihre Taille. Sie erstarrte unter seinem strafenden Kuß. Sein fester Mund scheuerte auf ihren Lippen und Zähnen, und er küßte sie wie nie zuvor, keineswegs zart oder behutsam. Diese Demütigung erboste sie so sehr, wie seine Nähe ihr vertraut war. Sie kannte den Grund für diesen Kuß – er wollte sie erniedrigen und verletzen, weil sie ihn verletzt hatte.

Als er den Kuß beendete, blieb Tibbie regungslos in seinen Armen liegen. Sie schloß die Augen und wandte den Kopf ab, weil sie bemüht war, sich zu beruhigen, ihren Verstand, der schwirrte, wieder unter Kontrolle zu kriegen. Dieser Mann war ihr so lieb geworden. Er war verletzt. Leid war etwas, was sie gut verstehen konnte. Sie wollte seinem Leid nicht noch mehr hinzufügen. Sie wollte jetzt nicht das Falsche sagen.

Schließlich brauchte sie nichts zu sagen. Als er ihre geschlossenen Augen und ihren abgewandten Kopf sah, hatte Nick seine Antwort. Eric war wieder in ihr Leben getreten, und er war abgemeldet. »Verdammtes Miststück!« zischte er. »Zum Teufel mit dir!«

Er stieß sie von sich, und sie schlug gerade noch rechtzeitig die Augen auf, um zu sehen, wie er durch das Tor stürmte. »Nick!«

Er blieb stehen und drehte sich um. »Du brauchst mir nichts zu sagen. Ich bin nicht so dumm, wie du glaubst, und ich bin auch nicht so dumm wie du. Ich merke zumindest, wenn ich abgewiesen werde.«

Im nächsten Moment war er fort.

Aber sie merkte eben doch, wenn sie abgewiesen wurde, und was daran am meisten weh tat, war, daß es Nick war, der sie abwies. In jener Nacht weinte sie sich zum ersten Mal seit sechs Jahren in den Schlaf.

Am nächsten Morgen machte sie sich trotz ihrer Kopfschmerzen und ihrer verquollenen Augen auf den Weg in die Stadt, weil sie hoffte, Nick dort vorzufinden. Der gequälte, verletzte Ausdruck seiner Augen hatte sie die ganze Nacht verfolgt. Sie wollte nicht, daß die Dinge so zwischen ihnen standen. Auf dem Weg überlegte sie, was sie ihm sagen könnte, welche Fragen er ihr stellen würde und welche Antworten er von ihr bekäme. Was sie vorantrieb und gegen ihren Stolz siegte, war das Wissen, daß Nick möglicherweise litt. Alles andere konnte sie eher ertragen als das.

All ihre Sorge war umsonst, denn als sie die Werft erreichte, war Nick nicht da. Porter dagegen fand sie vor.

»Miss Buchanan«, sagte er lächelnd und hielt ihr die Bürotür auf. »Kommen Sie rein.«

»Danke.« Tibbie trat ein und sah sich um.

»Bitte. Nehmen Sie Platz.« Porter zog einen Stuhl für sie an den Tisch, und sie setzte sich hin und sah sich dabei um. Als Porter hinter seinem Schreibtisch Platz nahm, sah sie den aufgeräumten Tisch und einen anderen, auf dem alles mögliche herumlag und hinter dem ein leerer Stuhl stand. »Nicks?« fragte sie.

Porter grinste. »Sehe ich aus, als sei ich schlampig?«

Sie lächelte. »Nein, keineswegs.«

»Ich danke Ihnen. Ich vermute, Sie wollten zu Nick?«

»Ja.«

»Er ist nicht hier. Er war heute morgen schon da, und er war gräßlich gelaunt, könnte ich noch dazu sagen, und dann ist er mit…« Porter hüstelte und sagte dann eilig: »Ich könnte noch hinzufügen, daß ich froh war, als er wieder weggegangen ist. Übellauniger habe ich ihn noch nie erlebt.«

»Mit wem, sagten Sie, ist er weggegangen?«

»Ich habe gar nichts gesagt.«

»Bitte. Es ist wichtig.«

Porter seufzte. »Wahrscheinlich wird er mir dafür Bambussprossen unter die Fingernägel treiben und mich lebendigen Leibes häuten.« Er sah in Tibbies bleiches, verhärmtes Gesicht. »Tansy hat vorbeigeschaut, und Nick ist mit ihr essen gegangen.«

Er stand auf, als sie sich erhob, um sie zur Tür zu begleiten. Sie blieb in der Tür stehen, bedankte sich bei Porter und gab ihm die Hand. »Ich wüßte es sehr zu schätzen, wenn Sie Nick nicht sagen würden, daß ich hier war.«

»Ich verstehe. Natürlich sage ich kein Wort.«

Tibbie ging langsam nach Hause und war derart in Gedanken vertieft, daß sie den Wagen nicht hörte, der auf der Straße von hinten auf sie zukam, bis ihr Vater ihren Namen rief. Sie fuhr den Rest des Heimwegs mit ihm, aber ihr war nicht danach zumute, sich mit ihm zu unterhalten, obwohl Coll sehr gesprächig war und es nicht zu bemerken schien.

»Hast du dich schon entschlossen?«

»Nicht direkt.«

»Du mußt dich für einen von ihnen entscheiden. Du kannst sie nicht beide haben.«

»Vielleicht nehme ich keinen von beiden.«

Coll klatschte der Stute die Zügel auf den breiten Rücken, und sie lief ein wenig schneller. »Das wäre mir gar nicht lieb, Tibbie. Du solltest wirklich heiraten.«

»Warum?«

»Aus vielen Gründen. Du würdest eine gute Ehefrau abgeben. Du bist dazu erzogen, die Frau eines Mannes zu werden. Du bist eine Frau von der Sorte, die einen Mann braucht, der sie liebt, und Kinder, die sie großziehen kann. Aber der Hauptgrund ist in meinen Augen Beth. Sie kommt jetzt in das Alter, in dem ihr Dinge, die die Leute sagen, weh tun. Davor kannst du sie nicht beschützen. Sie braucht ein Zuhause und einen Papa. Ich kann nicht mit ansehen, wie du sie darum bringst.«

Als sie zu Hause ankamen, hätte sich Tibbie am liebsten ins Bett gelegt und geweint, aber Beth entdeckte sie, als sie vom Wagen stieg, und kam auf sie zugerannt. »Mama, komm, und schau dir Precious an. Er ist ja so süß!«

Tibbie brachte ein Lächeln zustande und ließ sich von Beth zum Haus führen. Dort stand Beths Leiterwagen, und als sie sah, was in dem Wagen saß, mußte Tibbie wirklich lächeln. Beth hatte Precious eins ihrer Kleidchen angezogen, ihm einen Hut aufgesetzt und ihn in den Wagen bugsiert. »Du hattest recht, Beth. Er sieht wirklich niedlich aus.«

Tibbie wandte sich dem Haus zu. »Komm mit mir ins Haus. Ich koche uns Schokolade.« Beth nahm sie an der Hand. »Mama, wird Eric mein Vater?«

Tibbies Herz schlug heftig. »Eric *ist* dein Vater.«

»Aber wird er mein Vater sein, der bei uns wohnt?«

»Ich weiß es nicht. Hättest du das gern?«

Beth zog die Stirn in Falten. »Vielleicht.« Dann strahlte sie, und ihre Augen wurden kugelrund. »Aber Nick mag ich noch viel, viel lieber.«

Ich auch, dachte Tibbie. *Ich auch.* Und ihr Herz verkrampfte sich vor Schmerz.

Am selben Abend kam Eric zum Abendessen. Nach seinem Gesichtsausdruck zu urteilen, vermutete Tibbie, daß er Wind von Nicks Besuch bekommen hatte.

Tibbie setzte sich zu ihm auf die Veranda. Im nächsten Moment brachte Effie ihnen ein Stück Stachelbeerkuchen. Eric behandelte Effie so charmant wie immer und hatte sie schon zum Lachen gebracht, ehe sie wieder ins Haus zurückkehrte. Tibbie konnte ihren Kuchen nicht essen, weil ihr vor dem Moment graute, in dem Eric auf Nick zu sprechen kommen würde. Zwei Auseinandersetzungen mit zwei Männern an einem Tag, das war zuviel.

Doch zu ihrem Erstaunen aß er seinen Kuchen ganz auf, scherzte und lachte mit ihr und erwähnte Nick mit keinem Wort.

Hinterher machten sie einen kleinen Spaziergang und redeten. Auf dem Rückweg sagte Eric: »Dir ist doch klar, daß ich nicht ewig hier in Indianola bleiben und abwarten kann, wie du dich entscheiden wirst.« Er nahm ihre Hand in seine. »Tibbie, ich liebe dich. Ich möchte, daß du meine Frau wirst. Ich möchte unserer Tochter ein Heim und meinen Namen geben. Bedeutet dir das denn gar nichts?«

»Doch, natürlich.«

Tibbie fragte sich, warum alles so kam, wie es kam. Wenn die Dinge zwischen Nick und ihr heute anders verlaufen wären, hätte sie Eric jetzt vielleicht sagen können, er sollte ohne sie nach Hawaii zurückgehen. Vielleicht sollte sie das ohnehin tun. Aber dann dachte sie an Beth, dachte an die Dinge, die ihr Vater heute morgen zu ihr gesagt hatte, und sie wußte, daß Coll recht gehabt hatte.

»Ich brauche mehr Zeit.«

»Verdammt noch mal! Ist das die einzige Ausrede, die dir einfällt? Kannst du dir nicht wenigstens etwas Phantasievolleres ausdenken? Ach, verflucht, Liebling! Es tut mir ja so leid.« Er zog sie in seine Arme, küßte sie zart und flüsterte ihr Entschuldigungen ins Ohr. »Verzeih mir, Tibbie. Ich brauche doch nur endlich eine Antwort.«

»Ich weiß, Eric, ich weiß es. Und ich kann dir keine Antwort geben.«

17

Am späten Nachmittag des kommenden Tages saß Tibbie im Stall, weil ihr kein besserer Ort einfiel, um ungestört nachzudenken. Sie hatte sorgsam darauf geachtet, daß niemand sie sah, doch schon kam Precious auf sie zu und schaute sie liebevoll an.

»Geh weg«, sagte sie. »Ich will allein sein.«

Der verzückte, träumerische Ausdruck schwand von seinem Gesicht, denn Schweine sind sehr sensible Geschöpfe, und Precious gehörte zu denen, die jede Regung wahrnehmen. Tibbie betrachtete ihn ein Weilchen und sagte dann: »Schon gut, aber sei still. Ich bin nicht zum Spielen aufgelegt.«

Auf das rosa Gesicht schien ein Strahlen zu treten, als das Schwein triumphierend quiekte, an ihre Seite trottete und sich mit einem zufriedenen Grunzen neben ihr auf den Boden fallen ließ. Tibbie kraulte Precious zwischen den Ohren, was ihn augenblicklich selig machte, und dann vertiefte sie sich wieder in ihre Gedanken.

Es war mehr als eine Woche her, seit sie mit Nicholas geredet hatte. O ja, gesehen hatte sie ihn, und zwar mit der dämlichen Cora Belle Hamilton, die neben ihm im Wagen saß, aber auch mit Cora Belle und ihrer Cousine Ruthie, als er die beiden am Sonntag zum Gottesdienst begleitete, und Honey Butler hatte sich bei ihm eingehängt, als er mit ihr über die Straße ging, und einmal hatte Nick auch vor der Gemischtwarenhandlung gestanden und mit einem der Mädchen geschäkert, die im Glass Slipper arbeiteten. Aber sie hatte er nicht aufgesucht.

Ich bin ein geduldiger Mensch, aber ich werde nicht ewig warten...

Immer wieder spukten ihr diese Worte durch den Kopf.

Ich werde nicht ewig warten... ich werde nicht ewig warten... ich werde nicht ewig warten...

Gesichter verschwammen vor ihren Augen. Cora Belle Hamilton, Honey Butler, Ruthie Faye Brewster, das Mädchen vom Glass Slipper. Und dann wurde sie wütend. Es sah ganz so aus, als würde er nicht warten.

Ihre Gereiztheit steigerte sich, und sie raffte ihre Röcke, stand auf und trat auf Precious, den sie vollkommen vergessen hatte.

Precious sprang auf, kreischte zehnmal durchdringend, rannte im Kreis und stieß ohrenbetäubende Schreie aus, ehe er wie angestochen davonrannte und Erdbrocken hochwirbelte, die sie trafen, als hätte er sie absichtlich nach ihr geworfen. Seine Gefühle waren zutiefst verletzt. Sie würde sich etwas ausdenken müssen, um seine Gunst wiederzuerlangen.

Als sie zum Haus schlenderte, fragte sie sich, zu welchem Schluß sie eigentlich gekommen war, und sie fragte sich gleichzeitig besorgt, was sie unternehmen konnte, um sich bei einem Schwein wieder einzuschmeicheln.

Für den Rest des Tages bekam niemand etwas von Precious zu sehen. Noch nicht einmal Beth konnte ihn beschwatzen, ins Freie zu kommen. Da sie wußte, daß es so nicht weiterging, schnappte sich Tibbie einen Eimer dampfend heißen Schweinefutters und machte sich auf den Weg zum Schweinestall.

Sie fand Precious vor dem Holztrog vor. Er starrte kläglich den wäßrigen Brei an, der ihm im Laufe des Tages vorgesetzt worden war.

»Okay, du kleiner Grunzer, ich mache dir ein Friedensangebot. Kartoffelschalen, Kürbisfleisch, Toast, Reispudding, Maiskolben und Kohlblätter, und all das in leckere warme Milch und Weizenkleie eingeweicht.« Sie schüttete den Fraß in den Trog. »Ist mir jetzt verziehen? Sind wir wieder Freunde?«

Precious sah sich die Pampe an. Er schaute sie an. Er grunzte und tunkte die Schnauze in den Matsch. Dann fing er an zu quieken, im Kreis zu rennen und Erdschollen und Schlamm aufzuwirbeln, ehe er sich auf den Rücken wälzte und die Füße in die Luft streckte.

Als er wieder zum Trog trottete und anfing, mit der Schnauze darin herumzuwühlen und zu fressen und begeisterte Laute auszustoßen, sagte Tibbie: »Daraus darf ich wohl schließen, daß meine Entschuldigung angenommen worden ist.«

»So kommt es mir auch vor.«

Als Tibbie sich umdrehte, sah sie Coll am Zaun stehen.

»Ich bin heute morgen auf ihn getreten. Er hat den ganzen Tag geschmollt.«

»Mir ist aufgefallen, daß er stiller als sonst war. Selbst Beth konnte ihn wohl nicht beschwichtigen, was?«

»Nein. Ich fürchte, ich habe seine Gefühle gräßlich verletzt. Ich hatte andere Dinge im Kopf, als ich auf ihn getreten bin, und deshalb habe ich nicht gleich etwas unternommen, um meinen Fehler gutzumachen.«

»Und deshalb mußtest du ihm jetzt einen Kübel mit seinem Lieblingsfutter bringen.«

»Ja.«

»Anscheinend hast du es damit geschafft. Im Moment scheint er selig zu sein.«

»Das ist er auch. Er braucht nicht viel zu seinem Glück.«

»Und was ist mit dir, Tib? Was fehlt zu deinem Glück?«

»Warum fragst du mich das? Ich *bin* glücklich. Ich dachte, das wüßtest du.«

»Keine Frau ist glücklich, wenn sie versucht, sich zwischen zwei Männern zu entscheiden.«

»Ich versuche nicht, mich zu entscheiden. Das heißt, vielleicht habe ich mich längst entschieden. Ich will keinen von beiden.«

»Also, das ist doch Blödsinn!«

»Es ist aber wahr!«

»Was hast du vor, Tib? Ganz im Ernst. Du kannst Eric nicht noch länger hinhalten. Entweder du nimmst seinen Antrag an, oder du mußt ihn wegschicken. Und Nick...«

»Ich glaube, der hat es sich anders überlegt.«

Coll lachte. »Wenn du das glaubst, dann weißt du weder über die Männer noch über die Liebe Bescheid.« Coll machte sich auf den Weg zum Haus, und Tibbie ging ein Stück weit mit ihm. Am Zaun blieb sie stehen. Coll schritt durch das Tor. »Bleib nicht zu lange draußen in der Nachtluft«, sagte er.

»Nein, bestimmt nicht.« Wenige Minuten später saß sie auf Beths Schaukel und schaukelte geistesabwesend. Der Abend war wärmer und schwüler als gewöhnlich, und es herrschte die Art von drückender Hitze, die einem den Atem zu verschlagen und dem Körper die letzten Kraftreserven zu entziehen schien. Wenn sie so abgeschlafft und matt und träge war, kam Tibbie oft zu den besten Ergebnissen. Sie hörte auf zu schaukeln, beugte sich vor, stützte die Ellbogen auf die Knie und legte das Kinn in die Hände. Sie war so gedankenverloren, daß sie keinen Laut hörte, ehe Eric die Schaukel anstieß. Fast wäre sie runtergefallen.

»Ich konnte einfach nicht widerstehen«, sagte er.

»Ich bin hier draußen, weil ich allein sein wollte.«

»Hältst du es für nötig, mich anzufauchen?« fragte er. »Stehen die Dinge inzwischen schon so schlecht zwischen uns, daß du nicht mehr freundlich mit mir reden kannst?« Er trat näher und ließ einen Finger über ihre Wange gleiten. »In so vieler Hinsicht bist du noch dieselbe süße Tibbie, die ich vor sechs Jahren gekannt habe. Und doch hast du dich verändert...«

»Ich bin erwachsen geworden.«

»Ja«, sagte er versonnen. »Das ist anzunehmen.«

Seine Sanftmut beschwichtigte sie. »O Eric«, rief sie aus. »Warum muß sich denn alles ändern? Warum kann es nicht wieder so sein, wie es früher war?«

»Willst du damit sagen, daß du dir nie mehr etwas aus mir machen kannst? Nicht so wie damals?«

Als sie nichts sagte, sondern nur den Kopf schüttelte, um ihm zu zeigen, daß ihre Gefühle sie überwältigten, strich er ihr so über das Haar, wie es ihr Vater getan hätte. »Mir wird immer klarer, daß es kein Zurück für uns gibt. Aber ich finde die Vorstellung abscheulich, daß es für uns kein Vorwärts geben sollte.«

»Willst du das denn ernstlich?« fragte sie. »Keine Umkehr, sondern einen Neubeginn?«

»Deshalb bin ich doch zurückgekommen, oder etwa nicht?«

»Ich weiß es nicht, Eric. Wirklich?«

»Natürlich. Aber es war schwierig, dich davon zu überzeugen. Mir war klar, daß es hart werden würde, aber ich hatte keine Ahnung, wieviel Widerstand mir entgegengesetzt würde.«

»Es liegt nicht nur daran, daß ich dir Widerstand entgegensetze...«

»Das ist mir klar. Ich habe dich schon einmal verletzt... ganz fürchterlich sogar, das weiß ich. Es ist mehr als sechs Jahre her. Es gibt einen anderen...«

»Es ist nicht nur das.«

»Damit war zu rechnen. Du bist eine schöne, begehrenswerte Frau. Ich wußte, daß ich nicht einfach auftauchen, wieder in dein Leben treten und da weitermachen kann, wo wir aufgehört haben. Ich sollte wenigstens dankbar dafür sein, daß du noch nicht verheiratet bist.« Seine Stimme war jetzt kaum mehr als ein Flüstern. »Aber ich mußte es versuchen.« Er lächelte, und die Jahre, die zwischen ihnen standen, schienen vor ihren Augen zu schmelzen. Vor ihr stand jetzt ihre Jugendliebe, ihr Herzensgefährte, ihr Seelenverwandter. Sie sah in seine schelmischen blauen Augen und sog die geliebten Gesichtszüge in sich ein, die seidigen blonden Haarsträhnen, die der Wind zerzauste. Er war immer noch derselbe arrogante, stolze Mann, der rauschend Einzug in das Leben einer Sechzehnjährigen gehalten und ihre Welt auf den Kopf gestellt hatte. Sie fragte sich, wie viele andere Frauen sich von diesem gutgeschnittenen Gesicht hatten bezaubern lassen, von diesen koketten, lachenden Augen und dem charmanten Lächeln. Plötzlich ging ihr auf, daß es sie eigentlich gar nicht interessierte, wie viele andere Frauen er mit seinem Charme umgarnt hatte. Es war ihr gleich, weil sie ihn nicht liebte. Vor langer Zeit hatte sie ihn einmal geliebt. Aber vor langer Zeit einmal – das genügte nicht.

Er sprang mit einem Satz nach vorn, packte mit beiden Händen die Seile, an denen die Schaukel hing, und zog sie zu sich, um sie zu küssen, sachte ihre Lippen zu berühren. »Das ist für die schöne Erinnerung, die ich dir verdanke.«

Am ersten Juli heiratete Cornelia Dickerson Dexter den Sohn von Richter Wainwright. Die Dickersons und die Wainwrights waren die wohlhabendsten Familien von Indianola, und daher erschien die gesamte Stadt zur Hochzeit, und dazu gehörte auch Tibbie Buchanan.

Tibbie stand in ihrem Zimmer und sah sich finster das neue Kleid an, das sie eigens für diesen Anlaß genäht hatte. Sie hatte sich etwas ganz anderes nähen wollen als alles, was sie besaß, doch es war etwas ebenso Schlichtes wie immer dabei herausgekommen. Der Stoff hatte einen üppigen goldenen Bernsteinglanz, der den Schimmer ihres Haars und die Bernsteinsprenkel in ihren Augen betonte, aber der Schnitt, den sie ausgesucht hatte, war bei diesem schönen Stoff ein Jammer.

Das Kleid war nicht direkt häßlich. Es war einfach nur schlicht. So fad wie ein Teller Hafergrütze. Sie fühlte sich, als hätte sie ihr Leben lang nur Maismehlbrei gegessen. Einmal, nur dieses einzige Mal, wollte sie sich an einem Festmahl laben, das üppig und verschwenderisch war.

Aber wenn sie es sich auch noch so üppig wünschte, dann führte doch kein Weg daran vorbei, daß das Kleid so lau wie ein Glas Milch oder ein flauer, windstiller Tag war und blieb. *Wie satt ich solche Kleider doch habe*, dachte sie. *Dieses eine Mal würde ich so gern etwas Verwegenes tragen, verwegen und... und rot! Ruchloses, schändliches, wunderschönes Rot. Scharlach-*

rot. Blutrot. Unanständig. Grell. So etwas, wie es die anderen Mädchen in meinem Alter tragen. Aber dann fiel ihr wieder ein, daß die anderen Mädchen in ihrem Alter es nicht nötig hatten, durch ihren untadeligen Lebenswandel einen Makel auszugleichen. Sie sah sich das Kleid an.

»Es ist zwecklos, vergossener Milch nachzuweinen«, sagte sie sich. »Das Kleid ist hoffnungslos schlicht und fad, und so wird es auch bleiben müssen.«

»Ach du meine Güte!« sagte Effie, als sie ins Zimmer kam und das Kleid kritisch musterte. »Das geht unmöglich.«

»Ich weiß, aber jetzt läßt sich nichts mehr daran ändern.«

»Hm«, sagte Effie, die um sie herumlief. »Gib dich nicht gleich geschlagen. Das muß wohl ein Motto der Stewarts sein.« Effie schaute sich das Kleid noch einmal an. »Es ist noch nicht *jede* Hoffnung verloren.«

Tibbie sah sich im Spiegel an. »Da bin ich mir nicht so sicher.«

»Wenigstens steht dir die Farbe ausgezeichnet.«

»Das Kleid ist so belanglos, daß mir fast schlecht wird!« jammerte Tibbie.

»Der Schnitt ist schlicht, aber nicht schlecht. Es könnte schlimmer sein. Ich bin gleich wieder da«, sagte Effie und verließ das Zimmer.

Eine Minute später kam sie mit ihrem Nähkörbchen zurück.

Tibbie stand immer noch vor dem Spiegel. »Ich habe schon um ein Wunder gebetet«, sagte sie. »Aber vielleicht hätte ich lieber beten sollen, daß eine Katastrophe eintritt, denn dann könnte ich nicht enttäuscht werden.«

»Was ist bloß über dich gekommen?« sagte Effie. Sie packte elfenbeinfarbene Spitze und ein paar Ellen türkisfarbenen Satin aus, Goldlitze und ein Sträußchen Rosen aus goldenem Satin.

Mehr als eine Stunde beschäftigte sich Effie mit Nadel und Faden. Dann hatte sie das Kleid so stark gerafft und mit einer Turnüre versehen, daß Tibbie sagte: »Von hinten sieht es ja gut aus, aber womit soll ich jetzt vorn meinen Unterrock bedecken?«

Effie holte ein altes Reitkostüm, um aus dem bronzefarbenen Stoff ein Unterfutter zu fabrizieren. Als sie fertig war, war Tibbie von Gold und Bronze und Türkis eingehüllt.

»Das Kleid braucht mehr Busen«, sagte Großmama, die ins Zimmer kam. »Männer mögen, wenn man Busen zeigt.«

»Meinst du wirklich?« fragte Effie und sah das Kleid an. »Vielleicht hast du recht. Ich dachte eher an noch eine vierte Rüsche auf dem Mieder... aber vielleicht hast du recht.«

»Das braucht mehr Busen«, wiederholte Großmama.

»Ich glaube, du hast recht. Es ist zu hochgeschlossen.«

Effie griff zur Schere und folgte dem V, das sie mit Spitze gebildet hatte. Als sie fertig war, sah Tibbie in den Spiegel und schnappte nach Luft. »Mutter! Der Ausschnitt geht ja fast bis zur Taille!«

»He! He! He!« kicherte Großmama. »Das zieht Mr. Nichelson heute abend ganz bestimmt die Schuhe aus.«

»Es kann sein, daß ich Mr. Nickel... Mr. Mackinnon gar nicht sehe«, versetzte Tibbie. »Ich habe gehört, daß er sich in der letzten Zeit gern mit Cora Belle Hamilton zeigt.«

»Mach dir um die keine Sorgen«, sagte Effie. »Er schlägt nur die Zeit tot.«

»Mit jeder einzelnen Frau in ganz Indianola, nach allem, was ich so höre«, sagte Tibbie.

»Du bist dazu erzogen worden, nichts auf Klatsch zu geben.«

»Aber ich kann nichts dagegen tun, daß er mir zu Ohren kommt.«

Effie sagte nichts, und daher wechselte Tibbie das Thema. »Findest du den Ausschnitt nicht doch zu tief?«

Schließlich einigten sie sich auf einen Kompromiß. Der tiefe Ausschnitt blieb, aber Effie erbarmte sich und nähte ein Stück hübsche Spitze in die klaffende Öffnung.

»He! He! He!« kicherte Großmama wieder, die aus dem Zimmer humpelte. »Der arme Mr. Nichelson. Wenn er dich in dem Kleid sieht, trifft ihn der Schlag. Ehe der Abend vorbei ist, wird er den Unterschied zwischen Aufstehen und Hinsetzen nicht mehr kennen.«

Doch sowie sie dort war, war Tibbie nicht mehr so sicher.

Sie tuschelte mit Mairi und Leticia Kildaire darüber, was für ein schönes Brautkleid Cornelia Dickerson trug, als sie aufblickte und am anderen Ende des Saals Nicholas Mackinnon sah. »Einem Mann sollte es gesetzlich verboten sein, derart gut auszusehen«, sagte Leticia, deren Augen Tibbies Blickrichtung folgten.

Tibbie war geneigt, ihr zuzustimmen. Nicholas war tatsächlich ein verteufelt gutaussehendes Exemplar von Mann. In vieler Hinsicht war er einfach verheerend, vor allem, wenn er so wie jetzt gekleidet war – die Messingknöpfe auf seiner Jacke funkelten und wirkten doch stumpf im Vergleich zu dem strahlenden Lächeln, mit dem er Honey ansah. Honey schmiegte sich enger an ihn als Rinde an einen Baumstamm.

Das interessierte Tibbie natürlich nicht. Es war nichts weiter als eine sachliche Beobachtung. Und sie war nicht die einzige Frau in der Kirche, der das auffiel. Eine große Anzahl der weiblichen Bevölkerung von Indianola, ob verheiratet oder ledig, warf von Zeit zu Zeit Blicke in seine Richtung, die sich anscheinend nicht mehr loslösen konnten.

»Sieh dir das an«, sagte Mairi, als sie aus der Kirche kamen und die Straße überquerten.

Tibbie tat es und beobachtete fasziniert, wie Honey nach bestem Können ein unglaubwürdiges Stolpern zuwege brachte, um sich an Nick zu schmeißen.

»So etwas Abscheuliches habe ich bei ihr noch nie gesehen«, sagte Leticia, aber Tibbie schenkte ihr keine allzu große Aufmerksamkeit. Sie erinnerte sich nur zu gut daran, was für ein Gefühl es war, ihm so nah zu sein.

»Tibbie Buchanan, du siehst ja einfach... reizend aus«, sagte Honey, die auf die drei Frauen zukam, während Nick mit einem Grüppchen von Männern redete.

»Danke.«

»War das nicht eine schöne Hochzeit? Wünscht ihr euch nicht auch sofort... nun ja, ihr wißt schon... den Bund zu schließen?« flüsterte sie.

»Nein«, sagten die drei einstimmig. »Ganz bestimmt nicht.«

Honey wirkte ein wenig beleidigt. »Vielleicht liegt das nur daran, daß euch kein Mann wie Nicholas Mackinnon den Hof macht«, sagte sie stolzgeschwellt.

»Honey, ich habe ein rotes Kleid, das immer noch nicht so aufdringlich ist wie du«, sagte Tibbie.

Honey lachte. »Tibbie Buchanan, ich weiß, daß du nie rot trägst. Jedenfalls nicht mehr seit...« Sie warf Tibbie einen triumphierenden Blick zu. »Du weißt schon, seit wann.«

Tibbie, Mairi und Leticia sahen ihr nach, als sie sich Nick wieder anschloß. Eine Zeitlang sagte keine von ihnen ein Wort.

»Honey Butler ist ganz schön ekelhaft«, sagte Mairi. »Aber ich muß zugeben, daß ich nichts dagegen hätte, im Moment an ihrer Stelle zu sein.«

»Mairi Buchanan«, empörte sich Leticia und versetzte ihr einen Rippenstoß. »Ich kann nicht glauben, daß du das gesagt hast.«

»Warum denn nicht?«

Leticia sah sie schmollend an. »Ich dachte, du hättest gesagt, daß Jungen dich nicht interessieren.«

»Tun sie auch nicht.« Mairis Blick heftete sich auf Mackinnon. »Aber schließlich ist er kein Junge.«

»Sieh lieber nicht hin. Es nutzt dir ja doch nichts. Meine Mama hat von Cassies Mama gehört, daß Mr. Mackinnon Honey *sehr* häufig zu Hause besucht.«

»Was soll das heißen?« fragte Mairi und warf einen schnellen Seitenblick auf Tibbie.

»Cassies Mutter sagt, daß es nicht lange dauert, bis auf Cornelias Hochzeit die nächste folgt.«

Man hätte von niemandem erwarten dürfen, daß er eine langweilige Hochzeitsfeier länger als zwei Stunden durchhielt, und selbst der alkoholhaltige Punsch, den Buddy Poindexter ihr gebracht hatte, half Tibbie nicht, es noch länger durchzustehen. Als sie spürte, daß sich der Fußboden unter ihr schräg legte, bahnte sie sich einen Weg zur Hintertür und hoffte, die sanfte Brise, die vom Golf kam, würde ihr Linderung verschaffen.

Die Sonne war schon fast untergegangen, und als sie sich umsah, beobachtete sie, daß die Lampen im Freien gerade angezündet wurden, doch die letzten Sonnenstrahlen tauchten sie noch in einen goldenen Schein.

In dem Moment, in dem sie das Haus wieder betrat, sah sie Nick und Honey. Und offensichtlich hatte Nick sie auch bemerkt. Ihre Blicke trafen sich, und sie erstarrte. Er hatte sie den ganzen Nachmittag beobachtet. Vor wenigen Minuten hatte er ihr Verschwinden bemerkt und daher die Tür im Auge behalten. Heute strahlte sie eine Anschmiegsamkeit aus, die so weich und weiblich und verführerisch war, daß das Blut in seinen Adern rauschte. Ihre Haut war so zart und rein wie die eines Babys, wogegen die anmutigen Bewegungen, mit denen sie sich Luft zufächelte, typisch Frau waren. Er beobachtete, wie sich ihr Busen bei jedem Atemzug unter der goldenen Spitze hob und senkte. Dort wollte er seine Hand hinlegen. Er wollte…

Tibbie riß den Blick von ihm los und floh sofort wieder durch die Tür ins Freie. Nick hatte die Absicht, ihr zu folgen, und er hatte gerade den ersten Schritt gemacht, als er Honeys Hand auf seinem Ärmel spürte. Seufzend wandte er sich wieder zu Honey um.

Tibbie war auf der Heimfahrt ungewöhnlich schweigsam, und ihre Gedanken weilten bei Nick. »Was ist los mit dir? Hat es dir viel ausgemacht, Nick mit Honey zu sehen?« fragte Mairi sanft.

»Ich nehme an, es tut immer weh, jemanden, den man liebt, mit einer anderen zu sehen und zu wissen, daß derjenige gar nicht mehr an einen denkt.«

»Das«, sagte Mairi, »ist das Albernste, was ich je gehört habe.«

»Es ist doch wahr! Die Leute reden sogar darüber, daß Nick und Honey vorhaben zu heiraten.«

»Blödsinn! Wie kannst du erwarten, daß ich das glaube? Ich habe nämlich Augen im Kopf. Ich habe gesehen, daß er dich nicht aus den Augen gelassen hat. Honey hätte ebensogut ein Block Marmor sein können.«

Tibbie zuckte bei dem Wort Marmor zusammen und erinnerte sich wieder an den winzigen Engel aus Marmor, den Nick ihr geschenkt hatte. »Warum sollte er mich denn beobachten?«

»Weil er in dich verliebt ist, du dumme Kuh.«

»Warum war er dann heute mit Honey auf der Hochzeit?«

»Mein Gott! Der Mann liebt dich, aber er ist ein Ehrenmann. Wenn er glaubt, daß du einen anderen liebst, dann macht er dir keine Schwierigkeiten. Wenn er glaubt, daß du Eric willst, dann läßt er dir jede Menge Zeit und bedrängt dich nicht, bis du dich entschieden hast. Aber er ist kein Dummkopf. Er wird nicht ewig warten.«

Tibbie spürte, wie sich ihr Herz mit Elend und Verzweiflung füllte. Diese Worte kamen dem, was Nick gesagt hatte, quälend nah. Er hatte aber auch gesagt, sie wüßte, wo sie ihn finden könnte, wenn sie wieder zur Vernunft käme. Doch bei der Vorstellung, zu ihm zu gehen, ihm mit dem Herz in den Händen gegenüberzutreten und abzuwarten, ob er ihr Herz annahm oder es mit seinen Stiefeln zertrat, graute ihr.

Als sie die Woge von Empfindungen sah, die das Gesicht ihrer Schwester überschwemmte, tätschelte Mairi ihr den Arm. »In all der Zeit, in der er dir seine Gefühle bewiesen hat, hast du ihm nicht gerade viel Mut gemacht. Ich glaube, jetzt ist der Punkt gekommen, an dem du einen Teil deines Stolzes schlucken und zu ihm gehen mußt, falls du ihn haben willst. Darüber solltest du dir heute nacht Gedanken machen, wenn du dich elend fühlst.«

»Ich werde darüber nachdenken«, flüsterte Tibbie, als sie sah, daß sie zu Hause angekommen waren.

»Gut«, sagte Mairi, »denn wenn das noch lange so weitergeht, drehe ich noch völlig durch.« Die beiden stiegen aus dem Wagen.

Als Tibbie das Haus betrat und zum Wohnzimmer ging, sagte sie: »Das kann einen wirklich um den Verstand bringen!«, und ihre Stimme war über das Klappern von Großmamas Stricknadeln zu vernehmen.

»Was hat sie gesagt?« fragte Großmama, die von ihrem Strickzeug aufblickte.

»Sie hat gesagt: ›Das kann einen wirklich um den Verstand bringen!‹« sagte Effie mit lauter Stimme.

»Ach so«, sagte Großmama.

»War es ein schönes Fest?« fragte Effie Tibbie.

»Ja, ich glaube schon«, sagte Tibbie und ließ sich auf den erstbesten Stuhl sinken.

»Was hat sie gesagt?« fragte Großmama.

»Sie hat ›ja‹ gesagt«, schrie Effie.

»Ach so«, sagte Großmama.

»Macht es dir immer noch Schwierigkeiten, dich zu entscheiden, welchen von beiden du willst?« fragte Effie.

»Nein, nicht mehr«, erwiderte Tibbie.

»Was hat sie gesagt?« fragte Großmama.

»›Nein, nicht mehr‹, hat sie gesagt«, schrie Effie.

»Ach so«, sagte Großmama.

»Ich habe dir ja schon gesagt, daß du sie nicht beide haben kannst«, sagte Effie.

»Ich will nur einen von beiden«, sagte Tibbie.

»Was hat sie gesagt?« fragte Großmama.

»Sie hat gesagt: ›Ich will nur einen von beiden‹«, schrie Effie.

»Ach so«, sagte Großmama.

»Und welcher ist das?« fragte Effie.

»Nick«, erwiderte Tibbie.

»Was hat sie gesagt?« fragte Großmama.

»Sie hat gesagt: ›Da, wo der Teufel nicht selbst hingehen kann, da schickt er eine alte Frau hin!‹« schrie Effie ungeduldig.

»Ach so«, sagte Großmama.

Effie sah Tibbie ermattet an, warf die Hände in die Luft und sagte: »Wenn es um Männer geht, bist du zu gut bedient.«

Mit diesen Worten verließ sie das Zimmer.

Großmama sah Tibbie an. »Was hat sie gesagt?«

Tibbie begegnete ihrer Mutter noch im Flur.

Am nächsten Nachmittag um halb vier kam Effie in Tibbies Zimmer spaziert und sagte: »Warum gehst du nicht zur Bucht und schwimmst ein wenig? Du bist viel zu blaß. Ich glaube, ein Nachmittag in der Sonne täte dir gut.«

Als sie an die kleine Badebucht dachte, verspürte Tibbie eine entsetzliche Sehnsucht und versuchte, nicht mehr daran zu denken, daß sie Nicholas nie wiedersehen würde. Sie kämpfte gegen die Tränen an, als sie nach oben ging, um ihr ältestes Kleid anzuziehen. Dann nahm sie ihren Strohhut von dem Haken neben der Tür und schlug den Weg ein, der über die Dünen zur Bucht führte.

Es war ein hinreißendes Fleckchen, ein Ort, an dem sie und Mairi als Kinder gern gespielt hatten. Später, als sie älter und kühner waren, hatten sie dann tatsächlich ihre Kleider ausgezogen und waren in ihren dünnen Unterkleidern schwimmen gegangen. Niemand kam je dort hin. Es war eine abgeschiedene Stelle, die sie ganz für sich allein hatte.

Eine Rückkehr in die Kindheit kann Wunder für die Stimmung wirken, und sei es nur für ein paar Stunden. Die Luft roch nach Seegras, und die Sonne spiegelte sich in der Wasseroberfläche. Tibbie lief am Strand entlang, doch als ihr Rock zu naß wurde, kehrte sie an die Stelle zurück, an der sie ihren Strohhut und ihre Schuhe abgelegt hatte und zog das Kleid ganz aus. Bis auf ein paar kleine Krebse und einen braunen Pelikan war niemand zu sehen. Sowie sie das Kleid ausgezogen hatte, fühlte sich die Sonne ganz wunderbar auf der Haut an, und der laue Wind konnte mühelos durch den dünnen, weichen Stoff ihres Unterkleids dringen.

Sie rannte über den Strand und mußte zwar langsamer werden, als sie im Wasser war, aber sie lief trotzdem weiter, bis es so tief wurde, daß sie nicht mehr stehen konnte und schwimmen mußte. Sie ließ sich auf dem Bauch und dann auf dem Rücken treiben und eine Wasserfontäne aus ihrem Mund sprudeln. Es war so lange her, seit sie sich das letzte Mal so befreit gefühlt hatte. Sie wünschte, sie hätte ewig auf dem Rücken im Wasser liegen können, aufs Meer hinaustreiben, an dem Leuchtturm vorbei, am Padre Island vorbei, an all den kleinen Booten vorbei, die in der Ferne auf dem Wasser schaukelten, und dann immer weiter weg, fort von all den Dingen, die sie plagten.

Sie sah einen Schwarm von Meeräschen unter sich vorbeischwimmen. Nachdem sie sich wieder auf den Bauch gedreht hatte, schwamm sie mit langsamen, kräftigen Zügen, bis sie den sandigen Boden berühren konnte. Als sie aufblickte, sah sie die Silhouette eines dunklen Pferdes in ihre Richtung kommen. Da die Sonne sie blendete, konnte sie die Züge des Reiters nicht erkennen. Plötzlich ergriff sie eine unerwartete Furcht. Wie lange er wohl schon hier war? Ohne einen weiteren Gedanken drehte sie sich um und rannte blind durch das Wasser.

Sie hörte, wie das Pferd hinter ihr herkam, und seine Hufe schienen ihr wie ein Echo zu folgen. Jetzt war der Reiter so nah gekommen, daß sie das Wasser spüren konnte, das unter den Hufen aufspritzte. Erst fürchtete sie, der Reiter könnte sie hinter eine der Dünen ziehen und sie vergewaltigen, doch jetzt kam noch eine weitere Furcht hinzu. So, wie dieser Mann hinter ihr herkam, glaubte sie, er wollte sie über den Haufen reiten.

Sie schrie, als sich zwei kräftige Hände nach ihr ausstreckten und sie packten, um sie aus dem Wasser zu ziehen, während sie strampelte und sich wand. Sie wurde über kräftige Schenkel geworfen, die auf dem Pferderücken lagen, und sie wehrte sich rasend, bis sie einen festen Klaps auf dem nassen Unterkleid spürte, das sich an ihr Hinterteil schmiegte.

»Tibbie, was, zum Teufel, ist in dich gefahren?«

»Mackinnon!« keuchte sie.

Er hielt sein Pferd an, nahm sie in die Hände wie eine Stoffpuppe und zog sie unsanft hoch, um sie vor sich auf das Pferd zu setzen. Seine Hände lagen auf ihren Schultern, und sein Gesicht drückte gemischte Gefühle aus. Diesen Ausdruck erkannte sie wieder. Sie durchschaute dabei nie, woran sie war, und das verwirrte sie.

»Du hättest mir doch sagen können, daß du es bist«, sagte sie und zog an dem nassen Stoff, weil sie hoffte, er würde sich von ihrer Haut lösen und dann nicht mehr ganz so durchsichtig sein.

»Spar dir die Mühe«, sagte er. »Ich habe schon genug gesehen, um tagelang den Mond anzuheulen.«

»Warum solltest du so etwas Albernes tun?«

»Halt den Mund, du naive junge Mutter«, sagte er, und sein Mund senkte sich auf ihre Lippen, während er die Hände hob, um ihren Kopf an sich zu ziehen und festzuhalten. Ihr Mund war begierig und glühte, und sie erwiderte seinen Kuß mit all der angestauten Leidenschaft, die sie empfand. Das schien ihn anzuspornen, denn er stöhnte und vertiefte seinen Kuß, der ohnehin schon sehr intensiv war. Er preßte sie so dicht an sich, daß sie spüren konnte, wie die Nässe ihres Unterkleids sein Hemd durchtränkte. Wo er sie auch berührte, war er warm, lebendig und so männlich, und sie spürte, wie ihr Körper bei diesem Gedanken immer nachgiebiger wurde.

Als er sie wieder und immer wieder küßte, glitten seine Hände über sie und wärmten sie so, wie es die Sonne niemals tun konnte. Schließlich fühlte sie sich, als schwämme sie in ihrem eigenen Körper, doch er ließ sie immer noch nicht los. Sie fühlte sich innerlich und äußerlich gewärmt; und sie spürte seine Nähe und seine Hände, die sie an Stellen berührten, an denen sie nichts zu suchen hatten. Sie empfand eine qualvolle Sehnsucht, aber auch Glut und Mattigkeit.

Er kniff die Schenkel zusammen, um sein Pferd aus dem Wasser zu treiben. »Wirst du mich vergewaltigen?«

»Es wäre keine Vergewaltigung«, sagte er, und sie war geneigt, ihm zuzustimmen.

»Aber trotzdem«, sagte er, »werde ich es nicht tun.«

»Gut«, sagte sie und seufzte.

»Aber laufen lasse ich dich auch nicht gleich. Noch nicht.«

Sie wich zurück, sah ihn an und bemerkte, daß das Pferd wieder stehengeblieben war. »Warum nicht?«

»Weil ich dich Eric und deinem Vater so nicht allein gegenübertreten lasse.«

Sie schaute ihn verwirrt an, und er wies mit einer Kopfbewegung hinter sie und sagte: »Sie haben uns offensichtlich gesehen und kommen auf uns zu.«

»O nein«, stöhnte sie und versuchte, sich die Arme vor die Brust zu schlagen.

»Das ist ziemlich wirkungslos«, urteilte er und ließ sie auf den Sand sinken. »Versuch, alles Entscheidende zu bedecken.«

Sie hob ihr Kleid auf und preßte es an sich.

»Sie Lump!« schimpfte Eric, der sein Pferd vor ihnen anhielt. »Ich sollte Sie umbringen. Sie müssen natürlich versuchen, sie noch einmal in Ihr Bett zu zerren, statt sie in Ruhe ihre Entscheidung treffen zu lassen. Es ist mein gutes Recht...«

»Eric«, unterbrach Tibbie seinen Redefluß, »halt den Mund!«

»Tibbie, sei still«, sagte Nick. »Das ist nicht deine Angelegenheit.«

Sie sah Eric an. »Ich habe mein Kleid ausgezogen, weil ich...«

»Ich kann mir gut vorstellen, weshalb du dein Kleid ausgezogen hast«, sagte er grob. »Ich hoffe nur, die Mühe hat sich gelohnt.«

»Wir haben nicht... er hat nie...«

»Das werde ich wohl nie erfahren, stimmt's?«

»Nein«, fauchte sie, »du wirst es nie mit Sicherheit erfahren, und wir wissen beide, wessen Schuld das ist.«

Coll ritt heran. »Tibbie, zieh dich an. Wir können alles weitere im Haus regeln.«

»Es gibt nichts zu regeln«, behauptete Nick.

»Wohin, zum Teufel, wollen Sie sie bringen, wenn Sie sie schon halbnackt über Ihren Sattel geworfen haben?«

»Auf trockenen Boden.«

»Der rettende Ritter«, fauchte Eric. »Eine sehr glaubwürdige Geschichte.«

»Die Dinge, die Sie mir vorwerfen, erledige ich normalerweise nicht auf meinem Pferd«, sagte Nick. »Dazu sind Betten da.«

»Und ich bin sicher, daß Sie schon in mehr als genug Betten ein- und ausgegangen sind«, sagte Eric.

»Jetzt reicht es«, sagte Coll. »Tibbie, geh schon zum Haus.«

Tibbie hätte ihren Vater und Eric beide mit einer einzigen Kugel erschießen und hinterher beiden den Lauf über den Schädel schlagen können. Wie lange hatte sie sich danach verzehrt, in Nicks Armen zu liegen, und dann, wenn sie es endlich geschafft hatte, mußte dann ausgerechnet halb Indianola auftauchen? Das war wirklich nicht fair. Sie warf einen letzten Blick auf Nick, und ihr Herz machte einen Satz, als sich ein Paar tiefblaue Augen direkt in ihre gruben. Sie sah das Bedauern, das sich deutlich auf seinem gutgeschnittenen Gesicht zeigte, und die Sehnsucht, die in seinen Augen stand, und sie beschloß, morgen zu Nick zu gehen und ihm ihr Herz auszuschütten. Und dann würde sie Eric mitteilen, daß es an der Zeit war, von hier aufzubrechen.

Als Coll und Eric eine Weile später ins Wohnzimmer kamen, sah Tibbie die beiden an und sagte: »Ich will von keinem von euch beiden auch nur ein einziges Wort hören.« Daraufhin stolzierte sie aus dem Wohnzimmer.

18

Noch in derselben Nacht starb Großmama im Schlaf.

Tibbie fand sie, als sie in ihr Zimmer kam und einen Zettel schwenkte, der mit Blumen und Regenbögen und Rotkehlchen verziert war. Beth und sie hatten den Zettel für Großmama geschrieben. Tibbie ging zum Fenster, zog die Vorhänge zurück und lachte mahnend, als sie an Großmamas Bett trat und sich dabei über diejenigen äußerte, »die den ganzen Tag verschlafen«.

Als sie neben dem Bett stand und sie so zierlich und bleich wie eine weiße Narzisse dort liegen sah, erstarben ihr die Worte auf den Lippen.

Im nächsten Moment schrie sie auf.

Als Coll kam, sagte er, sie hätte nicht gelitten, sondern sei ganz einfach eingeschlafen. Sie wurde im Wohnzimmer aufgebahrt, und die, die sie am meisten geliebt hatten, wachten hingebungsvoll an ihrer Seite. Ihr Haar wurde gebürstet und neu geflochten und aufgesteckt, und auf ihrem Gesicht stand der friedliche Ausdruck, den Tibbie immer dann an ihr gesehen hatte, wenn Großmama ein Geheimnis kannte, von dem niemand sonst etwas wußte. Jetzt lag sie in ihrem schlichten Kiefernsarg und sah so majestätisch und aristokratisch aus wie ihre blaublütigen russischen Ahnen. Freunde, Nachbarn und Gemeindemitglieder gingen ein und aus und bemühten sich, im Namen der Toten den Lebenden beizustehen.

Tibbie hielt bis zum Schluß durch. Nicht ein einziges Mal zeigte sie offen ihren Kummer – von ihrem bleichen, abgespannten Gesicht einmal abgesehen – und sie ließ den Tränen, die sie in sich spürte, niemals ihren Lauf. Viele Freunde, die Tibbie so sahen, ließen bei Effie Bemerkungen darüber fallen.

»Ich weiß, daß sie dir in solchen Momenten ein großer Trost ist«, bemerkte Mrs. Timms.

»Es gibt immer jemanden, der in solchen Momenten Beherztheit und Kraft zeigt und dem Rest der Familie hilft, darüber hinwegzukommen«, lautete die Äußerung von Rebecca Moody.

Und Jeb Whittaker sagte: »In solchen Momenten brauchen wir jemanden als Stütze, der so stark ist wie Tibbie.«

Tibbie dagegen wünschte sich in solchen Momenten nur, sie könnte weinen und dem furchtbaren Kummer Luft machen, der sie bedrückte, bis sie an jenem Abend einschlief.

Großmama wurde zwei Tage später begraben. Tibbie weinte immer noch nicht.

Erst am Nachmittag darauf, als Tibbie mit einem Strauß schnell welkender Blumen in der Hand an Großmamas Grab stand, die frischaufgeschüttete Erde anstarrte und Großmamas Gesicht so vor sich sah, wie sie es das letzte Mal gesehen hatte, konnte sie weinen. Ihr letztes Gespräch fiel ihr wieder ein, so klar und deutlich, wie sie ihr Gesicht vor sich sah.

Tibbie hatte gerade die Milchkühe von der Weide geholt, als Großmama und Beth ihr entgegengekommen waren. Beth war augenblicklich auf sie zugerannt. »Mama... Mama... darf ich die Kühe in den Stall bringen... bitte?«

Tibbie hatte Beth hochgehoben, sich mit ihr im Kreis gedreht, gelacht und gefragt: »Und wieso könnte ein hübsches kleines Mädchen wie du sich darum reißen, diese *häßlichen* Kühe in den Stall zu bringen?«

»Weil ich sie liebhabe. Und sie sind nicht häßlich!«

Als Tibbie sich nach den Kühen umsah, schaute eine von ihnen mit großen, schimmernden braunen Augen zu ihr auf, als wüßte sie, daß von ihr geredet wurde. »Ja«, sagte Tibbie und zerzauste Beth das Haar. »Ich finde sie auch schön.«

Tibbie stellte Beth wieder auf den Boden und gab ihr den Stock, mit dem sie die Kühe zum Stall getrieben hatte. Dann ging sie neben Großmama weiter, und die beiden beobachteten Beth, als sie den Kühen sachte Ermahnungen zurief, die viel älter als sie waren.

Tibbie warf einen verstohlenen Seitenblick auf Großmama und sah, daß ihre Augen glänzten, als sie Beth beobachtete. Sachte legte sie ihr die Hand auf den Arm und sagte: »Was ist los, Großmama? Geht es dir nicht gut?«

»O doch, natürlich geht es mir gut. Mein alter Körper nutzt sich nur ab. Ich wünschte, ich dürfte noch erleben, wie die Kleine erwachsen wird. Sie erinnert mich so sehr an mich selbst als junges Mädchen.«

»Sag so etwas nicht.« Tibbie zwang sich zu einem Lächeln und einem leichtfertigen Tonfall, nach dem ihr gar nicht zumute war. »Dasselbe wirst du wahrscheinlich noch zu ihren Kindern sagen.«

»Nein, ganz bestimmt nicht. Ich habe in der letzten Zeit oft von deinem Großpapa geträumt. Es ist immer wieder derselbe Traum. Ich sehe ihn – mein Gott! Er sieht so jung aus! So, wie er ausgesehen hat, als ich ihn geheiratet habe. Und er steht immer zwischen den Bäumen unten beim Sommerhäuschen, an der Stelle, an der wir uns getroffen haben, wenn ich mich heimlich aus dem Haus geschlichen habe. Es ist, als... als wartete er auf mich, und ich denke, so ist es wohl auch. Er ist jetzt schon so viele Jahre fort, aber ich liebe ihn immer noch so sehr wie damals. Ich nehme an, deshalb konnte ich nicht noch einmal heiraten.« Plötzlich schien Leben in ihre Augen zu treten, und ihre Stimme klang ungewohnt, als entschwebte sie. »Mein Gott! Die Zeiten, die wir miteinander hatten, die Liebe, die uns miteinander verbunden hat. Er war wirklich ein bemerkenswerter Mann!«

»Und du bist die tollste Frau, die mir je begegnet ist«, sagte Tibbie und war froh, daß sie hier draußen auf der Weide waren und niemand sie schreien hörte.

Großmama zwinkerte Tibbie zu und tätschelte ihre Hand. »Laß mich bloß nicht so weitermachen – bis du ganz sentimental wirst und dir die Tränen kommen. Dafür bist du noch zu jung. Heb dir das für die Zeiten auf, wenn du alt bist und nichts Besseres zu tun hast. Ich habe ein schönes, langes Leben gehabt, und mir ist mehr als genug beschert worden, wofür ich dankbar sein kann. Aber ich war zu lange von deinem Großpapa getrennt, und ich glaube, es ist an der Zeit, zu ihm heimzukehren.«

Großmama betupfte sich die Augen mit einem zarten belgischen Taschentuch. »Meine Mutter hat mir einmal erzählt, so weit sie zurückdenken könnte, hätten alle Frauen in der Familie, bis hin zu ihrer Urgroßmutter, immer belgische Taschentücher gehabt, aber von edlerer Qualität als meine und mit kostbarerer Spitze. Damals konnten sie es sich natürlich leisten, als Rußland noch wie ein Diamant in der Krone Europas gefunkelt hat.«

Als Tibbie sah, daß sie schon nah am Haus waren, schrie sie, wenn auch nicht ganz so laut wie bisher: »Weißt du, du siehst nur halb so alt aus, wie du bist.«

»Klar! Aber innerlich geht die Zeit nicht spurlos an mir vorüber. Das beharrliche Schweigen meines alten Herzens klingt immer mehr nach einer Totenglocke.«

»Dann nimm dir lieber vor, noch ein Weilchen durchzuhalten. Ich weigere mich nämlich, dich fortgehen zu lassen.«

Aber Großmama fuhr fort, als hätte sie Tibbie gar nicht gehört. »Ich fürchte, meine Uhr ist so gut wie abgelaufen.« Großmama drückte ihr etwas in die Hand. »Ich möchte, daß du das behältst.«

Als Tibbie die Finger öffnete, sah sie Großmamas kleine silberne Uhr. »Nein«, sagte sie und hielt Großmama die Uhr hin.

Aber Großmama wollte nichts davon wissen. »Es ist eine Erinnerung daran, daß für uns die Zeit nicht stillsteht, ganz gleich, wie sehr wir sie auch vertrödeln. Ich möchte, daß du dir das gut merkst. Die Zeit vergeht, aber sie hinterläßt Spuren. Gott bietet uns Gelegenheiten, aber er weckt uns nicht, wenn wir schlafen.«

Tibbie starrte Großmamas Grab an, und ihre Brust zog sich schmerzhaft zusammen. Ihr Herz war so voller Kummer, daß es ein Wunder war, daß es überhaupt noch schlagen konnte. Die Tränen rannen lautlos über ihr Gesicht und tropften auf ihr schwarzes wollseidenes Kleid.

Nicholas war in der letzten Zeit viel herumgereist, teils wegen geschäftlicher Angelegenheiten und teils wegen Tibbie. Erst am Tag nach dem Begräbnis kam er nach Indianola zurück. Sobald er davon erfuhr, machte er sich auf den Weg zu den Buchanans, um sein Beileid zu bekunden, und das nicht nur, weil sie Tibbies Großmutter gewesen war, sondern weil er die alte Dame wirklich gemocht hatte. Er stattete der Familie einen längeren Besuch ab, aber Tibbie war nicht zu Hause.

Auf dem Rückweg in die Stadt fragte er sich immer wieder, wo sie wohl sein mochte. *Höchstwahrscheinlich bei Eric. Vergiß es, Mackinnon. Oder noch besser: Vergiß sie ganz.*

Aber Tibbie war keine Frau, die man leicht vergessen konnte. Ständig dachte er an sie, und diese Gedanken verwirrten ihn, lenkten ihn ab und setzten ihm zu. Nacht für Nacht vertrieb er sich die Zeit mit einer Frau nach der anderen und schenkte keiner von ihnen mehr Beachtung als dem Pferd, das er ritt. Seine Stimmung schwankte zwischen Hoffnung und Verzweiflung. Tibbie hatte ihm so unwahrscheinlich wenig Mut gemacht, daß er sich wirklich darüber wunderte, wie er überhaupt hoffen konnte. Sie gehörte einem anderen, und wenn er auch nur einen Funken Verstand besaß, dann mußte er sie vergessen. Eric konnte sich glücklich schätzen, selbst wenn es ihm nicht klar war.

Das ist nicht mein Problem.

Du hast recht. Hör also auf, ständig an sie zu denken.

Ich denke doch gar nicht an sie.

Ach was, wirklich nicht?

Jedenfalls nicht, wenn ich schlafe.

Du meinst wohl diese kurzen Tiefschlafphasen zwischen

den Zeiten, in denen du dich von einer Seite auf die andere wirfst?

Bei der Arbeit denke ich nicht an sie.

Du meinst dann, wenn du ins Leere starrst? Oder wenn du auf die Skizzen, die du gerade fertiggestellt hast, ihre Initialen malst?

Es ändert ja doch nichts. Sie will Eric.

Sag dir das immer wieder.

Tue ich doch. Es nutzt nichts.

Und warum nicht?

Ich schätze, wir wollen immer das, was wir nicht haben können.

Und du willst sie?

Ja.

Dann bemüh dich um sie.

So einfach ist das nicht.

Nur Feiglinge verzweifeln.

Dem Holz ist es bestimmt, oben zu schwimmen, dem Stein zu sinken. Ich kann nicht gegen das Schicksal ankämpfen.

Schicksal... nennst du so die Dinge, die dir Grenzen setzen?

Gegen manche Dinge kann man eben nicht ankämpfen.

Noch nicht einmal mit Gottes Hilfe?

Ich glaube, er hat Wichtigeres zu tun.

Ja, zum Beispiel für geschorene Lämmer den Wind anwärmen.

Sie wird bald verheiratet sein, um Gottes willen! Mit einem anderen.

Na und? Noch ist sie nicht verheiratet.

Sie könnte es ebensogut jetzt schon sein.

Wenn Gott dir Milch gibt, verlangst du dann gleich noch einen Eimer?

Ich bin nicht sicher, ob Gott mir die Milch gegeben hat.

Ah, diese Ignoranz... ein so sanftes Ruhekissen.

Was soll ich denn tun?

Wenn du das Obst pflücken willst, mußt du auf den Baum klettern.

Er hatte vier zermürbende Tage in San Antonio verbracht und dort die letzten Einzelheiten für die Fertigstellung des Schiffs abgesprochen. Er war hundemüde. Wahrscheinlich lag es daran, daß er sich immer wieder diesen Spekulationen über Tibbie zuwandte. Tibbie Buchanans Leben ging weiter. Er mußte sich etwas einfallen lassen, damit auch sein Leben weiterging, denn er konnte nicht den Rest seiner Tage damit zubringen, die Frau eines anderen zu lieben. Er ritt weiter, konnte sich kaum noch auf dem Sattel halten und wünschte, er hätte sich die Zeit genommen, sich zu rasieren und ein Bad zu nehmen, ehe er zu den Buchanans ritt.

Er kam an der Kirche vorbei, und ihm wurde gleich um mehrere Grad kühler, als er unter den großen Bäumen war, die ihren Schatten auf den Friedhof warfen. Er schaute auf die Gräber hinaus und hielt abrupt an, als ein bestimmtes frisches Grab sein Interesse wachrief.

Er wußte nicht, was ihn anlockte. Kurz darauf wurde es ihm klar. Da sie im Schatten eines Baums stand und das Schwarz ihrer Trauerkleidung sich wenig gegen das dunkelgrüne Laub absetzte, hatte er sie im ersten Moment nicht bemerkt. Doch dann bewegte sie sich, und ein Sonnenstrahl, der durch das Laub gefiltert wurde, traf auf einen Schopf, der wie ein neuer Penny funkelte. Einen rotblonden Schopf.

Tibbie.

Er ritt durch das offene Tor und über den gewundenen Pfad, bis er nah genug gekommen war, um zu erkennen, daß sie mit dem Rücken zu ihm dasaß. Die üppigen Falten ihres schwarzen Kleids wogten um sie wie ihr Kummer. Er ritt noch etwas näher, ehe er abstieg und den Wallach an einen kleinen Baum band. Dann lief er auf sie zu und fand, sie sollte nicht ganz allein hier sitzen, aber er selbst hätte eigentlich auch nicht hier sein sollen.

Als er näher kam, hörte er die kläglichen, abgerissenen, herzzerreißenden Laute ihres Schluchzens. Dann sah er die verwelkten Butterblumen, die sie mit der bleichen Hand umklammerte, als könnte sie sie vor dem Sterben bewahren, wenn sie sie gut genug festhielt.

»Tibbie...«

Beim Klang seiner Stimme sprang sie auf und fuhr sich mit dem Handrücken über das Gesicht, ehe sie sich zu ihm umdrehte und sein Herz sich zusammenzog.

Komm her, mein Liebling. Komm her, und weine dich an meiner Schulter aus. Laß dich von mir festhalten, bis dein Kummer verflogen ist. Geh einen Schritt auf mich zu, gib mir deine Hand... tu irgend etwas, um mir zu zeigen, daß es noch nicht zu spät ist, daß du dir noch etwas aus mir machst. Als er jedoch nichts in ihrem Gesicht oder in ihrer Haltung fand, was auf Bereitwilligkeit oder Zuneigung hätte schließen lassen, sagte er schlicht: »Tibbie, du solltest nicht hier sein. Du machst es dir nur noch schwerer...«

O Nick! Nick! Nimm mich in deine Arme. Bitte, nimm mich in deine Arme, und sag mir, daß ich noch lebe. Sag mir, daß du mir verzeihst. Sag mir, daß es noch nicht zu spät für uns ist. Aber als sie ihn ansah, fand sie nichts in seinem Gesicht oder in seiner Haltung, was auf Vergebung oder Zuneigung schließen ließ, und daher sagte sie schlicht: »Ich wollte nur ein paar Blumen aufs Grab legen.« Sie schaute auf die Blumen herunter, die sie in der Hand hielt. »Als ich noch ein kleines Mädchen war, ist Großmama oft mit mir Blumen pflücken gegangen.« Ihr Blick schweifte in die Ferne, und mit einem traurigen Lächeln und zitternder Stimme sagte sie: »Seltsam, woran man sich erinnert. Es sind nie die großen, wesentlichen Dinge, sondern die kleinen, alltäglichen, die man eigentlich für unbedeutend hält. Nimm zum Beispiel diese Blumen. Es gibt so vieles, woran ich mich erinnern könnte, und doch fällt mir als erstes ein, daß ich lange geglaubt habe, aus Butterblumen könnte man Butter machen, aber Großmama hat mir erklärt, daß es nicht so ist. Sie hat Blumen geliebt. Sie hat mir so viel über Blumen beigebracht... und Papa auch.«

»Irgendwie kann ich mir nicht gut vorstellen, daß sich jemand wie Coll sehr für Blumen interessiert. Das wirft ein ganz neues Licht auf ihn.«

»O doch... zumindest für die Dinge, die Großmama ihm beigebracht hat. Natürlich hat sie ihm nur den praktischen Nutzen erklärt.«

»Natürlich. Ein Tropfen Eisenhut, zerstoßene Fledermausflügel, Krötenaugen, zwei Haare vom Schwanz eines Stiers...«

Sie lächelte ihn an, und es war, als hätten sich die Wolken geteilt, um die Sonne durchzulassen. »Nein, ich rede nicht von Aberglauben. Pflanzen haben großen medizinischen Wert, und Großmama wußte viel darüber. Sie hat Papa beigebracht, daß Veilchen, wenn man sie wie Tee aufbrüht, gegen Kopfschmerz helfen; Zehwurz ist krampflösend und hilft gegen Asthma; ein Tropfen Blutkraut auf einem Zuckerwürfel ist gut gegen Husten; Schafgarbe läßt Blut gerinnen.«

Sie strich mit der Hand über das Grün wildwachsender Karotten. »Die Griechen haben Petersilie auf Gräber gelegt, um ihren Lieben zu sagen, daß sie sie nicht vergessen haben. Wir haben hier in der Gegend keine Petersilie, aber das ist ein naher Verwandter, und daher dachte ich mir...« Sie sah aus, als würde sie gleich wieder weinen, doch dann holte sie tief Atem und faßte sich. »Großmama hat gesagt, Petersilie braucht lange, um zu keimen, weil sie neunmal zum Teufel fahren muß, ehe sie sprießen kann. Sie hat gesagt, sie hätten am Karfreitag Petersilie gepflanzt, als sie ein kleines Mädchen war, weil sie dem Teufel eins auswischen wollten.«

Wie jämmerlich sie aussah, ganz in Schwarz gekleidet und von Trauer erfüllt, mit verquollenem Gesicht und den Spuren hastig fortgewischter Tränen auf den Wangen.

»Das sieht ihr ähnlich«, sagte er und verzehrte sich danach, Tibbie in seine Arme zu ziehen.

»O Nicholas, sie fehlt mir so sehr.«

Er hatte ihr noch nie widerstehen können, wenn sie ihn Nicholas nannte. »Ich weiß.« Er griff nach ihrer Hand, und Tibbie drehte sich zu ihm um und begrub ihr Gesicht an seiner Achsel. Sowie sie erst angefangen hatte zu weinen, schien sie einfach nicht mehr aufhören zu können.

»Ich komme mir so blöd vor«, schluchzte sie, und als würde ihr eben erst klar, daß er sie in den Armen hielt, wandte sie sich abrupt ab. »Es tut mir leid. Ich habe deine Jacke ganz naß geweint.«

»Das macht nichts. Warum sollte es dich stören?« sagte er und achtete bewußt darauf, die Worte leichthin herauszubringen. Er fischte sein Taschentuch aus der Tasche und reichte es ihr.

Sie schüttelte achselzuckend den Kopf, aber sie nahm das Taschentuch und drehte sich um, um sich die Nase zu putzen. Er starrte ihren Rücken an und bemerkte zum ersten Mal, wie schmal ihre Schultern und wie schlank ihre Taille waren. Eine Reihe von winzigen Knöpfen reichte vom Kragen bis zum Saum ihres Kleids, für jeden anderen Mann eine Ermutigung, die Stunden beanspruchte, doch er wurde nur daran erinnert, was unter diesem Stoff verborgen war. Er hätte sie gern zu sich umgedreht, sie an sich gezogen und ihr gesagt, daß sie ruhig weinen durfte. Er wollte sie in seinen Armen halten, während sie weinte.

Er stand da und fühlte sich hilflos, als sie das Gesicht in den Händen begrub und noch heftiger schluchzte, so heftig, daß ihre zarten Schultern bebten. Ihr Schmerz ging ihm unter die Haut. Waren das ihre Tränen, die sich hinter seinen Augen stauten? Was konnte er bloß sagen? Was konnte er bloß tun? Lieber Gott! Er fühlte sich so hilflos. *Vielleicht sollte ich einfach abwarten, bis sie sich ausgeweint hat.*

Nick ertrug es nicht mehr, dazustehen und sie weinen zu hören. Er legte ihr die Hände auf die Schultern und spürte, wie sie unter seiner Berührung zusammenzuckte. »He«, sagte er, »hilft es dir vielleicht, darüber zu reden?«

Sie schüttelte den Kopf, und er beobachtete, wie ihre winzigen Ohrringe hin und her pendelten. »Nein«, sagte sie und schneuzte sich noch einmal. Mit verstopfter Nase fügte sie hinzu: »Kummer gehört nicht zu den Dingen, die man mit anderen teilen kann. Ich muß allein um sie trauern.«

»Aber du brauchst nicht allein zu *sein*, während du trauerst. Gesellschaft ist hilfreich.«

Aber sie schien kein Wort von dem gehört zu haben, was er sagte. »Es war zu früh. Ich war noch nicht bereit, sie gehenzulassen. Ich hatte noch soviel von ihr zu lernen. Es gibt so viele Dinge, von denen ich mir gewünscht habe, daß sie sie noch erlebt.«

Ja, zum Beispiel deine Hochzeit.

»Der Tod scheint sich nie den richtigen Zeitpunkt auszusuchen. Es ist immer zu früh oder zu spät.«

Wie in der Liebe.

»Aber sie fehlt mir so sehr. Ich werde sie nie wiedersehen.«

Ich dich auch nicht.

»Es tut so weh.«

Ja, es tut teuflisch weh.

»Ich weiß«, sagte er. »Der Verlust... jemanden zu vermissen, der einem wichtig gewesen ist... das ist das Allerschlimmste daran. Aber sie wird nie ganz tot sein. Ihr Leben ist nicht ausradiert. Du wirst sie wiedersehen. Erinnerungen sterben nicht.«

Sie wandte ihm ihr tränenverschmiertes Gesicht zu, als er sagte: »Puste in ein erloschenes Feuer, Tib, und sieh zu, wie eine Kohle zu glühen beginnt.«

Die Tränen fingen wieder an zu fließen, und als er sie ganz allein in ihrem Kummer dastehen sah, konnte er den Anblick nicht ertragen. Es spielte keine Rolle, daß er sie nur ein Weilchen für sich gehabt hatte und daß sie jetzt einen anderen hatte. Es spielte keine Rolle, daß er sie vielleicht nicht mehr loslassen konnte, wenn er sie erst einmal in seine Arme zog. »Tibbie, nimm es dir nicht ganz so sehr zu Herzen.« Er streckte die Arme nach ihr aus, und sie ließ sich bereitwillig an seine Brust ziehen und preßte ihr nasses Gesicht an seine Kehle, bis sie zu erschöpft war, um noch länger zu weinen.

Selbst nachdem sie schon ruhiger geworden war, ließ er sie nicht los. Sein Kinn lag auf ihrem Kopf, während er verzweifelt nach den richtigen Worten suchte, nach Worten, die ihr den Trost spendeten, den er ihr unbedingt geben wollte. Aber er zog nur Nieten, und schließlich war er gezwungen, sie in der einzigen Form zu trösten, die er kannte, nämlich mit seinen starken Armen.

Sie standen eine Zeitlang da und klammerten sich aneinander. Schließlich fragte Tibbie: »Warum müssen wir sterben?«

Er bewegte sein Kinn über ihr Haar und spreizte die Hände auf ihrem Rücken. »Ich weiß es nicht, Tib. Aber zumindest ist der Tod für alle da. Daraus sollten wir einen gewissen Trost schöpfen können – aus dem Wissen, daß wir allen Ungerechtigkeiten des Lebens ein Ende setzen, wenn wir abtreten. Der Tod ereilt die Armen wie die Könige.«

»Großmama Grace hat mir einmal gesagt, sie käme sich vor, als sei sie aus dem Leben herausgewachsen, und es zwickte sie jetzt wie ein Paar zu enger Schuhe. Vielleicht hat sie es sich so gewünscht.« Sie nickte. »Sie hat es gewußt… am Nachmittag vor ihrem Tod hat sie mir erzählt, sie hätte meinen Großvater immer häufiger gesehen. Sie hat mir ihre Uhr geschenkt. Sie hat gesagt, Gott gäbe uns Gelegenheiten, aber er würde mich nicht wecken, wenn ich schliefe.«

An ihrem ruhigen Atem konnte er erkennen, daß sie über das Schlimmste hinweg war – zumindest für den Moment. Aber sie unternahm nichts, um sich von ihm zu lösen, und ihm war die Gelegenheit willkommen, sie ein letztes Mal in seinen Armen zu halten. Als ihre Körperhaltung plötzlich steif wurde und ihr Atem seinen Rhythmus änderte, wußte er, daß jetzt auch sie gemerkt hatte, daß sie sich noch immer in den Armen hielten, nachdem von Trost keine Rede mehr war und edelmütige Gedanken von erdverbundeneren abgelöst wurden.

Er zog den Kopf zurück, um sie anzuschauen, und als er ihre geröteten Wangen sah, wußte er, daß sie dasselbe dachte wie er. Einen Moment lang verharrte er in seiner Unentschlossenheit. Er wollte sie an sich reißen und wußte gleichzeitig, daß er es nicht tun durfte.

Sie beugte sich vor und legte die Blumen auf das Grab ihrer Großmutter, aber eher, um Abstand von ihm zu gewinnen als aus irgendwelchen anderen Gründen. Er sah auf den aufgeschütteten Grabhügel, und dann fiel sein Blick auf den weißen marmornen Grabstein. SOPHIA ANASTASIA.

»Sophia Anastasia? Warum hat jeder sie Grace genannt?«

»Papa hat sie immer damit aufgezogen und gesagt, den Namen hätte sie sich zugelegt, weil sie so plump sei, aber Großmama hat gesagt, sie wollte schlicht und einfach einen Namen haben, der amerikanischer klingt. Mama meinte, Großmamas Papa hätte sie immer seinen graziösen kleinen Schwan genannt.«

Sie sah, wie er sie anschaute, und sie suchte krampfhaft nach einer Ablenkung. »Es sieht wirklich so aus, als hätte ich dein Hemd jetzt auch noch vollgeweint. Es sieht ziemlich übel aus.«

»Ja, ziemlich übel.«

»Und ich sehe bestimmt auch schlimm aus. Es war klug von dir, dein Pferd weiter hinten anzubinden. Ich fürchte, ich hätte es sonst scheu gemacht. Ich weiß, daß ich zum Fürchten aussehe.«

»Ja, zum Fürchten.«

Er betrachtete sie eingehend und nahm jedes Anzeichen für ihr Unbehagen wahr, ihre bebende Stimme, ihren schnell eingesogenen Atem, die Art, wie sie seinen Blick mied. Und das war auch gut so. Wenn sie ihn auch nur flüchtig angesehen hätte, hätte sie wieder in seinen Armen gelegen.

Er wollte sie an sich schmiegen und sie küssen, bis sie alles vergaß, den Tod, die Familie, die Verantwortung und die Last der Ehrbarkeit, die sie immer mit sich trug. Aber mehr als alles andere wollte er sie küssen, bis sie Eric völlig vergessen hatte. Doch er tat nichts von alledem.

Sie löste sich von ihm und wirkte gehemmt und verwirrt. »Ich nehme an, du wirst Indianola bald verlassen«, sagte sie.

»Ja, lange wird es jetzt nicht mehr dauern.« Er lehnte sich an einen Baum und hakte die Daumen durch seine Gürtelschnallen.

»Ich stelle es mir ganz wunderbar vor, derart frei zu sein und hinzugehen, wo man will, einfach so.«

»Es hat auch seine Nachteile.«

Als sie den Kopf hob und ihm in die Augen sah, waren seine Augen so kalt und distanziert und zynisch, daß sie ihren gesamten Mut zusammennehmen mußte, um den Blick nicht abzuwenden. Konnte er denn nicht ihre Seele in ihren Augen sehen? Wußte er denn nicht, was ihr die Vorstellung antat, er könnte fortgehen? Ein letztes Mal schluckte sie ihren Stolz. »Wie aufregend es doch sein muß, Schiffe zu bauen und so viel Zeit am Meer zu verbringen. Ich würde zu gern die fernen Orte sehen, die du gesehen hast. Könnte ich doch nur hinsegeln, wohin ich will.« *Nimm mich mit, Nicholas. Nimm mich mit, wenn du gehst.*

»Vielleicht wirst du es ja tun. Eric kommt doch von Hawaii, oder nicht? Und soweit ich gehört habe, lebt er auf großem Fuß.«

Ihr Herz sank wie Blei. Sie konnte einfach nicht glauben, daß er nicht verstanden hatte, was sie ihm zu sagen versuchte. *Vielleicht hat er überhaupt kein Interesse daran. Vielleicht hat er es längst verwunden.* Es war noch nicht so lange her, daß er sie in seinen Armen gehalten und geküßt oder ihr gesagt hatte, daß er sie liebte. Konnten sich seine Gefühle so plötzlich gewandelt haben? Sie schlang sich die Arme um die Schultern und spürte, wie sie ein Schauer überlief, obwohl ihr nicht kalt war. »Ich glaube kaum, daß ein solches Leben grandioser ist als der Schiffsbau.«

»Viel grandioser, würde ich mir denken. Hast du plötzlich Geschmack am Schiffsbau gefunden?«

Sie wandte den Blick ab. »In der letzten Zeit habe ich eine gewisse Schwäche dafür entwickelt.«

»Es ist ein schönes Leben, wenn es auch zeitweise recht einsam ist, weil ich selten lange an einem Ort bleiben kann.«

»Muß es denn immer ein Vagabundendasein bleiben? Hast du nie daran gedacht, dich irgendwo niederzulassen? Eine Familie zu gründen? Kinder zu haben?«

»Es gibt keine Luftschlösser, Tibbie. Ich lebe nicht in einem Märchen.« Seine Stimme war jetzt härter und klang barsch. »Mein Geschäft ist noch nicht über Generationen eingeführt. Es ist bestenfalls flügge. Mein Bruder und ich liegen im Rennen gegen die Zeit, weil wir hoffen, noch soviel wie möglich lernen zu können, ehe mein Onkel Robert stirbt. Ich verbringe viel Zeit unterwegs oder auf See. Das ist nicht gerade eine besonders gesicherte Existenz.«

Endlich verstand sie, was er sagte. Er konnte ihr nichts von den Dingen bieten, die sie an Erics Seite erwarten konnte – keinen Ehemann, der aus einer wohlhabenden bekannten Familie stammte, keine Sicherheit, daß sie überhaupt einen Mann haben würde, nur zu den Zeiten, zu denen er nicht auf Reisen oder auf See war. Er konnte ihr kein großartiges Leben und immensen Reichtum bieten, keine Prachtvilla, um die sie alle anderen beneiden würden. Er war ein stolzer Mann, und für seinen Besitz, der im Vergleich zu Erics Wohlstand verblaßte, entschuldigte er sich deshalb noch lange nicht.

Die Erinnerung an Verlust und Tod holte sie wieder ein. Die Luft war schwül und drückend, und das Atmen fiel schwer. Sie fühlte sich, als läge sie bereits in ihrem eigenen Sarg. In ihrer letzten Ruhestätte, von der es kein Entkommen gab.

»Tja«, sagte sie mit erzwungener Leichtfertigkeit. »Ich war schon viel zu lange hier. Ich werde zu Hause gebraucht.«

»Bist du zu Fuß hier?«

»Ja. Aber ich möchte zurücklaufen. Ich will allein sein.«

Er biß die Zähne zusammen. »Ich verstehe.«

Nein, du verstehst gar nichts, Mackinnon. Seit du ihr begegnet bist, hast du nicht mehr das geringste verstanden.

Am späteren Abend saß Tibbie auf dem Schaukelstuhl vor ihrem Schlafzimmerfenster. Draußen tauchte das warme Rot der untergehenden Sonne alles in einen fiebrigen Glanz und betonte die langen, schlanken Hälse einer Gänseherde, die vor dem Haus herumlief, und die Regenbogenfarben der Pfauenfedern leuchteten noch strahlender als sonst.

Als sie sich umsah, holten die Erinnerungen sie ein. Fast sah sie vor sich, wie ihr Großvater die Ziege der Familie vor einen Wagen spannte, um mit ihr und Mairi auszufahren. Und auf einer Seite des Wagens stand der alte Bluthund, der sich ständig an irgend etwas heranschlich. Auf dem Weg näherte sich ihre Freundin Carrie Jo Newcomb mit einem Korb am Arm, und in dem Korb lagen vier Fellbällchen, kleine Katzen, die sie verschenken wollte. Aber niemanden von ihnen gab es mehr: Großpapa war im Schlaf gestorben, gleich gegen Ende jenes Sommers, und Coll hatte den Hund erschossen, nachdem er von einem räudigen Stinktier gebissen worden war. Sie erinnerte sich daran, wie sie und Mairi immer noch mit der Ziege spielten, als sie hörten, daß Carrie Jo ertrunken war, als sie mit einem Korb voller Kätzchen am Arm den Spider Creek durchquert hatte. Wie sehr sie doch wünschte, sie könnte die Zeit zurückstellen, um Großpapa zu sagen, wie lieb sie ihn hatte, und ihm um den Hals zu fallen, weil er die Ziege vor den Wagen gespannt hatte; und sie wollte jenen Morgen rückgängig machen, an dem der Hund spielen wollte und sie ihn weggejagt hatte, weil sie mit ihren Puppen beschäftigt war und nicht gewußt hatte, daß er allein losziehen und ein Stinktier finden würde, auf das er Jagd machen konnte; und wäre für Carrie Jo alles anders gekommen, wenn sie an jenem Tag nachgegeben hätte und mit ihr gegangen wäre, um die Kätzchen zu verschenken?

Wie traurig war es doch, wenn man den Wert der Milch erst erkannte, nachdem die Kuh keine Milch mehr gab.

Plötzlich ging ihr auf, was sie eigentlich gerade gedacht hatte. War es nicht genau das, was sie mit Nick tat? Ihren Fehler erst erkennen, nachdem es zu spät war? Ihre Gedanken überschlugen sich und kehrten zu der Woche vor Großmamas Tod zurück, auf ein Gespräch, das sie mit Mairi geführt hatte. *In all der Zeit, in der er dir seine Gefühle bewiesen hat, hast du ihm nicht gerade viel Mut gemacht. Falls du ihn haben willst, mußt du einen Teil deines Stolzes schlucken müssen und zu ihm gehen.*

»Also gut«, sagte sie und stand auf. »Ich gehe morgen früh als erstes zu ihm.«

19

Um Viertel nach sieben am kommenden Morgen saß Tibbie Anne Buchanan an ihrem Schreibtisch und verfaßte eine Nachricht an Nicholas Mackinnon. Der Papierkorb, der neben ihr stand, quoll schon über. Der süße Geruch des Geißblatts, das an dem Baum vor ihrem Fenster rankte, trieb in ihr Zimmer, aber Tibbie nahm ihn kaum wahr. Sie war viel zu sehr damit beschäftigt, das nächste Blatt Papier zusammenzuknüllen und es zu den anderen in den Papierkorb zu werfen. Lange saß sie da und schaute auf das unbeschriebene Blatt Papier, als könnte sie damit erreichen, daß die Worte, die sie sagen wollte, wie von Zauberhand auftauchten.

Warum kann ich bloß diese verdammte Nachricht nicht schreiben?

Schlichtheit. Tibbie, faß sie ganz schlicht ab.

Natürlich! Seit fünf Uhr heute morgen strengte sie sich nach Kräften an, blumige Wortgewandtheit zu erreichen, und das war, gelinde gesagt, nicht gerade Tibbies Stärke. Seufzend nahm sie die Feder wieder zur Hand und schrieb diesmal eine kurze, *schlichte* Nachricht an Nicholas, in der sie ihm mitteilte, sie würde ihn morgen um drei Uhr unter dem Baum im Obstgarten erwarten, und falls er sich entschließen sollte, nicht zu kommen, würde sie es so auffassen, daß jegliche Verbindung für alle Zeiten zwischen ihnen abgerissen war.

Nachdem sie die Nachricht in ihrer tiefsten Tasche verborgen hatte, machte sich Tibbie auf den Weg zur Werft und probte während des Fußmarschs ganz genau, was sie zu Nick sagen würde, wenn sie ihn sah. Sie würde ihm die Nachricht aushändigen und ihn bitten, sie erst zu lesen, nachdem sie wieder gegangen war, und dann würde sie sich höflich entschuldigen und verschwinden. Wenn sie zu Hause angekommen war, würde das längste Warten ihres ganzen Lebens beginnen.

Sowie sie die Werft erreicht hatte, ging sie sofort auf Nicholas' Büro zu. Da sie die Tür verschlossen vorfand, klopfte sie dreimal an. Als niemand aufmachte, wandte sie sich ab, stieg die drei Stufen hinunter und blieb dann stehen. Was war, wenn niemand da war? Sie konnte die Nachricht unter der Tür durchschieben, denn dort würde Nick sie bei seiner Rückkehr ganz bestimmt finden. Aber als sie die Tür erreicht hatte und den Zettel darunter durchschieben wollte, zögerte sie. Es war möglich, daß die Nachricht weggeweht wurde, wenn jemand die Tür öffnete. Sie hätte aber auch auf der anderen Seite unter den Teppich rutschen können. Sie durfte nichts riskieren. Nicht, wenn es um diese Nachricht ging.

Sie legte die Hand auf den Türknopf und stellte fest, daß die Tür offen war, und daher trat sie ein. Das Büro sah genauso aus, wie sie es in Erinnerung hatte, Porters ordentlicher Schreibtisch auf der einen Seite und Nicks überhäufter Schreibtisch auf der anderen. Sie ging auf Nicks Schreibtisch zu und blieb am Fenster stehen, um auf die Werft hinauszuschauen. Augenblicklich entdeckte sie Nick und Porter. Sie redeten mit einem reichlich korpulenten Herrn, der Porter exakt in dem Moment, in dem sie am Fenster stehenblieb, etwas in die Hand drückte, was wie ein Pakken Papiere aussah. Die Männer gaben einander die Hand, und Nick und Porter ließen den Herrn stehen und gingen auf ihr Büro zu.

Da der Mut sie verließ, gefiel Tibbie die Vorstellung, die Nachricht auf Nicks Schreibtisch liegen zu lassen, viel besser als eine direkte Konfrontation. Zumindest blieb ihr so die Demütigung erspart, mit ansehen zu müssen, wie er das Blatt zwischen seinen kräftigen Fingern zerknüllte und es zum Abfall warf – vorausgesetzt natürlich, daß er sich entschied, so damit umzugehen.

Sie eilte an Nicks Schreibtisch, legte die Nachricht darauf und wollte eilig verschwinden. Aus irgendwelchen Gründen hatte es ihr schon gutgetan, Nick auch nur zu sehen. Nick machte sich etwas aus ihr. Er machte sich wirklich etwas aus ihr! Sie seufzte erleichtert und eilte über die Straße, und als sie die Kreuzung erreicht hatte, drehte sie sich drei- oder viermal im Kreis und sagte: »Ich bin verliebt, ich bin verliebt, ich bin verliebt.«

»Es freut mich, das zu hören«, sagte eine tiefe, maskuline Stimme hinter ihr, und sie drehte sich um und hielt sich die Hände vor den Mund, um einen entgeisterten Schrei zu erstikken. Als sie sah, daß die Stimme Archie gehörte, Mr. Plummers Sohn, fühlte sie sich vor Erleichterung ermattet. »Danke«, sagte sie und bedachte ihn mit ihrem strahlendsten Lächeln, ehe sie sich noch einmal im Kreis drehte und nach Hause eilte.

Porter und Nick betraten ihr Büro, und Nick hielt Porter die Tür auf, der den Packen Papiere trug. »Leg sie einfach auf meinen Schreibtisch«, sagte Nick. »Ich werde sie später durchsehen.«

Porter meinte, Arthur Bradley hätte reichlich zugenommen, und dann legte er die Papiere auf Nicks Durcheinander und begab sich an seinen eigenen Schreibtisch.

Für Tibbie verging der nächste Tag langsamer als das Jahrtausend. Warum sie sich dieses lange Warten angetan hatte, würde sie nie verstehen, und wenn sie hundert wurde. Nie, aber auch nie wieder, würde sie so etwas Dummes tun. *Warum hast du ihn nicht aufgefordert, dich gestern zu treffen, du Schwachkopf?*

Natürlich konnte es teilweise auch daran liegen, daß Tibbie schon um fünf Uhr wach und um halb sechs angekleidet gewesen war – für ein Treffen um drei Uhr nachmittags. Aber zu dem Zeitpunkt zog sie sich erst zum ersten Mal an. Um zwei Uhr hatte sie jedes Kleid in ihrem Kleiderschrank mindestens dreimal anprobiert. Ihre Abneigung stieg von Mal zu Mal, wenn sie sich im Spiegel ansah. *Sie sind alle so trist und so schlicht, daß es ganz gleich ist, welches ich anziehe. Warum war ich nicht vorausschauend genug, mir wenigstens ein hübsches Kleid zu nähen?* Sie sah ihre Garderobe noch einmal durch. Grau. Dunkelbraun. Blau. Schwarz. Gedämpftes Rostrot. Dunkelgrau. Braun. Dunkelblau. In ihrer gesamten Garderobe gab es nichts, was für einen so wichtigen Anlaß angebracht war. Aber Mairi hatte etwas.

»Natürlich kannst du mein grünkariertes Kleid anziehen«, sagte Mairi. »Wohin gehst du denn?«

»Ich... ich habe mir deinen Rat zu Herzen genommen, Mairi. Ich werde mich um drei Uhr mit Nick treffen.«

»O Tibbie, wie wunderbar! Ach, ist das romantisch.« Mairi sah Tibbie an. »Mein grünkariertes Kleid ist nicht das rechte für diesen Anlaß. Heute, Tibbie, *mußt* du das Kleid tragen, daß ich bei meinem Abschlußball angehabt habe.«

»O nein, das könnte ich niemals anziehen.«

Um Punkt halb drei stand Tibbie vor ihrem ovalen Spiegel und betrachtete sich in Mairis weißem Kleid.

»Wie bezaubernd du aussiehst! Sowie er dich sieht, wird er wünschen, du hättest dich um zehn mit ihm verabredet.«

Mairi sah ihr nach, als sie sich auf den Weg machte. Und dann sah Mairi ihr entgegen, als sie zurückkam.

»Ich habe etwas vergessen«, sagte Tibbie und eilte die Treppe hinauf. Im nächsten Moment stürmte sie wieder nach unten und hielt den geschnitzten marmornen Engel in der Hand, den Nick ihr geschenkt hatte. »Mein Engel«, sagte sie und hielt ihn hoch.

Es war der längste Weg ihres Lebens, aber Tibbie genoß jeden einzelnen Moment. Wie köstlich es doch war, über dieselben Pfade zu laufen, die sie schon tausendmal beschritten hatte, aber nie mit einer solchen Begeisterung, einer so immensen Freude. Die Nachmittagssonne hatte den Morgentau trocknen lassen, der sich auf die Felder gelegt hatte, und jetzt war alle trocken und duftete köstlich. Die Luft war lau und nicht zu heiß, und weiße

Wattewolken trieben am Himmel und schienen so nah zu sein, daß sie das Gefühl hatte, sie könnte die Hand ausstrecken und eine von ihnen direkt vom Himmel pflücken.

Sie erreichte die letzte Anhöhe, von der aus der Weg direkt zum Obstgarten führte, und die Enttäuschung versetzte ihr einen Stich, als sie Nicks Pferd nicht angebunden am Zaun stehen sah. Als sie auf Großmamas Uhr sah, die sie sich an das Mieder ihres Kleids gesteckt hatte, war es fünf vor drei, und sie wußte, daß Nick sich nicht verspätet hatte. Sie war zu früh dran. Aber unwillkürlich empfand sie es als ein klein wenig desillusionierend, daß Nick nicht schon da war, denn sie hatte sich allzu deutlich ausgemalt, was für ein großer Auftritt es sein würde, wenn sie in Mairis weißem Ballkleid und mit gelöstem Haar, das sie sich zum ersten Mal seit Beths Geburt mit einer Schleife zurückgebunden hatte, durch das rostige Tor kam.

Tibbie sah wieder auf ihre Uhr. *Halb fünf.* Er würde nicht kommen, und kein Wünschen und Warten auf Erden würde ihn dazu bringen.

Als sie das Haus fast erreicht hatte, traf sie auf Mairi und Precious, die ihr entgegenkamen. Beth saß, wie sie sah, auf ihrer Schaukel. Tibbies Gesicht war eine kalte, teilnahmslose Maske, und sie spürte, wie ihr Herz einen Sprung bekam, als sie Beth ansah und sich überlegte, was hätte sein können. Ihre mütterliche Zärtlichkeit strömte Beth entgegen. Tibbie wußte, wie sehr sie Nick liebte und wie enttäuscht sie sein würde, wenn sie ihn nie wiedersah. Tibbie wandte sich an Mairi und sagte: »Kümmere dich doch bitte ein Weilchen um Beth. Ich will nicht, daß sie mich so sieht.«

»O Tibbie, was ist denn passiert?«

»Nichts. Absolut nichts. Er ist nicht gekommen, verstehst du?«

»Ich kann es einfach nicht glauben.«

»Du solltest es aber glauben.«

»Nick würde nie...«

»Er hat es bereits getan.«

»Laß mich zu ihm gehen. Ich bin ganz sicher...«

»Wenn du darüber auch nur bei *irgend jemandem* ein Wort verlauten läßt, spreche ich in meinem ganzen Leben nie mehr mit dir.«

»O Tibbie, tu das bitte nicht. Laß mich mit dir kommen. Ich will nicht, daß du jetzt allein bist.«

»Ich bin es gewöhnt.«

Sie wandte sich ab, eilte zum Haus und hoffte, sich dort verkriechen zu können, ehe Beth sie bemerkte. Beth sah sie nicht, und Tibbie fand, sie hätte zum ersten Mal nach langer Zeit Glück gehabt.

Als sie die Stufen hinaufstieg, wiederholte sie immer wieder vor sich hin: »Wie konnte er mir das bloß antun? Wie konnte er mich eiskalt und absichtlich warten lassen, wenn er wußte, wie ich mich fühlen muß – Nick, gerade er, der so deutlich den Wunsch bekundet hat, meinem Leiden ein Ende zu setzen, meine Qualen zu lindern?« Es gab vieles, was sie von Nick geglaubt hätte, aber dazu gehörte nicht, daß er ein Lügner war – zumindest hatte sie das bis heute nicht angenommen.

Kurz vor dem Abendessen kam Mairi in ihr Zimmer. Nach ein paar Anläufen wurde Mairi klar, daß Tibbie nicht über ihren Kummer reden würde, und daher umarmte sie ihre Schwester einfach nur und sagte: »Beth hilft Mama beim Zubereiten des Abendessens. Ich habe ihnen gesagt, daß du dich nicht gut fühlst und daß ich dir das Essen nach oben bringe.«

»Ich will nichts essen.«

»Ich weiß, aber ich muß es dir trotzdem bringen, denn sonst kommt Papa zu dir rauf. Als ich ihm gesagt habe, daß es dir schlechtgeht, wollte er gleich nach dir sehen, aber ich habe gestammelt und gestottert und bin so rot wie möglich geworden – ich habe den Atem angehalten und Luft gepreßt – weil ich hoffte, er würde sich etwas denken. Natürlich hat er nichts begriffen, aber Mama hat es begriffen und ihm etwas zugeflüstert.« Mairi ging zu Tibbies Bett, zog die Decken zurück, schüttelte die Kissen auf und fragte, ob sie *irgend etwas* für sie tun könnte. Tibbie schüttelte den Kopf und starrte wieder aus dem Fenster. Mit der Hand auf dem Türgriff wandte sich Mairi noch einmal zu Tibbie um und sagte: »Ich habe Beth versprochen, daß wir morgen mit Precious einen Spaziergang machen. Mach dir also keine Sorgen.«

Den ganzen Abend über ging Mairi bei ihr ein und aus, aber Tibbie saß nur zusammengekauert auf dem Stuhl am Fenster und starrte auf genau die Landschaft hinaus, die noch vor wenigen Stunden so spektakulär gewirkt hatte. Ihre Gedanken schwirrten im Kreis, in einem heimtückischen, hohnlachenden Kreis aus Demütigung, Elend und Schuldgefühl.

Sie fragte sich, wie lange es wohl dauern würde, bis die Geschichte sich in der Stadt ausgebreitet hatte, wie giftige Dämpfe, die von einem unbrauchbaren Brunnen an die Oberfläche stiegen. *Lieber Gott! Ich kann nicht all das noch einmal durchmachen.* Wie hätte sie durch die Straßen von Indianola laufen und Hohn und Spott über sich ergehen lassen können, die anzüglichen Äußerungen der Männer und die gehässigen Blicke der Frauen? Und Nick? Sie konnte nicht ewig zu Hause sitzenbleiben. Zwangsläufig würden sie einander früher oder später wieder über den Weg laufen. Von all den Erniedrigungen, die auf sie zukamen, würde die Begegnung mit Nick die schwierigste werden. Nein, schwierig war zu milde ausgedrückt. Sie konnte ihm ganz einfach nicht ins Gesicht sehen, denn sie wußte, daß sein Anblick sie nur jedesmal wieder daran erinnern würde, wie sie sich ihm zu Füßen geworfen hatte und er sie liegengelassen und einen Bogen um sie gemacht hatte. Sie war so verletzt, und jeder Schwung war wie Glas unter Nicks Stiefeln zersplittert, und daher konnte sie an nichts anderes mehr denken als daran, wie sie von hier wegkommen konnte. Ihre einzige Fahrkarte, die aus Indianola hinausführte, war Eric.

Sie verschwendete keine Zeit, sondern sprang vom Stuhl auf, als sie plötzlich neue Energien fühlte. Sie hob Mairis Ballkleid vom Boden auf und schaute auf Großmamas Uhr.

Halb neun. Sie musterte das Tablett, das Mairi ihr am frühen Abend gebracht hatte, und dann zwang sie sich, ein paar Bissen zu essen und den Rest so zu arrangieren, daß es aussah, als hätte sie tüchtig zugelangt. Sie wollte nicht auch noch riskieren, daß Coll kam, um nach ihr zu sehen. Mairi würde sie wohl in ihr Vorhaben einweihen müssen – wegen Beth. Sie brauchte Mairis Hilfe, um Beths Sachen zu packen. Plötzlich schoß ihr Precious durch den Kopf. Der Verlust ihres geliebten Haustiers würde Beth tief treffen. Vielleicht ließ sich Eric überreden, Precious mitzunehmen.

Etwa zu dem Zeitpunkt öffnete Mairi die Tür. »Du siehst schon besser aus.«

»Ich fühle mich wie ein Paar ausgelatschte Schuhe.« Tibbie trat vor ihren Kleiderschrank und zog ihren Koffer runter.

»Was tust du da?«

»Ich packe.«

»Wozu denn das? Wohin gehst du? Hat Nick...« In dem Moment, in dem ihr die Worte herausrutschten, merkte Mairi schon, wie lächerlich sie waren. Natürlich hatte sie nichts von Nick gehört, es sei denn, er wäre auf den Baum vor Tibbies Fenster geklettert. Es wäre nicht das erste Mal – nun ja, nicht etwa, daß irgendein Mann durchs Fenster eingestiegen wäre, aber als junge Mädchen waren Mairi und Tibbie ein- oder zweimal aus dem Fenster geklettert, um heimlich aus dem Haus zu schleichen, aber nur, um behaupten zu können, sie hätten es getan. Und wenn sie es sich genauer überlegte, machte Tibbie nicht gerade den Eindruck, als hätte sie eine positive Reaktion von Nick bekommen. Und nach dem gehässigen Blick zu urteilen, mit dem Tibbie sie ansah, hielt sie Mairis Ausrutscher offensichtlich für ziemlich übel.

»Tibbie, sag mir bitte, was du vorhast. Was heckst du aus?«

»Als erstes werde ich Eric aufsuchen.« Sie ließ drei Nachthemden in ihren Koffer fallen. »Und zweitens werde ich mit ihm nach Hawaii gehen.« Sie rollte vier Kleider zu einem kleinen Bündel zusammen und legte es auf die Nachthemden. »Und drittens werde ich ihn augenblicklich heiraten, wenn wir dort ankommen.« Als nächstes folgten fünf Schlüpfer. »Viertens werde ich alles tun, was in meiner Macht steht, um ihm eine gute, liebevolle Frau zu sein und Beth und irgendwelchen anderen Kindern, die vielleicht noch kommen könnten, das bestmögliche Zuhause zu schaffen.« Weitere Kleidungsstücke wurden hastig in den Koffer gestopft, darunter Hemden, Unterkleider, Strümpfe und Schuhe und sogar zwei Bücher – eins davon die Bibel.

»Du nimmst Beth mit?«

Tibbie bedachte sie mit einem Blick, der aussagte, diese Bemerkung sei noch dämlicher als der Patzer mit Nick. »Was sollte ich denn sonst mit ihr anfangen? Sie in der Bucht ertränken?«

»Wirst du es Mama und Papa sagen?«

»*Das* wirst du übernehmen.«

Mairi wich zur Tür zurück. »O nein, ganz bestimmt nicht. Tibbie Anne Buchanan, ich täte fast alles auf Erden für dich und habe das meiste auch tatsächlich schon getan, aber genau hier ziehe ich die Grenze. Du kannst mich in Öl kochen, mich auf dem Scheiterhaufen verbrennen, mir mit einem glühenden Schürhaken die Augen ausstechen und mich mit Gänseleber stopfen, bis ich ersticke, aber wage es nicht, auch nur vorzuschlagen, daß ich diejenige sein soll, die es ihnen beibringt.«

»Schon gut. Ich schreibe ihnen einen Brief, und du kannst ihn übergeben.« Als sie Mairis sturen Gesichtsausdruck sah, hängte Tibbie noch einen Zusatz an. »Du kannst ihn für mich auf den Küchentisch legen, oder? Mitten in der Nacht, wenn niemand da ist?«

»Warum sagst du es ihnen nicht?«

»Du weißt, wohin das führen würde. Sie würden mich dazu

bringen, eine Weile zu warten oder alles noch einmal genau zu durchdenken oder vorher hier zu heiraten oder Beth bei ihnen zu lassen – oder sie würden mir unzählige andere Stolpersteine in den Weg werfen. Je weniger Menschen an diesem Plan beteiligt sind, desto besser.«

»Warum hast du es mir gesagt?«

»Weil ich es irgend jemandem sagen muß. Weil du meine Schwester bist. Weil ich dich brauche, damit du Beths Sachen für mich packst und sie für den Fall, daß ich es nicht hinkriege, aus dem Haus schaffst.«

Tibbie ließ den Deckel ihres Koffers zuschnappen. »Und jetzt nimmst du dieses Tablett mit runter und sagst ihnen, daß ich eingeschlafen bin.«

»Was wirst du tun?«

»Ich werde ihnen einen Brief schreiben. Und später, wenn alle ins Bett gegangen sind, werde ich Eric aufsuchen.«

Mairi stürzte zu ihrer Schwester. »O Tibbie, das ist ja fürchterlich! Vielleicht sehe ich dich nie wieder und Beth auch nicht!«

»Aber du hast immer noch Precious!« sagte Tibbie. Sie lächelte Mairi an, die bei diesem Versuch, sie aufzumuntern, in Tränen ausbrach. »Weine nicht. Natürlich siehst du uns wieder. Wir sind doch Schwestern, oder nicht? Du wirst zu uns zu Besuch kommen, und ich bin sicher, daß wir bei Gelegenheit nach Indianola zurückkommen. Gott sei Dank kann Eric sich so etwas leisten.«

»Ja, ich vermute, in der Hinsicht bist du glücklich dran. Und trotzdem wünschte ich, es wäre N...«

Tibbie sah Mairi so an, daß ihr der Mund blitzschnell zuklappte und sie sich auf die Zungenspitze biß.

»Geschieht dir recht«, sagte Tibbie.

Nachdem Mairi gegangen war, lief Tibbie im Zimmer auf und ab und schrieb dann einen langen Brief an ihre Eltern, in dem sie alles erklärte. Dann marschierte sie noch eine Weile im Zimmer auf und ab. Um Viertel nach zwölf schlich sie aus dem Haus.

Sowie sie Erics Zimmer gefunden hatte, klopfte sie leise an. Er war noch vollständig angekleidet, als er ihr die Tür öffnete. Der erstaunte Ausdruck auf seinem Gesicht entschädigte sie fast für ihre Mühen.

»Tibbie! Was hast du um diese nachtschlafende Zeit hier zu suchen?« Dann bemerkte er plötzlich den Koffer, der neben ihr stand, und als ihm klarwurde, was geschah, zog er sie schnell ins Zimmer und schloß die Tür. Er ließ seine Finger über ihre Wange gleiten und zog ihr eine Haarsträhne aus dem Gesicht, die sich in ihrem Mundwinkel verfangen hatte.

»Ich bin gekommen, um dir zu sagen, daß ich mit dir nach Hawaii gehe, falls du mich noch haben willst.«

Er machte den Mund auf, um etwas zu sagen, doch sie schnitt ihm das Wort ab. »Du solltest mir lieber zuhören, ehe du eine Entscheidung triffst. Ich stelle folgende Bedingungen.« Er lächelte über ihre geschäftsmäßige Art. »Erstens will ich nicht, daß jemand etwas von unserem Vorhaben erfährt, ehe wir mit dem Schiff ausgelaufen sind. Zweitens will ich, daß wir heiraten, sobald wir deine Heimat erreicht haben, oder an Bord, falls das rechtsgültig ist. Drittens will ich, daß Beth mit uns kommt und Precious auch...«

»Ist Precious nicht eher schon Nummer vier?« fiel er ihr ins Wort.

»Nein«, sagte sie nachdrücklich. »Sie sind beide klein genug, um als eine Person zu zählen. Und viertens will ich dein Wort darauf haben, daß wir mindestens einmal im Jahr hierher zurückkommen oder meine Familie zu uns zu Besuch kommen lassen.«

Er schlang die Arme um sie. »Ist das alles, oder gibt es noch ein Fünftens?«

»Ja, allerdings«, sagte sie, und wieder klang es nachdrücklich. »Fünftens will ich dein Versprechen haben, daß du dein Bestes tun wirst, damit ich diesen Entschluß niemals bereue.«

»O Tibbie, darauf gebe ich dir mein Wort.« Ehe Tibbie wußte, wie ihr geschah, schlang Eric die Arme fester um sie und zog sie an sich, während sein Mund sich mit klaren Absichten auf ihre Lippen senkte.

»Eric, wir haben jetzt keine Zeit…«

Er brachte sie auf die Art zum Schweigen, die er am besten kannte; sein Mund glitt sinnlich über ihre Lippen, seine Hand streichelte beruhigend ihre Schulter, und seine andere Hand sank auf ihre Taille, um sie noch fester an ihn zu ziehen.

Und es war wirklich gar kein so übler Kuß. Wenn man bedachte, wer Eric nicht war.

Es war nicht einfach, ihn zu überzeugen, aber schließlich gelang es ihr, seine Gedanken auf die Reise zu bringen und ihn vom Küssen abzubringen. »Warum?« fragte er.

»Weil ich *weiß*, wohin die Reise führt. Beim Küssen weiß ich das nicht so genau.«

Er lachte und sagte ihr, sie sei bezaubernd, ehe er sich auf einen bequemen Sessel setzte, Tibbie auf seinen Schoß zog und sich anhörte, was sie geplant hatte.

»Morgen früh?« Er stand auf und ließ sie fast auf den Boden fallen. »Tut mir leid«, sagte er. »Tibbie, meine Süße, wir können unmöglich morgen früh abreisen.«

»Ich dachte, du hättest eins der Schiffe deines Vaters hier?«

»Stimmt, aber…«

»Warum können wir dann nicht morgen früh lossegeln?«

»Wir brauchen Vorräte, wir müssen den Kurs festlegen und das Schiff für die Reise bereitmachen.«

»Dann können wir doch nach Galveston oder New Orleans segeln und all das dort tun.« Sie sah ihn ernst an. »Hör zu, Eric. Wenn du mich willst, dann nimm mich, und zwar morgen.«

Er lachte und zog sie an sich. »Ja, *mon général*!«

Doch als er diesmal versuchte, sie zu küssen, wand sich Tibbie und floh durch die Tür. Sie blieb auf der anderen Seite stehen und sagte: »Ich bin morgen früh um elf auf deinem Schiff, Eric. Mairi wird Beth kurz vorher bringen.« Sie wollte sich auf den Weg machen, doch sie fragte sich, warum Eric so belustigt wirkte. Dann blieb sie noch einmal stehen und sah sich um. »Ach übrigens, wie heißt dein Schiff?«

Er warf den goldenen Schopf zurück und lachte; seine weißen Zähne strahlten im Schein der Lampe. »*Nordic Star*«, sagte er leise. »Hast du etwa geglaubt, ich würde dich mit einem anderen Schiff holen?«

Am nächsten Morgen verlief alles wie geplant. Um exakt elf Uhr ging Tibbie an Bord der *Nordic Star* und wurde von Eric in die Arme genommen.

»Beth ist hier?« fragte sie, obwohl sie wußte, daß sie da war, denn Tibbie hatte gerade noch Mairi getroffen und sich von ihr verabschiedet.

»Sie ist in ihrer Kabine.«

In ihrer Kabine, du meine Güte! Sie beschloß, in dem Punkt nachzuhaken, sobald sie unterwegs waren.

»Und Precious?«

»Er ist nicht so gern an Bord gegangen wie Beth. Ich fürchte, wir mußten ihm die Füße binden.«

»O Eric, nein!«

»Wir lassen ihn frei, wenn wir unterwegs sind.«

Tibbie sah sich um. »Wie komme ich zu Beths Kabine? Ich muß zu ihr. Wahrscheinlich fürchtet sie sich zu Tode.«

»Ich fürchte nein. Der Maat zeigt ihr, wie man Seemannsknoten knüpft, und der kleine Kobold ist ganz versessen darauf.«

»Ich will sie sehen.«

Eric schlang seine Arme noch fester um sie. »Gleich. Sag mir vorher eins: Ist es dir wirklich ernst?«

Sie zog den Kopf zurück, um ihm ins Gesicht zu sehen. »Wenn das ein Witz wäre, ginge er wohl doch etwas zu weit, Eric, sogar mir! Natürlich ist es mein Ernst.«

Erics Lächeln blendete wie die Sonne. »Es ist also dein Ernst?«

»Nein, Eric, ich laufe ständig nur durch die Gegend und sage Dinge, die ich nicht ernst meine!«

Eric packte sie und wirbelte sie herum. »Es wird dir nicht leid tun, Tib.«

»Es tut mir jetzt schon leid«, hauchte sie atemlos. »Ich kriege nämlich keine Luft mehr.«

Eric stellte sie wieder hin. »Wir können heiraten, sowie wir ankommen.« Er legte seine Hände auf ihre Schultern, hielt sie auf Armeslänge von sich und betrachtete sie. »Was hat dich zu diesem Entschluß gebracht?«

Sie hatte sich bereits viele Gedanken über die Antwort auf diese Frage gemacht, denn sie wußte, daß es eine der ersten Fragen sein mußte, die Eric ihr stellte. Dieser Mann hatte sie früher einmal furchtbar verletzt, aber sie hatte nicht die Absicht, ihm dasselbe anzutun, indem sie ihm die Wahrheit sagte. Was hätte es einem von ihnen genutzt? Sie hatte den Entschluß gefaßt, Eric zu heiraten, und sie würde ihr Bestes tun, um ihn zu achten und ihm eine gute Frau zu sein. »Vieles. Aber in allererster Linie schien es mir einfach das Richtige zu sein. Du bist Beths Vater.«

»Liebst du mich?«

Der Fußboden schien sich unter ihr zu öffnen und weit und tief aufzuklaffen wie ein bodenloser Abgrund, der sie jeden Moment schlucken konnte. Es war nicht wichtig, wenn sie nur die halbe Wahrheit sagte; es war das Beste für alle Beteiligten. Nur ein selbstsüchtiger Mensch hätte nur an sich selbst gedacht.

»Ich habe dich immer geliebt.« Sie sah die Wirkung ihrer Worte, und die Reue versetzte ihr einen Stich.

Aber ich habe ihn doch immer geliebt. Er war meine erste Liebe. Er ist der Vater meines Kindes. Der Rest wird sich später noch einstellen.

Falls er sich je einstellen würde.

Ja, an jenem Morgen verlief alles wie geplant. Das Ganze hatte nur einen Haken.

Precious haßte das Meer mehr als alles andere. Und er haßte alles, was damit zu tun hatte, Schiffe inbegriffen. Wenn ihm etwas auf Erden fast genauso verhaßt war, dann, wenn man ihn festband. Die Verbindung von beidem erwies sich als explosiv. Nachdem er jetzt schon über eine Stunde mit Stricken gefesselt war, war Precious, der im allgemeinen ein liebreizendes Haustier war, alles andere als das; und wenn ein Schwein wütend ist, dann sollte man sich nicht mit ihm anlegen. Sowie er beschlossen hatte, daß es ihm jetzt reichte, machte er kurzen Prozeß, um sich zu befreien. Das einzige Problem bestand darin, daß er gewaltigen Lärm verursachte, als er sich aus seinen Fesseln löste; er quiekte und grunzte und veranstaltete einen entsetzlichen Wirbel. Beth, die Precious über alles liebte und die Beschützertriebe einer Mutter für ihn entwickelt hatte, hatte schon immer ein geschärftes Ohr für jegliches Signal des Unbehagens. Und als sie den Tumult hörte, ließ sie den Knoten fallen, den sie gerade knüpfte, und kletterte auf die Pritsche, um aus dem Bullauge zu lugen, und sie kam gerade noch rechtzeitig, um zu sehen, wie Precious über das Deck und die Gangway flitzte und teuflisch quiekte, während er auf die Straße rannte.

»Precious!« kreischte Beth. Ohne einen Moment zu verlieren, sprang sie von der Pritsche und eilte durch die Tür. Wenige Minuten später hatte sie das Schiff verlassen und rannte auf der Suche nach ihrem geliebten Schwein durch die Straßen.

In der Zwischenzeit tat Tibbie ihr Bestes, um sich Eric vom Leib zu halten, und es erwies sich als schwierig, das zu bewerkstelligen, ohne ihn wütend zu machen. Er war kein Dummkopf, und das wußte sie. Die Kabine, in der sie mit Eric war, war nicht gerade dicht an der, die Beth belegt hatte, und auch der Platz, an dem Precious festgebunden war, lag nicht in der Nähe. Folglich hörte sie nichts von dem Trubel und von Beths Schreien.

»Eric, würdest du bitte warten, bis wir abgelegt haben, bevor du mir mit all diesen Fragen zusetzt? Ich bin höllisch nervös. Ich reiße schließlich nicht jeden Tag von zu Hause aus.«

Etwa um die Zeit klopfte jemand an die Tür, und Eric öffnete und trat in den Gang. »Was ist los?« fragte er den Ersten Maat.

Der Erste Maat war nicht nur derjenige, der das Schwein festgebunden hatte, sondern er war auch der, der sein Verschwinden bemerkt hatte. Und da er Eric sehr gut kannte, wußte er, daß er ihn lieber sofort über das Verschwinden des Schweins in Kenntnis setzen sollte. »Das Schwein hat sich losgerissen, Sir.«

»Verdammt noch mal! Ist es noch an Bord?«

»Ich weiß es nicht. Die Männer suchen es schon.«

Eric warf einen Blick auf seine Kabinentür. »Lassen Sie nichts davon verlauten, nicht ehe wir sicher auf hoher See sind.«

Der Zweite Maat, der mit Beth Seemannsknoten geknüpft hatte, kannte Eric nicht so gut wie der Erste Maat, und als das kleine Mädchen aus der Kabine raste, nahm er an, sie sei noch an Bord – nichts, weshalb man Eric belästigt hätte.

All das lief darauf hinaus, daß Eric von dem Schwein wußte, das sich losgerissen hatte, aber er wußte nicht, daß es nicht mehr an Bord war, und er wußte auch nicht, daß Beth sich auf die Suche nach ihm gemacht hatte. Tibbie wußte noch nicht einmal das, was Eric wußte. Und so kam es, daß die *Nordic Star* ohne Beth und Precious auslief.

Man könnte behaupten, zu diesem Zeitpunkt seien Beth und Precious besser dran gewesen als Tibbie, denn Mairi hatte es gar nicht eilig gehabt, wieder nach Hause zu kommen, nachdem sie den Kai verlassen hatte, und daher war sie durch die Straßen geschlendert und hatte in einen Laden nach dem nächsten geschaut. Als sie gerade aus einem der Geschäfte trat, entdeckte sie Precious, der über den Gehsteig trottete.

Sie hatte ihn gerade erst zu sich gerufen und sich neben ihn gehockt, um seine Leine zu nehmen, als sie Beth sah, die auch durch die Straße gelaufen kam und ihre Schärpe im Schlamm hinter sich herschleifte. »Beth!« rief sie. »Hier drüben!«

Mairi ließ keine Minute verstreichen und nahm Beth an die Hand und Precious' Leine und eilte mit beiden zum Kai zurück, und auf dem Weg hörte sie sich an, was Beth zu berichten hatte. Sie kamen gerade noch rechtzeitig, um einen letzten Blick auf die *Nordic Star* zu werfen, als sie aus dem Hafen segelte.

»Ist meine Mama noch auf dem Schiff?«

Mairi drückte Beth an sich. »Ja, mein Lämmchen, ich fürchte, sie ist noch an Bord.« Mairi kniete sich hin und wischte Beth die Tränen aus den Augen. »Weine jetzt bloß nicht. Wen liebt deine Mutter am meisten auf Erden?«

»Mich.«

»Richtig. Und sobald sie feststellt, daß du nicht an Bord bist, wird sie Eric dazu bringen, daß er sofort umkehrt.«

Tibbie erlitt inzwischen schon einen regelrechten Anfall. »Ich will Beth sehen, und zwar jetzt!«

Eric, der wußte, daß das Schwein noch nicht gefunden worden war, wollte nicht, daß sie Beth zu sehen bekam, denn er wußte, daß Mutter und Tochter, sobald sie sich erst zusammengetan hatten, dieses verfluchte Schwein lauthals fordern würden. »Tibbie, ich habe dir doch gesagt, daß ich dich zu ihr bringe.« Er betete, das Schwein würde bald gefunden, damit er es verhindern konnte, vor seiner Eheschließung schon den ersten Ehestreit zu haben.

Sein Gebet kam jedoch etwas zu spät, und das wurde ihm klar, als ein Tintenfaß auf ihn zugeflogen kam. Er duckte sich, und das Tintenfaß verfehlte ihn. Die Tinte dagegen verfehlte ihn nicht. Um seine Kabine davor zu bewahren, daß sie von Tibbies Wut buchstäblich zerfetzt wurde, mußte er schließlich Zuflucht dazu nehmen, ihr die Hände zu binden, und als sie anfing, um sich zu treten und ihm sämtliche Schimpfworte an den Kopf zu werfen, die ihr einfielen, mußte er ihr auch die Füße fesseln. Er war von Kopf bis Fuß mit Tinte bespritzt, und seine Kabine war verwüstet, als er Tibbie allein ließ, um sich auszutoben. Er hoffte, sie später beschwichtigen zu können.

Das sollte jedoch nicht der Fall sein, denn wie sich herausstellte, wurde später alles nur noch viel schlimmer. »Was soll das heißen: meine Tochter hat das Schiff verlassen?« schrie Eric den Ersten Maat an.

»Ich bin eben erst dahintergekommen, Sir. Es scheint, als sei sie ihrem Schwein nachgelaufen, und sie sind beide von Bord gegangen.«

Als allererstes stattete Eric dem Schiffsarzt einen Besuch ab. »Ich brauche ein wenig Opiumtinktur oder irgend etwas, was meine zukünftige Frau beruhigt. Sie ist völlig außer sich.«

»Geben Sie ihr zwei Tropfen davon in einem Glas Wasser.«

Eric tat es, wenn es auch schwer war, Tibbie zum Trinken zu bewegen. »Hier, mein Liebling, trink das. Deine Kehle muß ausgedörrt sein.«

»Was ist das?« krächzte sie. »Gift?«

»Es ist nur Wasser. Trink es.«

Das tat sie. Eric wartete, bis er ihr die Wirkung der Tropfen an den schweren Lidern ansehen konnte, und dann berichtete er ihr von Beth und Precious. »Ich habe getan, was ich konnte, um die beiden zu finden. Wir waren schon mehr als zwei Stunden auf See, als sich herausgestellt hat, daß sie nicht an Bord sind.«

»Bring mich zurück«, forderte sie mit matter Stimme. »Ich will umkehren. Es war ein Fehler.«

Eric zuckte zusammen, umfaßte ihre gefesselten Handgelenke und schüttelte sie. »Es war kein Fehler, und so etwas wirst du nie wieder sagen.«

»Ich will umkehren!«

»Du hast dich bereit erklärt, mit mir nach Hawaii zu gehen, und bei Gott, genau das wirst du auch tun.«

»Nur mit Beth.«

»Das war Pech. Wir werden Beth später holen. Ich schicke jemanden, der sie holt.«

»Du Mistkerl«, murmelte sie, ehe sie in einen tiefen, tiefen Schlaf versank.

20

Nick und Porter schauten nach der Arbeit auf einen schnellen Drink in den Glass Slipper. Sie kamen gerade aus der Tür des Saloons, als Mairi vorbeikam. »Hallo, Mairi«, grüßte Nick und legte die Finger an den Hut.

Mairi funkelte ihn mit einer Eiseskälte an, die ihm bis in die Knochen drang, und sagte: »Wenn ich Beth nicht dabeihätte, würde ich Ihnen genau sagen, was ich von Ihnen halte, Sie heimtückische Schlange!«

»Brr!« machte Porter, der hinter der schönen dunkelhaarigen Frau hersah, die sich mit einem kleinen Mädchen und einem fetten Schwein im Schlepptau entfernte.

Mairis Ausbruch verwirrte Nick, doch was ihn am meisten bestürzte, war Beth. Beth, die immer strahlte wie ein Glühwürmchen, wenn sie ihn sah, hatte nur einen flüchtigen Blick auf ihn geworfen, und dabei hatte er das traurige kleine Gesicht mit den Tränenspuren und dem benommenen, abgestumpften Ausdruck gesehen. Selbst ihr Schwein schien zu schmollen. *Was, zum Teufel, geht hier vor?* Er wußte es nicht, aber er wußte so gut, wie er seinen eigenen Namen kannte, daß Tibbie etwas damit zu tun hatte. Nick schüttelte den Kopf.

»Wohin gehst du?« sagte Porter.

»Ich habe mich geirrt«, sagte Nick. »Ich habe doch noch nicht genug getrunken. Ich hatte vor, mich heute nacht zu betrinken.«

Porter starrte seinen Freund an und glaubte, es müßte etwas im Umlauf sein, was sich noch vor Ende der Woche zu einer Epidemie ausweiten würde. Er fragte sich, was hier wohl vorgehen mochte, als er beobachtete, wie Nick hinter den Türen des Glass Slipper verschwand.

Mairi machte sich in der Zwischenzeit auf den Heimweg und überlegte sich, daß sie lieber vor ein Erschießungskommando gestellt worden wäre, als ihren Eltern mit der Geschichte gegenüberzutreten, die sie ihnen erzählen mußte. Als sie alles ausgespuckt hatte und nichts mehr dazu zu sagen war, mußte Effie ein Schlafmittel verabreicht werden, ehe sie zu Bett gebracht wurde, und Beth hatte Angst, in ihrem eigenen Zimmer zu schlafen, und daher zog sie zu Mairi. Und Coll? Er öffnete seinen Arzneischrank und holte eine Flasche französischen Cognac heraus, die er für die Hochzeit einer seiner Töchter aufgehoben hatte. Dann zog er sich auf die Veranda hinter dem Haus zurück, setzte sich auf die unterste Stufe und tröstete Precious, der den Kopf auf seinen Schoß gelegt hatte, während Coll etwas tat, was er seit dreißig Jahren nicht mehr getan hatte – er betrank sich. Als er die Flasche zur Hälfte geleert hatte, schüttete er Precious ein wenig Cognac in eine Schale. Daraufhin stellte Precious zum ersten Mal an diesem Tag den Schwanz auf.

Am nächsten Morgen erwachte Coll und stellte fest, daß sein Wunsch in Erfüllung gegangen war. Er quälte sich die Treppe hinunter, hängte ein Schild an die Praxis, auf dem GESCHLOSSEN stand, und legte sich wieder zu seiner Frau ins Bett.

Am anderen Ende der Stadt erwachte Nick Mackinnon mit dem schlimmsten Kater seit Menschengedenken. Porter schaute nach ihm, als Nick nicht zur Arbeit erschien, und als er sah, wie miserabel es Nick ging, beschloß er, sich zu Dr. Buchanan zu begeben und nachzusehen, ob er nicht etwas bekommen konnte, was die Leiden seines Freundes linderte.

Eine Stunde später kam er zurück. »Tut mir leid, alter Kumpel«, sagte er. »Ich bin zu Dr. Buchanan gegangen, aber da draußen spielt sich etwas ganz Seltsames ab.«

Nick schlug ein Auge auf und sah Porter an.

»Wirklich, wenn ich es dir sage. Da ist etwas faul. Als ich ankam, hing ein Schild an der Tür, auf dem GESCHLOSSEN stand. Als ich angeklopft habe, hat diese hübsche kleine Brünette, die dich gestern in der Stadt so übel angefahren hat, mir die Tür aufgemacht. Ehe ich auch nur ein Wort sagen konnte, hat sie gesagt: ›Können Sie denn nicht lesen?‹, und dann hat sie mir die Tür vor der Nase zugeschlagen.« Nick ächzte. »He, das ist noch nicht alles. Als ich mich auf den Rückweg gemacht habe, ist mir zufällig dieses Schwein aufgefallen, das wir auch gestern in der Stadt gesehen haben, ich glaube jedenfalls, daß es dasselbe war, und es hat im Blumenbeet gelegen und geschnarcht. Bei Gott, Nick, ich könnte wirklich schwören, daß dieses Schwein einen Kater hatte.«

Nick warf ein Kissen nach Porter, wälzte sich auf den Bauch und schloß die Augen.

Das Erwachen am folgenden Morgen war schon wesentlich besser als am Vortag, entschied Nick schon in dem Moment, in dem er die Augen aufschlug. Er konnte sich nicht erinnern, sich je so elend gefühlt zu haben . Er schwor dem Schnaps ab, ehe er aus dem Bett stieg. Eine Stunde später, als er sich in der Werft an seinen Schreibtisch setzte, schwor er den Frauen ab. Jetzt schaute er nämlich den Packen Papiere durch, die Porter vor Tagen auf seinen Schreibtisch gelegt hatte. Und nachdem er sie durchgesehen hatte, entdeckte er einen kleinen Umschlag, der auf seinem Schreibtisch lag.

Er öffnete den Umschlag und überflog schnell die Nachricht, die Tibbie vor Tagen auf seinen Schreibtisch gelegt hatte. Er las sie noch einmal durch und hielt an der Stelle inne, an der stand: *Wir treffen uns morgen um drei Uhr unter dem Baum im Obstgarten.* Hastig las er noch einmal die obersten Worte in Tibbies bezaubernder, flüssiger Handschrift: *Montag abend.* Montag abend. Was war heute? Nein, Moment mal, wenn sie die Nachricht am Montagabend geschrieben hatte, dann konnte sie sie nicht vor Dienstag auf seinen Schreibtisch gelegt haben. Er schaute in seinen Kalender. Der Dienstag war der Tag, an dem Arthur Bradley diese Papiere abgegeben hatte. Jetzt sah er alles wieder vor sich: wie er Porter die Tür aufgehalten und ihm gesagt hatte, er solle die Papiere auf seinen Schreibtisch legen, und dadurch hatte er nie erfahren, daß Tibbies Nachricht darunterlag. Schon wandte er sich wieder dem Kalender zu. Wenn sie die Nachricht am Dienstag hingelegt hatte, dann hieß das, daß sie ihn am Mittwoch erwartet hatte. Mittwoch? Was hatte er bloß am Mittwoch getan? Er sah wieder in den Kalender. Dort stand keine Eintragung. Jetzt fiel es ihm wieder ein: Am Mittwoch hatte er den größten Teil des Tages beim Schiff verbracht, und wenn er zwischendurch im Büro gewesen war, hatte er den Pakken Papiere nie auch nur angerührt, und am Donnerstag hatte er auch keinen Blick darauf geworfen. Das war der Tag... *O Gott*! Das war der Tag, an dem ihm Mairi und Beth über den Weg gelaufen waren, als er aus dem Glass Slipper kam. Kein Wunder, daß Mairi die Dinge gesagt hatte, die sie zu ihm gesagt hatte. Sein Blick fiel eilig wieder auf den Kalender. Was für ein Tag war heute? Samstag? Wo, zum Teufel, war der Freitag hingekommen?

Du warst betrunken.

Er stöhnte und begrub das Gesicht in den Händen. Seine arme Kleine, wie sehr sie leiden mußte, wenn sie sich derart gedemütigt fühlte. Wahrscheinlich war das auch der Grund, aus dem Dr. Buchanan seine Klinik vorgestern geschlossen hatte. Allmählich konnte er sich einen Reim auf die Geschehnisse machen.

Nick sprang von seinem Stuhl, und Porter blickte auf. »Hat dich was gebissen?«

»Ja!« schrie Nick. »Amors Pfeil!«

Porter legte seinen Stift hin, und als Nick merkte, daß er ihn seltsam ansah, sagte er: »Ich weiß, daß du glaubst, ich hätte den Verstand verloren, und vielleicht stimmt das auch. Ich habe jetzt keine Zeit, es dir zu erklären.« Blitzschnell schoß er aus dem Büro.

Nick ritt auf dem Braunen zu Tibbies Haus und war schon auf die Veranda gesprungen, ehe der Wallach ganz zum Stehen gekommen war. Auf sein heftiges Klopfen hin öffnete ihm Mairi die Tür, und als sie sah, wer da stand, versuchte sie, die Tür zuzuschlagen, aber Nick zwängte seinen Stiefel hinein, bevor es ihr gelang. Mit Kraft stieß er die Tür auf und drang ins Haus vor.

»Mairi, wo steckt Tibbie?«

»Raus hier, oder ich rufe meinen Vater, und Sie können mir glauben, daß er im Moment wütend genug ist, um Ihnen eine Kugel zwischen die Augen zu schießen und hinterher Fragen zu stellen.«

Nick knallte seinen Hut auf den Garderobenständer in der Eingangshalle und ging ins Wohnzimmer. Dort setzte er sich. »Dann holen Sie ihn. Wenigstens wird *er* mir vielleicht sagen, was hier vorgeht, selbst wenn er mich vorher erschießt!«

Mairi wandte sich eilig ab und hastete zur Tür.

»Ich liebe sie, Mairi. Können Sie ihr das von mir ausrichten?«

Mairi drehte sich abrupt um, und die Tränen rannen in Strömen über ihr Gesicht. »Ich täte es, wenn ich könnte. Aber ich habe keine Schwester mehr, mit der ich reden kann, und das habe ich Ihnen zu verdanken.«

Nick sprang auf. »Was soll das heißen?«

»Es ist *Ihre* Schuld, daß meine Schwester fort ist!«

»Fort!« wiederholte er und spürte, wie sein Körper vor Entsetzen erstarrte. »Wohin ist sie gegangen?« fragte er, und er kannte die Antwort schon, ehe sie sie aussprach.

»Nach Hawaii.«

»Gott im Himmel! Warum denn das?«

»Das sollten Sie mir lieber sagen. Sie haben Ihr doch Tag und Nacht zugesetzt, bis sie ihre Liebe zu Ihnen eingestanden hat, und als sie das getan hat, sind Sie ihr aus dem Weg gegangen, als hätte sie die Pest.«

»Was habe ich denn getan?«

»Es geht eher um das, was Sie nicht getan haben, meinen Sie nicht auch? Sie sind nicht gekommen, nachdem sie die Demütigung auf sich genommen hat, Ihnen zu schreiben...«

»Die Nachricht«, warf er ein. Anfangs weigerte sich Nicks Verstand, wirklich zu akzeptieren, was seine Ohren gehört hatten – selbst dann noch, als er spüren konnte, wie sein Herz in eine Million Splitter zersprang. Er hatte sich in all der Zeit so geduldig angestrengt, ihr Vertrauen zu erringen, und als sie ihm dann vertraut hatte, war er nicht zur Stelle gewesen. Mit unsicherer Stimme erzählte er Mairi von der Nachricht, und als er dann aufblickte, war sein Gesicht von Kummer gezeichnet. »Ich... Mairi, entschuldigen Sie mich für einen Moment. Ich komme gleich wieder.«

Nick mußte verschwinden, hielt es keinen Moment länger in diesem Haus aus. Er brauchte Platz und Luft zum Atmen. Nachdem er das Haus verlassen hatte, lief er erst ziellos durch die Gegend, ohne darauf zu achten, wohin er ging, bis er sich dabei ertappte, daß er das rostige alte Tor anstarrte, das zum Obstgarten führte. *Wir treffen uns um drei im Obstgarten...*

Er schritt durch das Tor und ging zu dem Baum, unter dem er vor langer Zeit mit ihr gesessen hatte. Damals war es Winter gewesen; die Bäume waren so kahl und braun und verdorrt gewesen, wie sein Herz es heute war. In seiner tiefen Verzweiflung legte Nick die Arme auf die angezogenen Knie und ließ den Kopf darauf fallen. Er fühlte sich geschlagen, besiegt. Tibbie war fort.

Mit einem matten Seufzer zog sich Nick auf die Füße. Es war zwecklos, die ganze Nacht hier draußen zu verbringen. Tibbie würde er hier auch nicht finden. Plötzlich riß Nick den Kopf hoch und holte tief Luft. Nein, hier im Obstgarten würde er Tibbie nicht finden.

Aber er wußte verdammt genau, wo er sie finden würde. Ihm war ganz gleich, ob dieses Schiff jemals fertig werden würde. Er mußte nach Hawaii segeln und alles geben, um sämtliche Rekorde auf dieser Strecke zu schlagen. Im Moment war ihm vollkommen egal, ob Tibbie diesen Mistkerl schon geheiratet hatte oder nicht. Sie gehörte ihm, und bei allem, was ihm heilig war, er würde sie zu sich holen, und wenn er sie fesseln und knebeln mußte, damit sie mit ihm kam.

Er drehte sich um, ging auf das Tor zu und trat dabei mit der Stiefelspitze gegen etwas. Er schaute hin und sah den Gegenstand, der vor ihm herrollte, und als er gerade den Stiefel hob, um ihn zu Staub zu zermalmen, erkannte er, was es war. Er trat zur Seite, kniete hin und hob den Gegenstand auf. Als er wieder stand, drehte er ihn immer wieder in seinen Händen. Es war der Engel, den er ihr an dem Tag geschenkt hatte, an dem er aus dem Krankenhaus entlassen worden war; der marmorne Engel, den er in New Orleans bestellt hatte. Sie mußte ihn an jenem Tag gegen den Baum geworfen haben, denn die Flügel waren abgebrochen. Er steckte den Engel in die Tasche und trat durch das Tor. Dann ging er zum Haus zurück und sagte Mairi, er würde Tibbie nachreisen.

»Schaffen Sie es noch rechtzeitig? Sie haben jetzt schon drei Tage Vorsprung, und Erics Schiff ist ziemlich schnell.«

»Meins auch«, sagte Nick.

»Wann segeln Sie los?«

»Bei Tagesanbruch. Ehe ich mich auf den Weg mache, habe ich nur noch eine Frage. Hat Tibbie ihn geheiratet, bevor sie aufgebrochen sind?«

Mairi lächelte und legte eine Hand auf Nicks Ärmel. »Nein. Sie hat gesagt, sie könnten ebensogut in Hawaii heiraten.«

»Ich hoffe, Eric drängt sie nicht, sich schon vorher trauen zu lassen.«

»Das glaube ich nicht. Seine Familie ist sehr reich. Ich bin sicher, daß er alles richtig machen und eine Hochzeit feiern will, die keiner so schnell vergißt.«

Nick grinste. »Das kann er haben«, sagte er. »Dafür werde ich schon sorgen.«

Am späten Abend wurde Nick aus dem Tiefschlaf geweckt, weil jemand gegen seine Tür hämmerte.

»Was, zum Teufel, soll das?« brüllte Nick wütend und riß die Tür auf. Als er Mairi mit der verrutschten Kapuze über dem Haar auf der Veranda stehen sah, riß er den Mund auf, und einen Moment lang starrte er sie nur fassungslos an. »Um Gottes willen! Was haben Sie zu dieser nachtschlafenden Zeit in Ihrem Nachthemd hier zu suchen?«

Mairi schaute an sich herunter und sah, daß ihr Nachthemd durch den offenstehenden Umhang allzu deutlich zu sehen war. Sie zog den Umhang um sich, während Nick barsch fragte: »Worauf haben Sie es abgesehen? Darauf, daß mich jemand erschießt?«

Dann trat Nick zurück, knöpfte sich das Hemd falsch zu und bedeutete ihr einzutreten. Mairi kam energisch durch die Tür und stolperte über die langen Falten ihres Umhangs. Dabei landete sie dicht genug neben dem grünen Damastsofa, um so zu tun, als hätte sie von Anfang an die Absicht gehabt, sich dort niederzulassen. »Ich weiß, daß Sie wütend auf mich sein werden, und bevor Sie sich entschließen, mir das Herz rauszuschneiden und es den Geiern zum Fraß vorzuwerfen, sage ich Ihnen gleich, daß mein Entschluß feststeht.«

»Welcher Entschluß?« fragte Nick.

»Ich will mit Ihnen kommen.«

»Wenn das Ihre Vorstellung von einem W...«

»Es ist kein Witz. Es ist mein Ernst.«

»Meiner auch, und die Antwort lautet *nein*!« Er trat an einen Schreibtisch, auf dem sich Stapel von Papieren häuften. Dort goß er zwei Finger Scotch in ein Glas, brachte es zu einem kleinen Tisch neben Mairi, stellte es dort ab und bedeutete ihr, zu trinken.

»Na, wunderbar. So was rühre ich nicht an.«

»Und ich möchte wetten, daß Sie auch nie in einer naßkalten Nacht in Ihrem Nachthemd durch die Gegend laufen. *Trinken*

Sie das!« Seine Stimme knackte wie eine Eichel, auf die man tritt, und Mairi griff hastig nach dem Glas und schüttete den Inhalt in sich hinein. Etwa fünf Minuten später, als er sich nach ihrem Hustenanfall wieder verständlich machen konnte, sagte Nick: »Wenn Sie unbedingt mitten in der Nacht im Nachthemd durch die Stadt laufen wollen, dann hindere ich Sie nicht daran, aber Sie werden nicht einen Fuß auf mein Schiff setzen, und damit basta.«

»Bitte, Nick. Seien Sie nicht so starrköpfig. Meine Schwester ist wahrscheinlich inzwischen schon auf halbem Weg nach China, und Sie tun so, als sei das gar nichts.«

»Hawaii liegt nicht auf dem Weg nach China, und ich weiß, daß Sie sich Sorgen um Ihre Schwester machen, aber Sie werden hier *gebraucht*. Auf See wären Sie ja doch nur eine Plage.«

»Schreien Sie mich bloß nicht an! Das wäre doch alles nicht passiert, wenn Sie gesagt hätten, was Sie wollen.«

»Wenn ich gesagt hätte, was ich will?« schrie er. »Was, um Himmels willen, tue ich denn seit Monaten?«

»Sie haben nie bei Papa um ihre Hand angehalten.«

»Ich wollte doch nicht ihre gottverdammte Hand!«

Mairi wirkte jetzt derart verängstigt, daß sie panisch die Flucht ergriffen hätte, und daher mäßigte sich Nick und senkte die Stimme. »Mairi, ich werde Sie nach Hause bringen, falls ich nicht vorher schon verhaftet oder erschossen werde, und dann werde ich Ihrer Schwester nachreisen.« Plötzlich schoß Nick ein Gedanke durch den Kopf. Er ergriff Mairis Hand und sagte: »Kommen Sie schon.« Dann führte er sie zur Tür hinaus.

»Lassen Sie mich doch mitkommen?«

»Ein Stückchen.«

Wenige Minuten später zog Nick Mairi die Stufen zu einem anderen Haus hinauf. »Wer wohnt hier?« flüsterte sie.

»Das werden Sie schon noch früh genug sehen«, sagte er, als Porter die Tür öffnete. Er schaute Nick an. Er schaute auf seine Armbanduhr und schüttelte sie dann, ehe er sie sich ans Ohr hielt. Und dann sah er Mairi an und stieß einen Pfiff aus.

»Das habe ich dir mitgebracht«, sagte Nick und versetzte Mairi einen Schubs, ehe er beide durch die Tür stieß.

Porter sah Mairi unter besseren Lichtverhältnissen noch einmal genauer an. »Du hast sie mir gebracht? Und was soll ich mit ihr anfangen?«

Nick zog leicht anzüglich eine dunkle Augenbraue hoch.

»Also, Moment mal!« protestierte Mairi, die durch die Tür entkommen wollte.

»Warte, Schätzchen, schauen wir doch mal, was alles unter diesem Umhang verborgen ist.« Mairi verpaßte ihm einen Tritt ans Schienbein.

»Du wirst behutsam mit ihr umgehen müssen, Porter. Sie ist schon bald meine Schwägerin.«

Mairi stieß einen Schrei aus und stürzte sich auf ihn, aber Porter lachte, zog sie zurück und schloß die Tür. Nick sprang jeweils zwei Stufen auf einmal hinunter und lauschte Mairis Schreien und den Geräuschen von zersplitterndem Glas. Er fragte sich, wer von beiden sich bei seiner Rückkehr zuerst bei ihm bedanken würde.

Eine halbe Stunde später stand Nick auf dem Kai und warf seine Tasche an Bord.

21

Tibbie war schon seekrank, bevor Indianola aus ihrer Sicht verschwunden war. Es half ihr auch nicht weiter, als Eric, der sie trösten wollte, sagte, sie käme bald darüber hinweg und würde sich gut genug fühlen, um ein wenig Tintenfischsuppe zu sich zu nehmen.

Daraufhin rannte sie sofort wieder in ihre Kabine, um den Nachttopf zu erreichen. Ihre Kabine und der Nachttopf. Von da an wurde beides für sie zu Synonymen.

Tibbie mochte zwar an der Golfküste von Texas aufgewachsen sein, aber sie war nur ein paarmal in einem kleinen Ruderboot mit Mairi durch die Bucht gepaddelt, als sie noch klein waren. Sie hatte die Liebe einer Landratte zur Seefahrt. Sie konnte es nicht leiden. Sie konnte nicht verstehen, wie zwei ihrer Brüder eine einzige Reise ertragen hatten, ganz zu schweigen von einem Leben auf See. Fünf Minuten waren ihr schon zu lang. Wasser war für sie immer etwas gewesen, was man trank, worin man badete oder was man betrachtete. Jetzt fügte sie noch einen vierten Aspekt hinzu. Es machte einen krank.

Während Tibbie die meiste Zeit über den Nachttopf gebeugt in ihrer Kabine verbrachte, folgte ihr Nicholas mit einem Abstand von vier Tagen, da er ein wenig Zeit verloren hatte, als er in New Orleans eingelaufen war und seine Habe auf sein eigenes Schiff befördert hatte, die *Caledonia*. Sowie die *Caledonia* auf See war, verbrachte Nick die meiste Zeit am Ruder, ließ sich den warmen Golfwind ins Gesicht wehen und dachte an Tibbie. Immer wieder schaute er über die endlose Weite des Wassers und überlegte sich, daß sie einen Vorsprung von drei oder vier Tagen hatte. Aber die *Caledonia* war schnell und wendig. Er setzte darauf, daß sie die *Nordic Star* überholen würden, ehe sie Rio de Janeiro erreicht hatten.

Dieser verfluchte kleine Dummkopf! Das ist typisch für ihre Art, Probleme zu lösen: in blinder, blödsinniger Panik. Mir ist klar, was sie tut, wenn sie sich einbildet, sie könnte alles lösen, indem sie ein paar Gelübde abgibt und glaubt, wenn sie mit ihm den heiligen Bund der Ehe eingeht, kann sie ihre eigenen Gefühle und Sehnsüchte für immer in sich verschließen. Und dann sagte er laut, als stünde sie hier, direkt vor ihm: »Daraus wird nichts, Mädchen. Es klappt nicht, weil du mehr als ein paar Ozeane voller Wasser zwischen uns legen mußt, bevor ich mir dich aus dem Kopf schlage.«

Es war keine besonders angenehme Reise. Tibbie erlitt zwar keine Tobsuchtsanfälle mehr – selbst jemand, der so jung und aufbrausend ist wie sie, kann nur über einen begrenzten Zeitraum toben –, aber sie beharrte glühend auf ihrem Gelübde, kein Wort mit Eric zu reden. Ein paar Stunden, nachdem die Wirkung des Schlafmittels nachgelassen hatte, hatte er sie losgebunden. Inzwischen hatte er jeden Wertgegenstand aus der Kabine entfernt, damit sie in Ruhe zerstören konnte, was noch übrig war. Das brachte sie reichlich schnell hinter sich, und dann war sie vollständig erschöpft und schlief wieder ein. Am dritten Tag erkannte sie die Nutzlosigkeit eines solchen Benehmens. Eric würde nicht umkehren, und damit basta. Daher wandte sie ihre Überlegungen anderen Themen zu, zum Beispiel, wie sie fliehen konnte, wenn sie in einen Hafen einliefen.

Dieser Gedanke zerschlug sich, als Eric sagte: »Und komm bloß nicht auf den Gedanken, dich zu verdrücken. Wir legen auf dem Weg nur einmal an, und ich werde dich schon eine ganze Weile vorher in deiner Kabine einschließen.«

Das war eines der ganz wenigen Male, bei denen Eric in ihrer

Gegenwart etwas sagte. Vermutlich hatte er sich entschlossen, ihr vorerst aus dem Weg zu gehen. Einmal war er in ihre Kabine gekommen und hatte sie dabei ertappt, daß sie sich mit dem Wasser aus dem Krug, den man ihr am Morgen hingestellt hatte, die Haare wusch. »Dieses Wasser ist zum Trinken bestimmt. Wenn du es dafür vergeudest, dir das Haar zu waschen, wirst du Salzwasser trinken müssen.« Sonst hatte er nur einmal etwas gesagt, nämlich, als sie versucht hatte, Taue aufzurollen. Sie waren zwar nur ein kleines Stück durch ihre Hände gezogen worden, aber sie hatte doch auf beiden Handflächen häßliche Schürfwunden davongetragen. Als er ihre Hände sah, hatte Eric gesagt: »Den nächsten Mann, der ihr etwas beizubringen versucht, setze ich auf halbe Ration.«

Um sich von ihrer gräßlichen Seekrankheit abzulenken, von ihrer ständigen Furcht vor dem Ertrinken, von Erics Weigerung, sie nach Hause zu bringen, und von schierer Langeweile, fing Tibbie an, Tagebuch zu führen. Ihr erster Eintrag war ein eher unbeholfener, der sich um die zahllosen Aktivitäten drehte, zu denen es an Bord eines Schiffes kam, und im übrigen legte sie ein kurzes Glossar des Seemannsjargons an, das für jeden leichtverdaulich war, der schon auf See gewesen war.

Es war recht dunkel in der Kabine, als sie mit ihrem ersten Eintrag begann, und kein Lichtschimmer drang durch die Heckfenster. Sie lag auf ihrer Pritsche, die leicht und gleichmäßig schwankte, und im schwachen Schein einer kleinen Öllampe schrieb sie über das Leben an Bord eines Schiffs.

Der Kapitän ist für das Schiff und für die Navigation verantwortlich (aber Eric springt manchmal ein). Der Kapitän hält auch den Mittagsgottesdienst ab und legt dann den Kurs des Schiffs fest. Er kann Ehen schließen, Begräbnisse durchführen und töten, wenn es zu einer Meuterei kommt.

Erst in ihrem dritten Eintrag fand sich Tibbie damit ab, daß sie auf See war, nachdem sie im zweiten Eintrag die Takelage beschrieben hatte, und sie beschloß, es sei nur gut, daß sie sich mit ihrem Standort abgefunden hatte, da sie ohnehin nichts daran ändern konnte. Ihre letzten Worte lauteten:

Ich lerne allmählich, zwischen den massiven grauen Wogen, die eine nach der anderen gegen das Schiff schlagen, das Gleichgewicht zu halten. Erst treffen sie das Schiff von steuerbord und heben das Bugspriet hoch, das viel von einem gewaltigen Seeungeheuer hat, das man aus seinem Schlummer weckt, auf daß es sich zornig aus seinem Bett auf dem Grund des Meeres erhebt.

Am folgenden Morgen stellte Tibbie fest, daß Eric selbst Trevor, dem Kabinenstewart, verboten hatte, mit ihr zu reden, und er war bisher ihr einziger Gesprächspartner gewesen. Nachdem sie eine Zeitlang geschmollt hatte, entschied sie, wahnsinnig zu werden, wenn sie nicht mit irgend jemandem redete. Daher suchte sie Eric auf und fragte ihn, wann sie an einer der Inseln anlegen würden, die sie gelegentlich sah.

»Wir haben genug Vorräte und werden erst nach dem Horn vor Anker gehen. Dann sind wir im Pazifischen Ozean und können es bis Valparaiso schaffen, ehe wir anlegen.«

Am nächsten Nachmittag stand sie neben Eric vor der Navigationskarte, auf der ihre Route eingezeichnet war. »Wo sind wir jetzt?«

»Hier, fast genau auf dem Äquator, und dann werden wir das Kap St. Roque umrunden und zum Kap Horn weitersegeln. Es wird unruhig werden, bis wir die Tierra del Fuego hinter uns haben.«

Tierra del Fuego. Wenn etwas Feuerland hieß, dann klang das in ihren Ohren schon wieder erfreulich.

Am nächsten Tag erbarmte sich Eric und erlaubte ihr, mit der gesamten Mannschaft zu reden. Eine der verblüffendsten Feststellungen war für Tibbie die, daß Matrosen Fisch und Frischfleisch hassen.

Wenige Tage später gelangten sie in äquatoriales Klima, und alles spielte sich nur noch in Zeitlupe ab. Tibbie vermerkte in ihrem Tagebuch, daß alles klebte und nichts je wieder trocken wurde. Den spektakulären Sonnenuntergängen und dem nächtlichen Sternenhimmel konnte sie wenigstens *etwas* abgewinnen. Das Kreuz des Südens war schon zu sehen, wenn auch noch tief über dem südlichen Horizont, doch Eric hatte ihr gesagt, bald würden sie es direkt über sich haben.

Dienstag, 19. Juli 1849
Am späten Nachmittag haben wir den Äquator überquert, und ich hätte mir so sehr gewünscht, Beth wäre dabeigewesen und hätte die Äquatortaufe erleben können. Heute habe ich zum ersten Mal länger an sie gedacht, ohne gleich zu weinen. Sie fehlt mir entsetzlich, und ich mache mir solche Sorgen, sie könnte mich vermissen. Mein einziger Trost besteht in dem Wissen, daß Beth von meiner Familie geliebt und bestens versorgt wird und klug genug ist, um zu begreifen, daß ich nicht aus freiem Willen bin, wo ich bin. Ich hoffe, wir werden bald wieder zusammensein.

Fünfzehn Tage später schrieb sie:

3. August 1849
Mr. Tripp hat gesagt, daß wir das Kap zur schlimmsten Jahreszeit umrunden, weil in der südlichen Hemisphäre jetzt Winter herrscht. Er sagt auch, daß unter den Matrosen Streitigkeiten und Schlägereien ausbrechen werden. Gefährliche Stürme werden demnächst aus dem Delta eines Flusses donnern, das zweihundert Kilometer breit ist. Heute ist es böig. Mr. Tripp sagt, über Nacht könnten wir schlechtes Wetter bekommen.

Wenige Tage später trieb der stürmische Wind auch tatsächlich Schnee und Hagel vor sich her, und es kam zu Messerstechereien unter den Matrosen.

9. August 1849
Heute konnte ich dem Schiffsarzt helfen, eine Messerwunde im Arm des Zweiten Maats zu behandeln. Nachdem wir sie mit Desinfektionsmittel ausgewaschen hatten, legten wir den Verband an. Eric war hinterher fast aufgelegt wie ein Verliebter, aber ich habe über Erschöpfung geklagt und mich in meine Kabine zurückgezogen. Eric war bisher geduldig, aber ich weiß, daß er von Natur aus temperamentvoll ist und daß seine erzwungene Geduld nicht von Dauer sein wird. Meine Gedanken drehen sich jetzt ständig um Nicholas, und ich zweifle an meinem Verstand, wenn ich bedenke, daß ich die Dummheit begangen habe, einer Ehe mit Eric zuzustimmen. Wie konnte ich nur so dumm sein, eine derart wichtige Entscheidung zu treffen, in einem Moment, in dem ich tief verletzt und wütend war? Nachdem ich jetzt Zeit zum Nachdenken gehabt habe, weiß ich, daß etwas schiefgegangen ist, daß Nick ein Mann von der Sorte ist, der gekommen wäre, und sei es auch nur, um sich von mir zu verabschieden. Ich frage mich, ob ich wohl je erfahren werde, was sich wirklich abgespielt hat. Manchmal komme ich mir vor, als hätte mein Stolz sich gegen mich gewandt und mich wie eine Schlange gebissen, die ich vorher für ein zahmes Haustier hielt.

13. August 1849
Die Tage werden jetzt kürzer, und alle sind auf das Schlimmste vorbereitet. Ich fürchte, heute nacht werde ich nicht schlafen, denn es ist jetzt schon stürmisch und eisig, und wir werden den gewaltigen Brechern von Kap Horn ausgesetzt sein.

17. August 1849
Heute morgen haben wir wieder eine der Gefahrenzonen des Kaps passiert, die Diego Ramirez Rocks. Am Nachmittag hat sich der Sturm dann gelegt. Es erleichtert mich unwillkürlich, und ich neige den Kopf zu einem Dankgebet, weil wir das gefürchtete Kap hinter uns haben. Feuerland liegt jetzt östlich von uns, und es ist tröstlich, das zu wissen. Heute nacht werde ich bestimmt besser schlafen.

7. September 1849
Wieder hatten wir Stürme, und zwar eine volle Woche lang, nicht so kalt und heftig wie am Horn, aber dennoch erschrekkend und unangenehm. Eric sagt, wir seien in weniger als einer Woche in Valparaiso. Ich kann mir nicht vorstellen, wieder auf dem Trockenen zu sein, auf dem Festland zu stehen. Noch schlimmer ist, daß ich mir nicht vorstellen kann, jemals wieder freiwillig an Bord eines Schiffs zu gehen, wenn ich erst wieder auf dem Festland stehe. Daher habe ich Eric noch einmal darauf angesprochen, umzukehren, und Eric hat gedroht, mich an den Mast zu binden, wenn ich noch einmal davon anfange. Wenigstens ist das Meer jetzt ruhig. Heute werde ich erstmals seit vielen, vielen Wochen wieder friedlich schlafen können.

8. September 1849
Nach dem Frühstück habe ich Eric über den Navigationskarten vorgefunden und ihn gebeten, mich in ein Schiff zu setzen, das nach New Orleans fährt, sowie wir Valparaiso erreicht haben. Er schien mir nicht allzu wütend zu sein, als er meine Bitte abgeschlagen hat, aber später, als ich mich angezogen hatte, um an Land zu gehen, fand ich meine Tür verschlossen vor. Anscheinend hatte Eric sein früheres Versprechen nicht vergessen. Valparaiso habe ich nur durch mein Bullauge gesehen. Als Eric zurückkam, blieb mir nicht viel übrig, um es ihm in entsprechender Münze heimzuzahlen, aber mein schot-

tisches Blut hat gekocht, und daher habe ich meine Tür von innen abgesperrt.

»Du wirst schon freiwillig rauskommen, wenn du Hunger hast«, hat Eric gesagt.

Am vierten Fastentag haben Mr. Tripp und drei Matrosen die Tür zu meiner Kabine eingetreten. Ich war derart geschwächt, daß ich mich schon früh am Tag ins Bett gelegt hatte. Eric stand schon bereit und wollte mich fürchterlich ausschimpfen, aber Mr. Tripp hat mich in die Küche getragen und dem Koch seine Anweisungen erteilt. Er hat den Deckel von einem großen Topf hochgehoben und hineingeschaut. »Was ist das?«

»Schildkrötensuppe.«

»Dann flöß ihr Schildkrötensuppe ein, bis ihr Paddel wachsen.«

Am ersten Oktober ist die Nordic Star *in den Hafen von Lahaina eingelaufen.*

22

»Zwing mich noch einmal zu etwas, und ich schlage dich hemmungslos zusammen!«

Die beiden mit reichen Schnitzereien verzierten Mahagonitüren öffneten sich und gaben den Blick auf einen bleichen und zerbrechlichen Hans Neilson frei, der in einem prachtvollen vierpfostigen Bett lag, als sein Sohn Eric eintrat, der nach einem Jahr endlich zurückgekehrt war.

Wohin mochten ihn seine Reisen wohl diesmal geführt haben? Nach China? Afrika? Ägypten? Grönland? Und was noch wesentlicher war – warum war er zurückgekehrt? Höchstwahrscheinlich hatte er vernommen, daß sich der gesundheitliche Zustand seines Vaters verschlechterte. Sein Blick glitt über seinen Sohn, und er stellte fest, daß er noch genauso gesund aussah wie an dem Tag, an dem er durch dieselbe Tür gestürzt war und verkündet hatte: »Ich habe jetzt schon viel zu lange gewartet. *Diesmal* heirate ich die Frau, die ich haben will.«

Hans fragte sich, ob das die Frau war, die Eric schon die ganze Zeit hatte heiraten wollen, aber es schien sie nicht allzu glücklich zu machen, daß sie jetzt hier war. Was hatte Eric nun schon wieder angestellt? Er war schon immer so impulsiv gewesen, daß er sich selbst damit schadete.

Hans seufzte, als er sich an das schöne, zarte Kind erinnerte, das Eric einmal gewesen war, immer makellos frisiert und ordentlich gekleidet, und nie wäre er halbnackt am Strand rumgelaufen, wie es seine beiden Brüder getan hatten. Er war immer das untadelige Kind gewesen. Untadelig und erwachsen. Hans hatte es immer Sorgen bereitet, daß unter all dieser Makellosigkeit ein Mann steckte, der immer seinen Kopf durchsetzen wollte und im allgemeinen auch seinen Willen bekam.

Dennoch war er sein Sohn, wenn er auch äußerlich mehr Ähnlichkeit mit seiner Mutter und seinen Brüdern aufwies, und er war ihm lieb und teuer.

Als Eric in der Tür stand und sich einen Überblick über die Lage verschaffte, musterte Hans die junge Frau, die in einem zerknitterten Reisekostüm gleich hinter ihm stand. Er nahm an, ihrem Mund entstammten die feindseligen Worte, die er gerade vor seiner Tür gehört hatte – aber sie wirkte zu zart, um jemanden zusammenzuschlagen. Doch er wußte, daß der äußere Schein trügen konnte. Hans spürte, wie sich der Zorn auf seinen Sohn in ihm regte, der Zorn über sein Verhalten. Wie konnte er die junge Frau dazu zwingen, einen alten Mann zu besuchen, der auf dem Totenbett lag? Das schien ihm nämlich der Grund für ihren offenkundigen Mißmut zu sein. Jetzt strahlte Eric, als er den Raum durchquerte und an das Bett seines Vaters trat, und während er sich hinkniete und Hans eine plötzliche Wärme verspürte, vergaß er sofort die junge Frau und ihren Mißmut.

»Du bist gerade erst angekommen?«

Eric lachte. »Eben gerade. Wie du sehen kannst, habe ich es mir noch nicht einmal erlaubt, ein Bad zu nehmen oder mir frische Sachen anzuziehen. Ist dein Zustand …?«

»Es geht rapide bergab mit mir. Ich bin froh, daß du wieder zu Hause bist.«

»Ich bin gekommen, sobald es ging.«

»Hast du deine Brüder schon gesehen?«

»Nur Lars. Hans ist, soweit ich gehört habe, in Honolulu.«

Jetzt stand Eric auf und gab den Blick auf das Mädchen hinter ihm frei.

Sie war offenbar Amerikanerin. Hans ordnete sie mit derselben Gewißheit als Amerikanerin ein, die ihm sagte, daß es ihre

Stimme war, die gerade vor einem Augenblick Eric gedroht hatte. Das hätte keine Frau aus einem zivilisierteren Teil der Welt gewagt, aber diese Amerikanerinnen… sie waren schon ein seltsames Pack. Sie spuckten Feuer und Schwefel, und dieses Mädchen machte ganz den Eindruck, als sei sie mit beidem reichlich gesegnet. Eric zusammenschlagen, also so was! Er hoffte nur, er würde noch lange genug leben, um das mit ansehen zu dürfen.

Hans wandte den Blick von dem Mädchen ab und sah wieder seinen Sohn an.

»Das ist Tibbie, Vater, Tibbie Buchanan.«

»Sie sind Amerikanerin.«

»Nein, ich bin Texanerin.«

»Ahh«, sagte Hans, dessen Augen plötzlich strahlten. »Das erklärt alles.«

»Was erklärt das?« fragte Eric.

»Nichts. Nur ihre Schönheit. Ich habe gehört, Amerikanerinnen seien sehr hübsch, aber die Frauen aus Texas seien mit Abstand die schönsten.« Selbst sein seltsames Kompliment ließ die Züge des Mädchens nicht freundlicher werden.

»Treten Sie näher, meine Liebe, damit ich Sie genauer ansehen kann.«

Als sie vortrat, zog Eric ihr den Umhang vom Kopf und von den Schultern, und ein plötzlicher Reigen honiggoldener Locken setzte ein. Sie sagte kein Wort, aber ihre Augen funkelten Eric glühend an, voller Wut und Trotz.

Hans ertappte sich dabei, wie er dachte: *Gib es ihm. Schlag ihn jetzt gleich zusammen!*

Hans war kein großer Frauenkenner, da seine Eltern Missionare gewesen waren, die gewisse Aktivitäten geringschätzten. Aber er besaß einen Blick für Schönheit. Und dieses Mädchen war eine Schönheit. Vor allem, wenn sie neben Eric stand und beide so engelsgleich erschienen – in flüssiges Gold getaucht und von der Pracht der Statuen Michelangelos. Die Schönheit beider verband sich so perfekt miteinander, daß sie ohne weiteres die vollkommenen Geschöpfe Gottes hätten sein können, Adam und Eva.

Wenn das Mädchen auch zerzaust und mitgenommen wirkte, dann hatte sie doch etwas Klassisches an sich, eine Würde in der Haltung, die an Strenge grenzte. In ihren Augen konnte er erkennen, daß sie in ihrem Leben schon mehr Leid erfahren hatte, als ihren Jahren geziemte, und er fragte sich, wie ihr früheres Leben wohl verlaufen sein mochte.

»Ich bin Hans Neilson, Erics Vater. Ich bedaure, daß wir einander nicht förmlicher vorgestellt werden können.«

»Mach dir keine Sorgen«, sagte Eric. »Wie sie schon sagte, stammt sie aus Texas. Dort ist es üblich, bei jeder sich bietenden Gelegenheit auf Förmlichkeit zu verzichten.«

Erics scharfe Worte schienen das Mädchen nicht im mindesten einzuschüchtern. Wenn überhaupt, dann funkelten ihn die bernsteinfarbenen Augen nur noch feindseliger an als vorher. Erst in dem Moment bemerkte Hans die dunklen Ringe unter ihren Augen und die Müdigkeit in ihrem Gesicht. Das arme Kind mußte restlos erschöpft sein.

»Dann verzichten wir doch auf Formalitäten. Die junge Frau scheint erschöpft zu sein, Eric. Führ sie raus, und ruf Liliha, damit sie ihr ihr Zimmer zeigt.«

Tibbie lief im Zimmer auf und ab. Ihr Badewasser wurde kalt. Das bezaubernde neue Kleid, das für sie bereitgelegt worden war, hatte sie bereits in Fetzen gerissen. Sie war schon weit genug getrieben worden, und noch mehr würde sie sich nicht bieten lassen. Es war an der Zeit, daß Eric sich darüber klarwurde.

Die Tür ging auf, und Eric streckte den Kopf herein, aber er zog ihn sofort wieder ein, als ihm ein Nachttopf entgegensegelte und mit einem lauten Knall an der Tür zerschmetterte. Darauf folgte die Hälfte allen Porzellans im Zimmer, und der Scherbenhaufen, der zurückblieb, war so hoch, daß sich die Tür nur mit Mühe öffnen ließ. Sowie es Eric gelungen war, das Zimmer zu betreten, war Tibbie schon fast aus dem Fenster geklettert. Eric erwischte sie gerade noch, ehe sie auf den Baum vor dem Fenster springen konnte. Sie versetzte ihm zwei kräftige Tritte in die Magengegend, bevor es ihm gelang, sie gewaltsam wieder ins Zimmer zu zerren. Sobald sie drin war, versuchte sie verzweifelt, noch heftiger nach ihm zu treten, doch er wich ihren Versuchen meisterlich aus.

»Ich verlange, daß du mich auf der Stelle freiläßt!« keuchte sie und rang um Atem, während sie sich in seinen Händen wand und an der Entschlossenheit verzweifelte, die sie in seinem Gesicht sah.

»Hör auf, dich zu wehren, und ich lasse dich los.«

»Davon rede ich nicht. Ich rede davon, daß ich nach Hause fahren will.«

»Ich fürchte, das ist ausgeschlossen. Wir beide haben eine Vereinbarung getroffen, du und ich. Ich habe vor, dafür zu sorgen, daß du dein Wort hältst.«

»Ich werde dich nicht heiraten. Diese Vorstellung kannst du dir gleich aus dem Kopf schlagen. Es war von Anfang an eine Dummheit, überhaupt in eine Heirat mit dir einzuwilligen.«

»Das ist nebensächlich. Entscheidend ist, daß du eingewilligt hast, und ich habe die Absicht, alles durchzuführen wie geplant.«

»Du kannst mich nicht zwingen.«

»Ich habe nicht die Absicht. Ich habe das Gefühl, wir könnten zu einer halbwegs zivilisierten Einigung gelangen.«

»Das einzige, worauf ich mich mit dir einige ist, daß du mich nach Hause schickst.«

»Tibbie«, sagte er schweratmend, »sei vernünftig.«

»Warum? Damit du mich wieder fesseln kannst?«

»Das war deine Schuld. Seit wir im Hafen eingelaufen sind, hast du schon dreimal versucht, fortzulaufen. Ich habe mich bemüht, zu übersehen, daß du über Bord gesprungen bist, nachdem du deinen Begleiter ins...«

»Meinen Wächter«, warf Tibbie ein.

Eric fuhr fort: »Nachdem du ihn ins Wasser geworfen hast. Und ich habe dich gewarnt, als ich dich in die Kutsche gesetzt habe und du sofort wieder auf der anderen Seite ausgestiegen bist. Ich habe dir gesagt, ich sei gezwungen, dich zu fesseln, wenn du so etwas noch einmal versuchst.«

»Dann ist es also meine Schuld.«

»Ich habe dich bestimmt nicht gezwungen auszureißen, als wir im Verkehr festgesteckt haben und ich ausgestiegen bin, um nachzusehen, was das für eine Ursache hat. Ich mußte einen ganzen Straßenzug weit hinter dir herlaufen, ehe ich dich wieder eingefangen hatte.«

Tibbie hatte all das in der bestmöglichen Verfassung über sich ergehen lassen. Sie hatte mitangesehen, wie sich der Mann, den sie geliebt hatte, der Vater ihres Kindes, zu ihrem Gefängniswärter entwickelt hatte. Und jetzt, nach Monaten auf See, weigerte er sich, auf ihr Ansinnen einzugehen, sie wieder nach Hause zurückkehren zu lassen, und er beharrte darauf, daß sie versprochen hatte, ihn zu heiraten, und dann besaß er auch noch die Frechheit, ihr zu sagen, genau das erwartete er jetzt von ihr. Eine Frau neigt zu unerklärlichen und doch vorhersehbaren Handlungen, wenn man sie bis an ihre Grenzen getrieben hat und sie mit dem Rücken an der Wand steht. Jeder Funke Kraft, den sie aufbieten konnte, floß in die schnelle Bewegung ihres Arms ein. Jede verabscheuungswürdige Tat, jedes abscheuliche Wort, jede Minute, die sie darunter gelitten hatte, daß er sie hatte sitzenlassen, all das ballte sich in der Faust zusammen, die mit einem gewaltigen Hieb auf seiner linken Wange landete. Es störte sie kaum, daß der Aufprall von Knochen, die auf Knochen trafen, durch ihren Arm zuckte, als bebte die Erde – wenigstens konnte sie zu ihrer Zufriedenheit feststellen, daß sie ihm die Nase gebrochen hatte.

Sie bemerkte es sogar schon vor ihm, denn es dauerte etliche Minuten, bis ihm voll und ganz klarwurde, daß er geschlagen worden war. Als er es endlich begriff und ein Taschentuch herauszog, blutete er in Strömen und war nicht zum Reden aufgelegt. Ohne ein weiteres Wort ließ er sie stehen und knallte die Tür zu, die in ihren Angeln klapperte.

Drei Tage lang hielt sich Eric von ihr fern, und Tibbie beschäftigte sich mit diversen Ausbruchsversuchen.

Ihr erster Anlauf bestand darin, aus ihrem Fenster zu klettern. Erst als sie sich umdrehte und mit einem Satz auf den Baum springen wollte, den sie kürzlich noch gesehen hatte, stellte sie fest, daß er nicht mehr dort stand. Anscheinend hatte Eric ihn absägen lassen.

Ihr zweiter Anlauf bestand darin, sich mitten in der Nacht aus ihrem Zimmer zu schleichen, da Eric dumm genug gewesen war, ihre Tür nicht von außen abzuschließen. Sie verstand jetzt, warum er sich nicht die Mühe gemacht hatte. Dieses Miststück hatte eine Schnur an ihrer Tür befestigt, die mit einem Klingelzug verbunden war. Als sie die Tür öffnete, hatte die Glocke in Erics Zimmer geläutet. Er fing sie schon im Treppenhaus ab.

Beim dritten Mal stellte sie sich todkrank und verlangte nach einem Arzt, da sie sicher war, bei ihm Hilfe zu finden. Nach einer flüchtigen Untersuchung teilte der Arzt ihr mit, daß er Blutegel ansetzen und ihr ein Klistier verabreichen würde. Ihre todesnahen Zustände gerieten sofort in Vergessenheit, als er den Apparat aus seiner Tasche holte, der sich als ein abscheuliches Instrument von etwa dreißig Zentimetern Länge erwies.

Ihr letzter Anlauf hatte darin bestanden, sich in dem Wäschekorb für schmutziges Bettzeug zu verstecken, den sie im Gang gefunden hatte. Über eine Stunde erstickte sie fast unter einem Haufen übelriechender Wäsche und geriet in eine gemilderte Hochstimmung, als der Wäschekorb fortgerollt wurde, in den Raum, in dem die Wäsche gewaschen wurde – so hoffte sie jedenfalls. Als der Wäschekorb abgestellt worden war und die Geräusche der Stimmen verhallten, kämpfte sich Tibbie langsam nach oben vor und hob den Deckel, doch sie mußte feststellen, daß sie nicht, wie sie gehofft hatte, in der Waschküche gelandet war.

Gelandet war sie statt dessen in dem Zimmer, das Erics Bruder Lars gehörte.

»Hallo«, sagte Lars zu dem zerzausten Gewirr goldener Locken, das sich über einem Paar riesiger, verblüffter bernsteinfarbener Augen drapierte. »Ich habe noch nie erlebt, daß jemand solche Mühen auf sich nimmt, um mir einen Besuch abzustatten.«

»Ich muß gestehen«, sagte Tibbie, die aus dem Wäschekorb stieg, »daß das nicht meine ursprüngliche Absicht war.«

Lars saß hinter einem Schreibtisch mit goldenen Intarsien und hielt eine Feder in der Hand. Er legte die Feder hin und wies auf einen Stuhl, der dem Schreibtisch gegenüberstand. Als Tibbie sich setzte, sagte er: »Ich kann nur vermuten, daß Sie die Frau sind, die mein Bruder mitgebracht hat, um sie zu heiraten, und wenn ich Sie so anschaue, dann scheint mir, daß Sie nicht viel von dieser Idee halten.«

Tibbie schüttelte heftig den Kopf. »Nein, ganz und gar nicht.«

»Es gibt einen anderen.«

»Ja. Aber das ist mir erst klargeworden, als es schon zu spät war.«

»Zu spät ist es nie.« Er lachte über ihren Gesichtsausdruck, und Tibbie erkannte, wie verblüffend ähnlich er Eric sah.

»Ich fürchte doch. Ich habe all meine Mittel erschöpft.« Sie sah angewidert den Wäschekorb an. »Das war meine letzte Hoffnung.«

Lars lachte fröhlich. Er musterte das bezaubernde Geschöpf, das kläglich auf dem Stuhl neben seinem Bett saß, und er wünschte sich von ganzem Herzen, er hätte sie vor Eric kennengelernt. Aber es war ihm ein kleiner Trost, daß er sich behaglich zurücklehnen und beobachten konnte, wie sein Bruder alles verpatzte. Diese Frau schien sehr erfindungsreich zu sein. Er wußte, daß ihr etwas einfallen würde, wenn man ihr nur genug Zeit ließ. Eric hatte immer bekommen, was er wollte. Es würde ihm guttun, wenn er eine Lektion erteilt bekam.

Diese Lektion betrachtete ihn jetzt aus großen, kugelrunden Augen. »Wenn Sie möchten, können Sie mich verpetzen und die Hunde auf mich hetzen. Aber selbst wenn man mich einsperrt und mich aushungert, gebe ich nicht nach. Es wäre nicht das erste Mal, daß man mich verfolgt und mich schlecht behandelt. Ich stamme von zähen schottischen Vorfahren ab, und wir haben schon Schlimmeres erlebt.«

»Sie finden sich erstaunlich gut mit Ihrem Los ab. Ein König könnte nicht gefaßter sterben.«

»Meine Urgroßmutter war eine russische Prinzessin.«

»Um Himmels willen«, sagte er und bemühte sich recht erfolglos, ein Lächeln zu unterdrücken. »Bei Ihrer Herkunft erstaunt es mich, daß Sie mir nicht schon in dem Moment einen Pflock ins Herz gerammt haben, in dem Sie sich in meinem Zimmer wiedergefunden haben.«

»Wir Schotten haben nicht den Hang, Unschuldige zu ermorden.«

»Aber er ist mein Bruder. Seine Schuld trifft auch mich.«

»Haben Sie ihn dazu aufgehetzt?«

»Natürlich nicht.«

»Dann sind Sie unschuldig.«

»Eric hat gesagt, Sie hätten ihm einen Sohn geboren.«

»Wenn ich es noch einmal tun müßte, würde ich mich für Beth entscheiden, aber ich würde mir einen anderen Vater für sie aussuchen.«

Lars warf den Kopf zurück und lachte. »Erzählen Sie mir von Ihrer Tochter.«

Etwa eine Stunde lang redete Tibbie über Bethany und erzählte Lars alles über Eric – wie sie sich in ihn verliebt hatte, wie er sie sitzengelassen hatte, wie Beth geboren worden war. Sie ließ nichts aus und erzählte ihm sogar von Nicholas. Als sie ausgeredet hatte, wirkte Lars nachdenklich.

»Das klingt ganz so, als könnte Eric es gebrauchen, seine eigene Medizin zu kosten, und zwar auf die übelste Art.«

»Für meinen Geschmack kann sie gar nicht bitter genug sein.«

»Sie glauben, er hat es nötig, eine Lektion erteilt zu kriegen?«

»Ich bin nicht sein Richter. Ich will nur, daß er mich in Ruhe läßt, und ich will wieder nach Hause.«

»Warum willigen Sie nicht in die Eheschließung ein...«

Sie sprang auf. »Das kommt gar nicht in Frage!«

Er bedeutete ihr, sie solle sich beruhigen und sich setzen. »Lassen Sie mich ausreden. Dann können Sie immer noch wie ein verschrecktes Schaf vom Stuhl aufspringen, wenn Sie möchten.«

Sie setzte sich für alle Fälle auf die Stuhlkante, um jederzeit in Bereitschaft zu sein.

»Ich wollte damit bestimmt nicht vorschlagen, daß Sie ihn heiraten, nur, daß Sie einwilligen. Dann wird Eric aufhören, Ihnen damit zuzusetzen. Das sollte Ihren klaren Verstand so weit beruhigen, daß Sie sich etwas einfallen lassen können.«

»Und wenn mir nichts einfällt?«

Lars musterte Tibbie gründlich. Selbst in dem schwachen Licht leuchteten ihre Augen wie Bernstein. Sie hatte einen ausgeprägten Mund und ein kräftiges Kinn, und ihre Ausdrucksweise und jede ihrer Taten wiesen deutlich auf die felsenfeste Entschlossenheit hin, die so typisch für die Schotten war, und dazu kam noch die prahlerische Selbstsicherheit der Texaner. Sie war ein Paradox, und sie interessierte ihn. Sie war in jeder Hinsicht so weiblich und zierlich, wie man es sich nur irgend denken konnte, und sie war auch freundlich und zart, und doch hatte sie eine tolldreiste Tapferkeit an sich, die einen erfahrenen Matrosen beschämt hätte.

»Sie können sich im letzten Moment immer noch weigern, ihn zu heiraten. Man hat schon oft genug gehört, daß eine Braut einen oder zwei Tage vor der Hochzeit alles abbläst.«

Tibbie dachte einen Moment lang darüber nach und lächelte dann. »Eric wird in Wut geraten.«

»Ja, aber dazu kommt es so oder so. Mit der Zeit wird er sich damit abfinden.«

»Nachdem er mich erdrosselt hat oder vorher?«

Lars lachte. »Ich muß sagen, daß ich es fast bereue, Ihnen meine Hilfe angeboten zu haben. Ich muß jetzt schon sagen, daß Sie mir sehr fehlen werden.«

Als sie Stimmen im Gang hörte, sagte sie. »Ich sollte mich jetzt lieber auf den Weg machen, ehe ich vermißt gemeldet werde.« Lars nickte, und sie stand auf. »Ich besuche Sie bald wieder.« Sie wandte sich zur Tür um.

Als sie die Tür erreicht hatte, rief Lars ihr etwas nach, und sie drehte sich mit der Hand auf dem Türgriff um. »Springen Sie nicht zu grob mit ihm um«, sagte er.

»Es wird sich im Rahmen halten«, sagte sie gedehnt und hörte sein leises Lachen, als sie die Tür hinter sich schloß.

Sie hielt Wort. Sie suchte ihn wieder auf, und zwar schon bald. Genauer gesagt, zwei Tage später. Aber diesmal kam sie nicht in einem Wäschekorb zu ihm. Diesmal kündigte sie ihren Besuch vorher an.

»Ich habe mich entschieden, wie ich vorgehen werde«, sagte sie und schaute auf ihre Hände, die sie im Schoß gefaltet hatte.

Lars sah sie nachdenklich an. »Ich nehme an, Sie trauen mir nicht genug, um es mir zu verraten, denn schließlich bin ich Erics Bruder.«

»Ich werde es mir überlegen«, sagte sie, »sobald ich alle Einzelheiten ausgearbeitet habe. Dieser Plan ist noch im Säuglingsstadium.«

Lars sah sie mit demselben Lächeln an, das sie so gut von Eric kannte. »Ich verstehe.« Er verschränkte die Arme vor der Brust. »Wie steht es mit Eric?«

»Es ist genauso gekommen, wie Sie gesagt haben. Seit ich in die Eheschließung eingewilligt habe, läßt er mich in Ruhe. Ich bekomme ihn kaum noch zu sehen.«

»Soweit ich weiß, plant er eine gewaltige Hochzeit... bei weitem die größte, die diese Insel je erlebt hat.«

»Gut so«, sagte Tibbie. »Je aufwendiger, desto besser.«

23

Am Tag vor der Hochzeit betete Tibbie um gutes Wetter und viele Gäste. Das mochte zwar seltsam klingen, wenn man bedachte, daß sie überhaupt nicht heiraten wollte, doch nach dem Plan, den sie ausgearbeitet hatte, war ihr der Erfolg um so sicherer, je größer das Ereignis wurde.

Eric machte sich nach wie vor rar. Am Vorabend der Hochzeit wurde ein großes hawaiianisches Festessen für das Paar veranstaltet, und dabei redete sie zum ersten Mal seit vier Tagen mit ihm. Er war so reizend und zuvorkommend, daß sie zeitweilig vergaß, wie schlecht sie von ihm behandelt worden war. Er bekam doch, was er wollte, oder etwa nicht? Kein Wunder, daß er reizend und zuvorkommend war. Sie zweifelte nicht im entferntesten daran, daß er sie wieder genauso behandeln würde wie vorher, wenn sie plötzlich andere Töne anschlug und ihre Weigerung bekundete.

Am Tag der Hochzeit schien schon früh morgens die Sonne und blieb den ganzen Tag an einem Himmel, der von einem satten, durchscheinenden Blau war. Tibbie stand auf einem Balkon, durch dessen zierliches Eisengeländer sich leuchtendroter Hibiskus und weiße Orchideen rankten. Von hier aus konnte sie die Gipfel der untätigen Vulkane sehen, die in der Ferne über tropischen Wäldern aufragten, Wäldern, die sich auf dieser Seite der Insel bis zum Meer hinunterzogen. Die andere Seite war windgepeitscht und vom Sonnenlicht überflutet, ein schmaler Streifen grauen Sandes, der eine tiefblaue Bucht säumte. Um sie herum breitete sich nach allen Richtungen ursprüngliche Schönheit aus, denn das Haus von Erics Familie lag in der welligen Hügellandschaft, die ein grünendes Tal bildete. Von dort aus fiel Ackerland zum Strand ab. Die feuchte Seeluft küßte ihre Haut, und das sachte Rauschen der schäumenden Brandung klang wie Silberglöckchen in ihren Ohren. Alles in allem war es ein guter Tag für eine Hochzeit. Wenigstens schien Gott ihre Gebete erhört zu haben. Sie hoffte inbrünstig, er hätte zugehört, als sie die Einzelheiten durchgegangen war, denn wenn er sich entschloß, sich zu drücken, war sie ganz und gar auf sich selbst angewiesen.

Fünfzehn Minuten vor Beginn der Trauungszeremonie steckte Tibbie die Orchideen noch einmal fest, die mit langen Schleifen in ihr Haar gebunden waren, und dann schaute sie sich im Spiegel an. Nicks lächelndes Gesicht starrte aus dem Spiegel zurück. Sie schnappte hörbar nach Luft, wirbelte herum und sah das Lächeln in seinen tiefblauen Augen.

»Nicholas!«

»Leibhaftig.«

»Was…? Wo…? Wie…?«

Er grinste breiter und trat näher, um sie in seine Arme zu ziehen. »Willst du mich testen, ob ich deine Fragen vervollständigen kann? *Was tue ich hier? Wo bin ich hergekommen? Wie bin ich hier reingekommen?* Spielt das denn eine Rolle? Ich bin jetzt hier. Das ist das einzige, was zählt.«

»Nein, es ist ernst.« Er stand da und sah noch besser denn je aus, als die frühe Nachmittagssonne auf seinem Haar schimmerte. Sie fühlte sich entsetzlich unbeholfen, als sie schmachtend vor Verliebtheit einen Mann angaffte, während sie herausgeputzt in ihrem Hochzeitskleid und mit Blumen geschmückt dastand und gerade im Begriff war, einen anderen zu heiraten… fast jedenfalls.

Instinktiv warf sie sich ihm in die Arme, und Nick schloß die Augen und dachte, daß er alles mögliche von ihr erwartet hatte, aber ganz bestimmt nicht das. Sie schlang die Arme um ihn, und ihr Haar umfing ihn wie ein goldenes Netz. Seine Hände legten sich auf ihre Wangen, und sein Daumen glitt über ihre feuchten Lippen, ehe seine Finger sich tief in ihre Locken gruben, um ihr Gesicht zu ihm hochzuziehen. Sein Mund war dicht über ihren Lippen, als er sagte: »Tibbie, meine süße Kleine, ich habe dir soviel zu sagen, aber wir haben jetzt keine Zeit. Ich habe deine Nachricht erst gefunden, als du schon fort warst. Sobald ich herausgefunden hatte, was passiert ist, bin ich dir nachgereist. Glaubst du etwa, nachdem du endlich deine Liebe zu mir eingestanden hast, ließe ich dich einen anderen heiraten?«

Sie riß sich genauso abrupt von ihm los, wie sie sich in seine Arme geworfen hatte, und plötzlich war sie gehemmt. »Wie hast du mich gefunden? Woher wußtest du, wo ich bin?«

»Mairi hat es mir gesagt.« Er trat näher und zog die Hand aus der Tasche, um ihre Wange zu streicheln. Sie wich noch einen Schritt zurück. Als er sie mit dem Rücken an die Wand getrieben hatte, ließ er die Hände sinken und versperrte ihr mit seinem Körper den Weg. Sie konnte sich nicht rühren, und selbst der Umstand, daß er die Hände tief in die Taschen gesteckt hatte, war ihr kein Trost. Dieser Mann hätte noch gefährlich gewirkt, wenn er überhaupt keine Hände gehabt hätte.

»Du mußt gehen«, sagte sie unbestimmt, und es fiel ihr schwer, an etwas anderes zu denken als daran, wie sie am begehrenswertesten aussehen würde, damit er sich hinreißen ließ, sie zu küssen, denn es war ihr immer noch peinlich, von sich aus auf ihn zuzugehen. »Siehst du denn nicht, daß ich mich gerade für meine Hochzeit bereitmache?«

Diesmal mußte sie begehrenswert ausgesehen haben, denn plötzlich fand sie sich in seinen Armen wieder, sein Mund lag auf ihrem, und ihr Körper entbrannte vor Verlangen. Jegliche Realität um sie herum löste sich auf, und sie blieb hilflos und in der Schwebe zurück. Sie seufzte, als sie mit ihm verschmolz, und sie fand es zu schön, von einem Mann geküßt zu werden, der genau wußte, was er tat. Plötzlich ließ er den Kuß abrupt abreißen, da ihm mit Verspätung aufgegangen war, was sie gerade gesagt hatte.

»Was hast du gesagt?«

»Ich habe gesagt, du mußt gehen. Ich mache mich jetzt fertig, und mir bleibt nicht mehr viel Zeit.«

»Tibbie, ich will mit dir reden.«

»Nick, ich habe keine Zeit. In weniger als fünf Minuten muß ich in der Kirche durch den Mittelgang schreiten. Such mich hinterher. Dann kannst du mit mir reden.«

Er schaute sie verblüfft an. »Also, *das* wäre ja ein toller Zeitpunkt, um dir einen Heiratsantrag zu machen.«

»Du hast wahrhaft lange genug gebraucht. Warum ausgerechnet jetzt?«

»Ich habe dir doch gesagt, daß ich dich liebe. Ich dachte, das sei fürs erste genug. Ich wollte dir Zeit lassen, um dich mit der Vorstellung anzufreunden, daß ich dich liebe, bevor ich anfange, dich mit einer Heirat zu bedrängen. Und wenn es dir auch noch so seltsam erscheinen mag, aber ich hätte mir nie vorstellen können, einer Frau einen Heiratsantrag zu machen, die mir noch nicht gesagt hat, daß sie meine Liebe erwidert. Außerdem hast du mir nie Gelegenheit gegeben, allzuviel zu sagen. Ich dachte, wenn es dich schon derart ärgert, daß ich dir meine Liebe erkläre, was wird dann erst passieren, wenn ich dir einen Heiratsantrag mache?«

»Ich danke dir für die Erklärung. Und jetzt verschwinde, ehe dich jemand hier sieht.«

»Du wirst nirgends hingehen, sondern mit mir gehen.«

»Wir kämen keine drei Meter weit, und das weißt du selbst. Die halbe Insel steht in den Diensten von Erics Vater.«

»Du setzt nicht gerade viel Vertrauen in mich, stimmt's?«

»Nick, du verstehst das nicht.«

»Allerdings nicht, verdammt noch mal!«

»Beruhige dich, und vertrau mir. Ich werde dir später alles erklären.«

»Wenn du auch nur einen Schritt machst, um diesen Raum zu verlassen, dann wird es dir noch leid tun.«

»Nicholas Mackinnon, wage es nicht, mir zu drohen!«

»Dann hör auf zu reden, und hör dir an, was ich dir zu sagen habe.«

»Ich muß mich jetzt fertigmachen.«

Er packte sie am Arm und zog sie hinter den Wandschirm. »Du siehst gut genug aus.« Er nahm ihren Schleier und drückte ihn ihr auf den Kopf.

»So geht das nicht. Du hast ihn mir falsch rum aufgesetzt.«

»Dann sitzt er genau richtig für diese Heirat, denn wir wissen beide, daß alles falsch ist.« Sie wollte sich ihm entziehen, doch er schlang die Arme um sie und preßte sie fest an sich. Seine Hände waren überall gleichzeitig. Plötzlich bemerkte sie, daß seine Hand unter ihren Röcken steckte und dreist an ihrem Oberschenkel hinaufwanderte.

Ihre Ermahnung war weder matt noch eingeschüchtert. »Hör auf! Bist du verrückt?«

»Nach dir?«

»Ich kann nicht keuchend vor den Altar treten. Hör auf!«

»Und wenn ich das tue, ist dir nach Keuchen zumute, Tib?«

Sie schlug seine Hand von sich. »Du hast schon immer mehr Hände gehabt als jeder andere Mann, der mir je begegnet ist.«

Er zog in gespieltem Entsetzen eine Augenbraue hoch. »Wie viele Männer hast du denn gekannt?«

»Glaub bloß nicht, du könntest das Thema wechseln.«

Er sah sie an, als sie ganz in Weiß wie eine Kamee dastand. Frische Blumen, auf denen noch Tautropfen funkelten, steckten in ihrem Haar. Im Spiegel hinter ihr konnte er ungehindert eine schmale Taille und das wogende weiße Seidenkleid mit der Turnüre und der langen Schleppe sehen, die mit Hunderten von winzigen Satinrosen bestickt war.

Während Nick sie betrachtete, wog sie ab, ob sie es ihm sagen sollte, und plötzlich wußte sie, daß es besser war, wenn er nichts erfuhr. Er würde ihr eben einfach vertrauen müssen. Sie sah den Ausdruck in seinen Augen und verspürte Gewissensbisse. Doch die tat sie ab und sagte sich, sie hätte eine Million Gründe, wütend auf ihn zu sein, namentlich, daß er an jenem Tag nicht im Obstgarten aufgetaucht war und sie davor bewahrt hatte, all das durchzumachen. Wie auf Erden hatte sie hier enden können – auf einer tropischen Insel am anderen Ende der Welt, während sie gerade so tat, als würde sie den einen Mann heiraten, obwohl ein anderer sie verfolgt hatte und ihr jetzt einen Heiratsantrag machte?

Er wollte sie fortbringen, und sie betete nur, es möge ihr gelingen, seinem Dickschädel Vernunft einzubläuen. Er machte aber auch nichts richtig.

»Sieh mal, du kannst dich doch nicht einfach auf eine Frau an ihrem Hochzeitstag stürzen...«

»Du wirst ihn nicht heiraten. Du wirst mich heiraten.«

»Ich habe dir doch schon gesagt, daß es der falsche Zeitpunkt ist, um mir einen Heiratsantrag zu machen.«

»Warum? Ich persönlich finde den Zeitpunkt perfekt. Du bist schon richtig für den Anlaß angekleidet.«

»Du bist völlig übergeschnappt.«

»Ein Verliebter ist nie bei gesundem Verstand. Das ist erwiesenermaßen unmöglich. Und jetzt hör auf zu protestieren, und sag mir, daß du mich liebst.«

»Ich liebe dich! Wirst du mich jetzt...«

Er schnitt ihr das Wort mit einem Kuß ab. Als er den Kuß endlich beendete und seine Umarmung lockerte, atmete er ebenso heftig wie sie. Seine Augen waren flehentlich und ernst. »Ich habe dich geliebt und mit angesehen, wie du in deiner Unentschiedenheit geschwankt hast. Ich habe dir Zeit gelassen, um zu sehen, wem dein Herz gehört, und ich habe nie begriffen, daß du zu verflucht stur bist, um wenigstens dir selbst gegenüber ehrlich zu sein.«

Musik, die von unten durch die prachtvolle Eingangshalle

klang, drang an ihre Ohren. »Jetzt holen sie mich. Ich muß gehen.« Sie legte ihm eine Hand auf den Arm. »Nick, wenn du mich liebst, vertrau mir. Ich habe jetzt keine Zeit, es dir genauer zu erklären.«

Die nackte Verzweiflung auf seinen Zügen erschütterte sie bis ins Mark. Von Nicholas, den sie so stolz und selbstsicher kannte, hätte sie nichts weniger erwartet, als ihn so hilflos und verletzbar zu sehen. Das verlieh ihr eine enorme Macht. Und es führte auch dazu, daß sie sich als niederträchtig empfand. Sie sah ihn an und spürte, wie es ihr das Herz brach. Sie beschloß, ihm doch zu sagen, was sie vorhatte. Einen Moment lang standen sie da und starrten einander an, entschlossene blaue Augen, die auf entschlossenes Gold trafen, beide Schotten, und wenn sie je ein echtes Patt erlebt hatten, dann jetzt. Die Spannung um sie herum vibrierte wie eine angeschlagene Saite. Sie sah, wie seine Züge sich verhärteten. Sie atmete schnell ein, als sie beobachtete, wie er auf dem Absatz kehrtmachte und dabei sagte: »Also, von mir aus, tu, was du meinst.«

Sie drehte sich um und starrte sich im Spiegel an. Ihr Mund war heiß und trocken. Eine Woge von Übelkeit übermannte sie, und doch konnte sie nicht schlucken, um gegen die Übelkeit anzukämpfen. Brennende Tränen sickerten durch ihre zusammengekniffenen Lider und strömten über ihre Wangen. Ob er ihr trauen und auf sie warten würde? Oder würde er ohne sie aufbrechen?

Der Gedanke, sie könnte ihn vielleicht nie wiedersehen, war ihr nahezu unerträglich. Alles in ihrem Innern drängte sie, ihrem Schmerz und ihrem Leid nachzugeben und wimmernd zusammenzubrechen, während kühle Seide um sie wogte und sie tröstete. Doch der glühende Trotz, der mit dem schottischen Blut in ihren Adern floß, verband sich mit Generationen von königlich russischen Vorfahren, die dazu erzogen waren, unerhörte Schwierigkeiten durchzustehen, und das hielt sie aufrecht.

Sie würde nie erfahren, wie sie es geschafft hatte, mit Haltung durch den Gang zwischen den fünfhundert Hochzeitsgästen zu schreiten. Aber bis dahin hatte sie es geschafft, und jetzt würde sie auch keinen Rückzieher mehr machen. Sie warf einen Blick auf Eric, der steif und arrogant dastand und dessen Gesicht den stolzen Sieger verriet. Er glaubte, sie geschlagen zu haben, aber es war ein Irrtum, aus ihrem Nachgeben zu schließen, er hätte gewonnen. Ihr fiel wieder ein, daß Großmama einmal zu ihr gesagt hatte, selbst ein Ziegenbock wiche ein oder zwei Schritte zurück, bevor er jemanden auf die Hörner nimmt. Sie war einen Schritt zurückgewichen. Mit einem strahlenden Lächeln bezog sie ihren Platz an Erics Seite.

Der Geistliche sah Eric an und fragte: »Eric, willst du diese Frau zu deiner angetrauten Ehefrau nehmen und sie lieben und ehren und zu ihr halten, in guten wie in schlechten Zeiten, und allen anderen entsagen und nur für sie dasein, bis der Tod euch scheidet?«

»Ja, ich will.«

An Tibbie gewandt, wiederholte der Geistliche das Gelübde: »Tibbie, willst du diesen Mann zu deinem angetrauten Ehemann nehmen und ihn lieben und ehren und zu ihm halten, in guten wie in schlechten Zeiten, und allen anderen entsagen und nur für ihn dasein, bis der Tod euch scheidet?»

»Nein.«

Der Geistliche schnappte nach Luft, und sein Gesicht wies violette Sprenkel auf. Seine Hängebacken zitterten, als er sich damit abmühte, ein ersticktes »Nein?« zu wiederholen.

Für einen Sekundenbruchteil war Eric nicht in der Lage, voll und ganz zu begreifen, was er soeben gehört hatte. Doch als es ihm aufging, traf es ihn schwer. Er wirbelte herum, und sein Gesicht verzerrte sich vor Wut. Einen Moment lang glaubte Tibbie, er könne sie ohrfeigen, doch dann löste sich sein Blick von ihr und glitt über die Menschenansammlung, während die Stille hallte wie ein leeres Grab. Sein Gesicht überzog sich mit einem gefaßten Ausdruck, der wie angewärmtes Öl auf seinen Zügen haftete. Er sah sie noch ein letztes Mal an. »Warum nicht?« fragte er. »Haßt du mich so sehr? Bin ich etwa ein Vampir, daß du mir einen Pfahl ins Herz treiben mußt?«

»Es tut mir leid, Eric. Es war das einzige Mittel, um dich aufzuhalten. Du hättest mich sonst niemals gehenlassen.« Ein entsetztes Keuchen entrang sich einstimmig den fünfhundert Gästen.

»Du hast erreicht, was du wolltest, denn ich hoffe bei Gott, daß du mir nie mehr unter die Augen kommst.« Er wandte sich abrupt von ihr ab und winkte die Männer zurück, die auf sie zugehen wollten. »Es steht ihr frei, zu gehen, wohin sie will«, sagte er. »Sie soll mir nur nicht mehr unter die Augen kommen.« Aber schon während er den Raum verließ und die Demütigung schwer auf seinen Schultern lastete, sah er Tibbies Gesicht vor sich, wie es an dem Tag ausgesehen hatte, an dem sie ihm von dem Baby erzählt hatte – dem Tag, an dem er ihr den Rücken zugekehrt hatte und gegangen war.

Bald erfüllten schrille Stimmen den Raum, und als der Geistliche die Hand hob, um sie zum Verstummen zu bringen, übertönte der donnernde Laut von nahenden Pferdehufen jedes Geräusch im Saal. Alle verstummten erwartungsvoll.

Die Türen wurden aufgerissen, und kühle Seeluft drang herein. Tibbie spürte den Wind nicht und nahm auch nicht wahr, wie seltsam ruhig es um sie herum geworden war. Sie stand immer noch regungslos am selben Fleck und umklammerte den Brautstrauß. Ihre Augen waren weit geöffnet und von Verwunderung erfüllt. Als sie in die Richtung schaute, aus der die Pferdehufe kamen, sah sie etwa ein Dutzend Männer in den Saal reiten, während die Gäste sie ungläubig anstarrten. Wenn sie nicht selbst so erschrocken gewesen wäre, hätte sie über diesen Anblick lachen müssen. Einer der maskierten Reiter, der kühner als die anderen war, ritt nach vorn, und Tibbie sah ihn direkt auf sich zukommen. Ehe sie schreien oder auch nur ausweichen konnte, wurde sie quer über den Sattel gezogen.

Im Galopp ging es den grasbewachsenen Hügel hinunter, und jedesmal, wenn sie den Kopf hob, preßte der maskierte Reiter ihn wieder nach unten. Erst als die trommelnden Pferdehufe durch die schäumende Brandung spritzten, erkannte sie, daß der Dummkopf ins Meer ritt. Hatte Eric die Männer engagiert, damit sie sie entführten und ertränkten?

Panik überkam sie, und sie fing an, sich zu wehren und um sich zu treten, und sie hatte es gerade geschafft, sich aufrecht hinzusetzen, als aus dem Nichts eine Faust kam und ihr einen Kinnhaken versetzte.

Als sie zu sich kam, war sie in einer Schiffskabine. Nicholas Mackinnons Gesicht war das erste, was sie sah. In der Ferne läuteten Kirchenglocken. »Ein Engel bekommt seine Flügel«, sagte sie.

Bei diesen Worten griff Nick in seine Tasche und zog den Marmorengel heraus, den er ihr geschenkt hatte. »Da wir gerade von Engeln sprechen – ich glaube, du hast deine Flügel auch verloren.«

Er stellte sich hinter sie und hielt den Engel in der ausgestreckten Hand, und als sie ihn nahm, erinnerte sie sich wieder an den Tag, an dem sie aus dem Obstgarten geflohen war, nachdem Nick nicht dort aufgetaucht war. Mit aller Kraft hatte sie den Engel gegen den Baumstamm geworfen.

»Ich fürchte, die Flügel sind abgebrochen.«

»Das ist schon in Ordnung«, sagte sie und schlang ihm die Arme um den Hals. Dann begrub sie ihr Gesicht an seinem Hals und sagte: »O Nicholas! Siehst du es denn nicht? Ich habe jetzt meine eigenen Flügel.«

Er war immer noch wütend auf sie, weil sie ein so gefährliches Spiel gespielt hatte. »Du kannst froh sein, daß du überlebt hast, denn sonst würden sie dir nichts mehr nutzen. Was, um Gottes willen, hast du dir dabei gedacht, durch diesen Gang zu schreiten und vor fünfhundert Leuten *nein* zu sagen?«

»Das war mein Plan.«

»Es war der reine Wahnsinn, und sonst gar nichts.«

»Nein, ganz bestimmt nicht. Nick, hör mir zu. Es war die einzige Möglichkeit, verstehst du das denn nicht? Wenn du mich vor der Hochzeit entführt hättest, hätten sie ein Dutzend Schiffe hinter uns hergeschickt. Erics Familie ist sehr mächtig.«

»Und deshalb hast du dich entschlossen, ihn vor der halben Insel zu blamieren. Jetzt wird er Kopfjäger hinter dir herschikken, du kleiner Dummkopf.«

»Ich kenne Eric, und ich weiß, wie er denkt. Zwischen uns ist es aus. Ich fürchte, jetzt würde er mich nicht einmal mehr anspucken, wenn ich in Flammen stünde.«

Nick lachte. »Ich kann nicht behaupten, daß ich ihm das vorwerfe.«

Stöhnend ließ sie sich auf das Bett zurücksinken. »Was ich nicht verstehe, ist, warum du mich am Schluß dann doch noch gerettet hast. Als es gar nicht mehr nötig war.«

Er warf den Kopf zurück und lachte. »Meine süße Tib, wirst du für den Rest deines Lebens ein Wirrkopf bleiben?«

»Das scheint mein Los zu sein«, erwiderte sie mürrisch, und er lachte wieder.

Sein Ausdruck wurde ernst, aber seine Augen waren immer noch freundlich und voller Liebe, Leben und Lachen. »Ich bin gekommen, süße Tibbie, weil ich mir dachte, daß du einen Plan ausgeheckt haben mußt, der nur dazu führen kann, daß man dich umbringt oder dich ins Gefängnis wirft.«

»Ich verstehe nicht, warum du dir solche Mühe machst, mich vor irgend etwas zu bewahren. Ich bin eigensinnig, vorschnell in meinem Urteil, aufbrausend und so direkt, daß ich mir immer wieder selbst damit schade. Meine Familie klebt an mir wie eine zähe Masse, ich rede zuviel und habe die fürchterliche Angewohnheit, erst zu springen und dann hinzuschauen, und als die Geduld verteilt worden ist, muß ich hinter der Tür gestanden haben. Und um das alles noch zu krönen, sagt Mairi, daß ich schnarche.«

Er lachte und zog sie in seine Arme. »Meine süße Tibbie, weißt du denn nicht, daß ich dich lieber mit all deinen Fehlern nehme, als dich zu verlieren?«

»Das kannst du nur sagen, weil du mich nicht wirklich kennst.«

»O doch, ich kenne dich. Ich kenne nur zu gut die Gelüste, die mich quälend verfolgen, wenn ich mich an helle, honigfarbene Locken erinnere, an Bernsteinaugen, an einen Mund, der Feuer und Schwefel spucken und mich so küssen kann, daß mein Blut kocht. Du bist so stabil und robust wie die Schiffe, die ich baue, und du bist auch so schlank und geschmeidig, und deine Segel bläht der Wind. Du wirst nicht vom Kurs abkommen, denn du bist so treu und standhaft, wie man es sich nur wünschen kann. Glaubst du, daran hätte ich mich nicht in den vielen langen und einsamen Nächten erinnert, seit ich dich das letzte Mal gesehen habe?«

Sie sah ihn mit einem neugewonnenen Verständnis an und wußte endlich, was er dachte. Sie hatte ihn geliebt, aber auf die herkömmliche Art, die sich geziemt. Sie hatte von ihm gewollt, daß er zu ihr kam und vor ihr auf die Knie fiel, ihr ein Haus mit einem weißen Lattenzaun und einem Rosengarten versprach. Aber sie hatte einen Traum geliebt, nicht den Mann. Tief in ihrem Innern wünschte sie sich Mackinnon und all das andere auch, mit einer weißen Seidenschleife verschnürt. Sie hatte von ihm gewollt, daß er wie jeder andere Ehemann war, der ihr versprach, sein Leben dumpf und eintönig damit zuzubringen, seine Frau bei Laune zu halten. Was er an ihr bewundert hatte, waren ihre Entschlossenheit und ihr Mumm. Er hätte sich nie mit einer Frau zufriedengegeben, die so lauwarm wie Badewasser war. Sie konnte so heiß wie der Hades und so kalt wie Feuer sein, aber er würde sie lieben, weil sie aufrecht und ehrlich zu ihren Gefühlen stand. Und in seiner Kraft, seiner Ehrlichkeit und seiner Integrität fand sie plötzlich ihre eigenen Entsprechungen. Es gab nämlich nur einen Mann, mit dem sie je glücklich werden konnte, nur ein Versprechen, das sie hören wollte – daß er sie lieben und für sie dasein würde, geduldig und verständnisvoll, wie er es immer gewesen war, jemand, der darauf wartete, daß sie ihn verstand.

Als hätte er plötzlich eine Verwandlung durchgemacht, war er alles, was sie je geliebt hatte. Er war das funkelnde Sonnenlicht, das an einem goldenen Sonnentag über das Wasser tanzte. Er war das Lied in der Kehle einer Spottdrossel, das Blau der Kornblumen, die im Obstgarten wucherten. Er war die unbeschreibliche Freude, die man empfand, wenn man sein Neugeborenes zum ersten Mal in den Armen hielt, der glühende Stolz und die Schönheit im Gesicht ihrer Großmutter. Er war die Tröstung, die warme, lebendige Arme nach dem kalten Hauch des Todes versprachen, die pulsierende Energie Schottlands und Rußlands, die in ihrem Blut wallte, inbrünstig, stolz und leidenschaftlich. Er hatte ihr nichts versprochen. Er hatte ihr alles gegeben und machte ihr bei jedem Atemzug bewußt, was es an Schönem im Leben gab: inneren Frieden, Schmerz, Leidenschaft und Glück, das ganze Leben eben, und es stand ihr frei, sich alles zu nehmen, und nichts wurde als Gegenleistung von ihr verlangt.

»Du bist plötzlich so still. Ist die Schlacht geschlagen worden? Hast du sie siegreich geschlagen?«

»Es wird immer Schlachten geben«, sagte sie, »und ich bezweifle, daß ich aus jeder siegreich hervorgehen werde.«

Er sagte nichts, sondern sah sie weiterhin stumm an wie bisher.

»Es sollte einen Ausweg aus diesem Durcheinander geben, das ich angezettelt habe. Erst reiße ich bei Nacht und Nebel mit einem Mann aus, und dann werde ich an meinem Hochzeitstag von einem anderen entführt, und schließlich kehre ich mit einem anderen als dem nach Hause zurück, mit dem ich ausgerissen bin. Wie soll ich das je in meinem Leben wiedergutmachen?«

Und dann wurde ihr klar, daß nichts von alledem wirklich zählte. Die Leute würden tuscheln und tratschen und reden, sie würden Mutmaßungen anstellen und jede Geschichte farbenprächtig ausschmücken, um ihr mehr Glaubwürdigkeit zu verleihen, und sie würden die Tatsachen mit Selbsterdachtem vermengen, um ihre frei erfundenen Geschichten leichter glauben zu können. Aber sie würden nie wissen, was wirklich passiert war.

Epilog

Gemeinsam standen Tibbie und Nicholas in einem Wäldchen, das sich am Tehuacana Creek östlich von Waco, Texas, entlangzog. Die alten Grabsteine standen noch dort, aber die Namen waren mit der Zeit unlesbar geworden.

Hinter ihnen saßen zwei junge Frauen im Wagen, die sich mit Rüschenschirmen gegen die Sonne schützten, und dicht neben ihnen saßen drei ungeduldige junge Männer auf Vollblütern.

»Pa«, rief einer der jungen Männer, »wie lange bleiben wir denn noch hier?«

»Das kommt darauf an«, sagte Nicholas. »Ich wollte eurer Mutter dieses Stück Land zeigen. Wenn es ihr gut genug gefällt, könnte es sogar sein, daß wir eines Tages hier leben werden.«

»Hier?« keuchte eine der jungen Frauen, ein Mädchen von sechzehn Jahren. »Du meinst, wir gehen aus Nantucket weg und ziehen nach Texas? Um hier zu leben?« Sie sah sich um. »Also, hier gibt es doch im Umkreis von Meilen nichts als Gras.«

»Aber es ist ein gutes, saftiges Gras, Molly, Schätzchen.«

»Was steht auf den Grabsteinen, Papa?« Es war die Stimme des anderen jungen Mädchens. Sie war älter als ihre Schwester, hellhäutig und blond.

»Die Worte sind ganz verwittert, Beth. Ich glaube, daß nur die Namen meiner Mutter und meines Bruders Andrew auf den Grabsteinen standen.«

»Können wir schon nach Waco vorausreiten, Pa?«

Nick sah sich nach John, seinem ältesten Sohn, um. Er war

siebzehn und konnte es kaum erwarten, etwas zu erleben – nicht etwa, daß er ihm das hätte vorwerfen können. John war das einzige seiner Kinder, dessen Aussehen Tibbies russisches Blut deutlich erkennen ließ. Er war so groß und aufrecht und dunkelhaarig wie ein Indianer und unvorstellbar aristokratisch und stolz, und er sah besser aus als zwei Sonnenuntergänge, die zeitlich zusammenfallen.

Der vierzehnjährige Matthew versetzte John einen Rippenstoß. »Du willst ja nur durch die Stadt reiten und mit deinem Aussehen prahlen und dir anhören, wie die Mädchen schwärmen.«

»Du ärgerst dich doch nur, weil sie für dich nicht schwärmen«, sagte Stewart, der knapp zwölf war.

»Papa, laß uns aufbrechen. Mir ist heiß«, stöhnte Molly und fächelte sich energisch Luft zu.

Nick hängte sich bei Tibbie ein, und sie drehte ihren Sonnenschirm zur Seite. »Ist dir heiß, mein Liebling?«

»Ein wenig schon«, sagte sie. »Aber ich bin froh, daß wir hergekommen sind.«

»Ich auch«, sagte Nicholas. »Es ist lange her.«

Er war Tibbie beim Einsteigen behilflich, ehe er um den Wagen herumging, aufstieg und nach den Zügeln griff. Er versetzte der Stute einen Klaps auf den Rücken, wendete den Wagen und fuhr einen grasbewachsenen Hang hinunter zum Tor. »Ich erinnere mich noch an früher, als das eine geschotterte Straße war«, sagte er.

»Gott steh uns bei«, sagte John. »Papa wird schon wieder philosophisch.«

»Er hängt Erinnerungen nach«, berichtigte Molly, die hinten im Wagen saß und keck und naseweis wirkte.

»Dieses Schwelgen in Erinnerungen hält kein Mensch aus«, versetzte John.

»Opa sagt, man wird am leichtesten glücklich, wenn man gesund ist und ein schlechtes Gedächtnis hat«, sagte Matthew.

»Er müßte es ja eigentlich wissen«, lachte Tibbie, als der Wagen auf den Kamm eines Hügels fuhr und Nick anhielt, um noch einmal über die Graslandschaft und den Hain zu sehen. Die Grabsteine konnte er jetzt nicht mehr erkennen, aber er wußte, daß sie dort standen.

Tibbie legte eine Hand auf seinen Arm. »Schau nicht so traurig, Nicholas. Die Vergangenheit hält immer Geschichten bereit, aber die junge und rastlose Gegenwart wird niemals lauschen.«

»Wenn du alles noch einmal tun müßtest, würdest du mich dann wieder heiraten?«

»Ja, aber eher.«

Er schaute noch ein letztes Mal auf den Pecanohain hinaus, um sich endlich von ihm zu verabschieden. Dann gab er der Stute einen Klaps, und der Wagen rollte den Hügel hinunter und entschwand. Nichts als Stille und das Geräusch des Windes, der im hohen Gras raschelte, blieb zurück.

Immer wieder erzählte man uns, die Komantschen seien die wildesten Indianer im Südwesten.